Wendy Holden

Wallis und Edward. Eine Liebe, stärker als die Krone

Wendy Holden

Wallis und Edward. Eine Liebe, stärker als die Krone

Roman

Aus dem Englischen
von Susanne Goga-Klinkenberg

List

Besuchen Sie uns im Internet:
www.ullstein.de

Wir verpflichten uns zu Nachhaltigkeit
- Klimaneutrales Produkt
- Papiere aus nachhaltiger Waldwirtschaft und anderen kontrollierten Quellen
- ullstein.de/nachhaltigkeit

Deutsche Erstausgabe im List Verlag
List ist ein Verlag der Ullstein Buchverlage GmbH
1. Auflage November 2021
© für die deutsche Ausgabe Ullstein Buchverlage GmbH, Berlin 2020
© Wendy Holden 2021
Titel der englischen Originalausgabe: *The Duchess* (Welbeck Publishing Group, London)
Gesetzt aus der Quadraat Pro powered by pepyrus.com
Druck und Bindearbeiten: GGP Media GmbH, Pößneck
ISBN: 978-3-471-36029-3

Für Noj, Andrew und Isabella

Prolog

Das Begräbnis des Herzogs von Windsor, Juni 1972

Er war ihr in seinem Sarg aus englischer Eiche in einer Maschine der Royal Air Force vorausgegangen. Sie hatte nicht gewollt, dass er auf dieser letzten Reise allein war, doch die Trauer hatte sie geschwächt, und ihr Arzt bestand darauf, dass sie in Paris blieb. Einige Tage später traf ein Flugzeug des Queen's Flight ein, um sie zum Begräbnis nach England zu bringen. Nun war sie fast da. London breitete sich flach und grau unter ihr aus. Da war der Schnörkel der Themse, dort der Tower, die Tower Bridge, St. Paul's.

Wallis starrte auf ihr Spiegelbild im Kabinenfenster. Sie hatte sich nie zuvor alt gefühlt. Er hatte dafür gesorgt, dass sie sich immer jugendlich und schön vorkam. Doch ohne ihn war sie plötzlich eine Frau Ende siebzig.

Ihre ehemals glatte, blasse Haut war runzlig und gepudert. Der Mund unter dem tapferen roten Lippenstift faltig. Ihr Haar, das von Natur aus schwarz und glänzend gewesen war, war jetzt gefärbt und wirkte wie gelackt. Nur die marineblauen Augen waren noch dieselben. Dick mit Wimperntusche umrahmt, blickten sie schockiert und fassungslos.

Sie konnte es immer noch nicht glauben. Es war ein Traum, aus dem sie bald erwachen würde, in ihrem Schlafzimmer daheim im Bois de Boulogne. Bwah de Bolone, wie er in gedehntem Ton zu sagen pflegte.

Gegenüber rutschte ihre Begleiterin auf dem Sitz herum.

»Der Queen's Flight mag ja am prestigeträchtigsten sein«, bemerkte sie. »Aber niemand kann ernsthaft behaupten, dass die Maschinen sonderlich luxuriös wären.«

Wallis schenkte Grace ein müdes Lächeln. Sie wusste, dass ihre alte Freundin sich nur so verwöhnt gab, um sie von den bevorstehenden Torturen abzulenken. Wie sollte sie das alles auch nur einen Augenblick ertragen? Doch es musste ertragen werden.

»Ich nehme an, die Purple Passage hat sich als nützlich erwiesen«, räumte Grace ein und bezog sich auf den Luftkorridor, den nur der Queen's Flight nutzen durfte.

»Es heißt Purple Air Space«, korrigierte Wallis. »Wie du nur zu genau weißt!«

Grace war in einer früheren Ehe Prinzessin Radziwill gewesen und damit die Vorgängerin von Jacqueline Kennedys Schwester Lee. Heute war sie die Countess of Dudley. Sie und Wallis kannten sich seit Jahren; neben einem trockenen Sinn für Humor teilten sie einen ähnlichen Modegeschmack und eine Außenseiterperspektive auf die britische Oberschicht. Beide waren Ausländerinnen – Grace stammte aus Dubrovnik – und nicht als Aristokratinnen geboren.

»Ich bin Lilibet jedenfalls dankbar«, fuhr Wallis fort. »Sie war sehr freundlich. Sie hat uns besucht, das war nett von ihr.«

Nach dem jahrzehntelangen Kalten Krieg mit den Windsors war der Anruf aus heiterem Himmel gekommen. Das Außenministerium teilte mit, die Königin wolle ihren Onkel während ihres fünftägigen Staatsbesuchs in Frankreich in seinem Pariser Domizil besuchen.

Lilibet hatte offensichtlich von der Krebserkrankung des Ex-Königs gehört und davon, dass sein Leben nach der gescheiterten Strahlentherapie am seidenen Faden hing. Sie wollte sich verabschieden, aber erst im Nachhinein war bekannt geworden, wie heikel der ganze Besuch gewesen war. Der britische Botschafter in Paris hatte sich entschieden dagegen ausgesprochen. Es sei, so hatte er gewarnt, eine Katastrophe für die englisch-französischen Beziehungen, wenn der Ex-Monarch starb, bevor die jetzige Monarchin aus England abreiste. Dann müsse der Staatsbesuch abgesagt werden, was Präsident de Pompidou wiederum schwer kränken würde.

Unter anderen Umständen hätte sich der ehemalige Edward VIII. wohl über die absurde Situation amüsiert, er begegnete ihr aber mit Würde. Sein Land brauchte ihn. Er war wichtiger als in den letzten sechsunddreißig Jahren. Mit purer Willenskraft hielt er durch und wartete den gesamten königlichen Besuch ab. Lilibet ließ sich Zeit und glänzte bei Banketten in Versailles und der britischen Botschaft mit einem Diadem nach dem anderen, bevor sie die Provence bereiste und bei Rennen zusah. Schließlich traf sie in Begleitung der Prinzen Philip und Charles an einem sonnigen Mainachmittag in der Rue du Champ d'Entraînement ein.

So dankbar sie ihrer angeheirateten Nichte auch war, konnte Wallis sich angesichts des abscheulichen königsblauen Hutes und des darauf abgestimmten grauenhaften Kostüms mit den Kellerfalten eines gewissen Schocks nicht erwehren. Lilibets schleifenförmige Diamantbrosche und die makellose dreireihige Perlenkette gingen im Musterwirrwarr völlig unter. Wie konnte eine von Natur aus hübsche Frau mit wundervoller Haut alles daransetzen, so unscheinbar zu wirken?

Philip hatte in seinem Mantel wie ein gereizter Bankmanager ausgesehen, während Charles sich in dem gestreiften Hemd, das mit der geblümten Krawatte kollidierte, einfach nur unbehaglich zu fühlen schien. Seine Schultern im karierten Tweedsakko hingen nach unten. Seine Augenbrauen auch, was ihn ständig müde und enttäuscht aussehen ließ.

Wallis hatte Mitleid mit ihm gehabt. Sie wusste, wie es war, von den Windsors überrollt zu werden. Charles hatte offensichtlich Angst vor seinem Vater, dessen Eigenarten er zu imitieren schien; er zupfte an den Manschetten, verschränkte die Hände, ging sogar mit einem Arm hinter dem Rücken.

Als sie die luftige, mit Marmor ausgelegte Eingangshalle betrat, hatte Lilibet kommentarlos zu dem großen Seidenbanner des Hosenband-Ordens geschaut, das von der Galerie hing. Falls es sie überraschte, im Salon eines abgedankten Monarchen unter seinem lebensgroßen Porträt in königlicher Robe und einem weiteren von Königin Mary in voller Pracht Tee zu trinken, so zeigte sie es nicht.

Bei Philip war es anders. Er fläzte sich auf dem Louis-Quinze-Sofa und betrachtete spöttisch die Sammlung von Meißner Möpsen sowie Black Diamond und Gin-Seng, ihre hechelnden lebendigen Gegenstücke. »Stimmt es, dass ihr einen habt, der Peter Townsend heißt?«, hatte er grinsend gefragt.

»Früher schon«, hatte Wallis gleichmütig geantwortet. »Aber wir haben den Group Captain weggegeben.«

»Ha. Genau wie Margaret.«

Nach dem Tee führte sie Elizabeth II. die Treppe hinauf in den orangenen Salon. Onkel David – so hatte er in der Familie immer geheißen – war durch Schläuche mit dem Tropf verbunden, der ihn am Leben hielt. Er hatte allerdings darauf bestanden, dass sein Arzt Letzteren hinter den Vorhängen und Erstere unter seiner Kleidung verbarg. Sein faltiges, noch immer gut aussehendes Gesicht unter dem sorgfältig gekämmten Silberhaar strahlte vor Freude, als Lilibet hereinkam. Er tat sein Bestes, erhob sich mühsam aus dem Rollstuhl, verbeugte sich mit großer Mühe und küsste seine königliche Besucherin auf beide Wangen. In seinem perfekt geschnittenen blauen Blazer und mit dem Seidenschal, der den welken Hals verhüllte, sah er aus wie aus einem Modemagazin. Sie unterhielten sich genau eine Viertelstunde lang.

Doch nachdem die Königin gegangen war, wirkte David verärgert.

»Oh, David. Du hast sie hoffentlich nicht wieder nach meiner HRH gefragt?« Wallis schwankte zwischen Liebe und Verärgerung. Er hatte doch wohl nicht sein kostbares – und letztes – persönliches Gespräch mit der Herrscherin an etwas so völlig Sinnloses verschwendet? Die Windsors würden nie erlauben, dass sie eine Königliche Hoheit wurde, und es war ihr ohnehin egal. Aber David lag viel daran, und er hatte ein Leben lang leidenschaftlich versucht, es durchzusetzen.

Erschöpft von der Anstrengung schüttelte er den Kopf, knurrte dann aber, versuchte zu sprechen, und sie reimte sich zusammen, dass er bereute, seinen Arzt, Monsieur Thin, nicht Ihrer Majestät vorgestellt zu haben. »Das hätte er sein Leben lang nicht vergessen.«

Sie schüttelte den Kopf. Welche Ironie. Niemand wusste besser um die Macht der Krone als David, der sie so bereitwillig aufgegeben hatte.

Danach hatte er nur noch neun Tage gelebt. In der Nacht, in der er starb, saßen schwarze Raben, die Vorboten des Todes, im hellen Laub vor seinem Fenster. Sie waren gekommen, um ihn zu holen. Als sie viel später von der Krankenschwester gerufen wurde, bemerkte sie, dass Black Diamond, der immer auf Davids Bett schlief, auf dem Teppich lag. Auch der Mops wusste, was gleich geschehen würde. Um 2.20 Uhr morgens tat der einstige König Edward VIII. von Großbritannien, Irland und den britischen Dominions in Übersee, Kaiser von Indien, seinen letzten Atemzug. Es war der 28. Mai 1972.

Erstes Kapitel

Flitterwochen in Paris, 1928

Das Hotelzimmer war schmuddelig und roch komisch. Das Doppelbett aus Messing hing in der Mitte durch. Die Blumentapete war verblichen und mit Rosträndern übersät.

Zwei hohe Fenster gingen auf die Straße hinaus. Im Fenster gegenüber sah Wallis vertrocknete Pflanzen und schmutzige Gardinen.

So hatte sie sich Paris nicht vorgestellt. Auf der Überfahrt von Dover hatte sie sich den Blick auf den Eiffelturm ausgemalt. Aber Wallis war eine Optimistin, und heute mehr denn je. Dies war ihr Hochzeitstag. Ein neuer Anfang. Ein neues Leben.

An der Wand neben dem Fenster hing ein Spiegel, der so positioniert war, dass er Licht auf das Gesicht warf. Sie betrachtete sich kritisch. Jung war sie nicht mehr – vierunddreißig, um genau zu sein –, sah aber ziemlich gut aus. Selbstsicher, schlank, modisch. Und vor allem hoffnungsvoll.

Ihr Hochzeitsensemble – primelgelbes Kleid, himmelblauer Mantel – bildete einen farbenfrohen Kontrast zu den glänzenden schwarzen Haaren, die sie in der Mitte gescheitelt und in Schnecken gelegt trug. In ihrem blassen Gesicht bildeten die Lippen einen kühnen roten Strich. Falls noch etwas Traurigkeit in ihren dunkelblauen Augen funkelte, würde diese bald verschwinden. Von nun an würde alles gut.

Sie hatten an diesem Morgen in London geheiratet. Im Standesamt von Chelsea, da sie beide geschieden waren. Doch Wallis bedauerte nicht, dass sie auf die kirchliche Trauung verzichten musste. Die hatte sie beim ersten Mal gehabt und einen Schuft geheiratet. Ernest war völlig anders, ein feiner, freundlicher, ehrenhafter Mann, und sie war eine glückliche Frau.

Eine Bewegung im Spiegel erregte ihre Aufmerksamkeit. Sie sah, dass der Page, der das Gepäck hochgebracht hatte, noch im Türrahmen stand und sich kratzte.

»Ernest«, sagte sie lächelnd. »Ich glaube, er wartet auf ein Trinkgeld.«

Ihr frischgebackener Ehemann kramte in der Manteltasche und überreichte dem Jungen eine kleine Münze. Der betrachtete sie und verschwand mit hochgezogenen Augenbrauen.

Wallis wuchtete ihren Koffer aufs Bett und öffnete die Schlösser. Trotz der schäbigen Umgebung stimmten die neuen Flitterwochenkleider sie optimistisch. Sie hatte sie für einen Spottpreis gekauft und selbst geändert. Sie war geschickt mit Nadel und Faden und hatte tatsächlich einmal an eine Karriere in der Modebranche gedacht. Nach der Scheidung war der Gedanke, für sich selbst zu sorgen und eine unabhängige Frau zu werden, äußerst reizvoll gewesen.

Leider gestaltete es sich angesichts ihres erschütterten Selbstvertrauens und der fehlenden praktischen Fähigkeiten schwieriger als erwartet. Und als sie Ernest kennenlernte, hatte sie die Bemühungen ganz aufgegeben. Er war im wahrsten Sinne des Wortes ein sicherer Hafen gewesen, da seine Familie eine Reederei besaß. Als er verkündete, er wolle Amerika verlassen und nach London gehen, und sie bat, ihn zu heiraten und mitzukommen, hatte sie die Chance auf einen Neuanfang genutzt.

Wallis schüttelte ein Kleid aus und dachte an die großen Pariser Modehäuser. Die wollte sie unbedingt sehen, selbst wenn sie dort nichts kaufen konnte. Das Geld war knapp, daher das schäbige Hotelzimmer. Daher auch der winzige Stein in ihrem Ring, so klein, dass er das wenige Licht nur mühsam einfing.

Das Familienunternehmen steckte in Schwierigkeiten, auch wenn Ernest entschlossen war, es zu sanieren. Hinzu kamen die Alimente für seine erste Frau und die kleine Tochter. Er hatte befürchtet, Wallis könnte es missbilligen, doch das war nicht der Fall. Ganz im Gegenteil, sie war froh, dass er bereits ein Kind hatte. Sie war über dreißig, was eine Schwangerschaft zunehmend unwahrscheinlich machte, und nach ihrer unglücklichen Kindheit verspürte sie ohnehin keinen Wunsch nach einem Kind. Sie hatte Mitleid mit der kleinen Stieftochter, deren Leben durch die Scheidung ihrer Eltern aus den Fugen geraten war. Wenn Audrey sie in London besuchte, würde sie ihr eine schöne Zeit bereiten. Sie würden Freundinnen werden.

Sie spürte Ernest hinter sich, solide und beruhigend. Er trat nah an sie heran und legte die großen Hände auf ihre. Wallis lehnte den Kopf an seine Brust und genoss für ein paar Augenblicke seine breite Gestalt, das Gefühl vollkommener Sicherheit, dass er sie schätzte und beschützte.

»Mach das nicht jetzt«, murmelte er in ihre Schulter und meinte damit den offenen Koffer.

»Aber ich muss auspacken. Meine Sachen dürften völlig zerknittert sein.« Das billige Material musste aufgehängt werden, um gut auszusehen.

Er zog sie an sich. Sein Schnurrbart kitzelte sie am Hals. »Wen stört es, wenn deine Sachen zerknittert sind? Ich würde sie gern noch mehr zerknittern!«

Ihre Reaktion war ebenso spontan wie unerwartet. Panik durchflutete sie wie eine Welle. In ihrem Kopf schrillte eine Alarmglocke, ihr Herz stieg wild hämmernd in die Kehle. Der Drang, sich von ihm loszureißen, war überwältigend, und sie konnte sich nur beherrschen, indem sie langsam und bebend atmete.

Ernest hatte es nicht bemerkt. Er legte die Arme um sie und schmiegte sich an ihren Rücken. Sie spürte durch Mantel und Jackett, wie erregt er war. »Wallis«, murmelte er ihr ins Ohr. »Ich will dich schon so lange.«

Während seine Hand ihre Brust betastete, schrie ihr Körper lautlos auf. Ihr klapperten die Zähne. Wallis presste sie aufeinander, damit er es nicht hörte. Er schob sie sanft aufs Bett. Sie fiel wie ein Stein nach vorn, die Hände an den Körper gedrückt, und lag starr da, das Gesicht in die Decke gepresst, deren saurer Geruch ihr in die Nase stieg.

Sie wappnete sich für einen Schlag oder eine andere Form der Gewalt. Hitzewellen und Übelkeit erregende Kälteschauer jagten durch ihren Körper. Sie konnte nicht atmen. Sie drehte keuchend den Kopf zur Seite.

Das schien ihn zu ermutigen, vielleicht deutete er ihre Laute als Lust. Er hatte jetzt die Hand auf ihrem Oberschenkel, zog ihr Kleid hoch; sie spürte seine Finger am oberen Rand ihrer Strümpfe. Ihr wurde übel, sie presste Mund und Körper fest aufs Bett. Wenn diese Finger ans Ziel gelangten, sie berührten ...

O Gott, nein. Bitte nicht.

Sie musste es laut ausgesprochen haben. Die Finger hielten inne. Die Hand zog sich zurück. Unter ihrem Ohr knarrten und ächzten die Bettfedern, als er sich setzte. »Wallis, was ist denn los?«

Sie hob den Kopf. Er saß neben ihrem Koffer, noch im Mantel. Sein Gesicht mit den runden braunen Augen, das an einen Basset Hound erinnerte, war völlig fassungslos.

Sie konnte es ihm nicht verübeln. Während der kurzen Brautwerbung hatte er sie geküsst, mehr nicht. Er war ein Muster an Ritterlichkeit und hatte sie mit größtem Respekt behandelt, doch von der Hochzeitsnacht erhoffte er sich natürlich mehr. Immerhin war sie geschieden, eine Frau mit Erfahrung. Dass er absolut keine Ahnung hatte, wie diese Erfahrung aussah, war nicht seine Schuld.

Vielleicht hätte sie es ihm sagen sollen, aber was genau? Dass sie neun Jahre mit einem Sadisten verheiratet gewesen war, der sie geschlagen und missbraucht, der sich bis zur Besinnungslosigkeit betrunken, der sich ihr nicht nur aufgedrängt, sondern sie gezwungen hatte, ihm mit anderen Frauen zuzusehen?

Wie hätte sie ihm das sagen können? Ernest wäre entsetzt gewesen; in seinen Augen hätte es sie herabgesetzt. Sie selbst empfand genauso. Sie hatte Win in die tiefsten Tiefen ihres Kopfes verdrängt, in einen Schrank mit der Aufschrift »Vergangenheit«, und alles getan, um ihn zu vergessen.

Mit Erfolg, so dachte sie jedenfalls. Als sie sich nach der Scheidung erholte und wieder nach vorn schaute, erschien ihr die Zeit als Mrs Earl Winfield Spencer allmählich wie ein schlechter Traum. Sie hatte geglaubt, sie könne mit einem neuen Mann ein neues Leben beginnen. Dass Win ihre Fähigkeit, körperliche Intimität zu genießen oder auch nur an ihr teilzunehmen, völlig zerstört hatte, war ihr nicht bewusst gewesen. Bis jetzt. Bis zu ihrer Hochzeitsnacht.

Wallis ließ den Kopf hängen. Was konnte sie sagen? Dass sie in jeder Hinsicht beschädigte Ware war? Würde er ihr das überhaupt glauben? Er könnte denken, sie hätte es gewusst, ihn in die Falle gelockt. Die Panik war verschwunden und einer völligen Hoffnungslosigkeit gewichen. Sie hatte keine Ahnung, was sie tun sollte.

Sie spürte seinen Blick und fragte sich, was darin liegen mochte. Vorwürfe? Wut? Sie könnte es ihm nicht verdenken. Als sie schließlich den Mut fand, ihn anzuschauen, waren die Basset-Hound-Augen sanft.

»Wir sind jetzt verheiratet«, sagte Ernest leise. »Ich liebe dich. Rede mit mir.«

Wallis starrte ihn einen Moment lang an. Dann schaute sie auf ihre Hände, auf den Ring, holte tief Luft und redete mit ihm.

Zweites Kapitel

Earl Winfield »Win« Spencer war 1916 in ihr Leben geplatzt. Ihre Großmutter war vor Kurzem gestorben, und nach der vorgeschriebenen Trauerzeit beschloss ihre Mutter Alice, dass Wallis ein bisschen Spaß vertragen konnte. Sie schickte sie nach Florida zu ihrer Cousine Corinne, die mit dem Kommandanten eines Luftwaffenstützpunkts verheiratet war.

Spaß hatte sie auf jeden Fall. Wallis hatte noch nie ein Flugzeug gesehen, geschweige denn einen so schneidigen Piloten wie den jungen Leutnant mit dem gestutzten Schnurrbart und dem weltmännischen Auftreten. Sie begegneten sich an ihrem ersten Morgen und trafen sich von da an jeden Tag. Als Win ihr verblüffend schnell einen Antrag machte, sagte sie ja. Sie war neunzehn.

»Mutter vergötterte ihn«, sagte Wallis reumütig zu Ernest. »Das hätte mir eine Warnung sein müssen. Sie hat einen furchtbaren Geschmack bei Männern. Nach dem Tod meines Vaters hat sie noch zweimal geheiratet, und die Männer wurden immer schlimmer.«

»Mich mochte Alice nicht, das steht mal fest.« Ernest zuckte mit den breiten Schultern.

Sicher, Alice hatte Wins Charme und Draufgängertum bewundert. Ihr neuer Schwiegersohn konnte es in ihren Augen nicht mit dem schneidigen Ideal aufnehmen. »Dieser Bowlerhut und der Schnurrbart! Er sieht aus wie ein Amerikaner, der einen Engländer spielt!«

»Aber er ist Engländer, Mutter. Na ja, zur Hälfte.«

Sein Vater hatte englische Wurzeln, und das war Ernest äußerst wichtig. Er mochte zwar in Amerika aufgewachsen und in Harvard ausgebildet worden sein, hatte während des Krieges aber in den Coldstream Guards, einem britischen Regiment, gedient. Er interessierte sich leidenschaftlich für britische Geschichte und hatte Wallis durch die New Yorker Kunstgalerien geführt, ihr Porträts englischer Monarchen gezeigt und deren Herrschaftszeit geschildert.

»Stopp!«, hatte Wallis ihn lachend angefleht. »Ich bin Amerikanerin. Wohlgemerkt, eine Republikanerin. Hätten wir den ganzen königlichen Kram gewollt, hätten wir ihn behalten.«

Doch sein bei Weitem schlimmstes Verbrechen war die Unfähigkeit, Alices Sinn für Humor zu verstehen. Sie hielt sich für geistreich und hatte ihm gleich bei der ersten Begegnung ihre Lieblingsgeschichte erzählt. Sie war im Billigkaufhaus die Treppe hinuntergefallen, und ein Verkäufer war herbeigeeilt und hatte gefragt, ob er ihr helfen könne.

»Und was, denken Sie, habe ich zu ihm gesagt?«, fragte Alice, während Ernest unbeholfen dastand und seinen Hut in den Fingern drehte.

»Das weiß ich nicht, Mrs Warfield. Was haben Sie denn zu ihm gesagt?«

Alice schaute ihre Tochter, die ängstlich danebenstand, hämisch an. »Erzähl du es ihm, Wallis! Erzähl ihm, was ich gesagt habe, als ich im Billigkaufhaus hingefallen bin!«

Wallis wandte sich an ihren Verlobten und sagte tonlos: »Mutter hat gesagt, er soll ihr die Billigsärge zeigen.« Während Alice in hysterisches Gelächter ausbrach, verzog Ernest keine Miene. Davon hatte sich ihre Beziehung nie erholt.

Wallis wusste nur zu gut, dass ihr Mann ihre Mutter für

wahnhaft hielt. Ihr selbst ging es nicht anders. Sie war froh gewesen, der schwierigen Beziehung zu Alice zu entfliehen. Dann wandte sie sich wieder ihrer ersten Ehe zu.

Sie und Win hatten in Baltimore geheiratet; Wallis in weißem Samt und einem Unterrock aus Spitze, einem Erbstück. Die Brautjungfern trugen ausladende Florentinerhüte. Sie war wahnsinnig verliebt, das glaubte sie jedenfalls.

In der Hochzeitsnacht holte Win eine Flasche Gin aus seinem Koffer und stellte ihr damit die dritte Person in ihrer Ehe vor. »Das Trinken wurde schlimmer, als der Krieg anfing«, fuhr Wallis fort. »Win wollte unbedingt Kampfeinsätze fliegen, hat es aber nie geschafft.«

Sie hielt wieder inne.

»Sprich weiter«, forderte Ernest sie auf.

»Eines Tages schleppte er mich ins Badezimmer, nachdem er getrunken hatte. Er ... hat mich vergewaltigt. Dann ging er raus und schloss die Tür ab. Ich habe den ganzen Tag da gelegen ...«

Sie verstummte. Der Abend brach herein. Das Licht der untergehenden Sonne schien korallenfarben auf die verblichene Tapete. Sie erinnerte sich, wie sie auf dem kalten Fliesenboden gelegen hatte, den Messinggeschmack von Blut im Mund, von heftiger Angst erfüllt. Der Sonnenstrahl, der durch das kleine, hohe Fenster fiel, hatte sich im Laufe der Stunden an der Wand entlangbewegt. Draußen hörte sie Leute vorbeigehen. Doch um Hilfe zu rufen, war ausgeschlossen.

»Warum?«, fragte Ernest.

Sie saß vorgebeugt auf der Bettkante, die Arme schützend um den Körper geschlungen. Hob eine Hand und bedeckte die Augen. »Ich weiß nicht«, murmelte sie. »Genau das hätte ich tun sollen. Aber es war ein kleiner Ort. Jeder kannte jeden. Und Win war beliebt. Die Leute wären überrascht gewesen. Vielleicht hatte ich Angst, sie könnten mir nicht glauben. Oder vielleicht ...«

»Vielleicht was?«

»Vielleicht habe ich gedacht, es sei meine Schuld. Vielleicht habe ich mich geschämt.«

Ernest stöhnte auf. »Oh, Wallis.«

Sie ließ die Hand sinken und sah ihn an. Seine Basset-Hound-Augen schimmerten feucht und funkelten zugleich wütend.

»Dann, viel später, kam Win zurück. Ich hörte, wie er die Badezimmertür aufschloss …«

Sie machte die Augen zu, doch das Bild, wie sie verschreckt vor der Badewanne kauernd die nächste Tracht Prügel erwartete, hatte sich unauslöschlich in ihr Gedächtnis eingebrannt. »Er ist aber nicht reingekommen. Er hat die Tür offen gelassen und ist ins Bett gegangen. Ich habe noch ein paar Stunden da gelegen. Den Rest der Nacht habe ich auf dem Sofa verbracht und bin am nächsten Tag gegangen.«

»Du hast die Scheidung eingereicht?« Ernest runzelte die Stirn, schien den Zeitablauf zu überschlagen.

»Wir haben uns getrennt. Ich bin zu meiner Mutter zurückgegangen. Sie war gegen die Scheidung. Warfields und Montagues taten so etwas nicht.« Während ihrer von Armut geprägten Kindheit hatte man Wallis immer wieder daran erinnert, dass sie den besten Familien Baltimores entstammte, als wäre sie eine moderne amerikanische Version der *Tess von den d'Urbervilles*.

»Natürlich nicht.« Ein frostiges Lächeln huschte über Ernests Züge. Man hatte ihm nur zu oft von der illustren Familiengeschichte erzählt. Sie war, neben dem berühmten Sinn für Humor, Alices Lieblingsthema.

»Dann ging Win zur US-Flotte in den Fernen Osten. Er hat mir immer wieder geschrieben und mich allmählich davon überzeugt, dass die Stationierung in Shanghai ein Neuanfang wäre.« Noch einer. Wie viele Neuanfänge hatte sie denn schon gehabt?

Die Schatten sammelten sich im Raum. Im Fenster gegenüber war eine rote Glühbirne angegangen. Ihr Schein erinnerte Wallis an einen anderen Raum, dunkel und säuerlich riechend, mit einer roten Papierlaterne. Eine Frau in schmutzigem Überwurf mit zynischen Augen. Matten auf dem Boden. Ein zerwühltes Bett.

»Darum warst du also in China«, sagte Ernest. »Ich erinnere mich, dass du es bei einer unserer ersten Verabredungen erwähnt hast. Aber du hast nie erzählt, was du dort gemacht hast.«

Sie hatte ihn vorletzten Winter in New York kennengelernt, er war ein Freund von Mary Raffray, einer alten Schulfreundin. Als unverbesserliche Kupplerin wollte Mary sie beide unbedingt zusammenbringen, doch Wallis war nicht interessiert. Nach dem Grauen mit Win kam eine Ehe nicht infrage, außerdem war Ernest Simpson nicht ihr Typ. Er war angenehm, aber schwerfällig. Und schrieb schreckliche Gedichte. Das erste erhielt sie nach einem Spielabend.

Ich bin wohl nur ein Joker,
Jedenfalls beim Poker.
Und ich gäbe alles,
Wär ich nur wie Wallis.

»Seine Gedichte sind *furchtbar*«, beklagte sie sich bei Mary.

»Ich glaube, sie sind absichtlich so schlecht. Er will, dass du dich amüsierst.«

»Ich will mich aber nicht amüsieren.«

Doch Ernest blieb hartnäckig. Genau wie Mary, die ihm ständig Stichworte lieferte. »Wallis war einmal in einem Zug, der von Banditen angehalten wurde!«

»Banditen!« Ernests dichte Augenbrauen schossen bis zum niedrigen Haaransatz hoch.

»Das war, als ich in China gelebt habe«, sagte Wallis mit zusammengebissenen Zähnen. »Alles ging gut.«

Am nächsten Morgen erhielt sie ein weiteres Gedicht.

> *Sollte ich Banditen sehen,*
> *Werde ich zu Wallis flehen,*
> *Damit sie sie geschickt*
> *In die Wüste schickt.*

»Nun«, sagte sie jetzt, »genau das habe ich dort getan. Versucht, meine Ehe zu retten. Anfangs funktionierte es, aber bald fing alles von vorn an, das Trinken und die Gewalt, und noch Schlimmeres ...«

Sie hielt inne und schaute zu Boden, konnte nicht weitersprechen.

»Schlimmer?«, fragte Ernest.

Sie sah ihn flehend an, doch er musste es erfahren. Denn darum ging es letztlich: dass Shanghai, eine Stadt, die für ihren Sexhandel berüchtigt war, Win zahllose Gelegenheiten geboten hatte, um seinen bestehenden Lastern zu frönen und sich neue zuzulegen. Manchmal hatte er sie gezwungen, dabei zu sein. Dann kauerte sie in der Ecke, das Gesicht zur Wand, und lauschte seiner Schande.

»*In die Wüste schickt*«, sagte Ernest, als sie geendet hatte, und fügte bedächtig hinzu: »Ich hatte ja keine Ahnung, aber genau das hättest du mit ihm tun sollen.«

Danach sagte keiner mehr etwas. Die Schatten vertieften sich. Im Zimmer war es dunkel bis auf das rote Licht von gegenüber. Sie fragte sich, ob es wirklich ein Bordell war, ob sich dort gerade ein Win amüsierte, dessen Wallis zu Hause auf ihn wartete. Sie fragte sich, was Ernest wohl dachte. Sie war erleichtert, weil er Mitgefühl zeigte, vor allem aber, weil er es nun wusste.

»Es tut mir leid«, sagte sie schließlich. »Du hast etwas Besseres verdient.«

»Genau wie du«, erwiderte er hitzig.

»Ich glaube«, sagte sie zögernd, »ich brauche nur ... ein bisschen Zeit.«

Statt zu antworten, stand er auf. Sie trugen noch immer ihre Mäntel. Weiter waren sie mit der Hochzeitsnacht noch nicht gekommen.

Ernest lächelte sie an. »Gehen wir essen.«

Drittes Kapitel

Da ihr Hotel zentral in der Nähe der Tuilerien lag, waren es nur wenige Schritte von der düsteren Straße bis in die prächtige Rue de Rivoli.

Sie gingen unter großen Arkaden entlang, vorbei an prächtigen Laternen. Gegenüber war der Louvre, jenseits des Parks der Eiffelturm. Bei diesem Anblick hob sich ihre Stimmung. So hatte sie sich Paris vorgestellt.

»Ich habe um die Ecke ein Lokal entdeckt, das für seinen *Pot-au-feu* berühmt ist«, sagte Ernest, der begeistert Reiseführer las.

»Was ist *Pot-au-feu*?«

»Ein einfaches französisches Bauerngericht.«

Wallis lächelte, als fände sie die Aussicht ebenso verlockend wie er und als hätte sie nicht an Austern und gekühlten Chablis gedacht. Ihre Mittel waren begrenzt. Darum sollten sie besser im Rahmen ihrer Möglichkeiten essen.

Sie näherten sich einem prächtigen Hoteleingang mit goldbetressten Türstehern in Zylindern und einer gläsernen Drehtür. Wallis ging langsamer und schaute durch die polierte Scheibe. Drinnen glitzerte alles wie in einem Palast, sie entdeckte Säulen, vergoldete Spiegel und Kronleuchter. Eine Welle der Sehnsucht überkam sie.

Ein glänzender Wagen mit grellen Scheinwerfern fuhr vor, und die Türsteher eilten herbei, um die Türen aufzureißen. Eine Frau im silbernen Kleid stieg aus und warf den Pelzmantel achtlos über eine perlmuttschimmernde Schulter. Ein hoch gewachsener Mann in Frack und weißer Krawatte gesellte sich zu ihr. Sie gingen gemeinsam ins Hotel, wobei sie eine köstliche Duftspur hinterließen.

Wallis seufzte und wollte weitergehen, doch Ernest hielt sie zurück. »Sollen wir reingehen? Auf einen Drink?«

Ihr Herz machte einen Sprung. »Können wir uns das leisten?«

»Nein, aber es schadet auch nicht, dieses eine Mal. Wir sind doch in den Flitterwochen. Komm schon.«

Sie gehorchte mit einem freudigen Grinsen, bevor er es sich anders überlegen konnte.

Schon das Klicken ihrer Absätze auf dem Marmorboden klang aufregend. Sie erhaschte einen Blick in einen umwerfend opulenten Speisesaal. In der Hotelbar gäb es klassische Wandmalereien und einen Pianisten, der in einer Ecke Jazz spielte. Die Leute an den anderen Tischen sahen reich und glücklich aus. Man hörte gemurmelte Gespräche, das Klirren von Glas und Porzellan, ein gelegentliches leises Lachen. Nun, da sie hier saß, fühlte sie sich schön und besonders. Sogar der unscheinbare Ernest wurde zu einem stattlichen Kerl. Die Kerze auf dem Tisch verlieh seinen Augen eine geheimnisvolle Tiefe, und sein lockiges dunkles Haar glänzte im Schein der gefältelten Seidenlampe.

Ein Kellner glitt mit einem silbernen Tablett herüber, auf dem zwei hohe Gläser standen. Als er ihr den Champagnercocktail servierte, dachte Wallis, was für ein Kunstwerk es doch war, die Bläschen, die vom Zuckerwürfel aufstiegen, die tiefrote Kirsche und die gelbe Locke der Zitronenschale, die in der schimmernden Bernsteintiefe ruhte. Sie atmete den üppigen Duft von Wein und Spirituosen ein. Sie würde ihn langsam trinken, damit sie lange etwas davon hatte.

Der Kellner stellte ihnen kleine glänzende Silberschalen mit

Oliven und Nüssen und einen silbernen Halter mit winzigen, zu Dreiecken gebügelten Leinenservietten hin. Es folgten kleine Teller mit Silberrand. Wallis' Augen funkelten. Sie liebte das Zeremonielle daran, die Schönheit der Gegenstände, ihren puren, lebensbejahenden Glanz. Es machte alles besser. Nach dem miserablen Beginn des Abends war es ein neuer Anfang.

»Du hast Spaß«, sagte Ernest belustigt.

Sie nahm einen Schluck, genoss die Kraft des Drinks und nickte. »Ich liebe solche Orte.«

Er zog die dichten Augenbrauen hoch. »Du wärst wohl gerne reich.«

»Oh nein, Ernest!« Sie streckte eine blasse Hand über den Tisch und legte sie auf seine. Der kleine Diamant funkelte im Licht. »Ich könnte mir nichts mehr wünschen als dich.«

Sie meinte es ehrlich, aber auch in seinen Worten lag ein Körnchen Wahrheit. Sie wäre gerne reich. Ihr ganzes Leben lang hatte sie reiche Menschen beobachtet und war zu dem Schluss gelangt, dass Geld manchmal unglücklich machte, im Allgemeinen aber viel Spaß bedeutete. Und doch gab es Dinge, die man nicht kaufen konnte – zum Beispiel einen freundlichen, verständnisvollen Ehemann, der einen unterstützte.

»Ich habe den besten Mann der Welt geheiratet«, sagte Wallis aufrichtig.

»Und ich die beste Frau.« Ernest beugte sich vor und hob sein Glas. »Auf uns!«

Sie sprachen über die Zukunft und darüber, wie ihr gemeinsames Leben in London aussehen würde. Ernests Schwester hatte ein Haus für sie gefunden, das sie beide noch nicht gesehen hatten.

»Eine gute Adresse, hat Maud erzählt«, sagte Ernest. »Personal ist vorhanden. Eine Köchin und ein Hausmädchen.«

Wallis runzelte die Stirn. »Ich kann selbst kochen«, schlug sie vor. Sie machte es gern und gut. Ihr Fannie-Farmer-Kochbuch war der einzige Gegenstand, den sie aus ihrer ersten Ehe behalten hatte. »Damit würden wir Geld sparen.«

»Gute Idee«, sagte Ernest. »Du könntest für alle meine Geschäftsessen kochen. Ich werde viele geben, um meine Kontakte auszubauen und die Firma wieder in Schwung zu bringen.«

Das hörte sich gut an. Sie würde mehr als nur eine Ehefrau sein und Ernest bei seiner Arbeit unterstützen. Da es keine Kinder geben würde, um die sie sich kümmern musste – bis auf Audreys Besuche natürlich –, würde sie eine Beschäftigung brauchen. »Und wir könnten neue Leute kennenlernen«, sagte sie. »Freunde finden.«

Ernest spießte eine Olive auf. »Ja, und Maud wird dir auch dabei helfen. Sie hat beste Verbindungen.«

»Tatsächlich?« Wallis wusste wenig über Ernests Schwester, nur dass sie älter war als er.

»In der Familie ihres Mannes gibt es einen Baronet. Unter den alten erblichen Titeln Großbritanniens ist das ...«

Der kleine Diamant glitzerte, als Wallis lachend die Hand hob. »Stopp! Ich interessiere mich nicht für alte Titel! Ich interessiere mich für moderne Menschen!«

Ernest nahm es mit Humor. »Nun, von denen kennt Maud auch eine Menge. Sie verkehrt in den besten Kreisen. Ihr Mann ist sehr reich.«

Wallis horchte auf. »Wirklich? Wie kommt's?«

Ernest knackte eine Nuss. »Irisches Leinen.«

Wallis warf einen Blick auf die Servietten. Das waren aufregende Neuigkeiten. Sie stellte sich Maud als eine schlanke, brünette Version ihres Bruders vor; hoch gewachsen, kultiviert und so elegant wie die Frau in Silber, die sie vor dem Hotel gesehen hatten. Sie würde Wallis ihren glamourösen, interessanten Freunden vorstellen. Ein gesellschaftlicher Kreis, der nur auf sie wartete. Sie würden gemeinsam auf Partys und ins Theater gehen. London war berühmt für seine Theater. Und es gab Nachtclubs mit gefeierten Bands. Alle strömten in die britische Hauptstadt.

Der Champagnercocktail breitete sich in ihr aus, erfüllte sie mit Aufregung und Glück. »Ich freue mich darauf, mich mit den Briten anzufreunden«, sagte sie und trank den letzten Schluck. »Das Leben in London wird wundervoll!«

»Darauf trinke ich«, sagte Ernest.

»Sollen wir noch einen bestellen?«, flehte sie.

Ernest sah sie überrascht an. »Es ist Zeit fürs Abendessen. Den *Pot-au-feu*.«

Der Kellner tauschte mit unbewegter Miene die leere gegen eine frisch gefüllte Schale mit Nüssen. Wallis kam eine Idee. Ein weiterer Cocktail wäre nicht teurer als ein Abendessen, selbst wenn sie das günstigste Bauerngericht in Paris bestellten. Hier konnten sie sich kostenlos an Nüssen und Oliven gütlich tun.

»Bitte«, flehte sie Ernest an. Wer wusste schon, wann sie wieder einmal an einen Ort wie diesen kommen würden?

Er schüttelte in gespielter Verzweiflung den Kopf. »Wallis, wie soll ich nein sagen, wenn du mich so ansiehst?«

Auch den dritten Cocktail konnte er ihr nicht abschlagen. Mit ihm verfolgte sie einen praktischeren Zweck als mit den anderen. Sie mochte in einer hell erleuchteten Cocktailbar sitzen, doch der schäbige, dämmrige Raum, in dem sie die schmerzhaften Geständnisse gemacht hatte, war nicht weit entfernt. Der Raum, in dem sie zum ersten Mal ein Bett teilen würden. Wallis wollte ihre Gefühle mit Alkohol betäuben, bevor sie dorthin zurückkehrten.

Und so kam es auch. Sie stolperten fröhlich und unsicher durch die von Laternen erleuchtete Rue de Rivoli. Im dunklen, verlassenen Hotel manövrierten sie sich unter prustendem Gelächter die vier klapprigen Treppen hinauf. Wallis spürte kaum, wie sie das Zimmer betrat, vor dem sie sich so gefürchtet hatte.

Sie war so müde, dass ihr der Anblick des durchhängenden Bettes ganz willkommen war.

Dann bemerkte sie den aufgeklappten Koffer, auf dem sie achtlos ein Kleid abgelegt hatte.

»Was machst du da?«, fragte Ernest müde.

Wallis, die in dem billigen kleinen Schrank nach Kleiderbügeln kramte, lächelte erschöpft. »Ich habe vergessen, meine Kleider aufzuhängen.«

Sein Gesicht fiel förmlich in sich zusammen. »Wallis. Du brauchst dir keine Sorgen zu machen. Ich werde nicht ...« Er seufzte. »Du kannst mir vertrauen. Ich tue dir nicht weh.«

Natürlich dachte er, sie wolle Zeit gewinnen; dass sie glaubte, er werde sich ihr letztlich genauso aufdrängen, wie Win es getan hatte. Er verstand, wie wenig sie Männern vertraute, wie wenig Grund sie bisher dazu gehabt hatte. Sie war tief gerührt und sah ihn aus glänzenden Augen an.

»Ernest, ich vertraue dir. Und du kannst mir vertrauen. Ich tue dir auch nicht weh.« Sie hielt inne und lächelte. »Aber ich muss meine Kleider wirklich aufhängen. Sonst sehen sie morgen furchtbar aus.«

Er lag schon im Bett, als sie fertig war. Da ihr Zimmer kein eigenes Bad besaß, war er ins Gemeinschaftsbad am Ende des Flurs gegangen, um sich auszuziehen. Wallis benutzte die Schranktür als Sichtschutz. Während sie ihr Nachthemd überstreifte, lag Ernest auf dem Rücken, den Pyjama bis zum Hals zugeknöpft, die Augen geschlossen. Als sie neben ihn glitt, knisterte etwas unter ihrem Kopfkissen. Es war ein kleines gefaltetes Stück Papier. Sie hielt es vor die einzige Lichtquelle, den roten Schimmer vom Fenster gegenüber.

Für Wallis, meine kleine Frau,
Mit Freud' ich auf die Ehe schau!

Als es knisterte, regte sich Ernest, der offenbar noch wach war, und sagte beschämt: »Ich hatte ganz vergessen, dass ich das da hingelegt hatte. Gleich nachdem wir angekommen waren ...«

»Das ist süß«, sagte sie. »Danke schön.« Sie beugte sich vor und küsste ihn sanft auf die Wange, wich aber seinem Blick und der Frage aus, die darin liegen mochte. Dann drehte sie ihm den Rücken zu. Bald verriet ihr sein regelmäßiger Atem, dass er eingeschlafen war. Sie starrte auf die rot beleuchtete Blumentapete, bis auch sie eindöste.

Als sie aufwachte, war es dunkel. Sie spürte einen Druck im Kopf, wohl vom Alkohol. Doch nicht das hatte sie aufgeschreckt. Sie horchte. Hörte schnelle Schritte. In der Ferne hämmerte es, das Geräusch kam langsam näher. Ein Krachen an ihrer Tür. Sie zuckte heftig zusammen. Dann ein Schrei. »Feu!«

Feu? War das nicht französisch für Feuer?

Ernest lag auf dem Rücken und schnarchte. Sie stupste ihn an. »Ernest!« Er knurrte und drehte sich um. Sie packte ihn. »Ernest!«

Das Hämmern und Rufen wurde lauter. Die rennenden Füße klangen wie eine Stampede. Wallis fiel ein, dass sie keine Feuerleiter gesehen hatte. Die schien es in Paris nicht zu geben, nicht einmal in einem hohen Gebäude wie diesem. Und sie waren im vierten Stock.

Panik trieb sie aus dem Bett und zum Lichtschalter.

»Au!«, protestierte Ernest und verzog das Gesicht, als das erbarmungslose Licht der Glühbirne den Raum erhellte. Er presste die Hände an den Kopf. »Ahh ...«

Wallis zog den Mantel über ihr Nachthemd. »Ernest, es brennt! Wir müssen raus!«

Er schoss wie der Blitz unter der Bettdecke hervor, öffnete die Tür, nahm sie am Arm und schob sie in die Menge auf dem Flur. Es ging so schnell, dass ihnen keine Zeit zum Reden blieb.

Ehe sie sichs versah, wurde sie mitgerissen. Sie drehte sich um und schrie: »Ernest!« Doch die Tür zu ihrem Zimmer hatte sich geschlossen.

Sie versuchte, gegen die Flut anzulaufen, doch die Menschen drängten sie vorwärts. Sie husteten und hielten sich Taschentücher vors Gesicht. Der Geruch von Rauch war übermächtig.

»Ernest!« Wo war er nur? Warum hatte er das Zimmer nicht verlassen? Ein schrecklicher Gedanke durchzuckte sie. Vielleicht, weil sie ihm keine richtige Ehefrau sein konnte? War er zornig deswegen? Oder hatte er beschlossen, den Dingen ihren Lauf zu lassen, weil das Leben mit ihr nicht lebenswert war?

»*Continuez, Madame!*«, rief der dicke Mann hinter ihr, ein Traum in Unterhemd und langen Unterhosen.

Ihre Augen brannten vom Rauch, aber auch von Tränen. Es war alles ihre Schuld. Sie hätte ihn nie heiraten dürfen. Sie hatte ihn ruiniert, einen edlen und großzügigen Mann zerstört.

Die Menge fegte sie förmlich die Wendeltreppe hinunter in den winzigen Flur. Das Licht schien unbarmherzig auf alte Damen in Pumphosen, junge Männer mit nackter Brust, Haare in Lockenpapier und kahle Köpfe ohne Perücken. Es war wie in einem surrealen Traum; Fremde im Nachthemd, die Welt aus den Fugen, die Luft voller Rauch, alle schrien und drängelten. Wallis konzentrierte sich auf das Einzige, was zählte, und wünschte sich mit aller Kraft, dass Ernest endlich käme.

Jemand sagte, das Feuer tobe in den oberen Stockwerken, worauf sie der letzte Rest Vernunft verließ. Mit der Kraft des Wahnsinns drängte sie zurück in Richtung Treppe. Diesmal konnten selbst dicke Männer in langen Unterhosen sie nicht aufhalten. »Lasst mich durch!«, schrie Wallis.

Sie hatte den Fuß der Treppe erreicht, als jemand nach ihr griff. Sie stieß ihn weg, schob sich vorwärts. Er packte wieder zu. »Wallis!«

Es war Ernest. Sie öffnete die Augen und schaute in sein

faltiges, freundliches Gesicht. Es schien das wunderbarste und liebste Gesicht der Welt zu sein. Dann bemerkte sie, dass er vollständig bekleidet war.

»Du bist oben geblieben, um dich anzuziehen?«, keuchte sie fassungslos. Hatte er ihr all die Qualen und Ängste zugemutet, nur um Anzug und Mantel anzuziehen?

Er hielt ihren Koffer hoch. »Nein, Wallis. Ich bin geblieben, um deine Kleider zu holen. Ich weiß doch, wie viel sie dir bedeuten.«

Das Begräbnis des Duke of Windsor

Die Fahrt vom Flughafen, Juni 1972

Die Maschine setzte rumpelnd auf der Rollbahn auf. Die Flugbegleiterinnen kamen aus der Kabine nebenan. Sie lächelten nichtssagend und professionell, doch Wallis spürte ihre Neugier. Das Flugzeug kam langsam zum Stehen.

»Wen sie wohl schicken, um dich zu abzuholen?«, fragte Grace.

Wallis war es egal. Ihr Leben war vage und fließend geworden wie ein freifliegender Ballon. Nichts fühlte sich mehr real an. Aber sie wusste, dass es David sehr wichtig wäre, wer seine Witwe offiziell empfing.

»Mrs Temple Senior?«, fragte Grace.

»Du meinst Ihre Majestät Königin Elizabeth, die Königinmutter«, korrigierte Wallis und lächelte, als sie Davids alten Spitznamen für die Frau seines Bruders hörte. Lilibet mochte früher dem Kinderstar Shirley Temple geähnelt haben, doch Elizabeth glich deren rücksichtsloser Mutter noch viel mehr.

»Meinst du, sie ist das Empfangskomitee?«

»Ich hoffe nicht.« Dennoch musste sie sich ihrer erbittertsten Feindin irgendwann stellen.

»Hat sie sich bei dir gemeldet?«

»Nein.«

»Überhaupt nicht?«, fragte Grace erstaunt.

Wallis zuckte mit den schmalen Schultern. »Sie gibt mir

wohl immer noch die Schuld an Davids Abdankung und dem Tod ihres Mannes.«

»Und dass David dich geliebt hat und nicht sie.«

»Grace!« Wallis sah sich um, als hätten die Kabinenwände Ohren. Aber die Angestellten waren verschwunden; von irgendwoher hörte sie leises Gemurmel.

»Es stimmt doch, Wallis, du hast es mir selbst erzählt. Elizabeth hat nie verstanden, wieso er das amerikanische Aschenputtel der britischen Aristokratin vorgezogen hat.«

»Das haben wir beide nicht verstanden.«

Jenseits der Rollbahn warteten glänzende Autos und eine Reihe dunkel gekleideter Gestalten, darunter ein großer, aufrechter Mann mit silbernem Haar.

»Sie haben Mountbatten geschickt!«, rief Grace. »Das ist unerhört. Er ist kein Mitglied der königlichen Familie!«

»Das glaubt er aber«, sagte Wallis. »Hat er schon immer getan. Und ich bin ohnehin keine Königliche Hoheit. Nur Your Grace.«

»Grace zu sein, ist doch nichts Schlimmes!«

Die Stewardessen näherten sich; Zeit zum Aussteigen. Eine Sekunde lang klammerte sich Wallis an den Sitz. Ihre Gliedmaßen waren zu Blei geworden. Sie konnte das nicht. Sie wollte sofort zurück nach Frankreich.

Grace hakte sich bei ihrer Freundin unter. »Komm schon«, drängte sie. »Wir Graces müssen zusammenhalten.«

Sie traten ins Tageslicht, es war kühl für Juni. Die Kälte drang ihr in die Knochen, der graue Himmel lastete schwer auf ihr. Kein Regen. Aber sie waren in London, also würde es nicht mehr lange dauern.

Als sie die Stufen hinunterstieg, klammerte sie sich ans Geländer. Mountbatten marschierte herüber, sein Gesicht unter dem silbernen Haar war gebräunt. Er warf einen anerkennenden Blick auf Grace, bevor er sich umdrehte und fürsorglich den Arm um sie legte. Stolz zog sie ihn weg. »Ich bin eine Witwe, Louis. Kein Krüppel.«

Sie würden allein fahren, während Grace und die wenigen Bediensteten im nächsten Wagen folgten. Grace spürte, wie Wallis unruhig wurde, und umarmte sie rasch. »Wir sehen uns in Buckingham.« So nannten die Franzosen den Palast. Sie alle waren für drei Nächte bei der Königin zu Gast.

Die Autositze rochen satt nach Leder. »Ihre Majestät hat sämtliche Querstraßen sperren lassen«, bemerkte Mountbatten, als sie losfuhren.

Plötzlich sah Wallis Lilibet in Polizeiuniform vor sich, wie sie herrisch mit weißen Handschuhen den Verkehr dirigierte. Es kam ihr seltsam passend vor. »Warum?«

»Damit Sie nicht aufgehalten und angestarrt werden. Wir können einfach geradeaus durchfahren.«

Wallis hatte nicht an Kreuzungen gedacht, und eine glotzende Menschenmenge wäre kein Problem für sie. Sie war hier, um ihren Mann zu vertreten, der für kurze Zeit der König dieser Menschen gewesen war. »Es macht mir nichts aus«, sagte sie. »Ich bin sicher, die Leute wären respektvoll.«

Er machte es sich bequem, hob flüchtig und skeptisch eine Augenbraue. Ärger durchzuckte sie. »David war sehr beliebt«, erinnerte sie ihn. »Der beliebteste Prinz von Wales in der Geschichte.«

»Oh ja.« Mountbatten klang sardonisch. »Niemand, der ihn als Prinz von Wales kannte, wird ihn je vergessen.«

Sie unterdrückte ihre Empörung und wechselte das Thema. »Wie geht es allen? Der Familie?«

»Sehr gut. Sie freuen sich, Sie zu sehen.«

»Es geschehen noch Zeichen und Wunder.«

Sein breiter Mund verzog sich zu einem schwachen Grinsen.

»Sie wären überrascht. Vor allem Ihre Schwägerin wird Sie mit offenen Armen empfangen. Sie wollte, dass ich Ihnen das ausrichte.«

Es kam so überraschend, dass Wallis die Maske fallen ließ und Mountbatten anstarrte. »Machen Sie Witze?« Hatten die Jahre das harte Bowes-Lyon-Herz endlich erweicht?

Mountbatten neigte den gepflegten Silberkopf. »Ihre Majestät, Königin Elizabeth, die Königinmutter, empfindet in Ihrer derzeitigen Trauer tiefes Mitgefühl mit Ihnen.«

»Tatsächlich?« Wallis spürte, wie eine Last von ihr abfiel.

»Ja. Sie weiß noch, wie es war, als ihr eigener Mann starb.«

Autsch. »Das ist sehr ... ähm ... tröstlich.«

»Gut. Das hatte sie gehofft.«

Wallis wandte sich zum Fenster. London glitt vorbei, trüb unter dem granitgrauen Himmel.

»Louis«, sagte sie nach einer Weile, »Sie wissen genau, dass nicht ich George VI. getötet habe.«

»Nein, es war der Stress. Man hatte ihn nicht darauf vorbereitet, König zu werden. Anders als seinen Bruder.«

Sie seufzte entnervt. Ein weiterer Mythos, der sich durchgesetzt hatte. »David wurde nie auf etwas vorbereitet. Sein Vater hat ihn an keiner einzigen Besprechung teilnehmen lassen oder ihm auch nur eine einzige Dispatch Box gezeigt.«

Skeptisches Schweigen, das sie ignorierte.

»George VI. starb an Lungenkrebs. Er hat gequalmt wie ein Schlot. Es waren die Zigaretten, nicht der Stress, weil er plötzlich König geworden war. Und da wir schon beim Thema sind, niemand hat es mehr als Elizabeth genossen, Königin zu sein.«

Mountbatten schaute jetzt auch aus dem Fenster. »Aber so ist es nun mal mit der Geschichte, Wallis. Es kommt nicht darauf an, was Sie getan haben. Es kommt darauf an, was die Leute denken, was Sie getan haben.«

Viertes Kapitel

Die neue Mrs Simpson, Upper Berkeley Street,
London W1, 1928

Der Regen peitschte ans Wohnzimmerfenster. Draußen auf dem schmalen Eisenbalkon sammelte sich das Wasser. Seit sie aus Paris zurück waren, hatte es jeden Tag geregnet, so kam es Wallis zumindest vor.

Sie bemühte sich sehr, nicht enttäuscht von London zu sein, doch bisher war nichts so, wie sie es erwartet hatte.

»Es war wunderbar, dass Maud uns ein Haus gesucht hat, nicht wahr?«, fragte Ernest, als sie von der Hochzeitsreise zurückkamen. In Paris war es heiß und sonnig gewesen, hier tropfte Regen von seinem Hut.

Wallis hatte sich unter ihrem durchnässten, ruinierten Pillbox-Hut zu einem anerkennenden Lächeln gezwungen. »Das war es.«

Sowie Wallis Maud erblickte, löste sich die Hoffnung, eine Freundin zu finden, in Luft auf. Ernests Schwester war zum einen gute zwanzig Jahre älter und kleidete sich noch älter. Ihre sackartigen Tweed-Kostüme waren Lichtjahre von der gepflegten Raffinesse der Pariser Frauen entfernt. Das hätte sie nicht gestört, wäre Maud wenigstens freundlich gewesen, doch das war sie nicht. Mit den funkelnden dunklen Augen und der kompakten Statur erinnerte sie an einen rechthaberischen, zänkischen Vogel. Ihr Nachname – Smiley – wirkte gelinde gesagt ironisch.

Sie hatte ihnen zweifelsohne geholfen, doch Wallis bereute, dass sie sich nicht selbst um ein Haus gekümmert hatte. Upper Berkeley Street 12 hätte sie jedenfalls nicht genommen. Es war ein schmales Reihenhaus nördlich der Oxford Street und wurde von den Nachbarhäusern förmlich erdrückt, sie schienen ihm die Luft zu nehmen. Nachts klapperte und hämmerte es in den uralten Leitungen, tagsüber drang der schmutzige Londoner Nebel durch die undichten Türen und Fenster. Der Ruß von Millionen rauchenden Schornsteinen mischte sich mit dem schwefelhaltigen Miasma des Flusses und war jetzt im Winter besonders dicht und übelriechend. Die Londoner nannten ihn Smog oder Erbsensuppe und schienen beinahe stolz darauf, doch Wallis hasste es, wenn er durch die Straßen wogte, dass man kaum die Hand vor Augen sehen konnte. Der Nebel streifte wie eine dreckige Katze durchs Haus und hinterließ auf jeder Oberfläche eine schwarze Schmutzschicht.

Das Haus in der Upper Berkeley Street gehörte einer Bekannten von Maud, einer gewissen Lady Chesham, und Wallis argwöhnte, dass eher dieser Dame geholfen werden sollte als ihnen.

Zumal die dazugehörige Köchin nicht verhandelbar gewesen war. Maud war entsetzt, als Wallis zögernd erwähnte, sie wolle selbst kochen. »Eine Dame kocht nicht selbst!«, rief sie aus. »Eine Dame arbeitet überhaupt nicht!«

Wallis hatte sich gefügt, statt mit Maud zu streiten, denn das hätte Ernest verärgert, der von seiner älteren Schwester eher eingeschüchtert schien. Außerdem könnte sie von Mrs Codshead, der Köchin, vielleicht noch etwas lernen. Wallis wollte sich unbedingt mit der englischen Küche vertraut machen.

Leider erwies sich Mrs Codshead als die für ihren Beruf am wenigsten geeignete Person, der Wallis je begegnet war. »Sie ist geradezu herausragend schlecht«, sagte sie zu Ernest, als Mrs Codshead wieder einmal einen Brei aus Kohl und harte, schwarz geäderte Kaninchenkeulen serviert hatte. »Eigentlich ist es einfacher, Kohl so zu kochen, dass er knackig und grün bleibt. Man muss schon ein echtes Genie sein, um ihn zu Tapetenkleister zu verarbeiten.«

Ernest zog eine Augenbraue hoch. »Na ja, du sagst doch immer, dass hier renoviert werden muss. Da könnte Tapetenkleister ganz nützlich sein.«

Das grauenhafte Essen war zu ihrem privaten Scherz geworden. Ein besonders abstoßendes Fleischgericht hatte Ernest »Totenbein« getauft, während Wallis einen körnigen, gräulichen Pudding »Die Zehennägel der Nonne« nannte. Ein wässriges, farbloses Gericht, das hauptsächlich aus Knochen bestand, wurde zum »Skeletteintopf«.

Mit der Zeit wurde das schreckliche Essen allerdings weniger amüsant. Und die Tatsache, dass sie dafür bezahlten, erst recht. Ihre Ankunft in Großbritannien und der viel gepriesene Neuanfang fielen mit einer Wirtschaftskrise zusammen, die von Woche zu Woche schlimmer wurde.

Die wirtschaftliche Situation war trüb, das wusste Wallis nur zu gut; es war sehr viel schwieriger als erwartet, das Familienunternehmen Simpson, Spence und Young aus der Krise zu führen. Sie hatten jetzt weniger Geld als bei ihrer Heirat, und die Aussichten waren düster.

London blieb unerforscht; die Theater, die Nachtclubs mit den berühmten Bands, die Konzertsäle mit den gefeierten Orchestern, die Grand Hotels mit ihren Ballsälen. Weil es ihnen an Geld fehlte, waren diese Genüsse vollends unerreichbar. Ernest schien sich in sich zurückzuziehen. Sorge und Erschöpfung wirkten sich seltsam auf ihn aus. Er hatte angefangen, laut auf Latein zu deklamieren; anscheinend hatte er in der Schule einen Preis dafür gewonnen und tröstete sich mit der Erinnerung an den Erfolg. Der Stress verursachte zudem Furunkel, vor allem am Hals. Wallis machte ihm Umschläge, während er Vergil im

Original las. Noch nie war der Abend in der Pariser Bar so fern gewesen.

Dennoch versuchte sie, seinen alten Pariser Esprit wiederzubeleben. Wenn sie einmal ausgingen, würde das nicht gleich ihr Budget sprengen. »Ich möchte so gern *Eine Nacht in London* sehen«, schlug sie sehnsüchtig vor. »Alle schwärmen von Robin Irvine und Lilian Harvey ...«

»Wallis, das können wir uns wirklich nicht leisten.«

»Wie wär's mit einem Nachtclub? Dem Café de Paris?« Sie kannte es aus Zeitschriften, es war beliebt bei Cabaret-Stars und besaß eine große geschwungene Treppe, die für spektakuläre Auftritte wie geschaffen war.

»Auch das nicht.«

»Oder dem Embassy Club in der Bond Street?« Auch davon hatte sie Bilder gesehen, er war mit Spiegeln und roten Samtbänken ausgestattet. »Dort spielen die besten Bands.« Sie hatte so lange nicht getanzt.

»Diese Clubs sind sehr teuer«, warnte Ernest.

»Wir würden nur einen Drink nehmen und die Leute beobachten.« Sie flehte wie ein Kind. »So wie in Paris.«

»Wallis, wir hatten in Paris nicht einen Drink, sondern drei!«

Gott sei Dank, dachte sie. Denn es sah nicht danach aus, als würde sie jemals wieder einen Champagnercocktail trinken. Sie fühlte sich wie eine Flasche Champagner, die man im Eisfach vergessen hatte und deren Bläschen in der Kälte verschwunden waren.

Sie war seit sechs Monaten in London und hatte noch keine einzige Freundin gefunden. Wenn Ernest zur Arbeit gegangen war, verlangsamte sich die Zeit und kroch nur noch dahin. Und wenn er heimkam und sich mit seinen Büchern zurückzog, schien sie noch langsamer zu werden.

Die Isolation lastete schwer auf ihr. Noch nie im Leben hatte sie sich so einsam gefühlt. Sie hasste, wie er ihr entglitt. Für kurze Zeit waren sie ein Team gewesen, vereint in ihren Hoffnungen und Ambitionen für die Zukunft. Nun aber waren sie einander fern und schliefen in unausgesprochenem, aber beiderseitigem Einverständnis in getrennten Zimmern.

Wallis spürte, dass das Ausmaß seiner finanziellen Probleme ihn ängstigte, und wollte ihn beim Abendessen ermutigen, die Last mit ihr zu teilen. Aber Ernest sagte nur, sie solle sich keine Sorgen machen. Vermutlich war es sein männlicher Stolz. Er fühlte sich verpflichtet, für sie zu sorgen und alles allein zu bewältigen. Dabei schien er zu vergessen, dass sein Vorgänger weder das eine noch das andere getan hatte, ganz im Gegenteil.

»Ich habe eine Idee«, verkündete Ernest eines Abends, als sie einen Teller Skeletteintopf in Angriff nahmen. »Du sagst doch immer, du hättest London gar nicht kennengelernt.«

Schlagartig besserte sich ihre Laune. Wollte er einlenken und doch mit ihr ins Theater gehen? Doch bei seinen nächsten Worten erlosch der kleine Funken Zuversicht. »London ist voller historischer Sehenswürdigkeiten.«

Wallis atmete tief durch. »Du meinst Galerien, Museen und so?«

»Genau!« Seine Augen leuchteten. »Faszinierende Orte. Und weißt du, was das Beste daran ist?«

»Sag's mir.«

»Die sind alle kostenlos!«

Und so kam es, dass von nun an eine kleine, einsame Gestalt, bewaffnet mit Ernests Reiseführern und einem Schirm gegen den allgegenwärtigen Regen, im Parlamentsbezirk und unter der großen Kuppel von St. Paul's auftauchte. In den Inns of Court kauerte sie auf einer Parkbank, während schwarz gekleidete Barrister wichtig an ihr vorbeirauschten. In Westminster Abbey besichtigte sie pflichtschuldig den eher schlichten Holzstuhl, auf dem königliche Karrieren begannen, und die prächtigen Gräber, in denen sie endeten. Nachdem Ernest erklärt hatte, die Londoner Eisenbahnarchitektur sei die beste ihrer Art, besuchte sie die rußgeschwärzten Türme der St. Pancras Station. Die Halle war voller Bierfässer und stämmiger Männer mit seltsamen Akzenten. Das Dach war ein riesiges Eisengewölbe, und die roten Backsteinmauern erinnerten an eine mittelalterliche Kathedrale oder Festung. Offenbar war nicht nur das Heim eines Engländers seine Burg, sondern auch sein Bahnhof. Zugegeben, er besaß eine gewisse Schönheit, doch vor allem, weil er einen Fluchtweg bot.

Fünftes Kapitel

Der Winter schleppte sich dahin. Das Wetter wurde schlechter und Wallis hoffnungsloser. Würde sie in dieser kalten, alten Stadt jemals eine verwandte Seele finden? Die einzigen Menschen, die sie bisher kennengelernt hatte, waren Ernests Geschäftspartner. Sie kamen gelegentlich zum Abendessen und zeigten sonderbare englische Tischmanieren. So aßen sie beispielsweise mit Messer und Gabel, statt nur mit der Gabel, wie es Amerikaner taten, und langten direkt zu, statt zu warten, bis alle etwas auf dem Teller hatten. Sie fand es mutig angesichts der miesen Qualität des Essens. Aber »Totenbein« und Konsorten schienen sie erstaunlicherweise nicht zu schrecken. In dieser fremden neuen Stadt war man schlechtes Essen wohl ebenso gewöhnt wie schlechtes Wetter.

Es gab auch Regeln für die Konversation. Wallis hatte früher als geistreich gegolten, doch ihre Witze kamen hier nicht an. Sie stellte fest, dass man englische Wörter, vor allem Ortsnamen, anders schrieb, als man sie aussprach. Als Amerikanerin fiel es ihr schwer, die abgehackte Redeweise zu verstehen. Sie übte fleißig die englische Aussprache und bemühte sich, ihren schleppenden Südstaaten-Akzent zu mildern. »Baath, nicht Bääth«, deklamierte sie wie eine amerikanische Eliza Doolittle in *Pygmalion*. Sie las Zeitung, um sich über britische Themen auf dem Laufenden zu halten, und wollte von Ernest Einzelheiten zu den

Gästen hören, damit sie diese mit Fragen aus der Reserve locken konnte.

Aber niemand wollte aus der Reserve gelockt werden. Die Männer redeten ausschließlich über Börsenkurse, die Frauen über die königliche Familie. In den letzten Monaten hatte Wallis mehr über die kleine Prinzessin Elizabeth und ihre Mutter, die Herzogin von York, erfahren, als sie je für möglich gehalten hatte. Auch vom Prinzen von Wales waren sie förmlich besessen. Man schwärmte von seinem guten Aussehen, dem strahlenden Charme und seiner Beliebtheit. Wie es schien, war der Mann ein Gott unter den Menschen.

»Es ist verrückt«, sagte sie zu Ernest. »Man sollte nicht glauben, dass Großbritannien das Mutterland der Demokratie ist.«

Bei ihren Besichtigungen hatte sie auch das Parlament besucht, das mit seinen Türmen, Statuen und leuchtenden Farben unerwartet schön aussah. Ein Spiegelbild des britischen Respekts für die Demokratie, hatte sie gedacht. Warum also diese Verehrung für eine Familie, deren Stellung allein von der Geburt abhing?

Ernest seufzte. »Du solltest nicht mit ihnen streiten, Wallis. Ich versuche, das Geschäft anzukurbeln. Tu einfach, als wärst du interessiert.«

»Aber ich weiß doch gar nichts über sie!«

»Dann lies den *Court Circular*«, riet Ernest.

Dabei handelte es sich um einen täglichen Bericht zu königlichen Angelegenheiten, den sie in der *Times* entdeckte. Die kriecherische Sprache klang für ihre skeptischen republikanischen Ohren bizarr nach 18. Jahrhundert. *Seine Majestät war erfreut ... Ihre Majestät erwiderte gnädig.* Weder König George noch Königin Mary sahen auf ihren Fotos jemals erfreut oder gnädig aus, ob sie nun bei einer Einweihung ein Band durchschnitten oder einen Grundstein legten. Dabei hatten sie verglichen mit ihren Untertanen, die Hungermärsche und Streiks abhielten oder in immer länger werdenden Schlangen vor den Arbeitsämtern warteten, durchaus Grund, sich zu freuen und gnädig zu sein.

Die größte Herausforderung bestand aber darin, den Tag irgendwie auszufüllen. Sie zwang sich zu Spaziergängen, zog den Kragen ihres Tweedmantels eng ums Kinn und zuckte zusammen, wann immer der eisige Wind das Laub um ihre Knöchel rascheln ließ.

Sie besuchte die großen Kunstgalerien und bemühte sich, sie interessant zu finden. Am liebsten war ihr die Wallace Collection. Abgesehen von der amüsanten Ähnlichkeit mit ihrem Namen waren die Gemälde dort entzückend. *Der lachende Kavalier* besserte ihre Laune, und sie hatte Spaß daran, sich vorzustellen, was die hochmütigen Velázquez-Damen wohl zu Maud sagen würden. Am meisten aber liebte sie die ausgelassenen, rüschenbesetzten Fragonards. Die sonnige, idyllische Welt von Velázquez war ein solcher Gegensatz zur tristen Stadt da draußen. Wallis sehnte sich danach, auf einer blumenübersäten Schaukel inmitten dieser fröhlichen Gesellschaft zu sitzen.

Oder irgendeiner fröhlichen Gesellschaft. Sie wusste, es gab Partys. Die Lektüre der Klatschspalten und Gesellschaftsseiten hatte ihr gezeigt, dass sich manche Leute in dieser kalten, nassen Stadt prächtig amüsierten. Man nannte sie die Bright Young Things. Ihre Gesichter waren modisch ausdruckslos, die Brüste modisch flach. Sie erschienen ständig auf Bällen und Tanzveranstaltungen, und fast alle trugen einen Titel.

Das Treiben von Society-Schönheiten wie Lady Bridget Poulett, Lady Edwina Mountbatten, Lady Diana Guinness, Lady Anne Armstrong-Jones und Lady Caroline Paget wurde von der Presse atemlos verfolgt. In Großbritannien genossen junge Menschen mit Titel die gleiche Aufmerksamkeit wie Filmstars in Amerika.

Diese gut vernetzten Frauen wurden oft als Debütantinnen bezeichnet. Eine kurze Recherche ergab, dass sie dem König und der Königin bei Hofe, also im Buckingham Palace, vorgestellt worden waren. Das geschah jeden Sommer, und wer in der kommenden Saison vorgestellt werden wollte, musste von einer Dame mit guten Beziehungen protegiert werden. In Wallis erwachte neue Hoffnung, und sie bat Ernest, Maud in ihrem Namen zu fragen.

Ein entschiedenes Nein war die Antwort. »Wie es aussieht, kann man nur alle drei Jahre jemanden vorstellen«, erklärte Ernest müde.

»Und nächsten Sommer stellt sie Meine Elizabeth vor«, vermutete Wallis verärgert. »Meine Elizabeth« pflegte Maud ihre Tochter zu nennen, die eine jüngere Version ihrer selbst war. »Vielleicht kann es jemand anders tun.« Sie schaute Ernest hoffnungsvoll an, als könnte er unter seinen Geschäftsfreunden jemanden mit entsprechenden Beziehungen hervorzaubern. Vielleicht eine der monarchiebesessenen Ehefrauen.

Aber Ernests Basset-Hound-Gesicht war noch düsterer als sonst.

»Es hat keinen Sinn, Wallis. Anscheinend kann man nicht bei Hofe vorgestellt werden, wenn man geschieden ist.«

Sie keuchte empört auf, weil es so ungerecht war. »Das ist doch lächerlich altmodisch! Und ich wette, für Männer gilt es nicht.«

»Ganz im Gegenteil«, erklärte Ernest. »Für einen geschiedenen Mann ist es nicht nur unmöglich, bei Hof zu erscheinen, er muss auch sein Offizierspatent abgeben, aus seinem Club austreten und sich in die Themse stürzen.«

»Das ist nicht dein Ernst!«

»Mein völliger Ernst«, erwiderte er mit Pokerface. Dann verzog sich sein Gesicht zu einem Lächeln. »Na ja, die ersten beiden stimmen. Das Letzte habe ich mir vielleicht nur ausgedacht.«

Wallis war erleichtert. Es gab also doch noch Spuren des alten Ernest.

Hartnäckig setzte sie ihre kulturellen Exkursionen fort. Eines Nachmittags suchte sie bei Einbruch der Dunkelheit in der Nähe von Piccadilly nach dem St. James's Palace. Eisiger Regen hatte eingesetzt, und sie beeilte sich, um dem Wasser auszuweichen, das von Gebäuden tropfte und von Autoreifen aufgewirbelt wurde.

Im schwachen Winterlicht blitzten die Juwelen in den Schaufenstern von *Cartier* und *Van Cleef and Arpels*. Es war, als könnte sie die Hände heben und sich an der Glut hinter dem Glas wärmen; an den feurigen Rubinen, den schimmernden Smaragden, den lodernden Saphiren, vor allem aber an den weiß glühenden Diamanten. Sie kam an der verglasten Fassade eines Modegeschäfts vorbei. CHANEL stand in dicken schwarzen Großbuchstaben darüber. Ihre Gedanken flogen zurück in die Pariser Flitterwochen, als sie begehrlich in das Schaufenster eben dieser Designerin geschaut hatte.

Schlichte, raffinierte, aber schön gestaltete Kleidung, die die tatsächliche Körperform der Frauen berücksichtigte. Aber viel zu teuer für sie. Sie starrte in die Auslage; ein ärmelloses Abendkleid, eine graue Seidenjacke mit Pelzbesatz, Wollpullover mit breiten Taschen. Eine Brosche an einem Kleid funkelte einladend. Eines Tages, dachte sie bei sich. Eines Tages.

Sie ging weiter zum Palast, war in Gedanken aber noch bei der Kleidung.

Aus dem Nebel tauchte das Torhaus aus rotem, weiß eingefasstem Backstein mit seinen zinnbewehrten Türmen und der goldgefassten Uhr auf. Wallis konnte sich nicht daran erinnern, wer es gebaut hatte und wer jetzt dort wohnte.

Ein großer Torbogen wurde von Wachhäuschen flankiert. Zwei scharlachrot gekleidete Soldaten starrten geradeaus, das letzte schwache Herbstlicht glomm auf den Spitzen ihrer Bajonette.

Sie standen still, die behandschuhten Hände auf den Gewehren. Die großen Tore schwangen auf, und eine prächtige schwarze Limousine glitt auf Wallis zu. Der Motor brummte, der silberne Kühlergrill glänzte, die Fenster schimmerten. Die Scheinwerfer leuchteten wie gelbe Augen durch den düsteren Nachmittag.

Auf dem Rücksitz zeichnete sich schemenhaft eine einzelne männliche Gestalt ab. Das blasse, jungenhafte Profil und die hellen Haare kamen ihr bekannt vor. Dann fiel ihr ein, dass der Prinz von Wales im St. James's Palace residierte. Aufregung überkam sie; nun, da sie mit eigenen Augen das Idol des Empire gesehen hatte, waren selbst die Chanel-Kleider vergessen. Endlich konnte sie Ernests Schifffahrtskontakte beeindrucken.

»Aber weißt du«, sagte sie beim Abendessen, »was wirklich merkwürdig war?«

Ernest blätterte stirnrunzelnd im Wirtschaftsteil. »Mmm?«

»Er sah so unglücklich aus.« Sie hielt inne, erinnerte sich an das eindringliche Gefühl, eine private Seite des Prinzen gesehen zu haben, die der Öffentlichkeit verborgen blieb. »Es ist seltsam«, fuhr sie fort, als Ernest nicht reagierte. »Auf den Zeitungsfotos lächelt er immer. Aber vorhin sah er wie das Leiden Christi aus.«

Ernest blätterte weiter. »Ich verstehe nicht, warum du dir darüber Gedanken machst. Du bist Republikanerin. Du lachst über den *Court Circular* und hast mal gesagt, wenn Amerika den ganzen königlichen Kram gewollt hätte, hättet ihr ihn behalten.«

Sie lachte. Er hatte recht, das hatte sie gesagt. Aber der Prinz, den sie im Auto gesehen hatte, hatte nicht nach königlichem Kram ausgesehen, sondern wie ein zutiefst unglücklicher Mann. Republikanerin oder nicht, sie hatte mit ihm gefühlt.

Sechstes Kapitel

Endlich ging der Winter in den Frühling über, doch das machte es nicht wirklich besser. Knospende Bäume und aufgehende Triebe erinnerten Wallis daran, wie sie als Schulmädchen allein in Baltimore geblieben war, während ihre wohlhabenden Altersgenossinnen in den Frühjahrsferien aufs Land fuhren. Keine von ihnen hatte sie jemals eingeladen, mitzukommen.

Es war verletzend, aber auch verwirrend gewesen. Denn wenn es nach ihrer Mutter ging, waren auch sie angesehene Leute. »Vergiss das nie, Wallis! Du stammst aus den ersten und besten Familien von Baltimore.«

Warum waren sie dann so arm?, fragte sich Wallis. Warum lebte sie in einer Abfolge schäbiger Wohnungen mit häufig wechselnden Stiefvätern?

Als sie älter wurde, erfuhr sie, dass es anders hätte kommen können. Nach dem frühen Tod ihres Vaters hatten seine Verwandten versucht, seiner Witwe und der kleinen Tochter zu helfen. Großmutter Warfield hatte ihnen ein Zuhause angeboten und Onkel Sol, der Bruder ihres Vaters, finanzielle Hilfe.

Aber Alice hatte alles abgelehnt, weil sie es als einschränkend empfand. Und so hatte das unsichere, ärmliche, rastlose Leben begonnen. Gesellschaftliche Ächtung war die Folge und Wallis die Hauptleidtragende. Sie wurde nicht zu Partys eingeladen, man redete über sie, sie wurde gemieden. Alices berühmter Sinn für Humor und ihre Weigerung, irgendetwas ernst zu nehmen, machten es nur noch schlimmer. »Wen kümmert es schon, was sie denken?«, sagte sie und ignorierte die offensichtliche Tatsache, dass es ihre Tochter kümmerte, und zwar sehr. Dass sie in der Warfield-Villa statt in schäbigen Pensionen hätte aufwachsen können, war besonders schwer zu verzeihen.

Wenn sie erwachsen war, hatte Wallis sich vorgenommen, würde sie keine Kinder bekommen. Niemals würde sie ihre eigene Selbstsucht einem kleinen, hilflosen Menschen aufzwingen. Auch würde sie nicht leichtsinnig handeln oder den Falschen heiraten. Sie würde die Fehler ihrer Mutter nicht wiederholen.

Doch nun sah es aus, als hätte sie alle wiederholt, bis auf den mit den Kindern. Und die Verletzlichkeit und Ohnmacht, die sie in London spürte, kannte sie aus ihrer Kindheit. Sie wurde immer noch nicht zu Partys eingeladen. Sie hatte immer noch kein Geld. Der Anblick der Frühlingsblüten brachte die Erinnerung zurück und machte alles nur noch schlimmer.

Und doch wusste Wallis, dass sie es im Vergleich zu vielen anderen gut hatte. Die Arbeitslosenzahlen stiegen immer noch rasant, Millionen Menschen lebten von Sozialhilfe. Dass die neu gewählte Labour-Regierung unter Ramsay MacDonald wie versprochen »innerhalb von drei Wochen nach Amtsantritt Elend, Mangel und Hunger beenden« würde, kam Wallis unwahrscheinlich vor.

Sie wünschte, sie könnte Ernest irgendwie helfen. Er kämpfte immer noch darum, die Firma zu retten, aber ohne sichtbaren Erfolg. Das Geld war knapper denn je, und sie wollte selbst die Lebensmittel besorgen. Damit hätte sie eine sinnvolle Aufgabe und könnte Geld sparen, da sie bestimmt besser und billiger einkaufte. Aber er bestand darauf, es weiter Mrs Codshead zu überlassen. Vermutlich wegen Maud. Sie mochte kleiner sein als Ernest, doch er fürchtete sie wie der Elefant die Maus.

Das englische System der Lebensmittelbeschaffung kam

Wallis ohnehin seltsam vor. Mrs Codshead ging nie in die Nähe eines Ladens, stattdessen lieferten Metzger, Gemüsehändler und Milchmann direkt zu ihr. Die Lieferungen und Kosten wurden in einer Reihe kleiner Bücher verzeichnet, die sie mit Argusaugen bewachte. Einmal in der Woche nahm Ernest die schmuddeligen, fettverschmierten Bücher abends mit nach oben und ging mit ihr die Haushaltsausgaben durch.

Wallis bemühte sich zu akzeptieren, dass er gründlich bis zur Pedanterie war. Ernest konnte seine Sorgen vergessen, wenn er stundenlang über den Kosten für Leber und Kartoffeln brütete. Das System von Pfund, Shilling und Pence war ihr anfangs ebenso ein Rätsel wie viele Rechnungen, die nicht mit den servierten Mahlzeiten übereinstimmten.

In den vergangenen Wochen hatte er vor allem die Fleischrechnung in Frage gestellt, weil sie ihm angesichts der schlechten Qualität des Essens sehr hoch erschien. Wurde »Totenbein« mit Fleisch oder Innereien zubereitet? »Andererseits«, bemerkte Wallis, »könnte Mrs Codshead auch das beste Steak nach billigem Nacken schmecken lassen.«

Nun, da sie die englische Währung besser beherrschte, hegte Wallis einen ganz konkreten Verdacht. Mrs Codshead schien das Beste zu kaufen und das Schlechteste zu servieren. Als eines Morgens wieder einmal der Geruch von gekochtem Kohl aus dem Keller ins Wohnzimmer zog, hatte sie endgültig genug.

Wallis hatte sich bisher nur selten in den Keller gewagt. Ihr war von Anfang an klar gewesen, dass sie dort nicht willkommen war. Und jetzt ahnte sie auch, aus welchem Grund.

In der Spülküche schrubbte das Hausmädchen Kartoffeln. Die Haare hingen ihr schlaff ans Gesicht. Ihre Hände sahen rau aus. Eigentlich sollte sie Staub wischen, fegen und putzen, statt die Drecksarbeit der Köchin zu verrichten. Aber das würde sie ein anderes Mal klären.

Wallis betrat die Küche mit dem Steinboden. Auf dem Herd

blubberte ein großer Topf mit Kohl. Vom übel riechenden Dampf beschlugen die Fenster. Auf dem massiven Holztisch lag ein großes Messer in einem Haufen Hackfleisch.

Die Tür zum feuchten Vorplatz, den man über eine Eisentreppe vom Gehweg aus erreichte, stand offen. Diesen Weg nahmen die Lieferanten. Auf der Schwelle ragte Mrs Codsheads breiter Rücken empor. Sie hatte die fleischigen Hände in die kräftigen, schürzenbewehrten Hüften gestemmt und redete mit jemandem.

Wallis spähte durch den Küchendunst und erkannte den schielenden, unbedarften Metzgerjungen. Als sich eine fleischige Hand von der Hüfte löste und eine Münze in Empfang nahm, erkannte Wallis, was des Rätsels Lösung war. Mrs Codshead bestellte teures Fleisch, bekam billiges Fleisch und kassierte – und teilte womöglich – die Differenz.

Wut und Entrüstung durchfluteten sie. »Mrs Codshead!«

Die Köchin schoss herum, ihr breites rotes Gesicht verblüfft. »Sie haben mich ganz schön erschreckt.« Sie presste die dicken Wurstfinger auf ihre gewaltige Brust. »Ich hab ein krankes Herz«, fügte sie hinzu.

Wallis bezweifelte, dass Mrs Codshead überhaupt ein Herz besaß, geschweige denn ein krankes. »Ich würde gern mit Ihnen über das Essen sprechen.«

»Madam?« Ein warnendes Glitzern war in den Äuglein der Köchin aufgetaucht.

»Fangen wir mit dem Kohl an.« Wallis deutete auf den blubbernden Topf auf dem Herd. »Ich ziehe es vor, ihn auf die französische Art zu dünsten.«

Die Köchin verschränkte angriffslustig die fetten Unterarme. »Lady Chesham mag ihn auf die englische Art. So machen wir es hier.«

Wallis blieb standhaft. »Nun, da, wo ich herkomme, macht man ihn aber nicht so. Und ich habe hier das Sagen.«

Mrs Codshead warf einen Blick auf das Messer mit der blutverschmierten Klinge.

»Vermutlich haben wir Ihr Repertoire erschöpft«, erklärte Wallis. »Einige Ihrer, ähm, Spezialitäten haben Sie uns schon öfter serviert. Beispielsweise den Sago-Pudding.« Sie zuckte zusammen, als sie an den klebrigen, an Froschlaich erinnernden Brei dachte, und verwandelte ihre Grimasse in ein strahlendes Lächeln. »Zeit für einen Neustart, Mrs Codshead.«

»Neustart!«

»Ja. Von nun an kaufe ich ein.«

Der Metzgerjunge, der das Drama durch die beschlagenen Fenster genüsslich verfolgt hatte, wirkte plötzlich gar nicht mehr belustigt.

Mrs Codsheads rosiges Gesicht verblasste zu Spülwassergrau. »Damen erledigen ihre Einkäufe nicht selbst!«, explodierte sie.

»Möglicherweise nicht«, antwortete Wallis gelassen. »Ich aber schon.«

»Wie ich sehe, hat Mrs Codshead gekündigt«, bemerkte Ernest später und wedelte mit dem fettverschmierten Umschlag mit der Aufschrift »Mr Simson«, den die Köchin im Hinausgehen auf den Tisch im Flur geknallt hatte. »Sie schreibt, sie sei noch nie so beleidigt worden.«

»Da hat sie Glück gehabt, wenn man bedenkt, wie schlecht sie kocht.«

Ernest war verärgert. »Aber was ist mit den Büchern? Ich habe keine Ahnung, wo sie die hingetan hat.«

Er hatte offenbar nicht im Herd nachgeschaut, in dem die Überreste vermutlich vor sich hin schwelten. »Vielleicht hat sie die mitgenommen«, sagte Wallis. »Es ist ohnehin besser, wenn ich selbst einkaufe. Fürs Erste. Und ich koche auch, bis wir einen Ersatz gefunden haben.«

Wallis hatte den Ersatz bereits entdeckt. Lily, das Küchenmädchen und ehemalige Hausmädchen, wirkte aufgeweckt und intelligent und konnte mit aufmerksamer Sorgfalt sicher ausgebildet werden.

»Maud wird nicht glücklich darüber sein«, warnte Ernest.

»Nein«, stimmte Wallis zu und senkte den Blick, um ihr Lächeln zu verbergen.

Siebtes Kapitel

Der Sommer war da und mit ihm die Londoner Saison. Die Gesellschaftsseiten berichteten nur noch von Partys und Bällen. Da sie selbst noch immer nicht eingeladen wurde, bestaunte Wallis nun die Partys anderer Leute. Warum auch nicht? Es war eine kostenlose Unterhaltung, die täglich stattfand. Man erfuhr alles Wissenswerte aus dem Gesellschaftsteil der Morgenzeitungen.

Die blaublütige Debütantin Miss Margaret Whigham trägt ein wunderbares Kleid in Vergissmeinnicht-Blau, hieß es in einem atemlosen Bericht. *Ihre Mutter, Mrs George Hay Whigham, gibt heute Abend einen Ball für sie in Nr. 6 Audley Sq., der überaus elegant zu werden verspricht.*

Wallis notierte sich die Adresse. Miss Margaret Whighams Ball schien sehr geeignet. Sie war nicht nur neugierig auf die blaublütige Debütantin, sondern hatte auch gelesen, dass es in der Familienvilla in Mayfair ein Badezimmer gab, das sich über eine ganze Etage erstreckte. Es war das Werk der angesagten Designerin Syrie Maugham, deren charakteristische Farbpalette sich auf Weiß beschränkte.

Es war ein warmer Sommerabend, eine große Menschenmenge hatte sich vor dem gewaltigen Haus der Whighams versammelt. Wenn sich die imposante Eingangstür öffnete, um die Auserwählten einzulassen, sah man eine mit Blumen dekorierte Halle mit Marmorboden, die von einem glitzernden Kronleuchter erhellt wurde. Die Schaulustigen seufzten bewundernd, als sie Miss Whigham in funkelndem türkisfarbenem Tüll am Fuße einer geschwungenen Treppe erblickten.

Wallis hatte festgestellt, dass die, die wenig hatten, denen, die viel hatten, unkritisch gegenüberstanden. So war es auch bei Gesellschaftshochzeiten. Dank der Zeitungen erfuhr man, in welchen Kirchen mittwochs, freitags und samstags wohlgeborene Bräute in Hartnell-Roben auftauchen würden, während Regimentsangehörige mit gekreuzten Schwertern Spalier standen. Handelte es sich um eine besonders große Hochzeit, drängten sich die Schaulustigen auf den Gehwegen, und der Verkehr staute sich auf mehreren Meilen. Menschen in Lumpen und löchrigen Schuhen stürmten sogar die Zeremonie, kletterten über die Kirchenbänke und klammerten sich an Säulen. Doch sie waren nicht gekommen, um zu spotten, sondern um zu bewundern.

Wallis begriff, dass sie einem Nationalsport frönte, der nichts mit Kricket oder Fußball zu tun hatte, sondern darin bestand, die aufgebrezelte Crème de la Crème der High Society zu bestaunen. Es schien eine unausgesprochene Übereinkunft zu geben, nach der man die Kluft zwischen Arm und Reich tolerierte, solange Letztere Erstere unterhielten. Das zeigte sich besonders in der Prachtstraße The Mall, wo sich zu Beginn der Saison große Menschenmengen versammelten und zuschauten, wie die Debütantinnen am Palast eintrafen.

Dass Wallis nicht bei Hof vorgestellt wurde, hinderte sie nicht daran, sich für die Zeremonie zu interessieren. Die Dimensionen waren verblüffend. An dem Tag, als Maud Meine Elizabeth bei Hof vorstellte, sah sie staunend zu, wie sich die Straße zwischen Trafalgar Square und den Toren des Palastes mit schwarzen Autos füllte, die wie Käfer glänzten. In jedem saß die weiß gekleidete, federgeschmückte Tochter eines Adelshauses samt mütterlichem Wachhund.

Die Menge, die von den Gehwegen und Bäumen aus zuschaute, war weniger ehrerbietig als bei den Hochzeiten und Partys. Einige traten bis an die Fenster der stehenden Autos, starrten hinein und machten Bemerkungen über die Mädchen, die in ihnen saßen. Sie reichten von schmeichelhaft bis abfällig und waren immer ehrlich.

Trotz dieses Spießrutenlaufs durch die öffentliche Meinung beneidete Wallis die Mädchen, die Tore durchschritten, die ihr selbst verschlossen blieben. Nationalsport hin oder her, sie hätte lieber im Auto gesessen als in der Menge gestanden. Ihr fiel ein, was Ernest in Paris gesagt hatte.

»Du wärst wohl gerne reich.«

Und ihre Antwort: »Oh nein, Ernest! Ich könnte mir nichts mehr wünschen als dich.«

Empfand sie immer noch so? Ernest sprach kaum mit ihr und legte auch beim Abendessen selten die Zeitung weg. Sie fragte sich, ob er überhaupt bemerkt hatte, dass er keinen breiigen Kohl mehr vorgesetzt bekam.

Das Einkaufen war kniffliger als erwartet. Der Fischhändler war unhöflich gewesen, als sie nach Filets in der gleichen Größe fragte. »Fische werden nicht wie Autos bei Ford am Fließband gebaut.« Der streitlustige Metzger war kaum besser. Meist musste sie ihm das Rezept aus ihrem Kochbuch zeigen, bevor er ihr das Stück gab, das sie haben wollte.

Zumindest mit Lily hatte sie Erfolg. Unter ihrer Anleitung entwickelte sich das ehemalige Dienstmädchen zu einer fähigen Köchin. Wallis und Ernest saßen nun jeden Abend in einem sauber abgestaubten Esszimmer an einem hübsch gedeckten Tisch. Das Gemüse war jetzt knackig gedünstet und das Essen von unermesslich besserer Qualität. Nachdem sich herausgestellt hatte, dass die Köchin auch von Fischhändler, Gemüsehändler und Milchgeschäft geschmiert worden war, hatte Wallis neue und bessere Lieferanten ausgewählt. Die Rechnungen waren trotzdem deutlich niedriger.

Wusste Ernest irgendetwas davon zu schätzen? Hatte er es überhaupt bemerkt?

Eines Abends, als Lily das Huhn tranchiert und den Raum verlassen hatte, beugte sich Wallis vor und klopfte auf die Rückseite von Ernests Zeitung. »Du redest nicht mehr mit mir«, sagte sie, als sein überraschtes, leicht entrüstetes Gesicht auftauchte. »Ich sehe dich kaum noch.«

Die Basset-Hound-Augen blinzelten. »Ich bin oft lange im Büro«, wandte er ein. »Die Situation ...«

Ihr lag eine wütende Erwiderung auf der Zunge, doch sie hielt sich zurück. Seit den bitteren Erfahrungen graute ihr vor Streitereien.

Und ein paar Tage später überraschte Ernest sie. »Ich dachte, wir unternehmen etwas. Etwas Besonderes.«

Ihr Herz schlug schneller. Ihre Augen funkelten. Sie legte aufgeregt die Gabel weg. Vielleicht schlug er dieses Mal wirklich den Embassy Club vor. Oder wollte mit ihr ins Theater, um Noël Cowards letztes Stück *Bitter Sweet* zu sehen.

»Ich dachte, wir könnten am Wochenende Warwick besuchen«, sagte Ernest.

Sie runzelte die Stirn. »Wer ist Worrick?«

»*Wo*, meinst du wohl«, korrigierte er sie freundlich. »Es wird eigentlich War-wick geschrieben. Dort gibt es ein Schloss, eine Kirche mit prächtigen mittelalterlichen Gräbern und ein berühmtes Armenhaus.«

Wallis spürte, wie sie der Mut verließ. Sie hörte verzweifelt, dass er ein Hotel gebucht habe und alles geregelt sei. Sie würden morgen aufbrechen.

Als sie die Stadt hinter sich ließen, schwand ihre Enttäuschung. Die englische Landschaft war wunderschön, hügelig und sanft geschwungen. Die Felder waren golden von Getreide oder saftig grün. Flüsse blitzten und glitzerten in der Sonne. Prächtige Bäume boten Rindern und Schafen Schatten wie auf einem Gemälde von Gainsborough. Die Straßenränder waren bunt von Wildblumen, und der Himmel leuchtete strahlend blau.

Hier und da säumten schmucke Steinmauern statt Hecken den Straßenrand. Nach etwa einer Meile gingen sie dann in ein prächtiges Portal über, dessen Torpfosten von Wappentieren gekrönt wurden. Wenn Wallis zurückschaute, sah sie einen beeindruckenden Steinhaufen mit Türmchen oder eine klassische Säulenfassade.

»Wer hat dort gewohnt?«, fragte sie Ernest.

»*Wohnt* dort, meinst du wohl«, korrigierte er. »Das sind die englischen Herrensitze.«

Sie konnte nicht glauben, dass die großen und schönen Häuser, von denen es so viele zu geben schien, tatsächlich noch bewohnt waren. Laut Ernest waren es die Stammsitze der alten englischen Adelsfamilien. Einige der Namen, die er herunterrasselte, kannte sie von den glamourösen jungen Frauen auf den Gesellschaftsseiten. Sie stellte sich vor, wie sie in den langen Galerien und großen Sälen posierten, die Brust nach vorn geschoben, den Rücken durchgedrückt, eine Hand an der Hüfte.

Wallis war verblüfft. Sicher, es war ein Nationalsport, den Reichen beim Spielen zuzusehen, doch hier sah niemand zu. Dies waren in sich abgeschlossene aristokratische Welten voller Privilegien, die sie sich nie hätte träumen lassen.

Warwick erwies sich als recht angenehm. Die Hauptstraße war attraktiv, georgianische Hotels mit großen Fenstern, über deren Türen Wappen farbenfroh in der Sonne leuchteten. Ernest fuhr an allen vorbei und bog in eine schattige Seitenstraße, wo ein beengtes, schäbiges Etablissement auf sie wartete, das offensichtlich eher ihrem Budget entsprach. Wallis lächelte tapfer, als sie ihre Tasche hineintrug.

Es blieb kaum Zeit zum Auspacken; Ernest hatte einen Zeitplan. Er führte sie herum und zeigte ihr Gegenstände, die er für interessant, sie aber insgeheim für langweilig hielt. Altarräume und Kragsteine, Miserikordien und Aufsitzblöcke, Meilensteine und Wegweiser, Linenfold-Schnitzereien und Lehmfachwerk. Um ihm einen Gefallen zu tun, täuschte sie geduldige Aufmerksamkeit vor, während er die Funktion von Strebebögen erklärte, wie Buntglas hergestellt wurde und dass Kreuzritter auf Gräbern immer die Beine gekreuzt hatten. Als ob sie aufs Klo müssten, dachte sie bei sich.

Sie schafften es gerade noch rechtzeitig zum Abendessen ins Hotel, da der Speisesaal pünktlich um acht Uhr schloss. Die anderen Gäste waren polternde Majore mit Schnauzbärten und schmallippigen Ehefrauen, allesamt so alt, dass sie und Ernest den Altersdurchschnitt um mehrere Jahrzehnte drückten. Danach saßen sie in einem feuchten Gästesalon mit schwachem Kaminfeuer, umgeben von Pfeifendunst und einer so umfassenden Stille, dass man die Stricknadeln der Majorsfrauen klappern hörte. Wallis versuchte, mit Ernest im Flüsterton zu reden, doch die missbilligenden Blicke und wütenden Seufzer ließen sich nicht ignorieren.

»Prächtig, was?«, fragte Ernest, als sie am nächsten Tag vor Warwick Castle standen. Gewaltige Steinmauern verbanden die massiven Türme. Eine Brücke führte über einen grasbewachsenen Wassergraben zu einem Torbogen mit scharfkantigem Fallgitter. Drinnen konnte man keine Räume besichtigen, in denen tatsächlich Menschen lebten, nur dunkle Steinkammern, deren riesige leere Kamine die Kälte noch betonten. Wallis ging so schnell wie möglich hindurch und wartete draußen auf einer Bank.

Als Ernest herauskam, sah er wütend aus. »Ich verstehe nicht, warum wir das machen, wenn du dir keine Zeit für die Dinge nimmst. So kann man doch keine Burg besichtigen.«

»Ich habe mir Dinge angesehen«, sagte Wallis gelassen.

»Ach ja? Dann nenn mir mal ein Beispiel.«

»Die Totenmaske von Oliver Cromwell in der Eingangshalle.«

Ernest schaute sie skeptisch an. Obwohl er deutlich länger drinnen gewesen war, hatte er sie offensichtlich nicht bemerkt. »Tatsächlich?«

»Tatsächlich. Er hatte ein gewaltiges Muttermal. Es klebte ihm wie eine Erbse im Gesicht.«

Ernest marschierte mit ihr von der Burg zurück in die Stadt und zeigte ihr unterwegs mehrere langweilige Sehenswürdigkeiten. »Und da ist der Bär mit dem knotigen Pfahl.« Er deutete auf ein Schild. »Das Wahrzeichen von Warwickshire.«

»Das soll ein *Bär* sein? Warum ist er an den Pfahl gekettet?«

Ernest erklärte ihr die Bärenhetze, worauf sie Abscheu überkam. Wie *barbarisch*.

In der Church of St. Mary wollte Ernest unbedingt die 160 Stufen hinaufsteigen. Die dunkle, schmale Wendeltreppe schien enger zu werden, je höher sie kamen. Wallis presste die Ellbogen fest an den Körper, doch die Schultern ihres kostbaren besten Mantels schabten trotzdem über die Steine. Sie verfehlte mehrmals eine Stufe und ramponierte dabei ihre einzigen guten Schuhe.

Auf halber Höhe schlug es lärmend zwölf, und Wallis klammerte sich entsetzt an ihren Mann. Sie hatte sich kaum erholt, als sie oben ankamen, und taumelte hinter ihm auf die Plattform. Obwohl es ein Sommertag war, wehte ihr ein kräftiger Wind ins Gesicht und zerrte an ihren Haaren. Die goldene Wetterfahne über ihnen schwankte heftig hin und her. Sie hielt sich an der Brüstung fest und blickte hinunter auf die steilen Dächer, die Gärten und Gassen.

Plötzlich überkam sie der Drang zu springen. Allem ein Ende zu machen. Es kam ihr ganz vernünftig vor. Warum nicht? Wofür lebte sie eigentlich? Sie wollte entkommen; hier war ihre Chance. Wallis beugte sich über die Brüstung. Es wäre so einfach, nach vorn zu kippen. Ein Luftzug, dann wären alle ihre Probleme vorbei.

Unten in der Kirche sackte sie erschöpft und schockiert in einer Kirchenbank zusammen. Ernest lief umher, ohne zu ahnen, dass er um ein Haar Witwer geworden wäre. Den Reiseführer in der Hand, schwärmte er von den gemalten Figuren um die Fenster. »Sie stellen die neun Chöre der Engel dar!«

Wallis blickte von ihren verkrampften Fingern auf. »*Chöre* der Engel?«

»Seraphim, Cherubim, Throne, Herrschaften, Mächte, Gewalten, Fürsten, Erzengel und Engel«, bestätigte Ernest munter.

»Es gibt sogar im Himmel ein Klassensystem?« Nur gut, dass sie sich nicht vom Turm gestürzt hatte. Der Himmel war offensichtlich britisch und ihre Chance, hineinzukommen, gleich null.

Ernest untersuchte die Gräber. Wallis rappelte sich auf und folgte ihm. Er kauerte über einer Schnitzerei und entzifferte akribisch das mittelalterliche Latein. »Sieh dir das an, Wallis!« Seine braunen Augen leuchteten vor Begeisterung. »Der Bursche in diesem Grab kannte Henry IV., V. und VI. und war Vorsitzender im Prozess gegen Jeanne d'Arc! Stell dir das vor!«

Tatsächlich stellte Wallis sich ihr Mittagessen vor. Sie gähnte und reckte sich und hoffte, Ernest würde den Wink verstehen.

»Lass uns in die Krypta gehen«, schlug er stattdessen vor und entschwand eine dunkle Treppe hinunter.

Als sie ihn fand, starrte er auf ein uraltes Holzgestell mit zwei Rädern hinten und einem vorn, das vage an eine große Schubkarre erinnerte.

»Hier steht, es sei Teil eines mittelalterlichen Tauchstuhls gewesen«, berichtete Ernest, der vor einer gerahmten Beschreibung hockte und vorzulesen begann. »Frauen wurden daran gefesselt und so oft unter Wasser getaucht, wie es das Gericht beschlossen hatte.«

Entsetzen durchflutete sie. »*Wie bitte?*«

»Nur Frauen von unmoralischem Charakter«, sagte Ernest fröhlich. »Und es ist Jahrhunderte her.«

Wallis dachte an die Bärenhetze, die triste Pension. An die schönen abgeschiedenen Paläste der Elite. Das alles war so ausweglos und ungerecht und lastete schwer auf ihr. Sie holte tief Luft. »Ernest. Ich habe genug.«

Er rappelte sich auf. »Verständlich. Wir gehen ins Hotel zum Mittagessen.«

Sie hob die Hand, die Miene entschlossen. »Ich meinte nicht nur von Warwick. Ich habe von *allem genug.*«

Ernest ist ein Grobian,
Hat seinem Mädchen Leids getan.
Er schwört, er macht's nie wieder,
Drum schrieb er dies hier nieder.

Wallis strich den Zettel glatt, den Ernest in ihrer Serviette versteckt hatte. Es war Mittagszeit im stillen Speisesaal des Hotels. Die Majore und ihre Frauen funkelten sie böse an, als sie das Papier rascheln hörten. Ernest sah sie ängstlich an. Am liebsten hätte sie gesagt, dass sie abreisen und nie wiederkommen werde, aber sie schenkte ihm ein schwaches Lächeln. »Gut, aber können wir wieder nach London fahren?«

Sie machten sich sofort auf den Weg und erreichten kurz vor dem Abendessen Upper Berkeley Street. Lily öffnete ihnen adrett in Kleid und Schürze und reichte Wallis einen braunen Telegrammumschlag.

Sie riss ihn auf und überflog die Nachricht. »Aus Washington. Von Tante Bessie.«

»Der Schwester deiner Mutter?«

Wallis nickte. »Mutter ist krank.«

»Oh, Wallis, das tut mir so leid.«

Ihr nicht. Jedenfalls nicht sehr. Alice war nicht einen Tag ihres Lebens krank gewesen. Was immer es war, sie würde sich erholen. Bis dahin aber bot sie ihr den Ausweg, nach dem Wallis gesucht hatte.

Das Begräbnis des Herzogs von Windsor

London, Juni 1972

Eigentlich hätte sie etwas erkennen müssen, doch nichts war ihr vertraut. Aus der Luft hatte es so ausgesehen, aber als sie aus dem Autofenster schaute, begriff sie, dass dies ein neues London war. Die großen Gebäude aus Beton und Glas waren alle nach ihrer Zeit errichtet worden. Die Stadt hatte sich weiterentwickelt.

Mountbatten ging das Programm mir ihr durch. Sie hörte zu, nahm aber kaum etwas auf. Davids öffentliche Aufbahrung, sein Sarg, der mit der Royal Standard bedeckt war, Soldaten an allen vier Ecken. Die Trauerfeier, danach das Begräbnis in Frogmore. Und bei allem musste sie der königlichen Familie allein gegenübertreten.

»Und morgen findet Trooping the Colour statt.«

Im Nu war sie wieder dort. 1936. Davids erste alljährliche Militärparade Trooping the Colour als Souverän. Und auch das erste Attentat. Sie hörte noch immer, wie die Pistole klappernd unter seinem Pferd aufs Kopfsteinpflaster fiel. Ein geistesgegenwärtiger Polizist hatte ihn gerettet, doch David hatte nicht mit der Wimper gezuckt, seine Selbstbeherrschung war großartig gewesen. Hinterher hatte er darüber gescherzt. Er hatte es als »niederträchtigen Versuch« bezeichnet und sich geweigert, es ernst zu nehmen. Wenige Stunden später hatte er Golf gespielt.

»Sie halten Trooping the Colour ab?«, fragte sie Mountbatten erstaunt. Wurden derartige Zeremonien nach Todesfällen in der königlichen Familie nicht abgesagt? Und dies war nicht irgendein Todesfall. David war König von Großbritannien und Irland, Kaiser von Indien und den britischen Dominions in Übersee gewesen. Nicht dass ihm die verflixten Dominions genutzt hätten. Sie hatten sich mit allen anderen gegen ihn verbündet.

Mountbatten wirkte verlegen. »Alles war vorbereitet, und so beschloss man, damit fortzufahren. David ist plötzlich gestorben.«

Aber nicht unerwartet, hätte sie am liebsten gesagt. Die Monarchin selbst hatte ihn besucht und gesehen, dass das Ende bevorstand. Nun aber würde die Königin in voller Uniform ausreiten und ihre Truppen abschreiten, als wäre das Ableben des ehemaligen Oberbefehlshabers vollkommen bedeutungslos.

Ihre Empörung wuchs. »Und morgen ist der 3. Juni, unser fünfunddreißigster Hochzeitstag.«

»Der verstorbene König wird bei Trooping the Colour geehrt«, versicherte Mountbatten.

»In welcher Form?«

»Die Regimentskapelle der Scots Guards wird ›The Flowers of the Forest‹ spielen.«

Sie schloss die Augen.

»Das könnte schwer für Sie werden«, deutete ihr Begleiter an.

Soll das ein Witz sein?, dachte sie. Eine mickrige Dudelsackmelodie, um das Ableben eines Königs zu begehen? Sie ballte die Fäuste in den Handschuhen.

»Es wäre vielleicht besser, es im Fernsehen anzuschauen, da wären Sie für sich.« Er sah sie an. »Ich würde auch die öffentliche Aufbahrung meiden.«

»Wie bitte?« Sie schaute ihn ungläubig an. »Natürlich gehe ich hin.«

»Finden Sie es nicht heikel?«

Sie unterdrückte eine ironische Bemerkung. »Louis, ich bitte Sie. Ich muss mich zeigen. David würde es von mir erwarten.«

»Ich rate wirklich davon ab.«

Sie atmete tief durch. »Ich weiß, dass ich in Großbritannien nicht sonderlich beliebt bin.«

Er widersprach nicht.

»Ich bin berüchtigt, das ist mir klar. Die Leute geben mir die Schuld an allem, was passiert ist. Und auch an Dingen, die nicht passiert sind.« Sie hielt inne, atmete tief ein. »Aber David war mein Mann, und er war König. Nicht lange, aber er war dennoch König. Als seine Witwe ist es meine Pflicht, ihn in Windsor aufzusuchen. Die Kapelle aufzusuchen. Die Menschenmassen dort zu sehen.«

»Menschenmassen?«, fragte er ungläubig.

»Nun, die Leute, die an seinem Sarg vorbeidefilieren.«

Als Mountbatten seufzend die Augenbrauen hob, beugte sie sich zu ihm und packte ihn am Arm. »Louis ... Sie defilieren doch vorbei, oder?«

Als er nicht antwortete, wurde ihr übel. Sie hatte damit gerechnet, dass der Besuch schwierig würde, aber nicht so schwierig. Sie hatte mit allem gerechnet, aber nicht mit Gleichgültigkeit.

Schließlich erreichten sie The Mall, an deren Ende drohend der Palast lauerte. Sie betrachtete die schwere graue Fassade. Zuletzt war sie 1935 hier gewesen, bei einem Jubiläumsball für George V. Noch immer sah sie die hervorquellenden eisblauen Augen des Mannes, die sie aufzuspießen schienen, während sie sich im Foxtrott drehte.

Sie hatte ganz vergessen, wie abscheulich das Victoria Memorial war. Die goldene Figur auf dem wuchtigen Marmor schimmerte stumpf. Das kasernenartige Gebäude dahinter überragte alles andere. Wie David es gehasst hatte; »Buckhouse-

Gefängnis« hatte er es genannt. Selbst als König war er selten hier gewesen. Er hatte zwei kleine dunkle Zimmer bezogen, sich aber kaum die Mühe gemacht, seine Sachen auszupacken.

Verdammt noch mal, David, dachte sie bei sich, als sie durchs Tor fuhren. *Ich sollte doch als Erste gehen.*

Achtes Kapitel

Aufbruch nach Amerika, 1929

Ernest fuhr sie nach Southampton. Am Kai ragte eine schwarze Klippe mit vier roten Schornsteinen empor. Er zählte Fakten über die *Mauretania* auf: beim Bau das schnellste Schiff der Welt, die bemerkenswerten Eigenschaften der Maschinen. Sie hörte höflich zu. Schließlich tat sie es zum letzten Mal.

Sie hatte beschlossen, ihn zu verlassen. Sie würde es ihm sagen, wenn sie sicher in Amerika war. Vielleicht ahnte er etwas. Als die *Mauretania* ablegte und die Wasserfläche zwischen Schiff und Ufer sich verbreiterte, winkte er ihr immer noch vom Kai aus zu. Er winkte auch noch, als das Schiff aus dem Hafen hinaus aufs Meer glitt. Als Southampton und der Rest von England im Nebel verschwanden, war Ernests Gestalt das Letzte, was sie sah.

Sie wandte sich von der Reling ab, vergrub die Hände in den Manteltaschen und kehrte in die Kabine zurück – zweite Klasse, aber ähnlich ausgestattet wie die erste, hatte Ernest gesagt. Ihre Finger berührten Papier. Ein Zettel; er musste ihn ihr beim Abschied in die Tasche gesteckt haben. Sie schaute auf die vertraute akkurate Handschrift:

> *Oh, meine kleine Wallis!*
> *Du bist mein Ein und Alles.*
> *Untröstlich bin ich sehr*
> *Denn du fährst übers Meer.*

Verzweiflung und Zuneigung durchströmten sie, gepaart mit schweren Schuldgefühlen. Sie wusste, sie war Ernest gegenüber ungerecht gewesen war. Wegzugehen, ohne es ihm zu sagen, ohne ihm die Chance zu geben, alles wiedergutzumachen. Andererseits war klar, dass etwas nicht stimmte, seit sie nach London gekommen waren. Doch die Ursachen entzogen sich seiner Kontrolle, sie hatten mit dem Klassensystem zu tun, mit Geld. Hätte er ihr zu Freunden verhelfen und ihre finanzielle Lage verbessern können, hätte er es längst getan. Und hätte sie verhindern können, dass sie vor seiner Berührung zurückschreckte und ihm ihr Bett verweigerte, hätte sie es auch getan. Doch es entzog sich wiederum ihrer Kontrolle. Hätten sie es unter anderen Umständen geschafft? Vielleicht, vielleicht auch nicht. Vielleicht stand es einfach in den Sternen geschrieben.

Noch waren keine Sterne zu sehen. Die Sonne versank wie ein riesiger roter Penny im Meer. Der Himmel war rosa gestreift; Koralle und Karminrot breiteten sich auf dem bewegten Wasser aus. Es war, als ginge etwas zu Ende; vermutlich ihre Ehe. Dann glomm etwas in den Tiefen ihrer Erinnerung auf.

Es war vor einigen Jahren gewesen, nach ihrer Scheidung von Win. Um ihrem Leben eine neue Richtung zu geben, hatte ihre Freundin Mary eine Astrologin empfohlen. »Ich habe ganz wunderbare Erfahrungen gemacht. Sie hat mein Horoskop erstellt, und du glaubst nicht, wie viel sie richtig erkannt hat.«

Wallis hatte es abgetan. »Ich glaube nicht an diesen Mist. Dafür bin ich zu realistisch.«

Mary hatte gelacht. »Blödsinn. Du bist eine hoffnungslose Romantikerin, das warst du schon immer.«

Leider wahr, hatte Wallis trübsinnig gedacht. Warum sonst hatte sie Win geheiratet?

»Egal, du musst ja nicht dran glauben. Die wahre Befriedigung liegt darin, einfach nur dazusitzen, während jemand eine halbe Stunde lang ernsthaft über dich und deine Zukunft spricht. Es ist extrem schmeichelhaft und viel billiger als ein Psychiater.«

Das klang schon überzeugender. Kurz darauf hatte Wallis nach einem erfolglosen Vorstellungsgespräch in einem Kaufhaus Marys Astrologin im Telefonbuch gesucht und trotz des exorbitant erscheinenden Honorars von zehn Dollar einen Termin vereinbart.

Als Wallis am vereinbarten Tag hinging, rechnete sie fast mit einem Zelt samt Kristallkugel. Doch die Astrologin arbeitete in einem Büro mitten in der Stadt, das an eine Zahnarztpraxis erinnerte. Eine adrette Empfangsdame führte sie zügig in einen ordentlichen Raum, der so gar nichts Jenseitiges an sich hatte. Die Frau mittleren Alters, die dort saß, sah ganz normal aus und trug ein schlichtes dunkles Kostüm. Nicht einmal ihr Blick war sonderlich durchdringend.

Wallis nahm Platz und verfluchte sich innerlich, weil sie ihre dringend benötigten Dollars hier verschwendete. Sie beantwortete rasch die Fragen nach ihrem Geburtstag und der genauen Uhrzeit ihrer Geburt, wollte es so schnell wie möglich hinter sich bringen, damit sie die unwürdige Erfahrung vergessen konnte.

Die Astrologin verbrachte viel Zeit damit, schweigend die Bücher und Karten auf ihrem Schreibtisch zu Rate zu ziehen. Eine Weile hörte man nur das Rascheln der Seiten und wie die Karten über den Tisch geschoben wurden. Schließlich blickte die Frau auf. »Ich habe Ihr Horoskop erstellt. Sie werden noch zweimal heiraten.«

Wallis war sofort hellwach. »Noch *zweimal*? Aber ich habe doch gerade eine Ehe hinter mir.«

Die Astrologin schaute sie unverwandt an. »Noch zwei«, wiederholte sie. »Und in Ihren mittleren Jahren werden Sie beträchtliche Macht ausüben.«

»Was für eine Art von Macht?«, fragte Wallis verblüfft. Ihre mittleren Jahre waren nicht mehr allzu weit entfernt; sie war ja schon Anfang dreißig.

»Die Aura ist nicht klar«, erwiderte die Astrologin. »Aber Sie werden eine berühmte Frau.«

Danach war sie überzeugter denn je, dass die ganze Sache Hokuspokus war. Noch zweimal heiraten? Eine Scheidung war katastrophal genug, zwei unvorstellbar. Ihre Mutter hatte dreimal geheiratet und war damit ein denkbar schlechtes Vorbild. Doch nun, da sie Ernests Gedicht in der Hand hielt und auf die Sterne über dem Meer blickte, begriff Wallis, dass der erste Teil der Vorhersage eingetreten war.

Die *Mauretania* war in dem schwerfälligen palastartigen Stil eingerichtet, der bei den Edwardianern so beliebt gewesen war. Der Salon der zweiten Klasse war mit Glasdach, Topfpalmen und Chesterfield-Sesseln ausgestattet. Auf den polierten Mahagonitischen lagen säuberlich angeordnete Zeitungen aus. Wallis nahm sich eine. Auf der Titelseite war der lächelnde Prinz von Wales in Filmstar-Manier abgebildet. Sie erinnerte sich an die traurige Gestalt auf dem Rücksitz des Wagens und das Gefühl, etwas Verborgenes, Privates gesehen zu haben.

Nachdem sie ausgepackt hatte, ging sie an Deck. Der Himmel war jetzt dunkel, nach und nach erschienen die Sterne über dem Ozean. Sie schaute hinauf und dachte an die Seeleute, die sich jahrhundertelang von ihnen hatten leiten lassen. Die großen Abenteurer. Auch sie war eine Abenteurerin. Wenn sie in New York ankam, würde sie eine Karriere starten. Unabhängig und erfolgreich sein. Vielleicht war es das, was die Astrologin gemeint hatte. Sie würde durch ihre Arbeit reich und berühmt werden, Direktorin eines großen Kaufhauses oder so etwas.

Sie lehnte mit ihrem Martini an der Reling. Er war stark und vertiefte ihre Zuversicht, das Gefühl der Unbesiegbarkeit. Ja, sie würde sich eine Stelle suchen. Jedenfalls, sobald Alice sich erholt hatte.

Sie dachte an ihre Mutter, ein Thema, das sie in London meist verdrängt hatte. Wallis' Briefe waren kurz, fröhlich und ausweichend gewesen. Die ichbesessene Alice hätte sich ohnehin nicht für Wallis' britisches Leben interessiert, das so einsam und schwierig war. Noch hätte sie Verständnis für die gescheiterte Ehe aufgebracht; sie hatte Ernest nie gemocht. Sie hätte es vorgezogen, wenn ihre Tochter bei Win geblieben wäre, der sie bewusstlos geschlagen hatte. Heißer Zorn durchflutete Wallis. Manchmal kam es ihr vor, als hätte sie Win nur geheiratet, um Alice zu entkommen. Nach dem großen Verrat.

Eine Erinnerung tauchte auf. Es war vor zwanzig Jahren gewesen, ihre Mutter hatte erzählt, sie wolle wieder heiraten. Sie brauche einen Ehemann, um die Leere nach dem Tod von Wallis' Vater zu füllen.

»Und was ist mit mir?«, hatte Wallis schluchzend hervorgestoßen. »Fülle ich die Leere denn nicht aus?«

Es war ein schwerer Schock gewesen. In ihrer schwierigen Kindheit hatten sie und ihre Mutter nur einander gehabt. Sie hatten jedem Sturm getrotzt, sich bei jedem Rückschlag unterstützt. Zumindest hatte die kleine Wallis das geglaubt. Doch diese enge Zweisamkeit hatte Alice nicht gereicht und sollte nun zerbrechen. Wallis war am Boden zerstört gewesen. Schon einmal hatte sie sich arrangieren müssen, als ihre Mutter das Haus der Warfields verlassen hatte.

Alice wollte sie davon überzeugen, dass sie keine Mutter verlieren, sondern einen Vater gewinnen würde. »Es gibt eine wunderschöne Hochzeitstorte!« Sie hatte die dunkelblauen Augen, die Wallis von ihr geerbt hatte, weit aufgerissen. »Und weißt du, was darin versteckt ist? Ein Ring, ein silberner Fingerhut und eine glänzende neue Zehncentmünze! Stell dir das vor, mein Liebling! Du wirst unter den Ersten sein, die den Kuchen anschneiden, und könntest die Schätze finden!«

Der Tag der Hochzeit kam. Während die Erwachsenen im Salon der Zeremonie beiwohnten, stahl sich Wallis ins kleine Esszimmer. Mitten auf dem Tisch stand die Torte, umrahmt von weißen Blumen, und sie beschloss spontan, nach dem Silber zu graben. Wallis hatte den Fingerhut gefunden und tastete gerade nach der Münze, als jemand hinter ihr keuchte. Sie schoss herum und sah ihre entsetzte Mutter und den neuen Stiefvater in der Esszimmertür stehen, während ihnen die Gäste über die Schultern spähten.

Erst als sie auf die bröckelnde Ruine hinunterblickte, begriff Wallis, wie kaputt die Torte war. Sie hatte aus Eigennutz etwas Schönes und Wichtiges zerstört. Sie hätte ein schlechtes Gewissen haben müssen. Aber hatte Alice nicht das Gleiche getan, indem sie wieder heiratete? Und hatte sie nicht das Warfield-Anwesen verlassen und Wallis damit zu einer Kindheit in Stigma und Armut verdammt?

Der Cocktail hatte einen bitteren Nachgeschmack hinterlassen. Als Wallis auf den dunklen Ozean hinausschaute, spürte sie die Enttäuschung, den Selbstekel, die Hilflosigkeit, die noch immer in ihr tosten wie das Wasser ums Schiff. Kein Wunder, dass sie keine Kinder wollte. Wie denn auch?

Einige Tage darauf stand sie wieder an Deck und sah zu, wie die *Mauretania* in den New Yorker Hafen einlief. Die Fackel der Freiheitsstatue zeichnete sich stolz vom frischen blauen Himmel ab; die Türme von Manhattan funkelten in der Morgensonne. Nach dem engen, schmuddeligen London wirkte hier alles groß, hell, modern und hoffnungsvoll. Die Schatten waren verschwunden, glückliche Erleichterung erfüllte sie. Sie gehörte hierher. Dies war ihr Zuhause. Die Zukunft.

Am Nachmittag hielt sie in einem schäbigen Schlafzimmer in Washington Alices faltige, gewichtslose Hand. Auf der anderen Seite des Bettes versuchte Tante Bessie, die Schwester ihrer Mutter, ihre Gefühle zu beherrschen. »Es ging ihr immer schlechter.« Sie schüttelte den silbernen Kopf, während sich ihre verblassten blauen Augen mit Tränen füllten. »Sie wurde krank, dann immer kränker.«

Wallis trug noch Mantel und Handschuhe. Es war alles so unerwartet, so verwirrend. Nach allem, was sie ihr angetan, nach all den Verletzungen, die sie ihr zugefügt hatte, würde Alice nun auch noch plötzlich und dramatisch sterben. Wallis sollte mit ihren ungelösten Problemen allein bleiben. Sie war einerseits wütend, andererseits zutiefst unglücklich, vor allem aber spürte sie die nur allzu vertraute Hilflosigkeit.

Es hatte mit Sehstörungen begonnen, flüsterte Tante Bessie über das durchhängende Bett hinweg. Der Optiker, den sie aufgesucht hatte, schickte Alice zum Arzt, der ein Blutgerinnsel hinter dem Auge diagnostizierte. »Sie hatte Glück. Anscheinend wäre sie gelähmt gewesen, wenn das Blutgerinnsel ins Gehirn gelangt wäre.«

Alice riss die Augen auf. Eines davon sah trüb und tot aus. »Ich schätze, das Gerinnsel wollte unbedingt ins Gehirn«, witzelte sie, ihre Stimme nur ein flüsterndes Krächzen. »Aber es konnte das arme Ding nicht finden.«

Wallis war ungeduldig. War das selbst im Spätstadium das Einzige, woran ihre Mutter denken konnte? Ihr berühmter Humor? Gab es wirklich nichts anderes zu sagen? Offenbar nicht. Ihre Mutter hatte sie nicht einmal zur Kenntnis genommen.

Die Veränderungen waren schockierend. Alices Körper, einst kurvenreich und kräftig, war unter der verblichenen Tagesdecke kaum noch auszumachen. Die einst blühenden Wangen waren runzlig, das ehemals dichte, glänzende Haar zu einem trockenen grauen Zopf geflochten. Sie war neunundfünfzig und sah zwanzig Jahre älter aus.

Ihre Mutter schaute sie mit dem funktionierenden Auge an. Es rollte bedenklich umher, wollte sich auf sie konzentrieren. »Bessiewallis? Bist du das?«

Wallis hatte ihren vollen Namen seit Jahren nicht mehr gehört. In Baltimore war es üblich, Kindern zwei Vornamen zu geben und sie zusammenzuziehen.

»Ja, Mutter. Ich bin's. Ich bin zurück aus London.«

Für immer, fügte sie im Geist hinzu.

Alice krächzte etwas. Sie schaute dringlich, verlangte nach Wallis' Aufmerksamkeit. Eine papierene Hand faltete sich überraschend kraftvoll um ihre. Sie beugte sich vor, um die Worte zu erfassen. Dann blickte sie zu Tante Bessie auf. »Sie will allein mit mir sprechen.«

Bessie nickte. Sie schien nicht überrascht und schlich flinker, als es ihre Leibesfülle erwarten ließ, hinaus. Ihre Mutter hatte etwas zu sagen, und sie musste es sich anhören. Sie wappnete sich innerlich.

Ja. Du hattest recht, was Ernest angeht. Du hast es mir gleich gesagt. Vielleicht wollte sie Wallis auch daran erinnern, dass sie den besten Familien von Baltimore entstammte. Oder dass sie etwas trug, das ihr nicht stand.

Die abgemagerte Hand umklammerte ihre. Die schwindende Stimme krächzte. Wallis beugte sich wieder vor, um besser zu hören, runzelte die Stirn und blinzelte überrascht. Sie musste sich verhört haben. Es war unmöglich, dass Alice die vier Worte ausgesprochen hatte, die sie nie zuvor in ihrem Leben ausgesprochen hatte und die ihr so manches Mal sehr viel bedeutet hätten. »Es tut mir leid.«

»Wie bitte?«, fragte sie, als Alice die Worte wiederholte und keinen Zweifel ließ. »Was tut dir leid, Mutter?« Was immer es sein mochte, es war zu spät.

»Was ich dir angetan habe«, murmelte Alice mit sichtlicher Mühe.

»Mir angetan hast?«

»Als du klein warst.« Alice holte rasselnd Luft. »Dass wir so gelebt haben. Es muss dir seltsam vorgekommen sein. Aber mir blieb keine Wahl.«

Wallis' Überraschung wurde zu Misstrauen. Was wie eine Entschuldigung geklungen hatte, war pure Selbstverteidigung. »Dir blieb keine andere Wahl, als das Haus von Großmutter Warfield zu verlassen?« Sie hatte schon lange nicht mehr daran gedacht. Nun aber erinnerte sie sich an die großen dunklen Räume, an die schwarz gekleidete alte Dame in ihrem Schaukelstuhl.

»Ja«, krächzte Alice. »So war es.«

»Aber warum, Mutter? Sie haben uns aufgenommen. Onkel Sol hat dir Geld gegeben, Herrgott noch mal.« Sie hielt inne. Die Hand hatte sich verkrampft, als sie den Namen ihres Onkels aussprach. Alice starrte sie an, das trübe Auge wirkte unruhig.

Und nun endlich erkannte Wallis, was sich in diesem Auge verbarg. Sie sah ein Zimmer in der dunklen Warfield-Villa. Sie stand draußen im Flur. Ihr Onkel und ihre Mutter waren im Zimmer, standen nah beieinander. Sehr nah. Dann ein Rascheln, ein Schrei, ein Keuchen, und ihr Onkel taumelte rückwärts, als hätte man ihn gestoßen, bevor er sich knurrend auf Alice stürzte. »Du bist vollkommen abhängig von mir!«

»Ich komme allein zurecht«, erwiderte Alice.

»Ohne mich verhungerst du!«

»Ich verhungere lieber, als das zu tun, was du von mir willst!«

Wallis holte tief Luft. »Er hat versucht, deine Lage auszunutzen. Onkel Sol, meine ich.«

Die Hand drückte ihre. »Er kam immer in mein Zimmer«, krächzte Alice. »Nachts. Wenn ich die Tür abschloss, rüttelte er an der Klinke und drohte mir.«

Sie zuckte zusammen. Der klappernde Türknauf weckte Erinnerungen. Ihr Onkel war stämmig und energisch gewesen, genau wie Win. Ein brutaler Kerl. »Du warst eine junge Witwe. Du warst verletzlich, und das hat er erkannt.«

Sie war angewidert, nicht nur von Sol, sondern auch von sich selbst. Warum hatte sie so lange gebraucht, um es herauszufinden? Weil sie das Schlimmste von ihrer Mutter geglaubt hatte. »Er wollte dich kaufen. Darum hat er dir Geld gegeben.«

Im Bett bewegte sich etwas. »Es war nie derselbe Betrag«, krächzte Alice. »Manchmal waren es Hunderte von Dollar. Dann wieder ein Zehncentstück. Ich wusste nie, was auf meinem Konto war. Er hat mir in allem seine Macht gezeigt.«

Wallis weinte Tränen der Reue. »Oh, Mutter. Ich habe es nicht begriffen.«

»Wie denn auch?«

»Und all die Jahre hast du mich das Schlimmste denken lassen. Dass du es aus Egoismus getan hast.«

»Besser das als die Wahrheit. Aber es war schwer.« Alice schluckte und schloss die Augen. »Es hat wehgetan zu sehen, wie du ausgeschlossen wurdest. Die Leute haben uns auf der Straße geschnitten. Ich habe immer versucht, dich aufzumuntern, darüber zu lachen, dich davon zu überzeugen, dass es egal sei. Aber vielleicht war das der falsche Weg.«

Wallis senkte beschämt den Kopf. Sie hatte die ganze Zeit geglaubt, dass ihre Mutter ihre Leiden erst verschuldet und dann bagatellisiert hatte. Nun aber erkannte sie die Tapferkeit und den Humor, mit denen Alice Armut und Einsamkeit ertragen hatte.

»Und dann habe ich zweimal wieder geheiratet. Ich dachte, es würde eine gewisse Sicherheit für dich bedeuten, aber auch das hat nicht geklappt.«

Wohl wahr. Denn kurz nach der dritten Hochzeit ihrer Mutter hatte sie Win geheiratet. Wie hatten sie einander nur so missverstehen können?, fragte sich Wallis. Weil sie entschieden hatte, dass es nur eine Wahrheit über Alice gab?

Im Augenblick des Abschieds gab es tatsächlich nur die eine Wahrheit: Diese Frau war alles, was sie auf der Welt hatte, ihre engste Angehörige. Die Erkenntnis traf sie schwer. Sie bettete den Kopf auf die magere Hand und ließ die Tränen laufen. »Oh, Mutter.«

Alles zu verstehen, hieß tatsächlich, alles zu verzeihen. Sie spürte Alices vogelleichte andere Hand auf ihrem Haar. Sie verweilte dort, als wollte sie Wallis segnen, bevor sie abrutschte.

Sie hob den Kopf. »Möchtest du ein bisschen Wasser, Mama?«

»Nein, Liebes, alles gut.« Alice nickte ein. Wallis betrachtete ihre blassen, ausgemergelten Gesichtszüge und die schlaffe, herabhängende Haut. Sie war zermürbt von Krankheit, Pech und einer Arbeit, für die sie weder ausgebildet noch geeignet war. Das Leben war so ungerecht. Wut loderte in ihr auf, gefolgt von trostloser Verzweiflung. Sie ballte die Fäuste im Schoß.

Alice öffnete wieder die Augen. »Bessiewallis«, flüsterte sie schläfrig. Sie war noch nicht fertig. Wallis beugte sich vor.

»Win«, krächzte Alice.

Ihr Herz zog sich zusammen. Der Schwiegersohn, den Alice so geschätzt hatte. Aber sie hatte es nicht besser gewusst. Wallis hatte ihr nie von seiner Brutalität erzählt, so wie ihre Mutter Onkel Sols Verhalten verschwiegen hatte. Doch etwas musste durchgedrungen sein, denn Alice sagte: »Das mit ihm tut mir auch leid. Was er dir angetan hat.«

Wallis wusste nicht, was sie sagen sollte. Sie umschloss die Hand ihrer Mutter. »Alles gut. Es ist Vergangenheit.«

»Ja, und du hast Ernest.«

Wallis öffnete den Mund und schloss ihn wieder. Alice klang zufrieden. Also hatte sie ihre Meinung über Ernest revidiert. Sie hatte ihm den Bowler-Hut verziehen und dass er ihre Witze nicht verstand. Alice musste nicht erfahren, dass es auch mit ihm so gut wie vorbei war.

Ihr schwindender Blick war auf Wallis gerichtet, als wäre sie der einzige Mensch auf Erden. Sie war von einem Frieden umgeben, einem fast greifbaren Glück. Wallis nahm es in sich auf.

Es fühlte sich an wie Sonnenschein, der in ihre Haut drang und durch alle Adern floss. Sie wusste, es war Liebe.

»Ich liebe dich auch«, sagte sie plötzlich, leidenschaftlich, ohne zu wissen, ob Alice sie noch hörte.

Nach einer Weile regte sie sich und sprach wieder. Wallis musste sich tief beugen, um das Flüstern zu verstehen. Es war jetzt ganz schwach, das Ende nah. »Als du ein kleines Mädchen warst«, hauchte Alice, »und nicht einschlafen konntest, habe ich mich immer zu dir ins Bett gelegt und bin wach geblieben, bis du eingeschlafen warst. Wenn du im Dunkeln Angst bekamst, solltest du spüren, dass jemand bei dir war, der dich liebte. Hast du das gewusst?«

Wallis konnte nicht sprechen. Ein dicker Kloß saß in ihrer Kehle. Sie sah ihre Mutter vor lauter Tränen ganz verschwommen. Aber sie stand auf, trat auf die andere Seite des Bettes und legte sich neben Alice. Sie ergriff die abgemagerte Hand, bettete den Kopf an die Schulter ihrer Mutter und hielt Wache, während das Tageslicht vor den Fenstern verblasste und die Schatten sich in der Zimmerecke sammelten.

Die Trauerfeier fand, wie es sich für die Tochter einer berühmten Südstaatenfamilie gehörte, in der führenden Kirche von Baltimore statt. Viele wichtige Bürger der Stadt nahmen teil und erwiesen Alice im Tod die Ehre, die sie ihr im Leben versagt hatten.

Die Trauerrede betonte ihren Sinn für Humor und enthielt einige berühmte Witze wie den über die Party am 4. Juli, die Alice mit ihrem dritten Ehemann besucht hatte: *War hier am Vierten mit meinem Dritten*, hatte sie ins Gästebuch geschrieben. Unter einen Schnappschuss, auf dem sie auf dem Knie eben jenes Ehemannes saß, hatte sie »Nicht gerade Abrahams Schoß« geschrieben. Die Leute in der Kirche schüttelten kichernd den Kopf, als wäre ein beliebtes Gemeindemitglied von ihnen gegangen und nicht die lästige Frau, die ständig die Grenzen des Anstands überschritten hatte. Wallis schaute sie verächtlich an, wohl wissend, dass die unerwünschten Annäherungsversuche eines mächtigen Mannes zu Alices gesellschaftlicher Ächtung geführt hatten und sie mit ihren Witzen tapfer die Dunkelheit erhellt hatte, die sich über ihrer beider Leben gelegt hatte. Ihr berühmter Sinn für Humor war keine Eitelkeit gewesen; darunter verbarg sich die Verzweiflung.

Sie wurde auf dem Hauptfriedhof im Familiengrab der Montagues beerdigt. Als Alices Sarg in die Erde gesenkt wurde, sagte Wallis still Lebwohl. Es war auch eine Entschuldigung. Sie sah jetzt alles ganz anders, begriff endlich, dass Alice kein schlechtes, sondern das beste Vorbild gewesen war. Sie war froh, ihre Tochter zu sein, und nicht, weil sie einer berühmten Familie entstammte. Wofür Alice wirklich gestanden hatte, war nicht Stolz auf ihre Herkunft, sondern Mut in der Not.

Beim Leichenschmaus, der nach der Beerdigung in einem mittelprächtigen Hotel in Baltimore stattfand, erzählte Wallis Tante Bessie, sie habe vor, in Amerika zu bleiben.

»Das kann doch nicht dein Ernst sein!« Die Teetasse der alten Dame krachte auf die Untertasse. »Du kannst dich nicht von Ernest scheiden lassen!«

Wallis' eigene Tasse klirrte nervös. Mit dem Widerstand ihrer stets freundlichen Tante hatte sie nicht gerechnet. Nachdem sie ihr vom Elend ihres Londoner Lebens berichtet hatte, war sie davon ausgegangen, dass Tante Bessie sie uneingeschränkt unterstützte.

»Ernest ist ein guter Mann!« Tante Bessie stellte die Tasse auf einem Tisch ab, um dem Problem ihre ungeteilte Aufmerksamkeit zu widmen. »Sogar deine Mutter hat sich am Ende mit ihm abgefunden.«

Doch Wallis war fest entschlossen, nicht nachzugeben. »Ich bin so einsam, Tante Bessie.«

»Willkommen im Club«, sagte ihre Tante forsch. »Ich war auch schon einsam. Schon oft. Einsamkeit hat ihren Sinn. Sie lehrt uns, nachzudenken. Und wovon willst du überhaupt leben? Deine Mutter hat dir kaum genug für ein neues Kleid hinterlassen.«

Daran brauchte sie Wallis nicht zu erinnern. Im holzgetäfelten Büro eines örtlichen Anwalts hatte sie erfahren, dass der Börsenkrach – eine letzte Demütigung in einem Leben voller Rückschläge – Alices Ersparnisse fast aufgezehrt hatte.

»Du kannst dich nicht von Ernest trennen«, fuhr Tante Bessie fort. »Er betet dich an. Es wäre grausam, ihn zu verlassen.«

Wallis wollte erwidern, dass es grausam wäre, es nicht zu tun. Wenn sie Ernest jetzt verließ, fände er womöglich eine Frau, mit der er eine vollwertige körperliche Beziehung führen konnte. Aber das konnte sie ihrer achtzigjährigen Tante auf einer Beerdigung schlecht sagen. Stattdessen verkündete sie: »Ich suche mir einen Job.«

Bessie blieb skeptisch. »Was für einen Job?«

»Ich überlege noch«, entgegnete Wallis ausweichend. Doch ihre Entschlossenheit bröckelte. Sie fragte sich, ob irgendjemand in der Weltgeschichte jemals ein solches Durcheinander angerichtet hatte. Das Jahr 1928, in dem sie Ernest geheiratet hatte, war ihr wie das schlimmste ihres Lebens vorgekommen, doch 1929 übertraf es noch um Längen.

»Du wärst eine zweimal geschiedene Frau ohne Geld und Dach über dem Kopf«, fasste Tante Bessie ihre Lage zusammen.

Wallis wusste, es war kindisch, aber die Zerstörungskraft schien plötzlich die einzige Kraft, die ihr geblieben war. Sie streckte das Kinn vor und verschränkte die Arme. »Es ist mir egal. Ich gehe aus London weg.«

Tante Bessie schaute sie streng an. »Hast du überhaupt mit Ernest darüber gesprochen?«

»Was hätte das für einen Sinn?«

»Wenn er wüsste, warum du unglücklich bist, könnte er etwas dagegen tun.«

»Nein, könnte er nicht. Niemand könnte das.«

»Du hast ihm keine Chance gegeben. Hat er das nicht verdient?«

Wallis antwortete nicht.

Tante Bessie betrachtete sie nachdenklich. »Du sagst, du hättest kein gesellschaftliches Leben. Und wenn du nun eins bekämst?«

»Das wird nicht passieren. Ich kenne niemanden.«

»Du kennst diese so genannte Baroness.«

»Maud? Sie ist keine Baroness. Sie ist ...«

Bessie tat es ab. »Wen kümmert's? Sie kennt Leute, oder?«

»Nun, ja, aber ...«

»Dann bring Ernest dazu, dass sie dich ihnen vorstellt. Und mach ihm Beine.«

»Bei dir hört sich das so einfach an!«, rief Wallis frustriert.

Bessies alte Augen funkelten in ihrem faltigen Gesicht. »Natürlich ist es nicht einfach! Aber du bist mütterlicherseits eine Montague und väterlicherseits eine Warfield.«

»Nicht das schon wieder!« Wallis hielt sich die Ohren zu. Selbst ihre Mutter hatte sich die Bemerkung am Ende verkniffen. »Was hat es mir je genützt? Was hat es ihr je genützt?«

Die blauen Augen der alten Dame blitzten. »Ich will damit sagen, dass man nicht einfach aufgibt! Wo ist dein Stolz? Dein Rückgrat? Deine Mutter hat viele Fehler gemacht, aber Aufgeben gehörte nicht dazu.«

Die Scham brach wie eine Welle über Wallis herein. Sie dachte an den Mut, den Alice noch auf dem Sterbebett bewiesen hatte. Bessie hatte recht. Sie war es ihrer tapferen Mutter schuldig, es noch einmal zu versuchen.

Als sie Ernest anrief, klang er überraschend erleichtert, fast als hätte er geahnt, dass sie womöglich nicht zurückkehren würde. »Natürlich spreche ich mit Maud«, rief er aus. »Und sehe mich sofort nach einem neuen Haus um. Und jetzt komm einfach zurück, Wallis. *Bitte!*«

Neuntes Kapitel

Es war einige Monate später, Ernest war gerade von der Arbeit gekommen. Sie hatte Neuigkeiten, doch zuerst musste sie es ihm im Wohnzimmer mit einem Drink bequem machen. Sobald der Whisky seine Wirkung tat, würde sie es ihm sagen.

Als sich seine Schultern schließlich entspannten und er die Beine vor sich ausgestreckt hatte, legte sie ihr Einrichtungsmagazin beiseite. »Ich glaube, ich habe eine Wohnung gefunden«, verkündete sie.

Ernest rieb sich das müde Gesicht. »Eine Wohnung? Ich dachte, wir suchen ein Haus.«

Das hatte er anfangs auch getan. Doch das Büro forderte wie immer seine Aufmerksamkeit, also hatte sie die Aufgabe übernommen. Er machte ihr Spaß, den Immobilienmarkt zu erkunden und ausgiebig nach etwas Neuem und Modernem zu suchen. Genau das hatte sie in Bryanston Court gefunden, einem neu errichteten herrschaftlichen Haus ganz in der Nähe.

»Es hat unglaubliches Potenzial«, berichtete sie aufgeregt. »Ich denke an ein weißes Farbschema. Weiße Wände, weiße Schafsfellteppiche, weiße Ledersessel, elfenbeinfarbene Seidenkissen, verspiegelte Paravents.« Sie hatte Syrie Maughams ganz in Weiß gehaltenes Badezimmer für die Whighams nicht vergessen.

»Bist du dir sicher?«, fragte Ernest skeptisch.

»Absolut. Das ist gerade sehr modern.« Sie wedelte mit dem Einrichtungsmagazin.

»Ich meine nicht das Weiß, sondern die Wohnung.«

Sein Blick verweilte auf ihr. Er hatte es begriffen. Eine kleine Wohnung zu nehmen, käme einem Eingeständnis gleich, dass sie keine Kinder haben würden. Ihr Herz klopfte heftig. Plötzlich und unerwartet hatten sie einen kritischen Punkt erreicht.

Es war warm im Zimmer, und doch klapperten ihr die Zähne. Ernest ließ den Whisky im Glas kreisen und sagte leise: »Ich muss nicht noch mehr Kinder haben, Wallis. Ich habe eine Tochter, auch wenn ich sie nie sehe und sie meine Briefe nicht beantwortet.«

Letztlich hatte Audrey sie nie in London besucht. Wallis war nie eine gute Stiefmutter geworden, wie sie es sich erhofft hatte. Audreys Zuhause in New York war weit weg, die Reise teuer, und die verbitterte Ex-Frau hatte auch ein Wörtchen mitzureden.

Seine runden braunen Augen schauten sie flehend an. »Also, ich brauche keine Kinder, Wallis, aber ich hoffe, dass wir trotzdem ...« Er hielt inne, suchte nach den richtigen Worten.

Sie war vollkommen still. Panik stieg in ihr auf. Es war, als könnte jeden Moment eine Axt auf sie niedersausen.

»Als wir geheiratet haben, hast du gesagt, du brauchst Zeit ...«

Sie schloss die Augen und sah wieder das Pariser Hotelzimmer vor sich. Das rote Licht von gegenüber. Das rote Glühen in der Hütte in Shanghai. Alles war nah an der Oberfläche, selbst jetzt noch.

Sie spürte es, wann immer sie einander keusch küssten und in ihre getrennten Zimmer gingen. Sie lag mit klopfendem Herzen da und fürchtete sich vor dem Knarren einer Tür, einer Hand in der Dunkelheit, dem leisen Schatten Ernests in der Nacht.

Sie suchte nach Worten und zwang sie aus ihrer trockenen

Kehle. »Du warst so verständnisvoll, Ernest. Und es tut mir leid, ganz ehrlich. Ich hoffe ...«

Er schien sich damit zufriedenzugeben. Oder es zu akzeptieren, was vielleicht nicht ganz dasselbe war.

Wallis sprach nicht gern über Maud, war aber erleichtert, als Ernest sie erwähnte. Ihre Schwägerin habe sich bereit erklärt, sie einzuladen, wenn auch mit wenig Begeisterung.

»Sie hat sich gewundert, weshalb du bisher nie gekommen bist«, fügte Ernest trocken hinzu.

Wallis war versucht, ihn darauf hinzuweisen, dass Maud sie nie eingeladen hatte. Ihr Haus war nicht weit entfernt und weitaus prächtiger, und doch hatte Wallis während ihrer ganzen Zeit in London keinen Fuß hineingesetzt.

Sie ließ sich Zeit mit der Einladung. Wallis hatte die Hoffnung schon fast aufgegeben, als der Umschlag endlich durch den Briefschlitz fiel. Ein Wohltätigkeitsessen zugunsten des General Lying-In Hospital, einer Entbindungsklinik in Lambeth, einem der ärmsten Stadtteile Londons.

Maud wohnte natürlich am Belgrave Square in Belgravia, einer der wohlhabendsten Gegenden Londons. Auf der Grünfläche in der Mitte des Platzes leuchteten Rosen, und die weißen Stuckfassaden schimmerten vor dem Spätsommerhimmel. Sie spürte einen schmerzhaften Anflug von Neid. Wie hatte ein perläugiges Vögelchen wie Maud so reich heiraten können?

Als sie sich dem Säulen-Portikus der Smileys näherte, zog sich ihr Magen nervös zusammen. Sie drückte die Klingel und wurde von einem schwarz-weiß gekleideten Dienstmädchen in einen imposanten Marmorflur geführt. Zwischen dem glänzenden Boden und dem glitzernden Kronleuchter hing ein vertrauter Geruch. Sie hielt inne und schnupperte. Sollte Mrs Codshead etwa in die Dienste ihrer Schwägerin getreten sein?

Vom Flur gingen große Empfangsräume ab, randvoll mit

straff gepolsterten Möbeln, kleinen Tischen, Kaminschirmen und düsteren Ölgemälden. Wenn es ihr Haus wäre, dachte Wallis, würde sie alles heller machen, Platz schaffen, mit Blumen dekorieren. Es überraschte sie nicht, dass Belgravia an Maud verschwendet war.

Sie folgte dem Dienstmädchen eine prächtige Treppe mit kunstvollem Geländer hinauf, die von Porträts gesäumt wurde. Eines zeigte Maud bei Hofe, attraktiv in einem weißen Satinkleid, die schmeichelhaft großen schwarzen Augen ernst und schön unter einem Kopfschmuck aus Straußenfedern. Wallis versuchte, sich über die mangelnde Ähnlichkeit zu amüsieren, statt sich zu ärgern, dass Maud sie vor den Kopf gestoßen hatte.

»Missis Simpson, Mam«, verkündete das Dienstmädchen von der Schwelle eines Salons, der noch vollgestopfter war als die Räume im Erdgeschoss.

Wallis hatte erwartet, in ihrem selbst geänderten weißen Kleid völlig unterzugehen, stellte nun aber fest, dass es zwar billig sein mochte, inmitten der zerknitterten Tweed-Kostüme aber einen positiven Blickfang bildete. Die Frauen waren im Durchschnitt zwanzig Jahre älter als sie; dann blitzte ein Kneifer auf, und sie korrigierte ihre Schätzung nach oben. Vermutlich zauberte als Nächstes jemand ein Hörrohr hervor.

»Na endlich!« Maud erhob sich aus der Gruppe wie eine Biene von einer Rose aus verblühtem Tweed.

Wallis funkelte sie an. Sie war auf die Sekunde pünktlich. Hatte Maud ihr absichtlich eine falsche Uhrzeit genannt?

Maud wandte sich an die Versammelten. »Darf ich Ihnen meine Schwägerin Mrs Simpson vorstellen.« Es klang müde und nachsichtig. Als sie im Eiltempo Namen herunterrasselte, darunter auch einige Titel, begriff Wallis, dass nicht alle englischen Aristokratinnen so glamourös waren, wie es die Gesellschaftsseiten suggerierten.

Knie knackten, und ein kräftiger Hauch von Mottenkugeln

wehte durch den Raum, als sich die Gäste zum Mittagessen erhoben. Es wurde in Mauds düsterem, verschnörkelten Speisesaal serviert und bestand aus einem geschmacksneutralen Brei, in dem einige vertraute knorpelige Klumpen trieben. Voller Schadenfreude erkannte Wallis den Skeletteintopf. Nun bestand kein Zweifel mehr, wer hier den Kochlöffel schwang.

Sie hielt sich am Ende der Warteschlange und nahm so wenig, wie es die Höflichkeit erlaubte.

Hinter ihr tobte eine erregte Diskussion. Es ging um einen aktuellen Skandal; eine Gruppe ungeladener Gäste hatte versucht, einen großen Ball zu unterwandern. Die adlige Gastgeberin hatte sie eigenhändig hinausgeworfen.

Maud strotzte nur so vor Empörung. »Ein *schändliches* Verhalten!« Dann fiel ihr Blick auf Wallis, die sich gerade gesetzt hatte. »Stimmst du mir zu, Wallis?«

Das tat sie nicht, wie es der Zufall wollte. Sie hatte die Geschichte in den Zeitungen verfolgt und sympathisierte von ganzem Herzen mit den Eindringlingen. Niemand wusste besser als sie, dass man, um in London eingeladen zu werden, Leute kennen musste, und um Leute zu kennen, musste man vorgestellt werden, und um vorgestellt zu werden, musste man wiederum Leute kennen. Sie nahm es den jungen Leuten ganz und gar nicht übel, dass sie die Hürden überwinden und ein bisschen Spaß haben wollten.

Sie bedachte ihre Gastgeberin mit einem unverbindlichen Lächeln, doch das Thema war noch nicht erledigt. »Glaubst du etwa nicht, Wallis«, erkundigte sich Maud in bedeutungsvollem Ton, »dass der ungebetene Gast ein Problem für die Londoner Gastgeberin darstellt?«

Die Beleidigung war nicht zu überhören, doch Wallis bemüht sich, sie zu ignorieren. Sie wandte sich an ihre Nachbarin, eine alte Herzogin, deren Bluse mit einer Jett-Brosche geschlossen war, die Wallis an ein Stück aus dem Victoria and Albert

Museum erinnerte. Dennoch wirkte die Herzogin recht sympathisch. Sie hob ihre Lorgnette, um Wallis genauer zu mustern. »Ich höre, Sie sind neu in London, meine Liebe.«

Maud nutzte die Gelegenheit. »Wallis war lange im Ausland«, informierte sie die Runde. »Unter anderem in Shanghai.«

Ihr wurde schwindlig. Woher wusste Maud davon? *Was wusste sie?* Irgendwie hatte sie es wohl aus Ernest herausgekitzelt.

»Erzähl uns doch davon«, lud Maud sie strahlend ein. »War es nicht sehr ... exotisch?«

Ihr Herz raste, in ihren Schläfen pochte es. Alle Augen waren auf sie gerichtet. Selbst uralte Herzoginnen wussten offensichtlich um den Ruf der Stadt.

»Wie ich hörte, bietet es für jeden Geschmack etwas«, fuhr Maud fort.

Wallis hasste sie gerade sehr. Sie suchte vergeblich nach einer schlagfertigen Erwiderung und dachte verzweifelt an ihre Mutter. Alice mit ihrem berühmten Witz hätte sicher richtig reagiert.

Dann plötzlich eine Inspiration. »Für jeden Geschmack?« Sie lächelte bezaubernd in die Runde. »Man konnte Marmelade bekommen, falls es das ist, was du meinst.« Der Satz kam aus heiterem Himmel und hätte von Alice persönlich stammen können. *Danke, Mutter.*

Die alte Herzogin gackerte. »Marmelade! Wie amüsant deine Schwester ist, Maud!«

»Schwägerin«, entgegnete Maud mit eisigem Lächeln.

Zu Wallis' Erleichterung verlagerte sich das Gespräch nun auf die laufende Saison, aber die Gefahr war noch nicht gebannt. Bald richtete Maud ihre bösen schwarzen Augen wieder auf sie. »Du weißt doch, was die Saison ist, nicht wahr, Wallis?«

Wahrscheinlich besser als du, dachte Wallis. »Natürlich. Sie beginnt mit der Sommerausstellung in der Royal Academy, obwohl man natürlich nicht hingeht, um die Bilder zu sehen. Es folgen der Eton Fourth of June, der eigentlich im Mai stattfindet, und das Kricketspiel zwischen Eton und Harrow in Lord's, obwohl niemand hingeht, um Kricket zu sehen.«

Alle lachten, bis auf Maud. Doch sie schien fürs Erste ihre Niederlage einzugestehen. Danach ging es um die königliche Familie, und Wallis, die aus ihren Geschäftsessen gelernt hatte, wollte mutig mitreden. »Königin Mary ist bemerkenswert«, bemerkte sie strahlend. »Sie müsste nur den Mantel wechseln, schon hätte sie einen neuen Stil erfunden.«

Maud sah angewidert aus. »Königin Mary wechselt *nie* den Mantel. Sie sieht immer gleich aus. Das ist ja das Wunderbare an ihr.« Sie begann eine lange, komplizierte und scheinbar ziellose Geschichte über einen Ball, den sie während des letzten Krieges ausgerichtet hatte. Es hatte einen Luftangriff gegeben, und die Gäste waren in Mauds Keller geeilt, dazu auch einige Passanten, darunter eine Frau namens Freda Dudley Ward.

»Und Buster Dominguez«, fügte Maud hinzu.

»Wer, Liebes?«, fragte die Herzogin und beugte sich vor.

»Buster Dominguez. Irgendein lateinamerikanischer Diplomat. Er hatte sie mitgebracht.«

Wallis war nun vollends verwirrt. Wohin sollte diese Geschichte führen?

»Aber es geht nicht darum, wer sie mitgebracht hatte, sondern mit wem sie weggegangen ist«, fügte eine Adlige mit schütterem Haar wissend hinzu.

Wie sich herausstellte, war der Prinz von Wales auf Mauds Party gewesen und hatte sich im Keller in Freda verliebt. Ihre Beziehung bestand seit nunmehr siebzehn Jahren.

Die Zehennägel der Nonne kündigten das Ende des Mittagessens an. Maud klopfte an ihr Glas. »Meine Damen, kommen wir zum Geschäftlichen: der Spendensammlung.«

Wallis hatte ganz vergessen, was der Grund für die Zusammenkunft war. Niemand hatte die Entbindungsklinik auch nur erwähnt. Sie wartete gespannt, wie die Spendensammlung vonstatten gehen sollte. Zweifellos wäre sie herzzerreißend öde.

»Bei unserem letzten Treffen haben wir uns auf einen Kostümumzug geeinigt«, fuhr Maud fort.

Wallis horchte auf. Die Zeitungen und Illustrierten berichteten ausgiebig über derartige Veranstaltungen. Sie fanden in Theatern gegen Eintrittsgeld statt. Wallis hatte noch keinen Kostümumzug erlebt, aber mit Interesse von Ereignissen wie »Der große Londoner Festzug der Liebenden« gelesen, bei dem sich Fürst Nicholas Galitzine als Abelard und der Ehrenwerte Stephen Tennant als Märchenprinz verkleidet hatte. Beim Kostümumzug »Der Porzellanladen«, Untertitel »Porzellan im Wandel der Zeiten«, hatte Lady Diana Cooper, die berühmteste aller adligen Schönheiten, »Leeds-Keramik« dargestellt. Beide Veranstaltungen hatte der überaus angesagte Cecil Beaton konzipiert, der wohl am besten vernetzte Mann Londons.

»Ich könnte auch ein Kostüm tragen«, schlug Wallis aufgeregt vor. Sie würde darin besser aussehen als alle anderen zusammen. Sie könnte es sogar mit Foto in die Zeitung schaffen.

Maud erstickte die Idee im Keim. »Alle Rollen sind besetzt.«

»Welche Rollen gibt es denn?«

»Fische.«

»*Fische?*«

»Es wird ein Kostümumzug mit Fischen«, bestätigte Maud scharf.

»Ich könnte auch ein Fisch sein.«

»Sie könnte auch ein Fisch sein«, pflichtete die Herzogin ihr bei.

»Wir haben alle Fische, die wir brauchen.«

»Ein amerikanischer Fisch vielleicht«, warf die Adlige mit dem schütteren Haar ein.

Maud funkelte sie an. »Es ist ein Kostümumzug mit britischen Fischen.«

Wallis gab auf. Es war hoffnungslos. Maud wollte sie nicht dabeihaben.

»Warum fragen wir nicht Cecil?«, schlug die Adlige fröhlich vor. »Soll er doch entscheiden. Er hat alles entworfen.«

»Er ist aber noch nicht hier, oder?«, schnauzte Maud. »Er ist furchtbar spät dran.«

»Cecil?«, wiederholte Wallis. »Cecil *Beaton*?«

Der am besten vernetzte Mann Londons? Das lebende, atmende Bindeglied zu all dem glamourösen Spaß, nach dem sie sich so sehnte?

Zehntes Kapitel

Die Damen waren gerade ins Wohnzimmer zurückgekehrt, als das Dienstmädchen erschien. »Ein Mr Beaton.«

»Cecil!«, hauchte Maud.

Eine schimmernde Vision in weißem Sommeranzug mit fliederfarbener Krawatte schwebte herein. Er hatte ein längliches Gesicht und verträumte, schräg geneigte Augen. »Maudie, Darling! Können Sie mir je verzeihen?«

Wallis starrte ihn an. *Maudie?* Offenbar war ihre furchteinflößende Schwägerin Wachs in den langen, weißen, beringten Händen dieses Mannes. »Ach, reden wir nicht davon!«, zwitscherte sie.

Cecil strahlte in die Runde. Seine verträumten Augen glitten über alle hinweg, blieben an Wallis hängen und wurden plötzlich scharf. »Aber wen haben wir denn da, Maudie? Wo haben Sie sie bislang versteckt?«

Maudie stellte sie widerwillig vor. »Meine Schwägerin, Mrs Wallis Simpson.«

Er küsste ihre Hand. Aus der Nähe wirkten seine blassen Wangen rosa, als hätte er ein wenig Rouge aufgelegt. »*Enchanté*, Mrs Wallis Simpson.«

»*Enchanté*, Mr Beaton.«

»Sie sind ja *sagenhaft! Woher* kommen Sie?«

»Unter anderem aus Shanghai«, ätzte Maud, bevor Wallis etwas sagen konnte.

Wallis stöhnte leise, doch Cecil riss die Augen noch weiter auf. »*Noch* sagenhafter!«

»Cecil!« Maud schlug ihm spielerisch auf die Hand. »Denken Sie dran, Sie sind hier, um über den Kostümumzug zu reden!«

»Dran denken? Meine liebe Maudie, ich habe an nichts anderes gedacht! Im wahrsten Sinne des Wortes!« Cecil strahlte sie bezaubernd an. »Ich habe ganz *wunderbare* Musik ausgesucht«, er breitete nachdrücklich die Hände aus. »*Waldweben* von Wagner.«

»Oh, *Cecil*!«

»Der Vorhang hebt sich langsam und gibt den Blick auf die *lichtdurchflutete* Bühne frei, wie bei einem Sonnenuntergang.«

»Das ist einfach *perfekt*!«

»Ein Herold kündigt das historische Spektakel an und dann den Namen jeder Dame, während sie sich zierlich und anmutig in Richtung Rampenlicht bewegt und an der anderen Seite der Bühne wieder hinausgleitet.«

Man einigte sich auf weitere Arrangements, darunter, zu Wallis' Freude und Mauds kaum verhohlener Wut, auch die Zugabe in Form eines amerikanischen Fisches.

Schließlich erhoben sich alle, um zu gehen. Zu ihrer großen Enttäuschung war Cecil als Erster zur Tür hinaus. Sie hatte gehofft, sein Interesse an ihr zu nutzen, sich vielleicht mit ihm zu unterhalten und einen Einblick in sein glamouröses Leben zu gewinnen.

Als man ihr den Mantel reichte, bemerkte sie am Ende des Flurs eine breite, grobe Gestalt in Schürze, die sie sofort erkannte.

Draußen herrschten Helligkeit und Vogelgesang. Etwas Rosafarbenes näherte sich von der Seite. Es war Cecil in einem voluminösen rosa Schal und mit breitkrempigem Strohhut. Vervollständigt wurde das Ensemble durch einen Stock mit Silberknauf. »Ich habe auf Sie gewartet«, sagte er. »Wollen wir ein Stück zusammen gehen?«

Bei Tageslicht erkannte sie das ganze Ausmaß von Cecils Makeup. Das Rouge spiegelte sich in seinen roten Lippen. Seine mandelförmigen, wimperngetuschten Augen funkelten, als er sie ansah. »Ich musste *unbedingt* allein mit Ihnen sprechen.«

Freude durchströmte sie. Endlich war es so weit. Er hatte eine verwandte Seele in ihr erkannt. Sie würden sich anfreunden, er würde sie zu Festen einladen ...

»Also, Shanghai.«

Sie prallte unbarmherzig auf die Erde. Spürte, wie die vertraute Panik einsetzte, und tastete nach Alices Rettungsleine. »Bevor Sie fragen: Ja, es war exotisch. Und man konnte Marmelade bekommen.«

Cecil lachte. »An Marmelade bin ich nicht interessiert, Liebes. Stimmt es, dass es in Shanghai mehr Prostituierte gibt als irgendwo sonst auf der Welt?«

Wallis war verblüfft. So direkt hatte niemand je mit ihr gesprochen. Sie kam sich reichlich überrumpelt vor und atmete tief durch, um die Panik zu vertreiben. Die Freude des Nachmittags war verflogen. Sie stand wieder in der schmutzigen Gasse mit den überhängenden Giebeln und spürte Wins starke Hand, die sie mit sich zog. Die Frauen schauten ihnen im Vorbeigehen wissend nach. Das kleine Zimmer mit der roten Papierlaterne. Gemurmel, Gelächter, Stöhnen, Keuchen. Wie sie sich vor Win geekelt und vor sich selbst geschämt hatte.

Ihre Kehle war wie zugeschnürt. Ihr war schlecht. Sie legte die Hand vor den Mund und schloss die Augen.

Als sie sie öffnete, sah sie Cecils besorgten Blick. »Geht es Ihnen gut, Liebes? Das muss am Essen liegen. Alle sagen, Mauds neue Köchin sei fürchterlich. Ich bin absichtlich zu spät gekommen.«

Anspannung und Entsetzen lösten sich augenblicklich in Gelächter auf. Sie spürte die Wärme der Sonne auf ihrem Gesicht und sah die Blumen auf dem Platz. Alles war gut. Es war

Vergangenheit. Sie musste sich zusammenreißen. Vor allem, wenn sie sich mit diesem Mann anfreunden wollte.

Sie holte tief Luft. »Man nennt sie eigentlich Blumen«, sagte sie. »Die Prostituierten.« Sie hielt inne und zwang sich, weiterzusprechen. »Es gibt ungefähr siebzigtausend.«

»Siebzigtausend! So viele Menschen wie in ganz Swindon!«

»Swindon sagt mir nicht viel«, gestand Wallis.

»Es sagt niemandem viel, Liebes. Aber verraten Sie mir, wie sich diese siebzigtausend organisieren. Lungern sie einfach herum?«

Sie zögerte erneut, doch die mandelförmigen Augen blickten erwartungsvoll. »Es gibt eine Hierarchie. Ganz oben stehen männliche Opernsänger.«

»Wie wundervoll! Ich bin guten Tenören nicht abgeneigt. Wer kommt danach?«

»Erstklassige Kurtisanen, gefolgt von gewöhnlichen Kurtisanen.«

Cecil klatschte quiekend in die Hände. »Wie herrlich abartig!« Als ein vorbeigehendes Paar ihn anstarrte, beugte er sich wieder vor. »Und nun verraten Sie mir, woher Sie das alles wissen.«

Er hatte eine Grenze überschritten. Um nichts auf der Welt würde sie zugeben, woher ihr Wissen über die Bordelle in Shanghai tatsächlich stammte. Es war an der Zeit, Cecils Fragekanone auf ihn selbst zu richten. »Kennen Sie viele Bright Young Things?«

»Millionen«, sagte Cecil. »Suchen Sie sich welche aus.«

Wallis überlegte. »Kennen Sie die Jungmans?« Baby und Zita Jungman, ein Paar blasser, ätherisch wirkender Schwestern, tauchten in allen Illustrierten auf. Von allen »Bright Young Things« schienen sie die »Brightest and Youngest« zu sein.

»Ja«, erwiderte Cecil knapp. »Wer kommt als Nächstes im *Who's Who* der Huren?«

Er hatte sie auf den Rücken geworfen wie ein Wrestler. Sie musste schneller sein. Sie war aus der Übung, was Konversation anging. »Ähm, die Straßenblumen, die Blumen in den Opiumhöhlen, die Blumen in den Nagelschuppen, die es im Stehen treiben.«

»Was? Halt! Die es im Stehen in Nagelschuppen treiben?«, rief Cecil aufgeregt. »Was ist ein Nagelschuppen?«

»Reden Sie leiser! Ich habe keine Ahnung, ich habe nie einen gesehen.« Was nicht ganz stimmte. »Dann gibt es noch die Blumen am Hafen. Sie heißen ›Salzwasserschwestern‹ und, ähm, bedienen die Seeleute. Sie bilden die unterste Sprosse der Leiter.«

»Sozusagen!«, gackerte Cecil. Dann sah er sie an. »War's das?«

Bei Weitem nicht. Es gab noch die Teehäuser und die Sing-Song-Lokale, die Innenhofbordelle und Blumenboote. Aber sie hatte genug enthüllt. Mehr als genug. Mehr, als sie je erwartet oder beabsichtigt hatte.

»Also«, sagte sie zu ihm, »Sie kennen die Jungmans?« Cecil schien zu begreifen, dass er nun an der Reihe war. »Oh, *aufs Engste*! Sie sind wie ein wächsernes Engelspaar aus dem 18. Jahrhundert! Baby ist besonders wachsweich. Und dann gibt es natürlich noch die Magnificent Morgans.«

Von denen hatte sie auch gehört. Sie waren ebenfalls Bright Young Things. Thelma Morgan hatte Lord Furness geehelicht, einen steinreichen Schiffsmagnaten, während ihre Schwester Gloria in Amerikas führende Finanzdynastie eingeheiratet hatte.

»Sie sind natürlich Zwillinge. Und einfach zu schön mit ihrem Marmorteint und dem seidigen Haar. Ihre Nasen sind wie Begonien. Sargent hätte sie neben einer Schale weißer Pfingstrosen malen müssen ... Worüber lachen Sie?«

»Nasen wie Begonien?«

»Es stimmt«, beharrte Cecil. »Thelmas und Glorias Nasen

sind *wirklich* wie Begonien. Mit den geblähten Nasenlöchern und üppig geformten Lippen verbreiten sie eine Atmosphäre von ... von ... Treibhaus-Eleganz!«

Sie hatte Spaß daran. Cecils Beschreibungen waren urkomisch. »Wie ist es mit Lady Diana Cooper?« Sie war ja Leeds-Keramik in seinem Porzellanumzug gewesen. Wallis machte sich auf die prächtigste aller Meinungen gefasst.

Und wurde nicht enttäuscht. Cecil schlug die Hände zusammen und sah geradezu entrückt aus. »Sie ist *göttlich*! Eines der poetischsten menschlichen Exemplare unserer Generation! Sie ist alle Schönheiten in einer.«

»Tatsächlich?« Es fiel ihr schwer, ernst zu bleiben.

»Sie ist eine leichtfüßige griechische Göttin! Sie ist eine launische Botticelli-Madonna, eine arrogante Velázquez-Infanta, eine nachdenkliche Hofdame Charles' II.! Ihre Züge, die Rundung des Kinns, die umwerfende Färbung, die rosigen Wangen, das flachsblonde Haar und die himmelblauen Augen mit dem wehmütigen, fragenden Blick sind makellos!«

»Passen Sie auf!«

Sie überquerten gerade Kensington Gore, und Wallis ergriff Cecils Arm, da er den Verkehr völlig ignorierte und zu erwarten schien, dass alle für ihn anhielten, während er weiter schwelgte.

»Sie trägt nur Kleidung, die ihr perfekt steht, und vollendet ihren Auftritt spontan mit einem Schleier, einem Schal oder einer Brosche.«

»Oder allen dreien!«, gluckste Wallis.

Sie hatten die U-Bahn-Station Hyde Park Corner erreicht. »Hier muss ich mich zu den Massen hinabbegeben«, verkündete Cecil und küsste sie auf beide Wangen. »Aber wir sehen uns wieder!«

»Das würde mich freuen«, sagte sie inbrünstig und dachte an Partys mit den Jungmans und den Magnificent Morgans.

»Sie müssen ins Studio kommen und mir sitzen! Sie werden

halb romantisch, halb verächtlich schauen! Ich werde Sie in Gold hüllen! Sie werden perfekt aussehen, wie aus dem alten Venedig!«

»Lieber nicht ganz so alt.«

»Sie haben die Ruhe einer archaischen Skulptur! Mit den Gesichtszügen und Haaren sehen Sie aus wie ein Gemälde von Giotto!«

Die Leute, die aus der U-Bahn kamen, starrten sie an.

»Ich sehe Sie bald wieder! Beim Kostümumzug der Fische!«

Sie schaute lachend zu, wie er die Stufen hinunterstieg und die Arme dabei wie Flossen schwenkte.

...

»Und, wie ist es gelaufen?«, fragte Ernest beim Abendessen. »Hast du neue Freunde gefunden?«

»Mmm-hmm.« Sie nickte stolz. »Und ich habe eine Rolle im Kostümumzug. Als Languste.«

Er hielt mit der Gabel auf halbem Weg zum Mund inne. »Ich habe meine gesamte Existenz umgekrempelt, damit du dich als Meeresfrucht verkleiden kannst?«

»Ja«, grinste sie, »nur dafür.«

Sie nahm einen weiteren Bissen des perfekt gedämpften Spargels, der mit einer köstlichen Hollandaise überzogen war. Lily entwickelte sich außerordentlich gut. »Hat Maud dir je erzählt, dass sie den Prinzen von Wales mit seiner Mätresse bekannt gemacht hat?«

»Ehrlich?«, fragte Ernest überrascht. »Ich hatte keine Ahnung. Maud als Kupplerin. Wer hätte das gedacht?«

Seine Augen funkelten. Wallis brach in Gelächter aus. »Oh, und sie hat auch eine fabelhafte neue Köchin. Rate mal, wen.«

Das Begräbnis des Herzogs von Windsor

Buckingham Palace, Juni 1972

Man hatte ihr eine Suite an der Vorderseite des Palastes gegeben. Die riesigen deckenhohen Fenster blickten auf The Mall, ließen jedoch wenig Licht herein. Um diese Zeit gab es allerdings auch wenig hereinzulassen; der Tag neigte sich dem Ende zu.

Das Bett war gewaltig, mit wallenden Brokatvorhängen, die die Farbe getrockneten Blutes hatten. Vorhänge aus demselben Stoff rahmten die Fenster ein und wurden von dicken Seidenkordeln gehalten, deren Quasten groß wie Ponyschwänze waren. Von der Kassettendecke hing ein schwerer Kronleuchter, düstere, goldgerahmte Ölgemälde waren mit Ketten an Bilderleisten hoch an den Wänden angebracht. Der Raum war trüb und finster wie eine Gruft; vielleicht mit Absicht. Die Gastgeber hätten sie offensichtlich gern in einer gesehen.

Grace schlenderte aus ihrem Zimmer am Ende des Korridors herein und trank dabei Wodka aus einem Zahnputzglas. Sie hatte die Flasche in ihrer Handtasche hereingeschmuggelt.

»Du solltest hingehen«, drängte sie. »Die Leute erwarten das von dir.«

Es ging um Trooping the Colour.

»Es gibt keine Leute.« Wallis nippte an ihrem Glas. »Niemand interessiert sich dafür. Sie haben David ganz vergessen.« Sie erzählte Grace, was Mountbatten über die Menschenmassen gesagt hatte.

»Vergessen?«, schnaubte Grace. »Das ist doch lächerlich. Ihr hattet die berühmteste Liebesgeschichte aller Zeiten.«

»Aber sie ist Vergangenheit. Die Menschen haben sich weiterentwickelt, von den Windsors und den Mountbattens einmal abgesehen. Sie wollen mich nur demütigen. Sich rächen.«

»Wofür? Lilibet wäre ohne dich nicht Königin geworden. Wenn überhaupt, sollten sie dir dankbar sein.«

»Aber das sind sie nicht.« Wallis nahm einen weiteren verzweifelten Schluck.

»Und es stimmt auch nicht, dass es niemanden interessiert«, beharrte Grace. »Denk mal an die Sache mit dem Verkehr.«

»Die Sache mit dem Verkehr?«

»Dass sie die Querstraßen gesperrt haben, damit du nicht angestarrt wirst. Und dann behauptet er, es gäbe niemanden, der dich anstarren will. Das ergibt keinen Sinn.«

Wallis musterte ihre Freundin. »Grace, du bist an die Aristokratie verschwendet. Du hättest Detektivin werden sollen.«

Der frisierte Blondschopf nickte. »In der Tat. Jedenfalls ist es definitiv seltsam. Warum schleusen sie eine Person, die ohnehin niemand sehen will, im Eiltempo durch die Stadt?«

»Machtspielchen?« Wallis zuckte mit den Schultern. »Weil sie es können?«

Grace zog skeptisch die Nase hoch. »Mag sein.«

Wallis stand auf. Es war Zeit, sich fürs Abendessen fertig zu machen. Oder die »Familienmahlzeit«, wie Lilibets Lakai sich ausgedrückt hatte. Der Widerspruch, der darin lag, einen Lakaien zu schicken, um eine angeblich zwanglose Veranstaltung anzukündigen, wurde noch deutlicher, als er mit ausdrucksloser Miene verkündete, man verzichte auf Diademe und Abendkleidung.

»Die lassen ja richtig die Sau raus«, bemerkte Grace ironisch, als er gegangen war.

Sie selbst war nicht eingeladen und Dr. Antenucci auch

nicht. Wallis fühlte sich stellvertretend für ihre Freundin gekränkt und hatte Mitleid mit dem treuen Arzt, doch Grace beruhigte sie. »Ich und Antenucci bestellen was beim Chinesen.« Ihre haselnussbraunen Augen funkelten. »Und lassen es von einem Lakaien holen! Dann schauen wir englisches Fernsehen, irgendwo muss doch ein Fernseher versteckt sein. Keine Sorge, wir machen uns einen tollen Abend.«

...

Ein anderer Lakai holte sie zum Essen ab. Wie sein Kollege trug er einen scharlachroten Frack mit dicken Goldborten. Grace war verblüfft angesichts der Zahl und Pracht der Dienerschaft. Dr. Antenucci, ein gewöhnlich wortgewandter New Yorker, war untypisch sprachlos. »Ich weiß«, sagte Wallis. »Das alles hat David für mich aufgegeben.«

»Und es nie bereut«, sagte Grace entschieden. »Nicht einen einzigen Moment lang.«

Der Korridor war so breit, dass man mit dem Auto hätte hindurchfahren können. Ihre Schuhe mit den niedrigen Absätzen sanken in den kirschroten Teppich, als sie mit ihrer Eskorte an üppigen, im orientalischen Stil dekorierten Prunkräumen vorbeiging. Sie musste lächeln, als ihr einfiel, was Grace über das chinesische Essen gesagt hatte. Sie war jetzt ganz ruhig. Mit einem Wink seiner Arzttasche hatte Antenucci ihr die Ängste genommen. Genau dafür war er hier.

Als sie durchs Fenster eine steinerne Brüstung bemerkte, wurde ihr klar, dass dies der berühmte Balkon sein musste, auf dem sich die Familie bei feierlichen Anlässen zeigte. Sie bewegte sich hinter den Kulissen der Geschichte. Aber das war schon immer so gewesen.

Am Ende des Korridors standen die polierten Türen des Speisesaals offen. Auch er war orientalisch eingerichtet: riesige

Vasen auf Sockeln, Keramiklöwen, Wandgemälde von Kaisern auf Thronen mit Bergen und Tempeln im Hintergrund. Die zentrale Beleuchtung sah aus wie ein umgestülpter gläserner Regenschirm. Darunter saßen Gestalten, lachten und redeten. Sie erkannte Philip, spürte bereits seine knisternde, gefährliche Energie. Aber wo war Elizabeth? Die gefährlichste Energie von allen?

Als alle verstummten und sich zu ihr umdrehten, kam Wallis sich vor wie in einem Albtraum. Sie wappnete sich, um den violetten Augen der Frau zu begegnen, die sie seit vierzig Jahren hasste. *Nur Mut*, mahnte sie sich im Stillen. *Nur Mut!*

Ihr Herz hämmerte, die Menschen im Raum verschmolzen und verschwammen. Als eine Gestalt von der Größe der Königinmutter auf sie zukam, war sie kurz vor einer Ohnmacht.

»Wie schön, Sie zu sehen!« Lilibet trug ein Kleid in einem unerfreulichen Mittelgrün und lächelte wie immer breit und unpersönlich. »Es tut Mummy schrecklich leid, aber sie kann heute Abend nicht dabei sein. Sie hofft, dass Sie ihr verzeihen.«

Die Erleichterung schnürte Wallis die Kehle zu, und sie sank in einen zittrigen Knicks.

»Einen Drink?«, schlug Lilibet vor, als sie sich erhob.

Dr. Antenucci hatte sie davor gewarnt, nach den Beruhigungsmitteln Alkohol zu trinken, doch nüchtern würde sie das nicht überleben.

Rot und Gold leuchteten neben ihr auf, ein Lakai, der ihr ein Tablett mit Champagnergläsern hinhielt. Sie stärkte sich mit einem Schluck; die Welt wurde wieder scharf.

»Welches reitest du morgen, Mummy? Beim T the C?«

»Burmese natürlich.« Lilibet wandte sich an Wallis. »Kennen Sie meine Tochter Anne?«

Die junge blonde Frau in scheußlicher Nylonbluse hatte Philips verächtliche Augen. Offenbar hatte Anne die Familientalente geerbt – sich schlecht zu kleiden und peinliches Verhalten zur Kunstform zu erheben. Nach einer knappen Begrüßung ging sie davon und warf die aschblonde Mähne zurück.

Dann tauchte Charles auf. »Wie geht es dir, Tante Wallis?« Der Prinz von Wales lächelte warm. »Es tut mir so leid wegen Onkel David. Ich wünschte ...« Seine Augen zuckten verlegen zu seiner Mutter. »Ich wünschte, ich hätte ihn besser gekannt.«

Elftes Kapitel

Bryanston Court, London

Die Wohnung war einzugsbereit. Sie liebte alles daran, weil alles anders als in Upper Berkeley Street war. Hell und modern, sauber und neu, mit effizienten Heizungs- und Sanitäranlagen. Und der erfreulich klangvollen Telefonvorwahl Ambassador-2215.

Sobald die Wohnung vorzeigbar war, nahm sie Ernest mit und hielt ihm beim Eintreten die Augen zu. »Was sagst du?«, fragte Wallis und nahm die Hände weg.

»Verblüffend«, sagte er und sah sich um.

»Verblüffend gut oder verblüffend schlecht?« Sie hoffte aufrichtig, dass es ihm gefiel, denn während sie für das Projekt verantwortlich gewesen war, hatte er die Schecks ausgestellt. Ihre finanzielle Lage war nach wie vor düster. Er musste aktiv geworden sein, hatte womöglich einen Kredit aufgenommen. Wallis hatte nicht danach gefragt und er von sich aus nichts dazu gesagt. Und sich nicht beklagt.

Er lächelte. »Einfach ... verblüffend.«

»Gut.« Es war schwierig gewesen, das perfekte Hellgrün für die Salonwände, das richtige Beige für den Teppich, das gewünschte Cremeweiß für die Damastvorhänge aufzuspüren. Die lang gestreckte italienische Anrichte und den William-and-Mary-Schrank hatte sie in örtlichen Antiquitätengeschäften gefunden. Ernest warf einen Blick darauf; ja, sie waren teuer gewesen, aber das hatte Wallis durch Sofas und Sessel ausgeglichen, die billig waren, aber nicht so aussahen.

Er schluckte beim Anblick der Blumen, teure weiße Blüten in hohen Glasvasen. Am besten schienen ihm die Bücherregale zu gefallen, die eine ganze Wand einnahmen und seine Bibliothek enthielten.

»Komm, sieh dir das Esszimmer an.«

Er machte große Augen, als er den Spiegeltisch, die weißen Lederstühle und die Toile-de-Jouy-Tapete erblickte. Es gab Wandleuchter und gläserne Kerzenhalter mit langen rosa Kerzen, die sich im Tisch spiegelten wie ein reizender bunter Wald aus Wachs. Sie ließen ihr Herz höher schlagen. »Stell dir vor, wie hübsch unsere Abendessen von nun an aussehen!«

Ernest nickte zustimmend. »Meine Geschäftspartner werden hingerissen sein.«

Sie verdrehte die Augen. »Das haben wir doch längst besprochen. Mit denen isst du von nun an in Hotels.«

Seine runden braunen Augen blickten entschuldigend. »Verzeih, das hatte ich vergessen. Aber …« Die Basset-Hound-Stirn legte sich in Falten. »Wen werden wir denn hier bewirten?«

Wallis lächelte. »Überlass das mir. Ich arbeite dran.«

Dann folgte das Schlafzimmer mit den aquamarinblauen Wänden, rosa Vorhängen und Bettdecke und dem silberglänzenden Nachttischtelefon. Verlegenheit durchflutete sie, als er sie mit einer stummen Frage in den Augen ansah.

Statt einer Antwort öffnete sie die Tür zum Nachbarzimmer, das mit polierten Mahagonischränken und Kommoden elegant und maskulin eingerichtet war. Es war im Grunde ein Ankleidezimmer mit Einzelbett. Ernest lächelte resigniert. »Passt viel besser zu mir.«

Sie führte ihn durch das Gästezimmer mit dem runden Bett, das mit austerngrauem Satin bezogen war.

»Das sieht nach MGM aus«, sagte Ernest mit einer Anspielung auf das Filmstudio.

»Ich nehme es als Kompliment«, sagte sie lächelnd und trat

ins Badezimmer mit den verspiegelten Säulen, der himmelblauen Wanne, den weißen Wänden und weißen flauschigen Teppichen, das dem in der Whigham-Villa so nah wie möglich kam.

»Nun?«, fragte sie lächelnd.

»Willst du eine ehrliche Antwort?«

Sie verschränkte die Arme und runzelte im Spaß die Stirn. »Möglicherweise.«

»Es sieht aus wie eine Cocktailbar in Detroit«, grinste Ernest.

»Witzig, dass du das sagst!« Sie führte ihn zurück ins Wohnzimmer und öffnete ein Schränkchen, in dem sich ein Eiskübel, ein Cocktail-Shaker, Spirituosen und Mixer, Gläser und Rührstäbchen befanden. »Wir trinken jetzt Cocktails.«

»Cocktails?«

»Weißt du noch?« Sie sah ihn spöttisch an. »Zugegeben, es ist schon eine Weile her. Die Bar in Paris?«

»Natürlich.« Er schaute zu der behelfsmäßigen Bar. »Aber ... du meinst, wir trinken die jetzt?« Er schaute auf die Uhr. »Es ist halb elf morgens.«

»Ich habe vor, jeden Abend eine Cocktailparty zu geben.«

»*Jeden* Abend?«

»Zwischen sechs und acht.« Sie erklärte rasch ihre Idee. »Ich bin mir nicht sicher, ob es schon funktionieren würde, wenn ich Leute offiziell einlade. Ich kenne kaum jemanden und habe keinen Einfluss. Aber ich dachte, wenn die Leute davon wissen, könnten sie auf dem Weg zu anderen Veranstaltungen vorbeischauen. Auf einen Cocktail, einen warmen Appetithappen ...« Sie hielt inne, als sie sah, dass Ernest ihr nicht folgen konnte.

»Was für Leute?«, fragte er.

»Alle möglichen Leute. Aristokraten, Showgirls, Diplomaten, Bankiers. Das ist das Geheimnis einer tollen Party. Die richtige Mischung.« Sie verschwieg, dass sie als Ehefrau eines Marineoffiziers für lebhafte Gesellschaften bekannt gewesen war. Einer der wenigen positiven Aspekte der Ehe mit Win.

Ernest hatte sich auf dem Rand der Badewanne niedergelassen. Er sah blass aus. »Mach dir keine Sorgen«, sagte sie. »Damit fange ich erst nach dem Kostümumzug an. Ich habe noch niemanden eingeladen, und außerdem muss ich erst meine Languste nähen.«

Cecil hatte das Kostüm für sie entworfen: eng anliegend und metallisch glänzend, um ihre schlanke Gestalt zu betonen. Da die anderen Teilnehmerinnen entweder älter, rundlicher oder beides waren, mussten ihre Outfits die Figur eher kaschieren. Die vielen Kostümproben verliefen humorvoller als erwartet, und die alten Aristokratinnen konnten über sich selbst lachen.

Nur Cecil fand es gar nicht komisch. Er sorgte sich um seinen guten Ruf und benahm sich wie ein verzogenes Kind. »Ich mache mich zum Gespött der Leute«, jammerte er nach einer Probe, bei der zwei große Kaulquappen zusammengestoßen und umgefallen waren.

»Könnten Sie nicht ein paar Bright Young Things dazuholen?«, schlug Wallis hoffnungsvoll vor. »Die Jungmans, zum Beispiel? Oder die Morgans?« Cecil hatte versprochen, sie allen vorzustellen, und dies wäre die ideale Gelegenheit.

»Die möchten bei so was nicht tot gesehen werden«, lautete die wenig schmeichelhafte Antwort.

Später beobachtete Wallis, wie er mit Maud sprach. Ihre Stimme, die entsetzt und beleidigt zugleich klang, drang über die Bühne zu ihr herüber. »Ich bin mir sicher, dass wir unter einer Million jemanden finden, wie Sie es so schmeichelhaft ausdrücken, Cecil. Ich höre mich um.«

Bei der nächsten Probe erschien Angela, eine exquisite Blondine von Mitte zwanzig mit Bubikopf und geradem Pony. Wie eine schöne Jeanne d'Arc, dachte Wallis. Sie war hilfsbereit und freundlich und führte einige gebrechlichere Teilnehmerinnen durch die düsteren, labyrinthischen Bereiche des Theaters, ohne über die Seile zu stolpern. Cecil hatte sie als Aal besetzt, und man sah oft, wie sie in ihrem silbern glitzernden Kostüm einer torkelnden Jakobsmuschel oder einem unsicheren Goldfisch weiterhalf.

Eines Tages brachte Angela ihre Mutter mit. Sie war winzig, lebhaft, hübsch und wunderschön gekleidet und erregte sofort Wallis' Aufmerksamkeit. Dies war eine Frau, mit der sie gern befreundet wäre. Also nutzte sie die Gelegenheit, auch wenn sie in einem Langusten-Kostüm steckte.

Angelas Mutter saß auf einem Stuhl im Foyer des Theaters und las. Wallis setzte sich neben sie und stimmte ein Loblied auf ihre Tochter an. Die schönen Augen der Frau leuchteten dankbar. »Wie reizend von Ihnen. Angela hilft nur zu gern. Ich heiße übrigens Freda.«

Wallis stellte sich vor. Freda sah sie mit fröhlicher Neugier an. »Sie sind Mauds Schwägerin? Wie schön für Sie. Wir sind schon ewig befreundet.«

Wallis tat, als wäre es tatsächlich schön, und verbarg ihr Erstaunen darüber, dass die langweilige Maud eine solche Freundin hatte. »Woher kennen Sie sie?«

Fredas Lachen klang weich und anziehend. »Ich war mit einem Freund am Berkeley Square unterwegs. Plötzlich kam der Luftalarm – es war während des Krieges –, und wir rannten zum erstbesten Hauseingang, um Schutz zu suchen. Wie sich herausstellte, war es Mauds Haus, und obwohl ich sie nicht kannte, war sie furchtbar nett und ließ uns bleiben, bis der Angriff vorüber war. Seitdem sind wir befreundet.«

In Wallis' Gehirn ging ein Erdrutsch nieder; Punkte fügten sich schwungvoll zu einem Bild zusammen. Sie begriff, wer Freda war – der Star der verblüffenden Anekdote vom Mittagessen, die Frau, die zur Geliebten des Prinzen von Wales geworden war, nachdem sie einander bei Maud begegnet waren.

Freda stand lächelnd auf und erklärte, es sei nett gewesen, sich mit ihr zu unterhalten, doch nun müsse sie nach Angela sehen.

Wallis erwähnte rasch die geplanten Cocktailpartys. »Schauen Sie doch vorbei, wenn Sie möchten«, fügte sie hinzu.

»Wie reizend«, erwiderte Freda. Wallis sah zu, wie sie tänzelnd im Zuschauerraum verschwand.

Sekunden später kam eine Auster angesaust. Mauds puterrotes Gesicht leuchtete aus einem Loch in der Mitte der Schale. »Nur eine kleine Warnung, liebe Wallis. Niemand in London bittet Leute, einfach vorbeizuschauen.«

Wallis lächelte liebreizend. »Nun, ich komme aus den Vereinigten Staaten von Amerika und mache Dinge auf meine Art.«

Am Tag vor dem Kostümumzug erwachte sie mit einer Halsentzündung. Im Laufe des Tages wurde sie immer kränker, und am nächsten Morgen waren die Halsschmerzen zu einer ausgewachsenen Grippe geworden. Obwohl ihr alle Glieder wehtaten und sie abwechselnd glühte und vor Kälte zitterte, bestand sie darauf, aufzustehen und sich anzuziehen.

»Geh wieder ins Bett«, befahl Ernest. Er stand in Hut und Mantel in der Schlafzimmertür und wollte ins Büro. »Der Kostümumzug muss dann eben ohne dich stattfinden.«

»Das geht nicht. Ich muss hin. Alles hängt davon ab.«

»Die Entbindungsklinik gibt es seit den 1780er Jahren. Die kommt auch ohne dich als Languste aus.«

Sie brachte es nicht über sich zu sagen, dass es um etwas völlig anderes ging. Nach dem heutigen Tag würde sie Cecil nicht mehr sehen. Sie hatte ihre Cocktails erwähnt, doch er war unverbindlich geblieben, und nachdem die Veranstaltung vorbei war, stünde sie wieder bei null. Von eventuellen geriatrischen Bridge-Partys einmal abgesehen. »Ich muss hin«, murmelte sie und versuchte, sich aufzurappeln, bevor sie stöhnend in sich zusammensank.

Danach verschwamm alles. Sie befand sich in einem dunklen, heißen Gang, in dem seltsame Meeresgeschöpfe an ihr vorbeizogen. Sie schauten sie an und lachten unheimlich und widerhallend. Ihr Kopf schmerzte, das Atmen fiel ihr schwer. Sie verlor jedes Zeitgefühl, doch allmählich verebbte die Dunkelheit, und der Druck auf ihrer Brust löste sich. Eines Tages wachte sie auf und stellte fest, dass der Raum sich nicht mehr drehte und der Schmerz in ihrem Kopf verschwunden war.

Ernest war ungeheuer erleichtert. Er drückte ihr liebevoll und mitfühlend die Schulter. »Ich bin so froh, dass es dir besser geht.«

Sie schaute ihn unter Tränen an und war alles andere als froh. Nun, da sie sich erholte, musste sie sich der Niederlage stellen. Sie erinnerte sich an den Kostümumzug und die Partys, die sie für danach geplant hatte. Doch niemand hatte sich gemeldet, während sie krank war, weder persönlich noch telefonisch. Warum auch? Es war ihnen egal.

Sie blieb noch einige Tage im Bett; wozu sollte sie aufstehen? Sie lag in die Kissen gelehnt, das silberne Telefon neben ihr schwieg, die Zeitungen und Illustrierten, die Ernest ihr zur Aufmunterung brachte, blieben unberührt, die Klatsch- und Gesellschaftsseiten ungelesen. Stattdessen betrachtete sie durchs Schlafzimmerfenster den Himmel, der seine täglichen Veränderungen vollzog. Das helle Licht des Morgens, das blassere Licht des Nachmittags, die satten Töne des frühen Abends. Am schlimmsten waren die Abende, an denen die enttäuschte Hoffnung, eine erfolgreiche Gastgeberin zu werden, sie erbarmungslos heimsuchte. Und sie hatte sich ausgemalt, dass Cecil mit Leuten wie den Magnificent Morgans kommen würde!

Die Abende schleppten sich dahin. In der Wohnung war es so still, dass sie beinahe das Feuer im Wohnzimmer knistern hörte, und wie Ernest die Seiten seiner Klassiker umblätterte. Sie stellte sich den Schrank mit dem Eiskübel und dem Cocktailshaker vor, den Spirituosen und Mixern, den Gläsern und Rührstäbchen. Sie hatte alles so liebevoll ausgesucht, doch es würde nie benutzt werden.

Eines Abends unterbrach das Läuten der Haustürglocke die Stille. Schritte im Flur, dann trat Ernest in die Schlafzimmertür. Er wirkte ungewöhnlich aufgeregt. »Du solltest besser aufstehen, Wallis. Da ist gerade ein Cecil angekommen. Er sagt, er sei auf einen Cocktail hier. Er hat ein paar Frauen mitgebracht. Thelma und Gloria heißen die wohl.«

Zwölftes Kapitel

Noch nie hatte sich ein Mensch so rasch angezogen. Wallis eilte in den Flur, als die Gäste gerade die Mäntel abgelegt hatten. Es war, als schlüpfte sie in eine Rolle, die sie lange geprobt hatte. Als Lily mit einem Berg Pelze vorbeikam, sagte Wallis: »Die Würstchen bitte, Lily. Oh, und das Eis.«

Lily, die ihre Rolle ebenfalls wunderbar spielte, nickte routiniert. Sie wusste, was zu tun war; Wallis hatte sie gründlich instruiert.

Im Salon stellte Ernest Cecil die üblichen Fragen.

»Ich war in Cambridge, Arnie.«

»Ich heiße Ernest.«

»Aber ich muss sagen, es war an mich verschwendet. Bin nie zu den Vorlesungen gegangen. Allerdings war ich ein *guter* Schauspieler. Im Amateur Dramatic Club der Universität feierte man mich als ›eine unserer größten lebenden Schauspielerinnen‹.«

Wallis musste leise kichern, als Ernests Augenbrauen in Richtung Haaransatz schossen. Sie war Cecil leidenschaftlich dankbar. Er hatte sein Versprechen gehalten. Am liebsten hätte sie ihm die braun-weißen Oxford-Schuhe geküsst.

»Ich bin durch sämtliche Prüfungen gefallen und habe keinen Abschluss gemacht«, erzählte Cecil munter weiter. »Mein Vater hat dafür gesorgt, dass ich in die Familienfirma eintrete, doch bald war allen klar, dass mir das Zementgeschäft nicht lag.«

Wallis eilte ihm entgegen. »Cecil! Wie wunderbar, dass Sie gekommen sind!«

Er begrüßte sie schwärmerisch und küsste sie auf beide Wangen.

»Wie war der Kostümumzug? Es tut mir so leid, dass ich nicht dabei sein konnte.«

»Nun ja, ohne Sie war es nicht ganz dasselbe, meine Liebe. Einige Kaulquappen mussten auch absagen. Wir haben die Lücken zwischen den Fischen mit literarischen Figuren aufgefüllt. Mrs Throgmorton kam als äthiopische Maid, die auf ihrer Harfe spielte und vom Berg Abora sang.«

»Kubla Khan«, sagte Ernest prompt. »Coleridge.« Er holte tief Luft und rezitierte: »Könnt, ich erneun, tief innen, das Lied, den Saitenklang ...«

»Mrs Throgmortons Lied und Saitenklang wurden leider unsanft unterbrochen, als der Vorhang auf sie fiel und ihr die Perücke herunterstieß«, sagte Cecil. »Aber alle waren sich einig, dass es eine höchst künstlerische Darbietung war.«

Wallis wandte sich zu den beiden dunkelhaarigen Frauen, die neben Cecil standen, die eine üppig und lächelnd, die andere schlank und mit abschätziger Miene. »Willkommen«, sagte sie aufgeregt.

»Wallis, Arnie«, sagte Cecil, »darf ich Ihnen die Magnificent Morgans vorstellen? Die umwerfendsten Zwillinge des Big Apple? Auch bekannt als Lady Thelma Furness und Mrs Gloria Vanderbilt!«

Gewaltige Aufregung überkam sie. Diese Gäste, in ihrem Salon!

Wallis gestattete sich einen diskreten Blick auf ihre Nasen. Sahen sie wirklich wie Begonien aus? Tatsächlich waren sie klein und liefen spitz zu. Die Lippen waren stark geschminkt, die Gesichter dick gepudert. Sie trugen dramatisches Augen-Make-up und beide ein schwarzes Kleid, das bei der einen die üppigen

Brüste und Kurven betonte und bei der anderen etwas lockerer saß. Beim Händeschütteln dachte Wallis, dass Thelma wohl die freundlichere sei, während Gloria argwöhnisch wirkte.

Lily kam mit den Würstchen herein und reichte sie wie angewiesen auf winzigen Tellern mit Servietten herum.

Cecil war hingerissen. »Perfektion! Und das sage ich als Würstchenkenner!«

»Und die ganzen Blumen, ich kann sehen, dass Sie Blumen lieben!«, mischte sich Thelma ein. »Ich sage immer, ein Zimmer ohne Blumen ist wie ein Himmel ohne Sonne!«

Wallis mied Ernests Blick. Er fragte sich wohl, ob die Leute den ganzen Abend so herumschreien würden. Er zuckte zusammen, als Thelma neben ihn glitt und mit roten Fingernägeln anzüglich über seinen Arm strich. »Und wir haben noch etwas gemeinsam, Wallis!«, kicherte sie. Ernest wirkte völlig verschreckt.

»Sie meinen, wir sind beide aus den Staaten?«

»Nein, wir sind beide mit Männern aus der Schifffahrt verheiratet! Seemannsbräute, sozusagen.«

»Ja, und wir alle wissen, wessen Braut du wirklich bist«, warf Gloria bissig ein. »Jedenfalls nicht die des lieben Marmaduke. Ihr Ehemann«, fügte sie für Wallis und Ernest hinzu.

»Zum Glück ist Lord Furness Einzelkind«, ergänzte Thelma. »Stellen Sie sich vor, wie seine Mutter die anderen genannt hätte!«

Cecil sah sich um. »Was muss ein Mädchen tun, um einen Drink zu bekommen?«

Wallis stürzte sich auf den Cocktailshaker und reichte hastig die Gläser herum.

»Vermissen Sie die Staaten, Wallis?«, fragte Thelma. »Ja, natürlich«, fuhr sie fort, ohne eine Antwort abzuwarten. »Weißt du noch, wie wir dort angekommen sind, Gloria? Wir waren gerade siebzehn und unschuldig wie neugeborene Babys, aber dann trafen wir zufällig den netten Mr Cholly Knickerbocker, der uns in seine Gesellschaftskolumne im *New York American* brachte!«

»Und dann hast du zufällig den Erben von AT&T getroffen, den du zufällig geheiratet hast, bevor du dich zufällig von ihm hast scheiden lassen, um jemanden zu heiraten, der zufällig noch reicher war ...«

Thelma schnappte sich ein Kissen und warf es nach ihrer Schwester. »Halt den Mund, Gloria.«

Beim Aufprall des Kissens schwappte Glorias Cocktail auf den hellen Teppichboden. Wallis bemühte sich, den Fleck zu ignorieren, der sich dort ausbreitete. Und auch das Wurstfett, das Cecil auf dem Sofa verteilte.

»Coco und Bendor sind wieder zusammen«, bemerkte Cecil mit gespielter Müdigkeit. Wallis spitzte die Ohren. Es gab nur eine Coco, von der sie gehört hatte: Mademoiselle Chanel, deren Kleider sie so bewunderte. Nun erfuhr sie, dass ihr Liebhaber der Herzog von Westminster war, der reichste Peer Englands.

»Er ist verrückt nach ihr«, sagte Gloria neidisch. »Er schickt ihr kistenweise Gemüse von seinen Landgütern nach Paris. Und im Boden sind Smaragde versteckt!«

»Die Glückliche«, schmollte Thelma. »Duke hat mir immer Körbe mit Regenpfeifereiern aus Holland geschickt. Aber da waren keine Smaragde drin.«

»Und natürlich hat er ihre Initialen an den Laternenpfählen angebracht!« Cecil schüttelte verwundert den Kopf. »Doppel-Cs! In Gold!«

Wallis versuchte, sich einen Londoner Laternenpfahl vorzustellen. Sie hatte nie wirklich darauf geachtet. »Warum sollte er das tun?«

Die drei brachen in Gelächter aus. »Weil er es *kann*!«, rief Cecil aus.

»Ihm *gehört* Central London!«, jubelte Gloria.

Wallis war nicht klar gewesen, dass es irgendjemandem gehören konnte. Dies war ein Ausmaß an Reichtum und Extravaganz, das sie nie für möglich gehalten hätte. Sie liebte den hochklassigen Klatsch, hatte sich so lange danach gesehnt, und nun war der wunderbare Traum Wirklichkeit geworden.

»Sagen Sie, Wallis«, Gloria leerte ihren Cocktail. »Was halten Sie von London?«

»Ich liebe die Stadt«, sagte sie. Jetzt schon.

»Tatsächlich?« Gloria schaute vom gegenüberliegenden Sofa aus skeptisch über ihr Glas. »Was genau gefällt Ihnen an ihr?«

Wallis sah Ernest an. »Die berühmten historischen Stätten«, sagte sie loyal. »Mein Mann hat mir so viel darüber beigebracht.«

»Die mag ich auch«, flötete Thelma.

Gloria schlug sofort zu. »Ehemänner oder historische Stätten?«

»Letztere«, entgegnete Thelma gelassen.

Ihre Schwester warf ihr einen amüsierten Blick zu. »Thelma war begeistert, als man ihr die Stätte zeigte, an der Mr van Cleef und Mr Arpels ihren Schmuck verkaufen.«

»Die meinte ich nicht. Ich meinte die ganzen alten Gebäude.«

Gloria schnaubte. »Ja, der St. James's Palace ist einer ihrer Favoriten geworden.«

Die Atmosphäre veränderte sich spürbar. Wallis bemerkte, wie ihre drei Gäste bedeutungsvolle Blicke wechselten. Worum es ging, war ihr nicht klar.

Die Cocktailgläser waren leer. Zeit für Nachschub.

Hinter ihr fragte Thelma Ernest nach seinen Büchern. »So viele! Haben Sie die alle gelesen?«

»In der Tat«, gestand Ernest stolz.

»Ich liebe Männer mit Köpfchen!«

»Unsinn«, knurrte Gloria. »Du liebst Männer mit riesigen Bankkonten.«

»Und du?«, konterte Thelma. »Sag nicht, du hättest dich wegen seines guten Aussehens und Charmes in den kleinen alten Reggie Vanderbilt verliebt.«

Sie waren wie ein Komikerduo, dachte Wallis und sah erfreut zu Cecil. Es war so aufregend, so amüsant. Der Abend sollte nie zu Ende gehen.

»Eigentlich«, erklärte Gloria, »war unsere erste Verabredung sehr romantisch. Wir haben uns im Schnee vor dem Plaza Hotel getroffen. Dann ist er mit mir durch den Central Park gefahren. Die Sonne schien, der Hudson glitzerte, die Winterluft war wie Champagner. Ich war aufgeregt, geschmeichelt und verliebt.«

»In sein Geld!«, gluckste Thelma.

Wallis stellte die vier Gläser auf ein Spiegeltablett und trug sie zu den Sofas. »Erzähl Wallis und Ernest doch mal, wie du HRH getroffen hast, Pops«, drängte Gloria ihre Schwester. »Das war die romantischste Begegnung aller Zeiten.«

Die Gläser auf Wallis' Tablett wackelten plötzlich. Selbst Ernest richtete sich auf. HRH? Jetzt ergab auch die Anspielung auf den St. James's Palace einen Sinn. Aber ging es hier wirklich um den Prinzen von Wales? War nicht Freda Dudley Ward seine Geliebte?

Thelma lachte. »Wir haben uns in Leicester kennengelernt.«

»Eine interessante Stadt«, sagte Ernest. »Die Kathedrale ...«

»Pops war nicht in der Stadt«, gackerte Gloria. »Sie war auf irgendeinem Feld außerhalb. Bei einer Kuhausstellung.«

»Einer ... Kuhausstellung?«, wiederholte Wallis.

»Mhm«, nickte Gloria. »Und zwar eine, bei der der Thronfolger die Preise überreicht. Eins muss ich dir lassen, Pops«, sie zwinkerte ihrer Schwester zu, »du bist ganz schön einfallsreich. Ausgezeichnete Recherche. Wer sonst wäre auf diese Idee verfallen?«

Thelma verdrehte die Augen. »Du bist ein Biest, Gloria. Zufällig war ich zu der Zeit ziemlich niedergeschlagen. Es lief nicht gut mit Duke ...«

»Damit meint sie Marmaduke«, informierte Gloria die Gastgeber schmunzelnd. »Er ist ein Serienehebrecher, aber das gilt auch für Pops, also gleicht es sich aus.«

Ernest setzte sich aufrecht hin und räusperte sich.

»Ganz recht, Ernest«, sagte Thelma und richtete sich ebenfalls auf. »Gloria geht manchmal zu weit. Es stimmt nicht, dass ich mein Treffen mit dem Prinzen geplant habe.«

Gloria schnaubte ungläubig.

»Wie ich schon sagte«, fuhr Thelma mit beachtlicher Würde fort. »Ich brauchte Ablenkung ...«

Ein weiteres Schnauben, dieses Mal von Cecil.

» ... und so machte ich mich auf den Weg zum Leicester Fair. An einem Ausstellungspferch drängte sich eine Menschenmenge, also ging ich hin, um zu sehen, was da los war. Ein junger Mann heftete einer Kuh eine blaue Schleife an.«

»Sie werden nicht erraten, wer es war«, kicherte Gloria. »Jedenfalls hat Pops ihn mit ihrem unschuldigen Charme betört, und nun sind sie unzertrennlich.«

Wallis schaute Ernest an. Er wirkte zutiefst schockiert.

»Aber für die liebe Freda ist es schwer.« Cecil nippte nachdenklich an seinem Cocktail.

Thelma lachte. »Oh, die Tochter der Spitzenklöpplerin. Ihre Zeit war wirklich abgelaufen.«

»Die Tochter der Spitzenklöpplerin?« Wallis dachte an die winzige, charmante Frau.

»Ihre Eltern stammen offenbar aus Nottingham.«

Lily brachte Nachschub an Würstchen.

»Wie ich hörte«, sagte Cecil knabbernd, »fand Freda erst heraus, dass er künftig auf ihre Dienste verzichtet, als sie die Vermittlungsstelle des Palastes anrief und nicht durchgestellt wurde. Die Telefonistin hat geschluchzt. Und dann ist da natürlich noch die arme Angela.« Er schüttelte kauend den Kopf.

Wallis erinnerte sich an das reizende, freundliche Mädchen. »Was ist denn mit Angela?«

»Sie verehrt HRH abgöttisch und hat ihn ihr Leben lang täglich gesehen. Und nun hat er auch sie verlassen«, sagte Gloria in strafendem Ton.

Wallis fühlte sich an Angelas Stelle gekränkt. Was für ein Mensch war dieser Prinz von Wales, wenn er Bindungen so leichtfertig kappen konnte? Dann dachte sie an die Gestalt im Auto, die weder grausam noch gedankenlos gewirkt hatte.

Thelma trank von ihrem Cocktail. »Nun, du bist ja eine Expertin, was das Verlassen von Kindern angeht. Wie geht es denn der kleinen Gloria?«

Die dunklen Augen ihrer Schwester blitzten. »Die kleine Gloria ist sehr glücklich bei Reggies Mutter. Und Ende der Woche bin ich wieder in New York.«

Wallis hätte sich am liebsten gekniffen. Im Gegensatz zu ihren Gästen hatte sie praktisch nichts getrunken, und doch schwirrte ihr der Kopf. Dies waren Insider, aus einer Welt, von der die meisten Menschen nichts wussten. Es stimmte sie übermütig und ängstlich zugleich, als wäre die Verbindung zu dieser Welt so dünn, dass sie jederzeit zerreißen konnte.

»Aber Freda einfach so abzuservieren, nach fünfzehn Jahren.« Gloria musterte nachdenklich die Wurst auf ihrer Gabel. »Ganz ehrlich, Pops, hast du gar kein schlechtes Gewissen?«

»Eigentlich nicht«, sagte Thelma sanft. »Am Ende werde ich auch abserviert. Da muss ich es genießen, solange ich kann.«

Kurz darauf erhoben sich die Gäste leicht schwankend. Cecil und Gloria wurden bei verschiedenen Dinners erwartet und Thelma von ihrem königlichen Liebhaber im Embassy Club.

»Wallis, vergessen Sie nicht, mir zu sitzen«, lallte Cecil, als er den Hut aufsetzte. »Ich denke an einen weiblichen Matador. Oder eine Straßenräuberin in Mantel und Sch-Schnallenschuhen.«

»Besuchen Sie mich in New York«, sagte Gloria, was nicht besonders ernst gemeint klang.

Aber es war Thelma, die die magischen Worte aussprach. »Wir müssen zusammen Mittag essen«, sagte sie und küsste Wallis herzlich auf die Wange.

Als die Tür hinter ihnen zufiel, sank Wallis auf den Teppich und legte die Stirn auf die Knie.

Ernest tauchte im Flur auf. »Gott sei Dank, sie sind weg.«

Sie sah erstaunt auf. »Mochtest du sie nicht?«

»Na ja, sie sind ganz amüsant. Aber diese Frauen sind nur auf Geld aus, was nicht sehr attraktiv ist.«

Sie legte den Finger an die Lippen. »Pst! Sie warten draußen auf den Aufzug.«

»Egal, ich gehe schlafen.«

Wallis sah ihm nach. Sie selbst war nicht froh, dass sie weg waren. Sie hatte jeden Augenblick genossen und hoffte verzweifelt, dass Thelma das mit dem Mittagessen ernst gemeint hatte. Als sie die Frauen draußen lachen hörte, während sie rüttelnd die Fahrstuhltür öffneten, war es, als hätte man ihr den Schlüssel zu einer neuen, vergoldeten Welt gereicht.

Das Begräbnis des Herzogs von Windsor

Buckingham Palace, Juni 1972

Es gab Kandelaber, gedruckte Speisekarten und die grässlich steifen Blumenarrangements, auf die sie hier zu stehen schienen. An jedem Platz stand ein goldener Platzteller mit dem königlichen Wappen, und Silberbesteck breitete sich wie Flügel zu beiden Seiten aus. Jeder Gast hatte ein eigenes Schälchen mit einigen Butterflöckchen und seine eigenen silbernen Salz- und Pfefferstreuer. Ganz schön formell für eine Familienmahlzeit, dachte Wallis.

Ihr Platz war in der Mitte mit Charles zu ihrer Rechten und Philip zu ihrer Linken. Ihr gegenüber saß Lilibet, die sich eifrig umschaute und in ihrem entschiedenen Tonfall sprach. Ihr scharfer blauer Blick huschte umher, kehrte aber immer wieder zu Wallis zurück, als wollte sie sich vergewissern, dass sie sich benahm.

Ihr Herz hämmerte. Ihr Mund war trocken, trotz der zwei Gläser Champagner. Der Alkohol schoss durch ihren Körper und machte sie leichtsinnig und schwindlig. Antenucci hatte recht, sie hätte ihn nicht trinken sollen. Doch nun war es zu spät.

Sie starrte auf die Speisekarte, während sie sich fasste. Suppe, Hühnchen, etwas, das sich Dalmatiner-Eis nannte.

Auf Philips anderer Seite war Anne dabei, es jemandem zu erklären. »Das ist Vanilleeis mit Pfefferminz-Schoko-Stückchen. Mummy glaubt, sie hätte es erfunden. Dabei bekommt man es in jeder Eisdiele.«

»Du bist sicher wunderbares französisches Essen gewöhnt, Tante Wallis«, sagte Charles entschuldigend.

»Danach sieht sie aber nicht aus«, kam es von der anderen Seite. »Haben Sie nicht einmal gesagt, man könne unmöglich zu reich oder zu dünn sein?«

Wallis sammelte ihre Kräfte und schenkte Philip ein strahlendes Lächeln. »Das habe ich nie gesagt. Es ist ein Mythos, so wie bei Marie Antoinette, die angeblich sagte, die Leute sollten Kuchen essen.«

»Interessanter Vergleich«, bemerkte Philip, bevor er sich an die Frau zu seiner Linken wandte.

Charles tat, als wollte er nach dem Pfeffer greifen, und flüsterte: »Mach dir nichts draus!«

Sie lächelte tapfer und ein bisschen zittrig.

Sie unterhielten sich über das Gärtnern. Charles begeisterte sich ebenso dafür, wie David es getan hatte. Sie erzählte ihm eine von Davids Lieblingsgeschichten über einen neuen Gärtner, dem er in ihrem Landhaus in Frankreich begegnet war.

David hatte ihn auf Französisch gefragt, wer er sei. Der Gärtner hatte geantwortet, er arbeite für den Herzog von Windsor, worauf David erwiderte, dass er selbst der Herzog von Windsor sei. Der Gärtner beendete daraufhin auf Französisch das Gespräch mit: »Pardon, Monsieur, aber ich spreche kein Englisch.«

Charles lachte. »Das ist zum Brüllen!«

»Zum Totlachen«, kommentierte ihre andere Seite.

Sie ignorierte ihn und stellte sich vor, wie die Mühle jetzt aussah, still und leer ohne sie beide. Sie dachte an seinen Garten, an die Blumen, die dort wuchsen und nicht ahnten, dass ihr sorgfältiger Hüter nicht mehr da war. Sie dachte an sein Schlafzimmer, das nach Kaserne aussah. Ein hartes Bett, ein paar Regale für die Kleidung. Er hatte immer das schlechteste Zimmer im Haus genommen. Sie dachte an die Scheune, die Davids Zufluchtsort gewesen war; eine Weltkarte, auf der seine Reisen als Prinz von Wales verzeichnet waren, hatte eine ganze Wand eingenommen. Gegenüber vom Kamin stand der Schreibtisch, von dem er seine Abdankungsrede im Radio gehalten hatte. Aus Fort Belvedere hatte er die große Trommel der Grenadier-Regimentskapelle mitgenommen, die als Couchtisch diente. Auf einer Anrichte standen Kristallbecher, Tassen und Kelche, die man für seine Krönung graviert hatte. Er hatte nie aufgehört, an England zu denken. Er hatte ein ganzes Leben gebraucht, um zu begreifen, dass er nie dorthin zurückkehren durfte. Zumindest nicht lebendig.

Die Suppenteller wurden abgeräumt, ob leer oder nicht. Vor allem Charles schien ein langsamer Esser zu sein. Wallis fragte sich, ob der Thronfolger jemals satt geworden war. Während mit silbernen Servierhauben abgedeckte Teller aufgetragen wurden und ein Bataillon von Lakaien gleichzeitig vortrat und sie anhob, nahm Wallis allen Mut zusammen. Sie musste mit Philip sprechen.

Sie tupfte sich den Mund mit der Serviette ab und betrachtete die Einrichtung. Der Raum mit den riesigen Vasen und den wilden Schnitzereien kam ihr vor wie eine plumpe Parodie echter orientalischer Innenräume.

»Was an diesem Raum ist chinesisch?«, fragte sie Philip, der heftig auf seinem Hähnchen kaute, die schmalen Wangen ausgebeult vom Fleisch.

Lilibet beugte sich fröhlich vor. »Es stammt alles aus dem Royal Pavilion in Brighton. Durch die Wiederverwendung wollte man Geld sparen, doch letztlich hat es mehr gekostet als eine neue Inneneinrichtung.«

Unterwürfiges Gelächter kommentierte den gescheiterten Versuch königlicher Sparsamkeit. Wallis bemühte sich, mitzulächeln.

Philip schaute sie an. Seine Augen waren wölfisch wie die

seines Onkels. »Du bist natürlich eine Expertin für den Fernen Osten.«

»Das würde ich nicht sagen.« Sie erstarrte innerlich. Gefährliches Terrain. Während der Abdankung hatte es sensationslüsterne Gerüchte um ihre Zeit in Shanghai gegeben. Philip signalisierte, dass er kein Pardon kennen würde, Witwe hin oder her. Unter dem Deckmantel der Höflichkeit wollte er ihr zeigen, was die Familie wirklich von ihr hielt. Dass nichts vergeben und vergessen war.

...

Als sie sich von der Tafel erhoben, beugte Charles sich zu ihr. »Darf ich fragen ... ich hatte überlegt ... gehst du zur Aufbahrung?«

Sie sah ihn besorgt an. Wollte auch er sie warnen? Vor der leeren Kapelle, der einsamen Bahre?

»Ich könnte es verstehen, wenn du dich nicht dazu in der Lage sähst.« Charles' Stimme war sanft. »Aber ich wollte dich wissen lassen, Tante Wallis, dass ich morgen Abend privat hingehe. Um ihm die letzte Ehre zu erweisen. Ich könnte dich mitnehmen ... wenn du möchtest ...«

Seine Freundlichkeit wärmte ihr Herz, ihre Laune hob sich. »Danke«, flüsterte sie. Dann wären es zumindest zwei Besucher.

Als sie danach müde in ihr Zimmer zurückkehrte, saß Grace im selben Sessel wie zuvor.

»Ich habe auf dich gewartet. Ich musste es dir sagen!«

»Was?«

»Es stimmt nicht!«

»Was stimmt nicht?«

Grace redete hastig. »David. Man hat ihn überhaupt nicht vergessen. Antenucci und ich haben die Nachrichten gesehen.

Tausende von Menschen waren in Windsor, um ihm die letzte Ehre zu erweisen.«

»Tausende!« Wallis sackte gegen einen Tisch und umklammerte die Kante.

»Tausende und Abertausende. Mountbatten hat dir einen Bären aufgebunden. Hab ich's doch gewusst!«, sagte Grace triumphierend. »Darum haben sie auch den Verkehr gestoppt! Sie wollten so wenig Aufmerksamkeit wie möglich auf dich lenken.«

Wallis tastete sich zu einem Stuhl. Es war zu viel, um es zu verarbeiten, vor allem zu so später Stunde. Ihr war, als hätte sie seit Wochen nicht geschlafen.

Grace beugte sich mit leuchtenden Augen vor. »Alle erinnern sich an Edward VIII., Wallis. Sie werden ihn nie vergessen. Wegen dir.«

Dreizehntes Kapitel

Bryanston Court, London

Wallis hatte sich darauf eingestellt, dass es quälend lange dauern würde, bis Thelma sie zum Mittagessen einlud, und auch die schreckliche Möglichkeit in Betracht gezogen, dass sie es gar nicht tun würde. Umso erstaunter war sie, als gleich am nächsten Tag die Nachricht eintraf.

Sie ging die halbe Stunde bis zum Ritz zu Fuß. Angesichts ihrer finanziellen Lage kam ein Taxi nicht in Frage. Immerhin würde Thelma, die sie eingeladen hatte und mit einem Multimillionär verheiratet war, die Rechnung übernehmen.

Der Sommer ging in den Herbst über. Die Bäume an den Straßen warfen das Laub ab. Dazwischen standen die schwarzen Laternenpfähle, die, wie Cecil gesagt hatte, die verschlungenen goldenen Cs von Chanel trugen.

In der goldenen Eingangshalle des Ritz stand das Personal augenblicklich stramm. Ein Manager fegte vor lauter Ehrerbietung fast den Boden. »Ins Restaurant? Hier entlang, Madame ...«

Sie spürte ein Kribbeln, als sie ihm durch den Palmenhof folgte. Sie hatte über diesen Ort gelesen; er war berühmt für den abendlichen Tanz. Die Dekoration war herrlich frivol: kannelierte Säulen, Amoretten und Springbrunnen. Zwischen den namensgebenden Palmwedeln nahmen Damen ihren Tee; man hörte Löffel und Porzellan klirren, dazwischen sittsames Gemurmel. Kellner eilten umher.

Die Decke des ovalen Speisesaals wirkte erstaunlich überladen mit ihren Blumengemälden und bronzefarbenen Girlanden. Durchs Fenster sah man den Green Park und in der Ferne den Buckingham Palace.

Thelma war noch nicht da. Ein lächelnder Kellner begleitete Wallis zu einem Tisch mit rosa Decke.

Sie vertrieb sich die Zeit, indem sie sich mögliche Gesprächsthemen überlegte. Sie hatten die Schifffahrtsindustrie gemeinsam. Und das Leben in Amerika. Aber bei Thelma war alles eine Nummer größer.

»Madame? Einen Aperitif?«

Wallis hätte nichts lieber bestellt, aber es gehörte sich nicht, Thelmas Rechnung zu belasten. Vor allem, wenn sie noch nicht da war. »Ein Glas Wasser, bitte«, sagte sie entschlossen.

Eine weitere halbe Stunde verging, und Thelma war immer noch nicht aufgetaucht. Wallis wollte gerade aufstehen und gehen, als an der Tür Unruhe entstand und eine üppige Gestalt im engen schwarzen Kleid auf hohen Absätzen über den rosa Blumenteppich schwankte. »Darling, ich bin spät dran!«, rief Thelma, als hätte Wallis das noch nicht bemerkt.

Sie schlängelte sich auf den Stuhl, den der Kellner für sie herausgezogen hatte, und warf ihr Tuch ab, wobei sie ein tiefes Dekolleté enthüllte. Sie strahlte Wallis an. »Es ist so schön, Sie zu sehen. Und so himmlisch, dass ich Arnold kennenlernen durfte.«

»Ernest.«

Thelma winkte dem Kellner. Ihre Fingernägel waren violett lackiert. Sie warf einen Blick auf Wallis' Glas. »Sie trinken Wasser?«

Wallis öffnete den Mund, um zu sagen, dass ein Glas Wein ihr sehr willkommen wäre.

Der Kellner kam und wurde belohnt, indem Thelma ihm den Busen präsentierte. »Das Übliche bitte, Jean.« Er glitt davon.

»Ich liebe Ihre bezaubernde kleine Wohnung!« Thelma holte

eine diamantbesetzte Puderdose heraus und zog den scharlachroten Lippenstift nach. »Bevor Cecil mich mitgenommen hat, war ich noch nie in diesem Teil von London. Ich bin mir nicht sicher, ob ich überhaupt wusste, dass er existierte.«

Sie war nicht unhöflich, sagte sich Wallis. Für Thelma, deren Einsatzgebiet sich auf Mayfair beschränkte, war alles nördlich der Oxford Street fremdes Terrain. Dennoch schien ein Themenwechsel angebracht. »Wie haben Sie Cecil kennengelernt?«

Thelma, die sich die Nase puderte, schaute auf. »Er hat mich auf der Straße gesehen und ist mir in einen Laden gefolgt. Er sagte, er habe mich schon immer kennenlernen wollen. Ziemlich seltsam. Aber auch lustig.«

Der Kellner erschien mit Thelmas Üblichem in Gestalt einer Flasche Pol Roger. Sie sah begierig zu, wie er sie öffnete, leerte ihr Glas in einem Zug und registrierte zufrieden, wie es nachgefüllt wurde. Wallis konnte nur sehnsüchtig zuschauen.

Die Speisekarte bot neben Köstlichkeiten wie Hummersalat oder Gänseleber auch kolossale Preise. Prompt bestellte Thelma beides und klappte die Speisekarte zu.

»Ein grüner Salat«, wählte Wallis höflich das Billigste, was zu haben war, während ihre Begleiterin zeitgleich ihr zweites Glas Pol Roger leerte.

»Ich trinke so gern, Sie nicht auch, Darling?«, verkündete Thelma fröhlich. »Wohl um die verlorene Zeit aufzuholen. Mein erster Mann war Alkoholiker, also musste ich mich damals davon fernhalten.« Sie nahm noch einen Schluck und seufzte. »Junior zu heiraten, war ein schrecklicher Fehler.«

Wallis konnte das nachvollziehen, auch wenn sie es nicht aussprach. Ihre Probleme mit Win standen nicht zur Debatte.

»Er war nämlich nicht annähernd so reich, wie er behauptete«, fuhr Thelma empört fort. »Er hatte schon vor der Heirat das ganze AT&T-Erbe durchgebracht. Als ich es herausfand, wurde ich völlig gleichgültig. Nichts ist toter als eine tote Liebe!« Sie legte eine Pause für einen weiteren Schluck Champagner ein.

»Und dann, ganz zufällig, landete ich in Paris bei einem von Glorias Abendessen. Duke war dort. Ein Mann mit tragischer Vergangenheit.«

»Tatsächlich?« Wallis war überrascht. Wenn man bedachte, dass seine Frau ihn mit dem Prinzen von Wales betrog, war er wohl eher ein Mann mit einer tragischen Gegenwart.

Der erste Gang wurde serviert, und Thelma nahm sich eine Scheibe Foie gras.

»Oh ja. Seine erste Frau starb an Bord seiner Jacht. Da es keine Einbalsamierungsmöglichkeit gab, musste er sie auf See bestatten. Können Sie sich das vorstellen?«

Das konnte Wallis nicht. Einbalsamierungsmöglichkeit? Welche Jacht hatte die schon? Jedenfalls würde sie an Thelmas Stelle Segelurlaube tunlichst meiden. »Ich glaube, das hätte mich ein bisschen abgeschreckt«, gestand sie.

»Nun, ich bin hart im Nehmen.« Thelma stürzte sich genüsslich auf die Gänseleber. »Und ich fand Duke interessant. Er war einer der ranghöchsten Peers und brillantesten Geschäftsmänner Englands. Jedes Wort von ihm war ein gesetzliches Zahlungsmittel!« Sie legte nachdenklich den Kopf schief. »Falls es nicht gerade Schimpfwörter waren.«

»Sie meinen, er flucht?«, fragte Wallis. Win hatte auch gern üble Schimpfwörter benutzt, was Ernest niemals tat.

»Es ist typisch für unsentimentale Männer«, behauptete Thelma.

So konnte man es auch ausdrücken.

»Und Duke ist auch so schüchtern. Seine Sprache stammt aus den Ställen, in denen er Pferde züchtet, den Kohlegruben von Yorkshire, die das Familienvermögen erwirtschaften, und den Docks, in denen die Schiffe von Furness ankern.«

Wallis blickte aufs Tischtuch, ein Lächeln umspielte ihren

Mund. Es war unglaublich, dass Thelma wirklich alles nur am Geld maß. Sogar das Fluchen.

»Er hat mich völlig fasziniert!«, fuhr sie fort. »Er verband Kühnheit mit Stärke und Offenheit mit einem anderen Element, das ich noch nicht kannte! Wissen Sie, was es war?«

Wallis zuckte mit den Schultern.

»Macht!«

Wallis fragte sich allmählich, was Thelma in diesem Fall am Prinzen fand. Vielleicht gar nichts. Aber wie konnte sie so über ihren Mann sprechen, als wäre das alles ganz normal? Oder verhielt sich die Oberschicht in Großbritannien immer so? Dieses Phänomen war ihr noch nie begegnet.

Der sauber gegessene Teller wurde abgeräumt, während ein anderer Kellner den Hummersalat servierte. Vor Wallis erschien ein kleines Schälchen mit Blättern. Thelma redete ungebremst weiter.

»Es schien nichts zu geben, was Duke nicht konnte! Niemanden, den er nicht kannte! Es war eine rasante Brautwerbung!« Thelma stocherte mit einer silbernen Hummergabel in einer rosa Schere. »Duke nahm mich mit ins Café de Paris und bestellte mir ganze Trüffel in Champagner gekocht!«

Wallis fand es ekelhaft. Welch eine Verschwendung sowohl von Trüffeln als auch von Champagner!

»Ich kam 1926 nach England, um zu heiraten! Mitten im Generalstreik! Duke schickte eine ganze Flotte Rolls-Royces, um mich in Southampton abzuholen! Er holte einen Revolver heraus, legte ihn aufs Armaturenbrett und sagte: ›Ich möchte den Bastard sehen, der dieses Auto anhält!‹«

»Was für ein Romantiker«, murmelte Wallis, ohne dass Thelma die Ironie bemerkte. Sie nickte enthusiastisch, während sie das Hummerfleisch herauszerrte.

»Wir sind mit dem Zug in die Flitterwochen auf sein riesiges

Anwesen in Schottland gefahren! Er reist immer mit einem Sekretär und zwei Kammerdienern!«

»Zwei Kammerdienern?«

Thelma kicherte. »Genau das habe ich auch gedacht! ›Bedient ein Diener den anderen?‹, habe ich Duke gefragt. Wissen Sie, was er sagte?«

Wallis schüttelte den Kopf.

»Und ob sie das tun, die verdammten Hinterlader!«, grölte Thelma, vermutlich in Nachahmung ihres Mannes, und kreischte vor Lachen. Wallis schaute sich um. Der ganze Raum hatte die Weingläser abgestellt, das Besteck weggelegt und starrte sie an.

Thelma hörte auf zu lachen und seufzte. »Sowie wir zurück waren, geriet Duke auf Abwege«, sagte sie traurig. »Affären links, rechts und in der Mitte. Ich war ganz krank im Herzen und konnte mit niemandem darüber reden. Und in diesem Zustand lernte ich den Prinzen von Wales kennen.«

»Bei der Kuhausstellung«, warf Wallis ein.

»Ja! Bei der Kuhausstellung! Das war ein emotionaler Blitzschlag!« Thelma strahlte wieder und breitete die Arme aus, wobei sie nur knapp einen vorbeigehenden Kellner mit Tablett verfehlte. »So eine starke körperliche Anziehung! Wir waren zwei verliebte Menschen, die sich verzweifelt nach Glück sehnten! Er lud mich zum Abendessen in den St. James's Palace ein. Wir saßen am Kamin und tranken Cocktails, und danach gingen wir auf einen Walzer ins Hotel Splendide!«

»Wie ist er denn so?«

Thelma beugte sich vor. Ein Teil ihres Dekolletés ergoss sich wie Pudding auf den Tisch. »Einfach fabelhaft! Die Bewunderung in seinen Augen, als wir tanzten. Es war, als hätten wir uns schon immer gekannt! Es schien alles so natürlich und richtig! Ich spürte, wie mein Puls flatterte, ein vages Gefühl der Erwartung …«

Thelma war als königliche Geliebte verschwendet, dachte Wallis, sie sollte besser Sensationsromane schreiben. »Ich meinte den St. James's Palace.«

»Oh.« Thelma tupfte sich mit der Serviette die roten Lippen ab. »Sie wissen schon. Das Übliche. Sofas rechts und links vom Kamin. Schreibtisch in der Ecke. Ein Porträt von Königin Mary mitsamt Diamanten. Ein riesiges Himmelbett!« Dann senkte sie abrupt die Stimme und klang ganz munter und normal. Ihr verträumter Blick wurde scharf und konzentriert. »Und genau darüber wollte ich mit Ihnen sprechen.«

»Über das Bett des Prinzen?« Wallis war völlig verwirrt. Sie dachte an das runde, satinbezogene Bett in ihrem Gästezimmer. Hatte Thelma es auf dem Weg nach draußen gesehen? Dachte sie, so etwas könne ihrem königlichen Geliebten gefallen?

»Was darin passiert, um genau zu sein.« Thelma beugte sich weiter vor und enthüllte noch mehr Dekolleté. »Sie mögen es nicht glauben«, fügte sie rasch hinzu, »aber David ist absolut hoffnungslos. Entweder kriegt er ihn überhaupt nicht hoch, oder wenn doch, dann kann er nicht ...« Sie nickte zwinkernd und lehnte sich zurück.

Wallis war ebenso schockiert wie verwirrt über die ungewollte Enthüllung. Thelmas Ehemann hieß Marmaduke, oder? Und der Prinz von Wales hieß Edward. Wie viele Liebhaber hatte diese Frau? »Wer ist David?«

»Edward Albert Christian George Andrew Patrick David, um genau zu sein.«

Wallis runzelte die Stirn. »Der Prinz von *Wales*?« Sie hatte keine Ahnung, was sie sagen sollte. Also stützte sie die Ellbogen aufs Tischtuch und rieb sich die Stirn. »Warum erzählen Sie mir das?«

»Ist das nicht offensichtlich?«

»Nicht ganz.«

»Damit Sie mir helfen!«, sagte Thelma fröhlich. »Wegen David und seinen, ähm, Schwierigkeiten.«

»Was?« Wallis krallte sich in die Armlehnen ihres Stuhls. »Ich?«

Thelma kicherte. »Ich will einen Ratschlag, Wallis. Sonst nichts! Sie sind wohl kaum sein Typ. Sie sind viel zu alt und, wenngleich Sie einen gewissen Stil besitzen, nicht gerade schön. Außerdem haben Sie kein Geld und kennen keine Leute.«

Wallis war viel zu fassungslos, um gekränkt zu sein. Das Gespräch hatte längst die Grenzen des Normalen überschritten. »Was für einen Ratschlag?«

Thelma beugte sich wieder vor und leckte sich anzüglich die Lippen. »Cecil erzählte mir, Sie hätten in einem Bordell in Shanghai gearbeitet. Bei der Puffmutter hätten Sie gewisse Sexualtechniken gelernt, mit denen man selbst die hartnäckigsten Fälle befriedigen könne.«

Vierzehntes Kapitel

Wallis starrte an die Decke des Restaurants. Sie drehte sich wie ein Karussell, die gemalten Blumen und Messinggirlanden kreiselten vorbei. Was hatte Thelma gerade gesagt? Sie, die noch nie mit ihrem Mann geschlafen hatte, sollte die vermeintliche Meisterin fernöstlicher Sexualkünste sein?

»Das ist absoluter Blödsinn«, sagte sie und war selbst überrascht, wie ruhig sie klang. »Cecil hat sich das bloß ausgedacht.«

»Cecil denkt sich alles aus«, sagte Thelma. »Ich hätte es mir denken können.« Sie legte die lila lackierten Fingernägel theatralisch vors Gesicht. Ihre Stimme, die zwischen den Fingern hervordrang, hatte jede Leichtigkeit verloren und klang nun aufrichtig verzweifelt.

»Es ist alles so verdammt mühsam, im wahrsten Sinne des Wortes. Und nicht nur der Sex. Ich soll auch noch sein gesellschaftliches Leben organisieren. Sowohl bei mir zu Hause als auch im Fort.«

»Was ist das Fort?«

»Davids Haus«, stöhnte Thelma.

»Ich dachte, er wohnt im St. James's Palace.«

»Das stimmt, aber es ist nur die offizielle Residenz. Das Fort ist sein Wochenendhaus. Sein privates Schloss.«

»Ich habe noch nie davon gehört.«

»Das ist der Sinn der Sache. Es ist geheim. Da kommen nur enge Freunde hin.«

Wallis war still. Offizielle Paläste, private Schlösser. Da war es wieder, dieses aufregende Gefühl, eine Insiderin zu sein. »Wie wunderbar«, sagte sie leise und stellte sich vor, wie viel Spaß das machen musste.

»Ja, das *war* es!«, heulte Thelma durch die Finger. »Als *Freda* noch das Sagen hatte. Die Partys waren legendär. Ihr gelang einfach alles. Kein Wunder, dass er ihr ständig Heiratsanträge gemacht hat.«

»Er hat Freda Dudley Ward gebeten, ihn zu heiraten?« Wallis war fassungslos. »Aber sie war doch schon verheiratet!«

»Er fragt jede. Ist so eine Angewohnheit. Mich hat er auch gefragt.«

»Sie sind doch auch verheiratet. Aber ich nehme an«, sinnierte Wallis, »Sie könnten sich scheiden lassen.«

Thelma lachte. »Der Prinz von Wales heiratet eine Geschiedene? Da kennen Sie die Briten aber schlecht!«

»Etwas anderes habe ich nie behauptet«, lächelte Wallis.

Thelma kam wieder zurück auf die Partys. »Ich bin einfach hoffnungslos, was das angeht. Ich erwische immer die falschen Leute.«

Das überraschte Wallis nicht. Freda besaß Charme, Taktgefühl und Menschenkenntnis, während die selbstverliebte Thelma keine Ahnung hatte, wer zu wem passte. Vom inneren Kreis des Prinzen zu erfahren, war so faszinierend, dass es nicht nur ihren Schock und ihre Wut besänftigte, sondern auch den Wunsch in ihr weckte, zu helfen und sich einzubringen.

»Falls ich einen Vorschlag machen dürfte: Ich glaube, das Geheimnis einer guten Party besteht darin, gesellschaftliche Größen mit interessanten Leuten aus allen möglichen Bereichen zu mischen. Im Hauch des Unerwarteten.«

Thelma nahm die Hände weg. Ihr Gesicht war gerötet, die Wimperntusche verschmiert. »Unerwartet?« Sie schien nicht überzeugt. »In welcher Hinsicht unerwartet?«

Wallis zermarterte sich das Hirn nach der haarsträubendsten Kombination. »Sagen wir, Sie geben ein Abendessen, bei dem der Prinz Mahatma Gandhi trifft und einen wohlschmeckenden Hamburger auf einem Minton-Teller serviert bekommt.«

Thelma blickte verächtlich, riss dann aber die Augen auf. »Wallis! Sie haben völlig recht! Das würde er geradezu *lieben*! Ist Gandhi noch hier?«

Der Anführer der indischen Bewegung für zivilen Ungehorsam war im vergangenen September in London gewesen und hatte in Lendenschurz und Sandalen an Versammlungen teilgenommen. »Ich glaube, er ist wieder daheim«, sagte Wallis. »Aber Sie verstehen den Gedanken dahinter.«

Die Rechnung kam und war noch höher als erwartet. Als man sie ihr hinlegte, malte Wallis sich entsetzt aus, was Ernest sagen würde, wenn sie sie tatsächlich bezahlen müsste. Sie wartete darauf, dass Thelmas lilafarbene Finger hinübergriffen und sie an sich nahmen.

Doch das taten sie nicht. Die Rechnung blieb, wo sie war, während Thelma in Richtung Damentoilette torkelte. Mit einem kalten, mulmigen Gefühl im Magen kramte Wallis in ihrer Handtasche. Das Haushaltsgeld für die gesamte Woche würde gerade so reichen.

Als Thelma strahlend zurückkehrte und Wallis sich mit zitternden Knien erhob, schob sich ein Arm unter ihren. »Es wäre wunderbar, wenn Sie und Arnold nächstes Wochenende ins Fort kämen.«

»Beim Prinzen von Wales? *Wir*?« Ernest war fassungslos. Er war gerade aus dem Büro gekommen und hängte den Hut an die Garderobe.

»Ja, wir!« Wallis hüpfte förmlich vor Aufregung. »Ist das nicht *spannend*?«

»Ähm ...« Er rieb sich das Gesicht wie immer, wenn er müde war. »Es tut mir leid, Wallis. Es war ein langer Tag.«

»Man hat uns nach Fort Belvedere eingeladen!«, wiederholte sie vergnügt. »Ins Privatschloss des Prinzen, da kommen nur seine Freunde hin!«

Ernest knöpfte den Mantel auf. »Aber wir sind nicht seine Freunde. Wir kennen ihn überhaupt nicht.«

Sie starrte ihn an. War es möglich, dass er sie irgendwie missverstand? Sie hatte erwartet, er werde sich ebenso freuen wie sie. »Aber wir sind Freunde von Thelma.«

Er antwortete nicht. Sie wusste, dass er nicht viel von Thelma hielt. »Sie haben nur Geld im Kopf«, hatte er gesagt, nachdem die Magnificent Morgans die Wohnung verlassen hatten.

Sie lehnte sich mit verschränkten Armen an die Wand. Ernest war meist umgänglich und freundlich, konnte aber ab und an sehr stur sein. So wie jetzt. Wenn sie das Wochenende retten wollte, war geschickte Fußarbeit gefragt. »Ich dachte, du magst die königliche Familie.«

»Das tue ich«, antwortete er. »Die britische Monarchie steht für Anstand, Fairplay und jahrhundertealte Tradition und Pflichterfüllung.«

»Wo also liegt das Problem?«

»Der Prinz von Wales blamiert sich. Die ganzen Geliebten. Darunter verheiratete Frauen.« Er hängte den Mantel auf, wobei sein Ehering aufblitzte.

Er hatte nicht unrecht, das musste sie zugeben. »Aber hatten Prinzen nicht schon immer Geliebte? Bist du nicht ein bisschen altmodisch?«

Ernest starrte sie an. »Mich erstaunt, dass du das sagst, Wallis. Du bist doch ein modernes Mädchen, und der Prinz klingt wie jemand aus dem finsteren Mittelalter. Ich finde es entsetzlich, wie er Frauen behandelt. Denk nur, was Cecil erzählt hat.«

Sie hörte wieder Cecils Stimme. *Wie ich hörte, fand Freda erst heraus, dass er künftig auf ihre Dienste verzichtet, als sie die Vermittlungsstelle des Palastes anrief und nicht durchgestellt wurde. Die Telefonistin hat geschluchzt.* Sie erinnerte sich, was Thelma erzählt hatte, und hätte Ernest aus tiefstem Herzen zugestimmt, wäre da nicht der traurige Prinz auf dem Rücksitz des Wagens gewesen. Wo lag wohl die Wahrheit über ihn? »Aber wäre es nicht besser, wenn wir uns selbst ein Urteil bildeten, nachdem wir ihn kennengelernt haben? Wir werden wohl kaum eine zweite Chance bekommen.«

»Ich will nicht mal die erste Chance«, lautete Ernests Antwort.

Sie überlegte rasch. »Wir werden in sehr vornehmer Gesellschaft sein. Lady Diana und der ehrenwerte Duff Cooper kommen auch.«

Das hatte sie erfahren, als sie und Thelma das Ritz verließen. Die Einladung hatte sie bereits elektrisiert, und angesichts des zusätzlichen Details wäre sie fast in den Armen des Portiers zusammengebrochen. Lady Diana Cooper. Die Frau, über die Cecil mit so leidenschaftlicher Bewunderung gesagt hatte, sie sei nicht nur ein einziges berühmtes Kunstwerk, sondern viele. Er hatte von ihren makellosen Zügen geschwärmt, ihrem atemberaubenden Teint, ihren himmelblauen Augen mit dem wehmütigen, fragenden Blick.

Doch Ernest runzelte die Stirn. »Wer?«

»Also *ehrlich*, Ernest! Lady Diana Cooper! Sie ist eine berühmte Schönheit. Und ihr Mann hat ein wichtiges Amt in der Regierung.« Sie ergriff seinen Arm. »Die spielen gesellschaftlich in der ersten Liga.«

Sie sah ihn aufgeregt an, doch er blieb skeptisch. »Warum um alles in der Welt laden sie uns dann ein?«

»Wie meinst du das?«

»Ich meine, warum sollten die uns zusammen mit solchen Leuten einladen?«

Sie unterdrückte ihre Ungeduld. »Ich glaube, Thelma denkt, wir können Menschen unterhalten. Sie legt Wert darauf, gesellschaftliche Größen mit interessanten Menschen aus verschiedenen Lebensbereichen zu mischen.«

Ernest starrte sie an. »Wir, interessant?«

Sie nickte entschlossen. »Thelma glaubt, dass wir ein frischer Wind sein könnten.«

»Aber worüber soll ich mit dem Prinzen von Wales reden?«

»Mal überlegen. Ihr habt beide mit Schiffen zu tun. Und der Prinz ist ausgebildeter Marineoffizier. Du könntest mit ihm über Takelage und Schiffszwieback reden.«

Ernest schaute sie verächtlich an. »Ich *fahre* nicht selbst auf den Schiffen von Simpson, Spence und Young.«

»Das war ein *Witz*, Ernest«, sagte sie mit zusammengebissenen Zähnen.

»Wir sind ganz normale Menschen«, kehrte Ernest zum ursprünglichen Thema zurück.

»Aber genau *darum* geht es doch.«

Er stöhnte. »Komm schon, Wallis. Unter all den Aristokraten sind wir völlig fehl am Platz. Du kennst das Klassensystem. Wir können in nichts mithalten und machen uns nur lächerlich. Es wird eine einzige Demütigung.«

Ihre Freude verflog und wich der Verzweiflung. Sie dachte an die langweiligen Dinnerpartys mit Ernests Geschäftspartnern, an Mauds gehässige Attacken, die Cocktailpartys, aus denen nichts geworden war. Und vor allem an das undurchdringliche Klassensystem, das nur dazu geschaffen war, Leute wie sie draußen zu halten. Mit Erfolg. Dies war ihre beste Chance, doch Ernest schien entschlossen, sie zu zerstören.

»Und sie sind alle so reich und wir ...«

»Sind *arm*!«, platzte sie heraus. Sie konnte es nicht länger ertragen. Sie war so aufgeregt gewesen, und er hatte es ihr gründlich vermiest. »Nicht nur langweilige Niemande, sondern *arme* und langweilige Niemande!«

Sie bereute es sofort. Ernest sah tief getroffen aus. Er setzte sich aufs Sofa und starrte auf den Teppich.

»Es tut mir leid«, sagte er. »Du hast unwissentlich einen armen Mann geheiratet. Der Firma ging es besser, als wir uns kennengelernt haben. Aber der Börsenkrach hat dem Geschäft geschadet. Ich versuche immer noch, es wieder hinzubekommen. Es geht voran, aber langsam, und langsamer, als dir lieb ist.«

Zerknirscht setzte sie sich neben ihn und nahm seine Hand. »Mir tut es auch leid. Das war gemein. Ich könnte mir keinen besseren Ehemann wünschen, und du gibst dein Bestes, du arbeitest so hart. Außerdem ...« Sie hielt inne, hatte hinzufügen wollen, ... gab es auch Dinge, die du nicht wusstest, als wir geheiratet haben.

»Außerdem?« Er sah sie an. Ahnte er, dass sie im Begriff gewesen war, das Unaussprechliche auszusprechen?

Sie schwiegen. Sie wollte, dass er seine Meinung änderte. Nun, da er sich schuldig fühlte, bestand eine winzige Chance. »Es ist doch nur ein Wochenende«, flehte sie ihn an. »Eine einmalige Sache.«

Er rieb sich die Stirn. Der Ring schimmerte bei der Bewegung seiner Finger. »Du willst wirklich hin, was?«

Sie nickte. Ihr Inneres krampfte sich zusammen, sie hatte vor lauter Anspannung die Fäuste geballt. »Sonst bereuen wir es unser Leben lang.«

»Wir könnten es auch unser Leben lang bereuen, *wenn* wir es tun.«

»Was soll denn schon passieren?«

»Ich weiß es nicht. Aber wann immer man den Prinzen in der Zeitung sieht, fällt er gerade vom Pferd oder stolpert aus einem Nachtclub. Ich kann nicht reiten und mag keine Nachtclubs.«

Wallis ahnte inzwischen, dass Angst der wahre Grund für Ernests Einwände war. Diese glamouröse Welt erschreckte ihn, während Wallis sie erregend fand. »Er wird nur über modischen Klatsch reden wollen«, sagte Ernest. »Und ich kenne keinen. Ich kenne nicht einmal *unmodischen* Klatsch.«

Sie lachte, nahm seine Hände und sah ihm ins Gesicht. »Denk nur an die *Kontakte*, Ernest! Was auch immer passiert, du lernst wichtige Leute kennen. Das hilft dem Geschäft. Können wir es uns wirklich leisten, nicht hinzufahren?«

Sie spürte, sie hatte gewonnen. Seine breite Brust hob und senkte sich mit einem resignierten Seufzer. »Ich schätze, ich sollte mir schnell ein Benimmbuch kaufen«, sagte er.

Aber es gab ein menschliches Benimmbuch, das nur einen Telefonanruf entfernt war. Maud bemühte sich vergeblich, ihre Wut zu unterdrücken. Wie konnte ihre Schwägerin von Nirgendwo es wagen, sich zu einem Wochenende mit dem Prinzen von Wales einladen zu lassen?

Fünfzehntes Kapitel

Die Schlacht mit Ernest war gewonnen, der Krieg noch nicht. Er hatte Zweifel in ihr gesät, die vorher nicht da gewesen waren. Wie sollten sie Leute wie Lady Diana Cooper unterhalten? Wie könnten sie ein frischer Wind für den Thronfolger sein? Worüber sollten sie reden?

Und dann war da noch die Frage der Kleidung. Wallis durchwühlte verzweifelt ihre Garderobe. Alles war alt oder, falls neu, aus den billigsten Läden, die man sich nur vorstellen konnte, und eigenhändig geändert. Eine Kennerin wie Lady Diana Cooper würde das sofort durchschauen.

Kaum genug für ein neues Kleid, hatte Tante Bessie über das bescheidene Erbe gesagt, das Alice ihr hinterlassen hatte. Doch ein neues Kleid war das, was sie jetzt brauchte. Ihre Mutter hätte nicht gewollt, dass sie es für etwas anderes ausgab. Ihre geächtete Tochter verbrachte ein Wochenende mit dem Prinzen von Wales! Wie stolz wäre Alice gewesen. Was für ein Tritt in den Hintern für das hochnäsige Baltimore!

Hier war der Laden. Wallis betrachtete wieder einmal das Schaufenster. Sie stellte sich vor, wie Alice freudig auf sie herunterschaute, lächelte in den grauen Londoner Himmel und stieß die Tür auf.

Sie betrat eine andere Welt, die nichts mit der dort draußen zu tun hatte. Alles war von zurückhaltender Eleganz. Weiße Wände, ovale Spiegel, orientalische Paravents und weiß-graue

Sessel. Ein himmlisches Parfüm stieg ihr in die Nase. Mit ziemlicher Sicherheit das berühmte Parfüm N°5 von Chanel.

Sie näherte sich den Kleiderstangen in einem nahezu tranceartigen Zustand, als betete sie zu einem Heiligtum. Alles war so schön und begehrenswert, dass ihr ganz schwindlig wurde. Gürtelblusen aus Crêpe de Chine, ärmellose Abendkleider aus schwarzem Tüll, taillierte Tweedjacken mit aufgesetzten Taschen und umgeschlagenen Manschetten. Ein rubinroter Mantel mit breitem Hermelinkragen. Der Samt war so fein, dass ihre Finger ihn kaum spürten.

»Sie! Sie da unten!«

Wallis zog rasch die Hand weg. Ihr Herz pochte vor Angst. Vom anderen Ende des Ladens schauten zwei Angestellte entsetzt herüber. Wer hatte da gesprochen?

Sie schaute instinktiv nach oben, wo ein Balkon mit schwarzem Eisengeländer angebracht war. Darauf stand eine Frau und sah sie durchdringend an.

Das konnte nicht sein, ganz sicher nicht. Aber Wallis hatte Fotos gesehen und erkannte das scharf geschnittene, schöne Gesicht mit den geschwungenen Wangenknochen, dem breiten Mund und den schmalen, gewölbten Augenbrauen. Sie hatte das dunkle Haar zu einem zerzausten Bob frisiert und trug zu einem gestreiften Fischerhemd mehrere Stränge riesiger Perlen. An jedem Handgelenk hing ein dicker schwarzer Armreif, der mit großen Strasssteinen besetzt war.

Wallis war aufgeregt und zugleich verärgert, weil sie bei der ersten Begegnung mit der berühmten Coco Chanel einen Verweis fürs Berühren ihrer Kleider kassierte.

»Verzeihen Sie«, sagte sie demütig.

»Was denn?«, fragte die Französin gebieterisch.

»Dass ich Ihre Bluse beschädigt habe.«

»Beschädet? Was ist denn das? Ich bin froh, wenn Sie Dinge

anfassen, falls es das ist, was Sie meinen. Dafür sind sie da. Warten Sie«, sagte sie und verschwand.

Sekunden später tauchte sie im Verkaufsbereich auf. Zu dem Fischerhemd trug sie eine schön geschnittene, lockere weiße Hose und flache schwarze Ballerinas. Die zahllosen Perlen waren künstlich, wie Wallis überrascht erkannte, die Juwelen an den Armreifen hingegen echt. Sie mischte echten und falschen Schmuck. Kombinierte eine elegante Hose mit Matrosenoberteil und Ballerinas. Wie clever. Wie innovativ.

»Der hier«, sagte Coco Chanel, wobei ihre scharfen schwarzen Augen über Wallis' Tweedmantel zuckten. »Der ist ausgezeichnet.«

»Danke«, entgegnete Wallis überrascht. Der Mantel war alt, noch aus New York, aber sie hatte ihn immer gemocht. »Es ist kein sehr teurer Mantel«, gab sie zu.

Die Armbänder klapperten, als sie mit einem Arm wedelte. »Mit teuer hat das nichts zu tun! Der Schnitt, das Design ist alles. Es muss ohne Sünde sein! Es ist nahezu unmöglich, den perfekten Tweedmantel zu schneidern. Es erfordert *réserves* an Intelligenz!«

Wallis konnte nur nicken.

Chanel stürmte vor, packte den Stoff und rieb ihn zwischen ihren langen Fingern. »Ah, aber das ist kein echter Tweed! Ich erkenne durch bloßes Anfassen, ob er mit den Wassern des River Tweed hergestellt wurde.«

Die Behauptung klang unwahrscheinlich, doch wenn jemand ein solches Kunststück vollbringen konnte, dann diese Frau.

»Vermutlich haben Sie recht«, stimmte sie zu. »Ich habe ihn in New York gekauft.«

Die dunklen Augen funkelten. »Sie sind Amerikanerin?«

»Ja.«

Die Augen verengten sich. »Warum sprechen Sie dann mit einem britischen Akzent?«

Wallis fragte sich allmählich, ob sie sich das alles nur einbildete. Erst ihr Mantel, jetzt ihr Akzent. Warum sollte die große Chanel daran interessiert sein? »Das ist eine lange Geschichte«, sagte sie ein wenig müde.

»Und ich würde sie gerne hören! Sie müssen etwas mit mir trinken!« Chanel hatte sich umgedreht und marschierte zu der kleinen Tür, aus der sie gekommen war. Wallis eilte hinterher. Eine Wendeltreppe führte zu dem weißen Raum darüber, in dem ein kleines taubengraues Sofa stand.

Die Designerin ließ sich nieder und tätschelte das Kissen neben sich.

Ein Mädchen in taubengrauem Kleid tauchte auf, eine Schere um den Hals, offensichtlich kam sie aus der Werkstatt. »Tee, Madame?«

Die Französin sah Wallis an. »Mögen Sie Tee?«

Sie hatte sich bemüht; immerhin war es das englische Getränk schlechthin. Was nichts daran änderte, dass es wie Spülwasser aussah und schmeckte.

»Eigentlich nicht«, gab Wallis zu.

»Moi non plus.« Eine Hand winkte der Näherin gebieterisch. »Bring uns Champagner!« Sie schenkte Wallis wieder ihre Aufmerksamkeit. »Sie arbeiten also in der Modebranche?«

»Ich habe mal daran gedacht.« Sie hatte es nach der Scheidung in New York ausprobiert. Bei einem Zeitschriftenwettbewerb konnte man dort eine Stelle gewinnen.

»Und warum haben Sie es nicht getan?« Die Designerin sprach, als wäre es wirklich so einfach; als müsste man es nur wollen, um es zu schaffen.

Wallis berichtete von dem Zeitschriftenwettbewerb. »Ich bin die ganze Nacht aufgeblieben und habe an meinem Artikel gearbeitet, aber die Redaktion hat ihn abgelehnt.«

Chanel schnaubte. »Typisch. Zeitschriftenredakteure haben keine Ahnung. Worum ging es in dem Artikel?«

»Um Frühlingshüte.«

»Aber was ist ein Frühlingshut? Das kann doch jeder Hut sein.«

Wallis lächelte. »Genau das habe ich geschrieben.«

Der Champagner kam. Chanel hob die Schale, die in ihrer Hand ruhte. »Champagner für Mut!«, verkündete sie. »Rotwein für Ausdauer, aber immer Champagner für Mut!«

»Mut«, lächelte Wallis und hob ihr eigenes Glas.

»So.« Chanel verengte die Augen. »Kommen wir zum Geschäft. Wenn Sie mit Kleidung Ihr Geld verdienen wollen, könnte ich Ihnen einen Job anbieten.«

»Einen *Job*?« Sie war gekommen, um ein Kleid zu kaufen.

Achselzucken. »Warum nicht? Sie können mit mir nach Frankreich gehen.«

Ihr nüchterner Tonfall löste gewaltige Aufregung in Wallis aus. Sie fühlte sich geradezu lächerlich geschmeichelt. Die große Coco Chanel fand, dass sie etwas konnte, und wollte mit ihr zusammenarbeiten. In Paris, der elegantesten Stadt der Welt. Einen Moment lang konnte sie es sich beinahe vorstellen. Und ohne die Begegnung mit Thelma und die Einladung nach Fort Belvedere wäre sie in Versuchung gekommen.

»Es tut mir leid«, sagte sie bedauernd.

Chanel sagte nichts, holte eine Zigarettenschachtel heraus und hielt eine helle, leckende Flamme ans untere Ende einer Zigarette. »Aber warum nicht? Sie mögen London nicht, das sehe ich.«

Wallis lächelte reumütig. »Ist das so offensichtlich?«

Ein Nicken, ein Strom aus blauem Rauch. »Sie wollen sich den Engländern anpassen. Aber es gelingt Ihnen nicht.«

Wallis spürte, wie Panik ihr die Eingeweide zuschnürte. Wenn eine Französin es so schnell erkannte, wie musste es dann erst mit den Leuten in Fort Belvedere sein? Hatte Ernest recht, und sie würden sich nur blamieren? »Was mache ich falsch?«, fragte sie ziemlich verzweifelt.

»Ganz einfach. Sie strengen sich zu sehr an.«

»Ich strenge mich zu sehr an?«

»Sie sind Amerikanerin, versuchen aber, mit englischem Akzent zu sprechen. Sie verwenden englische statt amerikanische Ausdrücke. Das ist ein Fehler.«

»Wirklich?«

»Die Engländer«, belehrte sie Chanel, »mögen es nicht, wenn man versucht, so zu sein wie sie. Sie stellen Außenseitern Fallen. Redewendungen. Tischmanieren. Namen.«

Wallis' Augen weiteten sich. Es stimmte. Sie hatte es selbst erlebt.

»Es ist unmöglich, nicht in diese Fallen zu tappen. Also vermeidet man sie besser.«

»Aber ... wie?«

Die schwarzen Augen glänzten. »Ich erzähle Ihnen mal eine Geschichte. Ich habe einen englischen Liebhaber.«

Der Herzog von Westminster. Wallis erinnerte sich an die Laternenpfähle und die Gemüsekisten mit den Juwelen im Boden. Dann fiel ihr ein, was Cecil über sie gesagt hatte. Er musste auch bei Chanel übertrieben haben.

»Zweifellos haben Sie von ihm gehört. Der Duke of Westminster.« Sie sprach es »Westminstair« aus. »Er ist der reichste Mann Englands. Er hat meine Initialen an den Londoner Laternenpfählen angebracht. Er hat Kisten mit Gemüse von seinen englischen Ländereien nach Paris geschickt. Im Boden waren unbezahlbare Edelsteine versteckt.«

Wallis klappte die Kinnlade herunter. Es stimmte also. »Das ist ... erstaunlich.«

»*Incroyable*, ja? Sehe ich aus wie jemand, der Gemüsekisten auspackt?«

Chanel zog an der Zigarette. »Er nimmt mich in die besten Häuser mit, in denen ich vorbehaltlos akzeptiert werde. Wollen Sie wissen, warum? Weil ich die Tatsache, dass ich Ausländerin bin, nie verberge!« Sie fuchtelte triumphierend mit der Zigarette. »Au contraire, ich übertreibe es sogar!«

»Sie übertreiben es?«

»Ja! Und das sollten Sie auch. Seien Sie Amerikanerin! Seien Sie stolz auf Ihre Flagge und Ihre Republik! Ich selbst bin immer so französisch wie nur möglich!«

»Und das funktioniert?«

»Mais oui! Weil ich anders bin! Ich gehöre nicht zu deren Klassensystem! Sie können mich nicht einordnen, ich stehe außerhalb ihrer Wahrnehmung. Sie können es sich leisten, nett zu mir zu sein. Und das sind sie auch.«

»Das ist absolut brillant«, sagte Wallis. Die Erkenntnis traf sie wie ein Schlag; sie erleuchtete alles um sie herum. Plötzlich begriff sie, worin ihr Irrtum bestanden hatte. »Danke«, sagte sie. »Sie können sich gar nicht vorstellen, wie sehr Sie mir geholfen haben.«

Sie nahm, von neuem Selbstbewusstsein durchdrungen, die Champagnerschale, hob sie an die Lippen und lächelte. »Courage.«

Sie verließ den Laden mit einem perfekten schwarzen Kleid und einem Angebot. »Ich fahre heute Abend nach Paris zurück«, verkündete Chanel. »Falls Sie des Lebens hier überdrüssig werden, kommen Sie und arbeiten dort für mich.«

»Falls das passiert, werde ich es tun«, versprach Wallis. »Im Augenblick aber nicht.«

Chanel quittierte es mit einem theatralischen gallischen Achselzucken. »Nun gut. Wer weiß, vielleicht wartet ein noch größeres Schicksal auf Sie.«

Das Begräbnis des Herzogs von Windsor

Buckingham Palace, Juni 1972

Sie würde Chanel tragen. Sie würde sich für Davids öffentliche Aufbahrung in Schale werfen. Er war der Einzige in der Familie gewesen, der etwas von Mode verstanden hatte. Und von Schmuck. Sie berührte ihre Schulter, an der eine große Brosche glitzerte, für die das nüchterne Kleid den perfekten Hintergrund bot. Er hatte ihr so viele Juwelen geschenkt. Den Verlobungsring mit dem riesigen Saphir. Die Diamantbrosche in Form des Wappens des Prinzen von Wales. Die Großkatzenstücke, entworfen von Louis Cartiers Geliebter Jeanne Toussaint, genannt La Panthère. Getreu ihrem Namen hatte Jeanne für Wallis einen diamantenen Panther angefertigt, der rittlings auf einem riesigen Kaschmir-Saphir kauerte.

Am spektakulärsten war jedoch die Flamingo-Brosche mit einem Gefieder aus Smaragden, Diamanten, Saphiren und Rubinen. Die Beine ließen sich einziehen, damit sie sich nicht in die Haut bohrten, wenn sie sich vorbeugte.

»Du denkst an alles«, hatte sie gescherzt, als David es vorgeführt hatte. Heute, an ihrem fünfunddreißigsten Hochzeitstag, trug sie das Geschenk, das er ihr zum zwanzigjährigen Hochzeitstag gemacht hatte, eine mit Diamanten besetzte Herzbrosche, auf der in verschlungenen Smaragden unter einer Krone die Buchstaben »W E« prangten.

Es klopfte. Ein letzter Blick in den Spiegel. Ihr Mund, ein tapferer roter Strich in ihrem blassen Gesicht, lächelte zurück. Sie berührte die Brosche.

Die Tür ging auf, und Charles steckte den Kopf herein. »Fertig, Tante Wallis?«

»Fertiger werde ich nicht mehr.«

»Wie fühlst du dich?«

Sie wurde ungeduldig. Was glaubte er, wie sie sich fühlte? Doch dann fiel ihr ein, was Grace über die Menschenmenge in Windsor erzählt hatte. Es verlieh ihr neuen Mut, und sie kramte nach einem Witz. »Medizinisch.«

Sie schritten durch den Palast. Zwischen den Säulen lagen Meilen roten Teppichs. Riesige Porträts von Königin Victoria starrten herausfordernd von den Wänden. In Charles' glänzend polierten Schuhen spiegelten sich die Kronleuchter. Wieder empfand sie ihn als angenehme Gesellschaft.

Sie unterhielten sich über Trooping the Colour, das an diesem Tag stattgefunden hatte. Von ihrem Fenster in der Mitte der Palastfront, direkt unter dem Fahnenmast, hatte sie einen perfekten Blick auf den grauen kiesbestreuten Vorplatz und die großen schwarzen Tore gehabt, die weit offen standen. Hinter einer Polizeikette hatten sich die Schaulustigen gedrängt und die Hälse gereckt.

Als das scharfe Klappern von Pferdehufen erklang, hatte sich Stille über die Menge gesenkt. Dann war unter ihr eine rot gekleidete Gestalt zu Pferd aufgetaucht. Sie trug die Uniform des Colonel-in-chief der Grenadier Guards mit goldenen Knöpfen und Tressen, darüber eine blauseidene Schärpe, die Brust voller Orden. Von der schwarzen Regimentsmütze wehte ein schneeweißer Federbusch.

Doch sie hatte nicht Lilibet gesehen. Ihr Gedächtnis hatte die dralle dunkelhaarige Gestalt durch eine schlanke blonde ersetzt. »Die Uniformhose ist schrecklich eng«, sagte Charles. »Ich musste mich auf den Boden legen, um reinzukommen.«

»Davids ist mal an der Seite gerissen. Sein Kammerdiener hat das nackte Bein mit Tinte kaschiert.«

»Ha! Daran werde ich denken, falls es mir mal passiert. Ein erstklassiger Tipp von Prinz zu Prinz!«

Sie schauten einander glücklich an. Dann wurde Charles wieder ernst.

»Die Totenklage war sehr gut«, sagte er sanft.

Er hatte recht. Die traurige Melodie, die in der Sommerluft schwebte, war in ihrer Einfachheit ergreifender gewesen als das mitreißendste Stück einer Militärkapelle. Sie blinzelte die Tränen weg. »David hat den Dudelsack immer geliebt. Er hat ihn selbst gern gespielt. Und auch dafür komponiert.«

»Tatsächlich? Das wusste ich nicht.«

»Er hat seinem Vater einmal ein Stück vorgespielt, das er selbst geschrieben hatte. Der König gab zu, dass es nicht schlecht sei. Doch dann brüllte er los, wie es seine Art war: ›ABER ES IST AUCH verdammt noch mal NICHT GUT!‹«

Es war, als hätte sie in Charles ein Licht entzündet. Er schaute sie eifrig an. »Onkel David hat sich also nicht sonderlich gut mit seinem Vater verstanden?«

»Das kann man wohl sagen.«

»Warum?«

»Witzigerweise hat David ihn einmal danach gefragt. Sein Vater antwortete wie folgt.« Wallis beschwor erneut den unfreundlichen Geist von George V. herauf. »MEIN VATER HATTE ANGST VOR SEINEM VATER, UND SEIN VATER HATTE ANGST VOR SEINER MUTTER. ALSO WERDE ICH verdammt noch mal DAFÜR SORGEN, DASS MEINE KINDER ANGST VOR MIR HABEN!«

»Meine Güte. Das erklärt wohl eine ganze Menge.«

»Ich würde sagen, es erklärt alles. Nachdem David seine Angst überwunden hatte, wollte er seinem Vater so unähnlich wie möglich sein. Er kleidete sich völlig anders. Er suchte sich

Freunde, die seine Eltern missbilligten. Und auch seine Einstellung zum Thron war eine andere.«

»Wirklich? Inwiefern?«

»Sein Vater galt als ausgezeichneter König. Es war schwer, in seine Fußstapfen zu treten, wenn du weißt, was ich meine.«

»Ich weiß genau, was du meinst«, seufzte Charles.

...

Sie hatte eine Limousine mit Chauffeur erwartet und war daher angenehm überrascht, dass Charles' silberblauer Sportwagen draußen stand.

»Das ist ein Aston Martin«, verkündete er stolz. »So wie James Bond ihn fährt.«

Sie warf ihm einen amüsierten Blick zu. Glaubte Charles etwa seiner eigenen Publicity? Sie wusste aus den Zeitungen, dass der unbeholfene Prinz in letzter Zeit so etwas wie ein Sexsymbol geworden war. Mädchen rannten über den Strand, um ihn zu küssen, und er wurde mit einer Reihe adliger Schönheiten in Verbindung gebracht. Der Druck, eine Frau zu finden, war groß.

Sie sausten zum Tor hinaus. »Darf ich dich in einer Sache um Rat fragen?«, fragte Charles schüchtern.

»Gewiss. Du bist nicht der erste Prinz von Wales, der sich mir anvertraut.«

Er lachte. »Und ich möchte wetten, dass es um dieselbe Sache geht.«

»Und die wäre?«

»Heirat«, stöhnte er.

»Ah. Dann mal los.«

»Ich muss ein Mädchen nur anschauen, und schon ist sie am nächsten Tag auf allen Titelseiten.« Seine Knöchel umklammerten das Lenkrad. »Sie folgen mir überallhin, die Biester.«

»Nun, beim letzten Mal haben sie sich zurückgehalten, oder?«

Er schaute sie verwundert an. »Wie meinst du das?«

»1936 gab es eine Nachrichtensperre. Beaverbrook, Harmsworth, die Zeitungsbarone. Sie vereinbarten, keine Artikel über meine Beziehung zu David zu bringen.«

»Du Glückliche.«

»Ich weiß nicht recht. Vielleicht wäre es besser gewesen, mit offenen Karten zu spielen.« Sie hielt inne. »Und da sie die Story beim letzten Mal verpasst haben, sind sie jetzt doppelt so scharf darauf.«

»Es ist also alles deine Schuld!«

»Ich denke schon. Aber was denn nicht?«

Wieder grinsten sie sich an. Dann wurde seine Miene düster. »Ich will es aufschieben, bis ich mindestens dreißig bin. Das Heiraten, meine ich. Danach suche ich mir eine passende aristokratische Zuchtstute, mit der ich die nächsten fünfzig Jahre verbringen kann.« Er seufzte schwer.

»Und bis dahin? Jemand Unpassendes und Unaristokratisches?«

Er schaute sie an. »Wie hast du das erraten?«

Sie zog ironisch eine Augenbraue hoch. »Mal überlegen. Aus Erfahrung, vielleicht? Sie ist aber keine geschiedene Amerikanerin, oder?«

Er lachte. »Sie heißt Camilla. Camilla Shand. Ich habe sie letzten Sommer kennengelernt und kann sie einfach nicht vergessen, Tante Wallis. Sie hat so ein wunderbares Lachen und einen großartigen Sinn für Humor, und sie liebt Pferde und die Jagd. Du solltest sie schreien hören, wenn du dich einem Zaun näherst und sie hinter dir ist. ›Verfluchte Scheiße, geh mir aus dem Weg!‹«

Sie hörte die Freude in seiner Stimme. »Ihre Familie ist auch wunderbar, sehr warm und herzlich, nicht kühl und förmlich wie meine. Und sie schert sich nicht um Kleidung oder Make-up oder Shopping.« Er sprach schneller und schneller, sprudelte in seiner Begeisterung nur so heraus. »Sie bürstet sich nie die Haare, und ihre Nägel ... nun ja.« Er betrachtete die perfekt geschliffenen Ovale an ihren Fingern. »Sagen wir mal so, Tante Wallis, sie ist ganz anders als du.«

»Dabei klingt es, als wären wir uns ziemlich ähnlich. Von wegen ›Sie wollen nicht, dass du sie heiratest.‹«

Er schüttelte den Kopf. »Sie ist bürgerlich. Und hat eine Vorgeschichte.«

»Wie alle guten Menschen.«

Charles steckte so tief in seinem Trübsinn, dass er nicht lächelte. »Und jetzt muss ich für sechs Monate auf See. Ich bin mir nicht sicher, ob sie auf mich wartet. Da gibt es einen Typen, der um sie herumschleicht. Parker Bowles. Major bei den Blues and Royals. Hatte eine Affäre mit meiner Schwester.«

»Mit Anne?«

»Oh ja. Sie mag streng aussehen, wälzt sich aber gern im Heu.«

Wallis blinzelte. »Das hätte ich nicht gedacht.«

»Was soll ich deiner Meinung nach tun?« Charles klang verzweifelt. Dann aber lächelte er. »Ich bin vermutlich der zweite Prinz von Wales, der dich das fragt.«

»Ehrlich gesagt, nein. David hat mich nie um Rat gebeten. Er wusste von Anfang an genau, was er wollte.« Ihr Gesicht verdüsterte sich.

Charles bemerkte es nicht. »Was also sollte ich deiner Meinung nach tun?«, wiederholte er.

»Tja. Willst du auf dein Herz oder deinen Kopf hören?«

Er zog die dunklen Brauen zusammen. »Die Ehe ist zu wichtig, um auf mein Herz zu hören. Wer auch immer mich heiratet, heiratet die Monarchie. Und ich muss die Nachfolge sichern.«

»Ach ja. Die Nachfolge.«

Er sah sie an. »Du und Onkel David wolltet keine Kinder, oder?«

Sie wich mit geübter Geschicklichkeit aus. »Ich pflegte zu sagen, David hält nichts von Stammhaltern.«

»Haha. Sehr gut.«

Sie waren jetzt auf der Autobahn. Die Sonne senkte sich am Himmel, ihr sattgoldenes Licht drang durch die Bäume am Straßenrand.

»Soll ich also auf mein Herz hören?«, fragte Charles. »Camilla trotz aller Widerstände heiraten?«

»Das fragst du mich? Ausgerechnet mich?«

»Weil du es durchgemacht hast. Du weißt, was es bedeutet. Ob es das wert ist.«

»Das ist eine sehr große Frage.«

»Und wie lautet die Antwort?«

Sie dachte nach. »Es ist nicht ganz dasselbe. David hat den Thron aufgegeben. Wie es sich anhört, willst du deine Position behalten.«

»Ja ... aber ...« Er seufzte verzweifelt. »Ich möchte Prinz von Wales sein – und irgendwann König – und gleichzeitig mit dem Menschen verheiratet sein, den ich liebe.«

»Nun, dann ist das deine Antwort.« Sie lächelte ihm zu. »Aber ich würde mich anschnallen. Die Fahrt wird ganz schön holprig.«

Sechzehntes Kapitel

Fort Belvedere, Windsor

Sie fuhren mit dem Zug nach Windsor. Von dort aus würden sie ein Taxi nach Fort Belvedere nehmen.

Vor dem Fenster breitete sich Berkshire in der Sonne aus. Der Sommer war in vollem Gange, die Bäume so dicht belaubt, dass man keine Äste mehr sah. Die goldenen Felder waren von langen, grün wuchernden Hecken eingefasst.

Sie hatten ein leeres Abteil gewählt, damit Wallis ihren Knicks üben konnte. Es war heiß; wie in allen britischen Zügen klemmten die Fenster. Sie trug ein marineblaues Leinenkleid, aber Ernest schwitzte heftig in seinem dicken besten Anzug. Das enge Hemd rieb schmerzhaft an dem Furunkel, der an seinem Hals spross; die Sorge wegen Fort Belvedere hatte einen besonders schlimmen Anfall von Nesselsucht ausgelöst.

»Wallis!«, hatte er immer wieder gesagt. »Das Wochenende wird eine *Katastrophe!*«

»Nein, wird es nicht!«

»Woher willst du das wissen? Wie kannst du dir so sicher sein?«

»Weil ich einen Plan habe, Ernest.«

Und damit musste er sich zufriedengeben, obwohl das kaum der richtige Ausdruck war.

Nun versuchte er, ihr mit Hilfe des Benimmbuchs beizubringen, wie man Mitglieder der königlichen Familie begrüßte, was im schwankenden, schlingernden Zug zu einer Herausforderung wurde. Sie standen zwischen den Sitzen und klammerten sich mit beiden Händen an die Rückenlehnen.

»Der Trick«, sagte Ernest, »besteht darin, das linke Bein weit nach hinten und hinter das rechte Bein zu ziehen. Oder war es andersherum?« Er schaute stirnrunzelnd auf die Seite und taumelte abrupt nach vorn, als der Zug eine heftige Kurve beschrieb. »Oh, Wallis! Ich wünschte, es wäre vorbei.«

»Das ist es bald«, beruhigte sie ihn. »Und dann haben wir etwas, an das wir uns für den Rest unseres Lebens erinnern können.«

Nachdem sie den Knicks geübt hatten, lasen sie die Zeitungen. Wallis studierte den Court Circular, um zu sehen, ob Fort Belvedere erwähnt wurde. Das war nicht der Fall; dafür wurde der Herzogin von York, die einen Wohltätigkeitsbasar eröffnet hatte, viel Platz eingeräumt. Wallis betrachtete das lächelnde Gesicht und dachte wie immer, dass sie wie eine selbstzufriedene Katze aussah.

Auf der Titelseite ging es um einen Aufruhr im Hyde Park. Die Polizei hatte eine Demonstration von Arbeitslosen gestoppt, die von Nordosten nach Westminster ziehen wollte, um dem Parlament ihre Notlage zu schildern. Es wurde Gewalt angewendet, die Bilder waren verstörend; hagere, erschöpfte Männer und Jungen, die vor Uniformierten mit Schlagstöcken kauerten.

»Sieh dir das an«, sagte sie zu Ernest.

Er schüttelte den Kopf. »Schrecklich.«

»Aber wirklich, oder? Haben sie denn nicht das Recht auf friedlichen Protest? Die Arbeitslosigkeit liegt jetzt bei fast zwei Millionen.«

Weiter hinten in der Zeitung gab einen Artikel, in dem eine Frau erklärte, ihr Mann habe in den letzten zwölf Jahren nur ein Jahr gearbeitet. Wallis las es Ernest vor. »Sie und ihre fünf Kinder leben von wenigen Schilling Arbeitslosengeld pro Woche und ernähren sich von Brot, Margarine und Tee. Sie leben in Slums: kaputter Ziegelboden, Treppe ohne Geländer, eine Toilette, die sie sich mit zwei anderen Familien teilen ...« Sie hielt inne und biss sich auf die Lippe. Mit Alice hatte sie nie so schlecht gelebt, auch wenn die Gefahr im Hintergrund gelauert hatte.

Ernest raschelte gereizt mit der Zeitung. »Wallis, ich stimme dir zu, es ist furchtbar. Aber wer kann etwas dagegen tun?«

»Nun, irgendjemand muss etwas tun können. Die Regierung beispielsweise.« Sie runzelte die Stirn, als ihr ein Gedanke kam. »Duff Cooper kommt auch, oder? Ich kann ihn dieses Wochenende fragen.«

»Das solltest du lieber nicht tun«, konterte Ernest scharf. »Denk dran, was Maud gesagt hat.«

»Oh ja.« Wallis kniff die großen Augen zusammen, um ihre Schwägerin zu imitieren, und verzog zickig den breiten Mund. »Von Politik und kontroversen Angelegenheiten darf vor dem Königshaus nicht gesprochen werden!« Es war eine ganz vorzügliche Imitation von Mauds pompösem, affektiertem Tonfall. Ernest brachte gegen seinen Willen ein schwaches Lächeln zustande.

Sie ließ sich den Satz noch einmal durch den Kopf gehen. »Aber *warum* sollte man mit dem Königshaus nicht über Politik sprechen? Der Prinz von Wales wird eines Tages König.«

»Er dürfte kaum an Politik interessiert sein. Er interessiert sich nur für die Jagd und das Tanzen. Und für Frauen.«

»Oh, Ernest. Vielleicht steckt mehr in ihm.«

»Das bezweifle ich. Vielleicht sogar weniger.«

Sie tätschelte sein Knie in der dicken Hose. »Kopf hoch. Lies mir was aus deinem Reiseführer vor.«

Natürlich hatte er einen über Windsor Castle und den angrenzenden Great Park gekauft, in dem Fort Belvedere lag. Der Park war größtenteils naturbelassen, erklärte er ihr, mit offenem Land, Bächen, Wiesen und Seen, ganz wie in alter Zeit, als er noch ein königlicher Jagdwald war. Es gab riesige alte Bäume, darunter angeblich die Eiche des Satyrs Herne der Jäger.

»Moment mal, Ernest. Herne der was?«

»Der Jäger.« Ernest zog sein Buch zu Rate. »Ein furchterregendes Gespenst mit Geweih«, fuhr er fort, »das mit Ketten rasselte und blaues Licht verströmte. Es spukt angeblich in den unwegsamsten Tiefen des Parks und zaubert die Unvorsichtigen einfach weg.«

Wallis lachte. »Hoffentlich kommt er nicht nach Fort Belvedere!«

Ernest seufzte. »Vermutlich ist er schon da.«

»Sei nicht so trübsinnig! Wer weiß, vielleicht amüsierst du dich sogar.«

Ernest legte den Reiseführer aufs Knie und sah sie an. »Wallis, was mich betrifft, kann das Wochenende gar nicht schnell genug vorbei sein.«

Das Taxi kurvte durch Windsor, ein charmantes Städtchen voller malerischer alter Gebäude. Sie fuhren durch ein elegantes Tor in einen gepflegten Park und ließen das gewaltige graue Schloss hinter sich. Wallis starrte mit großen Augen aus dem Rückfenster. Das Anwesen war unermesslich.

Allmählich wurde der Park wilder. Beiderseits der Straße wucherte raues Gras wie ein zotteliger Teppich unter den Baumstämmen, die zu fantastischen Formen verdreht waren. Es gab schattiges Dickicht und Gestrüpp, und alles sah so ganz anders aus als die sonnige Weite, durch die sie gefahren waren. Wallis dachte an den geisterhaften Jäger. Inmitten der Senken und dichten dunklen Büsche kam Herne ihr plötzlich viel realer vor. Der Gedanke, dass selbst in einem geschützten königlichen Lehen gefährliche Kräfte am Werk sein könnten, war verblüffend.

Die Gedanken verflogen, als sie einen schönen See erreichten.

»Virginia Water«, las Ernest vor.

Der blaue Himmel schimmerte über den Bäumen. Wallis bemerkte eine Ansammlung von Türmen und dachte spontan an Windsor Castle, begriff dann aber, dass Richtung und Entfernung nicht stimmten. Die Türme waren auch viel kleiner und sandfarben, nicht grau. Auch gehörten sie nicht zu einer massiven Verteidigungsanlage, sondern schienen auf charmante, zufällige Art aufeinandergestapelt.

War das Fort Belvedere? Es wäre jedenfalls ein angemessenes Heim für den glamourösen Thronfolger, es besaß einen feenhaften Zauber. Die Turmspitze, von der eine Flagge flatterte, erinnerte sie an Camelot.

Ernest betrachtete prüfend die Flagge. »Das ist nicht die Imprese des Prinzen von Wales und auch nicht die Royal Standard.«

Wallis hätte keine von beiden erkannt, geschweige denn diese Flagge, auf der ein Dreieck aus gelben Kugeln auf schwarzem Grund zu sehen war. Also war dies nicht Fort Belvedere, dachte sie enttäuscht.

Ernest konsultierte erneut sein Buch. »Das Herzogtum Cornwall«, sagte er plötzlich. »Schwarz, fünfzehn Kugeln in gestürztem Spickel 54 321. Natürlich.«

»Wovon in aller Welt redest du?«

»Von der Flagge. Das ist einer seiner Titel. Herzog von Cornwall. Der Prinz.«

»Du meinst ...« Die Aufregung war wieder da. »Du meinst, das ist Fort Belvedere?«

»Ja«, sagte Ernest düster. »Das ist Fort Belvedere.«

Die Türme verschwanden, als das Taxi den See umkurvte. Sie fuhren durch ein kleines Tor und eine Kiesauffahrt hinauf, die sich anmutig durch einen schattigen Wald schlängelte.

Ernest las aus seinem Reiseführer vor. »Der Bau von Fort Belvedere wurde im achtzehnten Jahrhundert von William, Herzog von Cumberland, dem dritten Sohn von George II., begonnen ...«

Nach einer weiteren Kurve kam das Gebäude erneut in Sicht, viel größer und näher, aber immer noch mit seiner betörend verspielten Aura. Wallis umklammerte Ernests Arm. »Oh!« Es war Liebe auf den ersten Blick. Noch nie hatte ein Bauwerk eine so starke, unmittelbare Wirkung auf sie ausgeübt.

Das kleine Schloss war aus blassgoldenem Stein und schimmerte inmitten sattgrüner Sträucher. Die weiß gerahmten Fenster blinzelten fröhlich in der Sonne. Es sollte offensichtlich Spaß machen mit seinen vielen Stockwerken, Zinnen, Schießscharten und Türmen. Es war wie aus dem Märchen, wie eine Kinderzeichnung, und erfüllte Wallis mit kindlicher Freude.

»Etwa achtzig Jahre später«, fuhr Ernest fort, »wies George IV. den berühmten Architekten Wyatville, den er bereits mit der Restaurierung von Schloss Windsor beauftragt hatte, an, das Bauwerk zu vergrößern ...«

»Wir sind da«, unterbrach ihn der Fahrer, als das Taxi knirschend auf dem Kies zum Stehen kam. Sie konnte es kaum ertragen, aus dem Auto zu steigen, weil es der erste Schritt aufs Ende zu wäre.

Zögernd näherte sie sich der Eingangstür mit den mittelalterlichen Beschlägen. Sie war klein und weiß gestrichen und stand halb offen. Draußen war es so hell, dass drinnen tiefe Dunkelheit herrschte. Niemand war zu sehen.

Ernest bezahlte den Fahrer. Türen schlugen zu, der Motor sprang an, Reifen rollten davon.

Wallis war zur Seite des Gebäudes gegangen. Durch einen Torbogen blickte man über die weite, sonnige Landschaft. Davor breitete sich eine Rasenfläche wie ein offener grüner Fächer aus, gesäumt von einer niedrigen Mauer, in deren Öffnungen winzige Kanonen auf winzigen Lafetten standen und über die grünen Felder in die blaue Ferne wiesen. Spielzeugkanonen für eine

Spielzeugfestung, dachte sie und schlug vor Freude die Hände zusammen.

Ernest trat hinter sie. »Hier ist niemand«, sagte er besorgt. »Wir sind zu früh dran. Welche Uhrzeit hatte Thelma dir gesagt?«

Sie war überrascht, dass sich jemand an einem Ort wie diesem fürchten konnte. »Ernest, entspann dich. Du weißt doch, wie Thelma ist. Sie wird schon auftauchen. Und es ist ein *Geschenk*, hier allein zu sein! Wir können uns in diesem wunderbaren Garten umsehen!«

Sie sehnte sich danach, ihn zu erkunden. Sonnenlicht glitzerte auf den Lorbeersträuchern. Hohe Blumenrabatten standen in voller Blüte, Wege führten in interessante Richtungen.

»Dann sieh dich um«, sagte Ernest. »Ich warte mit den Taschen am Eingang.«

Sie fragte sich, wer an ihren ramponierten Koffern interessiert sein sollte. Andererseits befand sich in ihrem das kostbare Chanel-Kleid. Sie überließ ihm die Verantwortung und ging zu den Kanonen. Dann die nächste Überraschung. Gleich unterhalb des Wehrgangs befand sich ein großer Swimmingpool, dessen Wasser einladend glitzerte. Er war von einer breiten gepflasterten Terrasse umgeben, auf der Gartenmöbel sonnige Zusammenkünfte oder fröhliche Partys unter dem Sternenhimmel verhießen. Doch jetzt war alles still, die Luft heiß und duftgeschwängert. Es herrschte absoluter Frieden, die undurchdringliche, stete Stille eines perfekten Sommernachmittags.

Plötzlich drehte sie sich um. Eine Bewegung? Sie rechnete damit, Ernest zu sehen, doch es war niemand da. Die Terrasse lag grün und verlassen in der Sonne, und doch war es, als würde sie von irgendwoher beobachtet. Sie gab sich einen Ruck. Der fantastische Ort ließ sie fantasieren.

Eine Treppe mit anmutigen halbrunden Stufen führte vom Wehrgang zu der Terrasse mit dem Schwimmbad. Sie war von

Felsen gesäumt, in deren Spalten sich kleine Blumen schmiegten. Sie beugte sich vor, um sie zu betrachten, und staunte, mit wie viel Liebe zum Detail sie gepflanzt worden waren. Eine Biene summte vorbei. Vögel zwitscherten.

Plötzlich pochte ihr Herz aufs Neue. Wieder fühlte sie sich beobachtet. Und konnte wie zuvor nichts sehen. Ein Geist? Sie dachte an Herne den Jäger und erschauerte. Aber er war eine Kreatur der nächtlichen Wälder und gehörte nicht in einen taghellen Garten.

Sie ging hinunter auf die Terrasse. Neue Ausblicke boten sich. In einer Richtung lag ein Tennisplatz, in der anderen ein von prächtigen Zedern gesäumter Spazierweg, an dem weiße Rhododendren und rosa Azaleen wuchsen. Wallis schlenderte den Weg entlang, wobei der fruchtig süße Duft der Blumen ihre Nase umspielte.

Am Ende des Weges entdeckte sie eine mit Unkraut gefüllte Schubkarre und schloss erleichtert, dass ein Gärtner in der Nähe sein musste; er war es wohl, dessen Anwesenheit sie gespürt hatte.

Hinter ihr knackten Zweige. Sie drehte sich um und sah einen Mann mit einer Harke aus dem Gebüsch kommen. Er war klein, schlank und trug ein schmuddeliges Hemd, das in einer abgewetzten Flanellhose steckte, dazu Leinenschuhe und einen Strohhut, den er tief ins Gesicht gezogen hatte.

»Kann ich Ihnen helfen?«, fragte er höflich. Er sprach in jenem näselnden Londoner Dialekt, den sie anfangs so schwer verstanden hatte.

»Oh«, sagte sie aufgeregt. »Entschuldigen Sie bitte. Man hat mich übers Wochenende eingeladen. Ich dachte, ich sehe mir mal den Garten an.«

»Gefällt er Ihnen?«

»Oh ja«, sagte sie und wollte gerade weitersprechen, als eine Bewegung im Augenwinkel sie ablenkte. Es war kein sagenhafter

Dämon, sondern Ernest, der die Zedernallee heraufeilte. »Wallis! Ich habe dich überall gesucht!«

»Mein Mann«, erklärte Wallis dem Gärtner verlegen. »Du hast mich ja gefunden«, sagte sie lächelnd, als Ernest keuchend neben sie trat.

Er hatte Schweiß auf der Stirn und schien sich in seinem warmen Anzug äußerst unbehaglich zu fühlen. Er zog ein Taschentuch heraus und wischte sich den Hals, wobei er zusammenzuckte, als seine Finger den Furunkel berührten. Das Pflaster hatte sich gelöst, er sah rot, glänzend und schmerzhaft aus. »Es ist niemand da«, sagte er zu Wallis. »Lass uns zurück nach London fahren.«

Sie verschränkte die Arme. »Das geht nicht! Thelma kann jeden Augenblick mit dem Prinzen auftauchen. Es wäre furchtbar unhöflich.«

»Nun, es ist unhöflich von ihnen, uns nicht zu begrüßen«, schimpfte Ernest.

»Ganz Ihrer Meinung«, sagte eine Stimme von hinten. Sie klang hell und hatte einen schwachen Cockney-Akzent. Beide drehten sich überrascht zu dem Gärtner um.

Er nahm den Hut ab, und die Wahrheit kam zum Vorschein. Das berühmte strahlende Grinsen. Das glänzend blonde Haar. Er war unverkennbar. »Ich bitte aufrichtig um Verzeihung. Ich wusste nicht, dass Lady Furness abwesend ist.«

Ernest keuchte auf. Erstaunen durchzuckte Wallis. Sie hatte erwartet, dass sich die Spannung langsam aufbauen würde, dass sie sich auf die Begegnung mit dem berühmtesten Mann der Welt vorbereiten könnte. Es wäre wie eine Explosion, das Schmettern von Trompeten, ein elektrischer Schlag, vielleicht auch alles zusammen.

»Ich muss Ihnen schrecklich unhöflich erscheinen«, fuhr er in seinem seltsamen Londoner Tonfall fort.

Er sah genau wie auf den Bildern aus. Die leicht nach oben

gebogene Nasenspitze, das goldene Haar, die großen, glasklaren blauen Augen. Überrascht war sie nur angesichts seiner Größe. Sie hatte ihn sich hochgewachsen vorgestellt, doch er war genauso groß wie sie.

»Nein, nein, Königliche Hoheit ... Es war ganz und gar unsere Schuld, Königliche Hoheit ... Wir sind zu früh gekommen, Königliche Hoheit ...« Sowohl Wallis als auch Ernest überschlugen sich fast mit Verbeugungen, Knicksen und Schuldeingeständnissen.

»Sie sind sehr freundlich. Nebenbei bemerkt, es heißt ab jetzt nur noch ›Sir‹. Sie haben den Teil mit der Königlichen Hoheit erledigt. Doch da wir uns noch nicht begegnet sind, könnten Sie sich bitte vorstellen?«

Sie spürte, wie Ernest schluckte und Anlauf nahm.

»Mr und Mrs Ernest Simpson«, übernahm sie das Kommando.

»Simpson«, sagte der Prinz stirnrunzelnd. »Ich müsste Sie natürlich kennen. Aber Thelma lädt so viele Leute ein ...« Seine Stimme verklang, doch Wallis war sich sicher, dass er am liebsten »und keiner von ihnen taugt etwas« hinzugefügt hätte. Ihr Herz zog sich zusammen. Ein denkbar schlechter Anfang.

Das Begräbnis des Herzogs von Windsor

Windsor Castle, Juni 1972

Windsor kauerte als zinnenbewehrte schwarze Masse auf dem Hügel, über dem sich glühende Wolken sammelten. Als sie näher kamen, öffneten sie sich wie ein Theatervorhang und enthüllten einen prachtvollen Sonnenuntergang. Das war David, Wallis war sich ganz sicher. Hab keine Angst, schien er zu sagen. Ich bin bei dir.

Breite Streifen von flüssigem Gold, das an sein Haar erinnerte, überlagert vom Korallenrot seiner frischen Wangen. Striche in klarem, blassem Blau erinnerten an seine Augen. Das Schauspiel war herrlich, geradezu überschwänglich.

Das Gras sah seltsam aus. Die Flussufer unterhalb der Burgmauern waren nicht grün, sondern weißlich und bunt gesprenkelt. Beim Näherkommen sah sie, dass es Blumen waren. Ganze Sträuße. Ein Meer von Blüten, das sich in alle Richtungen ausbreitete.

»Du meine Güte«, sagte Charles. »Da liegen ja ganze Blumenläden.«

Sie war gerührt, wäre am liebsten ausgestiegen, um die Gaben angemessen zu würdigen. Sie wandte sich an Charles. »Können wir anhalten?«

In der warmen Luft dufteten die Blumen schwer und süß. Sie beugte sich vor und las einige handgeschriebene Botschaften, die mit Kordeln festgebunden waren.

Es gab bescheidene Sträußchen »Von einem treuen Untertanen« und fröhliche Gebinde »In ehrendem Andenken«. Kleine unordentliche Sträuße aus eigenen oder fremden Gärten mit der Aufschrift »Unserem geliebten König«.

»Der White Ensign«, sagte Charles und blieb vor einem großen Arrangement aus roten und weißen Nelken und blauen Kornblumen stehen.

»Was ist das?«

»Die Flagge der Marine.« Charles las die Widmung vor. »Von den überlebenden Offizieren des 1st Exmouth Term, Royal Naval College, Osborne, 1907.«

Er richtete sich auf und sah ehrfürchtig drein. »Donnerwetter. Onkel Davids Schulkameraden von vor fünfundsechzig Jahren! Ich kann mir nicht vorstellen, dass irgendjemand aus meiner Schule das für mich tun würde.«

»Hattest du eine schlimme Schulzeit?« Sie kramte in ihrer Erinnerung. »Du warst in Schottland, richtig?«

Er nickte reumütig. »Es war wie ein Gefangenenlager in Schottenkaro.«

Die Leute hatten nicht nur Blumen hinterlassen. Sie bemerkte ein Buch, das zwischen den Blüten steckte. *Edward VIII.: Unser König*, wohl eine illustrierte Biographie von 1936. Und die Titelseite der *Daily Mail. Abdankung! KÖNIG EDWARD VIII. spricht HEUTE ABEND im Rundfunk!* Einen abscheulichen, schwindelerregenden Moment lang fühlte sie sich zurückversetzt in jene chaotische Zeit, bevor sie begriff, dass es ein Nachdruck war, den irgendein Souvenirhändler verhökerte.

»Die Wiederkunft des Herrn«, murmelte sie.

»Was hast du gesagt, Tante Wallis?«

Sie deutete auf die Zeitung. »David hat mir erklärt, dass man sie so nennt. Diese riesige, fettgedruckte Schrift. Wiederkunft des Herrn, nur für die ganz großen Sensationen.«

Sie gingen an der Kapelle mit den steinernen Bestien entlang, die Schilde hielten. Eine kleine Gruppe Geistlicher wartete in der Vorhalle. Charles sprach kurz mit ihnen, kam zurück und schaute Wallis ehrfürchtig an. »Sechzigtausend«, sagte er.

»Sechzigtausend was?«

»Sind bei Onkel David gewesen. Zweitausend pro Stunde. Einmal war die Schlange anderthalb Meilen lang.«

Freude durchflutete sie. David wäre glücklich gewesen. Doch als sie durch die Tür auf das verblassende Gold und Korallenrot blickte, fragte sie sich, ob er es nicht ohnehin wusste.

Im Inneren der Kapelle fielen letzte Sonnenstrahlen durch die Buntglasfenster und warfen vielfarbiges Licht auf schlanke Säulen und hohe Bögen. Hoch oben breitete sich das Fächergewölbe der Decke wie steinerne Spitze aus.

Das Eichengestühl für die Ritter des Hosenbandordens mit seinen erlesenen Schnitzereien befand sich in der Mitte des Kirchenschiffs. Sie wusste noch, wie es mit den bunten Seidenbannern und Wappen aussah, doch die Banner waren verschwunden, alles wirkte kahl und leer. Nichts sollte ablenken.

Sie hatte sich den ersten Anblick vorgestellt, im Kopf geprobt, sich vorgenommen, würdevoll und ruhig zu bleiben. Doch als sie nun den Sarg sah, überkam sie etwas Elementares. Der Schlag war vernichtend, er explodierte wie eine Bombe in ihrem Kopf, kreischte und dröhnte und schüttelte sie bis in die Fingerspitzen. Ihr war, als hätte man ihr etwas entrissen. Sie klammerte sich an Charles, keuchte auf vor Schock.

Der Sarg stand auf einem Katafalk, genauso blau wie seine Augen, und war mit einer leuchtend bunten Fahne bedeckt. Ringsherum flackerten Stumpenkerzen, die größer waren als sie selbst, im sterbenden Licht. Vier Soldaten, die scharlachroten Uniformen blass in der zunehmenden Dämmerung, hielten so reglos Wache, als atmeten sie nicht.

Ein einzelner Lilienkranz leuchtete schwach, und sie trat näher, um zu sehen, von wem er war. »Wallis« stand auf der Karte. Sie konnte sich nicht daran erinnern, ihn bestellt zu haben. Etwas durchbohrte sie, ein so starkes Gefühl des Verlustes, dass sie beinahe laut geschrien hätte. Der Drang, sich auf den Boden zu werfen und mit den Fäusten auf den Stein zu hämmern, war nahezu überwältigend.

Allmählich bekam sie wieder Kontrolle über sich. Sie blieb eine Weile an jeder Ecke stehen und tastete in ihren Gedanken nach ihm. Er war nicht hier. Sie konnte ihn nicht finden. Er war weit weg. Vielleicht draußen im golden und korallenrot gestreiften Abend.

Sie sah Charles an, der verlegen neben ihr stand, und sagte das Erste, was ihr in den Sinn kam. »Er hat so viel für so wenig aufgegeben.« Sie deutete auf sich, ihren dünnen, kleinen Körper.

Grace hätte ihr wärmstens versichert, er habe es nur zu gern getan. Doch Charles schaute sie nur hilflos an. Sie wandte sich zum Sarg und legte die Stirn auf die Fahne, die ihn bedeckte. »David war mein ganzes Leben«, flüsterte sie bei sich. »Ich weiß nicht, was ich ohne ihn tun soll.«

Siebzehntes Kapitel

Fort Belvedere, Windsor

Der Prinz führte sie durch den Garten. Er ging voraus, drehte sich häufig um, um etwas zu erklären oder ihnen eine besondere Sehenswürdigkeit zu zeigen. Die anfängliche Verlegenheit war verflogen, so leidenschaftlich versuchte er, es ihnen recht zu machen. Keine Mühe war zu groß, und es schien, als wäre es ihm eine Ehre, nicht ihnen.

Die kraftvolle Sonne, die unglaublichen Umstände, die ungeheure Überraschung ließen all das wie einen Traum erscheinen. Vor allem der Prinz wirkte wie ein überirdisches Geschöpf; wie er förmlich dahintanzte, seine schlanke, jungenhafte Gestalt vor dem schimmernden Grün, das zerzauste Haar, das in der Sonne glänzte. Er sah aus wie ein Kobold. Peter Pan oder Puck, etwas aus einer anderen Welt.

Sie war sich nicht sicher, wie alt er war; als ältester Sohn des alten Königs musste er ein Mann in mittleren Jahren sein. Und doch besaß er eine Leichtigkeit, die dies Lügen strafte; er schien alterslos, ewig jung. Sie bemerkte, dass sein Gesicht faltenlos war, und obwohl er keinen Hut trug, kniff er nicht die Augen vor der Sonne zusammen. Mit den abgewetzten Segeltuchschuhen, in denen er schwerelos über den Rasen hüpfte, war er das völlige Gegenteil ihres Mannes, der in seinen Stadtschuhen durchs Gras stapfte, den roten Furunkel schmerzhaft sichtbar am fleischig blassen Hals.

Er habe eigenhändig hektarweise Lorbeer beschnitten, erzählte der Prinz. Er habe Wege durch den Wald gehackt. Er habe Gestrüpp entfernt, Sträucher umgepflanzt, Bäume beschnitten.

»Ich bin, genau wie mein Vater, auf dem Land am glücklichsten«, gestand er. »In der Stadt fühle ich mich eingesperrt. Als es mich zufällig nach Fort Belvedere verschlug, wusste ich sofort, dass ich nach diesem Ort gesucht hatte. Allerdings ist es kein schönes Haus, im Vergleich zu manch anderen.«

»Oh, aber Sir, es ist wunderschön«, rief Wallis. »So etwas habe ich noch nie gesehen. Sobald ich es sah, habe ich gedacht, das ist ein Ort, wo ...« Sie hielt inne, weil sie ins Schwärmen geraten war.

»Wo was?«

»Wo man dem Rest der Welt entfliehen kann.«

Er sah sie seltsam flüchtig an, ein leuchtend blaues Aufblitzen, als erhaschte man einen Blick auf einen Eisvogel am Flussufer. »Genau das ist es«, sagte er. »Ein Zufluchtsort. Ich liebe das Fort mehr als alle anderen materiellen Dinge.«

Sie war erstaunt, wie zwanglos er über seine Gefühle sprach.

»Wyatvilles Turm ist eine hübsche Ergänzung«, bemerkte Ernest. »Und die Flagge ist die des Herzogtums Cornwall, wie ich sehe.« Wallis sträubten sich die Haare; würde der Prinz Ernest für wichtigtuerisch halten? Aber nein, er schien ehrlich erfreut.

»Auf jeden Fall! Ich hisse sie, um zu zeigen, dass dies keine königliche Residenz, sondern ein Privathaus ist.« Wieder warf er Wallis einen seiner zwinkernden Blicke zu. »Ich nenne es mein Weg-von-anderen-Leuten-Haus.«

Ihr war schwindlig vor Aufregung, doch als sie ihre abgenutzten Reisetaschen an der Eingangstür entdeckte, landete sie unsanft auf dem Boden der Tatsachen. Aus Bestürzung wurde Entsetzen, als der Prinz auf sie zueilte und sie aufhob.

»Sir! Lassen Sie mich das machen!«, protestierte Ernest.

Die blauen Augen blitzten vergnügt. »Lassen Sie mir das Vergnügen! Ich spiele gern den Portier!«

Die Eingangshalle war klein und achteckig, mit gelben Ledersesseln und einem schwarz-weißen Marmorboden. Es war, als stünde man in einer kleinen dekorierten Schachtel.

»Ich fürchte, es gibt keinen Raum im Haus, der eine normale Anzahl von Wänden hat«, verkündete der Prinz trocken.

»Ich finde das wunderbar«, sagte Wallis.

Der blaue Blick flog zu ihr. »Interessieren Sie sich für Inneneinrichtung, Mrs Simpson?«

Ernest gluckste. »Solange alles weiß ist.«

»Nicht unbedingt«, widersprach sie und lächelte, um ihren Ärger zu verbergen.

Der Prinz trug das Gepäck in einen sechseckigen Salon, der das gelbe Thema mit langen Vorhängen aus narzissenfarbenem Samt an den vier hohen Fenstern wieder aufnahm. Sie bemerkte, dass alles dem Vergnügen diente. Zwei große Sofas, auf denen man sitzen und plaudern konnte. Kartentische, an denen man spielen konnte. Ein Puzzle, halb fertig, auf einem langen Tisch am Fenster. Für Musiker ein schwarz glänzender Stutzflügel und für Freunde populärer Musik ein Grammofon. Und auf jeder verfügbaren Fläche haufenweise gerahmte Fotos. Die Wände waren mit naturbelassenem Kiefernholz getäfelt und mit bunten Gemälden von Venedig geschmückt. Sie registrierte ehrfürchtig, dass es wohl echte Canalettos waren.

Neben einem Sofa stand ein Stickrahmen. Sie hielt inne, um ihn zu betrachten; die Arbeit war bemerkenswert. »Ich wusste gar nicht, dass Thelma sticken kann«, sagte sie überrascht.

Der Prinz lachte laut. »Thelma? Das kann sie nun wirklich nicht. Das habe ich gemacht.«

»Sie, Sir?« Wallis' Überraschung verwandelte sich in Erstaunen. Die Stiche waren winzig, die Ausführung exquisit. »Wo haben Sie das gelernt?«

»Als Kind von meiner Mutter in Sandringham. Meine Brüder, meine Schwester und ich saßen zur Teezeit immer um sie herum. Sie hat gestickt, während sie mit uns sprach, und weil wir alle interessiert waren, brachte sie es uns bei.«

Es klang idyllisch, dachte Wallis und stellte sich vor, wie grenzenlos sicher sich eine königliche Kindheit anfühlen musste, finanziell und überhaupt.

Er schenkte ihr sein aufblitzendes Grinsen. »Sticken ist mein heimliches Laster, und das einzige, das ich zu verbergen suche. Sie dürfen es niemandem erzählen. Wenn es allgemein bekannt würde, wäre es ein Schock für das Land.«

Der nächste Raum war die Bibliothek. Über dem Kamin blickte ein Herr mit enormer weißer Perücke streng auf sie herab. Es gab eine riesige Trommel, mit seidenen Kordeln verschnürt und mit den Insignien irgendeines Regiments versehen, die offenbar als Getränketisch diente. Bücherregale voller wunderschöner goldgeprägter Lederrücken reichten vom Boden bis zur Decke. Ernest trat wie von einem unsichtbaren Magneten angezogen auf sie zu.

»Lesen Sie gern?«, fragte der Prinz, als Ernest die Buchrücken untersuchte.

»Sehr gern, Sir«, sagte er ehrfürchtig.

»Meine Mutter und ich haben einmal den Schriftsteller Thomas Hardy besucht, von dem Sie zweifellos gehört haben.«

Wallis hatte auch von ihm gehört. Er war einer der Autoren, für dessen Bücher Ernest sie vergeblich zu begeistern versucht hatte. »Sie sind so *deprimierend*«, hatte sie zu ihm gesagt.

»Ich bewundere Hardy sehr«, bekundete Ernest eifrig. »Er ist einer der größten Autoren der englischen Sprache.«

»Ich wünschte, Sie wären dabei gewesen, Mr Simpson«, kam die trockene Antwort. »Sie hätten mir die Peinlichkeit erspart, ihn zu bitten, einen Streit zwischen mir und Mama zu klären. ›Sehen Sie, Mr Hardy‹, sagte ich zu ihm. ›Meine Mutter beharrt darauf, dass Sie ein Buch namens *Tess von den d'Urbervilles* geschrieben haben. Und ich bin mir ebenso sicher, dass Sie das nicht getan haben.‹«

Wallis starrte zu Boden. Sie konnte Ernest nicht ansehen, sein Gesichtsausdruck wäre zu viel gewesen. Sie zitterte, so sehr bemühte sie sich, nicht zu lachen. Sie war auch überrascht, weil sie nicht erwartet hatte, dass der Prinz lustig wäre.

»Ich weiß nicht, was Sie von den Schlafzimmern halten«, sagte er und führte sie eine Kiefernholztreppe mit einem Geländer im gotischen Stil hinauf. An den Pfosten fletschten fauchende Ungeheuer die Zähne.

»Für Wales«, sagte er, als er ihren Blick bemerkte.

»Das Wappentier von Wales ist ein Drache«, warf Ernest ein.

»Aber es gibt keinen Grund, aus dem Sie das wissen müssten«, konterte der Prinz. »Schließlich weiß ich auch nicht, was das Wappentier von Maryland ist.«

»Der Pirol. Ein kleiner gelber Vogel.«

»Das klingt *viel* netter.«

»Sir, lassen Sie mich die Taschen nehmen …«, bot Ernest an, doch die gebräunten, sehnigen Arme des Prinzen gaben sie nicht her.

Sie standen am Treppenabsatz im Obergeschoss, von dem ein weiß getäfelter Korridor abging, in dem Gemälde und Stiche des Forts hingen. »Es hat eine ziemliche Geschichte hinter sich«, sagte der Prinz und zeigte ihnen das kleine, laternenförmige Gebäude, mit dem alles angefangen hatte, und die Ruine, die es vor seiner prächtigen Wiederbelebung gewesen war. »Mein Vater war überrascht, als ich ihn darum gebeten habe.« Er zog die Augenbrauen zusammen und erhob die Stimme. »ICH NEHME AN, DU WILLST ES FÜR DEINE VERDAMMTEN WOCHENENDEN!«

Wallis lachte. Die Imitation von George V., König von Großbritannien und Nordirland, Kaiser von Indien und den Dominions in Übersee, war ebenso unerwartet wie unterhaltsam.

Der Prinz hatte sich umgedreht und öffnete eine weiß gestrichene Bogentür. »Das ist das Zimmer der Königin.«

Wallis hatte noch nie einen so dramatisch schönen Raum gesehen. Eine ganze Wand bestand aus einem deckenhohen gotischen Bogenfenster, das von kathedralenartigem Maßwerk umgeben war. Das Licht strömte zwischen roten Samtvorhängen herein. Davor stand ein Frisiertisch mit einem dicken, verzierten Silberspiegel. Es sah aus wie ein Bühnenbild, dachte sie.

Es gab auch ein neu installiertes Badezimmer. »Es war eine Höllenarbeit, sie in die dicken Wände zu bekommen«, sagte der Prinz und deutete auf Badewanne, Dusche und Einbauschränke. »Aber ich habe dafür gesorgt, dass jedes Schlafzimmer eins hat. Ich möchte, dass sich meine Gäste wohlfühlen.«

»Verzeihen Sie die Frage.« Wallis konnte ihre Neugier und Bewunderung nicht bezähmen. »Welchen Designer haben Sie beauftragt? Er ist offensichtlich ungeheuer talentiert.«

Der Prinz strahlte vor Freude. »Er steht vor Ihnen!«

Weitere Schlafzimmer folgten, jedes nach einer bestimmten Farbe benannt – rosa, blau, gelb. »Ich liebe Farben«, verkündete der Prinz. »Ich mische sie gern. Streifen mit Blümchen, Tupfen mit Zickzack. Ich nenne es chromatische Hemmungslosigkeit!« Er lachte, und sie lachte mit.

Jedes Schlafzimmer war anders, eine eigene kleine Welt. Im Gelben Zimmer gab es eine Groteskentafel über dem Spiegel und extravagante Kandelaber auf dem Kaminsims. Im Rosa Zimmer bauschte sich über einem großen goldenen Bett im Marie-Antoinette-Stil rosafarbener Toile-de-Jouy-Stoff zu einer goldenen Krone empor. Ein rosiger Götterknabe tanzte in einem Rahmen über dem Kamin. »Ich huldige Pan«, sagte der Prinz. »Dem Gott der Wildnis, der Hirten und der Wälder.«

Der Prinz hatte durchaus etwas von Pan, dachte Wallis. Oder von Peter Pan mit seinem alterslosen Charme. Dem Jungen, der nie erwachsen wurde.

»Das ist das Zimmer meines Bruders George.« Hinter der Tür verbarg sich eine wild gemusterte Tapete mit leuchtenden Tukanen. Er tat, als zuckte er zusammen. »All diese furchtbaren Vögel.«

Das Himmelbett im Blauen Zimmer hatte Straußenfedern an allen vier Ecken und war offensichtlich äußerst ehrwürdig. Die Baldachinvorhänge und Bettbezüge hingegen waren aus eisblauem Chintz und nagelneu. Über allem lag eine Aura von Ruhe, Licht und Luxus.

»Was für ein schönes Zimmer«, sagte Wallis.

Die Liebe zum Detail war außergewöhnlich. Man hatte an jede Annehmlichkeit gedacht und jedes Bedürfnis vorweggenommen. Der kleine Chippendale-Schreibtisch im Erker war mit Schreibpapier und Briefumschlägen ausgestattet. Zu beiden Seiten des Bettes standen eine hübsche Wasserflasche und ein Glas, neben der großen Badewanne wartete eine Flasche mit teurem Duftöl.

»Gefällt es Ihnen? Dann können Sie es haben.« Endlich stellte der Prinz die Taschen ab, schaute von einem zum anderen und lächelte. »Da dies Ihr erster Besuch im Fort ist, möchte ich Ihnen die Regeln erklären.«

Wallis wappnete sich für eine Flut von Uhrzeiten für Frühstück, Mittagessen und Abendessen, während Ernests Gesicht zu einem ängstlichen Grinsen erstarrte.

»Es gibt keine.« Die strahlend blauen Augen funkelten. »Bleib so lange auf, wie du willst. Steh auf, wann du willst. Mach, was du willst.«

Achtzehntes Kapitel

»Was hältst du von ihm?«, fragte Ernest beim Auspacken.

»Schwer zu sagen«, antwortete Wallis wahrheitsgemäß. Es wäre in der Tat schwierig, ihrem Mann zu verkünden, dass ihr Gastgeber der attraktivste, charismatischste und amüsanteste Mensch war, den sie je getroffen hatte. Dass er mehr Gott als menschliches Wesen zu sein schien. Was auch passte, denn Fort Belvedere war das Paradies. Sie war von beiden völlig verzaubert.

»Was denkst du denn?«, drehte sie den Spieß um.

»Na ja, überraschend ist er auf jeden Fall. Ich dachte, er würde herumlungern, Cocktails trinken und geistreiche Witze machen. Ich dachte an diesen schrecklichen Typ Engländer, der einen von oben bis unten mustert und mit einer einzigen bohrenden Frage deinen Platz in der Hackordnung bestimmt. Aber er ist völlig anders. Er hat uns durch den Garten geführt und uns die Taschen aufs Zimmer getragen.«

Sie warf ihm einen neckischen Blick zu. »Das er selbst eingerichtet hat. Wirklich, wer hätte das gedacht? Wie hat er bloß zwischen all den Zechgelagen und Reitunfällen noch die Zeit dafür gefunden?«

»Ich hatte unrecht. Ich gebe es zu. Und dann auch noch die Handarbeit.« Er runzelte die Stirn, wurde plötzlich nachdenklich. »Du glaubst doch nicht, er ist …?«

Sie ahnte, was er meinte. Laut Cecil, der es wissen musste, war die Hälfte der High Society homosexuell. Wallis war dem

Thema gegenüber völlig aufgeschlossen. Falls sie aus ihrer ersten Ehe etwas gelernt hatte, dann, dass auch eine vermeintlich konventionelle Beziehung von Gewalt und Grausamkeit geprägt sein konnte. Doch etwas sagte ihr, dass es auf den Prinzen nicht zutraf. »Das glaube ich nicht.«

»Nein, das kann er nicht sein. Er ist ja mit Thelma zusammen.«

Der liebe, ahnungslose Ernest, dachte sie. Offenbar wusste er nicht, dass es Frauen gab, die homosexuellen Männern als Feigenblatt dienten. Aber Thelma konnte unmöglich eine Alibi-Freundin sein. Wäre es ihre Aufgabe, die wahre Natur des Prinzen zu verbergen, hätte sie Wallis wohl kaum im Ritz um Sextipps gebeten.

»Er versteht sich wohl nicht gut mit seinem Vater«, fuhr Ernest fort, »so hörte es sich jedenfalls an.«

»War das nicht nur ein Scherz?«

»Wenn du meinst.« Er hatte seine Hemden in den Schrank gehängt. »Ich finde, es klang ziemlich ernst.«

Wallis betrachtete den kleinen polierten Schreibtisch. Das cremefarbene Briefpapier war mit der roten Aufschrift *Fort Belvedere, Sunningdale, Berkshire* versehen. Die passenden Umschläge waren mit Papier gefüttert. Dazu gab es Tintenfass, Füller und Löscher.

Sie konnte nicht widerstehen. Wann hätte sie je wieder die Gelegenheit? Also nahm sie ein Blatt und fing an, Tante Bessie zu schreiben.

Liebste Tante,
wie du aus der obigen Adresse ersehen kannst, ist etwas absolut Unglaubliches passiert.

Sie skizzierte die Ereignisse des Nachmittags und durchlebte jedes einzelne noch einmal, während sie es beschrieb.

Liebe Grüße von Wallis im Wunderland, unterzeichnete sie und klebte den Umschlag zu.

...

Während Ernest sich ausruhte, ließ sie sich ein Bad ein. Ihr Mann hatte sein abgenutztes Rasierzeug auf das Regal über dem Waschbecken gelegt. Es mutete inmitten all der teuren, glänzenden Neuheit seltsam an.

Während ein schier unerschöpflicher Vorrat an heißem Wasser aus den silbernen Hähnen prasselte, betrachtete sie ihren nackten Körper in dem großen Spiegel neben der Wanne, der wiederum die Spiegel an den anderen Wänden reflektierte. Eine Reihe kleiner werdender nackter Wallise erstreckte sich ins Unendliche. Es erinnerte an ein ziemlich gewagtes Busby-Berkeley-Musical.

Sie sah aus wie ein Junge. Ihre schlanken, geraden Gliedmaßen. Winzige Brüste mit einem Pünktchen von Warze. Sie hatte nie das gehabt, was man eine Figur nennen könnte, war so ganz anders als die üppige Thelma. Wie sie im Ritz ein wenig brutal gesagt hatte: »Sie sind viel zu alt, und wenngleich Sie einen gewissen Stil haben, sind Sie nicht gerade schön.«

Nun ja. Wallis stieg in die Badewanne. Als sie in die parfümierten Tiefen sank, schloss sie die Augen. Sie könnte sich an diesen Luxus gewöhnen. Und da sie ihn nicht haben konnte, würde sie ihn genießen, solange es ging.

Sie kleidete sich sorgfältig fürs Abendessen an. Das Ergebnis war mehr als zufriedenstellend, wie ihr der Frisierspiegel bestätigte. Ihr schimmerndes schwarzes Haar war in perfekten Wellen arrangiert, jede Wimper geschwungen und getuscht, ihr Gesicht perlmuttfarben gepudert. Der knallrote Lippenstift unterstrich das dunkle Blau ihrer Augen. Die schwarzen Stiftperlen auf dem

Chanel-Kleid schimmerten, der tiefe Rückenausschnitt betonte ihre wohlgeformten Schulterblätter.

»Du wirst die Ballschönheit sein«, sagte Ernest und glich seine fehlende Originalität durch Leidenschaft aus. Er fuhr mit dem Finger in den Hemdkragen, um den Druck auf den Furunkel zu lindern. »Ich bin so stolz auf dich. Du bist die beste Ehefrau, die sich ein Mann nur wünschen kann.«

Was in einer ganz grundlegenden Hinsicht nicht stimmte. Sein aufrichtiges Kompliment schnürte ihr die Kehle zu. Das und die Tatsache, dass er selbst jetzt, in Abendgarderobe, keinerlei Verlangen in ihr weckte.

Sie waren als Erste im Salon, standen unbeholfen herum und wussten nicht, was sie tun sollten. Dann stürmte Thelma explosionsartig ins Zimmer.

»Wallis!« Sie hatte sich in ein eng anliegendes blassgrünes Kleid gezwängt und schaute gehetzt. »Und Arnie! Gott sei Dank, dass Sie hier sind! Ich mache die schlimmste Zeit meines Lebens durch!«

Falls sie überhaupt merkte, wie unhöflich es war, dass sie die Gäste nicht empfangen hatte, hielt ihr Unbehagen nicht lange vor. Wallis küsste ihre Wange, die unter dem Puder heiß und gerötet war. »Was ist denn los?«

»Diese *verfluchte* Diana Cooper!«, zischte Thelma.

Diana Cooper. Über der aufregenden Begegnung mit dem Prinzen von Wales hatte Wallis sie völlig vergessen.

»Sie ist so herablassend«, beklagte sich Thelma. »Und sie *hasst* mich!« Als Stimmen im Flur erklangen, blitzten ihre Augen vor Panik. »Oh Gott, sie kommen! Wallis, Sie müssen mir helfen!«

Eine hoch gewachsene Frau in einem eng geschnittenen, eleganten rosa Kleid trat ein, neben ihr ein kleiner stämmiger Mann in Tweed. Ihr ausdrucksloser Blick änderte sich nicht, als sie Thelma sah. Wallis spürte, wie jemand sie nach vorn schob.

»Duff, Diana, darf ich Ihnen Wallis und Arnold Simpson vorstellen.« Thelma klang noch immer panisch. »Wallis, Arnold, darf ich Ihnen Lady Diana und den Ehrenwerten Duff Cooper vorstellen.«

Wallis bemerkte, wie Duff Cooper Ernest mit dem gefürchtet kühlen, abschätzigen Blick taxierte. »Und was machen Sie, Arnold?«

Wallis war stolz auf Ernests gelassene Reaktion. Er ließ sich nicht anmerken, wie nervös er war. »Genau genommen, heiße ich Ernest. Ich bin Schiffsmakler. Und Sie, ähm, *Duff*?«

»Ich bin Finanzstaatssekretär im Kriegsministerium.«

Ernest nickte. »Verstehe.«

Wallis reichte Lady Diana die Hand und spürte, wie etwas in ihr hüpfte. Sie lächelte aufgeregt, als sie ihr die Hand schüttelte, und betrachtete mit hingerissenem Interesse die makellosen Züge, den atemberaubenden Teint, die himmelblauen Augen mit dem wehmütigen, fragenden Blick.

Dennoch musste sie feststellen, dass die himmelblauen Augen nicht fragend, sondern völlig desinteressiert wirkten. Lady Dianas Hand lag in ihrer wie ein schlaffer weißer Fisch, und sie erwiderte Wallis' Lächeln nicht.

Nach der Vorstellung blickten alle erwartungsvoll zu Thelma, die wie ein Kaninchen im Scheinwerferlicht wirkte. »Lasst uns ein paar Platten auflegen!«, rief sie und kramte in der Kiste unter dem Grammofon. Als *Tea For Two* erklang, schnappte sie sich Ernest und fiel in einen Foxtrott.

Duff stand weiter hinten im Raum und hantierte klirrend mit den Karaffen. »Hier ist ja kaum etwas«, sagte er gereizt.

»Das liegt an den Dienern«, verkündete Thelma, als sie an ihm vorbeitanzte und einen verwirrt blickenden Ernest mit sich schleppte. »Sie bedienen sich selbst. Ist wohl eine Sonderzulage.«

»Nun, das sollte es nicht sein«, erklärte Diana mit tiefer, voller Stimme. »Sie müssen dem ein Ende setzen, Thelma. Freda hätte sich das keine Sekunde lang gefallen lassen.«

Thelma warf Wallis einen »Sehen Sie, was ich meine«-Blick zu und tanzte mit verzweifelter Miene davon.

Duff verzweifelte ebenfalls, und zwar an den Karaffen. »Etwas Whisky, eine Zitrone, etwas Zucker und Soda«, brummte er. »Obwohl ich mir nicht vorstellen kann, was ich damit anfangen soll. Es ist nicht mal Eis da.«

»Dann müssen wir eben ohne Eis auskommen. Klingt für mich nach einem Old Fashioned«, sagte Wallis fröhlich. »Soll ich welche machen?«

»Ja! Wallis kann wunderbar Cocktails mixen, Duff. Gehen Sie beiseite!«

Duff ging beiseite, und Wallis machte sich an die Arbeit. Sie bewunderte die schönen Gläser und die silbernen Becher, Löffel und Shaker. Auf allen war das gleiche Symbol eingraviert: drei gekräuselte Federn, die aus einer Krone wuchsen. War dies das Wappen des Prinzen von Wales? Wo war er überhaupt? Sollte sie ihm auch einen Cocktail mixen? Würde er die Drinks mit ihnen nehmen oder nicht?

Sie mixte, aber er kam nicht. Thelma schnappte sich den überzähligen Old Fashioned, und nach weiterem hektischem Getanze, an dem sich Wallis und die Coopers, letztere eher widerwillig, beteiligen mussten, wanderte die Gruppe ins Esszimmer. Der runde Tisch war mit Kristall, Silber und weißem Leinen gedeckt. Die Tischkarten steckten in winzigen silbernen Haltern in Form des prinzlichen Wappens. Tiefgoldenes Abendlicht strömte durch die Fenster und ließ alles erstrahlen.

Thelma, die im Fort die Stellung halten musste, war eine katastrophale Gastgeberin. Die unerschütterlich gute Laune, die sie während des Abends in Bryanston Court gezeigt hatte, war völlig verschwunden. Vielleicht lag es an ihrer Angst vor Diana

Cooper, jedenfalls hatte sie mehr getrunken, als ratsam war, und sagte frei heraus, was ihr gerade in den Sinn kam.

»Sie haben da eine prächtige Eiterbeule, Arnold. Haben Sie es mal mit einem Umschlag versucht?«

Während Ernest hochrot vor Verlegenheit murmelte, das habe er nicht getan, werde es aber probieren, starrte Wallis, die ähnlich gedemütigt war, auf die Pferdebilder an den getäfelten Wänden. Sie tippte auf Stubbs; sie hatte genügend Zeit damit verbracht, *Whistlejacket* in der National Gallery anzuschauen, um einen Stubbs zu erkennen, wenn sie einen sah.

Dann bemerkte sie ein seltsames Geräusch, eine Art lautes Brummen wie von einer riesigen Biene, das von hinten kam. Sie drehte sich um und fiel fast vom Stuhl. Auf der Schwelle stand der Prinz von Wales. Er trug die volle Highland-Montur und spielte auf dem Dudelsack.

Neunzehntes Kapitel

Der Lärm war ohrenbetäubend und wurde durch die holzgetäfelten Wände noch verstärkt. Thelma zuckte zusammen, Diana blickte ausdruckslos. Als Wallis sich daran gewöhnt hatte, fand sie es ziemlich bewegend. Die Töne klangen romantisch und klagend, sie kündeten von Einsamkeit und Verlust. Sie war noch nie in Schottland gewesen, wusste aber von der einsamen Schönheit der Berge, Seen und Wälder. Sie konnte sie im Geiste sehen, während die Melodie erklang. Der Prinz spielte gut und leidenschaftlich, und seine blauen Augen waren voller Melancholie. Sie spürte, dass es ihm wichtig war und er mit diesem Auftritt etwas Kostbares und Privates preisgab. Er wollte ihnen etwas sagen, aber was es war, wusste sie nicht.

Dann kam der erste Gang: Austern in einer großen Silberschale. Ein rot gekleideter Diener legte sie ihr mit weißen Handschuhen vor. Noch vor wenigen Stunden hätte sie bei diesem Anblick gestaunt. Wirklich erstaunlich war jedoch, wie schnell sie sich daran gewöhnte.

»Sie stammen von meinen eigenen Austernbänken im Herzogtum Cornwall«, erklärte der Prinz.

Sie waren so angerichtet, dass man sie nur noch in die Kehle kippen musste. Sie waren perfekt, so frisch und sauber, dass es war, als würde man das Meer essen. Wallis schloss die Augen und genoss den Geschmack. Sie liebte Austern; wie musste es erst sein, wenn man weite Teile des Ozeans besaß, in dem sie wuchsen.

»Wie denken Sie über Mussolini, Duff?« Thelma schlürfte lautstark eine Auster. »Duke sagt, er sei ein Renaissance-Mensch.«

Wallis erschrak. Man hatte sie ausdrücklich angewiesen, nicht über Politik zu sprechen, und genau das tat Thelma. Und dass sie vor ihrem Geliebten ihren Mann erwähnte, schien fast noch ungewöhnlicher. Die Briten waren wirklich seltsam, dachte Wallis.

Duff schien ebenfalls überrascht, wenn auch nicht aus demselben Grund. »Renaissance-Mensch? Ich hätte nicht gedacht, dass Duke weiß, was die Renaissance ist.«

Wallis sah den Prinzen verstohlen an. Er wirkte müde, während er an seinen Austern herumfummelte, und schien jetzt ein völlig anderer Mensch zu sein als der fröhliche Fremdenführer oder leidenschaftliche Musiker. Vermutlich war er betreten angesichts der Wendung, die das Gespräch genommen hatte.

Thelma schien ihren Verstoß gegen das Protokoll gar nicht zu bemerken. »Duke sagt, der Duce sei ein Alleskönner«, berichtete sie. »Krempelt die Ärmel hoch und hilft bei der Getreideernte, elektrifiziert die Eisenbahnen, spielt Geige und regiert sein Land.«

Duff zog die Augenbrauen hoch. »Ich verstehe. Und was hält Duke von Hitler?«

Der Führer der deutschen Nationalsozialisten, erinnerte sich Wallis.

»Den findet er auch großartig.«

Duff trank bedächtig von seinem Wein. »Er stört sich also nicht an den Straßenkämpfen in Deutschland? Und dem, was Hitler mit den Kommunisten macht?«

Wallis blickte wieder zum Prinzen. Er starrte mit müder Resignation auf seine Austernschalen. Sie wünschte, Thelma und Duff würden damit aufhören.

Doch Thelma trank einen großen Schluck Wein und machte fröhlich weiter. »Duke sagt, die Kommunisten seien schuld. Sie hätten es auf die Nationalsozialisten abgesehen.«

Duff stellte sein Weinglas ab. »Das stimmt nicht«, sagte er entschlossen. »Das Gegenteil ist der Fall. Neulich habe ich mit einem Bekannten zu Abend gegessen, der gerade aus Deutschland kam. Er sagt, Hitler sei geisteskrank, und wir sollten Kriegsschiffe bauen, solange wir noch können.«

»Duke sagt, Hitler gehe allein Deutschland etwas an und niemanden sonst«, widersprach Thelma hitzig. »Er sagt, wir könnten ihn hier gut gebrauchen, um mit diesen sogenannten Hungermarschierern fertig zu werden.«

Wallis erinnerte sich an die Zeitungsfotos, wie die Polizei auf verzweifelte Demonstranten eingeschlagen hatte, und spürte, wie Empörung in ihr aufstieg. Wie widerwärtig, dass jemand, der so reich war wie Duke, solche Ansichten vertrat. Sie starrte wütend aufs Tischtuch und wünschte, sie könne etwas sagen, traute sich aber nicht, den Leuten in die Augen zu sehen.

»Ich finde das alles ziemlich rätselhaft, muss ich sagen«, meldete sich Diana zu Wort. »Als Duff Abgeordneter in Lancashire war, haben wir viele Industriegebiete besucht. Alle schienen recht glücklich zu sein. Die Arbeiterinnen hatten einen wunderbar rosig-weißen Teint, weil die Fabriken für das Baumwollgarn feucht gehalten wurden. Und ihre Holzschuhe klapperten ganz fröhlich.«

Wallis dachte an die hageren, erschöpften Demonstranten und die Frau, die fünf Kinder von Brot und Tee ernährte. Sie dachte an die schweren Zeiten, die sie als Kind durchgemacht hatte, und heiße Wut überkam sie. Wie konnte diese Diana wissen, was es hieß, von so wenig zu leben? Die Worte lagen ihr auf der Zunge, doch sie fing Ernests warnenden Blick auf und verkniff sich die Bemerkung.

Die Diener tauchten wieder auf und räumten die Austernteller ab. Ein sauberer Teller mit Goldrand und dem Wappen des Prinzen wurde vor sie hingestellt. Dann brachte man Roastbeef, die Diener servierten.

Duff Cooper, der neben Wallis saß, tupfte sich den Schnurrbart mit der Serviette ab und sah sie an. »Aus welchem Teil der Vereinigten Staaten kommen Sie, Mrs Simpson?«

Seien Sie stolz auf Ihre Flagge und Ihre Republik. Wallis straffte gedanklich die Schultern. »Baltimore«, sagte sie lächelnd.

»Baltimore«, wiederholte Duff. »Ich muss sagen, ich war noch nie dort.«

»Wer war denn schon dort?«, witzelte Thelma, und es wurde gelacht.

Wallis errötete. Es lief nicht gut.

»Was sollte ich darüber wissen?«, fuhr Duff fort.

Wie aus dem Nichts stahl sich die Antwort in ihren Kopf. »Wir essen Sumpfschildkröten.«

Aus dem Augenwinkel sah sie, dass Ernest sie verblüfft anstarrte.

»Sie essen *Sumpfschildkröten*?«

»Eine örtliche Spezialität«, erklärte sie. »Die Männer, die sie verkaufen, tragen sie in Jutesäcken und rufen auf eine spezielle Weise, eine Art hoher Singsang.«

»Machen Sie ihn!« Das war nicht Duffs Stimme. Sie kam vom anderen Ende des Tisches und hatte einen näselnden Cockney-Klang.

Wallis sah den Prinzen erschrocken an. »Ihn machen?«

»Ja, den besonderen Singsang, machen Sie ihn nach.«

»Ist das ein königlicher Befehl, Sir?«

»Ja!«, sagte er lachend.

»Na schön. Er geht so.« Sie sang die Noten. Der Prinz nickte und probierte es zu ihrer Überraschung selbst. Er hatte eine erstaunlich sonore Stimme. Schon bald sang der ganze Tisch das Lied der Schildkrötenhändler, und das Experiment endete in Applaus und Gelächter.

Später im Blauen Zimmer hockte Ernest sich aufs Kamingitter. Wallis saß in dem eisblauen Sessel gegenüber. Der Kamin war leer, es war ein warmer Abend. Vom offenen Fenster wehte eine sanfte Brise herein. Der Himmel war schwarz, und man sah die schmale Mondsichel.

»Du warst so gut«, sagte er bewundernd.

»Vielleicht ein bisschen«, gab sie bescheiden zu. Immerhin hatte sie sich nicht blamiert. Sie hatte sich ihr Abendessen im wahrsten Sinne des Wortes ersungen.

»Dem Prinzen hat deine Schildkrötengeschichte gefallen. Die hatte ich noch nie gehört.«

»Ich hatte sie fast vergessen.« Aber ihre Mutter hatte Sumpfschildkröten sehr geschätzt, und Wallis war sich sicher, dass Alice ihr die Anekdote von irgendwo weither geschickt hatte.

Die Uhr auf dem Kaminsims schlug elf silbrige Töne. »Er hat uns so früh ins Bett geschickt«, sagte Ernest belustigt. »Dabei ist er doch der Junggesellenprinz, der nie vor der Morgendämmerung ins Bett geht.«

»Ich dachte«, sagte Wallis, »wir wüssten bereits, dass er nicht so ist, wie viele es behaupten.«

»Die einzige Regel ist, dass es keine Regeln gibt.«

»Bleib so lange auf, wie du willst. Steh auf, wann du willst«, zitierte Wallis.

»Ich glaube, er meint nicht nur das Fort«, sagte Ernest. »Sondern auch, dass es generell keine Regeln gibt.«

Wallis neigte fragend den Kopf. »In welcher Hinsicht?«

»Ich bin mir nicht sicher«, gestand Ernest. »Vielleicht meint er, dass alles das Gegenteil von dem ist, was man erwartet.«

»Aber du fandest es charmant.«

»Das ist es auch«, versicherte Ernest eilig. »Es ist sehr unterhaltsam. Wie die Kinderkartenspiele nach dem Essen. Ich habe seit Jahren nicht mehr Happy Families gespielt.«

»Ich hatte es noch nie gespielt«, sagte Wallis und erinnerte sich, wie der Prinz sich neben sie gesetzt und ihr Meister Metzger und Fräulein Krämer erklärt hatte. Es war schön gewesen, als er ihre Fortschritte lobte. »Mrs Simpson, Sie sind ein Naturtalent!«

Weniger tröstlich war die Erinnerung an das nachfolgende Pokern. Wallis hatte ein Spiel nach dem anderen gewonnen, zur Bewunderung der Coopers, die alle verloren.

»Wo haben Sie so gut spielen gelernt?«, hatte Diana gefragt.

Ernest, der stolz hinter dem Stuhl seiner Frau zuschaute, hatte eifrig eingeworfen: »In China.«

Wallis' Herz war so hart auf den Boden geschlagen, dass sie fast den Knall gehört hätte.

»Wallis hat eine Zeit lang dort gewohnt«, war Ernest munter fortgefahren. »Sie hat vom Pokern gelebt.«

»Tatsächlich?« In Dianas blassen Augen hatte ein Funkeln gelegen. »Und wie sah dieses Leben aus?«

»Er hat in voller Montur Dudelsack gespielt.« Ernest unterbrach ihre Gedanken an das zurückliegende Gespräch mit Diana. »Sporran, skean dhu, das volle Programm.«

Sie starrte ihn an und war sich nicht ganz sicher, wovon er sprach.

»Ich wette, der Kilt war der Balmoral-Tartan.«

»Der was?«

»Er war grau-rot mit schwarzem Karo. Ich bin sicher, das ist der Kilt, den der Prinzgemahl für die königliche Familie entworfen hat, um ihn in Schottland zu tragen. Das darf niemand sonst.«

Sie verdrehte die Augen. »Was du alles weißt, Ernest. Aber worauf willst du hinaus?«

Ernest starrte nachdenklich an die Decke. »Es ist schwer in Worte zu fassen. Dass er keinen Wert auf Förmlichkeit legt und dann wieder doch. So wie als er die Ukulele rausholte und anfing, The Red Flag zu spielen.«

»Das war lustig«, kicherte Wallis. »Er kannte den ganzen Text.«

»Aber ist das nicht ein bisschen verrückt?«, meinte Ernest kopfschüttelnd. »Man könnte denken, er sei Sozialist.«

»Vielleicht ist er das.«

»Dann dürfte es eine Menge Ärger geben, wenn er König wird.«

»Warum?«

Er sah sie an. »Wallis, weißt du überhaupt, was Sozialismus ist?«

Sie zuckte abwehrend mit den Schultern. »Nicht so richtig.«

»Es ist der Gedanke, dass alle gleich sind und die gleichen Möglichkeiten haben.«

»Und was ist daran falsch?«

»Nichts. Aber die Monarchie ist sozusagen das genaue Gegenteil.«

Wallis dachte darüber nach. »Gibt es keinen Mittelweg? Einen König mit einem sozialen Gewissen?«

Ernest rieb sich die Augen. »Nun, wenn es einen gäbe, dann sicher nicht den Prinzen. Er hat sich nicht gerade darum gerissen, die Hungermarschierer zu verteidigen.«

Wallis seufzte. »Nein. Und nicht zugehört, als Diana die lächerliche Geschichte von den Fabrikarbeiterinnen erzählte.«

»Und das überrascht mich nicht. Wer seine Stellung nur seiner Geburt verdankt, kann es sich nicht leisten, sich um die zu kümmern, die weniger Glück gehabt haben.«

Er hatte natürlich recht, aber es war trotzdem enttäuschend.

Wallis beschloss, es zu verdrängen und sich bettfertig zu machen.

Als sie im Nachthemd aus dem Bad kam, das Gesicht mit Cold Cream bedeckt, entdeckte sie Ernest in seinem gestreiften Pyjama unter dem hoch aufragenden Baldachin mit den Straußenfedern. Es war ein komischer Anblick. »Ich komme mir vor wie *Die Prinzessin auf der Erbse*«, sagte er.

Sie schlüpfte neben ihn. Die Bettwäsche fühlte sich herrlich kühl an, die Decke hatte genau das richtige Gewicht. Sie küssten einander keusch auf die Wange und drehten sich auf die Seite, wie immer mit dem Rücken zueinander. Bald verriet Ernests leises Schnarchen, dass er schlief, doch Wallis lag noch wach. Die Ereignisse des Tages liefen wie ein endloser Film in ihrem Kopf ab.

Sie wälzte sich hin und her. Da halfen auch die weichen Kissen und die feine Wäsche nicht. Neben ihr regte sich Ernest. Verdammt, sie hatte ihn geweckt. Er berührte sie mit der Hand, begann sie zu streicheln. Sie schnappte nach Luft und versteifte sich, und er zog die Hand rasch weg.

»Es tut mir leid«, sagte er mit gedämpfter Stimme.

»Schon gut.« Ihre Brust hob und senkte sich, Panik rauschte durch ihren Körper.

»Ich dachte nur ... du weißt schon ...«

Sie wusste es. Er dachte, die neue, außergewöhnliche Umgebung und die aufregende königliche Gesellschaft hätten womöglich einige Barrieren zum Einsturz gebracht. Aber das war nicht der Fall. Eher das Gegenteil. Armer Ernest.

Sie drehte den Kopf zu ihm und sprach in die Dunkelheit. »Verzeih mir«, sagte sie sanft und schuldbewusst. »Ich bin noch nicht bereit.«

Er seufzte leise, bevor er antwortete: »Ich verstehe, Wallis.«

Zwanzigstes Kapitel

Sie wurden wach, als ein Hausmädchen mit dem Frühstückstablett klopfte. Ernest ging es holen. »Sie sagt, der Prinz sei vor einer Stunde in den Garten gegangen«, berichtete er über das Klirren des Geschirrs hinweg. »Das heißt wohl, wir gehen besser auch nach draußen.«

Wallis, immer noch in die Kissen gekuschelt, öffnete ein verschlafenes Auge. »Warum? Die Regel ist, dass es keine Regeln gibt.«

»Mag sein«, sagte Ernest und näherte sich vorsichtig mit dem Tablett. »Aber da ich gestern Abend nicht ganz so gut ankam wie du, sollte ich guten Willen zeigen. Rausgehen und ein bisschen Löwenzahn jäten.«

Sie lehnte sich in die Kissen, als er das Tablett auf ihren Schoß stellte. Es war ein Kunstwerk. Jeder einzelne Gegenstand war mit einem Monogramm versehen. Die silbernen Löffel auf den Untertassen waren im exakt gleichen Winkel ausgerichtet. In einer Silberschale befand sich Marmelade, in einer anderen cremegelbe Butter. Sie machte große Augen bei der Fülle des Angebots. Das hier würde sie wirklich vermissen.

Es war erst neun, doch der Tag sah noch blauer und heißer aus als der gestrige. Sie beobachtete, wie Ernest die Weste seines steifen Anzugs zuknöpfte und das Jackett überzog. »Du wirst *schmelzen!*«, rief sie aus.

Er lächelte resigniert und fuhr wieder mit dem Finger in den

Kragen. Der Furunkel war so rot und schmerzhaft wie zuvor. »Bis später«, sagte er und ging zur Tür hinaus.

Wallis frühstückte gemütlich, badete und zog sich so langsam wie möglich an. Sie wollte jede Minute in dem schönen Zimmer auskosten, sich jedes Detail einprägen, damit sie sich später daran erinnern konnte. Als sie endlich fertig war, begutachtete sie sich im Spiegel. Man sah dem Kleid nicht an, dass sie es an einem Marktstand gekauft hatte. Es war aus schwerem dunklem Leinen von guter Qualität. Sie hatte es geändert, weiße Knöpfe angenäht und einen schmalen weißen Gürtel hinzugefügt. Sie packte ihre und Ernests Taschen, da sie nach dem Mittagessen abreisen würden. Bevor sie nach unten ging, schob sie einen winzigen, mit Monogramm versehenen Silberlöffel in ihre Tasche. Sie wusste, dass es sich nicht gehörte, konnte aber nicht widerstehen. Zusammen mit dem Brief an Tante Bessie, den sie oben auf ihre Kleidung legte, würde er als Andenken an ein unvergessliches, unwiederholbares Wochenende dienen. Als Beweis dafür, dass Wallis tatsächlich im Wunderland gewesen war.

Sie ging nach unten in den Salon, der wie üblich leer war. Kurz darauf kam Thelma herein. Sie hielt sich die Hand vor die Augen, als wollte sie sie vor einem grellen Licht schützen. »Sie sind schuld, Wallis«, stöhnte sie.

»Woran?«

»An meinem Zustand. Die Old Fashioneds waren tödlich.«

Wallis erinnerte Thelma nicht daran, dass sie dazu noch mindestens eine Flasche Weißwein getrunken hatte. Es spielte keine Rolle, was den Kater verursacht hatte. Thelma ließ sich auf ein Sofa sinken und hätte um ein Haar den königlichen Stickrahmen umgestoßen. »Und diese *ekelhafte* Diana Cooper«, fügte sie hinzu.

»Was hat sie nun wieder getan?«

»Dieses Kleid«, Thelma strich mit der glitzernden Hand über

ihre mollige Figur, »ist von Molyneux. Aber sie hat mich gerade angesehen, als hätte ich es von einem Marktstand! Können Sie sich das vorstellen?«

Wallis antwortete nicht.

»Sie würde alles sagen, um mich bloßzustellen«, beklagte sich Thelma. »Ich weiß nicht, für wen sie sich hält. Ihr Vater ist gar kein Herzog, sondern ein treuloser Journalist, mit dem ihre Mutter eine Affäre hatte.«

Wallis machte große Augen.

»Ja, wirklich. Wussten Sie das nicht? Und das ist noch nicht alles«, fügte Thelma hinzu. »Duff ist auch schrecklich untreu, aber Diana verzeiht ihm jedes Mal. Wissen Sie, was sie über all die anderen Frauen sagt?«

Wallis schüttelte den Kopf.

Thelma nahm eine übertrieben melodramatische Pose ein. »Sie sind die Blumen! Aber ich bin der *Baum*!«

Thelma saß mit dem Gesicht zur Tür, und Wallis bemerkte, wie ihr Gesichtsausdruck auf ganz andere Weise dramatisch wurde. »Diana! Duff!«

Die Coopers kamen herein. Es war nicht klar, wie viel sie gehört hatten. Duff sah nicht aus, als ob es ihn interessierte. Er ließ sich mit grünlichem Gesicht in einen Sessel fallen und schloss die Augen.

Diana sah hingegen aus, als hätte sie die Nacht auf Rosen gebettet verbracht, während Engel über sie wachten. Sie trug ein blassblaues Kostüm, das die Farbe ihrer Augen hatte, und einen Strohhut, dessen Goldton zu ihrem glatten hellen Haar passte. Mit dem rosig-weißen Teint wirkte sie frisch wie ein Milchmädchen. Oder eine der glücklichen Fabrikarbeiterinnen, von denen sie beim Abendessen gesprochen hatte, dachte Wallis boshaft.

Sie nickte Thelma zu und lächelte Wallis an. »Ich liebe Ihr Kleid. Woher haben Sie es?«

Ihr blieb keine Wahl. »Von einem Marktstand«, gab Wallis

zu. »Ich habe es geändert, die Knöpfe ausgetauscht und es mit einem neuen Gürtel versehen.«

Wie erwartet, weiteten sich die blassblauen Augen überrascht. Dann aber lächelte Diana hingerissen. »Ich liebe Marktstände! Ich kaufe alle meine Kleider dort und ändere sie!« Sie berührte ihren Hut. »Den habe ich neulich erst gekauft. Für einen Schilling!«

Duff stupste seine Frau liebevoll mit der zerknitterten Tweedschulter an. »Diana hat sogar ihr eigenes Hochzeitskleid genäht«, verkündete er stolz.

Diana schenkte ihm ein Lächeln, das aufrichtig liebevoll wirkte, und richtete ihre Aufmerksamkeit wieder auf Wallis. »Es ist viel besser, als vulgäre Summen für teure Dinge auszugeben, die einem nicht stehen, richtig?«

Sie sah nicht zu Thelma, doch es war offensichtlich, gegen wen sich die Spitze richtete. Wallis schaute zu Boden, um ihr Lächeln zu verbergen.

Jemand ging am Fenster vorbei und zog alle Blicke auf sich. Eine Gestalt in Flanellhose und schmutzigem, offenem Hemd, mit zerzausten blonden Haaren und einer Hippe in der Hand, gefolgt von Ernest, der eine Axt trug und in seinem dicken Anzug heftig schwitzte.

»Alle raus!« Thelma rappelte sich vom Sofa hoch. »David will, dass wir ihm helfen, den Lorbeer zu schneiden.«

»Ich dachte, wir könnten tun, was wir wollen«, sagte Duff verärgert aus dem Sessel. »Keine Regeln, das ist die Regel.«

Thelma warf ihm einen Blick zu. »Streng genommen, ist es kein königlicher Befehl. Aber sagen wir so: Ich habe noch nie erlebt, dass sich jemand geweigert hätte. Und je härter man arbeitet, desto beliebter ist man.«

»Beliebtheit wird überbewertet«, konterte Duff.

Sie stolperten nach draußen in den strahlenden Sonnenschein. Wallis, die Hitze mochte, kümmerte das nicht, doch sie hatte Mitleid mit Duff, der mit verkrampfter Miene umhertaumelte, und amüsierte sich über Thelma, deren Diamanten im Sonnenschein glitzerten und deren hohe Absätze im Rasen versanken. Nur Diana wirkte kühl und gefasst unter ihrem breitkrempigen Hut vom Marktstand. Genau wie Wallis trug sie niedrige Absätze.

»Na los!«, drängte der Prinz. Er stand grinsend neben den kleinen Kanonen, die allgegenwärtige Zigarette im Mundwinkel. »Wie schön, so viele Rekruten zu sehen! Ich habe geschworen, den Lorbeer zu vernichten, und wenn es mich den letzten Gast kostet! Meine Damen und Herren, wählen Sie Ihre Waffen!« Er deutete auf einen Stapel furchterregend scharfer Gartengeräte, deren Klingen in der Sonne schimmerten. Daneben lag ein wahlloser Haufen Gummistiefel und Handschuhe. Es sah aus, als hätte man den gesamten Inhalt des Gärtnerschuppens auf den Rasen gekippt.

Wallis spürte Ernest neben sich. Sein Gesicht glänzte vor Schweiß, er hatte Schmutzflecken auf den Wangen. »Der Mann ist besessen«, flüsterte er. »Er hat ganz allein einen Steingarten angelegt. Hat mir alles darüber erzählt. Es gibt einen Damm unterhalb von Virginia Water, und das Wasser wird hochgepumpt.« Er schüttelte staunend den Kopf.

Der Prinz, der vor Energie nur so sprühte, führte sie über den Zedernweg zu einem Birkenwäldchen. Anders als im glühend heißen Garten war es im Wald luftig, schattig und kühl. Ihr Gastgeber marschierte fröhlich voraus und erklärte über die Schulter, das alles sei noch vor Kurzem von Lorbeer überwuchert gewesen.

»So wie hier«, fügte der Prinz lachend hinzu, als der Weg abrupt an einer dichten Wand aus Büschen endete.

»Sie meinen«, fragte Duff mit schwacher Stimme, »wir sollen das alles wegschneiden?«

Der Prinz nickte strahlend. »Es ist das letzte schlimme Stück. Bis zum Ende des Sommers habe ich es fertig.«

Er teilte die Abschnitte ein. Wallis bekam einen am äußeren Rand des Wäldchens zugewiesen. Sie zog die Schuhe aus, um sie nicht zu ruinieren, und streifte die Strümpfe ab. Das Gefühl der Erde unter den Füßen versetzte sie in ihre Kindheit in Maryland. Ein Verwandter hatte eine Farm, auf der sie als kleines Kind die Sommer verbracht hatte. Es war eine ihrer wenigen wirklich glücklichen Erinnerungen.

Sie hatte eine Säge gewählt, die ihr einigermaßen klein und handlich erschien. Nachdem sie die Methode begriffen hatte, durchschnitt ihre Säge mühelos die Lorbeerzweige. Sie war nie eine nennenswerte Gärtnerin gewesen, aber das mochte auch daran liegen, dass sie nie einen nennenswerten Garten besessen hatte.

Die einfache körperliche Arbeit und der pfeffrige Duft der Lorbeerblätter, der sich mit dem Geruch eines fernen Feuers vermischte, waren zutiefst befriedigend.

Von Zeit zu Zeit schaute sie auf und sah Diana, die in der Ferne eine Schubkarre schob. Sie arbeitete mit der gleichen ruhigen Geschicklichkeit, mit der sie alles zu tun schien.

Zum Mittagessen gab es ein köstliches Buffet, das auf der Terrasse unter einer Wand mit rosa blühenden Rosen serviert wurde. Sie aßen kaltes Brathähnchen, einen frischen grünen Salat und Bratkartoffeln mit einem Hauch von Trüffel. Wallis schaute in den blauen Himmel über den Zinnen und fragte sich, ob sie je etwas Schöneres oder Englischeres gesehen hatte. Diener in roten Jäckchen schwebten mit Champagner umher. Sie aß langsam, weil sie das Ende fürchtete. Nach dem Essen würden sie nach Hause fahren. Sie musste das Wunderland verlassen und in die reale Welt zurückkehren.

Der Prinz berichtete angeregt von einem bevorstehenden Handelsbesuch in Südamerika. »Ich bin der Verkäufer des Empire!«, scherzte er, als er die Reiseroute beschrieb. »Nach außen hin besteht meine Aufgabe darin, eine britische Handelsniederlassung in Buenos Aires zu eröffnen. Doch hier unter Freunden kann ich meine wahre Mission enthüllen, nämlich die großen südamerikanischen Märkte, die tief von der Konkurrenz der Vereinigten Staaten durchdrungen sind, für den britischen Handel zurückzuerobern!«

Er warf Wallis einen seiner blauen Blicke zu, und es nahm ihr geradezu den Atem, dass er sie so bevorzugte.

»Sie müssen irgendwann wiederkommen«, sagte Thelma vage, als Wallis und Ernest nach dem Mittagessen ins Taxi stiegen.

»Das würden wir sehr gern!«, keuchte Wallis und wollte schon nach dem Termin fragen, aber Thelma hatte sich bereits abgewandt.

»Warum hast du das gesagt?«, stöhnte Ernst auf dem Rücksitz des Wagens. »Ich will nicht wiederkommen. Einmal reicht völlig!«

Sein Gesicht war sonnenverbrannt, sein bester Anzug ruiniert. Sie verstand ihn und war dennoch anderer Meinung. Sie sehnte sich jetzt schon zurück, dabei waren sie noch nicht einmal am Ende der Auffahrt. Sie hatte den Luxus bewundert, den Glamour, den Klatsch. Das Gefühl, mittendrin zu sein.

Vor allem aber war sie vom Prinzen fasziniert. Sie hatte nicht wie erwartet die Wahrheit über ihn herausgefunden, sondern erkannt, dass es viele Wahrheiten gab. Seine Persönlichkeit hatte so viele unterschiedliche Facetten, wie Fort Belvedere Schlafzimmer besaß. Das nationale Idol und der Verkäufer des Empire, der Spaßvogel, der energiegeladene Gärtner, der Innenarchitekt und der leidenschaftliche Musiker. Und da war noch mehr, das Gefühl, dass hinter dem Charme, dem Charisma und der Effekthascherei etwas verborgen lag. Etwas Sensibles, Schattenhaftes, das nur die wenigsten erahnten. Etwas, das sie gesehen hatte, als er sich auf dem Rücksitz des Autos am St. James's Palace unbeobachtet geglaubt hatte.

Sie wandte sich ab und starrte wie durch einen Schleier aus dem Rückfenster. Das verwunschene Fort glänzte in der Sonne, die gold-schwarze Flagge kräuselte sich im Wind. Dann bogen sie um die Ecke, und es war verschwunden.

Das Begräbnis des Herzogs von Windsor

Buckingham Palace, Juni 1972

Etwas schimmerte am Rand ihrer Augenlider. Der Morgen. Sie schreckte zurück, wollte sich in der Nacht verkriechen. Sie war lang gewesen; endlose Stunden der Dunkelheit, in denen der Wind klagend in den Schornsteinen heulte. Es war, als hätte sie ihrem eigenen Unglück gelauscht.

Heute fand das Begräbnis statt, und sie fühlte sich, als wäre es ihr eigenes. Von nun an war sie allein. Sie hatte keine Verwandten, nur Freunde, die ein eigenes Leben und eigene Prioritäten hatten, selbst Grace. Nie wieder würde sich ihr jemand so vollständig hingeben, sie anbeten und beschützen, wie David es getan hatte.

Heute Abend wäre sie wieder in Paris. Sie stellte sich das leere Haus vor. Das Bett, in dem er nie wieder schlafen würde. Die Anzüge, die in seinem Kleiderschrank hingen. Die angespitzten Bleistifte auf seinem Schreibtisch. Die Golfschläger, die Schuhe, die Fotos, auf denen er aus silbernen Rahmen lächelte. Das war alles, was von ihm geblieben war.

Sie vergrub ihr Gesicht im Kissen. Ihr Herz war schwer wie Stein. Sie wollte weinen, konnte aber nur stöhnen. Sie dachte an den Tag, der vor ihr lag, an dem man ihn in die Erde senken würde. Wie sollte sie das überleben?

Sicher würde sie am liebsten heulen und ihre Kleider zerreißen, müsste aber dastehen und mit ausdrucksloser Miene zuschauen. Das war die Art der Windsors. Die steife Oberlippe zeugte von Selbstdisziplin, davon, dass man seine Gefühle beherrschte. Was nicht schwerfiel, wenn man ohnehin keine hatte.

Elizabeth. Die Königinmutter. Heute würde sie ihr begegnen, sie konnte ihr nicht entkommen. Ihr Wagen würde unmittelbar nach ihrem eigenen an der St. George's Chapel eintreffen. Alle wichtigen Teilnehmer des Dramas würden einzeln und nach Rangordnung befördert. Sie selbst war am unwichtigsten und sollte deshalb als Erste um 11 Uhr eintreffen, Elizabeth um 11.02 Uhr, Lilibet um 11.03 Uhr.

Grace war entsetzt, dass selbst auf diesem letzten Weg keine Begleitung oder Unterstützung erlaubt war und die Windsor-Frauen bis zum Schluss getrennt bleiben würden. Es sei so kalt, hatte sie gesagt.

Es war nie anders gewesen. »Eiskalte Luder« hatte David gewisse weibliche Verwandte genannt.

Es klopfte. »Ich bin's«, sagte Grace besorgt. »Geht es dir gut? Antenucci sagt, du hattest eine schlimme Nacht.«

Der Arzt war ein- oder zweimal da gewesen. Sie konnte sich kaum daran erinnern. Er hatte ihr etwas gegeben, und danach hatte sie geglaubt, König George und Königin Mary zu sehen, die sie mit kalten Augen betrachteten.

Grace zog die Vorhänge zurück. Das fahle Junilicht stahl sich auf Zehenspitzen herein. »Soll ich dir helfen, dich fertig zu machen?«

Ihre Trauerkleidung war von Givenchy, er hatte es als Einziger rechtzeitig geschafft. Der makellos schlichte Mantel und das Kleid waren in nur einer Nacht entstanden, ein beispielloses Kunststück der Haute Couture. Als einzigen Schmuck würde sie Ohrringe und eine einreihige Kette aus perfekten Perlen tragen, dazu einen schwarzen Schleier vor dem Gesicht.

»Danke.« Wallis holte tief Luft. »Aber ich möchte allein hinfahren.«

Grace, die treue Seele, hatte angeboten, sie zu begleiten, und sah sie nun bestürzt an. »Allein nach Windsor fahren? Warum denn?«

»Ich habe es heute Nacht beschlossen. Ich möchte noch einen Besuch machen.«

»Bei wem?«, heulte Grace beinahe.

»David.«

Grace setzte sich wieder aufs Bett und nahm ihre Hand. »Du hast ihn schon besucht«, sagte sie sanft. »Bei der Aufbahrung.«

»Ja, aber dort war er nicht.« Wallis drückte die Hand ihrer Freundin und hoffte, dass sie es verstand. »Es gibt noch einen anderen Ort. Falls David irgendwo ist, dann dort.«

Sie bat darum, den Wagen etwas früher zu schicken, und ignorierte die gemurmelten Einwände des Hofbeamten, der für sie zuständig war. Als er hartnäckig blieb, gab sie vor, nicht bei Verstand zu sein.

»Ich bin die Witwe«, erklärte sie eindringlich. »Heute ist mein Tag.« Letztlich hatte er mit steifer Miene zugesehen, wie sie gute zehn Minuten vor dem Zeitplan aus dem Palasteingang schlüpfte. Als sie mit verschleiertem Gesicht und geradem Rücken im Wagen saß, spürte sie einen winzigen Funken des Triumphes.

»Können wir über Fort Belvedere fahren?«, fragte sie, als sie das Palastgelände sicher hinter sich gelassen hatten.

Sie hatte das georgianische Miniaturschloss nie vergessen, die perfekte Ansammlung von Türmen und Türmchen am Ende einer kurvenreichen Auffahrt. »Ich nenne es mein Weg-von-anderen-Leuten-Haus«, hatte David gesagt. Er hatte jeden Zentimeter renoviert, innen und außen. Sie hatten im Lauf der Jahre oft sehnsuchtsvoll davon gesprochen. Es war der Ort, an dem sie hatten leben, an dem er hatte sterben wollen.

Seit seinem Tod war sie in Gedanken täglich dort gewesen. Sie hatte das Haus so gut gekannt, dass es ihr realer erschien als die tatsächliche Umgebung. Nun trat sie wieder durch das kleine gotische Portal in die sechseckige Halle mit dem schwarz-weißen Marmorboden und in den eleganten Salon, wo sie zu Grammofonmusik getanzt hatten. Sie sah den Speisesaal, in dem Silber und Kristallglas funkelten und fröhliche Stimmen erklangen; die gepflasterte Terrasse mit dem Pool, auf der zahllose Sommerwochenenden in einem Rausch aus Cocktails und den neuesten Tänzen vergangen waren, mit Gästen in Badekleidung und mit Sonnenbrillen auf gepolsterten Liegestühlen. Das Gelächter, wenn bei einem plötzlichen Regenschauer alle nach den Kissen schnappten und nach drinnen eilten. Sie waren wie fröhliche Kinder gewesen, die nicht ahnten, welche Wolken sich zusammenbrauten, welcher Sturm aufzog.

Sie zuckte zusammen. Sie musste eingeschlafen sein. Die Stadt lag hinter ihnen, und sie fuhren durch einen Park. Der Wagen wurde langsamer. Sie mussten in der Nähe von Fort Belvedere sein. Sie wartete sehnsüchtig auf den Anblick, bei dem ihr immer das Herz aufging: das silberne Wasser, der erste Blick auf die Türme über den Bäumen, die Fahne, die vom obersten Turm wehte wie in einer Vision von Camelot.

Sie runzelte verwirrt die Stirn. Nichts zu sehen. Sie bat den Fahrer, zu wenden und noch einmal darauf zuzufahren. Immer noch nichts.

»Die Bäume könnten höher geworden sein, Madam.«

War das möglich? Es war fast vierzig Jahre her. Bäume wuchsen vermutlich weiter. Genau wie die Sträucher am alten Metalltor, das schief in den Angeln hing.

Als sie schweigend hinsah, ergriff der Fahrer die Initiative. »Ich glaube, hier ist niemand, Madam. Sieht aus, als stünde es schon eine Weile leer. Soll ich weiterfahren?«

»Nein, ich würde gern aussteigen. Fahren Sie doch einfach fünf Minuten herum, ja?«

Der Fahrer stieg aus und öffnete ihr die Tür. Er wirkte besorgt. Sie ahnte, was er dachte. Wenn sie zu spät käme, nach den beiden Königinnen, wäre das ein katastrophaler Verstoß gegen das Protokoll. Und er würde die Konsequenzen tragen.

Sie hob den schweren schwarzen Schleier und sah ihn flehend an. »Fünf Minuten. Bitte. Ich muss nach etwas suchen.«

Nach David, an dem Ort, der ihm am teuersten gewesen war. An dem ihre Geschichte richtig begonnen hatte. Sie schlüpfte durch das rostige Tor und drängte sich an den Rhododendren vorbei. Die Einfahrt war fast unsichtbar. Sie war zuletzt 1936 hier entlanggefahren, in einer dunklen Dezembernacht, mit ausgeschalteten Scheinwerfern, um die Presse zu täuschen. Ihr Ziel war die Fähre nach Frankreich gewesen.

Hinter der nächsten Kurve kam die Stelle, von der aus man den ersten Blick aufs Fort erhaschte. Sie stapfte dorthin, Zweige knackten unter ihren Füßen.

Die Aussicht war teilweise durch Büsche verdeckt und das Gebäude kaum wiederzuerkennen. Schimmel und Feuchtigkeit überzogen die einst makellosen Wände. Im Kies, über den glänzende Autos gerollt waren, spross Gras. Die Tür, die sich so vielen glitzernden Gestalten geöffnet hatte, war mit einem Vorhängeschloss versehen. Die einst hell erleuchteten Fenster waren zerbrochen und zeigten nichts als leere Dunkelheit. Auf dem zinnenbewehrten Dach bohrte sich der Mast, von dem die Flagge fröhlich geweht hatte, leer in den Himmel. Nichts verriet, dass hier ein König gelebt hatte. Es war, als hätte es das alles nie gegeben, so vollständig war es verschwunden.

Sie hörte eine arhythmische Melodie aus alten Zeiten und hielt den Atem an, bevor sie merkte, dass es streitende Spatzen waren. Die Stille verdichtete sich und pochte in ihren Ohren.

Wie sie so in ihrem Schleier dastand, kam sie sich vor wie ein schwarz verhüllter Geist aus der Vergangenheit. Ein unruhiger Geist, dazu verdammt, den Ort der alten Feste heimzusuchen, der letzte seiner Art. Sie trat langsam an ein kaputtes Fenster, roch Feuchtigkeit und Fäulnis und sah im dämmrigen Inneren, wie das kalte, fahle Tageslicht seine Finger ausstreckte und angewidert in den Staub bohrte. Sie sah Unrat in den leeren Kaminen, kahle Stellen an den Wänden, wo Bilder gehangen hatten. Alle Möbel waren weg.

»David?«, rief sie ins Nichts. »Bist du hier?« Ihre Stimme hallte hohl zu ihr zurück. Irgendwo über ihr krächzte ein Rabe.

Nicht da. Vielleicht war er in seinem geliebten Garten, den er von Grund auf neu erschaffen hatte. Sie ging um die Hausecke und blieb abrupt stehen. Es war, als hätte man ihr einen Stich ins Herz versetzt. Die Zerstörung war vollkommen. Der einst so elegante Ulmenweg war voller Gestrüpp. Und sollte diese Einöde aus Unkraut wirklich der Steingarten sein? Sie dachte daran, wie er mit nacktem Oberkörper die Steine hochgehoben hatte, die schmale Brust vor Anstrengung angespannt, lachend, die unvermeidliche Zigarette im Mundwinkel.

Weiter würde sie nicht gehen. Die fünf Minuten waren vorbei, und sie konnte sich die zerstörten Blumenrabatten auch so vorstellen, die kaputten Tennisplätze und den Pool, der einmal blau geschimmert hatte und nun rissig und geborsten war. Zweifellos waren auch die kleinen Kanonen von der Terrasse verschwunden.

Sie neigte ehrfürchtig den verschleierten Kopf. Dachte an Dornröschens vergessenes Schloss, von Dorngengestrüpp überwuchert. In dieser Geschichte wurde die Prinzessin durch den Kuss des Prinzen aufgeweckt. In ihrer lag der Prinz tot jenseits des Parks.

Als sie weiterfuhren, schaute sie nicht zurück.

»Haben Sie es gefunden, Madam?«, fragte der Fahrer. »Das, wonach Sie gesucht haben?«

Sie schüttelte den Kopf; der schwere Schleier bewegte sich mit ihm. »Es war nicht mehr da.«

Einundzwanzigstes Kapitel

Bryanston Court, London

Sechs Monate lang hatte sie nichts von Thelma gehört. Aus dem Sommer war Herbst, aus dem Herbst Winter geworden. Und keine Spur von der angedeuteten Einladung.

Wallis sagte sich, dass es sicher Gründe dafür gab. Zuerst war der Prinz in Südamerika unterwegs gewesen. Sie hatte seine Reise in den Zeitungen verfolgt. Der »Verkäufer des Empire« wurde geradezu ekstatisch empfangen. In Buenos Aires drängten sich hunderttausende Argentinier auf den Straßen, riefen »*Viva el Principe! Viva el Principe!*« und sangen »God Bless the Prince of Wales«, dessen Text sie mühsam auswendig gelernt hatten. Wolken von Tauben, deren Flügelspitzen man rot, weiß und blau gefärbt hatte, wurden auf hohen Gebäuden freigelassen.

Nach der Rückkehr des Prinzen wartete sie weiter auf eine Einladung. Sie kam nicht, und wieder gab es gute Gründe. Die Zeitungen enthüllten, er verbringe seine Wochenenden auf der Jagd. Wieder tauchten Fotos auf, auf denen er vom Pferd fiel. Laut den im *Court Circular* aufgelisteten Terminen waren seine Wochentage meist mit Grundsteinlegungen, Fabrikbesichtigungen und Bankettbesuchen ausgefüllt.

Zunächst fand Ernest es lustig, dass sie das königliche Tagebuch so eifrig las. »Du hast immer Witze darüber gemacht«, erinnerte er sie.

Wieso konnte er sie nicht verstehen? Das Wochenende im

Fort hatte alles verändert. Sie war vom Märchenprinzen persönlich durchs Märchenland geführt worden. Man hatte ihr Sternenstaub in die Augen gestreut; sie würde nie wieder dieselbe sein. Und das Gefühl, sie habe etwas in ihm gesehen, etwas Sensibles und Komplexes, das niemand sonst kannte, hatte sich verstärkt. Sie sehnte sich danach, dorthin zurückzukehren und sich zu vergewissern, ob sie recht hatte. Bis dahin hütete sie den silbernen Teelöffel mit dem Wappen des Prinzen von Wales und Tante Bessies verblüffte Antwort wie einen Schatz.

»Glaubst du, der Prinz lädt uns noch mal ein?«, fragte sie besorgt, als sie eines Abends beim Essen saßen. Es gab Austern; sie kaufte sie jetzt so oft wie möglich, obwohl Ernest sie nicht sonderlich gerne aß. Sie war am Boden zerstört gewesen, als ihr der Fischhändler mitteilte, Austern aus dem Herzogtum Cornwall seien nicht im normalen Handel erhältlich. »Sei ehrlich«, fügte sie hinzu.

Ernest wirkte verstört. Er war ganz froh gewesen, wieder in den Büroalltag zurückzukehren. Es überraschte ihn nicht, dass es keine weitere Einladung gegeben hatte, nichts anderes hatte er erwartet. »Ich bezweifle es.«

»Aber Thelma hat es doch gesagt!«

Er seufzte. »Thelma ist nicht gerade zuverlässig. Sie hat vermutlich andere Leute gefunden. Vergiss es, Wallis. Nun, da Corinne in der Stadt ist, triffst du auch mehr Leute.«

Wallis spielte mit ihrer Auster. Tatsächlich hatte ihr die Ankunft ihrer Cousine einen neuen Bereich des Londoner Gesellschaftslebens erschlossen. Corinnes neuester Ehemann war Militärattaché an der amerikanischen Botschaft; daher hatte man die Simpsons zu mehreren Partys und Abendessen eingeladen. »Ja«, gab sie zu.

»Also, wo liegt das Problem?«, hakte Ernest nach.

Das Problem war, dass Corinne sie mit Win bekanntgemacht hatte. Sie war damals mit dem Kommandanten des Marinestützpunkts Pensacola verheiratet, und Wallis hatte bei ihr gewohnt, nachdem Großmutter Warfield gestorben war. Es war Corinnes Haus gewesen, das Win in seiner schneidigen Fliegeruniform betreten und mit Wallis' neunzehnjährigem Herzen und ihrem Seelenfrieden verlassen hatte. Corinne bedeutete böse Erinnerungen, was Wallis Ernest lieber nicht erklärte. Sollte er sie ruhig für weinerlich und verwöhnt halten, was er zunehmend zu tun schien.

»Wovon handelt er?«, fragte sie, als sie eines Abends einen Roman namens Madame Bovary neben ihrem Teller fand.

»Es ist die Tragödie einer Frau, deren Leben durch den Kontakt mit der High Society zerstört wird.«

Sie war entrüstet. »Ernest! Mein Leben ist nicht zerstört!«

Er zögerte missmutig, bevor er antwortete. »Nein, aber ich finde, du solltest aufhören, Trübsal zu blasen. Es ist nicht so, als wären wir Stammgäste in königlichen Kreisen. Was wir uns, offen gesagt, auch nicht leisten können.«

Wallis hörte die Liebe und Sorge in seiner Stimme. Sie begriff, dass er ihr helfen wollte, konnte aber ihren Traum nicht aufgeben. Und das würde sie auch nicht.

»Diana Cooper ist nicht reich, Ernest«, gab sie zu bedenken. »Sie kauft ihre Kleider auch an Marktständen.«

»Ja, aber ihr Vater ist ein Herzog. Man kann Kleider von Marktständen tragen, wenn der Vater ein Herzog ist. Genauso wie man The Red Flag auf der Ukulele spielen kann, wenn man der Prinz von Wales ist.«

Wallis spürte, wie Tränen in ihren Augen brannten. Seine Worte beschworen alles herauf, den wunderbaren, verzauberten Abend, an dem sie den Tisch in Bann geschlagen und der Thronfolger ihr applaudiert hatte. Sie ließ die Austerngabel fallen und schlug die Hände vors Gesicht.

»Oh, Wallis! So schlimm ist es nun auch wieder nicht! Betrachte es doch mal von der komischen Seite«, schlug Ernest vor.

»Es gibt eine komische Seite?«, sagte sie ungläubig durch die Finger.

»Ganz sicher! Vielleicht hat ihm mein Gedicht nicht gefallen.«

Es wurde plötzlich still. Wallis nahm die Hände vom Gesicht. »Was?«

»Mein Gedicht.« Ernest konnte ihr nicht in die Augen sehen.

»Welches Gedicht?«

»Ich habe eins meiner kleinen Gedichte für ihn geschrieben. Um mich zu bedanken.« Seine Stimme war untypisch hoch, sein Lächeln verlegen.

Die Auster begann in ihr brodeln. »Du hast mir nichts von einem Gedicht gesagt.«

»Weil ich es im Büro geschrieben und von dort geschickt habe. Aber ich habe eine Abschrift. Ich hebe immer eine Abschrift von meinen Gedichten auf.« Er stand auf und verließ eilig den Raum.

Sie starrte ihm nach und wollte nicht wahrhaben, dass Ernest seine schrecklichen Knittelverse an den Prinzen von Wales geschickt hatte. Doch es sah ganz danach aus. Er war in vieler Hinsicht so vernünftig, in diesem einen Punkt jedoch unheilbar eitel.

Er kam zurück und reichte ihr das Blatt. Das Gedicht war mit der Maschine getippt, und sie wollte gar nicht wissen, was sich die Sekretärin bei Simpson, Spence und Young dabei gedacht hatte.

Geduld erbitt' ich, kein Gezanke
Wenn ich in Versen mich bedanke
Die Tage in Fort Belvedere
Sind lieb uns beiden, ihr und mir
Weil Sie als Prinz gastfreundlich waren
Das durften wir höchstselbst erfahren

Zu schnell vergingen jene Stunden
Die wir ja gerade erst gefunden
Betrübt hat uns die Flüchtigkeit
Von Herzen dank sei Ihrer Hoheit
Damit ich Ihre Zeit nicht stehle
Sir, ich mich nun ganz schnell empfehle.

(Bevor mein poetischer Bleistift noch weiterhinkt)
Ihr gehorsamer Diener
Ernest Simpson

In ihrem Kopf schrillte ein einziger hoher, klarer Ton. Es war ein innerer Aufschrei. Das erklärte alles. Jede Hoffnung war dahin.

»Oh, Ernest!« Sie sprang auf, lief aus dem Zimmer und brach in Tränen aus.

Er versuchte, sie mit einer Geschäftsreise nach Stavanger abzulenken, doch die Aussicht auf Norwegen ließ Wallis in jeder Hinsicht kalt. Es gab nur einen Ort, an den sie fahren, nur einen Menschen, den sie sehen wollte. Aber die Gelegenheit war dahin.

Ihr Appetit schwand. Unter dem Nachthemd zeichneten sich ihre Rippen fast so deutlich ab wie die des Prinzen in seinem Gärtnerhemd. Nachts fuhr sie mit den Fingern darüber und dachte an ihn. Es war wie eine Art Verbindung.

Der Winter schritt unerbittlich voran. Die Kälte tat weh, das Tageslicht schwand, und der wogende, erstickende Nebel erfüllte die Straßen. Dann, eines Morgens, klingelte das silberne Telefon neben ihrem Bett. Es war Thelma.

»Mittagessen im Claridge's?«, wiederholte Ernest, als sie ihm abends aufgeregt davon erzählte.

»Ja! Ich war noch nie dort.« Wallis war begeistert. Das Hotel in Mayfair war prachtvoll und berühmt. Wer etwas auf sich hielt, gab dort seine Partys.

»Es ist sehr teuer«, sagte Ernest skeptisch.

»Ich bin sicher, Thelma zahlt.« Insgeheim war Wallis vom Gegenteil überzeugt, doch das war ihr egal. Beim letzten Mal hatte sie das Loch in der Kasse gestopft, indem sie mit den Rechnungen jongliert und um Kredit gebettelt hatte. Sie konnte es wieder tun. Thelma war ihre einzige Verbindung zur zauberhaften Welt des Forts.

»Aber was will sie denn?«

»Keine Ahnung, das hat sie nicht gesagt. Vielleicht gar nichts. Es könnte eine rein gesellschaftliche Verabredung sein.«

Ernest schnaubte. »Und Schweine können fliegen. Thelma will immer etwas.«

Seine herablassende Art ärgerte Wallis. »Vielleicht will sie uns noch einmal ins Fort einladen.«

Ernests rundes Gesicht wirkte entsetzt, als wollte er »hoffentlich nicht« sagen. Doch er besann sich eines Besseren.

Der moderne Chic des Claridge's unterschied sich sehr von der barocken Opulenz des Ritz. Es war luxuriös und glamourös und machte einen kühn und schlagfertig. Der marmorne Karoboden des Foyers erinnerte sie an Fort Belvedere. Die Wände waren mit deckenhohen Silbergittern im modernistischen Design geschmückt, und es gab eine Menge Monochrom.

Im Restaurant waren die Tische geschickt angeordnet, sodass man sich gut unterhalten konnte. Da Thelma sich wie immer verspätete, wählte Wallis einen Tisch mit Sitzbänken am Marmorkamin, in dem ein ermutigend warmes Feuer loderte.

Ein Kellner reichte ihr den *Evening Standard*. Sie blätterte darin und schaute von Zeit zu Zeit auf. Leute kamen und gingen, aber keine Thelma.

Sie studierte die Gesellschaftsseiten. Der letzte Schrei waren Schatzsuchen. Bright Young Things rasten in Bentleys und

Rolls-Royces durchs nächtliche London und suchten nach »Tableaus«, die ihnen die Richtung wiesen. Sie waren aufwendig und arbeitsintensiv: ein schwarz gekleideter Henker am Verrätertor, eine »Leiche« in einer Gasse in Whitechapel. Die Brotfabrik Hovis hatte Hinweise in Brote eingebacken, und es gab sogar eine Ausgabe des *Evening Standard*, in der Hinweise in den Artikeln versteckt waren.

Wallis fand das Ganze ziemlich verrückt und verzweifelt. Solche Mühen und Kosten für eine bloße Abendunterhaltung auf sich zu nehmen, war für sie Zeitverschwendung. Früher hätte sie die wilden Sprösslinge der Aristokratie beneidet, aber zwischenzeitlich hatte sie entdeckt, dass die glamouröseste Art, ein Wochenende zu verbringen, darin bestand, barfuß durch einen Lorbeerhain zu laufen oder zur Ukulele zu singen.

Wo steckte Thelma? Selbst nach ihren eigenen großzügigen Maßstäben war sie spät dran. Schon fünfunddreißig Minuten. Wallis vertiefte sich in einen Artikel über die Atomspaltung in Cambridge, als sie unterbrochen wurde. »Darling!«

Thelma kam siebenunddreißig Minuten zu spät und trug mehr Pelz als der durchschnittliche Bär. Sie schaute Wallis prüfend an. »Meine Güte, was sind Sie *dünn*!« Sie klang nicht sonderlich erfreut.

Thelma hielt einem vorbeigehenden Kellner die Pelze hin, bestellte den unvermeidlichen Champagner und ließ sich theatralisch auf die Sitzbank fallen. »Ich bin erschöpft! Völlig erschöpft. Viel zu viele Partys.« Sie winkte mit einer schlaffen, glitzernden Hand. »Sie wissen ja, wie es um diese Jahreszeit ist.«

Wallis versuchte auszusehen, als wüsste sie es tatsächlich.

»Ich komme gleich zur Sache. Ich brauche einen Rat.«

Ernest hatte also recht gehabt. Thelma wollte etwas von ihr.

»Was für einen Rat?« Hoffentlich ging es nicht wieder um Sex.

»Zur neuen Sache.« Thelma leerte ihr Champagnerglas. »Dem letzten Schrei.«

Und das sollte nach sechs langen Monaten der Grund für ein Treffen sein? Na schön. Sie dachte an die Gesellschaftsseiten. »Meinen Sie die Schatzsuchen?«

»Wohl kaum«, sagte Thelma verächtlich. »Die sind doch von vor fünf Minuten. Aber trotzdem sehr spaßig. So *rasant*. Lois Sturt hat eine Geldstrafe von sechs Guineas bekommen und den Führerschein verloren. Sie war ziemlich sauer auf den Polizisten. Hat gesagt, sie wüsste nicht, dass es so etwas wie Tempolimits gibt.«

Wallis konnte kaum glauben, dass solche Dinge sie einmal beeindruckt hatten.

Thelma sah zu, wie der Kellner ihr Glas nachfüllte. »Ich nehme die Hühnerpastete. Die kann ich empfehlen, Wallis. Duke schwört darauf.«

Wallis lächelte den Kellner an und nickte.

»Kostümpartys«, sagte Thelma. »Die sind der letzte Schrei.«

Ein alter Hut, dachte Wallis. Kostümpartys waren schon zu Corinnes Zeiten auf dem Marinestützpunkt beliebt gewesen. Thelma berichtete, sie sei zu einer besonders wichtigen Party eingeladen, die von dem jungen, angesagten und extrem wohlhabenden Paar Bryan und Diana Guinness veranstaltet wurde.

»Aber als was soll ich gehen? Sie kennen sich doch mit solchen Dingen aus.«

»Tue ich das?«

»Sagt Cecil. Er hat mir geraten, Sie auszugraben und zu fragen.«

Sehr schmeichelhaft. Wie sorglos diese Leute einen aufhoben und fallen ließen. Andererseits war dies nicht der richtige Zeitpunkt, um gekränkt zu sein. »Wie reizend von ihm«, sagte Wallis.

Zwei Kellner brachten das Essen und dazu Teller mit hübschem türkisfarbenem Rand, schneeweiße Servietten und Silberbesteck. Dann begann ein aufwändiges Schauspiel, bei dem die Oberseite der braun glänzenden Pastete abgehoben und auf den Teller gelegt wurde. Das dampfende Innere wurde herausgelöffelt, sodass die Pastete quasi auf dem Kopf stand. Sie roch so köstlich, dass Wallis' schlummernder Appetit erwachte.

Thelma fiel über die Pastete her. »Bryan und Diana Guinness sind furchtbar schlau, also muss es etwas sein, auf das niemand sonst kommt.« Sie kaute schnell. »Und glauben Sie mir, Wallis, jeder ist schon auf alles gekommen.«

Wallis zermarterte sich den Kopf. Dann brachten sie die Farbe der Claridge's-Teller und Thelmas nicht sehr saubere Zähne auf eine Idee. »Wie wäre es mit Zahnpasta? Sie könnten als Odol gehen. Ein Schlauchkleid aus blauem Wachstuch mit Schulterpartie aus silbernem Wachstuch und einer silbernen Mütze. Und einem weißen Odol-Schriftzug auf der Vorderseite.«

»Ja! Ja! Und das Kleid könnte sehr eng sein!« In ihrer Aufregung versprühte Thelma überall Pastetenkrümel. »Brillant! Ich wusste, Ihnen würde etwas einfallen. Und jetzt müssen Sie sich noch etwas für David ausdenken. Ich dachte, ein arbeitsloser Bergmann könnte amüsant sein. Von denen gibt es im Moment so viele.«

Wallis spürte, wie ihr die Kinnlade herunterfiel.

Thelma musterte sie prüfend. »Nein? Vielleicht wäre es unpassend. Zu schmutzig. Also etwas anderes.« Sie drückte einen abgesplitterten lila Fingernagel nachdenklich in die runde Wange. »Ein Clanmitglied?«

»Im Kilt, meinen Sie?«

Thelma kicherte. »Nicht *diese* Art von Clan, Sie Dummerchen. Ich meine die mit der spitzen weißen Kapuze!«

Wallis holte tief Luft. »Ich bin mir nicht sicher, ob das eine gute Idee ist.«

Die ethnischen Spannungen des amerikanischen Südens

gingen eindeutig über das Verständnis ihrer Begleiterin hinaus. Ebenso wie die Persönlichkeit ihres Geliebten. Der Prinz war vielschichtig und sensibel; glaubte Thelma wirklich, er könne etwas so Ordinäres amüsant finden?

»Wie wäre es mit einem Pint Guinness?«, schlug sie fröhlich vor. »Da die Guinness die Party schmeißen?«

Thelma klatschte in die Hände. »Perfekt! Und jetzt muss ich gehen.« Sie warf die Gabel auf den Teller, stand auf und winkte dem Kellner, damit er den Mantel brachte. Wallis starrte sie verblüfft an. War es das schon?

»Aber ... wo wollen Sie denn hin?« Thelma hatte sie um Rat gefragt, ihn bekommen und warf sie nun wie einen schmutzigen Lappen beiseite?

Thelma schaute sie an, als hätte sie bereits vergessen, wer Wallis war. »Einkaufen fürs verfluchte Fort«, sagte sie distanziert. »Gut, hier kommt mein Mantel.«

Verflucht? Als Wallis sich den verzauberten Ort vorstellte, das kurze, himmlische Intermezzo, hätte sie am liebsten geschrien. Das alles war an Thelma *verschwendet*. »Was kaufen Sie denn ein?«

Thelma verdrehte die stark geschminkten Augen. »Ich muss für Davids furchtbare Diener Weihnachtsgeschenke besorgen.«

Es kam so unerwartet, dass Wallis fast gelacht hätte. »Aber warum?«

Thelma zog missmutig die Handschuhe an. »Als königliche Mätresse soll ich den verdammten Laden schmeißen, aber wie die liebe Diana so freundlich bemerkte, bin ich nicht gut darin. Im Gegensatz zur lieben Freda, die natürlich nicht nur für jeden das perfekte Geschenk gefunden, sondern jedes Geschenk auch noch mit einer süßen kleinen Schleife verziert hat.«

Sehnsucht durchflutete Wallis. Sie suchte für ihr Leben gern Geschenke aus.

»Und jetzt bleibt alles an mir hängen«, beschwerte sich Thelma. »Ich muss in die Geschäfte, Harrods, Harvey Nicks,

Army and Navy, was auch immer, und jedem einzelnen Hausmädchen ein Taschentuch kaufen. Und es *auch noch* einpacken!«

Wallis schaute sie an. In ihrem Hinterkopf wuchs eine Idee. Vermutlich war sie verrückt, weil aus Verzweiflung geboren, aber es könnte klappen. »Soll ich es übernehmen?«

Thelma lachte sarkastisch, dann weiteten sich die kleinen dunklen Augen. »Würden Sie das *wirklich* tun?«

»Sagen Sie mir einfach, wie viele es sind und was ich ausgeben kann, dann kümmere ich mich darum. Sie sind so *furchtbar* beschäftigt, Thelma!«

»Ja«, schniefte Thelma, »da haben Sie recht, das bin ich. Nun, wenn es Ihnen wirklich nichts ausmacht, wäre das eine große Hilfe. Ich bin hoffnungslos darin, Geschenke für Bedienstete zu kaufen, ich weiß nie, was solchen Leuten gefällt.« Sie schenkte Wallis ein gönnerhaftes Lächeln. »Sie können das *so viel* besser.«

»Mit Vergnügen«, erwiderte Wallis sanft. Sie war kurz davor, auf der Rechnung und ihrer ungegessenen Hühnerpastete sitzen zu bleiben, aber das war ihr egal. »Und wohin soll alles geliefert werden? Ins Fort?«

Sie hatte die Finger unter dem Tisch fest gekreuzt. Thelma war taktlos, und falls Ernests Gedicht oder irgendetwas anderes die Simpsons zu Personae non gratae gemacht hatte, würde sie es jetzt erfahren.

»Gute Idee«, sagte Thelma und fügte nach einigen quälenden Sekunden hinzu: »Und warum bleiben Sie und Arnie dann nicht wieder übers Wochenende?«

Zweiundzwanzigstes Kapitel

»Also ehrlich, Wallis! War das alles nötig?« Ernest schwitzte, als er die Kartons mit den Geschenken in den Zug nach Windsor hievte. »Nach meinem letzten Besuch im Fort war ich erschöpft, und diesmal bin ich es, noch bevor ich angekommen bin.«

Wallis positionierte ein weiteres Paket behutsam auf der Gepäckablage und strahlte ihn an. Ihr Herz war leicht wie ein Schmetterling; sie war so glücklich wie seit Monaten nicht. »Wir tun unseren Teil für König und Vaterland, Ernest! Nun, Prinz und Vaterland.«

»Ich hoffe, er ist dankbar«, brummte Ernest, schloss die Abteiltür und ließ sich auf einen Fensterplatz fallen.

Falls überhaupt, bekäme Thelma die Anerkennung, das war ihr klar. Sie hatte sich wie erwartet wenig Mühe gegeben und lediglich eine Empfängerliste in ihrer unleserlichen, schlampigen Handschrift geschickt. Sie war überrascht gewesen, als Wallis anrief, um weitere Einzelheiten zu erfahren. »Sie haben hier zum Beispiel drei Osborns. Sind das Männer oder Frauen?«

»Was macht das für einen Unterschied? Sie sind alle furchtbar.«

»Vielleicht wären sie weniger furchtbar, wenn sie ein schönes Geschenk bekämen. Betrachten Sie es als Chance«, sagte Wallis forsch.

»Ich bin mir nicht sicher, ob Osborn eine Chance bietet. Er

ist der Butler«, sagte Thelma. »Er ist derjenige, der Eis abscheulich findet.«

Also darum hatte es kein Eis für die Old Fashioneds gegeben. »Außerdem hasst er Butler-Tabletts, was genau betrachtet wohl kein Wunder ist. Er war im Krieg Davids Offiziersbursche.«

»Sein was?«

»Eine Art Diener für Soldaten. Sie waren zusammen an der Westfront, daher findet Osborn Blumen und Menüs ein bisschen unter seiner Würde.«

Porträt von HRH in Armeeuniform, silbergerahmt, notierte Wallis für Osborn senior. Thelma beschrieb nun seine Frau, die Köchin, die an einer mysteriösen Krankheit litt. »Es heißt immer ›meine Beine hier, meine Beine da‹«, sagte Thelma. »Alles dreht sich um ›meine Beine‹.«

»Oh, ich verstehe. Sie hat Krampfadern«, sagte Wallis. »Wie schrecklich. Vielleicht könnte man sie mit einer schönen Handtasche aufmuntern.«

»Einer Handtasche!«, echote Thelma wie Lady Bracknell. »Ist das nicht zu extravagant? Sie ist doch nur die Köchin.«

»Aber eine gute Köchin ist ihr Gewicht in Gold wert.«

»Das wäre in Mrs Osborns Fall eine Menge Gold«, brummte Thelma.

Als Nächstes waren die Hausmädchen dran, angeführt von Miss Moppett. »Das ist nicht ihr richtiger Name«, sagte Thelma. »Ich nenne sie so, weil sie oft den Mopp benutzt.« Allmählich wurde Wallis klar, warum Thelma nicht die erstklassigen Leistungen bekam, die sie sich wünschte.

Wallis wählte Maniküre-Sets für strapazierte Hände und Goldbroschen und Seidenstrümpfe, um den Geschenken Glanz zu verleihen. Sie wusste nur zu gut, wie viel ein wenig Glamour bewirken konnte. Die Nachtwächter würden warme Strickjacken zu schätzen wissen. Für alle anderen kaufte sie Socken, Taschentücher und Schals.

Nun lagen die Geschenke handverpackt und mit Schleifen versehen in Kartons auf den Gepäckablagen. Sie hatte zwei Wochen gebraucht, um alles zu besorgen. Aber Einkaufen war etwas, das Wallis liebte und auf das sie sich sehr gut verstand. Und es hatte sich gelohnt, denn nun ging es zurück ins kleine Schloss, das der Mittelpunkt von allem war. Und zu seinem geheimnisvollen, vielgesichtigen Herrn.

Beim letzten Mal hatten sie die Reise im glühend heißen Sommer unternommen. Diesmal herrschte ein kalter, glitzernder Winter, die Bäume standen kahl vor dem blassen Himmel, und die frostigen Felder lagen im milchigen Sonnenlicht. Doch der Zug ratterte und schwankte wie beim ersten Mal. Sie erinnerte sich lächelnd, wie sie den Knicks geübt hatte. Ernest hatte wieder seine Reiseführer eingepackt, und sogar die Zeitungen lasen sich wie damals.

Damals wie heute bestimmten Hungermärsche die Schlagzeilen. Kürzlich waren zweitausend Männer und Frauen aus den ärmsten Gegenden von Schottland, Südwales und Nordengland nach London marschiert. Wallis sah Fotos von Männern in Schirmmützen mit eingefallenen Wangen und rotgesichtigen Jugendlichen ohne Hut, die Transparente mit der Aufschrift »Lancashire Youth Contingent. Kampf dem Hunger« trugen. Die Lage der Armen war durch das verhasste »Bedürftigkeitsprüfungsgesetz« noch viel schlimmer geworden. Es erlaubte den örtlichen Behörden, das Einkommen eines ganzen Haushalts zu untersuchen, bevor sie einer arbeitslosen Person in einer Familie Hilfe gewährten.

Die Zeitungsfotos von Polizisten, die auf die Demonstranten zuritten oder sie mit langen Stöcken zu Boden schlugen, verdunkelten Wallis' sonnige Stimmung. »Wer beschützt diese Leute?«, fragte sie Ernest. »Baldwin und seine konservative Regierung scheinen nichts dagegen zu unternehmen.«

»Nun, dieser Mosley glaubt, er habe die Antwort«, antwortete Ernest und zeigte ihr einen Artikel in seiner Zeitung. »Aber der Mann gefällt mir nicht.« Wallis erfuhr, dass Oswald Mosley, der sowohl Labour- als auch konservativer Abgeordneter gewesen war, vor Kurzem die British Union of Fascists gegründet hatte. Er glaubte, Mussolinis repressive Methoden in Italien könnten auch die Probleme seines Landes lösen. »Es wird alles ziemlich nationalistisch«, sagte Ernest und fügte hinzu, der irische Freistaat habe mit de Valera soeben einen Präsidenten gewählt, der sich von Großbritannien lossagen wolle. Und in Deutschland verlor Reichskanzler Kurt von Schleicher gegenüber dem immer mächtiger werdenden Adolf Hitler und seiner Nazi-Partei an Boden. »Es sieht nicht gut aus«, schloss Ernest.

In Amerika hingegen hatte der Reformer Franklin Delano Roosevelt kürzlich die Präsidentschaftswahlen gewonnen, mit dem Ziel, das Land zu vereinen und wieder auf die Beine zu bringen. Er hatte fünfundzwanzig Millionen Stimmen erhalten, Herbert Hoover nur sechzehn Millionen. »Das Land verlangt kühnes, fortgesetztes Experimentieren!«, las Ernest und zitierte den siegreichen Präsidenten. »Ein New Deal für eine neue Welt.« Er sah nachdenklich aus. »Das klingt ganz anders als das Land, das wir verlassen haben. Ich frage mich, ob wir nicht zurückgehen sollten.«

Wallis versuchte, ihr Entsetzen zu verbergen. »Zurück in die Staaten? Jetzt?«

Sie waren kurz vor Windsor. Die Farbe des Himmels war satter geworden, erst ein dichtes Gold und dann eine Korallenglut, vor der sich die Äste als Silhouetten abzeichneten.

»Was gibt es denn hier für uns? Amerika ist die Zukunft. England ist die Vergangenheit.«

»Nun, da wäre das hier«, sagte Wallis, als wie aufs Stichwort Windsor Castle auftauchte, die Türme und Türmchen schwarz vor dem Sonnenuntergang.

Thelma hatte versprochen, ein Wagen werde sie abholen; und er war tatsächlich da. Wallis' Herz machte einen Sprung, als sie den prächtigen, glänzenden Daimler sah, dessen silberne Beschläge im Licht der Straßenlaternen glitzerten. Der uniformierte Chauffeur, der sie auf dem Bahnsteig empfangen hatte, hielt ihnen die hinteren Türen auf und verstaute die Pakete sorgfältig neben sich auf dem Beifahrersitz. Wallis dachte zufrieden an die Seidentaschentücher, die sie für ihn eingepackt hatte.

Der Wagen roch köstlich nach Leder, der kraftvolle Motor schnurrte leise. Er war ganz anders als in dem klapprigen, nach Pfeifenrauch stinkenden Taxi, das sie bei ihrem ersten Besuch zum Fort gebracht hatte. Der Wagen glitt durch die Straßen von Windsor und bog in den Park. Durchs Rückfenster sah sie das kleiner werdende Schloss, eine schwarze Masse mit romantischen, zinnenbewehrten Umrissen, durchsetzt mit golden erleuchteten Fenstern. Sie fragte sich, was in diesen Räumen geschah, ob der König und die Königin dort waren, was sie auf glückliche Gedanken brachte. Wer würde an diesem Wochenende im Fort sein? Würden sie wieder im Blauen Zimmer wohnen?

Der Great Park war dunkel. Dicke knorrige Baumstämme blitzten rhythmisch im Scheinwerferlicht auf. Als Wallis in die Finsternis dazwischen schaute, fiel ihr die Legende von Herne, dem geisterhaften Jäger, ein, der mit seinen Ketten rasselte und blaues Licht verströmte. Als plötzlich ein Geweih auftauchte, schrie sie ängstlich auf und klammerte sich an Ernest.

»Das sind nur die Rehe im Park, Ma'am«, sagte der Chauffeur.

»Natürlich«, murmelte Wallis und kam sich ziemlich dumm vor.

Sie mussten am Virginia Water sein, denn die Bäume gaben den Blick auf ein Eckchen See frei, in dem sich das letzte Tageslicht spiegelte. Ihr Magen zog sich vor Aufregung zusammen, als sie das Tor passierten und über die sanft ansteigende, kurvenreiche Auffahrt rollten. Und da war es, das romantischste aller Gebäude, nicht im Sonnenlicht wie zuletzt, sondern im sanften Schein verborgener Flutlichter. Ein schemenhaftes, geheimnisvolles Gebilde mit versetzten Ebenen und einzelnen gelb erleuchteten Fenstern, das von einem hohen Turm überragt wurde, an dessen Spitze gerade noch die sanft wehende Flagge zu erkennen war. Pure Freude durchflutete sie.

»Falls es Ihnen nichts ausmacht, könnten Sie die Pakete bitte zur Hintertür bringen«, bat sie höflich, als der Wagen knirschend zum Stehen kam.

»Sehr wohl, Ma'am«, sagte der Chauffeur ehrerbietig.

Das Portal des Forts schwang auf, und zwei rot gekleidete Diener kamen heraus. Der eine verschwand mit den Paketen, der andere mit ihren nagelneuen Gepäckstücken. Ernest war nicht sonderlich erfreut gewesen, als sein alter, ramponierter Koffer einem glänzenden Exemplar mit seinen Initialen weichen musste. »Der andere ist mir lieber. Er ist wie ein Freund«, hatte er eingewandt.

»Du hast jetzt einen neuen Freund«, hatte sie entschieden geantwortet. Er hatte auch neues Rasierzeug und sie selbst ein neues Kleid. Es war nicht von Chanel, das war ein einmaliger Kauf gewesen. Doch sie war kürzlich auf eine Schneiderin gestoßen, die Haute Couture täuschend echt kopierte und Wallis zu einem eng anliegenden Modell in einer anderen Farbe als dem üblichen Marineblau oder Schwarz geraten hatte. Angesichts des Besuchs im Fort, in dem farbliche Sorglosigkeit herrschte, hatte sie gern nachgegeben und sich für ein langes, enges scharlachrotes Kleid mit durchsichtigen Glitzerärmeln entschieden.

Als sie den Dienern durch den Flur mit den fröhlichen gelben Stühlen und dem lebhaften Karoboden folgten, befand sie, dass sie eine gute Wahl getroffen hatte.

Man führte sie ins Rosa Zimmer. Über dem Kamin hing das

Gemälde von Pan, der mit seinen Akolythen durch den Wald tanzte.

Die Tür fiel zu, und Ernest legte sich aufs Bett. Wallis starrte ihn an. »Was machst du da?«

»Mich ausruhen.«

Sie sah auf die große, kunstvolle goldene Uhr, die auf dem Kaminsims stand. »Aber es ist fast sechs. Wir kommen zu spät zu den Cocktails.«

»Ich bin aber müde. Denk dran, wir können hier machen, was wir wollen. Die Regel im Fort ist, dass es keine Regeln gibt.«

Wallis holte tief Luft. »Mach dich fertig, Ernest. Wir gehen runter und trinken Cocktails. Ich will keine Minute verpassen.«

Zehn Minuten später waren sie fertig.

Ernests sah sie zum ersten Mal in ihrem neuen roten Kleid. »Du siehst unglaublich aus, Wallis«, sagte er, während sie sich für ihn im Kreis drehte. Sie fühlte sich wie die Mitte einer Blume, das Herz einer Rose.

»Du bist in jedem Raum die umwerfendste Frau«, fuhr Ernest fort. »Viel attraktiver als Thelma. Ehrlich gesagt begreife ich nicht, was der Prinz an ihr findet. Sie trägt Make-up mit dem Spachtel auf und hat ein Dekolleté zum Reinspringen.«

Wallis prustete los. »Damit hast du deine Frage wohl beantwortet, Ernest. Make-up mit dem Spachtel und Dekolleté zum Reinspringen.«

Als sie laute Jazzmusik von unten hörten, tippten sie auf Thelma am Plattenspieler. Umso überraschter waren sie, als sie im Salon nur einen großen, auffallend gut aussehenden jungen Mann mit dunklen Augen und dichtem schwarzem Haar vorfanden.

Wallis erkannte ihn sofort. Wenn sie ihn auf Fotos gesehen hatte, trug er Uniform oder war in einer anderen offiziellen Funktion als vierter Sohn des Königs und Kaisers unterwegs. Jetzt trug Prinz George allerdings einen schlabberigen Anzug mit auffallend hellem Karo und tanzte wild zwischen den Sofas herum.

»Hallo!«, sagte er, als er sie bemerkte. Er grinste breit und wölfisch und entblößte dabei große weiße Zähne. Einen verblüffenden Moment lang erinnerte er sie an Win. »David hat eine Kiste mit neuen Platten bekommen. Ich probiere sie gerade aus.«

»Königliche Hoheit«, murmelte Wallis, sank in einen Knicks und stupste Ernest an, damit er sich verbeugte.

»Vergessen Sie das!«, rief Prinz George. »Na los, Charleston! Ich könnte eine Partnerin gebrauchen!«

Dreiundzwanzigstes Kapitel

Prinz George war ein Derwisch. Er wirbelte energisch durch den Raum, und seine großen dunklen Augen loderten vor wilder Erregung. Er war ein ausgezeichneter Tänzer. Wallis hatte alle Mühe, mit ihm Schritt zu halten, nicht zuletzt wegen des eng anliegenden Kleides.

Ernest saß als Beobachter im Sessel, und sein Gesichtsausdruck spiegelte das leicht surreale Geschehen. Wallis geriet allmählich außer Atem. Als Prinz George stehen blieb, um die Platte zu wechseln, nutzte sie die Gelegenheit für eine Pause.

»Sir«, keuchte sie. »Kommt der Prinz von Wales nicht?«

Die Antwort war ein lauter Lachanfall. »Zweifellos!«

»Sollten wir nicht lieber aufhören?«

»Er ist bei Thelma. Das kann noch eine Weile dauern.« Bevor Wallis die volle Tragweite seiner Worte erfasste, ließ er die Nadel auf die Platte fallen, und es ging weiter.

Es ging so laut und wild zu, dass Wallis nach dem Charleston lachend auf dem Sofa zusammensackte und erst dann bemerkte, dass jemand in den Salon gekommen war.

Zwei Personen, um genau zu sein. Ein dünner, müde aussehender Mann und eine winzige Frau. Sie hatte ein breites, blasses Gesicht und weiches dunkles Haar, doch ihre violetten Augen, mit denen sie Wallis fixierte, blickten kühl und kraftvoll.

Sie sprang sofort auf. Ernest stand bereits. Er hatte sie natürlich auch erkannt. Nach dem Prinzen von Wales und dem König und der Königin waren dies die bekanntesten Mitglieder der königlichen Familie. Prinz Albert, Herzog von York, der zweite Sohn des Königs, und seine Frau, die Herzogin von York.

»Königliche Hoheiten«, Wallis knickste zum zweiten Mal in einer halben Stunde. Als sie sich aufrichtete, sah sie sich im Spiegel und bemerkte entsetzt, dass ihr Gesicht gerötet und ihr Haar zerzaust war.

Die violetten Augen blickten kein bisschen weicher und erinnerten Wallis an zwei harte Amethyste. »Und Sie sind?« Die Stimme der Herzogin war hoch und präzise. Sie trug ein wenig schmeichelhaftes blassgrünes Kleid, das unförmig geschnitten war und wohl ihre mollige Figur verbergen sollte. Der Anzug des Herzogs war ähnlich unauffällig, ein dezentes Hahnentritt-Muster.

»Wallis Simpson, Ma'am. Und das ist mein Mann Ernest.«

»Sie sind eine gute Tänzerin, Mrs Simpson.« Die violetten Augen musterten ihr Kleid, als hielte die Herzogin sie für die Hure von Babylon.

»Vielen Dank, Ma'am.« Wallis lächelte unbeirrt und erinnerte sich an Coco Chanels Rat. *Seien Sie stolz auf Ihre Flagge und Ihre Republik!* »Ich bin nicht weit von Charleston geboren, in den Blue Ridge Mountains von Virginia. Also ist das wohl irgendwie angeboren.«

Doch die Herzogin konzentrierte sich auf ihren Schwager, der die Nadel auf die nächste Platte fallen ließ. Sofort erklang wieder laute Jazzmusik.

Die Herzogin zuckte zusammen und sah den Herzog bedeutungsvoll an. Er wirkte ängstlich und legte die Hand an seine dünne Kehle, die von der eng gebundenen Krawatte beinahe zugeschnürt wurde. »Ich m-m-muss schon sagen«, begann er schwach. »K-k-können wir etwas weniger W-w-wildes auflegen, George?«

Das Fort mochte bisher frei von Regeln gewesen sein, doch

das sah plötzlich anders aus. Ernest wirkte verlegen, George hatte die Nadel von der Platte genommen und war in den hinteren Teil des Raums gegangen, wo er sich durch heftiges Klirren mit den Karaffen abregte. Wallis erkannte, dass es an ihr war, die Situation zu retten.

»Wie geht es den kleinen Prinzessinnen, Ma'am?«, fragte sie lächelnd, um ein Gespräch in Gang zu bringen.

»Gut, danke«, erwiderte die Herzogin knapp. Es wurde wieder still.

»Hier«, sagte George und hielt ihr einen Tumbler aus geschliffenem Glas hin. »Schade, dass es kein Eis gibt. Osborn hält nichts davon.«

»Ich hörte davon«, lächelte Wallis. Mit etwas Glück würde Osborn nach seinem Weihnachtsgeschenk einen Sinneswandel erfahren. Sie trank vorsichtig von dem Gebräu. »Was ist das?« Es schmeckte wie ein besonders starker Negroni.

George lachte schrill und hemmungslos. »Alles!« Er deutete mit ausladender Geste auf die Karaffen.

»Nein, danke«, sagte die Herzogin entschieden, als er ihr einen Drink anbot. Der Herzog nahm einen, traute sich jedoch nicht, vor den Augen seiner Frau davon zu trinken. Dennoch schien er ihm Mut zur Konversation zu verleihen. »Sie m-m-müssen die Zentralheizung vermissen, M-M-M-Mrs Simpson«, wagte er sich vor.

Sie begegnete seinen erschöpften Augen. Sie waren blau wie die des Prinzen, aber stumpfer und mit schweren Tränensäcken darunter. Die Zentralheizung vermissen? Offenbar glaubte er, sie käme frisch aus den Vereinigten Staaten, wo sie jeden erdenklichen Komfort genossen hatte.

»Im Gegenteil«, lächelte sie ihn an. »Mir sind Ihre kalten englischen Häuser ans Herz gewachsen.«

»W-w-wirklich?« Er schien um eine passende Antwort verlegen.

Die Herzogin sagte mit unbewegter Miene: »Mrs Simpson, gewiss können Sie unseren furchtbaren Londoner Nebel nicht lieben.«

Wallis dachte nach. »Ich liebe ihn nicht gerade. Aber ich finde ihn interessant. Er ist fast wie ein lebendes Wesen, das durch die Gegend streift.«

Die Herzogin verzog das Gesicht. »Sie klingen wie Mr Eliot. Er schreibt Gedichte über Nebel, soweit ich weiß. Er ist auch Amerikaner, glaube ich«, fügte sie hinzu, als wäre die Sache damit erledigt.

Ernest erwachte sofort zum Leben. »Ja, einer unserer besten Dichter«, sagte er eifrig. »Haben Sie *Das wüste Land* gelesen?«

»Nein. Er war im Palast und hat es uns vorgelesen. Völlig unverständlich, dachten wir, aber wenigstens brachte es Lilibet zum Kichern.«

»Guten Abend, guten Abend!« Der Prinz von Wales tauchte wie von Zauberhand in ihrer Mitte auf, wie immer mit einer Zigarette im grinsenden Mundwinkel.

Ein heftiger Blitz der Erregung durchzuckte Wallis. Sie spürte, wie sich die Energie im Raum sofort veränderte. Alles wirkte schärfer, lebendiger. Inmitten der abendlichen Schatten strahlte er wie ein Feuerwerk. Er trug einen leuchtend gelben Pullover unter einem so grell karierten Anzug, dass Prinz George dagegen geradezu gedämpft wirkte. Seine weite Hose hatte die üblichen breiten Aufschläge.

»Bertie! George!« Sie sah zu, wie er seinen Brüdern freundlich die Hand schüttelte und ihnen liebevoll auf den Rücken klopfte. Mehr denn je schien er eine magnetische Kraft zu besitzen, die alles anzog.

Sie bemerkte, dass seine Schwägerin förmlich schmolz, als er sie auf die cremeweiße Wange küsste. Offensichtlich bestand Zuneigung zwischen ihnen. Vielleicht auch mehr. Ihre kalten

Augen bekamen einen warmen Glanz, und die kühle Stimme klang jetzt neckisch.

»Also wirklich, David! Was hast du denn da *an*?«

Er schaute an sich hinunter und sagte in gespielter Entrüstung: »Darf ein erwachsener Mann nicht anziehen, was er will? Du hörst dich an wie Papa!« Er runzelte die Stirn und sah sich streng um. »REGNET ES HIER DRINNEN, JUNGE?«

»Regnen, Papa?« Das komische Falsett kam von Prinz George, der sich wieder an den Karaffen zu schaffen machte. »Nein, Papa.«

»WARUM KREMPELT MAN SEINE HOSE AUF SO ABSURDE WEISE HOCH, AUSSER UM PFÜTZEN ZU DURCHQUEREN! DU BIST DER AM SCHLECHTESTEN GEKLEIDETSTE MANN ENGLANDS, JUNGE!«

Wallis sah Ernest an. Er hatte recht gehabt. Der Prinz hatte seinen Vater nicht sonderlich gern. Als Prinz George seinem Bruder einen Cocktail brachte, tat er, als stieße er sich an dessen modischen braun-weißen Brogues. »DU BIST BEI DEN GRENADIEREN, NICHT WAHR?«

»Ja, Papa«, sagte sein Bruder mit gespielter Demut.

»WARUM«, brüllte Prinz George, »TRÄGST DU DANN DIE COLDSTREAM-SPOREN?«

Wallis konnte sich ein Lachen nicht verkneifen.

Der Prinz wandte seinen blauen Blick in ihre Richtung. »Mrs und Mrs Simpson!« Er klang aufrichtig erfreut. »Wie schön, dass Sie wieder da sind!«

»Sir.« Wallis bündelte ihre ganze Erregung in einem tiefen, anmutigen Knicks.

»Mrs Simpson ist eine Freundin von Thelma«, verkündete der Prinz. »Sie ist Amerikanerin«, fügte er hinzu, als wäre es angenehm exotisch.

Bertie nickte. »J-j-ja. Tatsächlich haben wir gerade darüber g-g-gesprochen.«

Der Prinz zog an seiner Zigarette. »Ich liebe die Staaten«, sagte er. »Als ich in New York war, wurde ich mit einer Konfettiparade empfangen. Es war unbeschreiblich aufregend. Ich saß im Fond eines Autos und habe mich verbeugt und gewinkt wie ein Schauspieler, der vor einen gewaltigen Vorhang tritt.«

Wallis sah es sofort vor sich, die blonde Gestalt, die sich durch Häuserschluchten bewegte, verschwommen inmitten der Papierblitze, bejubelt von einer brüllenden Menge.

»Amerika ist wunderbar«, fuhr der Prinz fort. »So modern und belebend. Ich fühle mich dort auf eine Weise zu Hause, wie ich es aus diesem Land nicht kenne.«

Wallis war verblüfft. Hatte der Prinz von Wales, der Erbe des britischen Throns, wirklich gesagt, dass er England nicht besonders mochte? Vielleicht war es ein Scherz. George lachte, während Bertie und Elizabeth keine Miene verzogen.

Der Prinz lächelte Wallis an, dass ihr ganz schwindlig wurde. »Ich liebe es, wie die Amerikaner reden. *Hot diggety dog. Okeydokey.* Sie nehmen das Leben so leicht. Als hätten sie den Dreh raus, wie man jung bleibt.«

»Wir wissen, wie das geht«, stimmte sie fröhlich zu. »Und je älter wir werden, desto größer und offensichtlicher wird der Unterschied zwischen unserem Alter und unserer Reife. Meine Mutter pflegte zu sagen, die emotionale Reife des durchschnittlichen amerikanischen Erwachsenen trete im Alter von neunundzwanzig Jahren ein und halte eine Stunde und siebenundzwanzig Minuten an.«

Sie hatte es als selbstironischen Scherz gemeint, um die Yorks gnädig zu stimmen, scheinbar ohne Erfolg. Bertie sah verlegen aus, und Elizabeth lächelte nicht.

Der Prinz hingegen war begeistert. »Sagt man das so? Großartig! Aber was ich an den Amerikanern am meisten schätze, ist, dass sie sich von meinem Titel nicht im Geringsten beeindrucken lassen.«

»Nun, Sir. Wir sind schließlich eine Republik.«

»Aber ich denke«, warf Ernest hastig ein, »dass Amerika etwas Unersetzliches verloren hat, als es die britische Monarchie abschaffte.«

Das Lächeln des Prinzen verschwand. »Denken Sie das wirklich?«

Thelma platzte kichernd in den Salon, plapperte Entschuldigungen und knickste wacklig in die Runde. Sie sah etwas zerzaust aus und hatte sich wie immer in ein Kleid gezwängt, das ihr mehrere Nummern zu klein war. Wallis rechnete damit, dass Elizabeth von York sie ähnlich unhöflich und missbilligend behandeln werde wie sie selbst. Immerhin war Thelma die verheiratete Mätresse des Prinzen.

Doch zu ihrer Überraschung umarmten sich die beiden Frauen herzlich und stürzten sich in ein lebhaftes Gespräch über die kleinen Prinzessinnen. Wallis schaute verwirrt zu Boden. Was um alles in der Welt war hier los? Warum war Thelma akzeptabel, sie selbst aber nicht? War es irgendeine undurchschaubare britische Benimmregel, oder hatte sie wirklich etwas an sich, das Elizabeth von York nicht mochte? Und falls ja, was?

Vierundzwanzigstes Kapitel

Wie beim letzten Mal begann das Abendessen mit einer Darbietung des Prinzen von Wales auf dem Dudelsack, erneut in voller schottischer Montur. Wallis starrte auf den Kilt. War es der Balmoral-Tartan, wie Ernest behauptete?

Und wenn schon? Welchen Kilt sollte er sonst tragen? Es ging doch um sein Spiel, das sie noch bewegender fand als zuvor. Ein weiterer Beweis dafür, dass sich hinter dem fröhlichen, scherzhaften Äußeren ein nachdenklicher, sensibler Mensch verbarg. Als der Prinz sich mit rotem Gesicht setzte, klatschte niemand begeisterter als sie. Sie spürte Elizabeths sardonischen Blick, konzentrierte sich aber auf das hellblaue Aufblitzen der Dankbarkeit.

»Das habe ich selbst komponiert«, sagte er.

»Oh ja, ich erinnere mich«, gluckste George und nickte dem Diener zu, damit dieser sein Glas auffüllte. »Du hast es Vater in Balmoral vorgespielt. Er war erstaunt, weil er nicht wusste, dass du Dudelsack spielen kannst.« Er leerte sein Glas in einem Zug und runzelte die Stirn. »ES IST NICHT SCHLECHT! ABER AUCH NICHT SEHR GUT!«

Das Menü war das gleiche wie beim letzten Mal: Austern und Rind. Der Prinz hatte ein Erfolgsrezept gefunden und war offensichtlich nicht geneigt, es zu verändern. Vielleicht war auch Thelma dafür verantwortlich. Sie selbst hätte ein bisschen variiert, dachte Wallis.

Die Herzogin erzählte, Prinzessin Elizabeth sei an diesem Tag verwirrt gewesen, als ihre Mutter zu einem Termin fuhr. »Ich habe einen Basar für Arbeitslose eröffnet, und Lilibet fand, es höre sich lustig an«, erzählte die Herzogin mit ihrer hohen, entschlossenen Stimme. »Ich musste ihr erklären, dass es kein Basar war, auf dem man Arbeitslose kaufen kann, sondern einer, bei dem Geld für arme Leute gesammelt wird.«

Thelma lachte laut auf. »Urkomisch! Was Kinder so alles sagen!«

Wallis fand es ganz und gar nicht komisch. Sie schaute die Tafel hinauf, um zu sehen, was der Prinz davon hielt, doch wie beim letzten Mal achtete er nicht auf die Unterhaltung. Er schien ein privates Gespräch mit Prinz George zu führen, der neben ihm saß und schon angetrunken war.

»Ich kann mir einfach nicht vorstellen, was wir mit unseren Arbeitslosen mittleren Alters machen sollen«, seufzte die Herzogin. »Ich fürchte, viele Männer werden ihr Leben lang arbeitslos bleiben.« Sie schüttelte den Kopf, dass die Diamanten im Kerzenlicht glitzerten, und hob das kristallene Champagnerglas an die rosa geschminkten Lippen.

»Du hast zweifellos recht«, sagte der Herzog. »Aber was kann man d-d-dagegen tun?«

»Sie werden niemals Arbeit finden, wenn nicht einige Frauen ihre aufgeben«, erklärte die Herzogin.

Wallis starrte sie an. Frauen sollten ihre Arbeit aufgeben? Sie hatten doch gerade erst angefangen, ernsthaft auf den Arbeitsmarkt zu gelangen.

»Frauen«, fuhr die hohe Stimme fort, »können ganz gut untätig sein. Sie können Stunden damit verbringen, ihre Haare neu zu frisieren oder aus dem schwarzen Mantel vom letzten Jahr einen modernen Pullover zu machen.«

Fest entschlossen, ihr das nicht durchgehen zu lassen, öffnete Wallis den Mund, doch Ernest kam ihr zuvor. »Ich denke«, sagte er ruhig, aber fest, »dass der Erhalt des Wahlrechts dem ein Ende gesetzt hat. Ich glaube nicht, dass man Frauen je wieder dazu bringen kann, Haarefärben und Pulloverändern als Vollzeitbeschäftigung zu akzeptieren.«

Die Herzogin stellte ihr Champagnerglas ab. »Das denken Sie also, Mr Simpson? Nun, ich denke, es ist ein Verbrechen, wenn Frauen Stellen annehmen, die auch Männer haben könnten.«

»Ja, wie Königin sein!«, rief Prinz George und winkte dem Diener mit seinem Glas.

Bei diesen Worten kam Leben in den Prinzen. »In der Tat«, bemerkte er milde, »hat es einige ausgezeichnete Königinnen gegeben. Elizabeth und Victoria waren bessere Monarchen als die meisten Könige.«

Die Herzogin lächelte. »Nun, das ist wohl kaum relevant, oder? Du bist der Nächste in der Thronfolge. Und dann deine Kinder.«

Der Prinz antwortete nicht, dafür brüllte George den Diener an: »Bis oben, Mann, komm schon!« Dieser zuckte erschrocken zusammen, woraufhin der Rotwein über den Rand des Glases schwappte und an Georges Fingern hinunterlief. Es sah aus wie Blut, dachte Wallis.

Danach wurde im Salon getanzt, aber es dauerte nicht lange, bis der übermütige George die Gesellschaft zu einer Polonaise durchs Fort überredete. Mit ihm an der Spitze und einer sichtlich widerwilligen Elizabeth als Schlusslicht tanzten sie durch sämtliche Schlafzimmer, auch durch das des Prinzen, das im Erdgeschoss lag. Wallis registrierte in wenigen Sekunden jedes Detail. Es war schlichter als die Räume im Obergeschoss. Auf dem Bett lag ein Fellüberwurf, darüber hing eine große Regimentsflagge. Im Badezimmer entdeckte sie sowohl ein Dampfbad als auch einen lila Lippenstift.

Die Polonaise wand sich durch die Küche, in der das Personal eilig aufsprang und von George aufgefordert wurde, sich am Ende einzureihen.

Als sie endlich zurück im Salon waren, stürzte er sich auf die Kiste mit den Jazzplatten. »Hör mal, David!«, schrie er, holte eine heraus und inspizierte sie. »Hier steht, sie seien unzerbrechlich. Sollen wir sie auf Herz und Nieren prüfen?«

Ohne eine Antwort abzuwarten, schleuderte er die schwere schwarze Scheibe quer durchs Zimmer an die Wand. Sie zerbrach nicht, sondern landete auf dem Boden, nachdem sie einen Canaletto knapp verfehlt hatte. Danach wurden weitere Platten geworfen. Durch den hübschen gelben Salon, der liebevoll für gesellige Stunden eingerichtet war, segelten nun schwarze Flugobjekte, begleitet von Georges Geschrei. In seinen großen Augen loderte ein geradezu manisches schwarzes Feuer.

Wallis fand sich gemeinsam mit der Herzogin hinter dem Sofa wieder, wo sie kauerten, um den scharfkantigen Scheiben auszuweichen, die einen zu enthaupten drohten. Elizabeth starrte wortlos auf den Boden. George lachte schallend, Thelma kreischte, und Bertie versuchte, stammelnd Einhalt zu gebieten. Lampen kippten um, Fotografien fielen von den Tischen. Erst als eine Platte den Stickrahmen des Prinzen umwarf, entstand eine Pause. Dann aber forderte George, sie sollten mit den Platten auf die Poolterrasse gehen, wo er sie ungestraft gegen die Steinmauern schleudern konnte. An diesem Punkt verabschiedeten sich die Yorks. Elizabeths Miene war starr vor Verachtung.

»Partymuffel!«, schrie George ihnen hinterher, während er mit den Platten unterm Arm in Richtung Terrasse wankte und sich dabei an den Arm seines älteren Bruders klammerte. Thelma taumelte ihnen in Stöckelschuhen und hastig übergeworfenem Pelz kichernd hinterher.

Wallis spürte, wie jemand ihren Arm ergriff. »Komm«, sagte Ernest. »Wir gehen schlafen. Und gleich morgen früh reisen wir ab. Ich bin zu alt für das hier. Und wenn ich es mir recht überlege, sind sie es auch.«

Er öffnete die Tür des Rosa Zimmers. Ihr Herz zog sich zusammen. Das hübsche Zimmer, das so aufgeräumt und gemütlich gewesen war, sah aus, als wäre ein Wirbelsturm hindurchgefegt. Bei der Polonaise hatte George sich damit amüsiert, ihre Kleidung durch die Gegend zu werfen. Seidenstrümpfe hingen aus offenen Schubladen, andere intime Kleidungsstücke waren auf dem Bett verstreut. Auf dem Schminktisch standen Cocktailgläser, eines davon über und über mit Thelmas lila Lippenstift beschmiert.

Ernest schaute sich kopfschüttelnd um. »Ich kann nicht fassen, dass sich Mitglieder der königlichen Familie so aufführen. Unhöflich gegenüber dem König, über die Maßen selbstverliebt, vollkommen gleichgültig angesichts der Lebensumstände vieler Untertanen und obendrein versnobt. Es ist ungeheuerlich. Ich habe dir gesagt, wir hätten nicht mehr herkommen sollen.«

Wallis antwortete nicht. Es stimmte, das Märchenreich war geschändet worden. Aber sie war froh, dass sie wieder hergekommen waren, und wollte auch nicht am nächsten Morgen abreisen. Es war ein sonderbarer, beunruhigender Abend gewesen, doch das Gefühl, im Zentrum der Dinge zu stehen und bald herauszufinden, wer der Prinz wirklich war, war stärker denn je. Sie hoffte, Ernest würde es sich bis morgen anders überlegen.

Fünfundzwanzigstes Kapitel

Am nächsten Morgen öffnete Wallis die Vorhänge und sah eine Landschaft aus Blau und Silber. In der Nacht hatte Schnee den fächerförmigen Rasen in strahlendes Weiß getaucht und die Bäume und Sträucher mit Diamanten bemalt. In der hellen Morgensonne tanzte und funkelte alles. Sie verspürte eine kindliche Freude und wollte unbedingt nach draußen.

Ernest schnarchte noch im großen rosa Bett. Sie würde ihn nicht wecken. Er hatte die Drohung, am Morgen abzureisen, sehr ernst gemeint. Beim Einschlafen hatten sie noch die Schreie von der Poolterrasse gehört.

Sie zog rasch den Tweedmantel über, den Chanel bewundert hatte. Es war noch kein Jahr her, aber es kam ihr wie eine Ewigkeit vor.

Ihr Blick fiel auf den kleinen Schreibtisch, auf dem ein angefangener Brief an Tante Bessie lag. Sie hatte eigentlich den Abend schildern wollen, aber das Papier würde leer bleiben. Ihre aufrechte, nüchterne Tante wäre von den Ereignissen alles andere als angetan. Nach einigen Zeilen über das strahlende Wetter kritzelte sie »Wallis im (Winter-)Wunderland«, schob das Blatt in den Umschlag und steckte ihn in die Handtasche.

Dann zog sie Ernests großen Mantel über ihren eigenen, weil er viel wärmer war. Es sah seltsam aus, aber zu dieser frühen Stunde würde sie niemandem begegnen. Sie nahm ihre Handschuhe und band ein weißes Seidenkopftuch über das dunkle Haar.

In den Mantel gekuschelt, schlich sie aus dem Schlafzimmer und die Treppe hinunter. Alles war still. Die Yorks waren zurück in der nahe gelegenen Royal Lodge, und Thelma hatte sich natürlich mit ihrem Prinzen in die Felldecke gewickelt. Bei diesem Gedanken überkam Wallis ein seltsames Gefühl, das sie rasch verdrängte.

Die Diener hatten noch nicht mit dem Aufräumen begonnen, das Esszimmer war, wie sie es verlassen hatten. Von der Schwelle aus betrachtete sie die wachsverkrusteten Kristallleuchter, die umgekippten Gläser, die Rotweinflecken auf dem weißen Leinentischtuch. Der dünne essigartige Geruch mischte sich mit dem Gestank der überquellenden Aschenbecher.

Wallis fragte sich, warum Thelma so etwas duldete. Sie selbst hätte dafür gesorgt, dass das Haus wieder tipptopp in Ordnung wäre. Sie konnte nicht widerstehen und rückte vorsichtig einen Canaletto gerade, der schief an der getäfelten Wand hing. Sie betrachtete die helle, ansprechende Szene. Sonnenschein, Boote schaukelten auf den schimmernden Wellen, kleine Hunde tollten umher. Fast hörte sie das Plätschern des Wassers, das Geplapper der Menschen, die Möwen, die über allem kreisten. Sie sammelte gerahmte Fotos vom Boden auf. Der König und die Königin blickten sie an, er stirnrunzelnd, sie streng. Das Glas zwischen ihnen war gesprungen. »Nicht meine Schuld«, sagte Wallis und stellte das Foto auf einen Tisch. Bevor sie den Raum verließ, rückte sie den Stickrahmen gerade. Ihr fiel ein, wie der Prinz erzählt hatte, er habe neben seiner Mutter gesessen und sich das Sticken von ihr abgeschaut. Offenbar verstand er sich besser mit ihr als mit seinem Vater.

Sie trat aus der Haustür, die eisige Luft rauschte ihr in die Lungen. Es schien, als wäre sie der erste wache Mensch auf Erden. Kein Fuß hatte den weiten geschwungenen Rasen betreten. Er gehörte ihr allein.

Als sie sich umdrehte, um das kleine Schloss zu betrachten, lächelte sie vor Freude. Wie es da inmitten der glitzernden Bäume unter dem taubenblauen Himmel stand, wirkte es geradezu betörend unschuldig. Sie erinnerte sich, was der Prinz gesagt hatte.

»Ich liebe das Fort mehr als alle anderen materiellen Dinge.«

Das Fort war sein Paradies, sein Traum. Sie spürte, dass es für etwas Edles und Gutes stand, selbst wenn gestern Abend böse Geister darin gespukt hatten. Sie hoffte, das Gute werde triumphieren, doch dafür müsste sich der Prinz energischer durchsetzen.

Sie ging durch den Schnee, genoss das befriedigende Knirschen unter den Sohlen und bemerkte die Schneehäufchen auf den winzigen Kanonen; die Natur war so gründlich, sie achtete so sehr aufs Detail. Kein Zweig war ohne Glanz, kein Spinnennetz ohne eine Kette aus winzigen gefrorenen Diamanten.

Auf der Poolterrasse blieb sie seufzend stehen. Schwarze Kreise, Zeugen der nächtlichen Ausschweifungen, lagen auf den vereisten Steinen verstreut. Sie bückte sich, um die Etiketten zu betrachten. *Moon Over Dixie* von Duke Ellington, *Night And Day* von Fred Astaire, *All Of Me* von Louis Armstrong. Wie schade, dass diese romantischen Lieder so brutal behandelt worden waren. Aber keine Platte war zerbrochen. Die Liebe hatte überlebt.

In der Nähe stand die leicht ramponierte, zugeschneite Plattenkiste. Sie legte alle sorgfältig hinein und ging weiter, während sie die Melodien summte. *Night and day, you are the one ...*

Sie zog Ernests Mantel fester um sich und ging die gewundene Auffahrt zwischen den Rhododendronbüschen hinunter. Noch vor wenigen Monaten war sie in der Hitze dem fröhlichen Prinzen hinterhermarschiert, um den übergriffigen Lorbeer zu bekämpfen. Sie kannte ihn erst seit einem halben Jahr, und doch fiel es ihr schwer, sich ein Leben ohne ihn vorzustellen. Sie trat durchs Eingangstor in den Great Park. Sofort fühlte sich alles offener an, gelangte sie von einer kleinen, in sich geschlossenen Welt in eine weit größere. Auch hier war alles still. Der Weg war gefroren und gab unter ihren Schuhen nicht nach. Virginia Water schien fest zugefroren.

Sie erinnerte sich an die bitterkalten Winter in Maryland. Als Kind war sie ausgezeichnet Schlittschuh gelaufen. Selbst die mittellose Alice hatte sich ein Paar Schlittschuhe leisten können. Sie funkelten in der Erinnerung, etwas Hübsches inmitten großer Not. Wie hatte sie es genossen, schnell und frei zu sein auf ihren Kufen, über das glitzernde Eis zu gleiten, den Nervenkitzel der langen Kurven zu spüren, zu springen und zu landen, während Kälte sie durchströmte.

Sie ging weiter, die Hände tief in die riesigen Taschen geschoben. Die hohen Eichen waren mit Schnee betupft, der jede Ausbuchtung und jeden verdrehten Ast betonte. Dazwischen gab es geheimnisvolle schneebedeckte Mulden und Höhlen, die sie an Herne den Jäger erinnerten. Sie dachte, dass Prinz George etwas von diesem wilden, dämonischen Geist in sich zu tragen schien. Und dann erkannte sie es mit geradezu blendender Klarheit.

Wie hatte sie es übersehen können? Weil es zu unerwartet war? Weil Mitglieder der königlichen Familie nicht die gleichen Schwächen hatten wie Normalsterbliche?

Prinz George war genau wie Win. Und sein Bruder versuchte, genau wie sie, damit zurechtzukommen. Sie erinnerte sich an den angespannten Gesichtsausdruck des Prinzen, als George ein Glas nach dem anderen getrunken hatte. Wie oft hatte sie hilflos zugesehen, wenn seine Begleiter Win gnadenlos abfüllten? Der Prinz hatte sich während der Polonaise mit entschlossenem Lächeln an seinen Bruder geklammert. Wie oft hatte sie mit einem ähnlichen Grinsen einen widerstrebenden Win von einer Party geschleppt, wobei sein schwerer, sturzbetrunkener Körper sie beinahe zu Boden zog?

Die Erinnerungen kehrten in Wellen zurück, ihr wurde übel. Wie sie Flaschen versteckt und Win angefleht hatte, zum Arzt zu gehen. Kein Zweifel, sie hatte in George das gleiche Schreckgespenst der Sucht gesehen. Und im Prinzen hatte sie sich selbst gesehen.

Sie war ziemlich weit gelaufen, wie sie nun feststellte. Sie hatte den Punkt erreicht, an dem sich die prächtige Rückansicht von Windsor Castle bot, dessen Fenster im hellen Wintersonnenschein funkelten. Ihr Schatten fiel vor ihr in den Schnee, lang und schwarz auf dem funkelnden Weiß. Etwas bewegte sich; eine zweite Gestalt. Jemand stand hinter ihr.

»Mrs Simpson?« Der Prinz von Wales schaute sie fragend an.

Wie außergewöhnlich. Sie hatte an ihn gedacht, und nun war er hier. Er sah erschöpft aus, hatte schwere violette Tränensäcke unter den berühmten blauen Augen. Sie erinnerte sich an die Kämpfe mit Win, die schlaflosen Nächte, die Gewalt, die Erschöpfung, die sie auslaugte, die Verzweiflung und das Elend. Sie empfand tiefes Mitgefühl.

Er betrachtete sie überrascht, und ihr fiel ein, wie exzentrisch sie in Ernests riesigem Mantel aussehen musste. Der Prinz war tadellos gekleidet, trug einen schönen Kamelhaarmantel über einem Anzug, der nüchterner war als der von gestern Abend. Aber auch hier gab es leuchtende Akzente; eine außergewöhnlich dicke azurblaue Seidenkrawatte, sein zerzaustes goldenes Haar und die Schuhe, die auf Hochglanz poliert waren.

»Guten Morgen, Sir.« Sie sank in einen Knicks. »Sie gehen spazieren?«

Ein schlankes silbernes Etui mit Monogramm blitzte auf, ein Feuerzeug klickte. »Ich komme gerade aus der Kirche.«

»Aus der Kirche? Sir«, fügte sie hastig hinzu.

Er wirkte belustigt. »Sie scheinen überrascht. Aber das gehört wohl dazu, wenn man ich ist. Verteidiger des Glaubens und so weiter.«

»Vermutlich«, lachte sie. »Sir«, schob sie nach.

»Sind Sie eine Kirchgängerin, Mrs Simpson?«

»Nennen Sie mich bitte Wallis, Sir. Und ja, ich gehe gelegentlich hin. Nicht so oft, wie ich sollte. Wenn ich ehrlich bin, normalerweise nur, wenn ich ...« Sie hielt inne. Sie war am häufigsten in der Kirche gewesen, als es mit Win am schlimmsten war.

»Wenn Sie was?«

»Nun, wenn ich Hilfe brauche. Es gab Zeiten, in denen ein bisschen göttliche Intervention hilfreich gewesen wäre.«

Sie konnte kaum glauben, dass sie das sagte. Und dann auch noch zum Prinzen von Wales. Aber ihr Kopf war voll davon, und so war es herausgekommen.

»Das geht mir genauso«, sagte er. »Ich sitze da und vertraue dem Allmächtigen die drängendsten Fragen an, in denen ich seiner Führung bedarf. Und das sind ziemlich viele.«

Er klang reumütig, sogar traurig. Sicher meinte er seinen Bruder, und sie hätte gern etwas gesagt, das ihn vielleicht nicht tröstete, ihm zumindest aber zeigte, dass er mit seinen Sorgen nicht allein war.

Sollte sie es wagen? Eine bessere Gelegenheit käme nicht mehr. Vielleicht war es ihre letzte Begegnung; Ernest würde abreisen wollen, sobald sie zurückkam.

»Sir«, sagte sie unvermittelt. »Ihr Bruder. Prinz George.«

»Oh, ja? Ein ziemliches Original, nicht wahr?« Er grinste verlegen um die ewige Zigarette herum.

»Ich kenne solche Menschen, Sir. Ich stand einem von ihnen einmal sehr nahe ...« Sie hielt inne. »Ich wollte sagen, Sir, dass ich weiß, wie schlimm es sein kann.«

Er sah sie an, und diesmal nicht nur flüchtig. Er schien sie zum ersten Mal richtig zu sehen. Es war, als schaute sie in einen

Spiegel, ein ganz starkes Gefühl. Und als hätte sie ihn irgendwie, irgendwo schon immer gekannt.

»Oh ja«, sagte er. »Manchmal ist es wirklich schlimm.«

Sechsundzwanzigstes Kapitel

Sie gingen zusammen weiter. »Ich war Arzt, Kerkermeister und Detektiv in einem«, sagte der Prinz. Seine Worte bildeten Wolken in der glitzernden Luft. »Ich konnte ihm keine Sekunde den Rücken kehren, weil er sofort wieder in Schwierigkeiten geriet.«

Sie nickte. »Ich weiß, wie sich das anfühlt.«

»Es geht ihm jetzt viel besser, aber es besteht immer die Gefahr eines Rückfalls. Ich versuche, den Inhalt der Karaffen auf ein Minimum zu beschränken.«

Thelma hatte am Abend zuvor den Dienern die Schuld gegeben. Wallis fragte sich, ob Thelma überhaupt alles wusste. Doch warum sollte der Prinz sich eher ihr anvertrauen als seiner Geliebten?

»Er ist also ein Alkoholiker?«

»Ja. Aber nur teilweise.«

»Wie meinen Sie das, nur teilweise?« Hoffentlich gehörte er nicht zu jenen, die sich weigerten, das volle Ausmaß eines Problems zu akzeptieren.

»Ich meine, das Trinken ist nur ein Teil davon. Da wären auch noch die Drogen. Und die Frauen. Und die Männer.«

»Was?« Wallis schlug die Hand vor den Mund. »Oh mein Gott.«

Er lächelte reumütig. »Oh mein Gott, in der Tat. Eigentlich hat es mit Kiki angefangen. Kiki Preston.«

»Was hat sie getan?«

»Ihm Heroin gegeben. Sie war bekannt als das Mädchen mit der silbernen Spritze. Ich habe sie aus dem Land geworfen, zusammen mit der ganzen Bagage.«

Er ging jetzt schneller. Sie musste sich beeilen, um Schritt zu halten. »Wie hat George es aufgenommen?«

»Nicht gut, wenn ich ehrlich bin.« Er zündete sich die nächste Zigarette an. »Er stand kurz vor dem Selbstmord. Aber ich habe es geschafft, ihn zurückzuholen.«

Sie war sich nicht sicher, wo im Park sie sich befanden. Genau wie im Gespräch befand sie sich auf unbekanntem Terrain.

»Ich habe George zu mir in den St. James's Palace geholt«, fuhr der Prinz fort. »Ich habe ihn in mein Zimmer gelegt und während des ganzen furchtbaren Entzugs ununterbrochen an seinem Bett gesessen. Es war das Schlimmste, was ich je erlebt habe, und das sage ich als jemand, der an der Westfront gedient hat.« Die Hand mit der Zigarette zitterte.

»Ich habe das auch durchgemacht«, sagte sie sanft. Sie dachte an Win, wie er gezittert, geschwitzt, gedroht und nach Alkohol gebrüllt hatte. Er hatte um sich geschlagen, geflucht und mit allem geworfen, was ihm in die Finger kam.

Er schaute sie an. »Sie sagten, Sie hätten einem solchen Menschen sehr nahegestanden. Wer war es?«

»Mein Mann.«

Er sah sie erstaunt an. »Dabei scheint er ein so solider Kerl zu sein.«

Sie konnte das Lachen kaum unterdrücken. »Nicht Ernest. Mein erster Mann, Earl Winfield Spencer.«

»Earl wer?« Dann hellte sich sein Gesicht auf. »Oh, verstehe. Wie Duke Ellington.«

Jetzt musste sie einfach lachen. Der Gedanke, Win könne ein hochrangiger Aristokrat sein!

Der Prinz lachte ebenfalls. »Sie sind also geschieden?«

Sie wurde sofort ernst. Geschiedene Frauen waren bei Hof

natürlich nicht erlaubt. Vielleicht durften sie nicht einmal mit der königlichen Familie sprechen, und man würde sie vor die Tür setzen. Sie nickte und wurde rot.

Der Prinz wandte sich ab und zog an seiner Zigarette. »Darum habe ich mit den Handarbeiten angefangen. Um meine Nerven zu beruhigen. So hatte ich etwas zu tun, während ich im Krankenzimmer saß.«

Sie waren also wieder bei Prinz George, stellte sie halb überrascht, halb erleichtert fest. Dann wurde ihr klar, was er gerade gesagt hatte. Im Krankenzimmer? »Aber Sie haben erzählt, Sie hätten es von Ihrer Mutter gelernt, in Sandringham. Am Teetisch ...«

Er zuckte mit den Schultern unter dem schönen Kamelhaarmantel. »Ich konnte Ihnen schlecht die Wahrheit sagen. Jedenfalls nicht zu diesem Zeitpunkt.«

»Ihre Eltern ...«, setzte sie an. Ihr war gerade erst bewusst geworden, dass der steife König und Kaiser und seine marmorne Königin, die Inbegriffe von Würde und korrekter Form, auch Georges Eltern waren. »Was halten sie davon?«

»Mein Vater weiß, dass es ein furchtbarer Skandal wäre, wenn die Sache öffentlich würde.«

Seine Stimme war scharf. Sie verstand, was er damit sagen wollte.

»Sie meinen, für ihn zählt nur das? Aber George ist sein Sohn.«

»Mein Vater ist kein sentimentaler Mensch. Er hat eine Heidenangst vor Skandalen. Um einen Skandal zu vermeiden, hat er sich einmal ganz unsentimental geweigert, seinen Cousin mit seiner Familie nach England kommen zu lassen. Ich spreche von den Romanows.«

»Die von den Bolschewisten im Keller erschossen wurden?«

»Genau die. Ich habe früh gelernt, nicht viel von meinem Vater zu erwarten, aber Nikolaus II. konnte das nicht ahnen. Ein Fehler.«

Wie furchtbar, dachte sie. Wie kalt, gefühllos und grausam.

»Aber was ist mit Ihrer Mutter?« Sicherlich hatte sie helfen wollen. Welche Mutter würde das nicht tun?

»Meine Mutter verdrängt alles, was ihr schwierig erscheint. Als ich klein war, hat sie zwei Jahre gebraucht, um herauszufinden, dass mein Kindermädchen mich gequält hat.«

»Sie *gequält* hat?« Es wurde immer schlimmer. Die perfekte königliche Kindheit, die sie sich ausgemalt hatte, war das genaue Gegenteil gewesen. Kein Wunder, dass Georges Leben aus den Fugen geraten war.

»Sie verzeihen, wenn ich nicht ins Detail gehe. Aber einer ihrer Lieblingstricks bestand darin, mich genau in dem Moment zu kneifen, in dem sie mich an Mama übergab. Und weil ich weinte, gab Mama mich sofort zurück.«

Er tat ihr schrecklich leid. Sie sah den unglücklichen, verwirrten kleinen Jungen deutlich vor sich. Sie las es in seinen Augen, als er sie anschaute.

»Geht es Ihnen gut?«, fragte er. »Ich sehe Tränen.«

»Mir geht's gut«, sagte sie und zog ein ernestgroßes Taschentuch hervor. »Es ist nur ... so traurig. Ihre Kindheit. Ihre Eltern.«

»Sie sind zuallererst der König und die Königin und dann erst meine Eltern.« Er sprach trocken und pragmatisch. »So ist es nun mal. Wir können nicht alle in den Blue Ridge Mountains von Virginia aufwachsen, *on the trail of the lonesome pine.*«

Er zitierte ein beliebtes Lied, und sie lachte. »Sir, ich kann Ihnen versichern, in Baltimore aufzuwachsen, war auch nicht so spaßig.«

Er ging sofort darauf ein. »Tatsächlich? In welcher Hinsicht?«

»Das wollen Sie wirklich nicht hören, Sir.«

»Oh doch, das will ich. Und hören Sie bitte auf, mich ›Sir‹ zu nennen. Ich heiße David.«

»Nun, David.« Seinen Namen auszusprechen, war seltsam und aufregend. »Ich war wohl ziemlich einsam.«

Er wirkte lebhafter als je zuvor. »Das kenne ich genau! Warum waren Sie einsam?«

»Die Leute haben mich immer ausgeschlossen. Ich hatte eigentlich nur eine Freundin, Mercer Tolliver. Sie hatte goldene Haare, die sie in dicken Wurstlocken trug.« Sie lachte und schaute den Prinzen unsicher an. »Sie wollen das nicht wirklich hören.«

»Und ob! Erzählen Sie mir von Mercer Tolliver.«

»Ist das ein königlicher Befehl?«

»Ja.«

»Na schön. Mercer war die Einzige, die mich je zu einer Party eingeladen hat. Aber ihre Mutter hat mich von der Liste gestrichen, weil meine Mutter von allen verachtet wurde.«

»Warum?«

Sie beschloss, die Geschichte mit Onkel Sol zu überspringen. »Wir waren arm.«

Seine Augen leuchteten auf. »Arm?«

»Mein Vater starb an Tb, als ich noch ein Baby war. Das war mit einem Stigma behaftet, weil es als Arme-Leute-Krankheit galt. Wir lebten in einer Einzimmerwohnung, und meine Mutter nähte, um Geld zu verdienen. Sie versuchte sogar, in einer Pension zu kochen. Aber es war eine Katastrophe, denn sie hatte keine Ahnung von Haushaltsführung und fütterte alle nur mit bestem Steak. Sie hat natürlich draufgezahlt.«

Der Prinz lachte. »Erzählen Sie weiter.«

»Da gibt es nicht viel zu sagen. Insgesamt war es ziemlich deprimierend. Ich hatte keinen richtigen Mantel und bin im Winter mit nassen Haaren zur Schule gegangen. Meine Beine waren blau vor Kälte. Alle bemitleideten uns, aber auf verächtliche Art und Weise. Ich habe mich eigentlich immer nur geschämt.« Sie schaute zu Boden und war plötzlich den Tränen nahe.

Sie hörte ihn ausatmen. »Auch für mich ist immer alles mit Scham verbunden gewesen.«

Sie sah auf. »Deswegen wollte ich auch nie Kinder haben.« Sie hielt inne. Er war sicher schockiert.

»Noch etwas, das wir gemeinsam haben«, antwortete er leichthin.

Sie musste ihn missverstanden haben. Kinder zu haben, gehörte zu seinem Job. Das hatte Elizabeth gestern Abend noch gesagt. *Du bist der Nächste in der Thronfolge. Und dann deine Kinder.*

Er ging weiter, sie hinterher. Sie fragte sich, ob sie zu weit gegangen war. Sie befanden sich in einem abgeschiedenen Teil des Parks. Zwischen den verschneiten Bäumen schimmerte ein schlichtes kleines Haus hindurch. Die leeren Fenster verrieten, dass dort seit geraumer Zeit niemand wohnte. Der Prinz blieb stehen und betrachtete es mehrere Minuten lang. Ihr war, als würde er dem Haus seine Aufwartung machte, wie bei einer Gedenkfeier. Offensichtlich war hier etwas geschehen. Etwas Trauriges.

Als er sich zu ihr umdrehte, glitzerten Tränen in seinen Augen. Er war tief bewegt.

»Hier hat mein Bruder gelebt«, sagte er. »Mein Bruder John.«

Sie überlegte rasch. Die Brüder des Prinzen hießen Bertie und George. Es gab noch einen, aber der hieß ihres Wissens Henry.

»Er starb mit dreizehn Jahren«, sagte der Prinz. »Und zwar genau hier. Er war Epileptiker und lebte nicht mit der Familie zusammen. Er wohnte hier mit seiner Pflegerin, meine Eltern besuchten ihn gelegentlich.«

»Sie haben ihr eigenes Kind weggegeben?« Sie schaute auf die leeren Fenster des Hauses und stellte sich vor, wie ein kleines

Gesicht daraus hervorlugte. Sie war empört und angewidert. Diese Leute waren Barbaren.

Dass sie Gefühle zeigte, schien ihm zu gefallen. »Sein Verhalten war problematisch. Mein Vater konnte nur mit absolutem Gehorsam umgehen.«

Sie tastete wieder nach ihrem Taschentuch. »Der arme John. Der arme, arme John.«

Der Prinz lächelte schwach. »Er war ein süßer kleiner Junge. Sehr freundlich.« Dann schaute er zurück zum Haus. »Und einer von vielen Gründen, warum Elternschaft für mich nicht in Frage kommt. Will ich Vater sein? Bin ich dafür geeignet, Vater zu sein? Habe ich gute väterliche Vorbilder in meiner Umgebung?« Er zog an der Zigarette und blies den weißen Rauch in die Luft, wo er sich wie eine der Federn seines Wappens kräuselte. Er warf ihr einen flüchtigen blauen Blick zu. »Was meinen Sie?«

Sie gingen durch den Park zurück und unterhielten sich die ganze Zeit. Das Gespräch war nun betont allgemein und unbekümmert. Sie wollte ihm signalisieren, dass alles, was am kleinen Haus gesprochen worden war, dort bleiben würde, spürte dann aber, dass es nicht nötig war. Aus irgendeinem Grund vertraute ihr der Prinz.

Bald waren sie wieder am Virginia Water, und sie konnte Stimmen hören. Gestalten bewegten sich auf dem Eis und klammerten sich schreiend an Stühle, um sich abzustützen. Eine war Thelma, sie trug den bärenartigen Pelzmantel, den sie im Claridge's angehabt hatte.

»Sind das die Stühle aus der Eingangshalle?«, fragte der Prinz ungläubig. »Wie um alles in der Welt haben sie die da hingekriegt?«

Wohl mit Hilfe der kleinen Gruppe von Dienern, die neben der Eisfläche warteten, darunter Osborn im schwarzen Butlermantel, die Arme fest verschränkt. Selbst aus der Entfernung konnte Wallis sehen, wie blau seine Nase war.

»David!« Thelma winkte wild und umklammerte kreischend ihren Stuhl. Sie schob ihn auf sie zu, gefolgt von einem weiteren gelben Stuhl, den die in Pelz gehüllte Herzogin von York steuerte. Das Schlusslicht bildete der Herzog; offensichtlich konnte er als Einziger ohne fremde Hilfe Schlittschuh laufen.

»Wo bist du gewesen?«, rief Thelma über die Mauer aus gefrorenem Schilf und Rohrkolben hinweg.

»In der Kirche«, rief der Prinz zurück.

»Mit Wallis?« Thelma sah sie kichernd an. »Ich wusste gar nicht, dass Sie so fromm sind! Elizabeth und ich haben solchen Spaß«, fuhr sie fort, bevor der Prinz antworten konnte. »Ich sage immer, wenn ich in irgendeiner kleinen Straße wohnte und meine Wäsche im Hof aufhängen würde, hätte ich am liebsten Elizabeth York als Nachbarin. Dann könnten wir über die Mauer tratschen!«

Wallis schaute zu Boden, um ihr Lachen zu verbergen. Sich Thelma beim Wäscheaufhängen vorzustellen, war ebenso komisch wie Elizabeth Yorks wenig begeisterte Miene.

Auch der Prinz grinste breit. »Hast du Schlittschuhe für mich dabei? Ich laufe so gern auf dem Virginia Water. Es war so ziemlich das Einzige, woran ich als Kind wirklich Spaß hatte.«

Thelma bückte sich und hob etwas auf. Zwei Paar Kufen glitzerten im Sonnenschein. »Ein Paar war für Arnie, aber er konnte seinen Mantel nicht finden.«

»Weil seine Frau ihn trägt«, bemerkte die Herzogin von York kühl.

Thelma kicherte. »Tatsächlich. Sie sehen seltsam darin aus, Wallis. Können Sie Schlittschuh laufen? Es wäre eine Schande, wenn wir sie umsonst mitgebracht hätten!« Sie winkte mit den Schlittschuhen, die von ihrer Hand baumelten.

Wallis schaute zu den Dienern in ihren Livreen, die die

schweren Stühle geschleppt hatten und darauf warteten, sie zurückzubringen. Ihr Zittern war nicht zu übersehen.

Wallis betrat die Eisfläche, schnürte ihre Schuhe auf und schlüpfte in die Schlittschuhe. Dann richtete sie sich auf, und es war, als hätte es die dazwischenliegenden Jahre nie gegeben. Sie war wieder die kleine Bessiewallis, die leicht wie Distelwolle dahinglitt und immer schneller wurde.

Als sie in eine langgezogene Kurve bog, bemerkte sie jemanden hinter sich, der einen Kamelhaarmantel trug und dessen blondes Haar in der Sonne glitzerte und der ebenso schnell fuhr wie sie. Seine Augen waren blau wie der Himmel. Er lächelte sie an, sie lachte zurück, und sie sausten gemeinsam davon, genossen die rauschende Kälte, das Hochgefühl, die Unmöglichkeit, nicht zu lächeln, nicht fröhlich zu sein.

Das Begräbnis des Herzogs von Windsor

Windsor Castle, Juni 1972

Vom großen runden Turm des Schlosses wehte der Union Jack auf Halbmast. Man hatte Ü-Wagen und Souvenirstände aufgebaut. Auf den Rasenflächen drängten sich die Blumen noch dichter als zuvor.

Die Stadt, die bei ihrem Besuch mit Charles so verlassen gewirkt hatte, war jetzt voll. Menschenmassen säumten die Gehwege von Windsor. Alle schauten mit unverhohlener Neugier in die Limousine. Als sie die vielen Gesichter sah, begann sie zu zweifeln; vielleicht hassten die Menschen sie noch immer. Vielleicht hielt man sie noch immer für die böse Hexe, die intrigante Goldgräberin, die ihnen den Märchenprinzen gestohlen hatte.

Sie kauerte sich in den Sitz, weil sie Feindseligkeit fürchtete, und war froh über den dichten Schleier, der sie vor wütenden Blicken schützte.

»Sie ist es! Mrs Simpson!«

So hieß sie seit fast vierzig Jahren nicht mehr. Angesichts der Menschenmassen und der Blicke kam alles zurück, die Tage der Briefbomben, der zerbrochenen Fensterscheiben und an Wände geschmierten Parolen. Mit hämmerndem Herzen wartete sie auf das Hohngeschrei.

Doch es kam nicht. Stattdessen betrachtete man sie mit einer Art stillem Respekt, als wäre sie eine große alte Schauspielerin aus einem ehemals berühmten Drama, die längst zur Legende geworden war.

Um Punkt elf kamen sie an der Kapelle an. Auf den breiten goldenen Stufen wartete eine vertraute elegante Gestalt. Offenbar war Mountbatten für sie zuständig.

Die Vorhalle mit der filigranen Steinmetzarbeit und der düster eindringlichen Glasmalerei nahm ihr die Luft zum Atmen. Eine Glocke läutete. Eine Gruppe Geistlicher stand bereit, prächtig in Mitra und Pluviale. Wie sehr David es gehasst hätte, dachte sie. Er hatte Kirchenvertreter verabscheut und den Erzbischof von Canterbury am allermeisten. Er hatte ihn für einen scheinheiligen alten Snob gehalten.

Die Glocke dröhnte schwer und düster in ihrem Schädel. »Was für ein Lärm«, murmelte sie. Jedes Klirren rieb ihre Nerven aneinander, schien sie bis zur Hysterie zu verschmelzen. Ihr war, als müsste sie jeden Moment losschreien oder in wahnsinniges Gelächter ausbrechen.

»Die Glocke im Curfew Tower«, erklärte eine weiße Mitra in schwarz-goldenem Pluviale. »Sie wiegt zwei Tonnen und läutet nur bei der Geburt eines Prinzen, einer königlichen Hochzeit, einem Gottesdienst des Hosenbandordens oder beim Tod eines Monarchen.«

Ein Scherz drängte sich in ihren chaotischen Kopf. »Also kann man raten, wofür sie läutet, und hat eine fünfundzwanzigprozentige Chance, richtigzuliegen?«

Die Mitra starrte sie an.

»Darf ich Ihnen den Erzbischof von Canterbury vorstellen«, murmelte Mountbatten.

»Erzbischof Lang?« Immer noch er, nach all der Zeit? Auld Lang Swine hatte David ihn genannt.

»Erzbischof Ramsey«, korrigierte die Mitra.

Mountbatten führte sie weg. Die königliche Familie versammele sich in der Dekanei neben der Kapelle. Einige Mitglieder seien bereits dort.

Panik hämmerte in ihrer Brust. Sie umfasste den Ärmel seines Mantels. Sie wollte sagen: »Muss das sein? Wie soll ich ihnen allein gegenübertreten?«

Doch stattdessen fragte sie: »Wie soll ich sie alle erkennen?«

Er tätschelte ihre Hand und grinste wölfisch. »Ich helfe Ihnen.«

Es gab wohl für alles ein erstes Mal.

Die Dekanei war holzgetäfelt und voll dunkel gekleideter Menschen, die auf ihre wohlerzogene englische Art vorgaben, sie nicht anzustarren. Doch sie spürte die verstohlenen Blicke und eine Neugier, die ähnlich stark wie die der Menschen draußen war, sich aber anders anfühlte. Für die Menge war sie die Darstellerin in einem toten Stück, hier die lebende Verkörperung einer Peinlichkeit.

Die berüchtigte Mrs Simpson. Eine fleischgewordene Legende. Mächtig, egoistisch, herzlos. Nach wenigen Sekunden stillen Protests fügte sie sich in die Rolle. Warum nicht? Es wäre einfacher, vor allem für sie selbst. Sie bot einen Rahmen für Gedanken, die sonst nur formlose Qual gewesen wären. Sie holte tief Luft, wappnete sich und wurde mächtig, egoistisch, herzlos.

»Eddie und Katherine Kent.« Mountbatten machte sie mit einem großen glatzköpfigen Mann und einer kleinen schönen Frau bekannt.

Wallis nickte, schüttelte Hände und beschwor einige herzlose Gedanken herauf. Der Herzog von Kent war in der Tat anders als sein Vater. Prinz George hatte dichte Haare gehabt. Er war ein extravaganter, gut aussehender Mann gewesen, lebenshungrig und in vielen Dingen unersättlich. Seine Frau, Prinzessin Marina, war hochmütig und distanziert gewesen, doch die neue Herzogin, Kate Kent, war eine reine blonde Schönheit und sah freundlich aus. Das konnte nicht gut ausgehen. Die Neigung zu Gefühlen war in dieser Familie nicht gerade von Vorteil.

Mountbatten schob sie weiter. »Sie erinnern sich an Alice Gloucester.«

»Oh ja.« Die Gattin von Prinz Henry, Herzog von Gloucester, war genauso schlimm gewesen wie Marina. Doch als Wallis ihr in die verblichenen Augen sah, konnte sie keinen herzlosen Gedanken fassen. Alice hatte schwer gelitten; Henry hatte mehrere Schlaganfälle gehabt, und ihr ältester Sohn, der Erbe des Herzogtums, war bei einem Flugzeugabsturz umgekommen.

»Prinz Henry tut es sehr leid, dass er nicht hier sein kann«, sagte Alice. »Zumal er als einziges der Geschwister noch lebt. George, Mary, Bertie und jetzt David, alle dahin.«

Und John natürlich, dachte Wallis. Doch über ihn wurde nie gesprochen.

»Die Ogilvys, Alexandra und Angus.«

Prinzessin Alexandra sah aus wie ihre Mutter Marina. Neben seiner Frau wirkte Angus uralt, aber die Windsor-Frauen mochten das. Wie bei Prinzessin Mary und dem Earl of Harewood. Allesamt gerontophil.

» ... Henry Beaufort ... Olav von Norwegen ... der Premierminister Mr Heath ...«

Interessant, dachte sie. Endlich eine wahrhaft mächtige Person in einem Raum voller Menschen, die sich nur für mächtig hielten. Sie legte ihre schmale, schwarz behandschuhte Hand in die von Heath. »Der letzte britische Premierminister, den ich getroffen habe, war Stanley Baldwin.«

»Ja, so sieht es aus, Ma'am.«

»In Anbetracht der Umstände haben wir uns recht gut verstanden.«

Sie merkte, wie Mountbatten sie wegsteuerte.

»Margaret und Tony Snowdon ...«

Wallis schaute in die violetten Augen, die denen ihrer Mutter so ähnlich waren, und erinnerte sich an die kleine Margaret. Neugierig, frech, reizend. Aber das Leben oder, besser gesagt, die Familie hatte es nicht gut mit ihr gemeint. Da war die Geschichte mit Peter Townsend gewesen. Sie konnte nicht den Menschen heiraten, den sie liebte. Kein Wunder, dass Margarets hübsches Gesicht mittlerweile launisch und verbittert wirkte. Sie war fülliger geworden und trug einen reichlich eng geschnittenen schwarzen Mantel und einen Hut, der an eine schwarze Chrysantheme erinnerte. Ihr Mann Tony sah aus wie ein Hund; ein unruhiger, ungeduldiger Hund noch dazu.

»Edward und Andrew ...«

Lilibets jüngste Söhne. Der dunkelhaarige Andrew wusste um sein gutes Aussehen, schien sonst aber eher wenig zu wissen. Edward wirkte intelligenter, hatte aber die riesigen Windsor-Zähne geerbt.

»Und Anne und Charles ...«

»Tante Wallis!« Prinz Charles küsste sie, während Prinzessin Anne nur nickte und damit deutlich machte, dass sie unfreiwillig hier war.

Jemand war hinter ihr eingetreten. Die Atmosphäre veränderte sich; die berüchtigte Witwe rückte in den Hintergrund. »Oma. Na endlich«, murmelte Anne. »Warum kommt sie immer so spät?«

Um anderen die Schau zu stehlen, dachte Wallis. Im Raum war es mucksmäuschenstill; die Gesellschaft hielt den Atem an. Die Königin wider Willen traf die Frau, die nie Königin gewesen war. Wie um das Drama zu unterstreichen, verstummte nun die Glocke.

Wallis wappnete sich für den kühlen Blick, den abschätzig geneigten Kopf. Sie holte tief Luft und drehte sich langsam um.

Sie hätte am liebsten gelacht. Elizabeths Hut war unfassbar hässlich, noch immer mit der Krempe aus der Kriegszeit, in der ein weißer Plastikpfeil zu stecken schien. Sie kämpfte gegen den Instinkt; sie wollte nicht verrückt erscheinen. Stattdessen dachte sie an den Egoismus und die Herzlosigkeit, die Bosheiten und Rachegelüste, die den Abdruck der kleinen dicken Finger trugen, die sich jetzt nach ihr ausstreckten. Sie dachte an den Kampf ums Geld und den HRH-Titel, dass sie Wallis und David bei jeder Gelegenheit schlechtgemacht und ihn praktisch aus seiner Heimat verbannt hatte. Letzteres angeblich, weil sie fürchtete, er könne ihren eigenen Mann in den Schatten stellen. Doch der wahre Grund war wohl, dass sie uns für unser Glück gehasst hat, dachte Wallis.

Die gepuderte Wange näherte sich und berührte nicht ganz Wallis' eigene. Ein feiner Flaum auf der runzligen Haut, ein Hauch von Lavendel. Eine behandschuhte Hand ergriff leicht die ihre, begleitet von einem mitfühlenden Gemurmel, das alle hören konnten. »Meine Liebe, ich weiß genau, wie Sie sich fühlen. Schließlich habe ich es selbst erlebt.«

Nachdem Elizabeth den Treffer gelandet hatte, schenkte sie Wallis ihr süßestes Lächeln. Wallis lächelte warm zurück.

Etwas hatte sich verändert. Vielleicht spielte sie so gut, dass sie sich selbst überzeugt hatte, jedenfalls waren ihre Nerven nicht mehr angespannt, und auch die Enge in ihrem Kopf war verschwunden. Diese Frau hatte mit Davids Tod die Macht über sie verloren. Wallis war stets das Ziel gewesen, verletzt wurde aber immer nur ihr Mann.

»Wunderbar, nicht wahr?« Charles stand neben ihr und betrachtete seine Großmutter, die mit einem hingerissenen Canterbury plauderte. »Granny hat eine erstaunliche Wirkung auf Menschen. Es ist purer, unverfälschter Charme.«

Wallis sah ihn an. Charles war freundlich, aber ohne jede Menschenkenntnis. Er glaubte wirklich, es ginge um den Menschen und nicht um seine Position.

Inzwischen war Lilibet eingetroffen und kam in ihrer forschen Art herüber. »Ich glaube«, verkündete sie munter, »der Gottesdienst fängt gleich an.«

Siebenundzwanzigstes Kapitel

Chelsea, London

Die Fenster des großen Hauses leuchteten. Die schwarze, von brennenden Fackeln flankierte Tür stand offen, um eine Schlange von Menschen in eleganter Abendgarderobe einzulassen. Im schwindenden Licht des Vorfrühlings glitzerten Diamanten, schimmerten Perlen, glänzten Kleider und Schuhe. Die Luft war erfüllt von Lachen und Parfüm. Die legendäre Londoner Gastgeberin Lady Colefax gab eine ihrer Partys.

Wallis, die mit Ernest in der Schlange stand, erinnerte sich, wie sie vor diesem Haus die Crème de la Crème der Londoner Gesellschaft beobachtet hatte, die durch das berühmte Portal strömte. Es erschien ihr unwirklich, dass sie jetzt dazugehörte, dass sich auf dem Gehweg gegenüber Menschen versammelten, um ihr beim Eintreten zuzusehen.

Letztlich war es ganz einfach gewesen, nur ein Telefonanruf. »Sibyl Colefax hier«, hatte eine selbstsichere Stimme ihr eines Morgens mitgeteilt.

Wallis war so erstaunt gewesen, dass sie fast den silbernen Hörer hatte fallen lassen. Ernest war wie erwartet weniger aufgeregt. »Warum lädt sie uns ein?«, wollte er wissen, nachdem Wallis ihm geduldig erklärt hatte, wer Lady Colefax war. »Wir kennen sie doch gar nicht.«

»Versuch dich zu freuen, Ernest. Es ist die begehrteste Eintrittskarte der Stadt!«

»Wir können uns keine begehrten Eintrittskarten leisten,

Wallis.« Das Geld war nie knapper gewesen in Bryanston Court. Sie überlegten sogar, sich einen Untermieter zu suchen.

Da eine Neuanschaffung nicht in Frage kam, trug sie ihr Chanel-Kleid. Wie immer war es, als hätte Coco etwas von ihrer eigenen Unbezwingbarkeit ins Kleid genäht. Sie war nicht nervös, nur fröhlich und neugierig, und schaute sich aufgeregt nach Leuten um, die sie von den Gesellschaftsseiten kannte.

»Wallis!« Es war Cecil.

Sie drückte erfreut seinen Arm. »Wie schön, Sie zu sehen!«

»Gleichfalls, meine Liebe.« Die abfallenden Augen musterten sie. »Sie sind das Stadtgespräch.«

»*Ich?*«

»Nun, Sie und Arnie.« Cecils Lächeln erfasste nun auch Ernest, der ihm gereizt zunickte und »Ernest!« murmelte.

»Aber warum?«

»Wegen der Kleinigkeit, zwei Wochenenden im Fort verbracht zu haben. Einmal eingeladen zu werden, ist interessant. Aber zweimal ist faszinierend.« Er stupste sie an. »Man hat Sie jetzt im Blick, Baby. Eine offizielle FDP. Freundin des Prinzen. Sie sind oben angekommen. Und ich habe Sie gekannt, als Sie noch zu gar nichts eingeladen wurden.«

»Danke, dass Sie mich daran erinnern, Cecil.« Sie sagte es leichthin, um ihre Überraschung zu verbergen. Dass man sie wegen des Prinzen eingeladen haben könnte, war ihr gar nicht in den Sinn gekommen. Und selbst wenn er recht hatte, waren seit dem Besuch einige Wochen vergangen, und sie hatte seither von niemandem gehört. War sie oben angekommen und schon wieder abgestürzt?

Falls ja, wäre es eine bittere Enttäuschung. Was der Prinz auf dem Spaziergang preisgegeben hatte, kam ihr immer erstaunlicher vor, und sie musste ständig daran denken. Sie hatte es nicht erwähnt, nicht einmal Ernest gegenüber. Und seither summte es in ihr wie ein Motor.

Sie hatte ihn geheimnisvoll gefunden und einige seiner vielen Gesichter gesehen, doch was sich dahinter verbarg, verblüffte sie dann doch. Damit hatte sie nicht gerechnet, es sich nicht einmal vorstellen können. Sie fühlte sich geehrt, weil er sich ihr anvertraut hatte, war gerührt von seiner Verletzlichkeit und schockiert von allem, was er durchgemacht hatte. Durch die gemeinsamen schmerzhaften Erfahrungen waren sie einander nah und allen anderen fern. Sie verstand ihn auf eine Weise, wie es nur wenige Menschen konnten. Es war, als hätte man ihr eine verblüffende Wahrheit enthüllt.

Vielleicht glaubte er, er habe zu viel verraten. Es wäre verständlich, wenn er bereute, mit einer fast Unbekannten so offen gesprochen zu haben.

Cecil drängte sich dreist neben ihr in die Warteschlange, sehr zum Ärger der Frau hinter ihnen. »Hallo, Emerald«, strahlte er über die Schulter. »Sie sehen heute Abend bezaubernd aus.«

»Blöde alte Schachtel«, flüsterte er Wallis zu. »Eigentlich heißt sie Mavis, aber ein Numerologe hat ihr gesagt, es bringe Glück, Emerald zu heißen.«

Die Schlange bewegte sich vorwärts. Wallis konnte jetzt durch die offene Tür ins Haus sehen: ein schöner Marmorkamin mit einem Spiegel darüber, dahinter ein herrliches großes Zimmer mit bodentiefen Fenstern. Cecil stieß sie wieder an. »Na kommen Sie! Wie ist der Prinz von Wales wirklich?«

»Sehr angenehm.«

Er sah enttäuscht aus. »Ist das alles?«

»Das ist alles.«

Sie waren jetzt im Haus, alles war in Bewegung. Kellner schwebten mit silbernen Tabletts voller Champagnerflöten durch den Raum. Dienstmädchen huschten mit parfümierten Fackeln vorbei und hinterließen eine Duftspur. Irgendwo spielte eine Jazzband. Wallis schaute sich um und nahm alles in sich auf. So gab man also eine Party.

»Cecil!«, rief eine tiefe, wohlklingende Frauenstimme. Eine elegante Blondine in langen weißen Handschuhen schlenderte auf sie zu. »Viscountess Castlerosse«, murmelte Cecil, als sie näherkam. »*Grande horizontale.*«

Ernest beugte sich vor. »Was ist das?«

»Eine Deckenexpertin.«

Viscountess Castlerosse trug ein enges weißes, mit Edelsteinen besetztes Kleid und hielt eine Zigarettenspitze in der Hand. »Sie sind also Mrs Simpson«, sagte sie zu Wallis und musterte sie mit freundlichem Interesse.

Der missachtete Ernest gab nicht auf. »Sie sind also Innenarchitektin«, sagte er. »Eine Decken…«

Er hielt inne, als sich etwas hart in seine Rippen bohrte.

»Keine ist so extravagant wie Doris«, zwitscherte Cecil nervös. »Ihre Vorstellung von Sparsamkeit ist es, nur zwölf Couture-Kleider pro Saison zu kaufen. Stimmt's, liebe Doris?«

»Sie tun mir unrecht, Cecil.« Die Viscountess sah ihn misstrauisch an.

Cecils ohnehin blasses Gesicht hatte nun jede Farbe verloren.

»Ich bin ein sehr ernsthafter Mensch«, fuhr Doris fort. »Keiner liebt das geschriebene Wort mehr als ich. Vor allem unter einem Scheck.« Sie schlenderte lachend davon.

Sie folgten der Menge durch eine Reihe eleganter Räume aus dem achtzehnten Jahrhundert. Kerzenhalter mit echten Kerzen flackerten neben den vergoldeten Rahmen offenbar bedeutender Gemälde; mythische Szenen mit fleischigen Göttinnen und sich aufbäumenden und stürzenden Pferden waren zu sehen. Dazu gab es Hunde, die traurig nach oben schauten, ein Kind, das einen Vogel hielt, und einen Mann, der in einem niederländischen Interieur in die Ecke pinkelte. Ernest studierte alle aufmerksam.

Cecil beugte sich zu Wallis. »Jemand muss Arnie sagen, dass man sich auf Partys keine Bilder ansieht.«

Sie verteidigte ihren Mann. »Nun, Ernest schon.«

Sie schlenderte über glänzend lackierte Böden, vorbei an Wänden, die mit tiefgrünem Brokat bespannt und mit goldglänzenden Leisten eingefasst waren. Es gab Sockeluhren aus schönem Holz, mit goldenen Schnörkeln, weißen Emaille-Zifferblättern und Pendeln aus Holz und Gold, die sich hinter einer Glasscheibe bewegten. Überall standen Vasen und Marmorbüsten auf eleganten Schränken.

»Da ist Diana«, sagte Wallis, als sie einen schmalen, glänzend blonden Kopf am anderen Ende des Raumes bemerkte. Sie winkte, froh, ein vertrautes Gesicht zu sehen. Ein blasser, eleganter Arm hob sich zur Antwort.

»Wie die Lady of the Lake, die Excalibur hält«, sagte Cecil ehrfürchtig. Er deutete auf verschiedene Leute. »Da ist Chips Channon. Cocteau sagte, seine Augen seien wie von Cartier gefasst.« Zumindest glitzerten sie so, dachte Wallis und betrachtete Channons glattes Haar und sein adrettes Äußeres. »Bei ihm steht Lord Berners. Er färbt seine Tauben rosa und patrouilliert mit einer Schweinskopfmaske auf seinem Anwesen.«

»Warum das?«

»Natürlich um Schaulustige abzuschrecken«, sagte Cecil, als wäre es ganz offensichtlich. »Und dann ist da noch Edwina Mountbatten. Ihr Großvater war der Bankier des Königs. Sie hat ein Stadthaus in Mayfair, vier van Dycks und Werke von Reynolds, Raeburn und Frans Hals geerbt.«

Wallis brach in Gelächter aus. »Verzeihung«, sagte sie, als Cecil beleidigt dreinschaute. »All dieser Reichtum ist einfach lächerlich.«

»Wenn Sie meinen. Aber hier haben wir einen armen Menschen.« Er deutete auf einen großen blonden Burschen mit römischer Nase. »Er heißt William Walton. Ein musikalisches Genie, das bei den Sitwells wohnt und einen sehr amüsanten Lancashire-Akzent hat.«

Wallis wandte sich zu ihm. »Sie sind ein solcher Snob, Cecil.«

»Das bestreite ich nicht. Und dann wäre da Evelyn Waugh, der noch schlimmer ist als ich. Er hält es für gewöhnlich, aus dem Fenster zu schauen.«

»Aus dem Fenster zu schauen ...?«, wiederholte Ernest. Seine Miene war halb entsetzt, halb erschöpft. Wallis ahnte, dass er nicht lange durchhalten würde.

»Wer ist Lady Colefax?«, fragte sie.

»Sie meinen, Sie wissen es nicht?«

»Ich bin ihr nie begegnet.«

Cecil sah sich um. »Sybil«, verkündete er kategorisch, »wird die am schlichtesten gekleidete Frau von allen sein. Sie ist der Inbegriff dezenter Eleganz. Zeigen Sie sich von Ihrer besten Seite, wenn Sie mit ihr sprechen. Sie versteht sich meisterhaft darauf, ein verbales Feuerwerk zu entfachen.«

Ernest stöhnte. »Ich bin mir nicht sicher, ob ich mich einem verbalen Feuerwerk gewachsen fühle. Es war ein langer Tag im Büro. Hol mich einfach, wenn du fertig bist, Wallis. Ich setze mich irgendwo hin.« Er nahm sich ein Glas von einem Tablett und verschwand.

Sekunden später erschien der Inbegriff dezenter Eleganz. »Sibyl!«, rief Cecil aus, als eine große, gutaussehende Frau mit eisengrauem Haar auf sie zukam. »Darf ich Ihnen Mrs Wallis Simpson vorstellen. Sie lebt vom Pokern und weiß alles über die Bordelle von Shanghai.«

Wallis' Magen fiel ins Bodenlose. Natürlich war es die Retourkutsche, weil sie vorhin Cecils Fragen ausgewichen war. Mit brennendem Gesicht suchte sie nach Worten. Aber nach welchen? Sie konnte es nicht leugnen. Und doch hatte man ihr genau wie Doris unrecht getan. Zum Glück war Ernest nicht mehr da.

Sibyl hingegen schien entzückt. »Meine Liebe, das ist einfach köstlich!« Sie sprach leise, warm und zustimmend. Ihr Blick schweifte über Wallis' Schulter zu den Leuten dahinter. Die Audienz war vorbei.

Wallis drehte sich wütend nach Cecil um, doch er war verschwunden. Also schnappte sie sich ein Glas vom nächstbesten Tablett und leerte es in einem Zug. Es versetzte ihr förmlich einen Stoß, sie taumelte leicht. Sie sollte besser etwas essen. Lächelnde Hausmädchen trugen Tabletts mit kleinen Sandwiches herum. Wallis nahm eins und tröstete sich mit dem üppigen Geschmack von Gänseleber.

»Wie war es im Fort?« Es war Diana. »Ich habe gehört, Sie waren wieder dort.«

Wie es aussah, hatten alle davon gehört. Sie fragte sich, ob Diana eifersüchtig war, doch ihre großen blassen Augen verrieten nichts.

»Sie müssen den Prinzen schon ziemlich gut kennen«, sagte Diana leichthin.

Wallis lächelte unverbindlich. Falls Diana auf Neuigkeiten aus war, würde sie nichts von ihr erfahren.

»Nicht, dass es wirklich möglich wäre«, fuhr Diana fort. »Er ist ein Rätsel, und sein Charme besteht vor allem darin, die Menschen glauben zu lassen, sie seien die Einzigen, die ihn verstünden. Damit gibt er ihnen das Gefühl, etwas Besonderes zu sein. Und übt große Macht aus.«

Sie schwebte davon, Wallis sah ihr nach. Diana hatte keine Ahnung, wovon sie redete. Was der Prinz ihr offenbart hatte, konnte unmöglich etwas anderes sein als die schmerzliche Wahrheit, die ein leidender Mensch einem anderen erzählte.

Sie beschloss, Ernest zu suchen. Der Abend hatte seinen Glanz verloren; sie wollte nach Hause. Als sie den Raum verließ, hob Diana wieder ihren weißen Arm. Cecil war bei ihr, und Wallis begriff, woher er die Pokergeschichte hatte.

Sie war nicht überrascht, als sie Ernest in der Bibliothek entdeckte. Er saß mit einem Bücherstapel auf dem Schoß in einer Ecke und schien vollkommen glücklich. Womöglich war er der glücklichste Mensch im Haus, dachte Wallis. Die meisten Gesichter wirkten unruhig und angespannt unter Juwelen und Make-up. Ein Gesicht sah besonders angespannt aus. Überrascht erkannte Wallis, dass es Thelma war. Ihr Herz schlug schneller: War der Prinz auch hier?

Ihre Blicke trafen sich, und Thelma eilte herüber. Sie sah besser aus als sonst in ihrem lockeren rosa Crêpe-de-Chine-Kleid mit einem passenden langen Mantel. Ihr Haar war unter einem Turban aus rosa Krepp versteckt. »Wallis, wie schön, Sie zu sehen!«

Das war eine Überraschung, sie hatte lange nichts von ihr gehört. So war Thelma eben.

»Vorsicht«, murmelte sie. »Hier kommt Dampfschiff Willie.«

Ein kleiner, schmächtiger Mann trat zu ihnen. Er hatte ein Gesicht wie ein Nagetier, rote Haare und wirkte streitlustig.

»Wallis, Darling, das ist Duke«, sagte Thelma.

Wallis war fasziniert. Das war also der berühmte Marmaduke Furness, Multimillionär und Reeder, unsentimental, mit einem Hang zum Fluchen und Fan von Trüffeln in Champagner.

»Duke, Darling, das ist Wallis Simpson.«

»Wer zum Teufel ist Wallis Simpson?«

Sie schaute nach unten, ihre Lippen zuckten. Lord Furness wurde seinem Ruf mehr als gerecht. Er war so unhöflich, dass es fast schon komisch war.

Dann bemerkte sie, dass Ernest sich nicht länger den Büchern widmete, sondern zu ihnen herübergekommen war.

»Das ist Mr Arnold Simpson«, sagte Thelma. »Er arbeitet auch in der Schifffahrt.«

Furness' blasse, vorstehende Augen huschten über Ernest

und dessen abgetragenen Abendanzug. »Ach, wirklich? Wie heißt denn die Firma?«

»Simpson, Spence und Young.«

»Nie gehört.«

Er wirkte angewidert, als er sich auf dem Absatz umdrehte und durch die Menge pflügte.

»Das war also Duke«, sagte Wallis und sah ihm nach. Es war, als hätte man sie mit kaltem Wasser übergossen.

»Reizend, nicht wahr?«, meinte Thelma trocken. »Aber jetzt, wo er weg ist, muss ich Sie etwas fragen.«

Neue Hoffnung keimte in Wallis auf. Vielleicht würde sie den Prinzen doch wiedersehen. Sie schaute Ernest fragend an, der sich in sein Schicksal fügte. »Ich bin da drüben«, sagte er und nickte in Richtung der Bücherregale.

Wallis lächelte Thelma an. »Also, wie kann ich Ihnen helfen?«

»Hier können wir nicht reden«, sagte sie und schaute sich gehetzt um. »Es ist eine heikle Angelegenheit. Haben Sie morgen Zeit zum Mittagessen?«

Achtundzwanzigstes Kapitel

»Es geht um meine Schwester Gloria«, sagte Thelma und drehte den Stiel ihres Champagnerglases.

Sie hatte das Ritz für ihr Mittagessen ausgewählt. Wallis war seit dem ersten Treffen nicht mehr dort gewesen. Die Amoretten und Springbrunnen waren dieselben, aber etwas hatte sich verändert. Die ehemals triumphierende Thelma schien zutiefst niedergeschlagen. Sie hatte, ganz untypisch, noch nicht einmal ihr erstes Glas Champagner ausgetrunken.

»Was ist denn mit Gloria passiert?«, fragte Wallis, die, noch untypischer, selbst Champagner eingeschenkt bekommen hatte. Sie hob das Glas an die Lippen.

Thelma schaute auf. Ihr Gesicht war aufgedunsener als sonst, sie hatte dunkle Ringe unter den verquollenen Augen. »Sie haben ihr die kleine Gloria weggenommen.«

»Ihre Tochter?« Wallis stellte das Glas ab. Sie wusste, dass Glorias Ehemann Reggie Vanderbilt plötzlich gestorben war. Es hatte in allen Zeitungen gestanden. Warum sollte man dem Kind den einzigen verbliebenen Elternteil nehmen?

Die Antwort war schockierend. »Reggies Mutter sagt, Gloria sei ein unmoralischer Mensch. Es wird zu einer Gerichtsverhandlung kommen ... Man wirft ihr schreckliche Dinge vor.« Thelma griff nach ihrem Glas.

»Was für schreckliche Dinge?«

Sofort bot ein Kellner an, ihr nachzuschenken. Thelma war

nicht indiskret wie üblich und wartete, bis er gegangen war.
»Man hat sie mit jemandem im Bett erwischt.«

»Aber Reggie ist tot. Was soll Gloria denn machen?«

»Der Jemand war kein Mann.«

»Verstehe«, sagte Wallis gleichmütig und nippte an ihrem Champagner.

»Sie sind nicht schockiert und angewidert?«, fragte Thelma überrascht.

»Was Leute im Bett tun, ist ihre Sache, solange sie niemand anderem damit schaden. Finden Sie nicht?«

Schließlich war Thelma mit dem brutalen Duke verheiratet, der, genau wie Win, nicht gerade eine gute Werbung für heterosexuelle Beziehungen war. Außerdem hatte Thelma eine Affäre mit dem Prinzen von Wales. Daher hätte sie von Thelma eine besonders tolerante Haltung erwartet.

Doch diese schüttelte den Kopf. »Es kommt mir vor allem ungelegen. Ich soll nämlich alles stehen und liegen lassen und nach New York reisen, um sie zu unterstützen.« Sie trank noch einen Schluck Champagner.

»Na ja, es ist Ihre Schwester«, bemerkte Wallis, der Thelmas Illoyalität gar nicht gefiel. Hätte sie eine Schwester, würde sie sie unterstützen, selbst wenn sie spröde und streitlustig wie Gloria wäre.

»Ach, wir waren immer eher Rivalinnen als Schwestern«, sagte Thelma abschätzig. »Mama hat uns von Anfang an gegeneinander aufgehetzt. Wir sollten beide reiche Männer heiraten. Sie hat uns die Wimpern geschnitten, damit sie dichter nachwuchsen, und uns in Handschuhen und mit Cold Cream auf den Händen schlafen lassen, damit sie weiß und weich blieben.«

Wallis fragte sich, was Mama davon hielt, dass Gloria in ihrem Streben nach Reichtum derart spektakulär gescheitert war.

»Egal«, sagte Thelma, als der Kellner ihr die Speisekarte

reichte, »ich habe Sie nicht zum Essen eingeladen, um über Gloria zu reden.«

Zum Essen eingeladen. Würde Thelma diesmal bezahlen? Na hoffentlich. Das Simpson-Vermögen hielt keine weitere Rechnung aus. Dennoch bestellte sie vorsichtshalber den üblichen kleinen grünen Salat.

Thelma klappte die Speisekarte zu. »Tournedos Rossini«, orderte sie. »Medium. Und mehr Champagner.«

Als der Kellner davonglitt, beugte sie sich vor und enthüllte ihr wie stets gewagtes Dekolleté. »Ich möchte, dass Sie etwas für mich tun, während ich weg bin.«

Wallis schaute sie argwöhnisch an. »Was denn?«

Thelma hob ihr Glas und kicherte. »Passen Sie für mich auf den kleinen Mann auf.«

»Welcher kleine Mann? Wer soll das sein?«

»Natürlich David.«

Plötzlich schien sich alles um sie herum zu verlangsamen.

»Auf ihn aufpassen?«, fragte sie schwach. »Ich?«

»Ja, Liebes. Er scheint Sie ziemlich ins Herz geschlossen zu haben. Sie hätten neulich ein nettes Schwätzchen gehalten, sagt er.«

Schwätzchen, so konnte man es natürlich auch nennen. Aber sie bezweifelte, dass Thelma irgendetwas von dem wusste, was der Prinz ihr erzählt hatte. Der Gedanke, dass er sie sympathisch fand, ließ sie innerlich erglühen. Er hatte es also nicht bereut.

»Das haben wir«, stimmte sie zu und hoffte, Thelma werde nicht fragen, worum es bei dem Schwätzchen gegangen war. Doch es schien sie überhaupt nicht zu interessieren.

»Ich finde ja, er redet wie ein Wasserfall.« Das Essen war gekommen, und sie sägte ein Stück Steak ab. »Das geht bei mir zum einen Ohr rein und zum anderen raus.«

Wallis spießte ein Salatblatt mit der Gabel auf und stellte

fest, dass ihre Kehle wie zugeschnürt war. Sie musste heftig schlucken.

Thelma beobachtete sie belustigt. »Gefährliche Dinger, diese Salate. Da bleibe ich doch lieber bei der guten alten Gänseleber.« Sie stocherte mit der Gabel in der Foie gras, die auf ihrem Steak lag. »Nun, Schätzchen, Sie passen für mich auf den kleinen Mann auf, ja? Damit er keinen Unfug anstellt.«

»Welchen Unfug?«

Thelma kaute. »Hauptsächlich andere Frauen«, sagte sie mit vollem Mund. »In meiner Position kann man sich nicht umdrehen, ohne dass eine andere in sein Bett hüpft. Allerdings«, grinste sie, »wäre die ganz schön enttäuscht. Ich nenne ihn nicht ohne Grund den kleinen Mann. Sie erinnern sich vielleicht.«

Wallis sah auf ihren Teller. Sie hasste Thelma, weil sie so gefühllos über den Prinzen sprach. Sie schien ihn weder zu verstehen noch zu lieben oder irgendeine Loyalität zu empfinden. Ihr Interesse an ihm war vollkommen eigennützig.

»In Ordnung«, sagte sie. Dann würde sie ihm eben eine Freundin sein. Die brauchte er ganz sicher, Prinz hin oder her.

»Gut. Bei Ihnen ist er sicher«, sagte Thelma und trank einen Schluck Champagner. »Er dürfte Sie kaum attraktiv finden. Sie sind viel zu alt und mager!«

»Sag mir, dass das ein Witz ist«, stöhnte Ernest. Er war gerade von der Arbeit gekommen und grau vor Erschöpfung. »Schon wieder ins Fort?«

Ihr Mann war offenbar der einzige Mensch auf Erden, den diese Einladung erschreckte. Andererseits war es genau das, was sie an ihm respektierte und gernhatte. Ernest war kein Snob, sondern absolut integer.

»Nur, solange Thelma weg ist«, versicherte sie ihm. »Und es werden nicht viele Leute da sein. Nur die Fruity Metcalfes.«

Ernest, der auf dem Sofa im Wohnzimmer saß, hatte gerade

einen Schluck Whisky getrunken und musste husten. »Die Fruity Metcalfes?« Seine Augen blitzten. »Wer in Gottes Namen sind denn die?«

Diesmal brauchten sie nicht den Zug zu nehmen. Man schickte einen Wagen, der so luxuriös und bequem war, dass Ernest sofort einschlief und den ganzen Weg von Marble Arch bis Sunningdale vor sich hin schnarchte. Wallis wartete aufgeregt auf den wunderbaren Moment, in dem die Türme des Forts über den Baumwipfeln erschienen. Ihr Herz schlug höher beim Anblick des Märchenschlosses mit der Flagge, die im Sonnenuntergang wehte.

Diesmal waren sie im Zimmer der Königin mit dem riesigen kathedralenartigen Fenster untergebracht, das eine ganze Wand einnahm. »Man hat uns befördert«, sagte Ernest. Der ausgiebige Schlaf schien ihm gutgetan zu haben. Seine müden Augen wirkten heller, und wenn er auch nicht gerade fröhlich war, so doch schicksalsergeben. »Nun zu den Fruity Metcalfes«, sagte er. »Ich frage mich, wer die süße Frucht ist, sie oder er.«

Er, wie sich herausstellte. Fruity war ein hochgewachsener Mann in schrillem Senfkaro. Er stand vor dem Kamin im Salon, als gehörte er dorthin.

»Ich bin der ursprüngliche, wilde Ire!«, informierte er sie dröhnend. Wallis und Ernest erfuhren schnell, dass er den Prinzen von Wales schon lange kannte. »Wir haben uns in den Zwanzigerjahren in Indien kennengelernt. Seither bringe ich ihn vom rechten Weg ab! Der König hat mich immer für einen schlechten Einfluss gehalten!«

Er wirkte seltsam kampflustig, dachte Wallis, als betrachtete er alle Neuankömmlinge in der königlichen Herde als potenzielle Bedrohung und wollte sie unbedingt abschrecken.

»Einen Drink?« Fruity machte sich besitzergreifend an den Karaffen zu schaffen. Zu ihrer Überraschung hörte Wallis, dass

Eiswürfel klirrten. Osborn musste seine Meinung geändert haben. Lag es vielleicht an dem Weihnachtsgeschenk?

Fruitys dunkelhaarige, dunkeläugige Frau war das genaue Gegenteil ihres Mannes, nämlich äußerst zurückhaltend. Sie saß lässig auf einem Sofa und betrachtete Ernest und Wallis, vor allem aber Wallis, mit einem abschätzigen Blick, der an die Herzogin von York erinnerte. Wallis lächelte freundlich und fragte sich, was genau diesen Frauen das Recht gab, so unhöflich zu sein.

Ihr Name war Lady Alexandra, aber sie war als Baba bekannt, ein Spitzname aus ihrer Kindheit in Indien. Die Curzons, von denen Baba abstammte, waren Aristokraten und koloniale Bonzen, deren Horizont durch den Kontakt mit verschiedenen Kulturen und Ländern nicht gerade erweitert worden war.

»Sie haben wahrscheinlich schon von Babas Schwager gehört«, sagte Fruity, der breitbeinig vor dem Kamingitter stand, als wollte er so viel Platz wie möglich einnehmen. »Tom Mosley.«

Baba lächelte bei sich, als der Name fiel. Ein verstohlenes, katzenhaftes Lächeln. Ernest horchte auf. »Sie meinen Oswald Mosley?«, sagte er. »Von der British Union of Fascists?«

»Eben der«, bestätigte Fruity in seinem irischen Akzent, der für Wallis sowohl zu irisch als auch zu kampflustig klang. Was wollte dieser Mann beweisen? »Prima Kerl, genau das, was das Land braucht, finden Sie nicht?«

Ernest sah ihn unverwandt an. »In der Tat finde ich das nicht«, sagte er. »Die British Union of Fascists zeigt in meinen Augen unerfreuliche Tendenzen.«

Baba starrte Ernest kalt an. »Ach, wirklich?«, fragte Fruity aggressiv.

»Wirklich«, entgegnete Ernest und ließ die Eiswürfel in seinem Whiskyglas kreisen. »Ich finde die Art und Weise, in der sie ins East End gehen, um sich mit Juden zu prügeln, äußerst unerfreulich.«

»Sie glauben also nicht, dass Großbritannien nur den Briten gehört?«, fragte Fruity. Sein breites, sorgloses Grinsen wirkte jetzt höhnisch. »Sie sind ohnehin Amerikaner, was also geht es Sie an?«

»Gut gesagt«, stimmte Baba gehässig zu.

Wallis, die Ernest gegenübersaß, hielt die Luft an. Die Stimmung war sehr schnell hässlich geworden. Sie fragte sich, warum der Prinz mit solch unangenehmen Leuten befreundet war. Ausnahmsweise war sie mit dem König einer Meinung. Trotz ihrer komischen Spitznamen waren Baba und Fruity alles andere als komisch.

Sie hatte erwartet, dass Ernest nachgeben würde, doch stattdessen stellte er sein Glas behutsam auf einen Beistelltisch und erhob sich. Er war sehr groß, größer als Fruity. Er war auch breiter gebaut und strahlte in seinem nüchternen grauen Anzug neben Fruitys albernen Karos ruhige Beherrschtheit aus.

»Eigentlich«, begann Ernest, »bin ich nur Halb-Amerikaner. Mein Großvater war Jude, aus Warschau.« Er hielt inne, bevor er mit leisem Stolz fortfuhr: »Sein Name war Leon Solomon, und er kam während der Pogrome nach London. Dann zog er nach Plymouth, wo er im Hafen arbeitete und das Schifffahrtsunternehmen der Familie gründete. Mein Vater war eines von zwölf Kindern, und als er auszog, um in den Staaten sein Glück zu suchen, änderte er seinen Namen in Simpson.«

Absolute Stille senkte sich über den Salon. Baba sah entsetzt aus, Fruity wütend. Wallis hätte am liebsten applaudiert. Aber in den Stolz und die Freude, mit denen sie Ernest anschaute, mischte sich auch große Überraschung.

Der Prinz erschien plötzlich wie immer, und wie immer war es, als würde die ganze Gesellschaft durch die Luft gewirbelt und schwebte langsam auf die Erde. Er trug einen grauen Nadelstreifenanzug mit breiten Revers und weiter Hose. Eine breite lavendelfarbene Seidenkrawatte und schwarz-weiße Brogues vervollständigten den Look. »Nun«, sagte er, nahm einen Drink von Fruity entgegen und schaute rasch in die Runde. »Wie geht es euch so? Worüber habt ihr gesprochen?«

»Das Wetter«, sagte Wallis rasch und lächelte reizend.

Als sie wieder im Zimmer der Königin waren, schloss sie die Tür und lehnte sich dagegen. »Du hast mir nie von deinem Großvater erzählt!«

»Du hast nie gefragt.« Ernest zog die Augenbrauen hoch. »Stört es dich?«

Sie schüttelte den Kopf. »Natürlich nicht. Ganz im Gegenteil. Er scheint ein toller Kerl gewesen zu sein. Aber warum hast du es jetzt erwähnt?«

Er wandte sich ab, die Hände in den Taschen, und trat an das prächtige Fenster. Ein Hausmädchen war hier gewesen, während sie unten waren, und hatte die roten Vorhänge geschlossen. Ernest zog sie wieder auf. »So ist es besser«, sagte er und drehte sich zu ihr um. »Um deine Frage zu beantworten: Ich habe meine Herkunft für mich behalten, weil ich mir nicht sicher war, ob sie sonderlich vorteilhaft ist. Aber so, wie sich die Dinge entwickeln, müssen wir uns bald für eine Seite entscheiden.«

Neunundzwanzigstes Kapitel

Zu ihrer Überraschung hatte sich das Abendmenü geändert. Leicht geräucherter Lachs, danach Huhn in einer köstlichen Estragonsoße. Sie fragte sich, ob es mit Thelmas Abwesenheit zu tun hatte. Nun, da sie das Personal nicht schlechtmachen konnte, zeigte es sich von seiner besten Seite.

Überraschend war auch, dass der Prinz vor dem Abendessen nicht auf dem Dudelsack spielte. Er wirkte müde und sah nach dem strahlenden Auftritt im Salon eher niedergeschlagen aus.

Fruity beeilte sich, es zu erklären. »Wir waren heute in Yorkshire und haben in furchtbaren Kleinstädten und Dörfern Arbeiterklubs besucht.«

»Oh, Sir, wie langweilig für Sie«, sagte Baba schaudernd. »Sind Sie nicht furchtbar müde?«

Der Prinz drückte seine Zigarette in dem silbernen Aschenbecher aus, der neben dem unberührten Lachs stand.

Die Atmosphäre war unbehaglich. Wallis spürte, dass jemand die Gesprächsführung übernehmen musste, und da Thelma nicht hier war, fiel ihr wohl diese Aufgabe zu. Schließlich sollte sie auf den kleinen Mann aufpassen. Geschickt und scheinbar naiv lenkte sie das Gespräch auf Amerika.

Dass Metcalfe Roosevelt verachtete, störte sie nicht im Geringsten. Von jemandem, der glaubte, ein Staat müsse die Menschen brechen, statt sie stark zu machen, hatte sie nichts anderes erwartet. Schließlich kam das Gespräch wie geplant auf Baltimore.

»Baltimore, Irland?«, spottete Fruity. »In der Grafschaft Cork, an der Roaringwater Bay?«

Es war ein Wettbewerb, das begriff sie jetzt. Fruity, der Ire, gegen sie, die Amerikanerin.

»Baltimore, Maryland«, erwiderte sie gleichmütig.

»Nie gehört«, höhnte Baba.

»Das ist bedauerlich. Es ist eine sehr interessante Stadt. Möchten Sie unser Maryland-Lied hören?«

Sie schaute sich strahlend um. Der Prinz hatte aufgehorcht, seine Wangen hatten wieder Farbe angenommen. »Ja«, sagte er und nickte mit dem glänzenden Kopf.

Ernest sah lächelnd zu Boden. Er wusste, was sie vorhatte, und warum. Sie holte tief Luft und stimmte »Maryland, My Maryland« an.

Wie bei Faschisten zu erwarten, wirkte Fruity verblüfft und Baba entsetzt, als die Melodie der Labour-Party-Hymne den Raum erfüllte. Das Gesicht des Prinzen warf Lachfalten. »Das ist dieselbe Melodie wie ›The Red Flag‹!«

Wallis sang zu Ende und grinste ihn an. »Ja, Sir. Und auf der Ukulele klingt es noch viel besser!«

Der Prinz lachte. Er saß jetzt aufrecht, wirkte lebhaft, sein Gesicht strahlte Humor aus. »Erzählen Sie uns noch eine Ihrer wunderbaren Baltimore-Geschichten, Mrs Simpson.«

Fruity und Baba sahen sich entsetzt an. »Ich kann euch ein paar wunderbare Baltimore-Geschichten erzählen«, dröhnte Fruity. »Es gab eine Zeit an der Roaringwater Bay ...«

Der Prinz sah ihn ungeduldig an. »Nicht jetzt, Fruity.« Wallis lächelte in die Runde. »Ich möchte Ihnen die Geschichte von Betsy Patterson erzählen.«

»Betsy *wer*?«, spottete Baba. »Ich habe nie von ihr gehört.«

»Patterson. Auch bekannt als Schwägerin Napoleons. Ich nehme an, von ihm haben Sie gehört?«

Der Prinz und Ernest lachten. Wallis ignorierte Babas bösen Blick und klopfte mit einem Löffel an ihr Glas. Sie genoss es, Geschichten zu erzählen, und besaß ein ausgesprochenes Talent dafür. Sie hatte schon lange kein Publikum mehr gehabt, und wenn zwei davon ihr feindlich gesinnt waren, auch gut.

»Wir schreiben das Jahr 1803«, begann sie. »Betsy ist die Schönheit von Baltimore. Der junge Prinz Jérôme Bonaparte, Napoleons Bruder, lernt Betsy kennen, verliebt sich und heiratet sie.«

»Wie romantisch!«, rief der Prinz.

Sie sah ihn halb spöttisch, halb bedauernd an. »Nicht lange, fürchte ich. Jérôme war noch minderjährig, und sein Bruder, der Kaiser, weigerte sich, die Ehe anzuerkennen.«

»Spielverderber!«, sagte der Prinz.

»Nicht wahr?«, stimmte Ernest zu.

»Und es wird auch nicht besser. Als Jérôme 1805 nach Frankreich zurückkehrte, wurde Betsy die Einreise verweigert.«

Ernest und der Prinz buhten lautstark. Fruity und Baba mussten ihre feindseligen Mienen beherrschen.

»Also kam sie nach England ...«

Was mit Jubelrufen begrüßt wurde.

» ... wo ihr Sohn, Jérôme Napoleon Bonaparte, genannt Bo, geboren wurde.«

Noch mehr Beifall.

»Aber im folgenden Jahr erließ Napoleon ein Dekret, mit dem er die Ehe seines Bruders annullierte.«

Buhrufe.

»Und die arme Betsy sah ihren geliebten Prinzen nie wieder. Doch sie kehrte nach Baltimore zurück und bezog hohe jährliche Entschädigungszahlungen.«

Der Prinz und Ernest mimten kunstvolle Tränen angesichts

des tragischen Ausgangs. Dann gab es Beifall und Gelächter. Wallis schaute zu den Metcalfes, die steif und unwillig lächelten.

...

»Spielen wir doch *Offen gesagt!*«, schlug Baba vor, als sie nach dem Abendessen beieinandersaßen.

Der Prinz und Fruity waren begeistert, während Wallis das Spiel nicht kannte.

»Es ist ganz einfach«, sagte der Prinz. »Wir nehmen alle einen Zettel und geben uns darauf gegenseitig Noten von eins bis zehn für bestimmte Eigenschaften. Aber anonym. Keiner weiß, wer wen wie benotet hat.«

Wallis nickte. »Und welche Eigenschaften wären das?«

»Sexappeal, gutes Aussehen, Charme und Aufrichtigkeit.«

Wallis wunderte sich nicht, als sie von der Hälfte der Spieler in allen Kategorien nur einen von zehn Punkten bekam. Überraschend war hingegen, dass sie von jemandem, dessen Handschrift nicht die von Ernest war, in allen Kategorien zehn von zehn Punkten erhalten hatte.

Der Prinz hingegen schien entsetzt, dass er von der Hälfte der Spieler schlechte Noten für Aufrichtigkeit bekam. »*Zwei von zehn?*«, rief er aus, und das Kaminfeuer zuckte über seine komisch empörte Miene. »Ich halte Aufrichtigkeit für meine wichtigste Eigenschaft!«

Wallis hatte ihm dafür zehn von zehn Punkten gegeben.

Wallis konnte nicht einschlafen. Sie wälzte sich hin und her, die Ereignisse des Abends wirbelten wild durch ihren Kopf. Sie bereute, dass sie sich die Metcalfes zu Feinden gemacht hatte. Doch es war unvermeidlich gewesen, sie waren ihr von Anfang an ablehnend begegnet. Warum nur?, fragte sie sich. Fruity kannte den Prinzen seit zehn Jahren, sie und Ernest waren ihm vor zehn Monaten vorgestellt worden. Wie konnten sie ihm da gefährlich werden?

Aber es war vor allem der Prinz, um den sich ihre Gedanken drehten. Der Abend hatte bestätigt, was sie seit Langem spürte: Sie empfand für ihn mehr als Sympathie. Sie fand ihn ungeheuer anziehend; sie begehrte ihn sogar. Sie hatte geglaubt, nie mehr einen Mann zu wollen, doch diesen wollte sie. Etwas lange Verschüttetes rührte sich in ihr. Doch wie Thelma gesagt hatte, war es unwahrscheinlich, dass auch er sie wollte. »Sie sind viel zu alt und mager!« Und selbst wenn, was sollte aus Ernest werden?

Sie gab auf und verließ das Bett. Der Teppich unter ihren nackten Füßen war weich und dick. Sie öffnete ein Fenster und lehnte sich hinaus in die Dunkelheit. Die Luft war kühl und frisch. Über ihr ragten die Türme des Forts im Flutlicht auf, vom obersten wehte die Flagge. Sie stellte sich die Aussicht von dort oben vor, den Blick auf London. Und dass Herne der Jäger draußen im Park mit seinen Ketten rasselte und blaues Licht verströmte. Ein Schauer lief ihr über den Rücken.

Der Mond schien nicht, aber es funkelten einige Sterne. Sie versuchte, die Sternbilder zu erkennen.

Der ferne Schrei einer Eule riss sie aus ihrer Träumerei. Vielleicht auch etwas anderes. Ein Hauch von Zigarettenrauch. Sie merkte, dass sie nicht allein war. Jemand saß unter dem Fenster, nur wenige Meter tiefer in der Dunkelheit. Plötzlich wusste sie genau, dass es der Prinz war. Er konnte wohl auch nicht schlafen.

»Sir!«, flüsterte sie. »Sind Sie das?«

»Ja! Aber Sie sollen mich doch David nennen.«

Ein schwindelerregender Gedanke überkam sie, die wilde Hoffnung, dass er absichtlich ihr Fenster gewählt hatte. Dass er mit ihr reden wollte.

»Was machen Sie da?«, fragte sie. Sie konnte hören, wie er an der Zigarette zog. Ihre Augen hatten sich an die Dunkelheit gewöhnt, sie konnte ihn jetzt sehen. Dank der verwinkelten Bauweise des Forts mit ihren versetzten Ebenen befand sich sein Kopf nur wenige Meter unterhalb der Fensterbank.

»Nachdenken.«

»Worüber?« Thelma? Vielleicht vermisste er sie. Sie spürte eine tiefe Traurigkeit.

»Amerika.«

Also definitiv Thelma. Sie schwieg. Der Rauch seiner Zigarette schwebte zu ihr hoch; sie atmete ihn ein. Näher würde sie ihm nie kommen.

»Wenn Amerika sich als Labor für sozialen Wandel neu erfinden kann, warum nicht auch Großbritannien?«

»Was?« Er wiederholte die Frage. Sie begriff, dass er von Roosevelt sprach. Von seinen Reformen, seinen Plänen für den sozialen Wandel, den Maßnahmen, mit denen er die Wirtschaft ankurbeln und aus der Rezession befreien wollte. Mit anderen Worten, über seinen New Deal.

»Na ja, Großbritannien könnte es auch machen, oder?«

»Wirklich?« Er klang plötzlich frustriert und unglücklich. »Das Ausmaß der Armut ist entsetzlich. Nachdem ich heute diese Wohnverhältnisse gesehen habe, fühle ich mich geradezu krank, wenn ich ins Fort zurückkehre.«

Sie war verblüfft. Die königliche Familie hatte tatsächlich eine politische Meinung, und sie war sehr ausgeprägt. »Warum sagen Sie dann nichts?«

»Etwas sagen?«

»Beim Essen, meine ich. Wenn die Leute herablassend über Hungermarschierer, Fabrikmädchen und Arbeiterklubs reden.«

Die Fragen erschien ihr vernünftig, zumal sie so offen miteinander gesprochen hatten. Und er sie erneut gebeten hatte, ihn David zu nennen. Vielleicht aber war sie zu weit gegangen, denn er sagte nichts mehr. Als er irgendwann lachte, war sie erleichtert.

»Wallis. Sie gehören zu den wenigen Menschen, die Mächtigen die Wahrheit ins Gesicht sagen. Ich erkläre es Ihnen. Ich bin von Menschen wie meinen Tischgästen umgeben, Menschen, bei denen jede Diskussion sinnlos ist. Entweder sind ihre verwerflichen Ansichten in Stein gemeißelt, oder sie sind Schwarzseher und Pessimisten, die glauben, dass die Kräfte, die dieses Elend verursachen, weltweit gelten, wirtschaftlich begründet sind und sich dem Einfluss eines Prinzen entziehen.«

»Entziehen sie sich *tatsächlich* Ihrem Einfluss?«, fragte sie. »Können Sie wirklich nichts tun?«

Er blies eine Rauchwolke aus. »Leider beschränkt sich die königliche Macht in Großbritannien darauf, der Politik Vorschläge zu machen. Ich wünschte, es wäre anders. Ich wünschte, man könnte die Monarchie näher ans Volk bringen.«

»Können Sie das denn nicht? Sie sind der Prinz von Wales.«

Statt zu antworten, stand er auf. Sie hörte den Kies knirschen.

»Ich versuche es, Wallis, das tue ich wirklich. Ich besuche die ehemaligen Bergbausiedlungen und Industriezentren, die nicht mehr sehr industriell sind. Mein Vater wollte, dass ich dabei einen Zylinder trage und in einem Rolls-Royce fahre. Das habe ich abgelehnt. Ich wollte in einem einfachen Auto fahren und einen gewöhnlichen Bowler tragen. Als er die Fotos sah, hat er getobt.«

»Aber Sie hatten recht«, erwiderte sie standhaft.

»Ja, das stimmt. Was hätte ich tun sollen? Wie sonst sollten diese unglücklichen Menschen eine Beziehung zu mir aufbauen? Und die Orte, an denen ich sie treffe – vollkommen nackt und trostlos. Ich muss durch diese Räume gehen, vorbei an Bänken, auf denen sich die Arbeitslosen drängen, und ich höre nur das Knarren der Dielen unter meinen Füßen. Man erwartet von mir, dass ich mit den Männern rede, aber es fällt mir schwer, die richtigen Worte zu finden.«

»Was also sagen Sie?«

Er seufzte. »Das Übliche. Dass ich in ihrer Not mit ihnen fühle, dass die Regierung versucht, ihnen zu helfen. Sie scheinen es zu schätzen und nehmen meinen Besuch als Zeichen, dass die Monarchie sie in ihrem Unglück nicht vergessen hat. Aber danach fühle ich mich furchtbar.«

Sie war gerührt von seinem Dilemma, seiner Enttäuschung. »Das klingt furchtbar schwierig.«

»Das ist es. Ja, das *ist* es. Und ich möchte so gerne helfen, verstehen Sie? Es muss etwas getan werden. Und es gibt keinen Grund, *warum* ich es nicht tun sollte. Ich *kann* ein Prinz mit sozialem Gewissen sein.«

»Und ob«, stimmte sie zu. »Tatsächlich wüsste ich nicht, wie Sie überhaupt etwas anderes sein sollten.«

»Glauben Sie das wirklich? Ganz ehrlich?«

»Ja. Ganz ehrlich.«

»Wissen Sie, Wallis, Sie sind die erste Frau, die sich je für meine Arbeit interessiert hat. Denn, um ehrlich zu sein, weiß ich nicht, welchen Sinn das alles hat oder warum ich es überhaupt mache.«

Sie beugte sich weiter vor. »David, was Sie tun, ist wichtig.«

»Aber ich fühle mich dabei nicht wichtig. Ich fühle mich wie ein Idiot.«

Sie war hingerissen. Diese Selbstzweifel, direkt aus seinem Herzen. Es hatte etwas Reines, eine leuchtende Unschuld. »Sie sind kein Idiot. Sie sorgen sich um andere, das ist alles.«

Seine Zigarette glühte in der Dunkelheit. »Wissen Sie, Wallis, als ich Sie das erste Mal traf, fühlte ich mich sofort sehr zu Ihnen hingezogen.«

»Tatsächlich?« Sie konnte vor lauter Herzklopfen kaum sprechen.

»Ja. Und wann immer wir uns seither begegnet sind, habe ich mich sehr gefreut.«

Sie klammerte sich an die Fensterbank. Ihr war, als würde sie in Ohnmacht fallen.

Die Zigarettenspitze glühte wieder. »Ich frage mich, was Sie von mir gedacht haben.«

»Sie haben mir sehr gut gefallen«, sagte sie, ohne zu zögern. »Sie sind charmant und attraktiv. Aber das wirklich Charmante und Attraktive ist, dass Sie sich dessen nicht bewusst zu sein scheinen. Ihr Titel, Ihre Position. Sie sind trotz allem so bescheiden.«

Er lachte. »Täuschen Sie sich nicht. Das ist nur mangelndes Selbstvertrauen. Ich kann nie glauben, dass mich jemand mag. Was dann wie Charisma und entwaffnende Bescheidenheit aussieht.«

Die glühende Zigarette fiel zu Boden und wurde ausgetreten. »Gute Nacht«, sagte er abrupt und ging davon. Erst als sie sich umdrehte, fiel ihr wieder ein, dass Ernest mit ihr im Zimmer war und in dem rosa Bett vor sich hin schnarchte.

Dreißigstes Kapitel

Thelma war nun schon mehrere Wochen in New York. Gloria Vanderbilts Sorgerechtsprozess schien nicht gut zu laufen. Die neueste Entwicklung war, dass ihre eigene Mutter gegen sie ausgesagt hatte.

Wallis hatte sich bei ihrer einzigen Begegnung nicht für Gloria erwärmen können, doch nun tat sie ihr leid. Sie erinnerte sich, wie Thelma von der Mutter erzählt hatte, die ihre Töchter im Rennen um einen reichen Mann gegeneinander ausgespielt hatte. Sie bezweifelte stark, dass diese Frau beurteilen konnte, ob Gloria sich als Mutter eignete.

Doch für Wallis war Thelmas Abwesenheit sicherlich vorteilhaft.

Etwa eine Woche, nachdem die Simpsons aus dem Fort zurückgekehrt waren, klingelte es laut an der Wohnungstür von Bryanston Court. »Ich war gerade in der Gegend«, erklärte der Prinz lächelnd, »und dachte, ich schaue rein und erzähle Ihnen von meinem neuen Projekt in Südlondon.«

Sie mixte eilig Cocktails und saß ihm dann wie in einem Traum gegenüber, während er skizzierte, wie er auf einem Stück Land in Kennington, das dem Herzogtum Cornwall gehörte, Wohnungen für Arbeiter errichten wollte.

Seine blauen Augen leuchteten aufgeregt. »Ich hatte es schon einmal angesprochen, stieß aber auf das übliche Desinteresse. Ihre Ermutigung«, er lächelte sie an, »hat mich darin bestärkt, es noch einmal zu versuchen.«

»Das ist wunderbar, David.«

Ihre Stimme klang fest, aber sie zitterte innerlich, weil es bewies, dass ihr Gespräch am Fenster tatsächlich stattgefunden hatte. Am Morgen danach hatte der Prinz sich nämlich nichts anmerken lassen, wie nach der Unterhaltung im winterlichen Park. Allmählich bildete sich ein Muster heraus: ein Schritt vorwärts, zwei Schritte zurück. Das war ihr recht, denn so hatten ihre Gespräche, so vertraulich sie auch sein mochten, keine Konsequenzen. Sie war ein Resonanzboden für ihn, sonst nichts. Sie war von ihm geblendet, in ihn vernarrt, aber nur so, wie man einen unerreichbaren Filmstar lieben konnte. Sie war mit Ernest verheiratet; der Prinz schien fest mit Thelma verbunden zu sein.

Er sprach oft von ihr, und es klang schamlos romantisch. Zu Anfang ihrer Beziehung waren sie gemeinsam auf Safari gewesen, woran er sich besonders gern erinnerte. »Ich hatte eine kleine Puss-Moth-Maschine, mit der ich nach Löwen Ausschau hielt«, erzählte der Prinz liebevoll. »Jeden Morgen ging ich zu Thelmas Zelt, um sie zu wecken, bevor ich auf der Suche nach Wild über den Busch flog.«

»David?«, flüsterte Ernest, als sie in die Küche ging, um Eis zu holen. »Seit wann ist er denn David für dich?«

Sie zuckte mit den Schultern und lächelte. »Du weißt, er hasst Förmlichkeit.«

Der Prinz schien es nicht eilig zu haben.

»Ich bin am Verhungern«, flüsterte Ernest, als er sie im Korridor erwischte.

Wieder lächelte sie ihn an. »Dann lass uns zu Abend essen.«

»Aber er ist doch noch da!«

»Er kann mit uns essen. Ich hoffe, er mag Rindereintopf.«

Eine Woche später tauchte er erneut auf. Und ein paar Tage danach wieder.

Ernest war verwirrt. »Er könnte seine Zeit mit jedem verbringen, warum also mit uns?«

»Weil er uns mag. Er unterhält sich gern mit uns.«

»Na ja, mit dir jedenfalls«, stimmte Ernest zu. »Du treibst ihn immer wegen der Arbeiterwohnungen an.«

»Ja, weil es eine gute Idee ist. Er will etwas aus seiner Position machen und braucht ein bisschen Zuspruch. Ich glaube nicht, dass er den bekommt.«

Ernest gähnte. »Ja, aber braucht er den Zuspruch bis vier Uhr morgens? Wir echten Arbeiter müssen früh aufstehen.«

Sie lächelte ihn an. »Entspann dich, Ernest. Wenn Thelma zurückkommt, ist das vorbei. Wir passen nur auf ihn auf, während sie weg ist. Er vermisst sie sehr.«

Die Abwesenheit hatte wohl den berühmten Effekt auf das königliche Herz. »Ich wünschte, sie käme zurück«, seufzte er. »Ich fühle mich ganz verloren ohne sie.«

Doch da Glorias Prozess zunehmend reißerischere Schlagzeilen machte, blieb Thelma in New York. Das Hausmädchen der Vanderbilts hatte ausgesagt, sie habe gesehen, wie ihre Herrin die Marquise von Milford Haven, eine britische Aristokratin, geküsst habe.

Während Glorias Schwierigkeiten über den Atlantik nach Großbritannien drangen, nahm das Interesse des Prinzen an den Simpsons den umgekehrten Weg in die amerikanischen Schlagzeilen. Tante Bessie schickte aus Washington Zeitungsausschnitte, die mit ihren Namen gespickt waren. Wallis fragte sich, ob ihre klatschsüchtige Cousine Corinne damit zu tun hatte. Es könnte Gerede in Botschaftskreisen gegeben haben; jedenfalls war Corinne in letzter Zeit mit ihren Einladungen deutlich hartnäckiger als sonst.

»Ach, komm doch, Wallis«, flehte sie, als es um eine Dinnerparty ging.

»Ich kann nicht.«

»Du meinst, du bist woanders eingeladen?«

»Nein, ich mache mir einen ruhigen Abend.«

»Davon scheinst du momentan ganz schön viele zu haben«, bemerkte Corinne.

Mary Raffray, eine alte Freundin aus New York, hatte ebenfalls Wind von der Sache bekommen. Sie war frisch geschieden und schlug nun vor, sie in London zu besuchen. Sie brauche die Ablenkung, erklärte sie.

»Muss das sein?«, stöhnte Ernest. »Hier ist kaum Platz, um sich zu drehen.«

»Nun übertreib nicht«, wies Wallis ihn zurecht. »Du musst nur aufhören, deine Bücher im ganzen Wohnzimmer zu verteilen.«

Ernest hatte eine Leidenschaft für das Entziffern von Silberstempeln entwickelt und diverse Bücher über das Thema angehäuft. »Außerdem sind wir ihr etwas schuldig«, fuhr Wallis fort. »Sie war früher sehr nett zu mir und hat uns einander vorgestellt, falls du dich erinnerst.«

»Aber was ist mit deinem Freund David?«, fragte Ernest. Er hatte nicht unrecht, das wusste Wallis. Der Prinz hatte sich angewöhnt, zu persönlichen Gesprächen zu kommen. Die konnte Wallis kaum mit ihm führen, wenn Mary dabeisaß.

»Gehst du mit ihr aus?«, fragte sie Ernest. »Du könntest ihr die Sehenswürdigkeiten zeigen und mit ihr ins Theater gehen. Mary liebt die Oper«, fügte sie taktisch geschickt hinzu. »Was man von mir nicht behaupten kann.«

Das ließ sich Ernest nicht zweimal sagen. Sowie Mary angekommen war, verbrachten sie mehrere Abende in der Woche auf den billigen Plätzen in Covent Garden und sahen sich alles von

Tristan bis Tosca an. Während Wallis immer ein offenes Ohr für den Prinzen hatte.

Manchmal wollte er über das Wohnungsbauprojekt sprechen, dann wieder über einen Entwurf für eine neue Bepflanzung im Fort, den Plan zur Förderung einer britischen Handelskampagne oder die neueste amerikanische Jazzplatte. Sie hörte sich alles mit Vergnügen an und blieb zuversichtlich, dass das, was sie für ihn empfand, idealisiert und weit weg war, eine moderne Version der Minne, mit der mittelalterliche Ritter schönen Damen huldigten. Sie sprachen nie wieder über das, was der Prinz für sie empfand, obwohl sie jede Nacht vor dem Einschlafen daran dachte.

Eines Morgens erschien Ernest in ihrem Schlafzimmer. Er war für die Arbeit gekleidet und wedelte mit einem braunen Umschlag. »Telegramm für dich.«

Sie öffnete es, worauf ein heftiger Ruck durch ihren Körper ging. Dann sah sie Ernest an und sagte leichthin: »Es ist von Thelma. Sie reist heute nach Southampton ab.«

»Wie witzig«, sagte Ernest. »Mary reist heute zurück nach New York. Sie können sich mitten auf dem Atlantik zuwinken.«

Wallis spürte, wie etwas in ihr zerbrach. Der Prinz würde ebenso plötzlich wegbleiben, wie er gekommen war, und auch diesmal ohne Erklärung oder Vorwarnung. Sie wurde nicht mehr gebraucht, jedenfalls nicht auf diese dringende, vertrauliche Weise.

Sie würde nie vergessen, dass er ihr sein Herz offenbart hatte. Es war aufregend und schmeichelhaft gewesen und das tiefgreifendste Ereignis ihres Lebens. Aber sie musste akzeptieren, dass nun, da die Katze Thelma heimkehrte, Wallis, die Maus, in ihr Loch zurückhuschen und auf gelegentliche Einladungen ins Fort hoffen musste. Es war eine goldene Zeit gewesen, doch nun war sie vorbei.

Marys Besuch hatte Ernest gutgetan und Mary abgelenkt. Sie rief häufig an und sprach lange und scherzhaft mit Ernest, bevor er den Hörer an Wallis weiterreichte. »Sie interessiert sich sehr für Silberstempel«, lautete Ernests Erklärung. »Sie erzählt mir, welche sie in New York gesehen hat.«

Marys Gespräche mit Wallis drehten sich um einen erneuten Besuch. »Aber sie ist doch gerade erst nach Hause gefahren«, beschwerte sie sich bei Ernest. »Ich weiß nicht, ob ich sie so schnell wieder ertragen kann.«

Er zog die Augenbrauen hoch. »Ich plane eine Geschäftsreise nach New York. Ich könnte bei ihr vorbeischauen.«

»Würdest du das für mich tun?«, fragte Wallis dankbar.

Allmählich wurde alles wie früher. Sie erledigten sogar am Dienstagabend wieder die Haushaltsbuchführung. Wallis starrte verzweifelt auf die Zahlenkolonnen. Sollte das nach allem, was passiert war, wirklich die Zukunft sein? »Ist Rinderhackfleisch wirklich so teuer?«, fragte Ernest eines Abends, als Lily äußerst aufgeregt in der Tür zum Esszimmer erschien. Ihre Augen suchten panisch die von Wallis.

»Seine Königliche Hoheit, Ma'am.«

Mit einem leisen Ausruf erhob sich Ernest und klappte die Haushaltsbücher zu. Wallis flüchtete ins Wohnzimmer, wo der Prinz auf und ab lief. Er war eindeutig wütend. Sie stellte keine Fragen, sondern mixte ihren stärksten Cocktail.

»Da«, sagte sie und reichte ihm das Glas. Sein Gesichtsausdruck erschreckte sie. Er war zutiefst unglücklich, und sie nahm sofort das Schlimmste an. »Ihr ... Vater?«

Er starrte sie an und schnaubte verärgert. »Dann würde ich mich wohl kaum so aufregen. Der macht ewig weiter. Er ist unzerstörbar.«

»Also was dann?« Seine Mutter? George?

»Thelma«, sagte er erstickt und sah aus, als würde er gleich weinen.

»Ihr Schiff...?«

Als er nickte, keuchte sie hörbar auf. War es untergegangen? Im Radio hatte sie nichts davon gehört. Vielleicht erfuhr das Königshaus solche Dinge zuerst.

Sie führte ihn zum Sofa und setzte sich neben ihn. Sie spürte, dass sein ganzer Körper bebte. Die Hand, die sein Getränk hielt, zitterte. Sie wartete, während er um Worte rang.

»Prinz Aly Khan.«

Jetzt war sie vollends verwirrt. »Der Sohn von Aga Khan, meinen Sie?

»Er ist auf dems-selben S-S-Schiff«, stammelte der Prinz. »Sie verbringen jede Nacht zusammen.«

Die Erkenntnis traf sie wie ein Schlag. Aly Khan war also die Katastrophe auf See. Gut aussehend, lebenslustig, sehr jung und sehr reich. Und bekannt für seine Frauengeschichten. Es war klar, was Thelma angezogen hatte, deren Tugendhaftigkeit in der Nähe großen Reichtums stets zu wünschen übrigließ.

Sie hatte erwartet, dass der Prinz empört und gekränkt wäre, doch er war absolut niedergeschmettert. Er sah nicht wie ein Mann von beinahe vierzig Jahren aus, sondern wie ein kleiner Junge. Er begann zu schluchzen, und zwar so abrupt, dass es wie ein Lachanfall klang. Er weinte ganz offen wie ein Kind, ohne die Hände vors Gesicht zu halten.

»Er h-h-hat ihre K-K—Kabine mit Rosen gefüllt. Sie haben im M-M-Mondlicht auf dem D-D-Deck getanzt.« Er warf sich zu Boden und schluchzte mit dem Gesicht auf ihren Knien.

Seine Tränen sickerten in ihr Kleid. Sie konnte nur mitfühlend murmeln und über sein weiches blondes Haar streicheln. Er war so verletzlich, so empfindsam und schnell gekränkt. Sie wusste nicht, wie lange sie dort saßen. Die gelbe Abendsonne, die sich durchs Fenster ergossen hatte, vertiefte sich zum satten

Kupferton des Sonnenuntergangs und dann zum abendlichen Laternenschein. Der Prinz weinte weiter. Ein- oder zweimal öffnete Ernest die Tür, schaute mit hochgezogenen Augenbrauen herein und schloss sie kopfschüttelnd wieder.

»Ich habe sie geliebt«, jammerte der Prinz in ihr Knie. »Ich habe sie wirklich geliebt.«

»Ich weiß«, beruhigte ihn Wallis, während sie sich fragte, wie so etwas möglich war. Die nichtsnutzige, dämliche, gierige Thelma war der letzte Mensch auf Erden, der solche Hingabe verdiente, vor allem von einem Mann, der das Idol des Empire war. Doch sie wusste nur zu gut, dass Liebe nicht der Logik gehorchte.

»Ich kann es nicht ertragen«, heulte er. »Es tut zu weh. Es tut mir innerlich weh.«

»Ich weiß, ich weiß«, beruhigte sie ihn. »Es ist, als hätte man einen Bauchschuss bekommen.«

Er hob den Kopf. Seine Augen waren blutunterlaufen und geschwollen. »Ja. Genau so ist es.«

Sie nickte. »Als wäre man lebendig und tot zugleich.«

»Sie verstehen mich!«

»Oh ja, ich verstehe Sie.«

Er kramte nach einem Taschentuch. »Oh, Wallis. Ich fühle mich immer besser, nachdem ich mit Ihnen gesprochen habe.«

Es tat ihr innerlich weh. Sie widerstand dem Drang, ihn festzuhalten und leidenschaftlich zu küssen.

»Ich komme mir so dumm vor«, sagte er.

»Das müssen Sie nicht. Jeder kann jeden lieben. Wir verschließen nur die Augen vor den Fehlern des Anderen und ignorieren alles, was nicht in unser Bild vom ihm passt. So läuft es eben.«

»Glauben Sie das wirklich?« Er sah sie eindringlich an.

»Ja, das glaube ich wirklich.«

Irgendwann spät am Abend hob er sein nasses, geschwollenes Gesicht, murmelte ein Dankeschön und verschwand in der Nacht.

Am nächsten Morgen klingelte das Telefon. Es war Thelma.
»Ich bin wieder da!«, verkündete sie fröhlich. »Lassen Sie uns zu Mittag essen!«

Einunddreißigstes Kapitel

»Sardinen!«, rief Thelma und zuckte beim Blick auf die Speisekarte des Claridge's zusammen. »Die könnte ich nicht *ertragen*! Am Tag, an dem dieses verfluchte Hausmädchen die Geschichte von Gloria und Nada Milford Haven erzählt hat, gab es Sardinen zu Mittag. Seitdem habe ich schmerzhafte Assoziationen!«

Wallis kämpfte mit dem Lachen. Man musste schon eine Art verrücktes Genie sein, um den Vanderbilt-Skandal mit Sardinen zu verbinden. Sie fragte sich, ob Thelma bei diesem Mittagessen gehörig Dampf ablassen wollte.

Sie sah ungepflegt und müde aus, ihr Make-up war verschmiert. Wallis verdrängte die wahrscheinlichste Erklärung: ein leidenschaftliches Wiedersehen mit ihrem königlichen Liebhaber. Vermutlich war die Geschichte mit Aly Khan erledigt. Thelma hatte zweifellos ihre Methoden, und ein verliebter Mann ließ sich nur zu gern überzeugen.

Wallis beobachtete, wie sie gierig die Speisekarte überflog. »Kaviar«, schnauzte sie den wartenden Kellner an.

Wallis bestellte den üblichen grünen Salat. »Immer noch auf Diät?« Thelma betrachtete stirnrunzelnd die dünnen weißen Arme, die das dunkle, ärmellose Kleid ihrer Begleiterin offenbarte. »Sie schwinden dahin, Wallis.«

Das hatte Ernest in letzter Zeit auch gesagt. Sicher, sie aß zurzeit nicht viel, weit weniger als früher. Unbekleidet wog sie keine fünfzig Kilo.

»David ist gestern Abend nicht zu mir gekommen«, sagte Thelma. »Es ist sicher völlig albern, aber ich habe das Gefühl, er könnte wegen irgendetwas sauer sein.«

Wallis senkte den Blick, um ihre Überraschung zu verbergen. Sie hatten sich also doch nicht versöhnt?

Thelma trank nachdenklich von ihrem Champagner. »Es ist seltsam. Er hat sich verzweifelt darauf gefreut, mich zu sehen. Er hat mich jeden Tag mehrmals in New York angerufen und mir gesagt, wie sehr er mich liebt und dass er ohne mich nicht leben kann.«

Wallis starrte weiter auf ihre Serviette und hielt den Atem an.

»Ich bin ein kleines bisschen besorgt«, Thelma spielte mit dem Stiel ihres Glases, »dass er ein ganz dummes Gerücht über Aly Khan gehört haben könnte. Er hat doch nicht etwa ... mit Ihnen darüber gesprochen?«

Wallis wünschte, sie könnte so lässig lügen wie ihre Begleiterin, doch ihr blieb nur die Wahrheit. Sie hob den Kopf und sah Thelma an. »Er hat es erwähnt«, sagte sie zögernd.

Die dunklen Augen funkelten. »Tatsächlich? Und was genau hat er erwähnt?«

»Er hatte etwas über Rosen gehört. Und Tanzen.«

Die Augen verengten sich. »Sonst noch etwas?«

Wallis seufzte. »Vielleicht hat er noch etwas anderes gehört. Warum fragen Sie ihn nicht selbst?«

»Weil das alles absolut *lächerlich* ist!« Und doch zuckte etwas wie Angst über ihr Gesicht.

Der Kaviar kam. Thelma tauchte den Silberlöffel in das Häufchen glitzernder grau-schwarzer Eier. Sie schien etwas abzuwägen. »Wallis«, sagte sie schließlich. »Ich verrate Ihnen ein Geheimnis.«

Wallis wünschte sich von ganzem Herzen, sie möge es nicht tun, doch Thelma beugte sich schon mit einem verschmitzt-verschwörerischen Ausdruck über den Tisch.

»Vielleicht hat Aly mich *wirklich* in meiner Kabine besucht«, flüsterte sie. »Vielleicht hat er sogar mit mir geschlafen. Und, oh, es war *wundervoll*, Wallis! Nächte, wie ich sie noch nie erlebt habe!« Sie schloss die Augen und wand sich in der Erinnerung an die Ekstase. »Er war *unersättlich*! Er weiß *genau*, wie man eine Frau befriedigt. Anders als gewisse Prinzen, die wir kennen«, fügte sie kichernd hinzu.

Wallis, die sich ebenfalls vorgebeugt hatte, wich angewidert zurück, weil Thelma nicht nur vulgär, sondern auch untreu war. Wie konnte sie so heimtückisch sein? Sie war empört und fühlte mit dem Prinzen. Er hatte Thelma sehr geliebt und etwas Besseres verdient.

Thelma tauchte wieder den Löffel in den Kaviar. »Aber es war natürlich nur Spaß. Es hat nichts zu bedeuten. Ich bin David treu ergeben.«

Wallis antwortete nicht.

»Ich fände es furchtbar, wenn es ... wie soll ich sagen?« Thelma neigte den zerzausten Kopf zur Seite. »Ein Missverständnis gäbe.«

Wallis war sich nicht sicher, was sie damit meinte. Was konnte man da missverstehen? Es war passiert, und Thelma hatte es zugegeben. »Dass David es, nun ja, *ernst nehmen* könnte.« Erwartungsvolles Schweigen.

»Ich glaube, er war ... ziemlich verletzt«, gab Wallis zu.

Thelma sprang sofort darauf an. »Verletzt? Das muss *er* gerade sagen! Was ist denn mit all den Leuten, die *er* verletzt hat? Freda beispielsweise?«

Die du ersetzt hast, dachte Wallis. Was für eine Heuchlerin Thelma doch war. Sie griff zur Gabel und stocherte in ihrem Salat.

Nachdem der Kellner ihr Champagnerglas nachgefüllt hatte, nahm Thelma den leichten Ton wieder auf. »Haben Sie ... viel mit David *gesprochen*, während ich weg war?«

»Ein bisschen. Sie hatten mich doch gebeten, für Sie auf ... ihn aufzupassen.« Sie brachte es nicht über sich, ihn ›kleiner Mann‹ zu nennen. Es war herablassend und gemein.

Thelmas Blick war ruhig. »Worüber haben Sie gesprochen?«

»Über alles Mögliche«, antwortete Wallis ausweichend.

Thelma zog eine Augenbraue hoch. »Ein bisschen genauer vielleicht?«

»Nun, zum Beispiel über die Arbeitslosen. Er hat mir erzählt, wie besorgt er deswegen ist.«

Sie war überrascht, als Thelma verächtlich schnaubte: »Oh ja, um die macht er sich *furchtbare* Sorgen. Er hat schlaflose Nächte wegen ihnen.«

»Wie meinen Sie das? Er schien sehr besorgt.« Wallis verstand nicht.

»Oh, das ist er! Die armen Leute! Er kann nicht genug von ihnen bekommen! Vier Familien in einem Zimmer, gemeinsame Toilette. Er redet ununterbrochen davon.«

»Aber ... sind sie es nicht wert, dass man über sie redet?«

Thelma nahm ihr Glas. »Keine Ahnung. Ich weiß nicht das Geringste über Gemeinschaftstoiletten. Und David auch nicht.«

»Er kam mir sehr unglücklich vor.«

Thelma leerte ihren Champagner. »Ihm *gefällt* die Vorstellung, wegen ihnen unglücklich zu sein. Aber wenn Sie mich fragen, ist es eine Art Hobby, reine Eitelkeit. Etwas, das er tut, um anders zu sein als der Rest seiner Familie.«

Wallis wurde jetzt ehrlich wütend. »Wie können Sie das sagen? Er will die Monarchie modernisieren. Sie näher ans Volk bringen.«

Thelma lachte. »Glauben Sie mir, Baby, Davids Vorstellung von der Modernisierung der Monarchie besteht darin, sein eigenes Flugzeug zu fliegen und ein paar Badezimmer einzubauen.«

Wallis spürte, wie ihr das Blut über den Hals bis zu den Ohren und in die Stirn stieg. Typisch Thelma, dass sie die Sorgen des Prinzen kleinredete. Dass sie sich selbst nur für Geld interessierte, hieß nicht, dass alle anderen auch so egoistisch waren.

»Für mich klang er überzeugend«, erwiderte sie trotzig.

»Sicher, er *klingt* überzeugend. Er ist ein vollendeter Schauspieler – wie die ganze Familie. Aber er *tut* eigentlich nie etwas.« Die kleinen schwarzen Augen funkelten vergnügt ... »Egal, solange Sie ihn nicht ermutigt haben. Denn das ist das Schlimmste, was man tun kann.«

Wallis ballte die Fäuste und atmete tief durch, um sich zu beruhigen. Das Blut rauschte in ihren Ohren, und sie konnte kaum die Worte verstehen, die von Thelma zu ihr herüberdrangen. »Was?«

Thelma lächelte ihr süßestes Lächeln. »Ich habe gefragt, ob Sie und Arnie am Wochenende ins Fort kommen wollen. Sie können mir helfen, David davon zu überzeugen, dass mit Aly nichts passiert ist.«

Zweiunddreißigstes Kapitel

Als sie im Fort ankamen, waren ihre Gastgeber nirgendwo zu sehen.

»Das ist so peinlich«, zischte Ernest, als sie im Zimmer der Königin auspackten. »Man kann die Atmosphäre mit dem Messer schneiden.«

Diesmal war es noch schwieriger gewesen, ihn zu überreden. Er fand die Geschichte mit Aly Khan lächerlich, war vom hysterischen Schluchzen des Prinzen aber auch nicht angetan gewesen. Er fand, sie mische sich zu sehr ein, es werde zu kompliziert.

»Auf wessen Seite stehst du eigentlich?«, hatte er gefragt. »Thelma hat uns eingeladen, aber du sympathisierst mit David.«

Er holte einen Stapel Geschäftsunterlagen heraus, und da es ein warmer Frühsommerabend war, begab sie sich in den Garten. So konnte sie Thelma aus dem Weg gehen, die keinen Fuß vor die Tür setzte, wenn es sich irgendwie vermeiden ließ. Außerdem wollte sie sich anschauen, welche Verschönerungen es seit dem letzten Besuch gab. Irgendetwas war immer neu.

Und natürlich hoffte sie, in der Ferne eine vertraute Gestalt mit Harke zu sehen, spontan lächelnd und mit zerzaustem blondem Haar, das in der Sonne glänzte.

Auf der Poolterrasse fand sie blondes Haar und ein spontanes Lächeln, aber in der Gestalt Diana Coopers. Sie trug einen weißen Badeanzug und eine runde Sonnenbrille und hatte die schlanken weißen Beine vor sich im Liegestuhl ausgestreckt. Sie sah aus wie eine sehr moderne griechische Göttin.

»Wie schön!«, sagte Diana und legte ihr Buch auf die warmen Steinplatten. Es handelte sich um einen dicken Wälzer über Henry VIII. Wallis kämpfte kurz mit dem Gefühl der Unzulänglichkeit, das sie in Gegenwart der souveränen, schönen und offenbar zudem gebildeten Aristokratin überkam.

»Setzen Sie sich doch«, lud Diana sie ein. »Duff spielt mit dem Prinzen Golf. Sir sieht heute ziemlich modisch aus«, fügte sie hinzu. »Knickerbocker mit leuchtend azurblauen Socken!«

Wallis setzte sich und blickte lächelnd über das tanzende Wasser des Pools. Sie erinnerte sich, wie sie im Schnee die Schallplatten aufgesammelt hatte. Von Prinz George war in letzter Zeit keine Rede mehr gewesen. Hoffentlich war an dieser Front das Schlimmste überstanden.

Diana riss sie aus ihren Gedanken.

»Ich finde das Fort einfach bezaubernd, Sie auch? Fehlen nur noch fünfzig rote Zinnsoldaten auf dem Wehrgang, schon hat man eine Disney-bunte Spielzeug-Symphonie. Was eigentlich ganz passend wäre.«

»Finden Sie?«

»Ja, man hat uns nämlich eingeladen, um am Wochenende den Frieden im Kinderzimmer zu wahren. Zwischen Sir und Thelma.« Sie lächelte.

Wallis hatte nicht die Absicht, über Thelma und den Prinzen zu sprechen. Diana hingegen schon, und sie hatte das Gespräch auf Umwegen dorthin gelenkt, wo sie es haben wollte.

Sie rückte die Sonnenbrille zurecht. »Ich sehe schon, Sie wissen es nicht. Also kläre ich Sie besser auf. Thelma hat einen großen Fehler begangen, und ich fürchte, sie wird den Preis dafür bezahlen.«

Wallis antwortete noch immer nicht.

Sie war froh, als Diana wieder nach ihrem Buch griff. Einige

Augenblicke hörte man nur das Umblättern der Seiten und die hohe, süße, durchdringende Melodie eines Vogels.

Wallis ergriff die Chance, das Thema zu wechseln. »Was lesen Sie da?«

»Es gehört Duff, eine allgemeine Geschichte Großbritanniens. Ich lese gerade etwas über Katherine Howard.«

Wallis kramte in ihrem Gedächtnis. »Eine der Ehefrauen von Henry VIII., nicht wahr?« *Geschieden, enthauptet, gestorben, geschieden, enthauptet, überlebt.* Sie hatte keine Ahnung, was davon auf Katherine Howard zutraf.

»Das ist richtig. Eine der Enthaupteten, das arme Ding.«

Jetzt fiel es Wallis wieder ein. An einem dunklen, kalten Wintertag hatte sie den Tower of London besichtigt. Niemand sonst war dort gewesen. Sie hatte auf dem Tower Green gestanden und auf die gepflasterte, mit einer Kette abgesperrte Fläche geschaut, auf der das Schafott gestanden hatte. Dort gab es eine Gedenktafel mit den Frauennamen. Lady Jane Grey. Anne Boleyn. Und, ja, Katherine Howard. »Was ist mit ihr passiert?«, fragte sie Diana.

»Eine ziemlich traurige Geschichte. Sie war viel jünger als Henry, noch ein Teenager, und nicht sonderlich klug. Sie hatte eine Affäre, der König erfuhr davon. Er war sehr in sie verliebt und zornig über den Verrat. Es gab eine schreckliche Szene, bei der sie schrie und ihn anflehte, ihr zu verzeihen. Er war zu dieser Zeit in der Kapelle und betete.« Diana schüttelte bedauernd den Kopf.

Wallis erschauerte. Diana hatte es sehr lebendig geschildert. Sie hörte förmlich das verängstigte Mädchen, sah den rachsüchtigen alten Mann. »Ich nehme an, er hat nicht aufgehört zu beten, um seiner törichten jungen Frau zu vergeben?«

»Er hat sie aus seinem Leben getilgt, im wahrsten Sinn des Wortes. Bei Henry bekam man keine zweite Chance.«

»Wie bei Anne Boleyn, richtig?«

Diana legte den Kopf nach hinten und starrte in den heißen blauen Himmel. »In gewisser Weise«, sagte sie. »Doch bei Anne Boleyn war es etwas komplizierter. Sie lieferte Henry den Vorwand, die Monarchie so zu verändern, dass sie ihm in den Kram passte.«

»Aber wollte sie nicht einfach nur Königin sein?« Wallis dachte, sie hätte das irgendwo gelesen.

»Nun, das ist die übliche Version. Aber ich halte es für wahrscheinlicher, dass sie nicht wusste, worauf sie sich einließ. Anfangs muss es wunderbar gewesen sein. Henry war mächtig, und seine Favoritin zu sein, muss sich berauschend angefühlt haben.« Diana streckte sich in der Wärme, die vom blauen Himmel herabstrahlte. »Wie Tage voller Sonnenschein.«

Wallis musterte sie. »Sie haben wirklich darüber nachgedacht, was?«

Diana nickte. »Ich interessiere mich für Geschichte und für Frauen mit einem schlechten Ruf. Es ist meistens furchtbar ungerecht.«

Wallis schoss etwas durch den Kopf, das Thelma über Diana gesagt hatte. »Ihr Vater ist gar kein Herzog, sondern ein treuloser Journalist, mit dem ihre Mutter eine Affäre hatte.« Gab es etwa einen persönlichen Grund für dieses Interesse? »Ungerecht?«, fragte sie.

»Es gibt fast immer einen Grund, aus dem man sie schlechtmachen will«, erklärte Diana.

»Zum Beispiel?«

Diana setzte sich auf und umschlang die Knie. »Nun, Anne bekam die Schuld dafür, dass Henry sich gegen Kirche und Staat aufgelehnt hatte, wobei es ihm mehr um Macht und Geld als um Liebe gegangen war. Es muss furchtbar für sie gewesen sein. Alle hassten sie, sie wurde beschimpft, wann immer sie in der Öffentlichkeit auftrat, man nannte sie Hure und Hexe. Ich bin mir sicher, am Ende wollte sie alles sein, nur nicht Königin. Aber da war es schon zu spät.«

Wallis war fasziniert. »Davon hatte ich keine Ahnung«, sagte sie. »Die arme Anne.«

Diana nickte. »Henry war vollkommen rücksichtslos. Die Leute glauben, die Leidenschaft habe ihn geblendet, aber in Wahrheit ging es ihm nur um Kontrolle. Er wollte Anne, Schluss aus. Sie saß in der Falle. Sie musste sich ihm hingeben, ihr blieb keine Wahl. Anne muss gewusst haben, dass am Ende alles schiefgehen würde, aber was sollte sie tun?«

Eine Wolke war vor die Sonne gezogen. Wallis fröstelte. Zeit zu gehen.

»Gott sei Dank sind Könige heutzutage anders«, sagte sie lächelnd und dachte an die Knickerbocker und die azurblauen Socken.

Diana schlug das Buch wieder auf. Wie es schien, war sie nun diejenige, die keine Antwort gab.

Als sie später zu den Drinks in den Salon kamen, wirkte Thelma sehr zerstreut. Sie lief hin und her, die Karaffen klirrten unter ihren Händen. »Wie macht man doch gleich diese Old Fashioneds, Wallis?«

»Ich übernehme das. Setzen Sie sich.«

Thelma gehorchte, sprang aber sofort wieder auf und kam zu ihr. »David redet kaum mit mir. Sie müssen mir helfen, Wallis!«

Sie rührte die Cocktails mit einem silbernen Stab, der vom prinzlichen Wappen mit den drei Federn gekrönt wurde. »Wie sollte ich?«

Thelma kamen erneut die Tränen. In ihrem Make-up sah man getrocknete Tränenspuren, ihre lila Unterlippe zitterte. »Sagen Sie ihm, dass ich keine Affäre mit Aly hatte!«

»Das kann ich nicht!« Wallis schaute sie fast ebenso flehentlich an. »Es wäre gelogen.«

»Und wenn schon!« Thelma wischte eine Träne mit der Hand weg, deren Nägel bis aufs Fleisch abgekaut waren. »Was passiert ist, hat nichts ... zu *bedeuten*.«

Für den Prinzen schon, dachte Wallis.

»Es war nur ein winziger Fehler ...« Thelma weinte jetzt; es waren bebende, nasse Schluchzer.

»Ich weiß nicht, was ich sagen soll«, meinte Wallis hilflos. Thelma tat ihr trotz allem leid.

Ein Arm schoss hervor und packte ihren. »Aber Sie werden etwas sagen, oder?«

»Warum sollte es ihn kümmern, was ich sage?«

Die Finger drückten fester, es tat jetzt richtig weh. »Na los, Wallis«, zischte Thelma. »Du kommst doch gern ins Fort, nicht wahr? Sieh es mal so. Wenn er mich abserviert, kannst du auch nicht bleiben. Wer immer mich ersetzt, wird *dich* nicht einladen. Richtig?«

Zum Glück kam der Prinz in seinem Highland-Outfit herein, der Dolch in seinem Strumpf schimmerte im Lampenlicht. Er sah Thelma nicht an, machte aber viel Aufhebens um Ernest und Wallis. Dann setzte er sich an den Stickrahmen und begann, die Nadel schnell hindurchzuführen.

Als Thelma sich neben ihn fallen ließ, schaute der Prinz auf, rückte zur Seite und schlug Wallis lächelnd vor, sich ebenfalls zu setzen. Zögernd füllte sie die Lücke, die er ziemlich gewaltsam zwischen sich und seiner Geliebten geschaffen hatte.

Als er kurz darauf mit seinem Dudelsack um den Esstisch marschierte, die Wangen aufgebläht, das Gesicht gerötet, die Augen starr und streng, klang die Melodie weniger wie ein tragisches Klagelied als wie eine Kriegserklärung. Bei Tisch sorgte er dafür, dass Wallis rechts und Diana links von ihm saßen, während Thelma außerhalb seines Blickfeldes positioniert wurde. Sie war ein Bild des Elends, sagte wenig und trank ein Glas Wein nach dem anderen.

Es folgte die übliche Tanzerei, wobei sich Diana entschuldigte, weil sie Kopfschmerzen von der Sonne hatte, und Duff gleich mitging. Thelma, die inzwischen sehr betrunken war, torkelte mit Ernest herum, während der Prinz mit Wallis einen Foxtrott tanzte. Dann erklärte er abrupt, er werde zu Bett gehen, und verschwand augenblicklich. Die verbliebenen Gäste standen da und sahen einander an. Die Platte endete, die Nadel hob sich.

»Da waren es nur noch drei«, bemerkte Thelma sarkastisch.

Ernest gähnte. »Ich glaube, ich haue mich auch aufs Ohr.«

Wallis versuchte krampfhaft, seine Aufmerksamkeit zu erregen. Sie wollte nicht mit Thelma allein bleiben, die völlig verstört und hemmungslos wirkte. Da konnte alles passieren. Doch Ernest nahm sein Jackett und ging.

»Ich gehe besser auch ...«, setzte Wallis an und wollte ihm nacheilen.

»Oh nein, das tust du nicht!« Thelmas wütendes Zischen ließ sie vor Angst erschauern. Sie blieb stehen, wo sie war. Thelma fing an, sie unsicher auf hohen Absätzen zu umkreisen, den eisigen Blick auf sie gerichtet. »Ich will mit dir reden, Wallis Simpson.« Sie klang wütend, bedrohlich. »Du hast dich besser um den kleinen Mann gekümmert, als ich dachte, stimmt's?«

»Thelma, das ist nicht fair. Ich weiß nicht, worauf Sie hinauswollen, aber ...«

»Du *weißt* nicht, worauf ich *hinauswill*?« Thelma blieb stehen, stemmte die Hände in die Hüften und lachte verbittert. »Was glaubst du denn, worauf ich hinauswill? Wenn die Katze aus dem Haus ist, darauf will ich hinaus.«

»Nein, Thelma, Sie irren sich«, widersprach Wallis, obwohl »Sie sind wahnhaft« treffender gewesen wäre. Thelma hatte ihren Geliebten betrogen, mit dem sie bereits ihren Mann betrog. Sie selbst hingegen hatte niemanden betrogen.

»Leugnest du etwa, dass David zu dir gekommen ist?«

»Ja, David ist nach Bryanston Court gekommen. Aber nur, während Sie weg waren, Thelma.«

»David!« Das Gesicht mit dem verschmierten Make-up kam näher. »Oh. Er heißt jetzt also *David*?«

»Er war sehr aufgewühlt«, begann Wallis.

»Sag nichts«, fauchte Thelma. »Er ist auf dem Boden zusammengebrochen und hat angefangen zu schluchzen, richtig?«

»Zufälligerweise ja«, entgegnete Wallis gleichmütig. »Ich glaube, Sie verstehen nicht, was Sie ihm angetan haben. Ich glaube, Sie verstehen ihn nicht im Geringsten.«

»Und du glaubst, du verstehst ihn?« Thelma starrte sie an. Die Wut war aus ihren Augen gewichen; ihr Gesicht war jetzt ruhig, sogar ein wenig mitleidig. »Baby, du ahnst nicht, worauf du dich einlässt.«

Dann nahm sie ihre Handtasche und verließ den Raum. Wallis hörte, wie die Haustür zufiel und ein Automotor ansprang. Reifen knirschten auf Schotter.

Und dann war Thelma weg.

Dreiunddreißigstes Kapitel

Der nächste Morgen war sanft und lieblich mit einem Hauch von Nebel. Die Luft war erfüllt vom Vogelgesang, und als Wallis den Great Park betrat, funkelte Tau auf den leuchtenden Wildblumen im Gras. Kaninchen liefen umher, Eichhörnchen huschten die Baumstämme hinauf. Es roch frisch und erdig, und in der Sonne schlummerte eine Kraft, die einen schönen Tag versprach. Virginia Water glänzte wie poliertes Silber.

»Wenn er mich abserviert, kannst du auch nicht bleiben. Wer immer mich ersetzt, wird dich nicht einladen.«

Thelma war endgültig weg, das wusste sie. Was nun geschah, war ungewiss. Aber Wallis hatte nicht vor, ihren womöglich letzten Morgen im Fort mit Diana im Salon zu verbringen und müde Witze zu reißen. Sie wollte spazieren gehen und sich alles noch einmal ansehen.

Sie hatte mit den Gärten des Forts begonnen, doch der Great Park war verlockender. Dort hatten sie und der Prinz ihr außergewöhnliches Gespräch geführt, bei dem sie ihm so nahegekommen war, dass sie einen Moment lang fast ein und dieselbe Person gewesen waren. Doch nach dem heutigen Tag wäre er wieder fern, und zwar für immer. Jemand, den sie nur aus der Zeitung kannte. Sie wäre wie Aschenputtel nach dem Ball, doch würde niemand mit einem gläsernen Schuh nach ihr suchen. Sie sagte sich, dass sie damit leben könnte, und mahnte sich, fröhlich zu sein. Sie hatte sehr viel mehr erlebt, als sie je erwartet hatte.

Für diesen letzten Spaziergang hatte sie sich sorgfältig gekleidet; er kam ihr vor wie eine Zeremonie. Sie hatte sich für ein schwarz-weiß gepunktetes Kleid und einen weißen Hut mit breiter Krempe entschieden. Im Spiegel hatte sie ihr glänzend schwarzes Haar und ihr blasses Gesicht betrachtet; der Lippenstift im üblichen Blutrot war der einzige Farbtupfer gewesen. Sie hatte bei sich gelächelt, den Mantel genommen und die Tür geschlossen. Ernest schnarchte noch. Die Zeitungen, die er vor dem Einschlafen gelesen hatte, lagen auf dem Teppich verstreut.

Ein großes Reiterstandbild markierte die Stelle, ab der man Windsor Castle sehen konnte. Sie blieb kurz stehen und bewunderte die ferne Silhouette, die im leicht milchigen Licht an die Turners erinnerte, die sie bei ihren Streifzügen durch die Museen gesehen hatte. Das würde sie demnächst wohl wieder tun, dachte sie seufzend.

Wie prächtig Windsor Castle war, weitläufig und uralt, erbaut im Laufe so vieler Jahrhunderte. *Wie die britische Monarchie*, dachte sie. Sie lächelte, als sie sich vorstellte, wie viele Menschen hier gestanden und die gleiche Parallele gezogen hatten. Von nun an würde sie die Krone wieder von außen betrachten, so wie alle anderen.

Dennoch verstand sie jetzt besser, was der Erbe von alldem hier empfand und was er ändern wollte, wenn er auf dem Thron saß. Die schiere Größe, das Gewicht und die Macht dieses uralten Gebäudes deuteten an, womit er es aufnahm. Er würde alle Hilfe und Ermutigung brauchen, die er bekommen konnte. Hoffentlich wäre die Frau, die Thelma ersetzte, der Aufgabe gewachsen.

Sie ging weiter, Windsor Castle rückte näher. Sie verließ den Park und fand sich am gewaltigen Eingang der Festung wieder.

Aus einer Laune heraus beschloss sie, hineinzugehen. Eine Glocke rief die Gläubigen in die Kapelle. Wallis beschloss, ihrer Stimmung weiter zu folgen und sich ihnen anzuschließen.

Sie ging über das Kopfsteinpflaster unter dem kalten, schattigen Fallgatter hindurch und betrat den sonnenwarmen unteren Hof mit den gestutzten Rasenflächen, in dem die Kapelle mit ihren Türmchen und dem funkelnden Glas wie eine Klippe aus gemeißeltem Stein emporragte. Sie war nach dem Fort das zweitschönste Gebäude, das sie je gesehen hatte.

Das Innere war ein Traum aus lieblicher Gotik. Das helle Morgenlicht fiel durch die Buntglasfenster und warf vielfarbige Schatten auf die gemeißelten Säulen und himmelhohen Bögen. Sie setzte sich ins Kirchenschiff und betrachtete das geschnitzte Eichengestühl der Ritter des Hosenbandordens, das sie aus Ernests Reiseführer kannte. Über den kunstvoll gestalteten Sitzen hingen leuchtend bunte Banner mit den Wappen der aktuellen Mitglieder. Das Gestühl selbst war mit geschnitzten Elementen der jeweiligen Wappen versehen: Schwerter, Helme, Kronen, verschnörkelte Pflanzen und Fabeltiere, allesamt vergoldet und bunt bemalt.

Im Gestühl saßen einige ältere Männer, die so gar nicht zu den verwegenen Schwertern und Fahnen passten. Für Wallis sahen sie alle aus, als schliefen sie. Dann aber bemerkte sie einen jüngeren Mann, der im Schatten des geschnitzten Thronhimmels kaum zu erkennen war. Es war der Prinz. Sehnsucht mischte sich mit Aufregung.

Er wirkte ruhig und nachdenklich, ganz ohne die gewohnte Lebendigkeit. Sie fragte sich, ob er mit dem Allmächtigen sprach. Er schaute zu einem der Fenster hinauf, und während sie ihn betrachtete, drang ein Sonnenstrahl herein, dessen Farbspiel sein blasses, vollkommenes Profil betonte und es edel und vollendet schön erscheinen ließ.

Es war, als fiele derselbe Sonnenstrahl bis in ihr Herz. Als die hohen, reinen Stimmen des Chors zur geschnitzten Decke emporstiegen, war ihr, als könnte sie, wenn dies ihr letzter Augenblick auf Erden wäre, glücklich sterben.

Ein Insekt schwirrte an ihr vorbei und brach den Zauberbann. Sie sah, dass sich die Kirche gefüllt hatte. In einer Bank ganz in der Nähe saßen einige Leute, die sie kannte: Bertie, Elizabeth und ihre beiden Töchter, die berühmten kleinen Prinzessinnen. Und neben ihnen der König und die Königin.

Wallis war froh, dass die Hutkrempe sie vor Blicken schützte. Während ihre Majestäten sie noch nie getroffen hatten, bezweifelte sie, dass Bertie und Elizabeth die Bekanntschaft gern erneuern würden.

Königin Mary sah noch weniger wie eine liebende Mutter aus, als es die Geschichten ihres Sohnes vermuten ließen. Sie glich die starre Humorlosigkeit mit einer grotesken Oberweite aus, die sich weit nach vorn wölbte und durch die aufgeblähten edwardianischen Hammelkeulenärmel ihres blasslila Mantels noch betont wurde. Der dazu passende, ähnlich edwardianische Hut erinnerte an einen mit Blumen bedeckten Turban. Es sah aus, als trüge sie einen Blumentopf, unter dem ein grau gelockter Pony hervorlugte, der an ein Schaf erinnerte. Selbst von Weitem sah Wallis, dass der Pony falsch und nach viktorianischer Art mit Haarklammern befestigt war. Sie verstand völlig, dass sich ihr ältester Sohn durch Verhalten, Kleidung und Wahl seiner Freunde so weit wie möglich von dieser altertümlichen, unbeugsamen und unsympathischen Frau distanzieren wollte.

Der König wirkte gebrechlich, gar nicht wie die furchterregende Gestalt, die sie erwartet hatte. Seine wässrigen Augen ließen ihn weinerlich aussehen, doch die knallroten Wangen deuteten auf Jähzorn. Sein Gesicht war größtenteils von Bart und Schnurrbart bedeckt, die gelb von Nikotin waren. Das Rauchen lag offenbar in der Familie. Neben seinem Vater sah Bertie wie üblich grau und angespannt aus, während Elizabeth sanfte

Weiblichkeit und Selbstzufriedenheit ausstrahlte. Wallis fragte sich erneut, womit sie die spontane Abneigung der Frau verdient hatte. Und was Thelma getan hatte, um von ihr geschätzt zu werden. Ob die Yorks schon wussten, was mit Thelma passiert war?

Die kleinen Mädchen waren bezaubernd, gleich gekleidet in weißen Hüten und grauen Mänteln. Sie schätzte Margaret, die kleinere, auf etwa vier Jahre. Sie wirkte lebhafter und frecher als ihre ältere Schwester, die eine ruhige Sittsamkeit ausstrahlte. Sie schauten sich neugierig um, und als sie Wallis zufällig ansahen, konnte sich diese ein Zwinkern nicht verkneifen. Zu ihrer Belustigung weiteten sich die beiden blauen Augenpaare vor Erstaunen. Und zu ihrer Freude lächelten sie zurück. Elizabeth hatte ein besonders gewinnendes, breites Affengrinsen.

Das erste Lied begann. Der König und die Königin sangen überraschend laut; sie mit deutschem Akzent und furchtbar falsch, er, der ehemalige Seemann, als brüllte er vom Achterdeck, dass es in der Kapelle widerhallte. Aber sie waren Verteidiger des Glaubens, eines Glaubens, der sie zuvorkommend an die Spitze der gesellschaftlichen Pyramide gestellt hatte. Sie an ihrer Stelle würde ihn wohl auch verteidigen. Sie warf einen Blick auf den Prinzen; seine Lippen bewegten sich kaum. Sie fragte sich, warum er nicht bei den anderen saß.

Der Geistliche trat ans Pult; er war klein, alt und hatte eine glänzende Glatze. Die Predigt war äußerst einschläfernd. Sie sah die Prinzessinnen an, erwartete ein Zappeln und wollte ihnen verständnisvoll zuzwinkern, wieder das breite Grinsen sehen. Doch die beiden saßen still da, die Aufmerksamkeit offenbar auf den Geistlichen gerichtet.

Dann erkannte sie den Grund. Die Biene, die sie aus ihren Gedanken gerissen hatte, summte nun um den Geistlichen herum. In regelmäßigen Abständen tauchte sie vor den Schnitzereien hinter seinem Rücken auf. Sie schien immer tiefer zu fliegen und ihre Kreise immer enger zu ziehen.

Der Geistliche redete langatmig weiter. Die Biene umkreiste nur noch seinen Kopf, als wollte sie sich jeden Moment auf der glänzenden Mitte seiner Glatze niederlassen.

Würde sie ihn stechen? Würde er schreien? Fluchen? Der Gedanke reichte aus, schon blubberte Gelächter in ihrer Kehle.

Auch die Prinzessinnen verfolgten aufmerksam das Drama, beobachteten gespannt jede Runde der Biene. Die leise summende Spirale verengte sich; der Höhepunkt stand bevor.

Und dann endlich landete sie wie erwartet auf der Glatze. Die Mädchen hatten die Augen ungläubig aufgerissen, ihre Münder waren runde rote Os. Sie blickten zu Wallis, sahen, dass auch sie es beobachtete, und das Grinsen blitzte wieder auf. Margaret prustete los, und Wallis konnte ihre Belustigung nicht mehr unterdrücken. Sie vergrub ihr Gesicht in einem Taschentuch und versuchte, es als Husten zu tarnen.

Das wiederum erregte die Aufmerksamkeit der Herzogin. Sie schaute von Wallis zu ihren kichernden Töchtern und wieder zu Wallis. Sie verzog keine Miene, doch die violetten Augen wurden eisig.

Als Wallis das nächste Mal einen Blick auf die Mädchen warf, waren ihre Mienen wie in Stein gemeißelt.

Vierunddreißigstes Kapitel

Sie verließ als eine der Ersten die Kapelle und kehrte in den Park zurück. Sie musste überlegen, wie der Tag, wie ihr Leben weitergehen sollte. Sie hatte Ernest eine Nachricht hinterlassen und ihn gebeten zu packen. Würde es noch ein Mittagessen geben, oder würden sie einfach abreisen? Sie wusste es nicht.

Die Sonne schien kräftiger als zuvor. Sie zog den Mantel aus und spürte die Brise auf den nackten Armen. Sie würde die Freiheit und Weite von Windsor vermissen. Natürlich konnte sie hierher zurückkommen; der Great Park stand allen offen. Aber sie bezweifelte, dass sie es tun würde, es wäre nicht mehr dasselbe.

Auf dem Weg war es heiß, doch die Luft zwischen den Bäumen war kühl. Sie schaute in den Wald und erinnerte sich an die Legende von Herne, dem dunklen, unruhigen Geist. Bei all ihren Besuchen hatte sie nie auch nur die geringste Spur des geisterhaften Jägers mit seinen Ketten und seinen Hörnern und seinem strömenden blauen Licht entdeckt. Es war alles Blödsinn, genau wie Ernest gesagt hatte.

Sie hatte fast das Reiterstandbild erreicht, als hinter ihr ein Dröhnen erklang. Ein Automotor näherte sich so schnell, dass sie gerade noch beiseitespringen konnte. Der Wagen hatte ein offenes Verdeck, und sie warf dem Fahrer einen finsteren Blick zu, weil er ein unhöflicher, unvorsichtiger Idiot war.

Er grinste sie unter der Mütze aus breit kariertem Tweed

an, das Gesicht hinter einer Schutzbrille verborgen. Er trug einen Mantel und Stulpenhandschuhe aus braunem Leder. Dann nahm er die Mütze ab und entblößte helle Haare, und als er die Brille hochschob, traf sie ein vertrauter blauer Strahl. Ihr Herz überschlug sich. »David!«

»Gefällt er Ihnen? Mein neues amerikanisches Fuhrwerk!« Stolz strich er über die gepolsterte lederne Rückenlehne des Beifahrersitzes.

Der prächtige cremefarbene Roadster war lang und offen, mit gerippten Ledersitzen, glänzenden Speichen, schimmernden Scheinwerfern und glitzernden Chrombeschlägen. »Er ist wunderschön.«

Er stellte den Motor ab, öffnete die Tür und stieg aus. »Ich habe Sie in der Kapelle gesehen. Danach habe ich Sie gesucht, aber Sie waren schon weg.«

Danach habe ich Sie gesucht. Sie spürte einen Anflug von Freude. »Die Kapelle ist wunderschön. Historisch.«

»Das ist wohl wahr. Windsor ist eine einzige große Geschichtsstunde! Die Sankt-Georgs-Kapelle! Heinrich der Achte liegt dort begraben. Und Johanna Seymour!«

Sie erkannte, dass er den deutschen Akzent seiner Mutter nachahmte. Dann zog er die Augenbrauen zusammen und verwandelte sich in seinen Vater.

»UND AUCH EINIGE VON KÖNIGIN ANNES KINDERN! WAS FÜR EINE BUNTE MISCHUNG. EINE LUSTIGE ALTE BUSLADUNG, DIE ZUSAMMEN DURCH DIE EWIGKEIT BRAUST!«

Sie musste lachen. »Ich habe gerade Ihre Familie in der Kapelle gesehen.«

»Ich auch. Pech gehabt.« Er drehte sich zu der Statue, die über ihm aufragte, und schlug auf eines der großen bronzenen Pferdebeine. »Das ist George III. Der König, der Amerika verlor. Wissen Sie, was mein Vater über diese Statue sagt?«

»Dass er Amerika nicht hätte verlieren dürfen?«

»Wohl kaum. Mein Vater hasst Amerika. Wenn es nicht schon verloren wäre, hätte er es selbst verschenkt. Nein, mein Vater hat etwas dagegen, dass George wie ein Römer gekleidet ist.« Er zog wieder die Brauen zusammen. »VERDAMMTER NARR, SICH SO ZU VERKLEIDEN! SO ZU TUN, ALS WÄRE ER ETWAS, DAS ER NICHT IST! ER HÄTTE GOTT DANKEN SOLLEN, DASS ER ALS ENGLÄNDER GEBOREN WURDE!«

Sie musste lachen.

»Aber wissen Sie, was das Lustigste ist?«, sinnierte der Prinz. »George war gar kein Engländer, er war Deutscher, und Papa ist es auch, mehr oder weniger. Und da wir schon beim Thema sind: Man kann den Zustand des Königtums wohl kaum treffender beschreiben, als dass man sich verkleidet und vorgibt, etwas zu sein, das man nicht ist.«

War etwas in der Kapelle vorgefallen? Hatte er deshalb nicht bei seiner Familie gesessen? »Was ist denn los?«, fragte Wallis sanft.

Er sank zu Boden, den Rücken gegen den Steinsockel gelehnt. »Das Übliche«, sagte er und streckte die Beine im Gras aus. »Mein Vater. Und auch aus dem üblichen Grund.«

»Ihre Kleidung?«

Er starrte sie an und lachte dann. »Meine Frau.«

Die Welt schien einen Moment lang stillzustehen. Ihre Beine waren plötzlich schwach. Sie ließ sich zitternd in seiner Nähe nieder, zog die Beine unter sich und griff nach einem Gänseblümchen, um sich abzulenken. »Ihre ... Frau?«

Ihre Gedanken wirbelten. Er konnte doch nicht ... Thelma meinen?

Er fragt jede. Ist so eine Angewohnheit. Mich hat er auch gefragt. Hatte Thelma das nicht im Ritz gesagt? Hatten sie sich irgendwie versöhnt?

Königin Thelma? War das auch nur im Entferntesten vorstellbar?

Er hatte seine Zigaretten herausgeholt und gab sich Feuer. »Mein Vater meint, es sei höchste Zeit, dass ich heirate. Er hat sogar meinen Cousin Louis Mountbatten beauftragt, eine Liste geeigneter europäischer Prinzessinnen zu erstellen, aus denen ich auswählen kann.« Er sog den Rauch tief in die Lunge. »Es sind siebzehn, und die jüngste ist Thyra von Mecklenburg-Schwerin. Sie ist fünfzehn. Ich bin übrigens fast vierzig.«

»Das ist ein ziemlicher Altersunterschied«, stimmte Wallis zu. Sie war zwar erleichtert, dass es sich bei der Braut nicht um Thelma handelte, doch dies war kaum besser.

Er runzelte die Stirn und drückte die Zigarette im Gras aus. »Wir leben 1934, nicht vor fünfhundert Jahren. Ich will mir keine Frau aus einem Stall voller aristokratischer Zuchtstuten aussuchen und in Westminster Abbey zum Altar führen.« Er machte ein spöttisches Klipp-Klapp-Geräusch und eine Geste, als hielte er die Zügel.

Sie grinste. »Natürlich nicht.«

»Es ist alles so lächerlich altmodisch. Die Gesellschaft hat sich verändert. Frauen haben sich verändert. Sie wählen, studieren, machen eine Berufsausbildung, fliegen sogar mit Flugzeugen herum.« Er zündete sich die nächste Zigarette an.

»Sie wollen eine Frau, die ein Flugzeug fliegen kann?« Amy Johnson und Amelia Earhart hatten beide kürzlich Rekordflüge unternommen.

Er sah verwirrt aus und grinste dann. »Ha! Das wäre was, oder? Nein, ich meine nur, die verflixte Monarchie sollte mithalten. Ein moderner König sollte sich eine Frau aussuchen können, die eine gleichberechtigte Partnerin ist, die ihn unterstützen, ermutigen und beraten kann.«

»Auf jeden Fall«, stimmte sie zu. »Wie Eleanor Roosevelt und FDR.« Es hieß, die Frau des neuen Präsidenten sei ebenso an sozialen Reformen interessiert wie ihr Mann.

Sein Gesicht leuchtete auf. »Genau! Als Amerikanerin verstehen Sie das natürlich. Es wäre eine ganz neue Art, Königin zu sein. Es würde tausend Jahre königlicher Geschichte verändern.«

Sie war aufgeregt. Es war eine radikale Vision, aber sie konnte den Sinn darin erkennen. »Ich halte das für eine brillante Idee.«

Er blies einen Rauchschwall aus. »Jedenfalls kann ich mich nur so als König sehen.«

Sie musterte ihn prüfend. »Wie meinen Sie das? Sie werden doch König, nicht wahr?«

Er schaute mit zusammengekniffenen Augen zum fernen Schloss hinüber. »Ich nehme es an. Aber ich frage mich mehr und mehr, wozu das gut sein soll. Wir leben in der Moderne, die Zeit der Könige und Prinzen ist vorbei. Sie kommen mir unglaublich veraltet vor.«

So etwas hatte er schon einmal gesagt. »Denn, um ehrlich zu sein, ich weiß nicht, welchen Sinn das alles hat oder warum ich es überhaupt mache.« Aber dies hier ging tiefer. Es wertete das Familienunternehmen ab. Er zweifelte an seinem eigenen Schicksal. »Das dürfen Sie nicht sagen. Sie sind der Prinz von Wales.«

»Ja, aber ich bin die völlig falsche Person. Ich *hasse* es! Ich kann Ihnen gar nicht sagen, wie sehr es mich *anwidert*. Ich *verabscheue* es zutiefst.«

Sie konnte es nicht fassen. »Aber Sie haben so viele wunderbare Ideen. Ein Prinz mit einem sozialen Gewissen.«

»Wallis, Sie sind unglaublich. So zupackend, so erfüllt vom Optimismus der Neuen Welt. Sie sagen genau das, was ich mir selbst sage, aber bei Ihnen klingt es, als könnte es Wirklichkeit werden!«

»Warum denn nicht?«, fragte sie herausfordernd. »Sie haben doch Ihr Wohnprojekt, nicht wahr?«

Er stöhnte. »Ja, aber es ist nur ein Tropfen auf dem heißen

Stein. Die meisten Leute wollen ohnehin nicht, dass ich irgendetwas tue.«

»Aber wenn Sie König sind, haben Sie das Sagen!«

»Wallis, Sie sind so herrlich amerikanisch. Wissen Sie, was konstitutionelle Monarchie bedeutet? Dass sie mir auf Schritt und Tritt Steine in den Weg legen. Ich darf mich nur verkleiden und sinnlos herumstolzieren.«

Sie hatte geahnt, dass er frustriert war, aber nicht, wie tief sein Abscheu saß. »Aber Sie stolzieren ganz wunderbar herum«, sagte sie. »Alle lieben Sie.«

Er konnte sich das Lachen nicht verkneifen. »Nun, ich liebe sie aber nicht. Ich habe es satt, angebrüllt und angeschrien zu werden. Man klopft mir auf den Rücken, bis ich grün und blau bin, und schüttelt meine Hand, bis sie anschwillt wie ein Fußball. Außerdem stechen sie mich.«

»Die *stechen* Sie?«

Er nickte.

»*Wer* sticht Sie?«

»Die alten Damen.« Er klang ganz nüchtern.

»Alte Damen *stechen* Sie?«

Er blinzelte in den brennenden Himmel. »Nach den Paraden am Tag des Waffenstillstands, wenn ich mich mit den Veteranen treffe. Da treiben sich immer Witwen herum. Sie nähern sich, und dann sehe ich, wie sie danach tasten.«

»Wonach?«

»Den Hutnadeln. Meist haben sie die in der Armbeuge. Sie holen sie heraus und stechen mich damit, ganz fest, wo immer es gerade geht. Gewöhnlich in den Arm.«

Ihr Mund stand offen. »Aber ... warum?«

»Warum?« Er nahm die Zigarette aus dem Mund und schaute darauf. »Weil ihre Söhne oder Ehemänner oder Brüder oder alle drei im Krieg getötet wurden. Sie sind verrückt vor Trauer, und an wem könnten sie die besser auslassen als an der Person, die für all das steht, um das es bei diesem entsetzlichen und sinnlosen Gemetzel angeblich ging? König und Vaterland.«

Sie starrte ihn an. »Und Sie unternehmen nichts dagegen? Könnten Sie sie nicht verhaften lassen oder so?«

»Vermutlich. Aber das will ich nicht. Ich mache ihnen keine Vorwürfe. An ihrer Stelle würde ich das Gleiche tun.« Er fuhr sich mit der Hand durch das hellblonde Haar. »Es mag seltsam klingen, aber für mich ist es die einzige Gelegenheit, bei der meine Anwesenheit als Mitglied der königlichen Familie einen guten Zweck erfüllt.«

Er stand auf und streckte sich. »Nun, Wallis. Was für ein Gespräch. Ich kenne Sie nicht lange, aber ich habe noch nie jemanden getroffen, mit dem ich so zwanglos reden kann. Es ist, als würden wir uns ewig kennen.« Er lächelte und hielt sie mit seinen blauen Scheinwerferaugen gefangen. »Genau das fühle ich auch«, antwortete sie schlicht.

»Ich kann Ihnen gar nicht sagen, wie sehr es mich erleichtert, dass mich jemand versteht. Sie sind die Einzige. Papa kritisiert mich ständig. Er beklagt sich auch bei allen anderen über mich. Neulich sagte er zum Erzbischof von Canterbury, ich würde mich innerhalb eines Jahres nach seinem Tod ruinieren. Charmant, was?«

Sie keuchte auf. »Wie ungerecht! Er sollte stolz auf Sie sein. Ihre Ideen sind wunderbar.«

»Das würde er anders sehen. Papa schaut nur nach hinten, nie nach vorn. Das zwanzigste Jahrhundert ist ihm ein Gräuel.« Er blies eine Rauchsäule aus. »Er interessiert sich nicht für Fortschritt oder Modernität in irgendeiner Form.«

»Und darum hasst er auch Amerika?« Die Bemerkung ließ ihr keine Ruhe.

»Ja, und weil er weiß, dass ich es liebe. Wenn ich ehrlich bin, habe ich mir das amerikanische Auto auch gekauft, um ihn zu ärgern.« Er schaute mit trotzigem Stolz auf den glänzenden

Roadster. Dann seufzte er und schien in sich zusammenzufallen. »Aber es ist so ein Kampf. Diese Hochzeitsgeschichte. Manchmal bin ich versucht, nachzugeben und zu heiraten, wen immer sie aussuchen. Nur damit ich meinen Frieden habe.«

Sie stand ebenfalls auf und klopfte das Gras von ihrem Kleid. »Aber das können Sie nicht! Sie sollten den Menschen heiraten, den Sie wollen. Wie können Sie ein guter König werden, wenn Sie nicht glücklich sind? Man kann nicht der richtige König sein, wenn man die falsche Frau hat.«

Er starrte sie an. »Das ist wahr«, sagte er bedächtig. »Ich kann nicht der richtige König sein, wenn ich die falsche Frau habe.«

Dann strahlte er, ließ den Motor an und klopfte auf den Sitz neben sich. »Steigen Sie ein, Wallis. Wir machen einen Ausflug!«

Fünfunddreißigstes Kapitel

Sie war noch nie im Leben so schnell gefahren. Die Straße verschwamm zu einem grauen Fleck, die Bäume zu einem grünen Rauschen. In ihren Ohren dröhnte es. Sie umklammerte mit einer Hand den Hut, konnte sich aber mit der anderen nirgendwo festhalten. Er schaute sie an und grinste hinter seiner Brille. »Halten Sie sich an mir fest«, rief er, als sie in die Kurve gingen. Er schaltete hoch und fuhr noch schneller. Zwei niedrige weiße Pförtnerhäuser schossen vorbei. Dann eine Einfahrt, gesäumt von blühenden Rhododendren in leuchtenden Farben. Vor ihnen tauchte ein orientalisch angehauchtes blassrosa Haus auf. Es sah aus wie eine Torte.

Er raste darauf zu und wendete in einem Halbkreis. Schotter stob im Kielwasser auf. Dann hielt er an, stellte den Motor ab und lächelte. »Ich dachte, wir statten Bertie einen Besuch ab. Zeigen ihm das neue Auto.«

Das also war die Royal Lodge. Wie komisch, dass zwei so ernsthafte Menschen in einem so frivol aussehenden Gebäude wohnten.

Eine breite, flache Treppe führte zu der hellgrünen Haustür hinauf. Sie flog auf, und die ältere Prinzessin erschien, noch im Mantel. Sie waren wohl gerade erst aus der Kapelle zurück. »Onkel David!« Elizabeth rannte die Stufen hinunter, um den Neuankömmling zu begrüßen.

Er drückte lachend die Hupe. »Lilibet! Oh, und Margaret ist auch da!«

Die jüngere Prinzessin stürmte hinter ihrer Schwester die Treppe herunter.

»Onkel David! Onkel David!« Er war offensichtlich der Lieblingsonkel, wie Wallis überrascht feststellte. Also waren nicht alle familiären Beziehungen schrecklich.

Als der Herzog und die Herzogin erschienen, merkte sie, dass sie sich noch immer an den Prinzen klammerte. Sie zuckte zurück, als hätte sie sich an ihm verbrannt, doch es war schon zu spät. Der kalte violette Blick war auf sie gerichtet.

»D-D-David!«, rief der Herzog, wie immer gehetzt. »W-w-wie …«

» … kommen wir zu dem Vergnügen?«, vollendete seine Frau sanft und legte ihm die Hand auf den Arm. Der Blick, mit dem sie Wallis bedachte, verriet jedoch, dass es kein Vergnügen war.

Der Prinz trommelte mit den Händen auf dem Lenkrad. Seine Schutzbrille glitzerte in der Sonne. »Ich dachte, ihr würdet gern meinen neuen fahrbaren Untersatz sehen! Probier ihn mal aus, Bertie!«

Wallis spürte, wie Angst in ihr aufstieg. Er hatte doch wohl nicht vor, sie mit Elizabeth allein lassen?

Der Herzog blickte zweifelnd zu seiner Frau, dann sehnsüchtig zu dem glänzenden Wagen. Lilibet und Margaret tanzten aufgeregt um ihn herum.

»Uuut-uuut!«, rief Margaret und deutete auf die große Messinghupe. »Uuut-uuut!«

Wallis lachte. »Du hast sicher *Der Wind in den Weiden* gelesen.«

Lilibet sah auf, nachdem sie mit ihrer Schwester das Auto untersucht hatte. »Sie sind eine Amerikanerin«, sagte sie überrascht.

»Das stimmt. Das bin ich.«

Sie hoffte auf das breite Grinsen, und da war es schon und

verwandelte das ernste Gesicht der Prinzessin. »Ich kenne Sie!«, rief sie aus. »Sie sind die Dame, die uns in der Kapelle zugezwinkert hat!« Sie drehte sich zu ihrer Mutter um. »Mummy! Das ist die Dame, von der ich dir erzählt habe!«

Wallis' Herz zog sich zusammen. Ihr Ruf war ihr offenbar vorausgeeilt. Elizabeth antwortete nicht, nahm die Hand ihrer Tochter und führte sie entschlossen weg.

»Du kannst hupen, wenn du willst«, sagte der Prinz zu Margaret und demonstrierte, wie mächtig laut es klang. Die jüngere Prinzessin drückte auf den großen schwarzen Gummikolben und quietschte vor Freude über das Geräusch, das er machte.

»Komm schon, Bertie!«, drängte er seinen Bruder fröhlich.

Die behandschuhte Hand der Herzogin drückte den Arm ihres Mannes. »Mach schon«, hörte Wallis sie murmeln. »Bring es hinter dich. Ich zeige ihr den Garten.«

»Du kannst ihn für die Jagd nutzen«, fügte der Prinz einladend hinzu.

Der Appell an die Jagdleidenschaft des Herzogs brach den Bann. Er eilte herbei, und Wallis musste aussteigen. Ihr Herz klopfte so heftig, dass es in ihren Ohren pochte. Es übertönte sogar Margarets Hupen. Der Wagen donnerte davon, und als der Motor verklungen war, schien es Wallis, als wäre die Stille noch nie so umfassend gewesen.

Eine andere Frau war auf der Treppe erschienen. Sie hatte in der Kapelle hinter den Yorks gesessen. Sie war jung und außergewöhnlich groß, mit schöner Haut und kastanienbraunem Haar. Sie hatte intelligente Augen und eine große Nase und schaute die Herzogin ein wenig ängstlich an.

Die Herzogin scheuchte ihre Töchter zu der Frau. »Vielleicht ein Waldspaziergang vor dem zweiten Frühstück, Crawfie?« Das ließ sich Crawfie nicht zweimal sagen.

»Wohin gehen wir?«, fragte Lilibet entrüstet, während sie

und Margaret in Richtung Wald geführt wurden. »Um diese Zeit gehen wir nie spazieren, Crawfie! *Crawfie?*«

Elizabeth schenkte Wallis ein Lächeln, das nicht ihre Augen erreichte. »Möchten Sie den Garten sehen?«

Elizabeth ging zügig. Sie hatte kurze, aber schnelle Beine. Wann immer Wallis auf gleicher Höhe war, legte sie an Tempo zu, sodass sie ihr wie eine Zofe hinterherlief.

»Dahlien«, sagte sie und streckte eine Hand aus. »Rosen«, fügte sie hinzu und gestikulierte mit der anderen.

Die beiden königlichen Gärten hätten nicht unterschiedlicher sein können, dachte Wallis. Im Fort hatte man viel Sorgfalt darauf verwandt, den Garten möglichst natürlich zu gestalten, während in der Royal Lodge die Blumenbeete quadratisch wie Pralinenschachteln waren. Die Farben waren, wie sie schon in der Auffahrt bemerkt hatte, grell und aggressiv, während sie im Fort subtiler wirkten.

Sie versuchte, freundlich über das Wetter zu plaudern, wurde aber gezielt ignoriert. Wie es schien, führte die Herzogin von York hier das Gespräch.

»Und wie geht es Mr Simpson?«

Wallis blinzelte. »Oh. Ernest geht es sehr gut, danke. Er ist im Fort.«

Die Herzogin bückte sich, um ein Unkraut auszureißen. »War er nicht mit Ihnen in der Kirche?«

Sie lächelte. »Ich fürchte, Ernest ist kein großer Kirchgänger.«

Die violetten Augen sahen sie scharf an. »Und Sie?«

Es war ein Angriff, kein Zweifel. Wallis sah sich um. Zeit für einen Themenwechsel. »Sie haben einen sehr hübschen Garten.«

»Mein Mann ist ein erfahrener Gärtner. Seine besondere Leidenschaft gilt den Rhododendren. Mögen Sie Rhododendren, Mrs Simpson?«

»Nun ...«, begann Wallis. Rhododendren waren ihr nie besonders attraktiv erschienen mit ihren langen, holzigen Zweigen und den dunklen, staubigen Blättern. Jedenfalls konnte sie sich nicht vorstellen, dass man ihnen mit Leidenschaft begegnete.

»Bertie hat einmal einen sehr amüsanten Brief an unsere Freundin Lady Stair geschrieben«, fuhr Elizabeth fort. »Darin ersetzte er bestimmte Wörter durch Namen von Rhododendren. Beispielsweise bedankte er sich bei Lady Stair, dass sie ihm eine Agapetum-Zeit geschenkt habe.«

Wallis sah sie fragend an. »Agap...?«

»Agapetum. Das ist eine Rhododendron-Art. Der Name bedeutet ›herrlich‹.«

Nun dämmerte es ihr. »Oh, ich verstehe! Agapetum-Zeit, herrliche Zeit.« Nicht gerade ein Geniestreich, was Witze betraf.

»Lady Stair schrieb zurück, sie sei Timetum, den Brief Seiner Basilicum-Hoheit erhalten zu haben. ›Ehre‹ beziehungsweise ›königlich‹«, sagte Elizabeth knapp.

»Das ist ... genial. Ich wünschte, ich verstünde mich so gut aufs Gärtnern wie die Engländer.«

»Tatsächlich bin ich Schottin. Kennen Sie Schottland?«

»Nicht wirklich«, gab Wallis zu. »Aber ich habe gehört, es soll wunderschön sein.«

»Angeln Sie?«

Wallis hatte nie den Sinn darin gesehen. Wieso bis zu den Oberschenkeln in kaltem Wasser stehen, wenn man bei einem guten Fischhändler bestellen konnte? Doch sie hütete sich, es auszusprechen. Also schüttelte sie lächelnd den Kopf.

»Pirschjagd?«

Wallis hatte genug von Elizabeths herrischer Art und erlaubte sich einen Spaß. »Auf Schleichtiere?«

»Auf Hirsche«, schnappte Elizabeth. »Die Tiere mit dem großen Geweih. Vielleicht gibt es die in Amerika nicht.«

»Doch, das schon. Aber wir nennen sie Elche.«

Ein Dröhnen von der Vorderseite des Gebäudes. Meine Rettung, dachte Wallis und lächelte Elizabeth strahlend an. »Hört sich an, als wären die Jungs zurück.«

»Ihre Königlichen Hoheiten womöglich schon«, korrigierte die Herzogin steif.

»Haben Sie sich amüsiert?«, fragte der Prinz, als er und Wallis wegfuhren.

»Sehr«, erwiderte sie. »Der Garten ist reizend.«

»Finden Sie?« Er schaute sie belustigt durch die Brille an. »Ich finde ihn furchtbar steif. Diese verfluchten Rhododendren.«

»Agapetum.« Sie grinste vor sich hin.

»Was?«

»Nichts. Die Mädchen sind sehr süß.«

»Ja, Lilibet ist eine richtige Shirley Temple.«

»Was wiederum Elizabeth zu Mrs Temple Senior macht«, kicherte Wallis.

Er lachte so sehr, dass das Auto beinahe von der Straße abkam. »Mrs Temple Senior!« Er hupte vergnügt.

Sie wünschte, die Fahrt möge ewig dauern, aber da war schon Virginia Water. Die Türme des Forts zeichneten sich über den Bäumen ab. Diesen Anblick liebte sie am meisten; er verschwamm, weil ihr die Tränen kamen, als sie ihn ein letztes Mal betrachtete und tief in ihr Herz schloss. Von nun an würden andere Menschen herkommen, die Freunde der neuen Favoritin, vielleicht sogar der Ehefrau.

»Wallis!« Er sah sie an.

Sie zwang sich zu einem tapferen Lächeln. »David?«

»Sie möchten nicht zufällig nächstes Wochenende ins Fort kommen? Sie und Ernest? Da findet das Epsom Derby statt, also bringen Sie ruhig ein paar Freunde mit.«

Sechsunddreißigstes Kapitel

Die Epsom Downs Pferderennbahn war bunt und fröhlich. Sie lag smaragdgrün unter einem strahlend blauen Himmel. Leuchtend rote Busse karrten gut gelaunte Menschen heran, Wettanbieter schrien ihre Gewinnchancen, Musikkapellen spielten; man sah überall leuchtende Federhüte und Mitglieder der Wohltätigkeitsorganisation Pearly Kings and Queens.

Das echte Königspaar war ihnen mehrere Kutschen voraus, begleitet vom Prinzen und seinen Brüdern. Wallis konnte es immer noch nicht fassen, dass sie Teil eines königlichen Zuges war, auch wenn sie ganz am Ende fuhr. Sie trabten durch die engen, schattigen Gassen zur Rennbahn, vorbei an den Reihen der Schaulustigen, die gejubelt hatten, als die königliche Familie vorbeifuhr. Zuerst Ihre Majestäten mit dem Prinzen von Wales, dann die Yorks mit den beiden anderen Prinzen, dann diverse Cousins, Onkel und Tanten.

Die Begeisterung der Schaulustigen nahm ab, je weniger berühmt und bedeutend die Gäste in den nachfolgenden Landauern waren. Als die letzte Kutsche mit Wallis, Ernest, Cousine Corinne und ihrem Mann vorbeifuhr, war die Menge deutlich kritischer geworden. »Guckt mal, der Hut!«, schnaubten sie beim Anblick von Corinnes schräg sitzendem gelbem Modell.

Corinne war das egal. Sie befand sich in einem Zustand ehrfürchtiger Erregung, seit sie am Vorabend ins Fort gekommen war. Sie hatten am Pool vor einer leuchtenden Wand aus Rosen,

Rittersporn und Gartenprimeln Cocktails getrunken. Corinne war ganz aus dem Häuschen, weil sie den Prinzen kennenlernte, aber geistesgegenwärtig genug, um Witze zu machen. Sie riss einen über das Fort, das wohl unter dem Tourette- oder Türmchensyndrom leide, der David zum Lachen brachte. Wallis spürte, dass er es nach all den Langweilern und Leuten mit zweifelhaften Ansichten endlich einmal richtig lustig fand.

Corinne war vom Prinzen herumgeführt worden, der wie immer das Gepäck seiner Gäste trug, und hatte sich mit weit aufgerissenen Augen an Wallis gewandt. »Wenn uns das jemand auf dem Marinestützpunkt Pensacola erzählt hätte, Cousinchen!«

»Ich hätte es nicht geglaubt«, sagte Wallis.

»Damals hast du in deiner ehelichen Wohnung den Haushalt geschmissen«, erinnerte Corinne sie. »Und jetzt schmeißt du diesen Laden!«

Wallis runzelte die Stirn, weil Ernest dicht hinter ihnen und Corinne ohnehin im Irrtum war. Sie hatte bereits erklärt, sie sei nur faktisch und vorübergehend Herrin von Fort Belvedere. Früher oder später werde man sie durch eine neue Favoritin oder Ehefrau ersetzen. Doch bis dahin sorgte sie nur zu gern für den reibungslosen Ablauf in dem Haus, das sie über alles liebte. Und der Mann, den sie heimlich über alles liebte, schien das durchaus zu schätzen.

»Sie geben sich immer solche Mühe«, sagte der Prinz über ihre Effizienz und Liebe zum Detail. Wenn er sie lobte, fühlte sie sich wie eine Blume in der Sonne. Selbst wenn sie nur eine bessere Haushälterin war, konnte sie immerhin in seiner Nähe sein.

Doch sie hatte sein Leben tatsächlich verbessert. Unter ihrem Kommando hatte sich im Fort vieles grundlegend verändert. Das Personal, das offenbar die Höflichkeit bemerkte, mit der es nun behandelt wurde, und offensichtlich froh war, Thelma los zu sein, zeigte sich viel dienstfertiger als zuvor. Überall herrschten eine neue Leichtigkeit und Effizienz, als hätte man die Fenster geöffnet und eine frische, belebende Brise hereingelassen.

Diskret und humorvoll hatte sie sich auch den Herrn des Forts vorgeknöpft. Sie hatte ihm vorgeschlagen, weniger zu trinken, ganz gewiss weniger zu rauchen und sich um Pünktlichkeit zu bemühen. Zu ihrer Erleichterung hatte er es wohlwollend aufgenommen. »Sie sind der einzige Mensch außer meinem Vater, der je versucht hat, mir Regeln beizubringen«, lachte er. »Sie haben einen guten Einfluss auf mich, Wallis. Sie inspirieren mich.«

Sie waren jetzt draußen auf der Rennbahn; es roch nach Pferden und Zaumzeug, man hatte einen weiten Blick über grüne Kurven und weiß gestrichenes Geländer. Vor allem aber war es laut. Beifall und Jubel erfüllten die Luft; die Menge auf den Tribünen hatte die herannahenden königlichen Kutschen entdeckt.

Während der König und die Königin träge winkten, zweifelte niemand daran, wer der eigentliche Mittelpunkt der Aufregung war. Der Prinz saß seinen Eltern gegenüber, mit dem Rücken zur Rennbahn, sein Zylinder glänzte in der Sonne. Als er ihn abnahm und damit in die Menge winkte, brachen die Zuschauer in Jubelrufe aus.

Corinne beugte sich vor. »Mein Gott! Sie sind verrückt nach ihm!«

Wallis nickte. Zum ersten Mal erlebte sie den Prinzen bei einer öffentlichen Veranstaltung, und obwohl sie natürlich wusste, dass die Menschen ihn vergötterten, war es etwas völlig anderes, es selbst zu sehen.

Die Menge war wie eine einzige große Kraft, laut, heiß, anbetungsvoll. Ihre Intensität und Inbrunst waren erregend und beängstigend zugleich. Sie verstand plötzlich, wie real und direkt die Beziehung der Briten zu ihren Königen war. Diese Menschen identifizierten sich leidenschaftlich mit ihrem Prinzen; er war Teil ihres Lebens und ihrer Herzen. Und er ging so unbekümmert mit den erdrückenden Erwartungen um. Stolz und bewundernd beobachtete sie, wie er sich all dem gewachsen zeigte, wie er lächelte, winkte und sich genauso zu freuen schien, die Leute zu sehen, wie sie sich freuten, ihn zu sehen. Niemand wäre auf den Gedanken gekommen, dass er eine vehemente Abneigung gegen all das hegte, geschweige denn, dass ihm furchtbar schlecht war.

»Wenn ich in der Kutsche rückwärts fahre, wird mir immer übel«, hatte der Prinz vorhin zu ihr gesagt. »Ich nehme an«, hatte er trocken hinzugefügt, »einer der wenigen Vorzüge der Beförderung zum König besteht darin, dass ich endlich einmal sehe, wohin ich fahre.«

Sie war sicher, dass er seine Zweifel an der Thronbesteigung überwinden würde. Alles andere war undenkbar; er und das Volk schienen wie füreinander geschaffen. Er würde der beliebteste König in der Geschichte werden.

Im Mitgliederbereich kam ihnen eine große, gut aussehende Gestalt entgegen. Wallis lächelte Corinne an. »Darf ich dir Seine Königliche Hoheit Prinz George vorstellen?«

Als Corinne knickste und sich vor Aufregung kaum halten konnte, bemerkte sie, dass George deutlich besser aussah als zuvor. Seine großen dunklen Augen hatten den irren Blick verloren, die manische Energie schien verflogen. Dank der hingebungsvollen Fürsorge seines Bruders schien der böse Einfluss des Mädchens mit der silbernen Spritze für immer gebannt. Er war jetzt mit der schönen Prinzessin Marina von Griechenland verlobt.

»Du kennst einfach *jeden*, Wallis!«, keuchte Corinne danach.

Dabei war es genau andersherum. Wallis hatte immer gewusst, wer wer war. Nur wussten jetzt alle auch, wer sie war. Sie wurde zu Partys, Abendessen und Empfängen eingeladen. Jeden Abend läutete es an der Tür von Bryanston Court. Die Cocktailstunde, die sie erfolglos geplant hatte, war zum Selbstläufer geworden. Noch während Wallis eine Gruppe in den Flur ließ, kündigte der ratternde Aufzug die nächsten Gäste an.

Plötzlich hatten alle beschlossen, dass zwischen sechs und acht Tag der offenen Tür bei den Simpsons war. Wallis saß an einem niedrigen Tischchen im Wohnzimmer, mixte Getränke und verteilte sie an Leute, von denen sie manche kannte und andere auch nicht.

»Wer sind die alle?«, flüsterte Ernest, wenn sie in die Küche eilte, um mehr Essen bei Lily zu ordern, und er ihr mit frischem Eis entgegenkam.

»Nun, heute Abend haben wir Chips, Emerald, Lord Sefton, Mike Scanlon von der US-Botschaft. Und natürlich Cecil.«

Der, so hatte sie ihn gewarnt, nie wieder das Thema Shanghai ansprechen durfte. Zum Glück schien Sibyl Colefax es vergessen zu haben; als sie gekommen war, hatte sie sich ganz in die Wohnungseinrichtung vertieft.

»Wallis, wie lange soll das noch so weitergehen? Wir können es uns nicht leisten, ganz London zu bewirten.«

Er hatte natürlich recht. Der versprochene Aufschwung von Simpson, Spence und Young war nicht nur ausgeblieben, mit der Firma ging es sogar bergab. Da sie nur Lily beschäftigten, hetzte Wallis jeden Abend vor sechs mit einem Staubtuch durch die Wohnung und schaute nach, ob im Badezimmer alles in Ordnung war. Nur noch ein paar Tage, warnte Ernest, und sie müssten den Gin verdünnen.

»Die Leute werden das Interesse an uns verlieren, wenn David erst einen Ersatz für Thelma findet«, beruhigte sie ihn.

»Ich hoffe, du hast recht«, sagte Ernest, der sich angewöhnt hatte, nach Feierabend im Arbeitszimmer zu verschwinden. Er überließ es ihr, die Party zu schmeißen, und sie stürzte sich ins Gewühl und nutzte ihr Unterhaltungstalent, einen ihrer größten Pluspunkte, wie sie nur zu genau wusste. Sie liebte es, im Mittelpunkt zu stehen und den ganzen Klatsch und Tratsch zu hören.

Der Herzog von Westminster hatte die Tochter eines Earls geheiratet. »Sie sollten sie mit dem Westminster-Diadem sehen«, schniefte Cecil missmutig. »Sie sieht aus wie eine juwelenbehängte Bedienung in Lyons' Teestube.«

Alle lachten über den unfreundlichen, aber treffenden Vergleich. Die bleichgesichtige neue Herzogin erinnerte definitiv an eine gehetzte Kellnerin.

»Warum hat er nicht Chanel geheiratet?«, fragte Wallis, die oft und voller Zuneigung an Coco dachte. Sie hatte ihr in einer entscheidenden Zeit geholfen. Der Herzog musste verrückt gewesen sein, sie aufzugeben.

»Ich habe gehört, sie hatten schrecklichen Streit«, warf jemand ein. »Er schenkte ihr Rubine zur Versöhnung. Sie hat sie von seiner Yacht geworfen. Ich weiß nicht, ob ich das glauben soll.«

Wallis stellte sich vor, wie die glitzernden roten Steine durchs klare blaue Wasser sanken und auf einem Bett aus goldenem Sand landeten. Es war das Verrückteste, aber auch das Glamouröseste, was sie je gehört hatte. Und sie glaubte es sofort. Dieser Wagemut wäre typisch für Chanel.

»Ich habe gehört, sie wollte Paris nicht verlassen«, sagte Cecil. »Er verlangte, dass sie nach England zieht. Hat ihr angeboten, ihr Personal mitzubringen und ein Atelier in Eaton Hall für sie einzurichten. Aber sie hat *non* gesagt.«

»Das ist *ihre* Version«, mischte sich jemand ein. »Aber eine französische Schneiderin wäre ohnehin nie Herzogin von Westminster geworden. Die englische Oberschicht heiratet keine Ausländerinnen von Nirgendwo.«

Siebenunddreißigstes Kapitel

Zu den Wochenenden im Fort kamen nun auch die Abende in London, eine Seite im Leben des Prinzen, die sie noch nicht kannte. Nach einem Tag voller offizieller Veranstaltungen oder »dem Spektakel«, wie er es nannte, feierte er hemmungslos in den besten Clubs der Stadt.

Sie gingen zu Ciro's und Quaglino's, wo der berühmte Leslie »Hutch« Hutchinson *These Foolish Things* und *Where the Lazy Daisies Grow* sang. Als Wallis mit dem Thronfolger zum Eingang des Embassy Clubs rauschte, fiel ihr ein, wie verzweifelt sie sich in ihren ersten Monaten in London danach gesehnt hatte, dort hineinzugehen.

Danach war Ernest entsetzt. »Weißt du eigentlich, was das kostet?«

Da der Prinz kein Geld bei sich trug, hatten sie dem Personal Trinkgeld geben müssen. Wallis erinnerte ihn an den Glamour, wie Luigi, der Oberkellner, sie zum speziellen Tisch des Prinzen geführt hatte, von dem man die beste Aussicht auf den Raum genoss. Wie zuerst der Champagner aufgetaucht war und dann der König von Spanien und Winston Churchill. Wie schillernd die Einrichtung mit den vergoldeten Spiegeln und den rotsamtenen Sitzbänken gewesen war. Wie wunderbar Ambrose, der berühmte Bandleader, spielte. Wenn der Prinz nach einem Stück applaudierte, spielte das Orchester es noch einmal, wenn nicht, dann nicht.

»Er wird uns ruinieren«, jammerte Ernest. »So können wir nicht weitermachen, Wallis.«

»Wir müssen aber!«, sagte sie. »Was sollen wir sonst tun? Er braucht uns, bis er jemand anderes findet.«

»Bis dahin sitze ich im Schuldnergefängnis. Begreift er denn nicht, dass wir kein Geld haben?«

Sie seufzte. »Ich glaube ehrlich gesagt nicht, dass ihm das jemals in den Sinn gekommen ist. Oder dass er jemals arme Freunde hatte.«

Dann kam ihr eine Idee. Sie war naheliegend, und Wallis staunte, dass sie nicht schon früher darauf gekommen war. »Ich frage Tante Bessie.«

»Tante Bessie? Aber sie ist eine alte Dame. Ich kann mir kein Geld von einer alten Dame leihen, Wallis!«

»Unsinn. Ich bin ihre einzige Nichte. Ich rufe sie an.«

Wie erwartet, war Tante Bessie gern bereit zu helfen. Aber sie stellte auch Fragen und kam wie üblich gleich zur Sache. »In den Zeitungen steht, du hättest den Platz von Lady Furness eingenommen.«

Wallis war ehrlich überrascht. »Das ist verrückt. Wie sollte das möglich sein? Ich bin alt und hässlich. Und er kann zwischen den schönsten Frauen der Welt wählen.«

»Schönheit«, bemerkte Bessie, »liegt im Auge des Betrachters.«

Wallis lachte. »Nun, ich glaube nicht, dass irgendein Betrachter das über mich sagen würde. Ich bin mit dem Prinzen befreundet, das ist alles. Er mag mich, weil ich ihn aufmuntere und ermutige.«

»Bist du dir sicher, dass nicht mehr dahintersteckt?«

»Doch, du hast recht. Er schätzt es, dass ich immer meine Meinung sage, während alle anderen kriecherisch und falsch sind.«

Aber ihre Tante hatte recht, es war viel mehr als das. Ihre

Liebe zum Prinzen war eine wilde, süße, geheime Schwelgerei, deren Gegenstand fern und unerreichbar wie die Sterne war. Er konnte sie unmöglich erwidern. Am anderen Ende der Leitung schniefte es argwöhnisch. »Ich hoffe, du vernachlässigst Ernest nicht. Er ist ein guter Mann, das habe ich dir schon einmal gesagt.«

Sie spielte auf Alices Beerdigung an. Es schien Jahrhunderte her. »Aber Mutter hätte das alles geliebt«, sagte Wallis. Ihre Tochter als Vertraute eines Prinzen zu sehen, im Auge eines glitzernden gesellschaftlichen Sturms. Sie wäre begeistert gewesen, erfreut und stolz. Und hätte sich bestätigt gefühlt. Hoffentlich konnte sie es von irgendwoher sehen.

»Ernest ist ein guter Mann«, stimmte sie zu. »Und ich vernachlässige ihn nicht.«

»Und er sollte auch dich nicht vernachlässigen«, warnte Tante Bessie. »Wenn du dich zu sehr auf den Prinzen konzentrierst, schaut er vielleicht woanders hin.«

»Mach dich nicht lächerlich«, sagte Wallis. »Er ist mir treu ergeben. Das sagt er ständig.« Allerdings waren die meisten Gespräche, die sie in letzter Zeit mit Ernest geführt hatte, kaum mehr als hastige Bemerkungen gewesen, während sie in der Küche hantierten.

»Nimm ihn nicht als selbstverständlich. Ernest ist ein geduldiger Mann, aber kein Heiliger.«

Wallis verspürte ein leises Unbehagen. Es stimmte, sie hatten momentan kaum Zeit füreinander. Würde Ernest sich anderweitig umsehen, weil er es leid war, dass sie ihn kaum beachtete und immer noch Enthaltsamkeit von ihm verlangte? »Egal, es geht ohnehin nicht so weiter. Jeden Moment kann eine neue Thelma kommen. Oder eine Ehefrau.«

Fürs Erste aber gingen die Partys und Abendessen weiter. Die Tage, die sich einst dahingeschleppt hatten, wirbelten nun vorbei. Das einst stumme Telefon klingelte nun so oft, dass die Telefongesellschaft darauf bestand, ein zweites zu installieren. »Sie sagten, zu viele Leute hätten sich beschwert, dass die Leitung besetzt sei«, erklärte Wallis einem verblüfften Ernest. Jetzt klingelten beide Apparate neben ihrem Bett.

»Aber wer sind all die Leute? Was wollen sie von dir?«

»Das gerade war Maud. Sie will eine Einladung ins Fort.« Wallis versuchte, nüchtern zu klingen, damit er nicht merkte, wie sehr sie die zunehmend verzweifelten Bitten ihrer Schwägerin genoss.

»Aber meistens geht es um den Prinzen. Sie glauben, wenn sie mich einladen, bekommen sie ihn dazu.«

Es war fast immer Abend. Die Tage begannen zur Mittagszeit und waren kurze, grelle und verschwommene Zwischenspiele, bevor alles von vorn begann. Bald gab es kaum ein Stadthaus in Mayfair, das Wallis nicht vertraut war. Hinter den Stuckfassaden verbarg sich eine überraschende Vielfalt. Einige Häuser waren groß und kahl wie das von Emerald Cunard. Andere waren spektakulär eingerichtet wie das blau-silberne barocke Speisezimmer der Channons.

Während Ernest immer neue Entschuldigungen fand, um nicht mitzugehen, entwickelte sich ihr Leben auseinander. Oft kam sie von einer Party nach Hause und fand Ernest am Frühstückstisch vor, weil er zur Arbeit musste. Dann ließ sie sich im Abendkleid auf einen Stuhl fallen und berichtete atemlos, mit leuchtenden Augen und hämmerndem Herzen, was am Abend geschehen war. »Es war die Party von Lord Derby ... der Champagner war so wunderbar, dass er das Etikett entfernt hatte.«

»Warum?«, fragte Ernest.

»Weil der Jahrgang so herrlich und exklusiv war, dass ihn sich niemand sonst leisten konnte.«

»Aber ...« Ernest runzelte die Stirn. »Sollte man dann nicht gerade das Etikett *drauflassen*?«

Wallis schüttelte aufgeregt den Kopf. »Nein! Er wollte seine Gäste nicht in Verlegenheit bringen. Das hat David jedenfalls gesagt. Er fand es sehr stilvoll.«

Ernest zog die Augenbrauen hoch. »Und David ist der Mann, der sich um die Arbeitslosen sorgt.«

Wallis sprang sofort in die Bresche. »Aber das tut er! Er hat mir heute Abend ewig lang von seiner neuen Kampagne für die Wasch- und Umkleideräume erzählt. Anscheinend wollen die Bergwerksbesitzer keine einbauen.«

»Nun mal ganz langsam.« Ernest stellte die Kaffeetasse ab. »Ihr habt Champagner getrunken, der so teuer war, dass man das Etikett in einem bizarren Akt sozialer Überheblichkeit entfernt hatte. Und gleichzeitig hast du dich mit dem Thronfolger über die Waschgewohnheiten von Bergleuten unterhalten.«

»Nun, ja. Was ist falsch daran?«

»Wallis, kommt es dir nicht auch ein bisschen komisch vor, dass er immer dann über die Armen reden will, wenn er von den Privilegien der ganz Reichen umgeben ist?«

»Ganz und gar nicht!«, blaffte sie zurück. »Wo sonst sollte er darüber sprechen? Er ist der Prinz von Wales. Das ist sein Leben.«

»Eben«, sagte Ernest, nahm die Aktentasche und verließ das Zimmer.

Doch je mehr sie vom Leben des Prinzen sah, desto mehr ähnelte es einem Gefängnis. Der lange Arm des Königs war allgegenwärtig. Er hatte sich bei seinem Sohn über dessen Nachtclub-Besuche beschwert.

»Er geht immer um elf ins Bett und hält es für unmoralisch, länger aufzubleiben«, sagte der Prinz reumütig zu Wallis. »Der Embassy Club ist absolut respektabel, aber er war noch nie dort und hält ihn deshalb für eine Lasterhöhle.«

»Das ist verrückt.« Wallis schüttelte den Kopf. »Sie sind doch kein Junge mehr. Und woher weiß er überhaupt, wo Sie sich aufhalten?«

Die blonden Brauen zogen sich zusammen. »Spione. Charles Cavendish erzählt es seiner Mutter, die wiederum Mamas Oberhofmeisterin ist. Verfluchte Speichellecker, alle beide.«

Wallis seufzte. »Sie müssen weg von alldem. Machen Sie Urlaub.«

Er nickte. »Ja, aber dann wird Papa wieder wütend. Er hasst meine Abstecher ins Ausland.«

»Und er selbst verlässt nie das Land«, bemerkte Wallis. »Irgendjemand aus der königlichen Familie muss es doch tun. Als Testkäufer sozusagen.«

»Als was?«

Sie zog belustigt eine Augenbraue hoch. »Nun, Sie sind etwas Besseres und kennen das natürlich nicht. In den Staaten betreibt man damit Marktforschung in Kaufhäusern. Ich habe mich mal dafür beworben.«

Seine Laune besserte sich sofort. Er fand ihre Geschichten zur Arbeitssuche auf amüsante Art exotisch, vermutlich, weil er noch nie Freunde gehabt hatte, die sich Arbeit suchen mussten. »Erzählen Sie!«

»Ich habe die Stelle natürlich nicht bekommen. Aber die Idee dahinter ist, dass jemand von einer Marketingfirma in ein Geschäft geht, um es mit den Augen der Kunden zu sehen. Um zu erkennen, was gut und schlecht ist.«

Er schüttelte verwundert den goldenen Kopf. »Das wusste ich nicht. Aber was hat das mit der königlichen Familie zu tun?«

»Ich dachte, das sei offensichtlich. Mitglieder der königlichen Familie sollten gelegentlich andere Länder bereisen, um Großbritannien so zu sehen, wie Ausländer es tun. Sich die Kritik anhören, die wichtiger sein kann als alle Komplimente.«

Er zog aufgeregt an seiner Zigarette. »Wallis, das ist genial.«

Einige Tage später trafen sie und Ernest sich wieder am Frühstückstisch. Wallis ließ sich glücklich auf einen Stuhl fallen und schenkte sich Kaffee ein. Sie hatte Neuigkeiten.

»David mietet für den August ein Haus in Biarritz. Er möchte, dass wir mitkommen.«

Sie hatte erwartet, dass es Ernest aufheitern würde, doch das war nicht der Fall.

»Gutes Timing, würde ich sagen«, fügte sie hinzu. »Du hast schwer gearbeitet und dir eine Pause verdient.« Sie streckte beschwichtigend die Hand aus und tätschelte seinen Arm.

Er sah auf ihre Hand. »Das finde ich nicht.« Etwas in seinem Ton ließ sie aufhorchen. Sie setzte sich aufrecht hin und strich das Abendkleid glatt. Wartete ab.

Er holte tief Luft und hob den Kopf. »Ich werde im August in New York sein.«

»Schon wieder?«, fragte sie verblüfft. »Du warst doch gerade erst dort.«

In seinen runden braunen Augen, die sonst so offen und freundlich wirkten, lag etwas, das sie noch nie dort gesehen hatte. Schuldgefühle und ein Hauch von Trotz.

Sie schlug sich an die Stirn. »Mary. Natürlich.« Wie hatte sie das nicht merken können? Er war seit ihrem Besuch in London mehr als einmal nach New York gereist. Die vielen Telefongespräche. Es konnte nicht nur um Silberstempel gehen, das wurde Wallis jetzt klar. Doch inmitten ihres neuen, aufregenden Lebens hatte sie es nicht bemerkt. Es vielleicht auch nicht bemerken wollen.

»Hast du mit ihr geschlafen?«, fragte sie.

Er schlug sich die großen Hände vors Gesicht. »Es tut mir leid, Wallis.«

Sie schüttelte den Kopf. »Es gibt nichts, was dir leid tun müsste.« Sie meinte es ernst. Was für eine Frau war sie ihm gewesen? Sie lächelte. »Du hast ein bisschen Glück verdient.« Sie hielt inne und schluckte, bevor sie fragte. »Willst du, dass ich mich von dir scheiden lasse?«

Es herrschte Stille. Sie dachte flüchtig an den Prinzen. Mit einer zweimal geschiedenen Frau konnte er nicht befreundet bleiben. Im Augenblick fürchtete sie aber nur, Ernest zu verlieren. Seine zuverlässige Gesellschaft und die Geborgenheit, die er ihr schenkte. Seine Vernunft und seinen sanften Humor. Seinen ausgeprägten gesunden Menschenverstand. Ein Leben ohne ihn war unvorstellbar. Auf ihre Art liebte sie ihn innig. Doch ihre Art war offensichtlich nicht genug. Wie auch?

Ernest sah sie traurig an. »Ich will nicht, dass du dich von mir scheiden lässt. Das wäre furchtbar. Aber ich kann kaum erwarten, dass du mit mir verheiratet bleibst.«

Ihre Hand schoss hervor und umklammerte seine. »Aber das will ich, Ernest. Ganz *ehrlich*!« Sie sah ihn flehend an. »Es ist ohnehin alles meine Schuld. Ich war nie eine normale Ehefrau.«

Seine Augen waren feucht von Tränen. »Ich habe dich nicht geheiratet, weil du normal bist, was immer das sein soll. Ich habe dich geheiratet, weil ich dich liebte. Und das tue ich immer noch.«

»Und ich dich«, versicherte sie ihm. »Du bist mir ein wunderbarer Ehemann gewesen. Und wenn das alles vorbei ist ...« Sie hob die Hand und machte eine weit ausschweifende Bewegung, die das Fort, Mayfair und Mary umfasste, »können wir gemeinsam alt werden. Auf unsere Erinnerungen zurückblicken.«

Sie ging zu ihm und legte die Arme um seine breite Brust. Er fühlte sich fest und solide an, beruhigend real. Er zog sie eng an sich. »Ich könnte es nicht ertragen, dich zu verlieren«, sagte er in ihre Haare.

Sie klammerte sich an ihn und fühlte sich verankert. »Ich auch nicht.«

Achtunddreißigstes Kapitel

»Boulevard du Prince de Galles, Avenue Reine Victoria, Avenue Edouard VII. Ich nehme an«, lächelte Wallis und schirmte die Augen gegen die starke Sonne ab, »Sie sind nicht das erste Mitglied Ihrer Familie, das nach Biarritz kommt.«

»Wie es aussieht, kam Königin Victoria her und fuhr in einem Eselskarren herum. Aber ich bin der Erste, der bleibt!«

Die Villa war aus Beton erbaut und sehr modern: niedrig, kastenförmig und weiß.

»Sie sieht ein bisschen wie eine Fabrik aus«, sinnierte Wallis und folgte dem Prinzen die Treppe hinauf.

»Es ist eine Fabrik. Eine Spaßfabrik. Und Spaß werden wir haben.« Er schaute über die Schulter. »Wenn wir diesen Haufen erst losgeworden sind!«

Damit meinte er die Schar der Palastbeamten, die auf Geheiß des Königs seinen vierzigjährigen Sohn in den Urlaub begleiten mussten. Zu den missbilligenden Stallmeistern Trotter und Aird gesellte sich das militärische Establishment in Form von Lieutenant Commander Buist und seiner unscheinbaren Frau Gladys. Angesichts dieser Menge Aufsichtspersonal wäre es gar nicht nötig gewesen, Tante Bessie einzuladen, die in Abwesenheit von Ernest als Anstandsdame diente.

Und doch tat es gut, sie um sich zu haben. Wallis beobachtete liebevoll, wie die alte Dame die Stufen zur Villa mit einer Wendigkeit hinaufstieg, die ihre fast achtzig Jahre Lügen strafte.

Hinter der bogenförmigen Haustür lag eine mit Marmor ausgelegte Halle. Sie wurde von einer geschwungenen Treppe beherrscht, die zu den darüberliegenden Räumen führte. Durch einen riesigen weißen Salon gelangte man auf eine große weiße Terrasse. Der Blick über die Bucht war spektakulär. Wallis trat ans Geländer und schaute aufs Meer, wo weiße Segel gemächlich über das Blau pflügten. Die Weite des Ozeans machte sie unruhig. Es war, als stünde sie nicht nur am Rand des Landes, sondern auch von etwas anderem.

Der Prinz tauchte hinter ihr auf. »Lassen Sie uns allein zum Abendessen gehen.« Seine blauen Augen funkelten. »Ein einfaches Bistro an der Strandpromenade mit wackligen Holztischen und Kerzen, die in Flaschen stecken.«

Und das taten sie auch, er schlank in Shorts und Sandalen, sie schlank in Hemd und Rock. »Wir könnten ein ganz normales Paar im Urlaub sein«, strahlte er, als der Kellner, der ihn offensichtlich erkannt hatte, sie zum besten wackligen Holztisch führte.

Einerseits war ihr, als müsste sie ihn darauf hinweisen, dass sie kein Paar waren, weder gewöhnlich noch sonst etwas, und es auch nie sein konnten. Andererseits erregte es sie zutiefst. Darum korrigierte sie ihn nicht, sondern nippte an ihrem Drink, einer dunkelorangenen Flüssigkeit mit kräftiger Wirkung.

Er starrte in die flackernde Flamme der Weinflaschenkerze. »Sie waren so trostlos, diese Häuschen am Flussufer.« Es ging um seinen jüngsten Besuch in Newcastle. »Ich bin einem Mann um die vierzig begegnet, ärmlich, aber sauber gekleidet und mit ehrlichem Gesicht. ›Was sind Sie von Beruf?‹, habe ich ihn gefragt. ›Nieter, ich bin Vorarbeiter‹, antwortete er. ›Wie lange sind Sie schon arbeitslos?‹ ›Fünf Jahre, Sir.‹«

Er hielt inne, um eine Languste zu teilen. »Fünf Jahre ohne Arbeit! Können Sie sich das vorstellen? Was hätte ich ihm sagen sollen? Dass er sich nur gedulden muss?« Er leerte sein Weinglas und knallte es mit funkelnden Augen auf den Tisch.

Sie erkannte die Zeichen und versuchte, ihn von seiner Wut abzulenken. Inzwischen verstand sie sich darauf, mit seinen Stimmungen umzugehen. Sie musste etwas unternehmen, sonst würde er noch mehr trinken und noch wütender und verzweifelter werden. »Ich habe mal versucht, einen Job in der Stahlindustrie zu bekommen«, sagte sie.

Seine Miene hellte sich sofort auf. »Tatsächlich, Wallis?«

Sie nickte. »Eine Freundin in Pittsburgh, deren Mann eine Stahlfirma besaß, meinte, ich könnte Rohrgerüste verkaufen.«

Er prustete in seinen Drink. »Rohrgerüste!«

»Eigentlich fand ich die Idee ganz gut«, fuhr sie fort. »Ich sah mich schon in meinem besten Kostüm, mit hohen Absätzen und perfekt frisiert, den Kopf voller harter Zahlen.«

Sein Gesicht hatte die Starre verloren und war wieder lebhaft und beweglich. »Was ist passiert?«

»Nun, ich bin nach Pittsburgh gefahren und habe mich mit dem Mann meiner Freundin getroffen. ›Kennst du dich auf dem Bau aus?‹, fragte er mich. Ich musste zugeben, dass ich das nicht tat. Dann fragte er, ob ich Ingenieurwesen studiert hätte. Worauf ich sagte: ›Niemals.‹«

Der Prinz lachte laut. Sie runzelte die Stirn und imitierte den Stahlwerkbesitzer. »»Kannst du einen Rechenschieber benutzen?‹«, knurrte sie. »»Kannst du spontane Berechnungen anstellen?‹«

»Nein, Sir!«, protestierte der Prinz, in einem Falsett, das sie sein sollte.

Sie schüttelte traurig den Kopf. »Die Welt des Stahlmagnaten war nichts für mich.«

»Na, Gott sei Dank!«, rief der Prinz. »Sonst wäre ich Ihnen nie begegnet!«

Sie bestellten mehr Wein. Musik setzte ein, etwas Volkstümliches mit Geigen. Das Stück klang melancholisch, die Noten waren langgezogen und schluchzend und erinnerten sie an sein Dudelsackspiel. Sie dachte an alles, was er durchgemacht hatte, was sie beide durchgemacht hatten. Er wirkte wieder düster. »Ich kann mir nicht vorstellen, wie es ist, sich ganz frei eine Arbeit zu suchen«, sagte er finster. »Die Möglichkeit werde ich nie haben. Mein Job wartet schon mein ganzes Leben auf mich.«

»Ja, aber Sie können damit so viel Gutes tun!«, erinnerte sie ihn wie immer, wenn das Gespräch diesen Punkt erreichte. »Als König kann man vielen Menschen helfen.«

Er nickte entschlossen. »Ja, das kann ich, nicht wahr?«

»Natürlich! Sie bringen die Monarchie näher ans Volk. Verleihen ihr Bedeutung.«

Er nickte, war wieder glücklich. »Was würde ich ohne Sie tun, Wallis? Keiner sonst glaubt an mich.«

Das Wasser war silbern unter dem perlmuttfarbenen Himmel. Die Jachten hatten für die Nacht angelegt. Wallis kniff die Augen zusammen, um den Namen der nächstgelegenen zu lesen. *Rosaura.*

»Gehört die nicht Moyne?« Der Prinz zog an seiner Zigarette. »Ich wusste nicht, dass er hier ist. Wir waren zusammen in Oxford. Er gehört zu den Guinness und ist schwindelerregend reich. Seine Mutter befürchtete, er könne als Student zu *wenig* ausgeben. Manche Leute haben vielleicht Probleme.«

Sie starrte ihn an, und ein Gedanke formte sich in ihr, doch dann lachte er und fixierte sie mit seinen blauen Augen, sodass sich alles andere auflöste und sie mitlachte. »Ich frage mich, ob er es mir für ein paar Tage leiht.« Er schaute nachdenklich auf das Boot und dann wieder zu Wallis. »Man kann sich an Biarritz sattsehen.«

Was auch immer er in Wahrheit dachte, Lord Moyne übergab dem Thronfolger mit Freuden seine Segeljacht. Die Anstandsdamen in der Villa freute es weniger, denn angesichts der geringen Größe der Jacht und der festen Crew war die Zahl der Passagiere sehr begrenzt. Wallis fand sich auf einer glitzernden, aber unruhigen See wieder, während ihr euphorischer Begleiter das Steuerrad bediente und Kurs auf die Südküste nahm. Sie ließ sich an der geschütztesten Stelle nieder, die sie finden konnte, und schaute über den Golf von Biskaya, hinter dem die Ausläufer der Pyrenäen aufragten.

Sie gingen in Saint-Jean-de-Luz von Bord, wo sie durch die engen, schattigen Gassen der Altstadt schlenderten und die kühlen alten Kirchen mit ihrem Weihrauch und ihren Madonnen erforschten. Sie bestaunte den Markt mit seiner Fülle an Blumen und Lebensmitteln. Unter den gestreiften Markisen der Stände herrschte eine verblüffende Vielfalt: Tomaten, Kartoffeln und Zwiebeln in jeder Größe, leuchtend grüne Zucchini, marmorierte lila Auberginen, fangfrischer silbern schimmernder Fisch.

»Wissen Sie, was ich mir vorstelle?«, fragte er.

»Was denn?«

»Dass wir ein ganz normales Paar sind, das einkaufen geht.«

Sie lächelte ihn an. »Ein schöner Gedanke.«

»Nicht wahr?« In seiner Stimme lag echte Sehnsucht. »Ich würde so gern ganz normale, langweilige, alltägliche Dinge mit Ihnen tun, Wallis. Ein normales Leben führen.«

Sie ließ sich davon anstecken und malte sich kurz eine Welt ohne Win aus, ohne Ernest, ohne all die Fehler und Komplikationen. Dass sie noch einmal ganz von vorn anfangen könnte. Mit ihm. Sie sah zu ihm auf, und er neigte den Kopf, und eine Sekunde lang glaubte sie, er werde sie küssen, und dann tat er es auch, streifte ihre Lippen für einen kurzen Moment mit seinen.

Es war, als würde eine Bombe in ihr explodieren. Der Schock durchzuckte ihre Nerven, wühlte ihren Magen auf. Sie verspürte weder Abscheu noch Schrecken, nur Verlangen und Sehnsucht und Begierde.

Ihre Lippen brannten und schienen anzuschwellen, als würden sie knospen und aufblühen. Sie öffnete sich wie eine Blume. Sie wollte wieder berührt, wieder geküsst werden. Sie atmete schnell und flach, rang um Fassung.

»Das ist der schönste Urlaub meines Lebens«, sagte er und sah ihr in die Augen, als würde er einen heiligen Eid ablegen.

Sie hatte sich genug erholt, um zu sprechen. »Das geht mir genauso.«

»Lass uns nicht zurückfahren! Lass uns zusammen weglaufen!«

»Aber das können wir nicht! Ich habe nicht genug zum Anziehen.«

»Wir können etwas kaufen, wo immer wir landen! Wohin wollen wir segeln?« Ein wildes Leuchten lag in seinen Augen; er meinte es wirklich ernst.

»David«, sagte sie sanft. »Das können wir nicht. Nicht im wirklichen Leben.«

Er stöhnte. »Ich kann es nicht mehr ertragen.«

»Was?«

»Ich bin mir nicht sicher, wie ich ohne dich leben soll.«

Der Himmel schien zu kippen, die Umgebung zu verschwimmen. Sie mahnte sich, dass er das Gleiche zu Thelma gesagt haben musste, zu Freda. Es war, als träte sie Wasser, um an der Oberfläche zu bleiben.

»Du hast ganz gut ohne mich gelebt, bevor du mir begegnet bist«, sagte sie.

»Ja, aber jetzt bringt es mich um.«

»Sag das nicht. Sei vernünftig, David.« Aber noch während sie sprach, spürte sie, wie das Wasser über ihr zusammenschlug.

»Ich kann den Gedanken nicht ertragen, dass wir uns vielleicht nie begegnet wären.«

»Ich bin eine von vielen.« Aber sie war jetzt unter der Oberfläche und sank, sank immer tiefer.

Sie segelten unter einem großen gelben Mond zurück. Sie standen an Deck und betrachteten den gekräuselten Pfad aus Licht, den er aufs Wasser warf. Er erstreckte sich bis zum Horizont und tanzte vor Verheißung. David stand nah bei ihr, berührte sie aber nicht, und die warme Luft zwischen ihnen knisterte vor Verlangen. Sie spürte, wie die Sterne über ihr pulsierten und der Ozean unter ihr anschwoll. Er bewegte sich, und sie hielt den Atem an. Sein Mund traf ihren, erst leicht, dann drängender.

»Bist du sicher«, murmelte er in ihre Schulter.

»Nein. Ich habe schlechte Erfahrungen damit gemacht.«

Er lachte. »Ich auch. Wollen wir es trotzdem versuchen?«

Sie lagen auf dem Deck und erkundeten sich gegenseitig. Er war langsam und vorsichtig, streichelte sie wie ein verängstigtes Tier, baute behutsam Vertrauen auf. Zuerst war sie starr, entspannte sich dann aber. Sie hatte nicht geahnt, dass das, was Win so brutal getan hatte, auch so sanft geschehen konnte. Danach schmiegten sie sich aneinander. Er war so leicht, dachte sie. Sie hielt ihn fest, damit er nicht wegschwebte.

»Na bitte«, sagte er. »Das war doch nicht so schlimm, oder?«

»Nein.«

»Sollen wir es noch mal machen?«

»Oh ja.«

»Ich liebe dich, Wallis«, sagte er danach. Sie lächelte ihn an, sicher, dass er es nicht ernst meinte, aber dennoch dankbar. Er hatte sie befreit. Eine ganz neue Freude durchdrang sie.

Als sie in die Villa zurückkehrten, erwartete Tante Bessie Wallis besorgt auf der Terrasse. Sie klappte ihr Buch zu und kam direkt zur Sache. »Bessiewallis, was geht hier vor?«

»Vorgehen?«

»Diese alten Augen sind nicht zu alt, um das zu erkennen. Was in aller Welt ist auf dem Boot passiert?«

Ich habe begriffen, was mir all die Jahre gefehlt hat, er hat mir etwas zu-

rückgegeben, von dem ich dachte, es sei für immer verschwunden, ich habe Freude erlebt.

Wallis sah in das angstverzerrte Gesicht ihrer Tante. »Du musst dir keine Sorgen um mich machen. Ich amüsiere mich prächtig. Es macht alles sehr viel Spaß.«

»Genau darum mache ich mir Sorgen«, konterte die alte Dame. »Wenn du dieses Leben genießt, macht es dich ruhelos und unzufrieden mit allem, was du bisher kanntest.«

»Ich weiß, was ich tue«, sagte Wallis gereizt. Immerhin war sie fast vierzig.

Bessie seufzte. »Mach, was du willst. Aber ich sage dir, klügere Leute als du haben sich mitreißen lassen, und es ist nicht gut ausgegangen. Wenn es so weitergeht, wird etwas Schreckliches passieren.«

»Was zum Beispiel?«

Tante Bessie seufzte wieder. »Ich will ganz offen sein. Diese Liaison könnte deine Ehe zerstören, sodass du am Ende auf dem Trockenen sitzt. Wenn Ernest sich scheiden lässt und der Prinz eine andere findet, was dann?«

Wallis starrte wieder aufs Meer hinaus. Sie konnte Bessie schlecht erzählen, was sie und Ernest beschlossen hatten. Geschweige denn, dass Ernest selbst eine Geliebte hatte.

»Der Prinz wird eine andere finden«, sagte sie. »Er muss heiraten.« Doch noch während sie das sagte, wusste sie, dass sie anders empfand. Die Suche des Prinzen nach einer Braut würde jetzt noch komplizierter.

Bessie schlug ihr Buch wieder auf. »Je eher er eine Frau findet, desto besser.«

Das Begräbnis des Herzogs von Windsor

St. George's Chapel, Windsor Castle, Juni 1972

Als sie die Kapelle betrat, nahm sie wieder den sanften Duft von Orangenblüten wahr. Im Hintergrund spielte leise eine Orgel. Am Ende einer Bank saß ein gepflegter alter Mann, der ihr bekannt vorkam. Als sie vorbeiging, schaute er sie offen an; unter dem welligen silbernen Haar, das leicht blau schimmerte, fanden sich ein vertrautes längliches Gesicht und verträumte blaue Augen. Cecil. Mit ihm hatte alles begonnen, und nun war er hier, um das Ende zu erleben.

Ihr Platz war im Chor, gleich am Altar. Der Sarg war verschwunden, zusammen mit den Soldaten. Sie fürchtete sich nicht mehr davor, ihn zu sehen. Um Davids willen spielte sie eine Rolle, die ihm gefallen hätte; sie, die nie gekrönt worden war, würde beide Königinnen an Würde übertreffen. Die Alternative wäre gewesen, zu heulen und ihre Kleider zu zerreißen, was in dieser Gesellschaft undenkbar war. Wer inmitten der Windsors trauerte, trauerte allein.

Sie wünschte, Lilibet würde nicht wie ein Kindermädchen ihren Arm tätscheln. Dann kam Elizabeth durch das Kirchenschiff, genoss den Moment, nickte und lächelte allen zu.

»Ach, komm schon, Mummy«, murmelte Lilibet.

Wallis sah durch den Schleier zu. Sie fürchtete Elizabeth nicht mehr und beneidete sie noch viel weniger. Ihre Position war seltsam, sogar lächerlich. Sie und David hatten von fern beobachtet, wie die Thronbesteigung ihrer Tochter sie überflüssig gemacht und die ehemals bedeutende Aristokratin, die einer Nation im Krieg Kraft und Halt gegeben hatte, in die demütigende Pantomimenrolle der »Queen Mum« gezwungen hatte. Die Lieblings-Oma der Nation, eine lustige alte Gin-Trinkerin, die gern auf Pferdchen wettete. Für jemanden, der sich seines Status so bewusst war, musste die vulgäre Charakterisierung eine Qual sein.

Die Orgel stimmte ein Kirchenlied an. Noch bevor sie die Gottesdienstordnung aufschlagen konnte, hatte Lilibet sie weggeschnappt, die Stelle gefunden und sie ihr zurückgereicht. *Der König der Liebe ist mein Hirte.*

Das konnte nur ironisch sein. Für wen war David denn der König der Liebe gewesen? Nur für sie. Als etwas in ihr zu reißen drohte, verdrängte sie den Gedanken. Sie würde weder schreien noch zusammenbrechen. Nicht in der Öffentlichkeit, nicht hier. Sie würde mutig und entschlossen sein. Selbstsüchtig und herzlos.

Als der Gesang verstummte, bewegte sich etwas am westlichen Ende der Kapelle. Der Trauerzug hatte begonnen. Ein schwarzes Loch tat sich in ihr auf, doch sie richtete sich kerzengerade auf und hob den Kopf unter dem dichten Schleier.

Der Erzbischof stimmte den Psalm an. »Denn tausend Jahre sind vor dir wie der Tag, der gestern vergangen ist.«

Vor allem in der Welt des britischen Königshauses. Sie hätten auch vor fünfhundert Jahren hier sitzen können. Nun, da sie ruhiger geworden war, beobachtete sie den Einzug der Ritter des Hosenbandordens, alte Männer mit gefiederten Hüten unter den Armen. Dann der Chor; kleine Jungen mit leuchtenden Augen in schneeweißen Chorhemden. Die Geistlichen in Pluvialen und Mitren. Dann, am mittelalterlichsten von allen, die Wappenkönige in Strumpfhose und Tappert, der mit dem Wappen des Vereinigten Königreichs bestickt war und an die Spielkarten aus *Alice im Wunderland* erinnerte. Ihre Brillen wirkten auf den ersten Blick unpassend, doch das war ein Irrtum. Die Brillen passten, nur die Kostüme waren anachronistisch.

Jeder trug ein blaues Samtkissen; auf dem mittleren lagen Bänder und Kreuz von Davids Hosenbandorden, auf einem anderen sein Feldmarschallstab und auf dem dritten seine übrigen Auszeichnungen. Gold und Silber, Juwelen und Emaille spiegelten die leuchtenden Farben der Kirchenfenster wider. Von David blieb nur Licht.

Obwohl sie sich gefasst hatte, traf sie der Anblick seines Sarges wie ein Schlag. Tiefe Qual stieg in ihr auf, so gewaltig, dass sie ihren Körper zu spalten drohte. Die absolute Unmöglichkeit seines Todes rang mit der Wirklichkeit dessen, was an ihr vorbeizog, drapiert mit der Royal Standard, getragen von seinen eigenen Soldaten. Die Stiefel der Prince of Wales Company, des 1. Bataillons der Welsh Guards, quietschten und schabten in der Stille. Ihr kam es vor, als wäre ihr ganzes Leben auf diesen einen Punkt geschrumpft, hätte immer zu ihm hingeführt. Sie konnte nicht zurück oder nach vorn schauen.

Sie blieb ganz still. Wenn sie sich nicht bewegte, konnte es sie nicht berühren. Es half, dass Philip hinter David marschierte. Sein Anblick gab ihr die Selbstbeherrschung zurück, denn vor ihm durfte sie ihre Gefühle nicht offenbaren. Männer wie er hielten Trauer für eine Schwäche und Gefühle für etwas, das man manipulieren und ausnutzen konnte. Es folgten weitere Könige, Prinzen und Herzöge mit ausdruckslosen Mienen, darunter Charles und seine Brüder. Die Nachhut bildete unweigerlich Mountbatten.

David wurde auf den Katafalk gelegt, und sie starrte auf die Fahne, die gefletschten Zähne eines Löwen, als Mountbatten die Kanzel bestieg und die Trauerrede zu lesen begann.

»Als ich vor fünfzig Jahren geheiratet habe, war er mein Trauzeuge. Mehr als mein Trauzeuge, er war mein bester Freund mein ganzes Leben lang ...«

Wallis hielt den Blick auf den fauchenden Löwen gerichtet. Sie stellte sich vor, wie David sich im Sarg umdrehte. Mountbatten hatte ihm nicht annähernd so nahegestanden, wie er behauptete. Vielleicht als sie jung waren, jedenfalls lange, bevor sie David kennenlernte.

»Eine attraktive Amerikanerin veränderte den Lauf seines Lebens. Tatsächlich veränderte sie den Lauf der Geschichte.«

Er hatte ihren Namen nicht genannt. Sie ahnte, dass es Absicht war, und schüttelte leicht den Kopf. Sie war den unerbittlichen Hass der Windsors gewöhnt, doch seine unendlich vielen Spielarten überraschten sie stets aufs Neue.

»Ich erinnere mich an den furchtbaren Tag der Abdankung.«

Mountbattens Stimme brach, und Wallis verbarg ihre Verachtung hinter dem Schleier. Elizabeth war nicht die einzige Schmierendarstellerin. Sie wollte weghören, konzentrierte sich auf die Fenster, die geschnitzten Bänke, und sprach im Kopf die ganze Zeit mit David. Ich bin hier, ich bin hier, ich bin hier.

»Seine Brüder und ich ... versuchten, ihn umzustimmen. Ich war zutiefst dagegen. An unserer Freundschaft änderte das nichts. Was für eine große Schuld gegenüber den Menschen dieses Landes ... Wir alle werden ihn vermissen, aber niemand mehr als ich.«

Abscheu durchströmte sie. Sie sah, wie Grace auf der anderen Seite des Ganges ihren Blick suchte, während Antenucci besorgt geradeaus schaute. Sie wusste genau, was sie ihr damit sagen wollten. Sie mochte halb tot sein, weil ihre andere Hälfte in einer Kiste vor ihr lag, doch was für ein Leben hatte sie geführt! Und wenn sie ganz tot wäre, würde man sich an sie erinnern. An sie und David.

Einer der Wappenkönige trat vor den Sarg. Seine Stimme hallte eindrucksvoll von den Steinen wider, als er anfing, die uralte Litanei der Titel zu verkünden:

»Ritter des Hosenbandordens. Ritter des Distelordens. Ritter des Ordens von St. Patrick. Knight Grand Commander des Bath-Ordens. Knight Grand Commander des Ordens des Sternes von Indien. Knight Grand Cross des Ordens von St. Michael und St. George ...«

Als er eine Atempause einlegte, hörte sie beinahe das kollektive Seufzen, mit dem die Anwesenden konstatierten, was David aufgegeben hatte; ihre kleine schwarze Gestalt war ein nichtiger Anlass für ein solches Opfer. Sie wusste, sie dachten an verpasste Gelegenheiten, verschwendetes Talent, ein weggeworfenes Erbe. An das viele, das er hätte tun können, und das wenige, das er getan hatte. Aber was wussten sie schon? Und was hatten sie selbst schon getan?

» ... Military Cross. Admiral der Flotte. Feldmarschall der Armee. Marschall der Royal Air Force ...«

Sie schloss die Augen unter dem Schleier. Sie hatte die Worte schon einmal gehört. An einem scharfen, kühlen Morgen, als heller Sonnenschein auf polierten Trompeten blitzte und die Goldfäden in Löwe, Einhorn, Drachen und Harfe betonte. Es war im Januar 1936 gewesen. Sie hatte an einem Fenster des St. James's Palace gestanden und in den Hof hinuntergeschaut, in dem ihr Geliebter zum König ausgerufen wurde. Das alles hatte er aufgegeben, für sie.

» ... der allerhöchste, mächtigste und hervorragendste Monarch, König Edward der Achte, von Großbritannien, Irland und den britischen Dominions in Übersee, Kaiser von Indien, Verteidiger des Glaubens.«

Wieder fing sie durch ihren Schleier Graces unerschütterlichen Blick auf. Er mahnte sie, dass David trotz des Herzwehs, das Ächtung und Exil ihm gebracht hatten, stets überzeugt gewesen war, dass sein Glück einen Thron wert war.

Neununddreißigstes Kapitel

London, 1935

Das Land feierte das silberne Thronjubiläum des Königs und der Königin. Die Straßen leuchteten in Rot, Weiß und Blau; Fahnen hingen über allen Durchgangsstraßen, Girlanden schmückten die Gebäude; es gab goldene Löwen, überdimensionale Britannia-Statuen, Bänder und Wimpel, Porträts und Festumzüge in allen großen und kleinen Städten des Landes.

Das Königspaar fuhr täglich in offenen, auf Hochglanz polierten Kutschen durch die Hauptstadt. Sie nahmen immer eine andere Route und wurden von den Armen des East Ends ebenso wild bejubelt wie von den Reichen im Westen. Begeisterte Menschenmassen zogen durch die Straßen. Da es ein heißer Juni war, verbrachten Tausende die Nacht entlang der Strecke zur St. Paul's Cathedral, wo der feierliche Dankgottesdienst stattfinden sollte. Potentaten, Premierminister, Maharadschas, Stammeshäuptlinge und Scheichs strömten aus den entlegensten Winkeln des Empire herbei, um dem Herrscher von 493 Millionen Untertanen Tribut zu zollen. Die großen Gebäude waren beleuchtet, es gab Festzüge auf der Themse, Staatsbankette, Bälle, Gottesdienste und Feiern. Es war ein extravaganter Liebesbeweis für einen Monarchen, dessen Stil alles andere als überschwänglich war.

Der alte König und Kaiser übermittelte der Nation seine Dankbarkeit, offensichtlich überrascht von »all der Loyalität und – darf ich sagen? – Liebe, mit der Sie uns heute und immer umgeben haben.«

»Nun«, sagte Ernest und schaltete das Radio im Wohnzimmer aus. »Für mich klingt es nicht, als hätte die britische Krone viel zu befürchten.«

Wallis, die vor dem Spiegel ihre Ohrringe anlegte, sah ihn an. »Wie meinst du das?«

Ernest griff nach der Times, auf deren Titelblatt George V. zu sehen war, der mit Federn und Goldborten geschmückt ein zerlumptes Cockney-Kind freundlich begrüßte. »Der König mag altmodisch, muffelig und all das sein, was David behauptet, aber das Volk liebt ihn trotzdem. Mehr sogar, es scheint ihn zu verehren.«

Wallis legte den zweiten Ohrring an. »Weil sie ihn nicht kennen. Dieser Mann schikaniert regelmäßig seine Kinder und demütigt seine Frau. Er verachtet seinen eigenen Erben, ignoriert die Tatsache, dass einer seiner Söhne drogenabhängig war, und hat einen anderen in die Wildnis verbannt, weil er unter Epilepsie litt. Wenn das britische Volk das wüsste, hätte es eine andere Meinung von seinem König.«

»Aber das Volk weiß es nicht, oder?« Ernest blätterte weiter. »Für sie ist er der alte Mann, der durch das letzte halbe Jahrhundert Kurs gehalten hat. Hör dir das an.« Er hob die Zeitung und begann vorzulesen. »Nie waren die Bande zwischen König und Land enger ...«

»Der König weiß nicht das Geringste über das Land«, warf Wallis ein. »All die Orte, die David besucht, die verlassenen Täler, die stillgelegten Fabriken, davon hat er nie etwas gesehen.«

Ernest fuhr fort. »Der König ist der Hort allgemeinen Vertrauens. Im fünfundzwanzigsten Jahr seiner Regentschaft verkörpert er die Einheit des britischen Commonwealth of Nations. Seine selbstlose Hingabe an die Pflicht, seine hohe Zielstrebigkeit in allen Dingen, sein Verständnis für seine Mitmenschen und seine schlichte Ehrlichkeit ...«

»Lächerlich«, unterbrach ihn Wallis ungeduldig. »Das ist derselbe zielstrebige Mann, der seinen Cousin und dessen junge Familie rücksichtslos im Stich gelassen hat, worauf sie von Bolschewisten in einem Keller ermordet wurden. Seine selbstlose Hingabe galt ausschließlich seinem eigenen Überleben. Das Volk ist verblendet.«

Ernest ließ die Zeitung sinken. »Da magst du recht haben. Aber wenn es um die königliche Familie geht, lassen sich die Briten gerne blenden. Verblendung ist das, was sie wollen.«

»David sieht das anders. Er will die Monarchie näher ans Volk bringen. Sie modernisieren. Ihr ...«

»Bedeutung verleihen«, unterbrach sie Ernest. »Das sagt er ständig. Aber will das Volk überhaupt, dass sie modern und bedeutend ist? Muss David einen neuen Weg erfinden? Warum nicht auf dem alten bleiben? Das ist viel einfacher.«

»Nun, zunächst einmal«, antwortete Wallis hitzig, »weiß David gar nicht, was der alte Weg ist. Weißt du, dass dieser große König mit seiner Ehrlichkeit und Menschenkenntnis seinem Sohn und Erben nicht ein einziges Staatspapier zeigt? Er ist der Prinz von Wales, er wird eines Tages König, aber er darf nie bei Audienzen mit Regierungsbeamten dabei sein oder gar in eine rote Dispatch-Box sehen. Er weiß nicht besser als du oder ich, was der König den ganzen Tag lang treibt. Kein Wunder, dass er neue Wege finden muss.«

Ernest sah überrascht aus. »Das wusste ich nicht.«

»Das weiß niemand. Vor allem nicht die britische Öffentlichkeit.«

Es läutete an der Tür. »Das wird David sein. Ich gehe jetzt besser.« Sie schnappte sich ihre Tasche und den Pelzmantel, der über der Sofalehne hing.

»Wohin geht es heute Abend?«

»Essen bei den Channons. Danach tanzen wir im Quag's.«

»Es will schon etwas heißen, die königliche Favoritin zu sein«, sagte Ernest liebevoll. »Aber du weißt auch, wohin du gehörst, wenn alles vorbei ist.«

»Natürlich weiß ich das«, sagte sie und drückte ihm im Vorbeigehen einen Kuss auf den Kopf.

Seine Worte klangen noch nach, als sie mit dem Aufzug nach unten fuhr. *Wenn alles vorbei ist.* Aber dafür gab es noch keine Anzeichen. Und sie war sich zunehmend sicher, dass sie es auch gar nicht wollte. Mit dem Prinzen zu schlafen, hatte alles verändert. Er hatte etwas in ihr entfacht; es glühte in ihren Augen, glänzte in ihrem Haar und strömte aus ihrer Haut. Ernest musste es bemerkt haben. Andererseits schien er selbst glücklich genug, da er ein ähnliches Arrangement mit Mary genoss.

Und er hatte recht; königliche Favoritin zu sein, wollte etwas heißen. Ein glamouröses Chaos aus Luxus und Privilegien. Türen öffneten sich. Korken knallten. Es gab geistreiche Sprüche, berühmte Gesichter, Räume voller Blumen, glitzernde Schmuckstücke. Es gab Parfüm und Gelächter, Tee auf Terrassen, Cocktails in Nachtclubs, sanfte Parklandschaften, die sie durch die Fenster schöner Häuser betrachtete.

Und im Mittelpunkt stand der Prinz mit seinem überwältigenden Charme und seiner scheinbar magischen Kraft; für ihn verwandelte sich jeder noch so kleine Wunsch augenblicklich in beeindruckende Wirklichkeit. Züge wurden angehalten, Jachten erschienen aus dem Nichts, die besten Suiten der elegantesten Hotels standen bereit, Flugzeuge warteten. Und alles wirkte mühelos; eine gemurmelte Bitte hier, ein Anruf dort, alles in der ruhigen Annahme, dass dies die natürliche Ordnung der Dinge war und immer sein würde. Dass sie, die kleine Wallis Warfield aus Baltimore, Maryland, zu dieser verzauberten Welt gehörte, erstaunte sie immer wieder und forderte so viel Energie und Anstrengung, dass sie es eigentlich nur akzeptieren und genießen konnte. War das gefährlich? *Wenn du dieses Leben genießt, macht es dich ruhelos und unzufrieden mit allem, was du bisher kanntest.*

Aber es waren nicht das Verwöhntwerden und die Privilegien, die sie am meisten genoss, sondern die Wochenenden im Fort, wenn sie zu zweit waren oder wenige Gäste hatten. Dann war sie so glücklich und hoffte, es möge für immer anhalten. Doch die Stunden schmolzen dahin, und der Augenblick der Trennung kam. Sich von ihm loszureißen, tat beinahe körperlich weh. Sie ahnte, dass die Intimität gefährlicher war als aller Glanz und Glamour. Letztere waren bloßer Luxus, erstere war Liebe.

Doch irgendwann wäre es vorbei; es ging nicht anders. Es dauerte schon viel länger, als sie je für möglich gehalten hätte. Was, wenn es schließlich endete? Eine Welt ohne David war unvorstellbar. Sie verspürte einen Anflug entsetzlicher Angst, und die Abwärtsbewegung des Aufzugs verstärkte ihre Ungewissheit.

Der aufgeregte Pförtner riss die Haustür aus verziertem Glas und Gusseisen auf. Als sie hinausglitt, öffnete sich die hintere Tür der glänzenden Limousine. Er nahm sie in die Arme und küsste sie leidenschaftlich. Die krank machende Angst verschwand, die Welt war wieder in Ordnung.

»Wie geht es dir?«, fragte sie ihn, während sie ihm lachend den Lippenstift vom Mund wischte. Sie hatten sich ein paar Tage nicht gesehen. Die vier Söhne hatten im Auftrag ihres Vaters eine Reise durch die vier Königreiche unternommen: Bertie nach Schottland, George nach Irland und Henry in die englische Provinz. David war natürlich nach Wales gefahren.

»Fühl mal meine Muskeln.« Er streckte ihr den Arm hin. »Ich habe einen Bizeps wie eine Mülltonne. Vom vielen Winken.« Er holte einen Umschlag hervor. »Ich habe etwas für dich. Eine Einladung.«

»Wozu?«

»Zum Jubiläumsball im Palast. Die große Abschlussnummer des ganzen Theaters.«

Sie schüttelte den Kopf. »Ich kann nicht, David. Es ist ein offizieller Anlass. Deine Familie wird dort sein, die ganze Welt.« Sie dachte an die Scheichs und Häuptlinge und Maharadschas. »Das ist ausgeschlossen.«

»Nicht, wenn ich dich dabeihaben will«, sagte er bockig. »Ich kann einladen, wen ich will.«

Sie spürte einen Anflug von Ärger. »Willst du mir das wirklich zumuten?«

»Na ja, nicht nur dir. Ernest ist natürlich auch eingeladen.«

Darum ging es nicht. Sie legte die Wange an seinen Mantel und seufzte. »David, Liebster. Ist deine Liebe nicht groß genug, um es mir ein bisschen leichter zu machen?«

Er schien verwirrt. »Wie meinst du das? Ich lade dich zu einem Ball ein. Ich dachte, es würde dir gefallen.«

Er ahnte wirklich nicht, dass sie sich wie in der Höhle des Löwen fühlen würde. So wie im November letzten Jahres, als er sie zur Hochzeit von Prinz George und Prinzessin Marina nach Westminster Abbey eingeladen hatte. Sie und Ernest hatten auf den besten Plätzen im Kirchenschiff gesessen, und alle hatten sie angestarrt. Die Veranstaltung war schön und beeindruckend, aber auch sehr unangenehm gewesen. »Ich habe gehört, wie jemand hinter mir ›Nicht Ernest sein ist alles‹ geflüstert hat«, hatte ihr Mann danach reumütig gesagt.

Der Prinz redete weiter, und sie horchte auf. »Was hast du gesagt?«, fragte sie scharf. Sie musste sich verhört haben. Irgendetwas von wegen Familie und zukünftige Frau.

Er hielt sie fest und sprach in ihre Haare. »Ich will dich heiraten.«

Sie wich zurück und starrte ihn entsetzt an. Machte er Witze? Aber sein Gesicht war ernst, todernst. Er sah ihr direkt in die Augen.

»Ich meine es ernst. Wirklich ernst. Du hast mich verändert. Ich bin noch nie von jemandem so geliebt worden wie von dir. Du bist der erste Mensch, der mich vor mir selbst retten kann.«

Ernest war anfangs nicht scharf darauf, sie zum Ball in den Palast zu begleiten, ließ sich aber mit der Begründung überreden, dass ein solches Ereignis nur einmal im Leben stattfinde. »Und natürlich kann ich Mary davon erzählen. Ich sammle auch Erinnerungen für sie, weil es irgendwann vorbei ist.«

Ernest war zufrieden mit dem Arrangement, dachte Wallis. Für ihn war es so einfach. Er genoss seine Affäre, kam aber nie auf den Gedanken, sich in Mary zu verlieben oder sie seiner Frau vorzuziehen. Sie fragte sich, was Mary davon hielt. Aus verständlichen Gründen war es nie zur Sprache gekommen.

Ihre eigene Situation wurde von Tag zu Tag komplizierter. Der Antrag des Prinzen hatte sie schockiert; nicht nur der Antrag selbst, auch dass er von Herzen gekommen war. *Du bist der erste Mensch, der mich vor mir selbst retten kann.* Aber er konnte es unmöglich ernst meinen. Er hatte auch Thelma einen Antrag gemacht. Und Freda. *Er fragt jede. Ist so eine Angewohnheit.*

Dennoch wünschte sie, er hätte sie nicht gefragt. Sie brauchte keine falschen Versicherungen. Es war kompliziert genug; die Grenzen verschwammen. Sie war verheiratet. Bald wäre mit dem Prinzen alles vorbei. Und doch ging die Affäre weiter, und sie fühlte sich immer weniger verheiratet. Weniger in der Realität verankert. Auch darum hatte sie darauf bestanden, dass Ernest mit in den Palast kam.

Er sah prächtig aus in der roten Paradeuniform der Coldstream Guards, während sie in einem grünen Lamé-Kleid mit lila Schärpe funkelte. Vielleicht funkelte sie zu sehr, aber das Kleid war wunderschön geschnitten, und der Designer hatte es ihr aufgedrängt. Viele Leute drängten ihr neuerdings etwas auf.

Nachdem sie so lange so wenig gehabt hatte, konnte sie nur schwer widerstehen.

Der Palast war riesig, viel größer, als sie beide erwartet hatten, und hinreißend verschnörkelt. »Du bist Wallis im Wunderland«, sagte Ernest und führte sie lächelnd zwischen Säulen und Marmorstatuen hindurch. Alles war rot, cremefarben und golden. Die Decken, von denen gewaltige Kronleuchter hingen, strotzten vor Schnitzereien, und an den Wänden hingen riesige Porträts.

Der Prinz hatte ihnen den Wagen so geschickt, dass sie unter den Ersten waren, die in die große, mit rotem Teppich ausgelegte Eingangshalle traten. Hinter ihnen ergoss sich ein schnatternder Strom von Gästen in den weiten Raum. Die Männer sahen besser aus als die Frauen, dachte Wallis und bewunderte Uniformen mit Goldborten und fransenbesetzten Epauletten, gefiederte Kopfbedeckungen, weite Gewänder, Reithosen und Fräcke mit goldenen Knöpfen. Sie dachte an Chanel, die daraus eine ganze Kollektion gemacht hätte, vielleicht sogar mehrere.

Sie wurden mit der Menge eine prächtige Doppeltreppe hinaufgetragen, die von einer zarten Goldbalustrade gesäumt war. Eine imposante, von Säulen gerahmte Tür führte in einen riesigen cremeweißen Saal. Ein Orchester spielte Walzer, und die warme Luft war schwer vom Duft der riesigen Blumenarrangements.

Am anderen Ende des Raumes standen unter einem hohen, fransenbesetzten roten Baldachin zwei goldene Throne mit dem königlichen Wappen. Auf ihnen saßen zwei vertraute Gestalten. Stolz durchströmte Wallis. Sie dachte an Alice und die alten Snobs aus Baltimore, die sie gemieden und gedemütigt hatten. Wenn sie ihre Tochter jetzt sehen könnten!

Der König und die Königin sahen ganz anders aus als die mürrischen alten Leute, die sie aus den Zeitungen kannte. Gekrönt, mit Schärpe und glitzernden Juwelen, waren sie die personifizierte Pracht. König George trug volle Paradeuniform, Königin Mary ein perlenbesetztes Abendkleid und mehr Juwelen, als Wallis je an einer Person gesehen hatte. Beide hatten die blaue Seidenschärpe mit dem funkelnden Diamantstern des Hosenbandordens quer über der Brust. Dies war tatsächlich die Verkörperung von Glanz und Gloria.

Ernest beugte sich vor und flüsterte ihr ins Ohr. »Ich frage mich, wie du das modernisieren willst.«

Sie stupste ihn an. Aber er hatte nicht ganz unrecht. Wie sollte man eine Monarchie modernisieren, in der Spektakel alles zu sein schien?

Diana Cooper glitzerte ins Bild, eine silberne Säule der Lieblichkeit. Als Duff Ernest begrüßte, legte sie den Kopf schief. »Was für ein Leben Sie derzeit führen, Wallis. Der Prinz ist verrückt nach Ihnen, das sagen alle. Sie sind das Stadtgespräch.«

Entsetzen durchfuhr sie, dann Freude und schließlich Überraschung. Sie konnte immer noch nicht glauben, dass irgendjemand sich für sie interessierte. Sie, die lange so unauffällig gewesen war.

»Aber seien Sie vorsichtig, Wallis«, fuhr Diana unerwartet fort.

Wallis starrte sie an. »Vorsichtig? Sie klingen wie meine alte Tante.«

»Ihre alte Tante ist eine Frau mit gesundem Menschenverstand, wie ich hörte.«

Also wurde auch über Tante Bessie geredet.

Dianas helle Augen blickten ernst. »Wallis, ich sage das nur, weil ich Sie so mag. Ich mag nicht viele Menschen, vor allem keine Frauen, aber Sie mag ich. Sie haben ein gutes Herz.«

Es war schwer, davon nicht gerührt zu sein. Und geschmeichelt.

»Ich möchte nicht, dass dieses gute Herz von einem gewissen Mr Sachsen-Coburg-Gotha verletzt wird«, fuhr Diana fort.

»Wer?«

Diana grinste. »So heißt er. Hat er Ihnen das nicht erzählt?« Sie blickte zu Duff, der andere Leute begrüßte. »Ganz auf die Schnelle«, sagte sie. »Nehmen Sie es nicht zu ernst.«

»Oh«, versicherte Wallis, »das tue ich nicht. Auf keinen Fall.«

»Er ist sehr charmant. Und sprunghaft. Er hat etwas sehr Verletzliches an sich, was ihn nahezu unwiderstehlich macht.«

Wallis fühlte sich unbehaglich. Diana traf den Nagel beunruhigend auf den Kopf. *Sein Charme besteht vor allem darin, die Menschen glauben zu lassen, sie seien die Einzigen, die ihn verstünden.* Sie war es, die das gesagt hatte, und sie hatte recht.

»Aber Sie kennen den Grund, nicht wahr?« Diana schaute sie an. »Sie wissen, warum er so ist?«

Ihr wurde heiß, dann kalt. Was wusste Diana? Hatte er die Geheimnisse über seine Kindheit, sein brutales Kindermädchen, die Süchte des einen Bruders und die grausame Ausgrenzung des anderen, seine gefühllosen Eltern und seine Zweifel an der Monarchie in Wahrheit mit allen geteilt? Und wenn nicht mit allen, so doch wenigstens mit dieser aristokratischen Sphinx? Das könnte sie nicht ertragen. Wallis hob das Kinn. »Sagen Sie es mir, Diana. Warum ist er so?«

»Wegen seiner Mutter.« Die roten Lippen kräuselten sich triumphierend. »Es liegt an seiner Mutter.«

»Seiner ... Mutter?«

Der goldene, tadellos von Marcel gewellte Kopf nickte.

»Es erklärt völlig, wie er mit Frauen umgeht«, fuhr Diana fort. »Jede neue Bekanntschaft ist für ihn eine neue Chance, um die Beziehung zu der zentralen Person seines Lebens, die ihn zurückgewiesen hat, zu reparieren.«

Wallis wandte sich ab. Sie war belustigt und zutiefst erleichtert. Also wusste Diana doch nichts. Es gab weit stärkere, tiefere und dunklere Gründe, die sie verbanden, als die von David verabscheute Königin Mary. Sie schaute zu der marmorähnlichen, juwelenbeladenen Gestalt mit der Perücke. »Sie haben zu viel Freud gelesen, Diana.«

Sie zuckte mit den Schultern. »Vielleicht haben Sie recht.«

»Wallis!« Plötzlich war der Prinz an ihrer Seite und strahlte in einer Uniform, die Ernest neben ihm schlicht und dezent wirken ließ. Sie war sich der Tatsache bewusst, dass ihr Mann neben ihr stand und die Menge sich neugierig rührte, und versuchte deshalb, den Prinzen gelassen zu begrüßen. Doch ihr aufgeregter Blick verriet sie sicher. Sie wurde von einer kindlichen Freude ergriffen und wäre am liebsten in die Luft gesprungen.

Er musterte sie stolz und glücklich. »Keine Frage, du trägst das auffälligste Kleid von allen. Und jetzt stelle ich dir die alten Ungeheuer vor.«

Es liegt an seiner Mutter. Von wegen, dachte Wallis. »Hältst du das für eine gute Idee?«

»Keine Sorge, sie werden es kaum bemerken. Meine Mutter nutzt solche Anlässe vor allem, um von uralten Cousinen Gegenstände zurückzubekommen, die Königin Victoria ihnen geliehen hat. Sie ist davon besessen. Kommen Sie, Ernest, Sie auch.«

Ernest hob die Augenbrauen. »Wenn Sie meinen.«

Als sie zu dritt vortraten, teilte sich die Menge, als hätte sie etwas Weißglühendes berührt. Und doch spürte sie die kalten, neidischen englischen Augen. Sie trug den Kopf hoch und wich keinem Blick aus. Die meisten schauten nach unten oder zur Seite, aber ein Paar tief violetter Augen blieb fest und standhaft. Wallis hielt inne, lächelte und sank in einen Knicks. »Königliche Hoheit.«

Elizabeth nickte eisig. Neben ihr stand Prinzessin Marina, bei deren Hochzeit mit George Wallis gewesen war. Die Londoner hatten die schöne Griechin ins Herz geschlossen, ihre Hüte nachgeahmt, ihre warme Herzlichkeit bewundert, doch Wallis begegnete sie mit kalter Verachtung. David hingegen sahen die beiden Frauen mit geradezu ehrfürchtiger Verehrung an.

Sie gingen weiter. Bald hatten sie die Throne erreicht. Der König nickte freundlich, und Königin Marys Gesicht mit dem Damenbart verzog sich fast zu einem Lächeln. »Erinnerst du dich an die fehlenden Kerzenständer aus dem Cumberland-Silber?«, fragte sie eine gebeugte alte Dame, die direkt vor Wallis stand.

Der Prinz stürzte nach vorn. »Mama! Papa! Erlaubt mir, euch eine sehr gute Freundin vorzustellen.«

»Was glaubst du, wo ich die gefunden habe? Ausgerechnet bei den Sachen der armen Cousine Lilly!«

Die Königin, die offenbar noch immer mit den Kerzenleuchtern beschäftigt war, streckte achtlos die Hand aus.

Nicht so ihr Mann. Als sie sich aus ihrem Knicks erhob, blickte Wallis in kalte, bedrohliche Augen über dem nikotinbefleckten Bart. Er beugte sich ganz nah zu seinem Sohn. Dann hörte sie seine leise, bösartige Stimme. »Ich hatte gesagt, du sollst deine Geliebte nicht einladen!« Der König richtete sich plötzlich auf, dass Schwert und Orden klirrten. Die Königin sah ihn überrascht an und erhob sich ebenfalls.

Der Lärm verstummte. Alles war still.

»Diese Frau in meinem Haus!«, knurrte der König durch seinen Bart, stapfte von der Empore und verschwand durch die private Tür dahinter. Als sie zuschlug, hallte das Echo durch den schweigenden Saal.

Nicht seine Mutter, sondern sein Vater, dachte sie. Es nahm ihr den Atem, als hätte man ihr einen Schlag in den Magen versetzt. Es war wie ein Albtraum, es konnte nicht passiert sein. Doch Ernests runde, freundliche, besorgte, wütende Augen bestätigten ihre Befürchtungen. Er trat vor und nahm sie sanft am Arm. Als er sie aus dem Saal geleitete, blickte sie nur einmal auf und begegnete dem triumphierenden Blick der Herzogin von York.

Vierzigstes Kapitel

Die anderen Gäste waren auf der Poolterrasse, doch Wallis war dem Prinzen ins Arbeitszimmer gefolgt, weil sie ihm unbedingt klarmachen wollte, wie gedemütigt sie sich gefühlt hatte. Die höhnischen Gesichter der Hofgesellschaft tauchten immer noch in ihren Träumen auf, vor allem das von Elizabeth.

»Ich war und bin immer noch furchtbar wütend«, sagte sie. »Dir geht es nur um das, was du willst, und du handelst, ohne an andere zu denken.«

Er setzte sich auf die Armlehne eines Ledersofas und sah sie unglücklich an, die Augen so kummervoll, dass sich ihr Herz vor Mitleid zusammenzog. »Es tut mir so leid, Wallis.«

»Du hättest Elizabeths Gesicht sehen sollen. Sie hat jede Minute genossen.«

Die blauen Augen verengten sich. »Mrs Temple Senior! Die fette schottische Köchin! Was kümmert uns, was sie denkt? Sie ist nur eifersüchtig. Sie wollte mich heiraten und musste B-B-B-Bertie nehmen.«

Überraschung keimte in ihr auf und auch ein Anflug von Triumph. Sie hatte es geahnt. »Nun, da wir schon beim Thema Heirat sind, müssen wir auch über deine reden.«

»Ja, mit dir.« Er schenkte ihr sein strahlendes Grinsen.

Sie wandte sich ab, um sich seiner Macht zu entziehen. Damit konnte er sie lähmen, Einwände abwürgen, sie vergessen lassen, was sie eigentlich sagen wollte. »Du weißt, das ist Wahnsinn.«

»Liebe ist Wahnsinn«, erwiderte er fröhlich.

Sie seufzte. »Ich habe darüber nachgedacht. Wir müssen nicht aufhören, uns zu treffen, wenn du verheiratet bist. Wir können immer noch ... Freunde sein.«

Er schaute sie verwundert an. »Freunde?«

Sie nickte. Sie wusste selbst nicht genau, was sie meinte. Es war Neuland.

Der Prinz war weit entschlossener. »Wallis, wir beide waren nie Freunde.«

Verzweifelt wandte sie sich ab. Es war, als stritte man mit einer Mauer.

»Ich habe dir mein ganzes Herz gegeben«, sagte er von hinten.

»Ich wollte nie, dass du das tust.« Doch das stimmte nicht.

Er kam zu ihr und schnüffelte an ihrem Hals. Sie erschauerte vor Lust. »Du bist böse auf mich«, murmelte er.

»Ja, weil du die Wahrheit nicht akzeptieren willst.« Sie war den Tränen nah. »Wir können nicht heiraten.«

»Wallis, das darfst du einem Jungen nicht sagen«, flüsterte er. Vor allem in seinen Briefen hatte er begonnen, von ihnen in der dritten Person zu sprechen. Er war »ein Junge«, und sie war »ein Mädchen«. Gemeinsam waren sie WE. Für ihn symbolisierte es das »Wir« ihrer Vereinigung, während es für sie das Gegenteil bedeutete, nämlich West und Ost, West und East, Wallis und Edward, die einander niemals treffen konnten.

»Ich liebe dich mit jeder Minute mehr und vermisse dich so schrecklich, wenn du nicht hier bist.« Seine Augen waren voller Tränen, genau wie ihre.

Wie immer war sie gerührt von seiner Verletzlichkeit. Der verletzte, einsame, unglückliche kleine Junge, der er gewesen war, konnte jederzeit das verletzte, einsame, unglückliche kleine

Mädchen erreichen, das sie gewesen war. Sie beschloss, erst einmal das Thema zu wechseln. Eine Ehe zwischen ihnen war unmöglich, davon hatte sie sich überzeugt.

Besser gesagt, das hatte Ernest getan. Bevor er Anfang der Woche nach New York gereist war, hatte er sich bemüht, die Ängste seiner Frau zu vertreiben. Sie hatte ihm von dem Versprechen des Prinzen erzählt, worauf er die Frage mit jener Lust und Gründlichkeit recherchiert hatte, mit der er sich allen historischen Themen widmete. Er war mit seitenlangen Notizen aus der Bibliothek zurückgekehrt und hatte sie auf dem verspiegelten Esszimmertisch ausgebreitet. »Mach dir keine Sorgen, Wallis. Er kann es unmöglich ernst meinen. Es gibt mindestens vier gewaltige Hindernisse.«

Sie betrachtete ihr Spiegelbild auf der Tischplatte. Sie hatte weiter abgenommen, ihre dunklen Augen waren groß und ängstlich. »Und die wären?«

Als Ernest anfing zu erklären, versuchte sie, ihre zerstreuten Gedanken zu sammeln und sich zu konzentrieren. »Nun, der Royal Marriages Act von 1772 verbietet es einem Mitglied der königlichen Familie, ohne die Zustimmung des Souveräns zu heiraten. Ich würde behaupten, dass Seine Majestät auf dem Jubiläumsball nicht sonderlich begeistert war.«

Wallis sah, wie ihr Spiegelbild bei der Erinnerung entsetzt zusammenzuckte. Der eisige Blick des Monarchen, ihre eigene Schamesröte, das schockierte Schweigen, die zugeschlagene Tür, das Keuchen und unterdrückte Kichern.

»Und dann«, fuhr Ernest fort, »wäre da noch die Kirche von England, deren Oberhaupt der Monarch ist und die Scheidungen strikt ablehnt. Eine geschiedene Frau wäre der letzte Mensch auf Erden, den sie dem Herrscher zu heiraten gestatten würde. Zudem müsstest du dich auch von mir scheiden lassen und wärst dann sogar zweifach geschieden.«

»Das ist so heuchlerisch«, meinte Wallis.

»Heuchlerisch?«

»Mir fällt nur gerade ein Gespräch mit Diana ein, über Henry VIII.«

»Henry VIII.?«, fragte Ernest erstaunt. »Ich dachte, ihr redet nur über Mode.«

Wallis starrte auf die spiegelnde Oberfläche. »Henry widersetzte sich der Kirche von Rom, um Anne zu heiraten. Er ließ sich von seiner ersten Frau scheiden, woraus die Kirche von England entstand. Das heißt, die Kirche, die jetzt den Royals die Scheidung verbietet, wurde überhaupt erst durch eine königliche Scheidung geschaffen.«

Ernest nickte. »Gutes Argument. Daran hatte ich nicht gedacht.«

Sie erinnerte sich daran, was Diana sonst noch erzählt hatte: wie verhasst Anne gewesen war, wie sie beschimpft wurde, wenn sie in der Öffentlichkeit auftrat, dass man sie als Hure und Hexe bezeichnet hatte. »Diana glaubt, Henry sei grausam und rücksichtslos gewesen, und dass Anne auf gar keinen Fall Königin werden wollte. Aber da war es schon zu spät.«

»Nun, Gott sei Dank sitzt David nicht auf dem Thron, sonst hätten wir vielleicht ähnliche Probleme.« Sein Ton war scherzhaft, aber ihre gespiegelten Augen wirkten plötzlich panisch, und ihr wurde übel.

»Ernest, bitte. Nicht einmal im Scherz.«

»Mach dir keine Sorgen. Der König wird offensichtlich ewig leben. Wenn David an der Reihe ist, sind wir längst weg. Wir werden auf der Veranda sitzen und unsere Sammelalben anschauen.«

»Versprich mir das, Ernest«, sagte sie inbrünstig.

Er streichelte ihre Hand. »Natürlich tun wir das. Wir lassen uns sowieso nicht scheiden. Das haben wir beschlossen.«

»Auf jeden Fall. Ich will mich nicht von dir scheiden lassen.«

»Damit wäre auch dieser Punkt abgehakt. Und dann ist da

noch das Parlament, dessen Zustimmung nötig wäre. Da der Monarch auch Kaiser ist, müssten sehr wahrscheinlich die Dominions nach ihrer Meinung gefragt werden und womöglich darüber abstimmen«, sagte Ernest.

Sie schüttelte den Kopf. »Ich weiß nicht, wie er es überhaupt erwägen konnte. Es ist so lächerlich, dass es nicht einmal lustig ist.«

Ihr Mann lächelte. »Und ich bin noch nicht fertig. Um eine geschiedene Frau zu heiraten, müsste der Prinz aus der Thronfolge ausscheiden. Er könnte nicht zum König und Verteidiger des Glaubens gekrönt werden, wenn er mit einer Frau verheiratet wäre, die er ihrem Mann weggenommen hat. Was bedeutet«, fuhr Ernest fort, »dass er den Großteil seines Einkommens und York House verlieren würde und sogar sein geliebtes Fort.«

»Das Fort?« Wallis hob das Whiskyglas. Damit war die Sache erledigt. Sie hatte sich umsonst gesorgt, es war alles heiße Luft. Nie im Leben konnte der Prinz das ernst meinen.

Nun stand sie an Davids Schreibtisch und blätterte beiläufig in den Papieren, die darauf lagen. Etwas sprang ihr ins Auge. Es war eine Hochzeitseinladung von Angela Dudley Ward und Lieutenant Robert Laycock.

»Angela heiratet«, sagte Wallis und erinnerte sich mit Freuden an das hübsche Mädchen, das sie bei den Proben für den Kostümumzug kennengelernt hatte. Der Prinz hatte ihr nahegestanden, das wusste sie noch. Sie waren einander täglich begegnet, wenn er Freda besuchte. Er hatte sie aufwachsen sehen, und sie war froh, dass die beiden noch in Kontakt waren. »Das klingt nach einer großartigen Partie.«

Der Prinz, der mit den Händen in den Taschen am Fenster gestanden hatte, drehte sich um. »Was?«

Sie wedelte mit der Einladung und bemerkte, dass der Termin bereits verstrichen war. »Du bist nicht hingegangen?«

Er sah sie überrascht an. »Warum sollte ich? Ich habe nichts mehr mit der Familie zu tun.«

»Hast du ein Geschenk geschickt?«

»Natürlich nicht«, erwiderte er sichtlich gereizt.

So war es eben, dachte sie. Wenn der Prinz eine Beziehung beendete, knallte ein Rollladen herunter, und man wurde kaltgestellt, als hätte man ihn nie gekannt. Es war unbarmherzig und endgültig und passierte jedem, sogar Menschen, die gedacht hatten, sie stünden ihm nahe. Sie hatte es bei Fruity erlebt und bei einigen anderen Stallmeistern, von denen der Prinz glaubte, sie könnten Wallis nicht leiden. Sie selbst hatte nie ein Wort über sie verloren. Eines Tages würde es ihr genauso ergehen. Es wäre aus heiterem Himmel vorbei. Und der Tag war nicht mehr fern.

...

Bis dahin aber war es, als würde sie von einem reißenden Fluss davongeschwemmt. Die Telefone klingelten; Berge von Einladungen purzelten in den Briefkasten. Das Leben spielte sich fast ausschließlich am Abend ab, und Wallis fühlte sich zunehmend der Realität entrückt. Die Zeit verlor an Bedeutung; die Dinge passierten einfach, eins nach dem anderen und mit einer solchen Geschwindigkeit, dass sie weder dabei noch danach in Ruhe überlegen konnte. Wenn sie, was immer seltener geschah, mit Ernest zusammen in der Wohnung war und er sie fragte, wo sie gewesen sei, fiel es ihr schwer, sich zu erinnern.

Weihnachten bedeutete eine Atempause: David war gezwungen, es mit seiner Familie in Sandringham zu verbringen. »Der langweiligste Ort auf Erden«, beschwerte er sich.

»So schlimm kann es nicht sein«, erwiderte sie vernünftig.

»Du hast recht, es ist schlimmer. Das hässlichste Haus im ganzen bekannten Universum.«

Sie hatte Bilder in den Zeitungen gesehen, ein großes, dunkles Gebäude voller Giebel, Schornsteine und Türme. Es sah wirklich nicht besonders schön aus.

»Es hat sogar eine eigene Zeitzone, wusstest du das?«

Sie erfuhr erstaunt, dass man die Uhren in Sandringham auf Anordnung von George V. eine halbe Stunde vorstellte, um den Jagdtag zu verlängern.

»Eigentlich geht es nur darum, dass wir in der ständigen Angst leben, uns zu verspäten und den königlichen Zorn auf uns zu ziehen.«

»Legt er so viel Wert auf Pünktlichkeit?«

Der Prinz schaute sie kläglich an. »Du hast ja keine Ahnung. Mein Bruder Henry war einmal für sechs Monate weg und kam bei seiner Rückkehr eine Minute zu spät zum Mittagessen. Papa war schrecklich gemein zu ihm.«

»Sicher hilft ihm die neue Herzogin von Gloucester dabei«, sagte sie tröstend. Prinz Henry hatte kürzlich eine schottische Aristokratin namens Alice Montagu Douglas Scott geheiratet. Nach ihren früheren Erfahrungen hatten Wallis und Ernest die Einladung zur Hochzeit abgelehnt.

»Na ja, mir hilft es nicht gerade«, stöhnte er. »Ich bin jetzt als Einziger noch nicht verheiratet. An Weihnachten darf ich mir die ganze Zeit das Gejammer anhören.«

Sie lächelte und sagte betont sorglos: »Nun, du kennst ja die Antwort darauf.« Dann gab sie ihm ihr Geschenk, ein Zigarettenetui, das mit einer Karte ihrer Sommerreisen dekoriert war. »Mach es jetzt auf«, drängte sie.

Er schüttelte den blonden Kopf. »Ich öffne es zusammen mit den anderen. An Heiligabend.«

»Nicht am ersten Weihnachtstag?«

»Lächerlich, was? Die königliche Familie öffnet nicht einmal ihre *Geschenke* zur gleichen Zeit wie alle anderen.«

Sie lächelte, wenn auch mit einem Anflug von Sorge. »David,

bitte öffne es nicht, wenn deine Familie dabei ist. Mach es jetzt auf.«

Er packte das Geschenk aus und schaute lange auf die eingravierte Karte. Als er schließlich den Kopf hob, war sein Blick entschlossen. »Ich rede mit Papa.«

»Worüber?«

»Über *dich*. Ich sage ihm, dass ich dich heiraten werde.«

Sie schluckte. »David, das darfst du nicht. Deinem Vater geht es nicht gut.« Der alte König kränkelte seit Wochen.

»Ach, er erholt sich schon. Er ist unverwüstlich.« Er schenkte ihr sein umwerfendes Lächeln, das sie mit voller Absicht nicht erwiderte.

Er flog in seiner Privatmaschine. Briefe strömten aus Sandringham nach London. »Es ist wirklich grässlich hier. Das schlimmste Weihnachten aller Zeiten. Oh Gott, diese Langeweile …«

»Ein Junge vermisst ein Mädchen so furchtbar. Ich liebe dich von Minute zu Minute mehr, und keine Schwierigkeiten der Welt können letztlich unser Glück verhindern …«

»Du weißt, dein David wird dich lieben und für dich sorgen, solange noch Atem in seinem eanum Körper ist.« Das Wort »eanum« hatte er anscheinend erfunden; sie wusste jedenfalls nicht, woher es kam. Es bedeutete klein. »Wir sollten uns am Silvesterabend nicht mit anderen langweilen. Ach, für ewig und ewig mit dir allein zu sein und dann – nochmal ewig und ewig! Gott segne WE, Liebste. Ich bin sicher, dass er das tut – er muss.«

Das Telefon schrillte unaufhörlich. »Das rätst du nie«, rief der Prinz vergnügt durch die knisternde Leitung.

»David! Du hast doch nicht …«

»Es Papa gesagt? Keine Sorge, Wallis, kein einziges Wort. Aber es scheint, als hätte ein Vögelchen es ihm gezwitschert.

Besser gesagt, der verflixte Erzbischof von Canterbury. Die versnobte alte Petze ist hier eingeladen. Wie es aussieht, hat mein Vater neulich zu ihm gesagt, er hoffe bei Gott, dass ich nie heirate und Kinder bekomme, und dass nichts zwischen Bertie, Lilibet und den Thron kommen darf.«

»Wie bitte?«

»Wenn er wüsste, wie sehr ich mir das wünsche. Bertie und Lilibet können das gern übernehmen, danke vielmals. Sie wären beide besser darin als ich.«

»Das darfst du nicht sagen!«

»Ich habe es gerade getan! Heiliger Bimbam!«

An Silvester kam der Prinz zurück. Wie gewünscht verbrachten sie den Tag allein im Fort, da Ernest in New York war. Sie arbeiteten gerade in der kalten Wintersonne im Garten, als ein Auto den Kies aufwirbelte.

»Bertie!«, rief der Prinz, stieß fröhlich den Spaten in die frisch umgegrabene Erde und eilte seinem Bruder entgegen. Wallis blieb diplomatisch, wo sie war. Der jüngere Bruder des Prinzen mochte geringfügig höflicher zu ihr sein als seine Frau, mehr aber auch nicht.

Sie hörte das Auto wegfahren. Der Prinz kam allein mit einem Brief zurück. »Von Mama aus Sandringham. Es geht um Papa.«

Wallis schlug die Hände vor den Mund.

»Es bestehe keine unmittelbare Gefahr. Aber sie schlägt vor, dass ich mich fürs kommende Wochenende selbst einlade. Ganz zwanglos, damit Papa keinen Verdacht schöpft.«

Wallis ließ erleichtert die Hände sinken. »Na, das klingt doch gut. Panik vorbei.«

Der Prinz verzog das Gesicht. »Wohl kaum. Du kennst meine Mutter nicht. Das ist ihr Code für ›Komm sofort, er liegt im Sterben.‹«

Sie begegnete seinem verzweifelten Blick mitfühlend, aber auch erleichtert. Das Ende war in Sicht.

Als sie das Fort verließ, kam es ihr vor wie eine Flucht. Sie schaute durchs Rückfenster auf die tief verschneite Auffahrt. Früher hatte der Anblick ihr das Herz zerrissen. Jetzt nicht mehr.

In Bryanston Court traf sie Ernest, der gerade zurückgekommen war. Sie umarmte ihn fest. Wie vernünftig, solide und verlässlich er sich nach all dem Unmöglichen und Unbeständigen anfühlte.

Er registrierte ihr erschöpftes Gesicht, ihren dünnen, dahinschwindenden Körper, und brachte sie sofort ins Bett. Sie schlief vierundzwanzig Stunden lang. Als sie aufstand, schlug sie vor, ins Kino zu gehen. Sie verspürte das geradezu verzweifelte Bedürfnis nach etwas, das gewöhnlich, anonym und unauffällig war.

Das nächste Kino war am Marble Arch, und sie gingen Arm in Arm durch den Schnee dorthin. Sie fühlte sich unbeschwert und leicht. Nie wieder würde sie sich über ihr tristes Leben beklagen. Im Zentrum des Geschehens zu stehen, war aufregend, aber unerbittlich. Eine Art Gefangenschaft. Sie war froh, dass es vorbei und sie frei war.

Vor dem Film lief die Wochenschau. Die wuchtige Fassade von Sandringham war durch die reich geschmückten schmiedeeisernen Tore zu sehen. Draußen standen Menschenmassen, zusammengedrängt gegen die Kälte, die Wintermäntel schwarz vor dem Schnee. Ein Bediensteter kam die verschneite Auffahrt herunter, einen langen Umschlag in der behandschuhten Hand. Im Kino herrschte Stille, als er geöffnet und die gerahmte Mitteilung ans Tor gehängt wurde.

Das Leben des Königs neigt sich friedlich seinem Ende zu.

Sie schloss die Augen. Armer David. Seine Schicksalsstunde war gekommen. Sie würde ihn immer lieben, und ihre gemeinsame Zeit war der entscheidende Moment ihres Lebens gewesen. Doch von nun an mussten sie getrennte Wege gehen.

Das Begräbnis des Herzogs von Windsor

St. George's Chapel, Windsor Castle, Juni 1972

Die letzten Töne des Zapfenstreichs verklangen. Der Gottesdienst war zu Ende, und sie sah zu, wie sich alle im Gehen feierlich vor dem Sarg verbeugten. Mountbatten brauchte an die fünf Minuten. Sie selbst war die Letzte; erschöpft von der Anstrengung brachte sie nur ein kurzes Nicken zustande. David würde es verstehen; ihr Nicken war zumindest aufrichtig.

Die Stimmung zeugte weniger von der Trauer um einen verstorbenen Monarchen als von Erleichterung, weil ein unangenehmes Kapitel vorüber war. Alle waren ungeduldig, es hinter sich zu bringen.

Vielleicht nicht alle überall, dachte sie später, als sie erfuhr, was Premierminister Heath im Unterhaus gesagt hatte.

»Es wird Männer und Frauen in Tyneside, Liverpool und Südwales geben, die sich heute an die zierliche, eher schüchterne Gestalt erinnern, die in jenen düsteren Jahren flüchtig in ihr Leben und manchmal auch in ihre Häuser trat ... Ich bezweifle nicht, dass der Herzog durch sein Verhalten als Prinz von Wales und als König einer Form der Monarchie den Weg bereitet hat, die für die heutige Zeit passender ist, als man es vor fünfzig Jahren für möglich gehalten hätte.«

David hatte sein Ziel erreicht. Er hatte die Monarchie modernisiert und ihr ermöglicht, weiterzubestehen. Zu danken schien es ihm jedoch niemand.

Draußen brannte die Sonne grell und heftig. Ihr fiel etwas

ein, was David einmal gesagt hatte: dass man Sonnenschein für einen Festzug brauche. Den Sonnenschein hatte er, wenn auch keinen echten Festzug.

Das Licht stach ihr trotz des Schleiers in die müden Augen. Grace tauchte wütend an ihrer Seite auf. »Hast du gemerkt, dass sie während des ganzen Gottesdienstes nicht einmal deinen Namen erwähnt haben?«

Oh ja, wollte sie sagen, spürte aber, wie Philip ihren Arm ergriff. Anscheinend würden sie im Schloss zu Mittag essen.

Die anderen Gäste folgten laut und fröhlich, als kämen sie von einer Hochzeit. Sie erzählte Philip, wie freundlich Charles sie unterstützt hatte, doch der schnaubte nur verächtlich. »Der verdammte Junge muss heiraten. Das ist jetzt seine Aufgabe.«

Das Mittagessen fand in einem glitzernden golden-weißen Saal statt, in dem runde Tische aufgestellt waren. Sie saß zwischen Philip und dem unvermeidlichen Mountbatten. Sie vermutete einen Zangenangriff; die beiden wollten etwas von ihr.

Mountbatten war mehrmals in ihrem Pariser Haus gewesen. »Wem wollen Sie es hinterlassen?«, hatte er gefragt und eine Figurine in die Hand genommen. »Ich denke, Charles sollte es bekommen.«

»Wie kann er es wagen?«, hatte David nach einem dieser Besuche ausgerufen. »Er sagt mir sogar schon, was er haben will.«

Während des ersten Gangs machte Philip, was er für Smalltalk hielt. Er beklagte sich über die getrennten königlichen Haushalte, die man heutzutage führte. Alle hatten eigene Adressen und Büros, die offenbar keine Informationen untereinander austauschten.

Beim Lamm scherte Mountbatten aus und fragte, was sie mit den Uniformen und Orden des Herzogs zu tun gedenke. »Ich finde, Sie sollten sie der Königin übergeben. Nicht weil sie seine Nichte war, sondern sie der Souverän ist. Das wäre das Würdevollste, was man tun kann.«

Sie sah ihn nachdenklich an und erinnerte sich an die Rede in der Kapelle, in der er sie übergangen hatte. An Philips Unhöflichkeit, an Elizabeths Sticheleien. »Das Würdevollste, was man tun kann«, wiederholte sie.

Beim Dessert gingen die beiden Battenbergs, den Mund voller Milchreis, zum Angriff über. »Haben Sie über das Testament nachgedacht?«, bohrte Mountbatten.

Sie spielte mit ihrem Löffel. »Das Testament?«, fragte sie unschuldsvoll. »Was ist damit?«

Philip war schamloser. »Sollten Sie vielleicht ein neues aufsetzen? Zugunsten der Familie des Herzogs?«

Fast hätte sie gelacht, hielt aber inne und dachte nach. Sie war müde, krank, alt und einsam. Diese Verbitterung bestand schon zu viel lange. Vielleicht wäre es leichter, wenn sie ihnen etwas hinwarf.

»Ich könnte Charles meinen Schmuck schenken«, schlug sie vor. »Seine künftige Frau könnte ihn tragen.«

Mountbatten atmete ein. »Wurden Ihre besten Stücke nicht gestohlen?«

Bei der Erinnerung zuckte sie zusammen. Es hatte einen Raubüberfall gegeben – im Jahr 1946. Seitdem war ihre Schmuckschatulle mehrfach aufgefüllt worden. Dennoch ärgerte sie sich über Mountbattens rüde Bemerkung.

»Sie haben recht«, sagte sie leichthin, verwarf die Idee und damit auch die Hoffnung, dass die zukünftige Prinzessin von Wales ihre prächtigen Stücke tragen würde. Sie würde sie für wohltätige Zwecke versteigern, für das Institut Pasteur, und falls die Windsors etwas davon haben wollten, würden sie darauf bieten müssen. Das geschah ihnen recht.

Philip erkundigte sich nicht allzu subtil, ob sie vorhabe, ihre letzten Jahre in Amerika zu verbringen. Sie sah ihn offen an.

»Machen Sie sich keine Sorgen. Ich komme nicht mehr her, falls es Ihnen darum geht.«

Einundvierzigstes Kapitel

St. James's Palace, London 1936

Als es zehn Uhr schlug, erhoben Trompeter mit goldenen Ärmeln ihre Instrumente und spielten eine doppelte Fanfare. Sie hallte von den alten roten Backsteinmauern des St. James's Palace wider. Dann gesellte sich ein weiterer, tieferer Klang dazu: die Kanonen im Park dahinter. Auf einem scharlachrot drapierten Balkon stand der Wappenkönig des Hosenbandordens, der traditionsgemäß für die Proklamation eines neuen Monarchen verantwortlich war.

Er war prächtig gekleidet: gefiederter Zweispitz, Strumpfhose und ein steifer Wappenrock, der kostbar und farbenfroh mit den Emblemen des Vereinigten Königreichs bestickt war. Auf Wallis wirkte er wie eine Gestalt vom Tudor-Hof und nicht dem des neuen Königs Edward. Als er eine große Pergamentrolle hob, verstärkte sich der Eindruck. Der althergebrachte Prunk war schön anzusehen und bewegend in seiner Ernsthaftigkeit. So hatte man es seit Jahrhunderten gehalten, eine ununterbrochene Tradition, deren Teil der Prinz nun war. Sie erlebte, wie Geschichte geschrieben wurde.

Sie dachte daran, wie wild vor allem in den letzten Wochen in diesem Palast gefeiert worden war. Doch das musste nun ad acta gelegt werden, zusammen mit dem alten Leben des Prinzen. Sie hatte nicht erwartet, zu der Zeremonie eingeladen zu werden; er selbst würde nicht hier sein. Die Tradition verlangte, dass ein Monarch nie seiner eigenen Proklamation beiwohnte.

Vielleicht war es ein endgültiger Abschied. Das hatte Ernest vermutet und darauf bestanden, dass sie allein hinging. »Er will dir zeigen, dass er jetzt König ist und viel zu tun hat.« Als David sie am Morgen nach dem Tod seines Vaters aus Sandringham angerufen hatte, war er völlig am Boden zerstört, und es hatte ihr das Herz zerrissen.

»Ich kann das nicht, Wallis«, hatte er mühsam gesagt, den Tränen nah. »Ich bin der letzte Mensch auf Erden, der König werden sollte.«

»Nein«, hatte sie beharrt. »Du bist der perfekte Mensch dafür.«

»Ich kann es nicht ertragen. Ich hasse das alles. Die Höflinge, die Paläste, die Debütantinnen, die Empfänge, den Papierkram, die Zeremonien, die Staatskirche. Ach, und da wären auch noch die lähmende Routine, die unverrückbare Tradition, die uralte Hierarchie, die allgegenwärtigen Bischöfe und saisonalen Pilgerfahrten zwischen den königlichen Palästen und Ländereien.«

»Eben darum bist du so perfekt«, hatte sie gesagt. »Du hast eine Vision. Du willst alles verändern. Also los, mach es auf deine Art. Modernisiere es. Du hast lange genug davon geredet. Jetzt bekommst du die Chance, es zu tun.«

»Meinst du wirklich, dass ich das kann?«

»Auf jeden Fall!«

»Du glaubst an mich, Wallis?«

»Ja!«

Als sie das nächste Mal miteinander sprachen, klang er beinahe triumphierend. »Rate, was meine erste Tat als König war? Die verflixten Uhren auf die richtige Zeit zurückzustellen.«

»Das erscheint mir sinnvoll«, stimmte sie zu, »Sandringham ist jetzt das Zentrum des britischen Empire. Gleichzeitigkeit ist sehr wichtig.«

Am anderen Ende der Leitung ertönte Gelächter. »Nun ja, so

in etwa. Und es hat auch den Sonntagsgottesdienst des erbärmlichen Erzbischofs aus dem Takt gebracht.«

Sein zweiter Akt bestand darin, als erster König der Geschichte mit seinem Flugzeug nach London zurückzufliegen. Diese durch und durch moderne Geste stand im dramatischen Kontrast zu der mittelalterlichen Szene, die vor ihr ablief. Aber er hatte immer vorgehabt, die moderne und die alte Welt miteinander zu verbinden.

In der Tat hatte er bereits damit begonnen. Er hatte der Nation verkündet, er werde »in die Fußstapfen meines Vaters treten und, wie er es sein ganzes Leben lang getan hat, für das Glück und das Wohlergehen aller Klassen meiner Untertanen arbeiten«. Seine erste Reise als Monarch würde ihn in die Slums von Glasgow führen. Sie war stolz darauf, dass er seine Pläne in die Tat umsetzte und deutlich zeigte, dass die Hilfe für die Bedürftigen und Unbemittelten für ihn an erster Stelle stand. Die Schwarzmaler hatten sich geirrt, selbst Ernest hatte sich geirrt. Die Monarchie konnte modern und bedeutungsvoll sein.

Der Wappenkönig erhob die Stimme, um den Klang der dröhnenden Kanonen zu übertönen. »Prinz Edward wird einstimmig und mit der Zustimmung von Zunge und Herz als unser einzig rechtmäßiger und legitimer Lehnsherr, Edward der Achte, proklamiert ...«

Er hob den prächtigen Federhut und enthüllte einen Kopf, der so kahl und weiß wie ein gepelltes Ei war, worüber sie lächeln musste. Mit Brille und Schnurrbart sah die imposante Prunkgestalt wie ein herausgeputzter Bankdirektor aus.

»Der König! Der König!«, riefen die anderen, die mit ihr im Raum waren, und lüfteten gleichzeitig die Hüte. Sie kannte die Leute nicht, aber die kannten sie. Während der Zeremonie waren ihr vor allem zwei Personen aufgefallen, die sie beobachteten: ein kleiner, aufgeblasener rotblonder Mann in Uniform, offensichtlich ein Höfling, und die dünnhaarige, dünnblütige, aristokratische Frau an seiner Seite, die Wallis missbilligend musterte. Sie war von Herzen froh, dass sie solchen Leuten zum letzten Mal begegnete.

Und dann, ganz plötzlich, war er da, erhellte den dämmrigen Raum, fegte wie ein Windstoß durch die sich verbeugenden und knicksenden Menschen. Er eilte quer durch den Raum zu dem Fenster, an dem sie stand. Freude durchströmte sie. Sie erhob sich aus dem Knicks und sagte in lachendem Erstaunen: »*Darfst du überhaupt hier sein?*«

Er strahlte sie an, wie immer eine Zigarette zwischen den Zähnen, und seine blauen Augen tanzten. »Ich wollte mich an die Tradition halten. Aber im letzten Moment habe ich mich gefragt, was falsch daran sein soll, mir anzusehen, wie ich zum König proklamiert werde. Und da bin ich.«

Und warum nicht, dachte sie. Er wirkte strahlend, jugendlich und vital in dieser düsteren Umgebung, vor dem Hintergrund der alten Traditionen. »Kleinliche Sitten knicksen vor großen Königen«, sagte sie. »*Henry V.*«, fügte sie hinzu, als er sie fragend ansah. Sie hatte es in der Schule gelesen und seit damals zum ersten Mal daran gedacht.

Er lachte. »Meine Güte, Wallis, komm mir nicht mit Literatur. Das ist das Letzte, was ich jetzt gebrauchen kann!«

Dann bemerkte er den Rotblonden und seine Frau, die beide offenbar der Ansicht waren, es sei falsch, gegen die Tradition zu verstoßen. Ihr Gesichtsausdruck, in dem sich Empörung mit Unterwürfigkeit mischte, war so komisch, dass Wallis sich lächelnd zum Fenster wandte.

»Alec! Helen!« Der König ging hin, um sie zu begrüßen, wobei seine Absätze scharf auf den polierten Boden knallten. Sie schaute noch immer auf den Hof, als sie ihren Namen hörte. »Wallis, darf ich dir Alec Hardinge vorstellen. Er ist mein Privatsekretär. Und das ist seine Frau Helen.«

Als sie den Hardinges die Hand reichte, dachte sie, wie treffend doch ihr Name war. Sie sahen beide steinhart aus. Das kühle Glitzern ihrer Augen erinnerte sie an Elizabeth. »Herzlichen Glückwunsch zum neuen Amt«, sagte sie lächelnd zu Alec, dessen gemeiner kleiner Mund jetzt noch verkniffener wirkte.

Der König klopfte ihm fröhlich auf die Schulter. »Ach, das ist nicht neu! Alec ist einer von der alten Garde. Er war schon PS meines Vaters, aber da er sich auskennt, dachte ich, ich behalte ihn. Er ist schon fleißig dabei, den Besuch in Glasgow zu arrangieren. Stimmt's, Alec?«

Die kleinen blassen Augen des Mannes zuckten unsicher zu seiner Frau, bevor sie zu seinem Herrscher zurückkehrten. »Sir, ich bin froh, dass Sie das erwähnen ...«

Doch der König winkte schon jemand anderem zu. »Tommy! Kommen Sie rüber, damit ich Ihnen Wallis vorstellen kann!«

» ... wollen Sie wirklich in jede einzelne Mietwohnung gehen?« Hardinge wirkte so entsetzt, dass Wallis sich besorgt fragte, ob es wirklich eine gute Idee gewesen war, ihn zu behalten. Sicher brauchte der neue König mit seinen neuen Ideen auch eine neue Garde, nicht die alte. Die Dinge, mit denen Hardinge sich auskannte, waren vielleicht nicht mehr relevant.

»Ja, ja, Mann, natürlich, das haben wir doch besprochen.« Der König sah ihn belustigt an. »Ah, Tommy«, rief er, als eine hochgewachsene finstere Gestalt erschien. »Wallis, das ist Alan Lascelles. Stellvertretender Privatsekretär.«

Wallis reichte ihm lächelnd die Hand. »Tommy oder Alan? Sie scheinen zwei Namen zu haben.«

Der Ausdruck tiefer Verachtung huschte so kurz über die hageren Züge, dass sie sich fragte, ob es nur Einbildung gewesen war.

»Für seine Freunde ist er Tommy, für seine Nicht-Freunde Alan«, erklärte der König fröhlich.

Als Lascelles den glänzenden dunklen Kopf neigte, war Wallis erleichtert, weil sie nicht herausfinden musste, zu welcher

Kategorie sie gehörte. Nicht, dass es schwer zu erraten gewesen wäre.

»Lascelles hat einiges angestellt«, fuhr der König fort.

»Angestellt?« Sollte diese zutiefst verachtungsvolle Gestalt ein Vorstrafenregister haben?

Ein königlicher Lachanfall. »Nein, nicht so! Er hat damals in den Zwanzigern für mich gearbeitet. Wir waren oft zusammen unterwegs, was, Tommy?« Er versetzte Lascelles einen spielerischen Stoß. »Amerika, Kanada, wieder Kanada, Afrika, egal was, wir waren dort.«

Ein Lächeln, das eher wie eine Grimasse aussah, umspielte kurz den schmalen Mund des stellvertretenden Privatsekretärs. »Das waren wir in der Tat, Sir.«

»Aber dann hat Lascelles mich sitzenlassen. Hat mich '29 außer Dienst gestellt, der alte Hund. Er dachte, ich wäre dem Job nicht gewachsen, was, Tommy?« Der König lachte gutmütig, um zu zeigen, dass die Vergangenheit Vergangenheit war.

Lascelles antwortete mit einem diplomatischen Lächeln.

»Aber dann hat mein Vater ihn eingestellt, und jetzt hat mich der arme Kerl wieder am Hals! Er und Hardinge werden mir helfen, Edward der Erneuerer zu werden. Die Fenster aufzureißen und frische Luft hereinzulassen! Die Monarchie besser auf die veränderten Umstände dieser Zeit vorzubereiten. Sich für die Jungen gegen die Alten und Etablierten einzusetzen, hm?« Der König zündete sich die nächste Zigarette an und war offenbar sehr zufrieden mit sich.

Wallis beobachtete, wie Hardinge und Lascelles entsetzte Blicke wechselten. Wieder überkam sie Sorge um den König. Er hätte jeden haben können. Warum also suchte er sich enge Berater, die ihn so eindeutig missbilligten und seine Ziele und Interessen nicht teilten? Aus dem Hof erklang Musik. Sie neigte sich zum Fenster. Soldaten in Rot und Gold spielten *God Save the King*. Der Lärm in dem kleinen Raum verstärkte sich, bis er fast unerträglich wurde. Was war das, dachte sie, wenn nicht Hierarchie und alte Tradition? Konnte er es wirklich ändern? Wollte man das überhaupt?

Es erschien ihr edel und mutig, wie er sich gegen das Gewicht von Jahrhunderten stemmte. Wie sollte er das allein schaffen? Je eher er eine Frau fand, die ihm bei seiner Arbeit helfen konnte, desto besser.

Ihr war, als hätte sie ihn noch nie so geliebt wie jetzt, im Augenblick des Abschieds. Ihr wurde klar, wie furchtbar sie ihn vermissen würde, und ihre Augen schwammen in Tränen. Als er neben sie trat, bemerkte sie, dass die scherzhafte Stimmung verflogen war und auch in seinen blauen Augen Tränen standen.

Sie versuchte zu lächeln und wollte ruhig und heiter sagen: »Wie sehr sich dein Leben verändern wird.« Doch es klang schrill und hysterisch. Sie presste überwältigt die Hand vor den Mund.

Er nahm sanft ihren Arm. »Wallis, natürlich wird sich vieles ändern. Aber nichts wird je meine Gefühle für dich ändern. Du bist mein Ein und Alles, und für uns wird alles gut.« Dann lächelte er strahlend und verschwand durch die Menge, die sich vor ihm verbeugte.

Sie starrte ihm hinterher. Das konnte er unmöglich ernst meinen. Zwischen ihnen musste wirklich alles vorbei sein.

Zweiundvierzigstes Kapitel

Alles hatte sich verändert, doch der König tat, als wäre alles beim Alten geblieben. Er kam nach wie vor nach Bryanston Court. »Es ist so einsam«, sagte er zu ihr. »Die Verantwortung ist erdrückend. Ich brauche dich, Wallis.«

»Was du brauchst, ist eine Frau«, sagte sie rasch. Es war zu einer Art Mantra geworden.

Die jungenhaften Züge wirkten gereizt. »Aber ich habe noch keine gefunden.«

»Weil du nicht gesucht hast.«

»Nun, ich werde nicht ohne Liebe heiraten«, sagte er bockig wie ein Kind.

Sie schwieg. Was sollte sie auch sagen? Dass sie einmal dasselbe gedacht und es sich als verhängnisvolle Illusion erwiesen hatte?

»Du bist der einzige Mensch, dem ich vertraue, mit dem ich normal reden kann.« Er flehte sie an, zurück ins Fort zu kommen; es müsse neu dekoriert werden. Er wollte, dass sie ihm half, und bot ihr sogar ein Gehalt an.

»Es ist ein Job«, sagte sie zu Ernest, der finster blickte.

»Einer der ältesten Jobs, soviel ich weiß«, sagte er. Er griff sie selten an, darum schmerzte es umso mehr. Bei beiden Männern drehte sich alles nur noch um die Frage der Intimität.

»Schläfst du mit ihm? Das kann ich nicht ertragen!«, wütete der König. Natürlich tat sie das nicht. Aber geradewegs ins Bett des Königs zurückzukehren, kam auch nicht in Frage. Es konnte nicht mehr so werden, wie es gewesen war. Wie aber sollte es nun weitergehen?

»Ich werde dich heiraten«, beharrte der König und beschrieb erneut, was er gesehen hatte, als der Leichnam seines Vaters aus Sandringham in King's Cross eingetroffen war. Der neue König, der den fahnengeschmückten Sarg mit der Krone darauf begleitete, hatte an der Bahnhofsfassade hinaufgeschaut. Die kalte Januarsonne glitzerte auf der Wetterfahne. »Und weißt du, was ich gesehen habe, Wallis? WE, strahlend golden vor einem blauen Himmel. Wenn das kein Zeichen ist, was dann?«

Das andere Zeichen erwähnte sie nicht. Als die Lafette mit dem Sarg über eine Unebenheit fuhr, war das Diamantkreuz von der Krone gefallen und in den Rinnstein gerollt. »Verflucht noch mal!«, hatte der neue Monarch ausgerufen und war losgestürzt, es zu retten. »Was denn noch?«

In der Tat, was denn noch. Sie hatte erwartet, er werde sich von ihr lossagen; er hatte es nicht getan. Und während sie sich nicht von Ernest lossagen wollte, konnte ihr Leben auch nicht mehr wie vor der Bekanntschaft mit der königlichen Familie sein, selbst wenn Ernest das erwartete. Die Atmosphäre in Bryanston Court war angespannt. Alles war geklärt gewesen und nun wieder in der Schwebe.

»David muss sich eingewöhnen«, sagte sie zu Ernest. »Es kam alles so plötzlich. Ich bin nur eine Schulter zum Anlehnen, jemand, dem er vertrauen kann. Er macht sich solche Sorgen. Er hat noch nicht genügend Selbstvertrauen und benötigt Zuspruch, um seine Ideen zu verwirklichen.«

Ernest verdrehte seufzend die Augen. »An Selbstvertrauen scheint es ihm nicht zu mangeln. Er manipuliert die Massen wie ein Profi aus dem Showgeschäft. Er manipuliert auch dich, Wallis. Er weiß genau, was er tut.«

Auch die Beziehungen zwischen dem König und seiner Familie waren angespannt. Er klagte, Bertie gehe ihm aus dem Weg. »Es ist genau andersherum«, erklärte sie sanft. »Du fragst mich statt ihn um Rat.«

Er fragte sie, worüber er in seinen Reden sprechen solle.

»Woher soll ich das wissen?«

»Nun, soll ich beispielsweise Witze einbauen?«

»Witze?«, fragte sie ungläubig.

»Mein Vater hat sie gehasst. Als Prinz von Wales habe ich immer versucht, meine Reden aufzulockern, dann war er völlig außer sich. ICH HABE NOCH NIE IN MEINEM LEBEN EINEN WITZ IN EINE REDE EINGEBAUT!«

Er gab ihr Staatspapiere zu lesen. Auch dazu konnte sie nichts beitragen, ermahnte ihn aber, als er sein Whiskyglas auf einem Brief des Außenministeriums abstellte, den er unterschreiben musste. Der Brief würde voller kreisförmiger Flecken zurückgehen. Hardinge und Lascelles würden natürlich ihr die Schuld geben.

Als Wallis vorschlug, nicht sie, sondern die beiden Sekretäre zu konsultieren, wischte er ihre Bedenken beiseite.

»Du willst doch, dass ich meine Arbeit gut mache, oder?«

»Natürlich.«

»Nun, du bist für mich unverzichtbar. Ich brauche dich immer an meiner Seite.«

Sie war verzweifelt, weil sie sich im Kreis drehten. »Aber du brauchst jemand anderen an deiner Seite, jemand Passenderes«, flehte sie. »Du musst mich gehen lassen.«

Sie konsultierte den *Gothaischen Hofkalender* und das Hoflexikon *Burke's Peerage* und ließ demonstrativ die Gesellschaftsseiten herumliegen.

Er würdigte sie keines Blickes. »Du liebst mich nicht!«, warf er ihr vor.

»Ganz im Gegenteil«, beschwichtigte sie ihn. »Ich liebe dich viel zu sehr. Aber ich muss die Kraft aufbringen, ohne dich zu überleben.«

Er zog an seiner Zigarette. »Du hilfst mir, weniger zu trinken und pünktlicher zu sein und mich um alle Dispatch Boxes zu kümmern. Du hast einen guten Einfluss auf mich, das sagen alle.«

Das überraschte sie. »Ehrlich?«

»Ehrlich.« Freude erfüllte sie, die umso größer, weil unerwartet war. Sie hatte sich wirklich um alles gekümmert, nicht nur ums Trinken und die Unpünktlichkeit, sondern auch um seine Ausgaben. Er zeigte ihr die Bücher, fast wie Ernest es getan hatte. Mit ihrem geübten Blick erkannte sie sofort, wie aufgebläht die Verwaltung der Paläste war und wer das ausnutzte. Wie gut, dass jemand es bemerkt hatte und dankbar dafür war.

»Wer sagt, dass ich einen guten Einfluss auf dich habe?«, drängte sie. Etwa seine Mutter? Sie hatte gehört, dass Königin Mary sie beleidigt und als Abenteurerin bezeichnet hatte. Die Ungerechtigkeit hatte sie zutiefst getroffen. Vielleicht war es nur ein Gerücht.

Er fuchtelte vage mit der Zigarette. »Ach, alle. Und es ist wahr. Du gehst sogar für mich zu den verdammten Dinners.«

»Weil du nicht selbst hingehen kannst.« Er war offiziell noch in Trauer um seinen Vater. Daher trudelten Einladungen zu kleinen offiziellen Abendessen mit Politikern, Beamten und Diplomaten nun in Bryanston Court ein, dazu weiterhin die Einladungen zu Bällen und Partys. »Wir brauchen bald einen zweiten Kaminsims«, bemerkte Ernest.

Die Mittagessen waren heikel. Sie durfte keine Meinung äußern, da man annehmen würde, der König teile ihre Ansicht. Und sie wurde rücksichtslos von Leuten bedrängt, deren Absichten sie nicht einschätzen konnte. Robert Vansittart, ein hohes Tier im Außenministerium, bemühte sich unerbittlich um die Durchsetzung seiner pro-italienischen Politik. Als sie ihm einmal entfliehen wollte, sah sie sich plötzlich einem jungen Deutschen mit blondem Haar und eng stehenden Augen gegenüber.

»Joachim von Ribbentrop«, sagte er und küsste ihr die Hand. Er war Hitlers wichtigster Berater in außenpolitischen Fragen und deutscher Botschafter in London. Der ölige von Ribbentrop verlangte, dass der König einem Besuch in Deutschland Priorität einräumte.

Vom Regen in die Traufe, dachte sie. »Eine interessante Idee«, erwiderte sie neutral, wohl wissend, dass es ausgeschlossen war. Der König durfte nicht den Eindruck erwecken, dass er Hitlers Ideen unterstützte.

»Nicht wahr?« Von Ribbentrop schien dennoch erfreut. »Seine Majestät ist schließlich zur Hälfte Deutscher!«

Wallis starrte ihn an. »Aber zu hundert Prozent britischer Patriot.«

Ribbentrop lächelte wissend. »Madam. Viele Ihrer britischen Patrioten besuchen gerade Deutschland, um sich selbst ein Bild von den Veränderungen des Führers zu machen. Die Olympischen Spiele erweisen sich als besonders starker Anziehungspunkt.« Er verbeugte sich, schlug die Hacken zusammen und zog sich zurück.

Während Wallis ihm noch angewidert nachsah, bemerkte sie, dass jemand neben sie getreten war. Eine Gestalt mit Hängebacken, zusammengezogenen Brauen und vorgeschobener Unterlippe. Winston Churchill, ein ehemals bekannter Minister, den man auf die Hinterbänke verbannt hatte. Für viele Leute war er von gestern, doch der König mochte ihn genau aus diesem Grund. Sie hatten einander in seiner Jugend nahegestanden. Sie lächelte. »Mr Churchill.«

»Er war Sektvertreter, wissen Sie«, knurrte Churchill.

»Wie bitte?« Viele hielten Churchill für ebenso exzentrisch wie bedeutungslos. Anscheinend hatten sie recht.

»Von Ribbentrop.« Der kahle Kopf nickte in Richtung des

soeben Entschwundenen. »Verkaufte früher Sekt, eine Art deutschen Champagner.«

»Das klingt schrecklich«, sagte Wallis.

»Ganz Ihrer Meinung. Da ist mir ein Pol Roger allemal lieber. Aber jetzt verkauft Ribbentrop etwas viel Schlimmeres.«

»Und das wäre, Mr Churchill?«

»Die Ideologie der Nazis. Tödliches Zeug. Niemand hört auf mich, wenn ich vor Deutschlands Aufrüstung und unstillbarem Landhunger warne.« Er hielt inne und schüttelte den Kopf. »Aber sie werden es müssen, irgendwann.«

Wallis teilte seine Ansicht und erinnerte sich, dass das auch für Duff Cooper galt, sagte aber nichts.

Churchill schien auch keine Antwort zu erwarten. »Man sagte mir«, fügte er nachdenklich hinzu, »dass von Ribbentrop ein Nazi ist, den selbst die Nazis nicht leiden können. Eine ziemliche Leistung, muss ich sagen.«

Sie brachte das Gespräch auf den König, dem er offenbar mit Stolz und Zuneigung begegnete. »Ich denke, er wird ein großartiger König für eine neue Ära, und ich glaube, das Land denkt genauso.« Dann sprachen sie über die Vereinigten Staaten. Wallis war überrascht zu hören, dass er zur Hälfte Amerikaner war. »Genau wie ich!«, rief sie erfreut.

Er zwinkerte ihr zu. »Und wie Sie, Mrs Simpson, verfüge ich über ein hohes Maß an administrativen Fähigkeiten. In meinen Augen eine der wertvollsten und missverstandensten aller Künste.«

Sie sah ihn nachdenklich an. »Sie können auch gut Reden halten, wie ich höre. Vielleicht sollten Sie Seine Majestät aufsuchen. Er hat ziemlich damit zu kämpfen.«

Die Zusammenarbeit verlief erfolgreich. »Winston sagt, es sei völlig in Ordnung, Witze einzubauen«, berichtete der König einmal beim Mittagessen. »Aber nur am Anfang, um die Leute aufzuwärmen, bevor man auf die ernsten Themen kommt.«

Sie nickte. »Das klingt vernünftig.«

»Er hat mir auch einen tollen Trick gezeigt.« Er demonstrierte ihn. »Man dreht eine Schüssel um, stellt ein Glas darauf und lehnt die Zettel mit der Rede an das Glas. Schon hat man ein Rednerpult.«

Churchill entwarf eine Rede, die der König bei seinem ersten Trooping the Colour halten sollte. Er bestand darauf, dass Wallis dabei war, und sie wiederum nutzte den militärischen Charakter der Veranstaltung, um an Ernests Instinkte als alter Soldat zu appellieren.

Es war ein schöner, heißer Junitag. Sie hatten reservierte Plätze auf der Tribüne der Horse Guards Parade. Der Park stand in voller Blüte, die Sonne schien, und die Luft war warm, als sechs Bataillone Gardesoldaten in prächtigen scharlachroten Uniformjacken und Bärenfellmützen, mit blitzenden Bajonetten an der Seite, vor dem König drei Seiten eines Quadrats bildeten. Er saß zu Pferd und trug die Paradeuniform eines Ehrenoberst der Grenadiere, die seinen natürlichen Glanz noch verstärkte. Der junge Ensign nahm feierlich die seidene Regimentsfahne entgegen, auf der alle militärischen Auszeichnungen aufgeführt waren, und trug sie seinem Regiment voraus, am König vorbei.

Wallis erinnerte sich, wie der König sich über die unmöglich enge Uniformhose beschwert und pflichtbewusst zugehört hatte, als Ernest ihm die Anordnung der Knöpfe erklärte, anhand derer man die Garderegimenter unterscheiden konnte. Sie fühlte sich müde, schwerfällig und erschöpft. Der König hielt Churchills kurze, aber bewegende Rede und saß wieder auf, um vor den Bataillonen über Constitution Hill zum Palast zu reiten, wo er den Salut entgegennehmen würde.

Sie hatten sich gerade in Bewegung gesetzt, als etwas wie ein heller metallischer Vogel aus der Menge aufflog, laut klappernd unter dem Pferd des Königs landete und unter den hinter ihm reitenden Generälen hindurchrutschte.

Ein Aufschrei ging durch die Menge, es wurde gerufen und geschrien. Entsetzen durchzuckte Wallis bis in die Nervenenden. Sie klammerte sich an Ernest. »Was war das?«

»Falls es eine Bombe ist, wissen wir es gleich.«

Es war keine Bombe, sondern ein geladener Revolver. Ein aufmerksamer Polizist hatte dem Möchtegern-Attentäter die Waffe aus der Hand geschlagen, als er gerade anlegte. Sie sahen zu, wie er zwischen zwei Polizisten abgeführt wurde, ein dicklicher Mann, der in seinem dreiteiligen Anzug mit Uhrkette überraschend förmlich wirkte. Ein Gerücht besagte, er sei ein irischer Republikaner, ein anderes sprach von einem rachsüchtigen Journalisten. Er war gescheitert, daran bestand kein Zweifel. Wallis schluchzte erleichtert und hatte zugleich ein schlechtes Gewissen, weil sie daran denken musste, dass er ihr im Erfolgsfall eine Menge Ärger erspart hätte.

Dreiundvierzigstes Kapitel

Der Juliregen prasselte gegen die Palastfenster. »Gott sei Dank«, sagte der König. An diesem Tag wurden Debütantinnen bei Hof eingeführt, doch ein Unwetter hatte die Sache abgekürzt.

Sie richtete sich von der Kiste auf, die sie gerade auspackte. »Sag das nicht. Die armen Debütantinnen haben wochenlang geübt. Es sollte ihr großer Moment sein.« Sie empfand aufrichtiges Mitleid mit ihnen. Sie waren an ihm vorbeigezogen und hatten im klebrigen Gras geknickst, während er auf einem vergoldeten Stuhl gesessen und ebenso spektakulär gelangweilt und verärgert wie spektakulär attraktiv ausgesehen hatte. »Vielleicht hättest du die Einführung im Ballsaal abhalten sollen, wie es deine Eltern getan haben.«

»Nun, ich breche mit der Tradition«, sagte er. In der Tat hatte er zugunsten eines Anzugs auf die ordensgeschmückte Militäruniform mit Degen und Schärpe verzichtet. »Außerdem sehen die Frauen bei elektrischem Licht immer so grässlich aus.«

»Dachtest du, ein Regenschauer lässt sie besser aussehen?« Sie erinnerte sich an die herabhängenden Federn, die schlammgetränkten weißen Kleider, die bitter enttäuschten Gesichter. Wenn man die Aristokratie eng an die Monarchie binden wollte, dürfte die Veranstaltung kaum erfolgreich gewesen sein. Vielleicht war das auch Absicht.

»Ich dachte, im Garten geht es schneller«, sagte er und rückte ein Bild gerade. »Und ich hatte recht!« Er lachte und schenkte ihr sein blauäugiges Grinsen, das sie wie immer mitten ins Herz traf.

»Unter diesen Mädchen hätte die zukünftige Königin von England sein können«, erwiderte sie kämpferisch. Doch wie immer, wenn er sie anlächelte, war es, als würde sie gegen eine unvorstellbar starke Flut anschwimmen.

Er war seit sechs Monaten König, aber gerade erst in den Buckingham Palace gezogen. Er weigerte sich, die Räume seines Vaters zu übernehmen, auch weil seine Mutter noch darin wohnte. Königin Mary hatte es nicht eilig, das Heim zu verlassen, in dem sie fünfundzwanzig Jahre gelebt hatte. Er schien zufrieden mit der kleinen Gästesuite im Stockwerk darunter, die kahl und düster wirkte und dringend renoviert werden musste. Sie hatte einige Gegenstände aus dem Fort kommen lassen, damit er sich mehr zu Hause fühlte. Doch die Kisten standen immer noch unausgepackt da.

»Königin von England?«, sagte er und lächelte noch immer. »Warum sollte ich unter diesen dummen Debütantinnen nach einer suchen? Die perfekte Kandidatin steht doch vor mir.«

Sie war gerade dabei, eine Vase auszupacken; sie fiel herunter und zerbrach auf dem Holzboden. Sie schaute auf ihre zitternden Hände, auf die Scherben. In ihrem Kopf herrschte eine weiße, klingende Leere, alle Gedanken waren ausgelöscht.

Sie verharrte scheinbar stundenlang so, doch waren es wohl nur wenige Sekunden. Als sie den Kopf hob und ihn ansah, war sein Gesicht fröhlich und ermutigend. »Königin?«, wiederholte sie. »*Ich?*«

Das war es, dachte sie. Der eindeutige Beweis. Er war verrückt. Die Ereignisse der letzten Monate hatten ihm den Verstand geraubt. Er hatte das Beinahe-Attentat verharmlost, indem er es als »niederträchtigen Versuch« bezeichnete und danach Golf spielen ging. Vielleicht hatte es doch Spuren hinterlassen.

»Ja, du«, sagte er. »Warum nicht?«

»Nun, da wären einige Gründe.« Sie versuchte, vernünftig und gefasst zu klingen, während sie an den Fingern abzählte. »Die Kirche, die Regierung, das Empire, das Volk, deine Familie. Die Tatsache, dass ich Ausländerin, alt und schon einmal geschieden bin. Muss ich weitermachen?«

»Nein, das reicht«, erwiderte er gleichmütig. »Ich sage auch nicht, dass es einfach wird, Wallis. Aber ich bin fest entschlossen.«

Sie beugte sich vor und klammerte sich an die Kanten der leeren Kiste, starrte in die staubige Leere. Sie hatte keine Ahnung, wie sie damit umgehen sollte.

»Wenn du Zweifel hast, geh nach Paris«, riet Ernest. »Du liebst die Stadt so sehr.« Eine Woche Urlaub würde viel verändern. Er bot ihr sogar an, ihr ein Kleid zu kaufen.

Sie hatte erwartet, der König werde Schwierigkeiten machen, doch zu ihrer Überraschung ermutigte er sie.

»Wo wirst du wohnen?«

»Ist mir egal. Ehrlich gesagt, ich wäre überall glücklich.«

»Nun, du kannst nicht irgendwo wohnen. Wie wäre es mit dem Meurice?«

Das prächtige Hotel mit den goldverschnürten Dienern und der herrlichen Cocktailbar, in der sie mit Ernest auf der Hochzeitsreise gewesen war.

Sie lachte. »Das kann ich mir unmöglich leisten.«

»Das musst du auch nicht.« Der König rief Lascelles dazu. »Buchen Sie Mrs Simpson die beste Suite«, wies er den unwilligen Höfling an. »Und handeln Sie einen guten Preis aus.«

Am Morgen nach ihrer Ankunft überquerte sie das graue Kopfsteinpflaster der Place Vendôme, ging an der mächtigen Säule, die Napoleon für sich selbst errichtet hatte, und der Fassade des Ritz entlang und bog in die Rue Cambon.

In der Mitte der schmalen, eleganten Straße lag das Geschäft, das sie suchte. Nr. 31. Chanel.

Drinnen gab es die gleichen weißen Wände, ovalen Spiegel, orientalischen Paravents und weiß-grauen Sessel wie im Londoner Geschäft. Das gleiche himmlische Parfüm stieg ihr in die Nase. Auch hier hingen schöne, begehrenswerte Kleidungsstücke an den Stangen.

Die Stimmen der Verkäuferinnen schwebten herüber; Wallis neigte den Kopf, um die Sprache zu verstehen. Sie klang nicht wie Französisch.

»Russisch«, sagte eine Stimme hinter ihr mit unverkennbar französischem Akzent. »Enteignete Gräfinnen. Dank der Revolution modeln und verkaufen sie für mich!«

Sie drehte sich um. Chanel trug einen weißen Matrosenhut mit einer großen juwelenbesetzten Brosche, eine gestreifte Gürteljacke, Perlenschnüre und eine dunkle Hose. Sie nickte anerkennend, und ihre scharfen schwarzen Augen streiften Wallis, bevor sie böse zu den enteigneten Gräfinnen wanderten. »Sie wollen eine Gehaltserhöhung«, beschwerte sich die Designerin.

»Und Sie wollen ihnen keine geben?«

»Warum sollte ich ihnen mehr zahlen? Wissen sie denn nicht, dass sie durch die Arbeit bei Chanel reiche Liebhaber finden können?« Die schwarzen Augen schwenkten wieder zu ihr. »Sie haben schon einen reichen Liebhaber. Den reichsten von allen.«

»Sie wissen davon.«

Wie durch ein Wunder hatten die britischen Zeitungen nicht über sie berichtet. Mit der amerikanischen Presse sah es anders aus; Tante Bessie hatte ihr mehrmals besorgt geschrieben. *Heb mir die Zeitungsausschnitte auf!*, hatte Wallis zurückgeschrieben, um sie zu beruhigen. *Damit können Ernest und ich uns auf unsere alten Tage amüsieren!*

Offenbar hatte nun auch die französische Presse sie entdeckt.

»Mais oui!« Die dunklen Augen flackerten belustigt. »Darum glaube ich auch, dass Sie nicht für mich arbeiten wollen. Ich habe Ihnen einmal eine Stelle angeboten, falls Sie sich erinnern.«

»Ich fahre heute Abend nach Paris zurück. Falls Sie des Lebens hier überdrüssig werden, kommen Sie und arbeiten dort für mich«, hatte sie damals gesagt.

Wallis nickte. »Ich erinnere mich. Sie haben mir auch einen guten Rat gegeben.«

»Nicht nur gut, er war ausgezeichnet! Ich habe Ihnen erklärt, wie Sie in die britische Gesellschaft gelangen können. Und jetzt stehen Sie ganz oben!«

Heiße Tränen traten ihr in die Augen. Sie senkte den Kopf, blinzelte heftig und bemerkte, dass Chanel sie unverwandt ansah.

»Und jetzt wollen Sie natürlich fliehen.«

Wallis war erstaunt. »Woher wissen Sie das?«

»Weil es die andere Hälfte der Geschichte ist. Die Hälfte, die ich Ihnen nicht erzählt habe.« Sie drehte sich um. »Kommen Sie.«

Wallis folgte ihr durch eine Tür und einige Stufen hinauf in einen Arbeitsraum mit Spiegeln und Schneiderpuppen. Chanel hatte sich bereits Schere und Maßband umgehängt und winkte sie herein. In wenigen Augenblicken hatte sie ein Stück beigefarbene Seide über Wallis geworfen und kniete vor ihr, um den Saum zurechtzurücken.

»Ich habe eine Idee für ein Kleid, und Sie haben die richtige Figur, um es anzuprobieren«, verkündete sie, eine Stecknadel wie eine Rose zwischen den Zähnen. »Diese beigefarbene Seide ist doch perfekt, oder? Ich liebe Beige.«

»Wie meinen Sie das?«, fragte Wallis.

»Beige ist natürlich, ich fühle mich darin wohl. Man muss seine Stoffe wählen und mischen wie ein Künstler seine Farben.«

»Ich meine nicht Beige, sondern was Sie vorhin gesagt haben. Über die andere Hälfte der Geschichte.«

»Habe ich das? Ich rede ununterbrochen, weil ich Angst habe, von anderen Menschen gelangweilt zu werden. Wenn ich je sterbe, dann vor Langeweile.«

Wallis wurde langsam ärgerlich. »Aber Sie haben es gesagt. Es gäbe eine Hälfte, die Sie mir nicht erzählt hätten.«

»Oh ja! Ich meinte, dass ich mit Ihnen fühle. Dass ich genau weiß, wie Sie sich fühlen.«

Aber Chanel war von ihrem aristokratischen Liebhaber verlassen worden. Die ganze Welt hatte darüber geredet, dass eine andere Frau Herzogin von Westminster geworden war. Wallis kam es vor, als hätte sie selbst das entgegengesetzte Problem.

Im Spiegel nahm das Kleid bereits Gestalt an; ein ungleichmäßiger Saum und ein Kragen, der wie ein überkreuztes Tuch aussah. »Britische Aristokraten«, murmelte die Designerin. »Sie sind herrschsüchtig und besitzergreifend. Ich habe ewig gebraucht, um meinen loszuwerden.«

»Ihn loszuwerden?«

Chanel blickte auf. »Oh ja. Die Leute glauben, Westminstair sei mich losgeworden, dabei war es umgekehrt.« Sie lehnte sich auf den Fersen zurück. Ihr lebhaftes kleines Gesicht wirkte nachdenklich.

»Ich habe mich in Westminstair verliebt, weil er so einfach war. Der einfachste Mensch der Welt. Er kannte die Bedeutung des Wortes Snobismus nicht. Es wäre ihm nie in den Sinn gekommen. Er stand so hoch über allem, war die Einfachheit selbst, einfach wie ein Landstreicher.«

»Ich kenne das Gefühl«, sagte Wallis und erinnerte sich, wie der Prinz in seiner zerlumpten Gärtnermontur herumsprang.

»Er tat alles von ganzem Herzen, was ich unwiderstehlich fand. Er hielt sich nie zurück. Wenn Briten wirklich verliebt sind, geben sie alles.«

Der Kloß in Wallis' Kehle hinderte sie am Sprechen. Sie konnte nur heftig nicken.

»Anfangs war es wie in einer Traumwelt«, sagte Chanel. »Ich hatte noch nie eine solche Extravaganz erlebt. Ich lernte Westminstair im Hotel de Paris in Monte Carlo kennen. Er lud mich zum Abendessen an Bord seiner Jacht ein. Nur er und ich und ein Sinfonieorchester.« Die harten schwarzen Augen wurden einen Moment lang staunend und weich.

Wallis dachte daran, wie der Prinz mit Freunden ins Quaglino's gegangen war und darauf bestanden hatte, dass der gefeierte Sänger des Clubs, Leslie ›Hutch‹ Hutchinson, mit ihnen zurückkam und privat im York House auftrat. Danach wurde Hutch Stammgast und behauptete, seine Lieder seien in den Wänden gespeichert.

»Und ich liebte seine Verletzlichkeit. Gerade war er noch selbstherrlich, dann wieder geradezu verzweifelt. Mächtig und abhängig zugleich. Ich habe ihn vergöttert.«

Wallis seufzte. Auch das kannte sie.

Chanels strahlendes Gesicht wurde düster. »Aber nach einer Weile fühlte ich mich nicht nur wie seine Geliebte, sondern auch wie seine Mutter und sein Kindermädchen.«

Wallis biss sich auf die Lippe.

»Ich kam mir ... eingesperrt vor. Wann immer ich mich unwohl fühlte oder Migräne hatte, rief Westminstair sofort die berühmtesten Ärzte aus der Harley Street. So war es mit allem. Ich brauchte nur einen Wunsch zu äußern, schon wurde er erfüllt.«

Wallis sagte nichts. Sie wusste, wie es war, wenn man alles bekam.

»Und wie ich die englischen Herrenhäuser gehasst habe. Sie sind eiskalt! Und unbequem! Ich würde meinen Gästen niemals zumuten, nachts durch einen kalten Korridor zu laufen, um das Badezimmer aufzusuchen, oder auf ein Dienstmädchen zu warten, das sich mit kochendem Wasser für ein Sitzbad die Treppe heraufmühen muss.«

Wallis lachte. Bei einem Aufenthalt in Knole House in Kent hatten sie wegen der klirrenden Kälte nicht schlafen können. »Wenn man bedenkt«, hatte Ernest über Thomas Cranmer, den Tudor-Erzbischof und einstigen Besitzer des prächtigen Hauses, bemerkt, »dass er auf dem Scheiterhaufen verbrannt wurde.«

Chanel arbeitete wieder am Saum des Kleides. »Wir sind jedes Wochenende in Westminstairs Herrenhaus gefahren. Es war so langweilig. Das nächste Postamt lag zwanzig Meilen entfernt. Man strickte, zog sich mehrmals am Tag um, bewunderte die Rosen im Park, röstete sich im Salon vor einem riesigen Kaminfeuer und erstarrte, sowie man sich davon entfernte. So sah ein Wochenende im Herrenhaus aus.«

Wallis schwieg. Sie hatte das Fort so geliebt, doch in letzter Zeit hatte es Wochenenden gegeben, die dem sehr ähnlich waren.

»Das Einzige, was mir gefiel, war die Rüstung auf der Treppe. Vor allem der Helm. Wenn ich an ihr vorbeiging, grüßte ich immer und schüttelte ihr die Hand. Aber irgendwann kam sie mir unheimlich vor. Mich überlief ein Schauer, wenn ich daran vorbeiging.«

Eine Erinnerung tauchte auf. Sie waren nach einer Party spät durch den dunklen Great Park gegangen. Etwas schoss zwischen den Bäumen hervor, etwas Riesiges mit Geweih. Sie hatte vor Schreck aufgeschrien, und der Prinz hatte sie beruhigt. »Es war nur ein Hirsch, Wallis.«

Und vielleicht war es das. Vielleicht hatte sie kein blaues Licht gesehen oder rasselnde Ketten gehört.

Chanel zupfte an den Ärmeln. »Die britischen Männer sind sehr herrschsüchtig. Westminstair wollte der Mittelpunkt meines Lebens sein, und ich sollte der Mittelpunkt seines Lebens sein. Er wollte mich besitzen.«

»Sie besitzen?«

Der Kopf mit dem schwarzen Bob nickte. »Ich wollte Englisch lernen, aber er hat mich nicht gelassen.«

»Warum nicht?«

»Weil ich dann all die dummen Dinge verstanden hätte, die er sagte. Er gab mir ein Heft mit unterschriebenen Blankoschecks. Ich habe es zurückgegeben. Ich verdiene mein eigenes Geld. Es war erstickend!« Sie fächelte sich mit der langen, schlanken Hand Luft zu.

Erstickend. Sie hatte es auf dem Weg hierher gemerkt, auf dem Schiff über den Kanal. Der König war auch auf See gewesen, bei einer Flottenschau, und hatte ihr von einem Zerstörer ein Telegramm geschickt.

Ich fühle mich so eanum, weil ich heute nicht mit dir gesprochen habe. Vermisst du mich so sehr wie ich dich?

Sie war zusammengezuckt, als sie sich vorstellte, was der Funker gedacht haben musste.

»Westminstair hat für mich ein Couture-Zimmer in Eaton Hall eingerichtet und mein Personal herübergeholt. Aber die Couture gehört nach Paris, und er konnte mich nie dazu bringen, lange wegzubleiben. Das Haus Chanel ist die Liebe meines Lebens, ich könnte es nie für einen Mann aufgeben!«

Oh, so eine Arbeit zu haben. Sie hatte sich eingebildet, ihre Arbeit bestünde darin, dem König zu helfen, ihn zu ermutigen und zu unterstützen. Jetzt aber wollte Wallis nur noch, dass jemand anders es übernahm.

»Ich war verzweifelt und wollte fliehen«, fuhr Chanel fort. »Ich war unglücklich in einem Leben, das von außen betrachtet großartig schien.«

Der Satz hallte in Wallis' Kopf nach. »Und was haben Sie gemacht? Um Westminstair ... Westminster loszuwerden?«

»Ich fing an, mich absichtlich schlecht zu benehmen. Ich tat, als kümmerte es mich, wenn er sich mit anderen Frauen traf. Er schenkte mir Schmuck als Wiedergutmachung, und ich warf ihn vom Deck seiner Jacht.« Chanel sah reumütig drein. »Das war das einzig wirklich Schwierige. Einmal schenkte er mir ein wunderschönes Rubin-Collier. Ich habe es kurz angesehen und dann zwischen den Fingern ins Meer gleiten lassen. Ein anderes Mal schenkte er mir ein perfektes Perlenarmband. Ich habe es über Bord in die Tiefe geschleudert ...« Sie seufzte und strahlte dann. »Aber es hat funktioniert. Wir haben uns getrennt, und er hat Loelia Ponsonby geheiratet. Wie ich hörte, sieht sie aus wie eine Kellnerin«, fügte Chanel schadenfroh hinzu.

Wallis versuchte vergeblich, sich vorzustellen, wie sie die Geschenke des Königs ins Meer warf. Oder sich ihm gegenüber schlecht zu benehmen. Beides passte nicht zu ihrer zuvorkommenden, verträglichen Art, während die temperamentvolle Chanel eindeutig anders war.

»Ich muss weg«, sagte sie. »Aber ich weiß nicht, wie.«

Chanel saß im Schneidersitz zu ihren Füßen und zündete sich eine Zigarette an. Sie blies eine Rauchfahne aus. »Laufen Sie einfach weg.«

»Weglaufen?«

»Ja! Springen Sie aus dem Fenster, wenn Sie das Objekt der Leidenschaft sind.«

Doch ihre Leidenschaft für den Prinzen war der Höhepunkt ihres Lebens gewesen. Sie schlug die Hände vors Gesicht. »Aber ich will nicht weglaufen oder springen. Ich will ihn nicht aufgeben. Ich kann ihn nicht aufgeben! Ich brauche ihn.«

Chanel zog die Hände weg und sagte gereizt: »Stillhalten! Ich arbeite an den Ärmeln.«

»Ich habe noch nie einen Menschen so geliebt wie ihn«,

weinte Wallis. »Ich bin wahnsinnig in ihn verliebt. Ich brauche ihn. Ich kann mir ein Leben ohne ihn nicht vorstellen.«

Chanel sah seufzend zu ihr auf. »*Chérie*, Leidenschaft ist die schlimmste aller Welten.«

»Aber *warum?*«

»Weil selbst große Leidenschaft keine Liebe ist. Liebe ist Wärme, Zuneigung, Geduld, Zärtlichkeit, Anstand.«

Liebe ist Wärme, Zuneigung, Zärtlichkeit, Anstand. Das war Ernest, dachte Wallis.

Sie war plötzlich ruhiger, als hätten sich die Wolken in ihrem Kopf verzogen und einen klaren Weg gezeigt. Sie würde zu ihrem Mann zurückkehren, endgültig. Sie schaute zu der großen Designerin, die zu ihren Füßen hockte, und suchte nach den richtigen Worten, um ihr zu danken.

Chanel zupfte irritiert am Saum. »Können Sie nicht eine Minute stillstehen?«

Sie konnte es kaum erwarten, ihn wiederzusehen. Sie hatte nach einem Ausweg gesucht, und nun war die Antwort plötzlich da: Sie und Ernest würden nach Amerika zurückkehren.

Doch als er sie in Victoria abholte, war sein freundliches Gesicht grimmig. Er sah aus, als hätte er mehrere Nächte nicht geschlafen, war sogar unrasiert.

»Was ist passiert?«, fragte sie erschrocken, als er ihr auf dem Bahnsteig entgegeneilte.

»Das kann ich dir hier nicht sagen.«

Auch im Taxi schwieg er, und ihre Furcht hatte sich bis ins Unerträgliche gesteigert, als der Wagen vor Bryanston Court anhielt. In der Wohnung schenkte er ihnen riesige Whiskys ein und verfrachtete sie ins Wohnzimmer. Sie trug immer noch Hut und Mantel.

»David hat mich in den Palast bestellt«, begann Ernest. Er

war offenbar sehr aufgeregt; seine Stimme zitterte, seine Lippen bebten. »Während du weg warst.«
»Warum?«
»Um mir zu befehlen, mich von dir scheiden zu lassen.«

Vierundvierzigstes Kapitel

Sie konnte nicht glauben, was sie da hörte. Sie starrte auf ihre Hände, die in Handschuhen auf den Knien ruhten.
»Es ist alles arrangiert«, sagte Ernest. »Mary kommt her.«
»Du hast es arrangiert?«, keuchte sie. »Ohne mit mir zu sprechen?«
»Der König hat es arrangiert.«
Gedanken schossen wild durch ihren Kopf. »Was hat er getan?«
»Er hat sich um alles gekümmert. Mary und ich gehen ins Hotel de Paris in Bray und lassen uns von einem Zimmermädchen das Frühstück ans Bett bringen.«
Ihre Panik wuchs. Vielleicht, dachte sie gehetzt, war es nur ein Albtraum. David wäre im wirklichen Leben nie so hinterhältig. Er würde sie nicht ermutigen zu verreisen, damit er Ernest bearbeiten konnte. Und selbst wenn, hätte Ernest niemals einfach so kapituliert. Er erklärte, das Zimmermädchen werde beim Scheidungsprozess aussagen.
»Du wirst dich von mir wegen Ehebruchs scheiden lassen«, fuhr Ernest fort. »Der König hat dafür gesorgt, dass sein Anwalt, ein Mr Allen, dich vertritt. Er hat sogar den Decknamen festgelegt, den Mary im Hotel benutzen soll. Er möchte, dass sie sich Buttercup Kennedy nennt.«
»*Buttercup Kennedy?*« Wildes Gelächter überkam sie, gefolgt

von tiefer Verzweiflung. Sie dachte an die vielen Jahre, die sie Mary kannte. Wie hatte es so weit kommen können?

»Das Zimmermädchen entdeckt uns in einer ehebrecherischen Situation. Danach verlasse ich Bryanston Court und ziehe in den Guards Club.«

Es war alles real. Es konnte kein Traum sein. »Nein!«

Ernest seufzte. »Es hat keinen Sinn, sich dagegen zu wehren, Wallis.«

Sie sah sich im Wohnzimmer um, in dem der König sie so oft besucht hatte. Sie bereute jedes einzelne Mal. Wallis schaute Ernest an. Der Teppich schien sich zwischen ihnen zu erstrecken. »Warum?«, fragte sie. »Warum hat es keinen Sinn?«

»Er hat es mir sehr deutlich gesagt. Er will dich zu seiner Frau machen, komme, was wolle.«

»Aber ich bin mit dir verheiratet«, rief sie.

Sie sahen sich an.

»Wir hatten eine Abmachung«, erinnerte sie ihn. »Sobald es vorbei ist, komme ich zu dir zurück.«

Er ließ die Schultern hängen und starrte auf den Teppich. »Aber es wird nie vorbei sein. Ich habe seit Langem –« Er hielt inne.

Sie war verängstigt, als verlöre sie alles, das sie auf festem Boden hielt. »Ernest, sprich mit mir. Was hast du seit Langem?«

»Das Gefühl, dass ich dich schon vor einer Ewigkeit verloren habe«, sagte er leise. »Ich glaube nicht, dass du zu mir zurückkommen könntest, selbst wenn du wolltest. Es ist zu spät.«

Sie keuchte, wollte widersprechen, schloss dann aber den Mund. Er hatte recht und auch wieder nicht.

»Können wir es nicht aufhalten?«, flüsterte sie.

Er sah sie traurig an. »Wir haben die Ressourcen des ganzen Empire gegen uns. Er wird bis zum Ende kämpfen. Er wird buchstäblich alles tun, um dich zu seiner Frau zu machen.«

»Aber ich will nicht seine Frau werden!« Sie ging zu ihm,

nahm seine Hände und kniete sich vor ihm auf den Boden. »Bitte lass mich nicht gehen, Ernest! Ich habe Angst!«

Er hielt sie fest und küsste sie auf den Kopf. Sie schluchzte in seinen Ärmel. »Warum muss er unsere Ehe zerstören?«

»Weil er es kann«, sagte Ernest.

Sie hob ihr heißes, tränenüberströmtes Gesicht und versuchte, klar zu denken. »Es ist unmöglich. Er kann mich nicht heiraten. Ich wäre dann zweimal geschieden. Die Kirche würde es nie erlauben, wie du schon sagtest. Und die Regierung, das Empire, einfach alle würden ihre Zustimmung verweigern.«

Sie sah sich verwirrt im Wohnzimmer um. Es musste einen Ausweg geben. Aber welchen? Als sie die *Times* neben Ernests Stuhl entdeckte, blitzte etwas in ihrem Kopf auf, ein heller Strohhalm der Hoffnung. Sie klammerte sich wild daran. »Die Zeitungen!«, rief sie aus. »Was passiert, wenn die Geschichte bekannt wird? Die Leute werden entsetzt sein. Sie wollen mich nicht als seine Frau, geschweige denn als Königin!«

Eine Welle der Erleichterung durchströmte sie, doch Ernests Gesicht blieb grau und angespannt. »Das alles gehört zum Plan. Der König hat mit den Zeitungen eine Abmachung getroffen. Sie haben zugestimmt, bis nach der Hochzeit nichts zu drucken.«

»Er hat den Zeitungen einen Maulkorb verpasst? *Darf* er das?« Das erklärte die seltsame Zurückhaltung der britischen Presse. Sie hätte sich nie träumen lassen, dass dies der Grund war.

Er zuckte mit den breiten Schultern. »Nun, er hat es getan. Das ist die Macht, der wir gegenüberstehen. Wir haben keine Chance.«

Sie fühlte sich krank. Sie konnte nicht akzeptieren, dass sie bereits in der Falle saß. Dass die Dinge ohne ihr Wissen geplant und arrangiert worden waren. Sie konnte das Klirren der Gefängnistüren hören, das Rasseln der Ketten.

Sie fuhr in den Palast. Sie würde einen letzten großen Versuch unternehmen, um das alles zu verhindern. Der König begrüßte sie freudig und zeigte ihr die neue Dusche, die er hatte einbauen lassen, drehte fröhlich das Wasser auf und ab.

»Ich habe Wannenbäder immer gehasst«, sagte er. »Sie erinnern mich an meine Kindheit. Dieses verhasste Kindermädchen, das mir Seife in den Mund steckte. Und all die anderen scheußlichen Dinge, die sie mir angetan hat.«

»Hör auf, mich zu manipulieren!«, schrie sie.

Er sah gekränkt aus. »Warum sagst du das? Ich dachte, du hättest Mitleid. Wir haben doch das Gleiche durchgemacht.«

Schuldgefühle und Liebe durchfluteten sie und der leidenschaftliche Drang, ihn zu beschützen.

»Missbrauch, Gewalt, Sucht«, erinnerte er sie.

Sie wandte sich zum Fenster. Es war länger nicht geputzt worden. »Ja«, sagte sie. »Und jetzt sind wir süchtig nacheinander.«

Er antwortete nicht, sondern erzählte fröhlich von der Kreuzfahrt, die er für den Sommer mit ihr plante. Sie berührte seinen Arm. »David. Du weißt, dazu wird es nicht kommen. Es ist unmöglich.«

Er kniff belustigt die blauen Augen zu. »Ich weiß *genau*, was du als Nächstes sagst! Ich kenne deine Bedenken und habe eine brillante Lösung gefunden!«

Sie spürte, wie er ihr endgültig den Wind aus den Segeln nahm. »Ach ja?«

Der goldene Kopf nickte vergnügt. »Ja! Du denkst, wir könnten wegen Abessinien nicht wie geplant über Italien fahren!«

»Abessinien«, wiederholte sie. Die Spannungen in Europa, die durch Mussolinis Invasion in Afrika entstanden waren, hatte sie völlig verdrängt. Der pro-italienische Kurs des Außenministeriums erwies sich als umstritten; Außenminister Samuel Hoare hatte sein Amt verloren, weil er einen Geheimpakt mit den Franzosen geschlossen hatte, um Abessinien zwischen Italien und Äthiopien aufzuteilen. Man hatte ihn durch den charmanten Anthony Eden ersetzt.

»Wir umgehen Italien und treffen bei Šibenik in Jugoslawien auf die *Nahlin*. Ist das nicht clever?« Sein Gesicht strahlte erwartungsvoll.

»*Nahlin*? Wer ist das?«

»So heißt das Schiff. Duff und Diana kommen mit, und Tommy.«

Als er summend durchs Zimmer lief, holte sie tief Luft und versuchte es erneut. »David. Eine Heirat kommt nicht in Frage.«

Er summte weiter, nahm Gegenstände aus Kartons und betrachtete sie mit schräg gelegtem Kopf.

»David, du weißt, wie sehr ich dich liebe und immer lieben werde.«

Er bückte sich, um einen weiteren Karton zu öffnen.

»David, bitte. Ich muss zu Ernest zurückgehen.«

Er hörte auf mit Auspacken, blickte aber nicht hoch.

Es war so schmerzhaft, so schwierig. Schlimmer als erwartet. Trotzdem drängte sie weiter. »In ein paar Monaten hast du mich vergessen. Du wirst so beschäftigt sein und deine Arbeit fortsetzen und sie mit jedem Jahr besser machen.« Sie zwang sich zu einem Lächeln. »Und du wirst erleichtert sein, dass ich dich nicht mehr nerve!«

Sein Gesicht blieb verborgen und reglos.

Tränen brannten in ihren Augen. Sie kramte nach einem Taschentuch. »Wir hatten eine wunderschöne Zeit, David. Und ich bin so dankbar dafür und werde sie nie vergessen. Aber du bist ohne mich besser dran. Wir beide würden zusammen nur Unheil anrichten.«

Er sagte immer noch nichts.

»David …« Ihre Stimme klang beinahe flehend. »Ich möchte mehr als alles andere, dass du glücklich bist. Bitte glaub mir das.

Aber ich bin mir sicher, dass ich dich nicht glücklich machen kann, und du mich auch nicht, wenn ich ehrlich bin.«

Sie wartete. Ihr klopfendes Herz schien den Raum zu füllen. Immer noch keine Reaktion.

»Ich werde über dich in der Zeitung lesen – und nur die Hälfte glauben! Aber bitte, David. Kein Gerede mehr von Heirat.«

Sie hielt inne. Stimme und Nerven versagten unter der Anspannung.

Dann sah er sie an, die Augen voller Schmerz. »Was habe ich getan?«, fragte er wie ein Kind.

Es war, als spräche sie eine Sprache, die er nicht verstand. »Du hast meinen Seelenfrieden zerstört!«, schrie sie. »Jetzt willst du meine Ehe zerstören. Warum musst du mich heiraten?«

»Weil du alles für mich bist«, antwortete er schlicht. »Von dir hängt alles ab.«

»Aber wir können doch Freunde bleiben! Sogar ein Liebespaar! Wir müssen nicht heiraten! Warum akzeptierst du kein Nein als Antwort? Du hast die anderen Frauen auch gefragt, und alle haben nein gesagt.«

Er lächelte. »Im Gegenteil, sie haben alle ja gesagt. Aber bei ihnen war es mir nicht ernst.«

Sie brauchte einen Moment, um es zu verdauen. »Warum muss es mit mir ernst sein?«

»Weil ich dich liebe.«

»Du hast sie auch geliebt! Denk nur, wie niedergeschmettert du wegen Thelma warst.«

Er schüttelte den Kopf. »Als ich dich kennenlernte, hatte ich nur Leidenschaft erlebt. Niemals Liebe.«

Liebe ist Wärme, Zuneigung, Zärtlichkeit, Anstand.

Sie bedeckte das Gesicht. »Tu das nicht. Bitte tu das nicht. Wir müssen lernen, ohne einander zu leben.«

»Warum?« Wieder klang er wie ein Kind.

»Weil die Alternative schlimmer ist.«

»Nein, Wallis, glaub mir, das hier ist schlimmer.«

Entsetzen und Verzweiflung erfüllten sie. Sie ließ die Hände sinken und sah ihn an. »Aber du kannst mich nicht heiraten und zur Königin machen.«

»David kann es. Und er wird es tun.«

In diesem Moment verließ sie jegliche Gelassenheit. »Was, wenn ich weggehe?«, rief sie verzweifelt. »Was, wenn ich das Land verlasse?«

»Dann wird David dir folgen«, sagte er schlicht.

Fünfundvierzigstes Kapitel

Ernest verbrachte pflichtschuldig eine Nacht mit Buttercup Kennedy im Hotel de Paris in Bray. Wie vereinbart wurde er »in einer ehebrecherischen Situation« ertappt. Wenige Tage später verließ er Bryanston Court und zog in den Guards' Club. Sie war nicht zu Hause, als er ging. Hätte er jedoch von seinem Zimmer über Piccadilly zum gegenüberliegenden Green Park geschaut, hätte er gesehen, wie eine schlanke Gestalt in Schwarz allein auf einer Bank saß und herzzerreißend schluchzte.

Der Anwalt des Königs reichte für sie die Scheidung ein. Sie selbst ging mit dem König und seinen Freunden in Jugoslawien an Bord der Jacht *Nahlin*.

Einheimische Würdenträger und Bauern in Tracht drängten sich am Kai. Sie winkten und schrien, als das Schiff auslief.

Der König winkte fröhlich zurück, seine blasse nackte Brust schimmerte im grellen Sonnenlicht. Diana trat zu ihr. »Sagen Sie, Wallis«, meinte sie nachdenklich. »Könnten Sie Seine Majestät wohl dazu bringen, sein Hemd anzulassen, bis wir außer Sichtweite dieser Leute sind?«

Wallis lachte. Wie um alles in der Welt konnte jemand glauben, sie habe auch nur irgendeinen Einfluss auf den König? Also erwiderte sie mit erzwungener Leichtigkeit: »Sie können ihn gern selbst darum bitten. Aber ich habe die Erfahrung gemacht, dass er einen eisernen Unwillen hat.«

Dianas blassblaue Augen weiteten sich. »Einen eisernen Unwillen?«

»Im Gegensatz zu einem eisernen Willen.«

»Ha! Der ist gut.«

Der König war auf der gesamten Reise in Hochstimmung. Ihre eigene Laune schwankte von einem Extrem zum anderen, von der Entschlossenheit, sich ihm zu widersetzen und auch jetzt noch einen Ausweg zu finden, hin zu überwältigender Liebe. Gerade noch war sie von wilder Energie erfüllt, dann wieder völlig ausgelaugt. Beim Abendessen war sie brillant, verzauberte den ganzen Tisch, Geschichten und Witze jagten einander, alle waren amüsiert und hingerissen. Danach ging sie in ihre Kabine und weinte vor Verzweiflung. Der König gab inzwischen nichts mehr darum, was irgendjemand dachte. Abends nahm er sie ganz offen mit in seine Kabine, und er erschien mehr als einmal mit Lippenstift im Gesicht zum Frühstück.

Sie nippte an ihrem Kaffee und krümmte sich vor Scham. »Wie konntest du nur?«, wütete sie hinterher. »Das ist so indiskret!«

Der König lächelte nur gütig. »Diskretion«, bemerkte er beinahe stolz, »ist eine Eigenschaft, die ich, wenngleich nützlich, nie sonderlich bewundert habe.«

In Athen weigerte sie sich, das Schiff zu verlassen. Er wollte sie dem britischen Botschafter vorstellen, aber der Gedanke an die offizielle Verachtung Seiner Exzellenz war mehr, als sie ertragen konnte. Sie verbrachte den Tag beim Schwimmen, ließ sich auf dem Rücken im klaren, kühlen Wasser treiben und kämpfte gegen den Drang, bis zum Horizont zu schwimmen und nie zurückzukehren.

Als die *Nahlin* eines Abends vor einem winzigen Fischerdorf ankerte, stand Wallis an der Reling und schaute auf die Berghänge, die aus dem Meer emporwuchsen. Sie konnte die in die Felswände gehauenen Pfade erkennen, die seit Jahrhunderten von Bauern benutzt wurden, wenn sie zum Fischen herunterkamen.

Die Sonne ging hinter dem Schiff unter, legte sich karmesinrot über das Wasser. Wallis dachte an Chanel und ihre Rubine. Sie würde wohl kaum noch etwas ändern können, selbst wenn sie die gesamten Kronjuwelen über Bord warf. Sie hätte den Rat der Designerin befolgen sollen; weglaufen, springen. Aber sie konnte es nicht. Denn trotz allem liebte sie ihn. Dann wieder fraß Angst sie auf; was sie taten, war Wahnsinn. Es würde schlimm enden, und sie musste fliehen, bevor es zu spät war. Und so drehten sich ihre Gedanken im Kreis, jagten einander von einem Extrem ins andere.

Das Rot des Himmels vertiefte sich. Das Meer schimmerte wie Blut. Die Berge ragten als unförmige Masse auf, doch dann bemerkte sie ein Aufblitzen.

»Was ist das?«

Der König stand wie immer neben ihr. Beide starrten über das blutrote Wasser. Eine Schlange aus Licht wand sich an der Bergflanke hinauf. Sie erkannte, dass auf den Pfaden Tausende von Bauern standen, die brennende Fackeln trugen.

Der König hob die Hand. Sein Siegelring schimmerte rot im Sonnenuntergang. »Hör nur!«

Musik ertönte. Von den Klippen schallten die Refrains von Volksliedern, mal traurig, mal fröhlich.

»Was sagen sie wohl?« fragte sich Wallis.

Er drehte sich zu ihr und lächelte. »Ich glaube, es heißt so viel wie ›Es lebe die Liebe!‹«

Er hob ihre Hand und küsste sie. »Diese einfachen Bauern wissen, dass ein König in dich verliebt ist.«

Wallis starrte auf die schimmernden Klippen. Dass ihre Beziehung diese abgeschieden lebenden Menschen berührte, erschien ihr außergewöhnlich. Sie empfanden ihre Liebe wohl als epische Romanze; vielleicht war sie das auch. Sie dachte an die anderen großen Liebenden der Geschichte. Wie hatten sie es von innen empfunden? Als kompliziert, ganz sicher. Würde auch sie in die Geschichte eingehen? Das Bild war jetzt so groß, dass alles gewaltige Konsequenzen hatte. Sie hatte hart gekämpft, um die Kontrolle zu wahren, und verloren. Das schwankende Schiff unter ihr war ein Spiegelbild ihrer Lage. Ihr Schicksal lag nicht mehr in ihren Händen, es wurde von einem anderen gelenkt.

Als Wallis nach London zurückkehrte, erwartete sie ein dickes Päckchen mit Zeitungsausschnitten von Tante Bessie. Sie stammten nicht nur aus Amerika, sondern auch aus der ausländischen Presse. Ihre Beziehung zum König und die bevorstehende Scheidung wurden überall ausführlich behandelt. Sie erkannte mit blankem Entsetzen, das tief in ihre Eingeweide drang, dass sie für sämtliche Zeitungsleser in den Vereinigten Staaten, Europa und den Dominions Klatschthema Nummer eins war.

Sie rannte in ihr Zimmer und verkroch sich unter der Bettdecke. Nie hatte sie sich mehr nach Ernest gesehnt, doch er war in Amerika, mit Mary. Die treue Lily brachte regelmäßig Tabletts mit Tee und nahrhafter Suppe, während ihre Herrin unter der Decke schluchzte. Erst als sie mit ihrem Latein am Ende war und es mit einem großen Whisky versuchte, konnte sie Wallis hervorlocken. Sie kippte ihn in einem Zug hinunter und spürte, wie ihre Entschlossenheit zurückkehrte. Sie sah Lily mit flammenden Augen an. »Bring mir bitte Schreibpapier.«

In einer panischen, drastischen Nachricht schilderte sie dem König noch einmal deutlich, was sie ihm bereits gesagt hatte. Ihr Leben war ruiniert, ihr Ruf vollkommen zerstört. Sie liebte ihn und würde ihn immer lieben, aber er musste sie jetzt gehen lassen. Es war für immer aus zwischen ihnen. Sie würde nach

Amerika zurückkehren und Ernest anflehen, sie zurückzunehmen.

Am nächsten Morgen läutete das Telefon. Sie hob mit zitternder Hand ab, verhärtete ihr Herz gegen den verletzten kleinen Jungen und sehnte sich gleichzeitig nach ihm. Zu ihrer Überraschung erklang die eisige Stimme von Tommy Lascelles. »Seine Majestät möchte wissen, wann Sie zu ihm nach Balmoral kommen.«

»Ich will nicht nach Balmoral«, antwortete sie knapp. »Das weiß er bereits.«

Der König hatte auf der Rückfahrt vorgeschlagen, sie solle sich ihm auf dem Familienschloss in Schottland anschließen. Sie war ohnehin skeptisch gewesen, und als sie erfahren hatte, dass die Yorks ebenfalls dort wären, hatten sich ihre Zweifel in entschiedene Ablehnung verwandelt. Er war so bestürzt gewesen, dass sie ihm aus Sorge versprochen hatte, es sich noch einmal zu überlegen. Die Zeitungsausschnitte bestärkten sie jedoch in ihrer Entscheidung.

»Ich verstehe«, sagte Lascelles distanziert. »Das könnte Seiner Majestät gewisse Probleme bereiten.«

»Nun, das tut mir leid«, erwiderte sie höflich, aber ohne Bedauern. »Es lässt sich nicht ändern.«

Ein Hüsteln erklang am anderen Ende. »Seine Majestät wünscht, dass ich Ihnen mitteile, er werde sich die Kehle durchschneiden, falls Sie nicht zu ihm nach Balmoral kommen.«

Sechsundvierzigstes Kapitel

»Balmoral«, bemerkte der König leichthin, »hat die geringsten Niederschläge in ganz Schottland.«

»Was du nicht sagst«, erwiderte Wallis. Sie standen am Fenster eines Wohnzimmers im Schloss. Der unablässige Regen kam waagerecht auf das Gebäude zu und peitschte gegen das Glas. So etwas hatte Wallis noch nie gesehen.

Und sie hatte auch noch nie etwas wie Balmoral gesehen. Mit seinen Giebeln und Türmen vor den Kiefern wirkte es wie ein Grimm'sches Märchenschloss, das sich in einen schottischen Wald verirrt hatte. Ein großer grauer Turm mit weiteren spitzen Türmchen erhob sich aus einem mit Kuppeln geschmückten Granitblock.

Das Innere war geradezu spektakulär abscheulich, furchtbar dunkel und doch flächendeckend dekoriert. Die Stile reichten von kathedralenartiger Gotik mit Fächergewölbe bis zu vergoldetem Barock mit Stuckdecken.

Der Schottland-Bezug war allgegenwärtig. Geweihe sprossen aus den Wänden wie die Äste unsichtbarer Bäume. Die Tapete strotzte nur so vor Disteln. Überall waren Tartan-Muster zu sehen, auf Teppichen, Sofas und Stühlen, die riesigen Fenster wurden von langen Vorhängen eingerahmt, die mit karierten Schabracken versehen waren. Selbst das Linoleum hatte ein Tartan-Muster.

Überall hingen Gemälde von Königin Victoria, deren Traumhaus dies wohl gewesen war. Ihr Monogramm zierte sogar die Feuereimer in den Durchgängen. Die Neuzeit war hier noch nicht angekommen.

Sie wandte sich vom Fenster ab und starrte auf ein riesiges goldgerahmtes Gemälde, auf dem eine heldenhafte Gestalt mit Backenbart mit einem Messer auf eine geweihbewehrte Kreatur losging.

»David, was in aller Welt ist das?«

Er trat zu ihr. »Prinz Albert bricht den Hirsch auf.«

»Aufbrechen?«

»Er weidet ihn aus.«

Das Messer erinnerte sie an seine Drohung. Er hatte sie nicht erwähnt; es war, als wäre es nie passiert. Sie war wütend – weil er sich schamlos verhielt, aber auch, weil sie ihn mehr denn je liebte. Noch nie hatte jemand sie so gebraucht.

Er strahlte sie an. »Es ist so schön, dich zu sehen. Das denke ich immer wieder. Ich bin fast vierzig, aber ich habe noch nie so für jemanden empfunden.«

Sie sah ihn an, halb hingerissen, halb verzweifelt. Dann wurde seine Miene kritisch.

»Wir müssen das hier aufpeppen«, sagte er. »Auf amerikanische Art.«

Das klang beunruhigend. Das Fort war Arbeit genug gewesen. Hier würde sie womöglich jahrelang im Nirgendwo hocken und eine Generalüberholung beaufsichtigen.

Er dachte kurz nach und strahlte wieder. »Ich hab's! Ich besorge einen Projektor. Wir könnten uns einen Film ansehen. Und du gehst runter in die Küche und zeigst ihnen, wie man Club-Sandwiches macht!«

Sie konnte sich ungefähr vorstellen, wie das ankommen würde. Die Dienerschaft in Balmoral schien ebenso beharrlich in der Vergangenheit verwurzelt wie das ganze Haus. Sie bezweifelte, dass es auch nur geschnittenes Brot gab, ganz zu schweigen von Oliven und Cocktailspießen zum Zusammenstecken der Sandwiches.

Dennoch lächelte sie. Mit etwas Glück würde er es vergessen. Sie war erschöpft. Die Fahrt von London war ihr unendlich lang vorgekommen. Dass Schottland so riesig war, hatte sie überrascht. Sie war erleichtert, als sie Edinburgh erreichte, doch das war erst die Hälfte der Strecke gewesen.

Er hatte sie überraschend in Aberdeen vom Bahnhof abgeholt. In seinem Sportwagen mitsamt Schutzbrille fühlte er sich wohl unbeobachtet, doch ihr war klar, dass die Leute sich lediglich diskret verhielten.

»Gut«, sagte er. »Bertie und Elizabeth kommen zum Abendessen. Das wird eine Abwechslung für sie.«

Bertie und Elizabeth! Entsetzen durchfuhr durch sie. Ihr Herz stürzte auf den Tartanteppich. Sie hatte völlig verdrängt, dass sie auch hier waren. Ihr wurde ganz flau bei dem Gedanken, dass sie sich einen Film ansehen und Club-Sandwiches essen und sie dabei jede Sekunde verachten, tadeln und hassen würden.

Sie suchte nach einer Sitzgelegenheit. Ein kleiner Sessel – natürlich kariert – stand in der Nähe. Sie wollte sich gerade darauf niederlassen, als die Augen des Königs entsetzt hervortraten.

»Wallis! Stopp!«

Sie sprang beiseite, wobei ihre Nerven schmerzhaft kribbelten. »Was ist denn los?«

Er lachte. »Da kannst du dich nicht hinsetzen! Das ist der Lieblingssessel von Königin Victoria. Niemand darf dort sitzen, *niemals!*«

Sie war sprachlos. Der Lieblingssessel von Königin Victoria? Die Frau war seit fünfunddreißig Jahren tot. Sie wollte säuerlich erwidern, dass es so aber nichts mit dem Modernisierungsprozess werden würde, als sich die Tür öffnete und ein Butler die

Nachmittagszeitung auf einem silbernen Tablett brachte, was sie in ihrer Meinung noch bestärkte.

Der König nahm sie und las die Schlagzeile. »Was ist los?«, fragte sie, als er die Augenbrauen hochzog.

»Ach, nichts.«

»Zeig es mir.«

Zögernd reichte er ihr die Zeitung. Man hatte ihn gebeten, an diesem Tag den neuen Flügel des Aberdeener Krankenhauses einzuweihen, er aber hatte wegen anderweitiger Verpflichtungen abgesagt. Stattdessen waren Bertie und Elizabeth eingesprungen. Die Titelseite des *Aberdeen Press and Journal* zeigte zwei Fotos nebeneinander: die Yorks vor dem Krankenhaus, umgeben von einer bewundernden Menge, und den König mit Schutzbrille, der sie am Bahnhof begrüßte. Sie, so schien es, war die anderweitige Verpflichtung.

Ihr klappte der Unterkiefer auf: nicht nur wegen seines spektakulär schlechten Urteilsvermögens, sondern auch weil sie genau wusste, wem man die Schuld geben würde. »David«, stammelte sie, als sie sich gefangen hatte. »Das ist furchtbar. Was muss das schottische Volk denken?«

»Es ist mir egal, was andere denken«, lautete die vorhersehbare Antwort. »Das Einzige, was für mich zählt, bist du, Wallis.«

Sie trat ans Fenster. Der Regen hatte nachgelassen, leuchtendes Abendlicht drang in den langen, düsteren Raum. Seine Intensität ließ das Gesicht des Königs noch blasser erscheinen, seine Augen noch blauer, sein Haar noch goldener. Er war so wunderschön, dachte sie, er sah so unschuldig aus. Und dennoch.

»Warum hast du das getan, wenn ich dir so viel bedeute?« Sie zeigte auf die Zeitung. »Sie werden mir die Schuld geben, das weißt du genau.«

Statt zu antworten, zog er eine goldene Taschenuhr hervor,

klappte den Deckel auf und zeigte ihr die Gravur. »Für David zum Geburtstag von GRI«. Er schaute sie an.

»Wer ist GRI?«

»George Rex Imperator. Geradezu beschämend persönlich und liebevoll, nicht wahr?«

Wieder setzte er seine Verletzlichkeit als Waffe ein. Sie kannte den Trick inzwischen nur zu gut. »Hör auf!«, rief sie. »Hör auf!«

Er küsste ihre Hand und sagte mit feuchten Augen: »Du bist der einzige Mensch, der mich je wirklich geliebt hat und für mich da sein wollte, Wallis. Ich liebe dich so sehr.«

Sie riss die Hand weg. »Wie kannst du mich denn lieben?«, fauchte sie ihn an. »Du erstickst mich!« Dann stürmte sie aus dem Zimmer.

Sie rannte über den Rasen, obwohl sie nur einen dünnen Mantel trug und Wasser in ihre Schuhe drang. Sie schluchzte wütend und hilflos. Jenseits der Gärten führte ein holpriger Weg durch ein Wäldchen in die Hügel. Sie ging zügig hinauf; der Weg war steinig, und sie musste aufpassen, um nicht zu stolpern. Hinter einer Biegung entdeckte sie überrascht zwei kleine Gestalten in Rot. Beim Näherkommen erkannte sie die York-Mädchen. Hatten sie sich verlaufen? Sie vergaß ihre Probleme und eilte auf die beiden zu.

»Verlaufen?« Lilibet sah sie erstaunt an. Sie und ihre Schwester trugen Wollpullover, Kilt und Socken in derben Schuhen. »Wie sollten wir uns hier verlaufen?«

»Nun, unmöglich ist es nicht.« Wallis lächelte reumütig. »Ich habe mich ein bisschen verlaufen, fürchte ich.« Und zwar in mehr als einer Hinsicht.

»Hast du geweint?«, fragte Margaret und sah sie neugierig an. »Dein Make-up ist ganz verschmiert.«

»Das kommt vom Regen«, sagte Wallis.

»Aber es hat aufgehört zu regnen«, sagte die jüngere Prinzessin. »Warum guckst du so, Lilibet?«

Lilibet, die ihre Schwester warnend angesehen hatte, schaute Wallis mit offenen blauen Augen an. »Sie sind doch diese Frau, nicht wahr?«

»Welche Frau?«

»Diese Frau. So nennen Sie Mama und Papa.«

Wallis blinzelte. »Oh.«

»Und Großmama nennt Sie eine Abenteurerin.«

»Ja ... davon habe ich gehört.«

Lilibet sah nachdenklich aus. »Heißt das, Sie erleben Abenteuer?«

»Na ja ... ich denke schon.«

Margaret rührte sich neben ihrer Schwester. »Sie mag dich nicht«, sagte sie mit ihrer piepsigen Kinderstimme. »Aber *wir* schon, nicht wahr, Lilibet?«

Die ältere Prinzessin nickte entschlossen, dass die kastanienbraunen Locken flogen. »Ja. Das tun wir.«

Angesichts der unerwarteten Anerkennung kamen Wallis die Tränen. Sie blinzelte sie entschlossen weg und lächelte. »Was macht ihr eigentlich hier?«

»Wir warten auf die Jäger. Sie kommen nach einem Tag auf dem Hügel hierher zurück.«

»Oh, verstehe. Das nennt man Pirschjagd, richtig?« Wallis erinnerte sich an Elizabeths eiskalte Inquisition im Garten der Royal Lodge. »Wie genau funktioniert das?«

Lilibet sah, wie erhofft, erfreut aus. Wallis setzte eine aufmerksame Miene auf, während die ältere Prinzessin in atemlosem Tempo erklärte, dass für die Hirschjagd nach Balmoral-Art zwei Ghillies und ein Pirschjäger erforderlich seien, die vorangingen, sowie ein Ponyboy – gewöhnlich ein pensionierter Ghillie.

»Ein pensionierter was?«

»Ein Ghillie.« Lilibet schenkte ihr das breite Grinsen. »Eine Art Führer, würde ich sagen. Für Jäger.« Sie ratterte weiter ihre Erklärung herunter, sichtlich begeistert von der ganzen Sache. Sie schien sich verzweifelt zu wünschen, dabei zu sein. »Stellen Sie sich das vor!«, keuchte sie. »Mein eigenes Gewehr zu haben und den besonderen Balmoral-Tweed zu tragen!«

»Ich stelle es mir gerade vor.«

Dann tauchte ein Pony auf dem steinigen Weg auf, das unter dem Gewicht eines riesigen Hirsches nur langsam vorankam.

»Sie sind da!« Lilibet hüpfte aufgeregt davon, Margaret stolperte hinterher.

»Wie aufregend!«, rief sie über die Schulter. »Er sieht aus wie ein Royal!«

»Ein was?«

Margaret blieb stehen und drehte sich um. »Um als wahrer Monarch of the Glen zu gelten«, erklärte sie ernsthaft, »muss sein Geweih zwölf Enden haben.«

»Oh. Ich verstehe.«

»Es ist wirklich einer!« Lilibet sprang auf und ab. »Seht nur! Das Trio an der höchsten Stelle ist groß und tief genug, um ein Weinglas hineinzustellen!«

Wallis betrachtete das riesige tote Tier, dessen Flanken blutüberströmt und dessen Augen nach oben verdreht waren. Es tat ihr aus tiefstem Herzen leid. Ich muss weg, dachte sie, bevor mir das Gleiche passiert. Aber wie?

Das Abendessen war wie ein Tod durch tausend Schnitte. Der erste erfolgte, als die Herzogin von York bei der Begrüßung im Salon an ihr vorbeirauschte und mit hoher, klarer Stimme verkündete: »Ich bin gekommen, um mit dem *König* zu speisen.« Lascelles und Aird tauschten zufriedene Blicke.

Immerhin gab es keine Club-Sandwiches. Die Köchin hatte bei dem Vorschlag so angewidert geschaut, dass Wallis schon befürchtet hatte, sie werde sie absichtlich verpfuschen. Daher erschien ihr das Menü aus Lachs, Moorhuhn und Himbeeren wie eine Erlösung.

»Und es kostet nichts, weil alles vom Anwesen stammt«, verkündete der König stolz. Wallis betrachtete ihren Teller mit dem Monogramm und fragte sich, ob er wirklich glaubte, das alles koste nichts, wo doch ein riesiges Unternehmen mit Hunderten von Angestellten dahinterstand. Aber sie hakte nicht nach, weil sie froh über die Ablenkung war, bevor in London das Gerede von Heirat von Neuem beginnen würde. Dass er momentan nicht darüber sprechen konnte, war der einzige Vorteil, den dieser verrückte Ort bot.

Denn verrückt war er ohne Zweifel. Das Moorhuhn wurde von einem Butler im karierten Umhang auf einem Silbertablett hereingetragen. Das komme daher, hatte Bertie ihr stotternd erklärt, dass ein Diener einmal für Prinz Albert eingesprungen sei, als dieser von Landseer als Schäfer gemalt wurde. Sie war kurz davor gewesen, hysterisch loszulachen, als ihr klar wurde, dass er es ernst meinte.

Die Gesellschaft hörte höflich zu, als der König sich über sein Lieblingsthema ausließ. »Das Komitee hat die Ernährung von über tausend armen Familien untersucht und festgestellt, dass die unterste Einkommensgruppe, die viereinhalb Millionen Menschen umfasst, sich ›in jeder Hinsicht unzureichend‹ ernährt. *In jeder Hinsicht!*«, wiederholte der König und klopfte auf das ehrwürdige Eichenholz des Balmoral-Esstisches, während die Gäste in glitzernden Diamanten silberne Suppenlöffel hoben und angemessen betroffen schauten.

»Seebohm Rowntree hat herausgefunden, dass neunundvierzig Prozent aller Arbeiterkinder unter fünf Jahren unter Armut leiden ...«, fuhr der König fort.

Sie hörte wieder Ernests Stimme. *Wallis, kommt es dir nicht auch* ein bisschen komisch vor, dass er immer dann über die Armen reden will, wenn er von den Privilegien der ganz Reichen umgeben ist?

Ja, Ernest. Das tut es. Aber was soll ich daran ändern? Oh, Ernest. Lieber, vernünftiger, solider, normaler Ernest.

Sie bemerkte, dass Elizabeth über den Tisch hinweg auf ihre Cartier-Diamantbrosche starrte. Die Herzogin ahnte nicht und würde gewiss nicht glauben, dass Wallis all ihren Schmuck, die angeblichen Privilegien und ihren Einfluss auf der Stelle aufgegeben hätte, um ihre alte Freiheit wiederzuerlangen, den Ehemann, den sie zu verlieren drohte, und das einfache Leben, das sie einst so langweilig gefunden hatte.

Siebenundvierzigstes Kapitel

»Felix Toe? Was ist denn das für ein Name?«

»Felix*stowe*.« Der König lächelte aufmunternd. »Es liegt an der Ostküste, Wallis.«

Das mückengeplagte, regengepeitschte Balmoral war schlimm genug gewesen. Sie war gerade erst nach London zurückgekommen, und nun verkündete er, dass sie im Oktober vierzehn Tage in England am Meer verbringen müsse. Ihre Ehe mit Ernest solle in einem Gerichtssaal in Suffolk sterben, wo auch immer das sein mochte, und sie als Antragstellerin würde die letzte Ölung vornehmen.

»Aber warum gerade dort?«

»Die Londoner Gerichte waren überfüllt«, erklärte der König. »Der einzige Ort, an dem sie deine Scheidung verhandeln konnten, war Ipswich. Bevor du fragst, das ist in der Nähe von Felixstowe. Berühmt als Geburtsort von Thomas Wolsey.«

»Wer?«

»Der Ratgeber von Henry VIII. Na ja, zumindest einer von ihnen.«

Sie dachte an Anne Boleyn. Das Netz, das sich um sie zusammenzog. Dann schob sie den Gedanken beiseite. Sie war nicht hilflos, noch nicht.

»Was, wenn ich beschließe, es nicht durchzuziehen?«, fragte sie herausfordernd. »Was, wenn ich meine Ehe retten will?«

Er nahm es gelassen hin; schließlich hatte er fast bekommen, was er wollte. »Nun, Ernest hat es durchgezogen. Mit Buttercup Kennedy. Es gibt also nicht mehr viel zu retten.«

Er ergriff rasch ihre Hand. »Bald sind wir zusammen. Dann kann uns nichts mehr aufhalten. Du bist alles für mich, Wallis. Ich hätte nie gedacht, dass ich so glücklich sein kann.«

Als sie die Dankbarkeit in seinen blauen Augen sah, durchströmte sie eine mächtige Liebe, selbst wenn sie ihn am liebsten angeschrien hätte. Sie war überwältigt. Dieser Mann würde alles für sie tun. Dieser König, dieser Kaiser. Eine solche Verehrung hatte sie noch nie erlebt, erlebten wohl nur wenige Menschen. Der Drang, sich zu widersetzen, wurde immer schwächer.

Felixstowe wirkte so anziehend, wie es eine Küstenstadt an der englischen Ostküste im Oktober sein konnte. Sie spazierte am Strand entlang, betrachtete die einfache Landschaft und dachte, wie kompliziert ihr eigenes Leben doch geworden war. Der Wind schnitt ihr in die Ohren, die salzige Luft brannte scharf in den Nasenlöchern. Sie schaute aufs Meer und dachte, dass es nicht nach grenzenloser Freiheit aussah, sondern wie eine große Wand, je nach Wetterlage grau oder blau, die sich in alle Richtungen erstreckte. Sie schaute auf den Sand und die glatt geschliffenen Kiesel und dachte an die unerbittlichen Kräfte, die sie geformt hatten, Kräfte, denen sie sich hatten unterwerfen müssen.

Musste auch sie sich unterwerfen? War der König abwesend, neigte sie zu einem Nein. Kam er zu Besuch, empfand sie das genaue Gegenteil.

»Mir ist klar geworden, dass ich dich liebe, nachdem ich echten körperlichen Schmerz verspürte, wann immer du den Raum verlassen hast«, sagte er zu ihr. »Es ist eine Qual, nicht bei dir zu sein.«

Er war wie die auflaufende Flut, die alles vor sich her trieb. Wenn sie am Strand spazieren gingen und er sie schützend in seinen Mantel wickelte, konnte sie sich kaum noch vorstellen, dem Wind allein zu trotzen. Und dennoch stellte sie es sich sogar jetzt noch vor.

Er schaute mit Kennerblick aufs Meer, schätzte die Bedingungen ein und wünschte sich ein Boot. Auch sie sehnte sich danach, aber nur, um damit zu fliehen. Wo er freudig auf schaumgekrönte Wellen zeigte, die sich weiß am Ufer brachen, sah sie lange Wasserkämme, die unaufhaltsam auf sie zu marschierten. Wenn er sich triumphierend auf ein vom Meer geschliffenes Stück Glas stürzte und es wie einen Schatz hochreckte, dachte sie an die echten Juwelen, vor allem die in seiner Krone, die er überhaupt nicht zu schätzen schien.

Die Verhandlung rückte so unerbittlich näher wie die heranrollenden Wellen. Am Tag davor lief sie durch Felixstowe und fühlte sich wie betäubt. Es war ein wilder Tag, der Wind heulte in den Bäumen. Die Haare peitschten ihr in die Augen. Zu ihrer Linken erhob sich St. Felix, eine katholische Kirche, hässlich und viktorianisch. Sie ging hinein, setzte sich in eine Bank und betrachtete das Kruzifix an der schlichten weißen Wand, das Licht, das durch die Buntglasfenster fiel. Gott steh mir bei, dachte sie. Staubflecken tanzten in den farbigen Strahlen.

Ein Priester erschien und fragte, ob sie beichten wolle. Es schien ein Zeichen zu sein, also folgte sie ihm in eine mit Vorhängen versehene Kabine. Gott hatte sie erhört, und sie machte sich bereit, mit ihm zu sprechen.

Der Priester murmelte durch den Vorhang. »Erbarme Dich nun Deiner Dienerin …?«

»Bessie.« Sie konnte nicht riskieren, dass er sie erkannte und womöglich mit der Presse sprach. Sie machte ihren Akzent so englisch wie möglich.

»Erbarme Dich nun Deiner Dienerin Bessie und erlöse sie von all ihren Sünden, ob freiwillig oder unfreiwillig.«

Freiwillig oder unfreiwillig. Hatte sie je eine Wahl gehabt?

Manchmal schien es, als wäre alles von selbst geschehen, wie vorherbestimmt.

Sie werden noch zweimal heiraten. Sie werden eine berühmte Frau.

»Versöhne sie, und vereinige sie mit Deiner heiligen Kirche durch Jesus Christus, unseren Herrn, dem mit Dir alle Herrschaft und Majestät gebührt.«

Herrschaft und Majestät. Damit kannte sie sich aus.

»Jetzt und immer und bis in alle Ewigkeit, Amen. Was ist es also, das du beichten möchtest, mein Kind?«

Er klang ruhig und verständnisvoll. Sie beschloss, nicht um den heißen Brei herumzureden. »Ich liebe jemanden, der nicht mein Ehemann ist.«

»Du warst versucht, Ehebruch zu begehen?«

»Ja. Und ich habe der Versuchung nachgegeben, Vater.«

Es trat Stille ein. »Ich verstehe«, sagte der Priester. »Aber jetzt willst du zu deinem Mann zurückkehren.«

Wallis holte tief Luft. »Ja. Ich meine nein.«

»Nein? Was denn nun, mein Kind?«

Sie ballte die Fäuste, kniff die Augen zusammen und spürte, wie ihr heiße Tränen über die Wangen liefen. »Ich weiß es nicht«, sagte sie mit erstickter Stimme. »Ich möchte, dass Sie mir sagen, was ich tun soll, Vater.«

Sie erwartete, er werde sagen, sie allein müsse sich zwischen der Versuchung und den Eingebungen des Gewissens entscheiden, doch stattdessen sagte er ganz fest: »Ich glaube, Sie würden es bereuen, Ihre Ehe aufzugeben.«

Plötzlicher Schrecken überkam sie. »Aber ich muss es tun!«, rief sie. »Ich liebe ihn so sehr, Vater. Er ist wie die Luft, die ich atme. Er braucht mich so sehr. Wir sind aneinandergebunden. Sagen Sie mir nicht, dass ich ihn aufgeben muss!«

»Liebet ihr mich«, sagte der Priester, »so haltet ihr meine Gebote.«

»Aber was ist, wenn ich das nicht kann?« Sie schluchzte jetzt hemmungslos. »Gibt es denn nichts, was Sie tun können?«
»Eine Art Ritual, meinst du?«
»Ja!«
»Ich fürchte nicht. Aber ich kann für dich beten.«
»Danke, Vater.«
»Und du kannst für dich selbst beten.«

In dieser Nacht wanderte sie schlaflos und verzweifelt über die knarrenden Holzdielen des Hauses und betete für sich selbst. Sie betete einerseits um Vergebung, weil sie den König liebte, andererseits, dass Ernest kommen und sie retten möge. Sie betete um die Kraft, das Kommende zu ertragen, dem König zu helfen und sich seine Verehrung zu verdienen. Danach fragte sie sich, ob Gott überhaupt etwas verstanden hatte, so widersprüchlich und verworren war es gewesen. Nachdem sie so lange allein gewesen war, erlebte sie einen Schock, als sie am Gerichtsgebäude eintraf. Es wurde von Journalisten belagert, die Polizei eskortierte sie hinein. Der Richter war unverhohlen feindselig. Sie fühlte sich krank vor Nervosität, als sie die wenigen Fragen beantwortete, die ihr Anwalt stellen musste. Nach neunzehn kampflosen Minuten erging ein vorläufiges kostenpflichtiges Scheidungsurteil.

»Unter den ungewöhnlichen Umständen kann ich wohl nicht anders«, erklärte der Richter widerstrebend. Später erfuhr Wallis von ihrem Anwalt, dass das Hotel in Bray solche Dinge als unter seiner Würde betrachtete und seiner Angestellten zunächst verboten hatte, gegen Ernest und Buttercup Kennedy auszusagen.

Sie lachte, weil es so absurd war, und fragte sich, was Ernest davon gehalten hatte.

Der Anwalt fügte hinzu, es werde weitere sechs Monate dauern, bis die Scheidung rechtskräftig würde. Sie spürte einen

Hoffnungsschimmer. In sechs Monaten konnte alles Mögliche passieren. Vielleicht fände er in dieser Zeit sogar eine Frau.

Als sie nach London zurückkehrte, musste sie feststellen, dass sie Bryanston Court verlassen würde. Der König hatte ihr ein schönes großes Stadthaus in Cumberland Terrace am Regent's Park eingerichtet. »Es ist sicherer«, sagte er.

Sie sah ihn verwundert an. »Aber ich habe mich sicher gefühlt, wo ich war.«

Er sah so niedergeschlagen aus, dass sie versuchte, ihm Freude vorzuspielen. »Ich danke dir. Es ist sehr rücksichtsvoll, mich zu beschützen.«

Er sah sie aus beseelten blauen Augen an. »Weil du alles für mich bist, Wallis.« Ihr Herz überschlug sich wie immer.

Er hatte die treue Tante Bessie überredet, mit einzuziehen und als Anstandsdame zu fungieren. Wallis stürzte in die Arme ihrer alten Tante und schaute in ihre freundlichen blassen Augen. »Sei still. Ich weiß, du hast es mir gesagt.«

»Nur ein Wort«, erwiderte Bessie. »Glaubt er *wirklich*, er kann dich heiraten?«

»Ja. Das glaubt er wirklich.«

»Aber es ist unmöglich, oder?«

»Hoffentlich. Immerhin bleiben mir noch sechs Monate.«

Am ersten Abend aß der König mit ihnen. Seine unerträglich gute Laune rührte wohl daher, dass er sie trotz aller Bedenken dazu gebracht hatte, in die Scheidung einzuwilligen. Sie hatte alle Brücken hinter sich abgebrochen und gehörte ihm. Zumindest fast.

Der Hauptgang des Abendmenüs war Schnepfe, geschossen in Sandringham. Er hatte das Kohlerevier Durham bereist und beschrieb in allen Einzelheiten, was er gesehen hatte. Die Armut war entsetzlich. Über einer Straße hing ein Transparent mit der Aufschrift *Wir brauchen Ihre Hilfe*.

»Es muss etwas passieren«, sagte er.

»Und was werden Sie tun?«, fragte Tante Bessie.

Er grinste. »Mein Bestes.«

Aber Wallis wusste, dass er die Energie, mit der er früher das Leben der Armen verbessern wollte, in seine Heiratspläne steckte. Sie schämte sich, weil sie ihn ablenkte, und sehnte sich nach dem leidenschaftlichen Kämpfer, der er einmal gewesen war. Wenn das alles, wie auch immer, vorbei war, musste er sich wieder seinen Anliegen widmen.

Der König schaute auf den Teller ihrer Tante. »Tante Bessie, Sie lassen doch die Köpfe nicht liegen, oder?«

Bessie schnappte nach Luft. »Die Köpfe mitessen? Das würde mir nicht im Traum einfallen, Sir.«

Er griff grinsend über den Tisch, durchtrennte die Hälse, spießte die Köpfe auf die Gabel und legte sie auf seinen Teller. »Aber das Gehirn ist das Beste an der Schnepfe!«

Als Tante Bessie zu Bett gegangen war, überreichte er Wallis eine Schachtel, in der ein riesiger Smaragdring lag.

»Er stammt von einem gewaltigen Stein, groß wie ein Vogelei, der einst dem Großmogul gehörte«, erzählte der König. »Man teilte ihn, weil man glaubte, niemand auf der Welt sei extravagant genug, um ihn ganz zu kaufen.« Er lächelte sein schwindelerregendes blaues Lächeln. »Aber ich hätte ihn für dich gekauft, mein Liebling.« Bevor er ihr den Ring ansteckte, zeigte er ihr, dass er das Datum und ihre Initialen hatte eingravieren lassen. »Zum Zeichen unserer Verlobung. WE sind wir!«

Das Juwel glühte wie grünes Feuer an ihrem Finger. Sie war aufgeregt, aber auch erschrocken.

»Etwas Merkwürdiges ist passiert«, sagte er, als er den Mantel anzog. »Baldwin war bei mir. Wegen der Scheidung.«

»Der Premierminister?«, fragte sie erschrocken. »Was wollte er?«

»Ehrlich gesagt ist er ein bisschen besorgt wegen unserer

Heirat. Aber keine Angst.« Er lächelte beruhigend. »Ich bringe das in Ordnung.«

Diana kam mit einem Strauß rosa Rosen zur Cumberland Terrace. »Donnerwetter, wie schick«, sagte sie und sah sich im weiß-silbernen Wohnzimmer um.

»Danke. David hat alles von Syrie Maugham machen lassen.« Während sie ihren Stil früher bewundert hatte, empfand Wallis ihn jetzt als kalt und gekünstelt. Wie sich herausstellte, hatte man schon vor ihrem Aufenthalt in Felixstowe daran gearbeitet. Der König hatte alles geplant, wie Ernest gesagt hatte.

Diana schwenkte die Rosen. »Die passen nicht. Ich habe sie aus meinem Bauerngarten mitgebracht.«

Wallis vergrub die Nase in den Blütenblättern. Sie dufteten köstlich fruchtig wie alle Blüten, die von der Landsonne langsam gemästet wurden. Sie passten nicht, da hatte Diana recht, denn sie schienen das einzig Echte im Zimmer. »Und wie geht es Duff?«

Diana hockte sich in ihrem Tweedkostüm auf einen der makellosen weißen Stühle mit den Streichholzbeinen.

»Er ist mit dem König beschäftigt. Seine Majestät will nicht akzeptieren, dass Ihre Scheidung ein Ehehindernis ist.«

Wallis hob den Kopf von den Blumen. »Nun, David hat unrecht. Er weigert sich, den Tatsachen ins Auge zu sehen. Baldwin hat gesagt, er wird nicht dulden, dass er eine geschiedene Frau heiratet.«

»Sie klingen bei alldem ziemlich fröhlich.«

Wallis überlegte, ob sie ihr die Wahrheit sagen sollte. Dass sie, wenn nicht fröhlich, so doch erleichtert war. Angesichts der Widerstände war es doch unmöglich, dass der König auf seinem Standpunkt beharrte. Sie könnten wieder ein Liebespaar sein, vielleicht könnte sie sogar zu Ernest zurückkehren. Dann würde doch noch alles gut.

»Aber Duff hatte eine ziemlich gute Idee. Sie könnte das Problem tatsächlich lösen.« Diana beugte sich vor. »Wenn der König bis nach der Krönung wartet, wird er so beliebt sein, dass er machen kann, was er will. Egal, was das Establishment sagt. Seine Krönung wird das glanzvollste Spektakel der Geschichte, und er steht mittendrin. Danach könnte er ein Ungeheuer aus dem Weltall heiraten, wenn er wollte.«

Wallis warf ihr einen schiefen Blick zu. »Danke, Diana.«

»Keine Ursache. Die Idee ist also, dass der König gekrönt wird und vielleicht an einem Durbar in Indien oder so teilnimmt und ihm die Welt danach zu Füßen liegt. Ist das nicht ziemlich genial?«

Wallis überlegte, was sie sagen sollte. Duffs Idee war brillant, aber unnötig. Stanley Baldwin hatte das Problem bereits gelöst. Sie beschloss, ehrlich zu sein.

»Diana, ich will das nicht. Ich liebe David, und ich kann es nicht ertragen, ihn aufzugeben. Aber ich will nicht Königin werden. Ich kann mir nichts Schlimmeres vorstellen.«

Diana sah überrascht aus und nickte dann. »Das verstehe ich. Aber sehen Sie es doch mal so. Nach einer glorreichen Krönung könnte der König Gefallen am Thron finden. Er könnte sich nach jemandem umzusehen, der tatsächlich Königin sein will.«

Wallis schaute sie bewundernd an. Diana war so klug. Ihr kühler, pragmatischer Verstand schoss pfeilgerade auf Lösungen zu. Während sie sich mit ihren verrückten Gedanken im Kreis drehte und wild umherstolperte.

Als sie Diana zur Tür brachte, empfand sie zum ersten Mal seit Langem etwas wie Hoffnung.

Achtundvierzigstes Kapitel

»Der König hat Duffs Vorschlag abgelehnt«, berichtete Diana einige Tage später. »Er weigert sich leider, ihn in Betracht zu ziehen.«

Wallis lag im Bett, umklammerte den weiß-silbernen Telefonhörer und fühlte, wie die Enttäuschung über ihr zusammenschlug. Dann aber folgte ein Gefühl süßer Erleichterung. Sie hatte viel über das Arrangement nachgedacht, das Diana vorgeschlagen hatte. Und während ihr Verstand wusste, dass der König eine Königin brauchte, empfand ihr Herz anders. Sie könnte ihn niemals teilen, das begriff sie jetzt.

»Warum hat er abgelehnt?«

»Nun, eigentlich spricht es für ihn. Er hält es für falsch, eine so feierliche religiöse Zeremonie wie die Krönung zu vollziehen, ohne seinen Untertanen mitzuteilen, was er vorhat. Er werde sich nicht mit einer Lüge auf den Lippen krönen lassen.«

Wallis starrte an die Decke. Sie dachte daran, was David alles getan hatte, um an diesen Punkt zu gelangen: Er hatte Ernest überrumpelt und sie selbst gezwungen, in Ipswich vor Gericht zu erscheinen. Hatte er überhaupt das Recht, sich moralisch überlegen zu geben? Andererseits wäre es falsch und grausam, sich krönen zu lassen und dann eine Frau zu suchen, wohl wissend, dass er seine Geliebte, die im Hintergrund wartete, nie aufgeben würde.

»Was hat Duff gesagt?«

»Dass er gegen solche Skrupel nicht argumentieren, sondern sie nur respektieren könne.«

»Und was jetzt?«

»Beaverbrook und Churchill argumentieren ähnlich. Winstons Vorgehensweise ist sogar ziemlich witzig.« Diana imitierte seinen vertrauten knurrenden Tonfall und die dramatische Betonung. »Möge Seine Majestät gesalbt werden. Möge er Krone, Zepter und Reichsapfel erhalten und mit der Mystik des Königtums ausgestattet werden. Möge Mrs Simpson im ganzen Reich durch Bescheidenheit und gute Taten von sich reden machen.«

Sie stellte sich vor, wie sie durch Krankenhäuser reiste und Stände bei Volksfesten übernahm. Genau wie Elizabeth.

Diana sprach jetzt wieder mit ihrer eigenen hellen Stimme. »Ist das nicht witzig?«

»Urkomisch. Erzählen Sie weiter.«

»Nun, das war's. Bescheidenheit und gute Werke. Dann könne man den Heiratsantrag noch einmal erwägen, und zwar in aller Ruhe.«

»Und wie nimmt David es auf?«

Diana seufzte. »Wenig begeistert, um ehrlich zu sein. Er bleibt stur bei der Entscheidung, sich nicht ›mit einer Lüge auf den Lippen‹ krönen zu lassen. Selbst wenn es bedeutet, dass er überhaupt nicht gekrönt wird.«

Wallis schoss im Bett hoch. »Was haben Sie gerade gesagt?«

»Ach ja. Das A-Wort ist gefallen.«

»Das A-Wort?«

»Abdankung.«

Wallis ließ sich in die Kissen sinken. Übelkeit durchflutete sie. Das Telefon war ihr aus der Hand gefallen. Irgendwo unter der Decke ertönte Dianas dünne, körperlose Stimme. »Wallis? Wallis? Keine Panik! Duff hat noch einen Plan. Besser gesagt, jemand anderes hat einen. Haben Sie schon mal von Esmond Harmsworth gehört?«

...

Als sie das Claridge's durch den Seiteneingang betrat, versagten Wallis' Nerven. Sie stürzte in die Damentoilette, huschte in eine der mit Holz ausgekleideten Kabinen, schloss die polierte Tür und setzte sich auf die Holzbrille.

Ihre Hände zitterten, wie immer in diesen Tagen. Alles an ihr klapperte und zitterte. Sie konnte kein Essen bei sich behalten, also war Esmond Harmsworths Einladung zum Mittagessen wenig sinnvoll. Ihr Treffen musste geheim bleiben und in Abwesenheit des Königs stattfinden. Er besuchte heute die Heimatflotte in Portland, ein Marinetermin ganz nach seinem Herzen. Gestern Abend hatte er sich darauf gefreut. Aber er war zurzeit ohnehin immer glücklich, seine Stimmung stand in grausamem Kontrast zu ihrer eigenen. Nun, da er offenbar beschlossen hatte, den Thron aufzugeben, um sie zu heiraten, schien sein Herz leicht wie das eines Vogels.

Sie hörte, wie die Toilettenwärterin warmes Wasser einließ, damit sie sich die Hände waschen konnte. Sie erinnerte sich an die Verabredungen mit Thelma und an das, was Thelma gesagt hatte.

Baby, du ahnst nicht, worauf du dich da einlässt.

In diesen Tagen fragte sie sich oft, was genau Thelma damit gemeint hatte.

Als sie die Toilette verließ, bemerkte sie im Spiegel des Frisiertischs eine dünne, schwarze, gehetzt wirkende Gestalt. Sie sah aus wie ein Vampir oder böser Geist. Würde Esmond Harmsworth, dessen Familie die *Daily Mail* gehörte, ihr sagen, dass die Briten sie genau so sahen? Oder dass die britische Presse beschlossen habe, die Vereinbarung zu brechen, die sie mit dem König getroffen hatte? Alles würde bekannt und sie zu einer Ausgestoßenen im ganzen Land. Ihr Inneres verkrampfte sich erneut bei dem Gedanken.

Reiß dich zusammen, ermahnte sie sich, als sie die elegante Lobby durchquerte und das luftig-hohe Restaurant betrat. Es herrschte eine stille Effizienz, alles funktionierte wie eine gut geölte Maschine. Welch ein Gegensatz zu dem Aufruhr in ihrem Inneren.

Der Kellner führte sie an schützenden Säulen vorbei in eine diskrete Ecke, gleich neben einem Kamin aus honiggelbem Marmor, wo ihr Gastgeber sie auf einer Samtbank erwartete. Sie verspürte einen Schmerz; an eben diesem Tisch hatte sie das letzte Mal mit Thelma gesessen.

Esmond Harmsworth erhob sich höflich. Er war schlank und adrett in seinem grauen Anzug, mit hellen Augen und einem schmalen Schnurrbart. Er wirkte freundlich und sanft entschlossen.

»Ich dachte mir, hier ist es etwas privater.« Er deutete auf die leeren Tische um sie herum.

»Aber was, wenn sich jemand neben uns setzt?«, fragte sie.

»Das wird nicht passieren. Ich habe alle reserviert.«

»Oh. Verstehe.« Plötzlich bekam sie Angst vor dem, was er ihr womöglich sagen wollte.

»Setzen Sie sich«, drängte er. »Erledigen wir die Bestellung. Die Hühnerpastete ist sehr gut. Und wie wäre es mit Austern, da wir einen Monat mit R haben?«

Für sie gab es nur Monate mit R, dachte sie leicht hysterisch. Edward R, um genau zu sein. Fast hätte sie es gesagt, hielt sich aber zurück. Sie musste ihre Worte sorgfältig wählen. Immerhin war er ein Zeitungsmann.

Anfangs verlief das Gespräch belanglos. Harmsworth wirkte wohlwollend, direkt und aufrichtig. Die Austern kamen, perfekt aus der Schale gelöst und wieder zurückgelegt. Sie nippte an ihrem Champagner, lächelte, stellte höfliche Fragen, beantwortete welche. Und die ganze Zeit über rollte und wogte ihr Magen wie ein Schiff auf stürmischer See.

Erst als das Ritual mit der Kruste der Hühnerpastete vollzogen und der Kellner verschwunden war, tupfte sich Esmond mit einer Serviette den Mund ab. »Ich habe gehört, Seine Majestät will Sie heiraten«, begann er.

Sie nickte.

»Und es gibt, hm, Schwierigkeiten«, fuhr er fort.

Sie sah ihn ironisch an. »Das kann man wohl sagen.«

»Unter anderem die, und es tut mir leid, wenn das nicht sehr schmeichelhaft klingt, dass Sie niemals Königin werden können.«

Gott sei Dank. Laut sagte sie: »Nein, natürlich nicht. Und fürs Protokoll, Sie müssen mir nicht schmeicheln. Ich mag es, wenn Sie ehrlich zu mir sind.«

Er lächelte zögernd. »Gut. Ich finde, es spart Zeit. Ich kann also davon ausgehen, dass Sie genau wie wir alle wünschen, dass der König auf dem Thron bleibt?«

»Auf jeden Fall!«

»Sehr gut.« Harmsworth nippte an seinem Wein. »Daher wüsste ich gern, ob Sie schon einmal über eine morganatische Ehe nachgedacht haben.«

Sie kannte den Begriff nur aus ihren Geschichtsbüchern. »Ist das nicht etwas Romantisches, das mit den Habsburgern zu tun hat?«

»Nicht gerade romantisch, aber mit den Habsburgern hat es in der Tat zu tun. Erzherzog Franz Ferdinand wurde in Sarajewo in Begleitung seiner morganatischen Ehefrau erschossen.«

Sie hob wie schockiert die Serviette, wollte aber nur ein unangebrachtes Lachen unterdrücken. Sie verlor allmählich die Beherrschung.

»Zugegebenermaßen ist das kein besonders ermutigender

Präzedenzfall. Aber für Sie und den König könnte eine morganatische Ehe den einzigen Kompromiss darstellen.«

Sie hörte aufmerksam zu, als er erklärte, eine morganatische Ehe könne zwischen zwei Parteien geschlossen werden, bei der die eine, in diesem Fall der König, von höherem gesellschaftlichem Stand war als die andere. In einer morganatischen Ehe nahm die Frau weder den Titel ihres Mannes an, noch erbten ihn die Kinder. Wenn sie den König heiratete, wäre sie weder Königin, noch würden ihre Kinder Prinzen oder Prinzessinnen sein.

»Das ist eine sehr interessante Idee«, sagte sie, als er geendet hatte. Vielleicht könnte es funktionieren. Ihr Magen wehrte sich nicht mehr. Die Hand mit der Gabel zitterte nicht mehr. Sie spürte einen vorsichtigen Optimismus. Sie wollte nicht Königin werden. Kinder waren nie Teil des Plans gewesen. Und auf diese Weise könnten sie heiraten.

Er sah sie sanft, aber durchdringend an. »Vielleicht könnten Sie es dem König vorschlagen?«

»Ich werde es gewiss versuchen.«

»Manche nennen sie ›Ehe zur linken Hand‹«, verriet Esmond, als sie die Mahlzeit fortsetzten. Auch ihr Appetit war zurückgekehrt. »Weil bei der Zeremonie manchmal die linke Hand gereicht wurde. Im neunzehnten Jahrhundert waren sie in Königshäusern sogar ziemlich üblich. Königin Marys eigener Vater entstammte einer solchen Ehe.«

Wallis verschluckte sich fast an ihrem Champagner. »Was? *Königin Marys Vater?*«

Esmond nickte. »Das Haus Teck ist aus einer morganatischen Ehe hervorgegangen.«

»Sie machen Witze!«

»Ganz und gar nicht, und es gibt noch viele andere. Der sechste Sohn von König George III., Prinz Augustus, schloss eine morganatische Ehe mit Lady Augusta ›Goosy‹ Murray. Und nach ihrem Tod eine weitere mit Lady Cecelia Underwood, geborene Gore, verheiratete Buggin und schließlich Herzogin von Inverness. Was einen Fortschritt darstellte, sowohl vom Wortklang her als auch vom gesellschaftlichen Rang.«

Sie betrachtete ihn belustigt, während sie ihre Pastete verschlang. »Esmond, Sie haben Ihre Hausaufgaben gemacht! Sie sind ein absoluter Experte für morganatische Ehen.«

Er zog bescheiden die rötlich-blonden Augenbrauen hoch. »Ich wollte Ihnen den Titel Herzogin von Lancaster vorschlagen. Er ist alt und eng mit dem Souverän verbunden und könnte daher geeignet sein.«

Im Grunde war es ihr egal, wie sie hieß. Dies hier war die Lösung, ganz sicher. Selbst der König konnte nichts dagegen haben.

Neunundvierzigstes Kapitel

Der König nicht, wohl aber der Premierminister.

»Was hat Baldwin gesagt?« fragte Wallis beunruhigt, als der König in einem der weiß-silbernen Sessel in Cumberland Terrace zusammensackte, das hübsche Gesicht vor Enttäuschung verzerrt.

»Eine Menge juristisches Kauderwelsch. Für eine morganatische Ehe müsse man das Gesetz ändern, blablabla.«

»Inwiefern?« Sie war entschlossen, sich nicht abwimmeln zu lassen.

Er seufzte ungeduldig. »Es ist sehr langweilig, Wallis. Aber wenn du es wirklich wissen willst ...«

»Das will ich.«

Er ließ den Whisky im Glas kreisen. »Na schön. Er hat mich daran erinnert, dass laut Satzung jede Gesetzesänderung, die Thronfolge oder königliche Titel betrifft, nicht nur der Zustimmung des Parlaments bedarf, sondern auch der Parlamente der Dominions, da sie durch die Krone mit dem Mutterland verbunden sind. Blablabla«, schloss der König, leerte den Whisky und starrte wütend ins Feuer.

Wallis seufzte und schaute zu Tante Bessie, die hinten im Raum strickte. Sie verdrehte die Augen zur Decke.

»Er sagt auch, ich solle, falls die Meinungen auseinandergehen, nicht versuchen, es durch meine Beliebtheit zu erzwingen. Als ob ich das tun würde!«

»Warum denn nicht?«, fragte Bessie. »Sie sind ungeheuer beliebt und daher mächtig. Warum sollten Sie das nicht nutzen, wenn Sie sich im Recht fühlen?«

Wallis, die am Kamin stand und zu aufgeregt war, um sich zu setzen, sah ihre Tante dankbar an. Die pragmatische alte Dame hatte Missbilligung und Sorge überwunden und unterstützte sie nun unerschütterlich.

»Was hast du dazu gesagt?«, fragte Wallis den König.

Er richtete seinen stolzen blauen Blick auf sie. »Ich habe gesagt, dass die Heirat mit dir eine unverzichtbare Bedingung für meine weitere Existenz als König und als Mann darstelle. Wenn ich dich als König heiraten könne, schön und gut; ich wäre glücklich und infolgedessen ein besserer Monarch. Sollte die Regierung jedoch gegen die Heirat sein, sei ich bereit zu gehen.«

Wallis starrte ihn an, als ihr die Tragweite seiner Worte bewusst wurde. »Du meinst«, sagte sie langsam, »du lässt sie darüber abstimmen?«

Der König zog an seiner Zigarette. »Sieht ganz so aus.«

In Wallis breitete sich dröhnendes Entsetzen aus, ein stetig lauter werdender Trommelschlag. »Du hast dem Parlament die Macht gegeben, über dein Schicksal zu entscheiden?«

»Im Grunde genommen, ja.« Er schenkte ihr ein breites Lächeln.

Sie schüttelte ungläubig den Kopf. »Du redest immer vom arbeitenden Menschen, scheinst aber nichts über Demokratie zu wissen. Oder Geschichte.«

Seinen blauen Augen blitzten überrascht. »Ich bin nicht sicher, wie du das meinst. Offensichtlich war meine Ausbildung nicht so gut wie deine.«

»Sei nicht sarkastisch.«

»Das bin ich nicht. Auf der Marineakademie wurde ich einmal Achtundvierzigster in einer Geometrieprüfung. Von neunundfünfzig.«

Er konnte sie immer noch zum Lachen bringen, sogar in dieser Situation. »Hör auf«, sagte sie. »Wenn ein gesalbter König mit einem gewählten Parlament aneinandergerät, verliert immer der König.«

Von hinten hörte man Nadeln klicken. »Ich glaube«, bemerkte Tante Bessie mild, »der Letzte, der das erkennen musste, war Charles I.«

Ihr ruhiger Ton verlieh Wallis neue Kraft. Sie eilte zum König und nahm seine Hand. »David, sie werden mich niemals akzeptieren. Du musst damit aufhören! Wenn du es Baldwin überlässt, legst du deinen Kopf auf den Block!«

Er zuckte mit den Schultern. »Auf dem Block ist es ohnehin bequemer.«

Frustration stieg in ihr auf. Wie konnte er so ruhig sein, so fatalistisch? »Nimm den Vorschlag zurück, bevor sie gegen dich stimmen!«

Er zog gleichmütig an seiner Zigarette. »Zu spät. Der politische Prozess wurde bereits in Gang gesetzt.«

»Was?«

Er begegnete ruhig ihrem entsetzten Blick. »Man hat eine Sondersitzung des Kabinetts einberufen. Der wichtigste Tagesordnungspunkt ist der Vorschlag der morganatischen Ehe. Baldwin hat zugestimmt, auch die Dominions zu befragen. Es gibt drei Möglichkeiten: Die erste ist, dass ich dich heirate und du Königsgemahlin wirst.«

Sie war zu dem verspiegelten Cocktailschrank gelaufen. Der Karaffenstöpsel klirrte heftig in ihrer zitternden Hand, ihre Zähne schlugen aufeinander.

»Die zweite, dass ich eine morganatische Ehe schließe, was diese spezielle Gesetzgebung und so weiter erfordert.«

Ihr Körper fühlte sich schlaff und knochenlos an.

»Und die dritte ist«, fügte er schlicht hinzu, »dass ich abdanke.«

Vor ihren Augen verschwamm alles, in ihren Ohren rauschte es. Dann fiel sie auf den Boden, die Wange auf dem weißen Teppich.

Diana erschien aufgeregt in Cumberland Terrace. »Wallis? Was steht da draußen an der Wand?«

Hände weg von unserem König.

»Ach ja«, sagte Wallis müde. »Und das ist noch höflich. Ich hatte schon Ziegelsteine, die durchs Fenster flogen, und eine Bombendrohung.« Sie holte den Brief, der an diesem Tag gekommen war, einer von vielen, in dem »Ein Patriot« ankündigte, er werde nach London kommen, um sie zu töten.

»Das ist ja furchtbar«, sagte Diana und sah von dem Brief auf, ihr schönes Alabastergesicht pures Erstaunen.

Wie sich herausstellte, war Cumberland Terrace doch nicht so sicher. Zumindest weniger sicher als ihre alte Wohnung in Bryanston Court. *Oh, Ernest!*

»Aber wer weiß davon?«, fragte Diana. »Es gibt eine Nachrichtensperre.«

»Schon, aber etwas muss durchgedrungen sein. Vielleicht war es Lady Colefax. Sie hat mir nach der Parlamentseröffnung die Meinung gegeigt.«

»Wie wunderbar er da aussah«, erinnerte sich Diana verträumt. Das Bild des gut aussehenden jungen Königs, der anmutig und schlank in seiner Admiralsuniform inmitten der alten Pracht des Parlaments auf seinem Thron saß, hatte tagelang die Nachrichten beherrscht. »Er hat uns alle stolz gemacht.«

»Ich habe wohl den gegenteiligen Effekt«, erwiderte Wallis ironisch. »Sibyl sagte, ich würde die Krone in Verruf bringen. Und natürlich zerreißt sich plötzlich ganz Mayfair das Maul über meine wilde Vergangenheit in Shanghai. Ich bin die Verderbtheit in Person und an allem schuld. Sie nennen uns Edward, das Achtel, und Mrs Simpson, die sieben Achtel. Gar nicht übel.« Sie brachte ein tapferes, aber zittriges Lächeln zustande.

»Sie sind bemerkenswert gelassen«, bemerkte Diana, die am Fenster in den schwarzen Novemberabend hinausschaute.

»Das sagen Sie immer. Innerlich bin ich ein Wrack. Ich weiß nicht mehr, was vor sich geht. David sagt mir nichts. Früher hat er mich um Rat gefragt. Heute trifft er alle Entscheidungen allein. Er taucht abends auf und beklagt sich über alles. Aber dann ist es schon zu spät.«

Diana seufzte. »Ich verstehe das nicht. Es ist, als wollte er sich selbst zerstören und Sie mit in den Abgrund reißen. Als hätte er nie König werden wollen, und alles wäre Teil des Plans.«

Wallis, die am Kamin gestanden hatte, ließ sich unvermittelt in einen Sessel fallen. In ihrem Kopf arbeitete es, Rädchen surrten, Zahnräder griffen ineinander, Lichter leuchteten auf.

»Oh«, sagte sie. »Oh, mein Gott.« Sie presste die Hand auf den Mund.

Natürlich. Es war die einzige Erklärung. Was ihr bisher irrational und unverständlich erschienen war, wurde Teil eines Musters.

»Was ist los?«, fragte Diana.

Wallis legte den Kopf an die Lehne. Wildes Gelächter stieg in ihr auf. Sie war eine solche Närrin. Es war so offensichtlich.

Sie dachte daran, was der König im Great Park von Windsor gesagt hatte. *Man kann nicht der richtige König sein, wenn man die falsche Frau hat.* War es ihm da klar geworden?

Er hatte es die ganze Zeit geplant. Daran zweifelte sie nicht. Er hatte gleich bei ihrer ersten Begegnung erkannt, dass sie den perfekten Ausweg bot. Das Einzige, was noch besser war als eine geschiedene Ausländerin, die zu alt war, um Kinder zu bekommen, war ein zweifach geschiedene Ausländerin, die zu alt war, um Kinder zu bekommen. Die britische Öffentlichkeit, die Kirche, die Regierung, die eigene Familie des Königs würden es niemals akzeptieren. Es war unmöglich, und zwar von Anfang an.

Dennoch wollte er kein Risiko eingehen. Darum würde er sich auch nicht zuerst krönen lassen.

Sie hatte sich ganz und gar in ihm getäuscht, ihn für seelisch belastet und abhängig gehalten, dabei war er klug und berechnend. Er hatte sie rücksichtslos benutzt und ihren Ruf für seine eigenen Zwecke zerstört. Wie er sie der Öffentlichkeit preisgegeben hatte, um Kritik zu erregen. Bei der Proklamation. Bei der Ankunft am Bahnhof von Aberdeen.

»Sehr schmeichelhaft«, sagte Diana, und sie schrak zusammen. Sie hatte vergessen, dass sie nicht allein war. »Wenn ein König einen so sehr liebt, dass er den Thron aufgibt.«

Wallis starrte auf den weißen Teppich. Diana irrte sich. Es war ganz anders. Der König hatte sie nicht so geliebt, dass er die Krone für sie aufgeben wollte – er hatte ohnehin nie König werden wollen.

Auf einmal ergab alles einen Sinn. Sein Fatalismus. Seine Passivität. Die Weigerung, seine große Beliebtheit zu nutzen. Seine leidenschaftlich übertriebene Fürsorge, hinter der sich womöglich noch etwas anderes verbarg. Vielleicht hatte man sie aus anderen Gründen nach Cumberland Terrace verpflanzt. In einer winzigen, fernen Ecke ihres Verstandes, in die sie nicht hineinzuschauen wagte, keimte der Verdacht, er könne sogar wissen, wer hinter dem Ziegelstein, der Bombe und den Briefen steckte.

Er kam spät an jenem Abend. Tante Bessie war zu Bett gegangen, schockiert von allem, was Wallis ihr erzählt hatte. Sie hatte ihr geraten, sofort wegzugehen. Ins Ausland.

»Es hat keinen Sinn«, hatte Wallis gesagt. »Er würde mir folgen.«

Sie saß im Sessel am Fenster, das zweimal repariert worden war, und schaute auf die mit Graffiti beschmierte Wand. Es brannte kein Licht. Sie hatte eine Bühne geschaffen, die er wie eine Figur in einem Theaterstück betreten würde. Ihr Text war fertig, sie hatte den ganzen Tag darüber nachgedacht. Trotz allem war sie seltsam ruhig. Sie hatte ihre eigene Machtlosigkeit erkannt und in der Wahrheit neue Kraft gefunden.

Als er sich wie immer mit seinem eigenen Schlüssel einließ, rührte sie sich nicht. Er betrat den dunklen Raum, und als er nichts sagte, begriff sie, dass er Bescheid wusste.

»Du hast mich getäuscht«, sagte sie tonlos.

Er seufzte. »Nicht ganz. Alles, was ich gesagt habe, ist wahr. Ich liebe dich, wie ich keinen anderen Menschen liebe. Ich brauche dich. Ich kann ohne dich nicht leben.«

»Weil du nicht König sein willst.«

Er kam leise über den Teppich und setzte sich auf ein Sofa in der Nähe. »Was soll ich sagen, Wallis? Wer würde das wollen, solange er bei klarem Verstand ist? Es ist sinnlos und einsam und hält eine Gesellschaftsordnung aufrecht, die in der heutigen Zeit völlig irrelevant ist.«

»Warum warst du nicht ehrlich zu mir?«

»Ich dachte, das wäre ich gewesen.«

Sie erinnerte sich, wie oft er gesagt hatte, dass er das alles hasse, dass er der Falsche sei. Tatsächlich hatte er es nie verheimlicht. Aber auch nicht wirklich offenbart. »Ich habe alles für bare Münze genommen. Warum hast du mir nicht die Wahrheit gesagt?«

Es herrschte Schweigen. Er zündete sich eine Zigarette an. Die Spitze glühte, der Rauch stieg in die Dunkelheit. »Das konnte ich nicht«, sagte er schwach.

»Ich hätte es verstanden.«

»Hättest du nicht.«

»Warum denn nicht, Herrgott noch mal?« Sie war ungeduldig.

»Weil das Einzige, was ich mehr liebe als dich, Wallis, mein Land ist.«

»Jetzt kann ich dir nicht folgen.«

Er stand auf, schob die Hände in die weite Hose und ging zum Kamin. Die Glut war kurz vor dem Erlöschen. Er nahm den Schürhaken und stocherte sie auf. Das Licht flackerte auf seinem Gesicht, er sah resigniert und traurig aus.

»Ich wollte nicht aus Egoismus auf den Thron verzichten, sondern aus dem sicheren Wissen, dass ich die falsche Person bin. Wie ich schon sagte, ich will keine Kinder. Ich hasse das Spektakel, den ganzen leeren Prunk. Bertie und Elizabeth wären eine Million Mal besser.«

»Also hast du mich aus Patriotismus betrogen?«

Er schürte das Feuer. »Wenn du es so ausdrücken willst.«

»Du Bastard«, sagte sie.

»Schön wär's. Hätte mir eine Menge Ärger erspart. Aber es hat doch alles geklappt, oder nicht?«

»Hat es das?«

Er kam zu ihr und nahm ihre Hand. »Du wolltest doch nicht Königin werden, oder?«

»Wohl nicht.«

»Und wenn alles vorbei ist, ziehen wir einfach zurück ins Fort und leben unser Leben weiter.«

Sie dachte nach. »Das klingt gut.«

»Du kannst Ernest sehen, so oft du willst. Er kann mit Buttercup zu Besuch kommen.«

»Du meinst Mary.«

»Oh ja.«

Sie erinnerte sich an das Zimmermädchen im Hotel, das man an der Aussage hatte hindern wollen. Sie erzählte ihm die Geschichte, und er lachte. Wie außergewöhnlich er war, wie gekonnt er sie von blinder Wut zu fröhlicher Akzeptanz lenken konnte. Ein wahrhaft brillanter Diplomat. Vielleicht lag darin seine Zukunft.

Er setzte sich auf ihre Armlehne und neigte den Kopf zu ihr. »Ich liebe dich«, flüsterte er in ihren Nacken.

»Und ich liebe dich.« Sie glitt aus dem Sessel und legte sich vor den Kamin. Er legte sich neben sie, und sie schmiegte sich an seinen Körper, als könnten sie, wenn sie nur stark genug drückte, zu einer Person verschmelzen. Sie wollte in sein Herz kriechen, sich in seinen geheimnisvollen Kammern einrollen und sehen, was sie wirklich enthielten. Sie fingen an, sich gemeinsam zu bewegen, und wie immer verspürte sie Sehnsucht und Verlangen und danach Schweigen und Stille. Er würde immer der Ort sein, an dem sie zur Ruhe kommen konnte.

Danach ging alles sehr schnell. Wie erwartet, lehnte das Kabinett den Vorschlag einer morganatischen Ehe ab. Auch die fünf Dominions waren dagegen. Kanada, Australien, Neuseeland, Südafrika und Irland sagten alle, Edward VIII. müsse abdanken, wenn er die Heiratspläne nicht aufgeben wolle.

»Der australische Premierminister findet, ich solle abtreten, Heirat hin oder her, da die Krone bereits schwer unter der Verbindung mit Mrs Simpson gelitten habe«, rief der König aus.

»Wie unverschämt«, sagte Wallis.

»Er habe kein Verständnis für Geschiedene, und als Sozialist hege er auch keine Sympathien für die Monarchie! Diese verdammten Australier!«

»Nun, er hat nicht unrecht. Man kann nicht Sozialist und Monarchist sein. Genau das war ja eines deiner Probleme.«

Er lächelte sie an. »Du hast recht. Ich freue mich sehr darauf, mich endlich für die arbeitenden Menschen einzusetzen. Jetzt kann ich mich ganz darauf konzentrieren.«

Er war sicher, sein Bruder werde ihn auf einen Posten berufen, auf dem seine Beliebtheit bei den Armen sowohl den Menschen als auch der Krone zugutekäme. Es wäre ein vernünftiger Schachzug von Bertie, dachte Wallis. Doch dann erinnerte sie sich an Elizabeths kalten Blick.

In dieser optimistischen Stimmung ging er zu seiner Mutter und kam reumütig und belustigt zurück. »Es hat eine Weile gedauert, um auf den Punkt zu kommen. Du kennst meine Familie. Sie reden nie über wichtige Dinge. Die Jagd, das Wetter, die Hochzeit eines Freundes, das schockierende Verhalten der Franzosen. Alles, nur nicht das, was ihnen auf den Nägeln brennt.«

Sie lächelte abwartend.

»Am Ende musste ich es erzwingen. Ich habe Mama auf den Kopf zu gesagt, dass ich als König nicht allein leben kann und dich heiraten muss.«

»Was hat sie gesagt?«

»Sie hat mich angestarrt. Ihr dämmerte wohl zum ersten Mal, dass ich abdanken würde. Dann sagte sie: ›Also wirklich! Als wären wir in Rumänien!‹«

»Was?«

Er grinste. »König Karol II. hat wohl aus Liebe zu seiner Mätresse abgedankt. Dann fragte Mama, weshalb ich nicht einmal dieses geringe Opfer bringen könne, wo doch im Krieg so viele so viel geopfert hätten.«

»Hast du ihr gesagt, dass du es als patriotische Pflicht betrachtest?«

»Ehrlich gesagt habe ich mir nicht die Mühe gemacht. Ich weiß nicht, ob sie überhaupt fähig ist, mir zu glauben. Sie verehrt die Monarchie. Papa war immer zuerst ihr König und erst dann ihr Ehemann.«

Wallis versuchte sich vorzustellen, was das in der Praxis bedeutete.

»Zum Abschied wünschte sie mir alles Gute für meinen bevorstehenden Besuch im südwalisischen Kohlerevier.«

Sie zog mit Tante Bessie zurück ins Fort und richtete sich im Zimmer der Königin ein. Tante Bessie wurde im Blauen Zimmer untergebracht, in dem sie und Ernest bei ihrem ersten Besuch übernachtet hatten. Als sie daran dachte, fühlte sie sich kurz ganz elend.

Auf einem Tisch im Salon lag ein großer Stapel nicht unterzeichneter Staatspapiere. »Die kann ich ebenso gut Bertie überlassen«, sagte der König.

Sie waren wieder in London, als ein weiterer Brief eintraf. »Von Hardinge«, sagte er und öffnete ihn in der Diele.

Sie zog die Augenbraue hoch. »Ach ja?« Hardinge, der mit Lascelles alles daransetzte, um den König bei jeder Gelegenheit zu ärgern und zu bremsen. »Was schreibt er denn?«

Offensichtlich etwas, das der König schon lange von ihm verlangt hatte.

Er kratzte sich am Kopf. »Er schreibt, die britische Presse werde die Nachrichtensperre in Kürze beenden, mit möglicherweise katastrophalen Folgen.«

Sie seufzte. Die brutalen Schlagzeilen, erfüllt von aufgestauter Wut, waren eine schreckliche Aussicht. Shanghai, ihre Ehegeschichten, alles würde breitgetreten. Und den armen Ernest träfe es auch, dabei trug er keinerlei Schuld. Einen Moment lang war sie vollkommen verzweifelt.

»Das Kabinett trifft sich, um die ernste Lage zu besprechen.« Der König sah stirnrunzelnd auf. »Hardinge glaubt, nur ein Schritt könne eine politische Krise verhindern.«

»Tatsächlich?« Sie schaute ihn resigniert an. »Und welcher Schritt soll das sein?«

»Dass du unverzüglich ins Ausland reist.«

Sie überlegte kurz. »Ich habe amerikanische Freunde in Cannes«, schlug sie vor. »Herman und Katherine Rogers. Ich könnte zu ihnen fahren.«

»Gute Idee«, sagte er mit einem entschlossenen Blick. »Ich

kümmere mich um alles. Es läuft nach Plan. Gott segne WE, mein liebster Schatz.«

Fünfzigstes Kapitel

Lord Brownlow sollte sie begleiten. Er war ein alter Freund des Königs, ein liebenswürdiger Gutsbesitzer aus den Midlands, der den Spitznamen »The Lincolnshire Handicap« trug. Warum, fand Wallis bald heraus.

Da das Presseembargo mittlerweile aufgehoben und die Geschichte ihrer Beziehung einer staunenden Welt präsentiert worden war, belagerten Journalisten die Tore des Forts. Dennoch bemerkte niemand den Rolls, der mit abgeblendeten Scheinwerfern zur anderen Seite des Windsor Great Park raste und verschwand.

In Newhaven kam sie an einigen Werbetafeln für Zeitungen vorbei. »Die Hochzeit des Königs«, stand da in großen schwarzen Lettern. »Herzog und Herzogin von York kehren aus Schottland zurück«, lautete eine kleinere Schlagzeile. Ein Foto von Elizabeth, die taufrisch, aber besorgt aussah. Sie war mit sich zufrieden, dachte Wallis. Die Krone war zum Greifen nah.

Besser so. Denn was immer man über Elizabeth sagen konnte, sie war zweifellos die richtige Ehefrau für einen König. Und Bertie würde ein denkbar standhafter, gewissenhafter und traditioneller König werden.

Auf der Fähre von Newhaven nach Dieppe wurden sie zu Mr und Mrs Harris. In Dieppe geriet alles aus den Fugen. Brownlow besaß keinerlei Orientierungssinn und verfuhr sich mehrmals. Sie musste ihm helfen, die Karte zu lesen.

Unterdessen ging es in den englischen Zeitungen nur noch um die Abdankung. Brownlow war entsetzt und verärgert. Er bestand darauf, dass sie den König anrief, um ihn von dem Kurs abzubringen, den er ihr zuliebe eingeschlagen hatte. Er steckte sie mit seiner Panik an, bis sie überzeugt war, dass sie genau das tun müsse. Nun, da sie nicht mehr mit dem König zusammen war, kam ihr alles vor wie purer Wahnsinn. Doch die Verbindung war schlecht, was er vielleicht geahnt hatte, und sie konnten einander kaum hören.

»Ihr Mann hat sich gemeldet«, sagte Brownlow, der bei seinem Telefonat nach London wohl mehr Erfolg gehabt hatte.

»Ernest?«

»Er hat angeboten, öffentlich zu erklären, dass die Scheidung von ihm und dem König ausgeheckt wurde.«

Was auch stimmt, dachte sie. *Absolut.* »Aber wozu?«

»Um sie rückgängig zu machen. Damit Seine Majestät sich nicht verpflichtet fühlt, Sie zu heiraten.«

Sie war verblüfft. Selbst jetzt, in diesem Stadium, konnte noch alles rückgängig gemacht werden. Ernest hatte sie noch immer gern genug, um es zu versuchen. Sie konnte sich glücklich schätzen, von solchen Männern geliebt zu werden.

»Was sagt der König dazu?« Sie wusste es natürlich. Es stand Brownlow ins enttäuschte Gesicht geschrieben.

In Blois belagerten Reporter und Kameraleute das Hotel. Sie konnten entkommen, indem sie einen Portier bestachen, der sie durch den Personaleingang hinausschmuggelte. In Lyon spürte die Presse sie wieder auf, nachdem jemand auf der Straße »Voilà la dame!« gerufen hatte. Einmal entkam sie durch das Fenster einer Restauranttoilette, einmal durch die Küche.

Sie rief den König mehrfach an, doch die Verbindung wurde ständig unterbrochen. Er klang müde, aber entschlossen. Er berichtete, er habe London verlassen und sich ins Fort zurückgezogen, wo er von den Reportern so belagert werde, dass er alle

Vorhänge schließen musste. Ihr Herz tat weh. Er war wie ein gefangenes Tier. Das waren sie beide.

»Aber es ist bald vorbei«, beruhigte er sie. »Dann sind wir endlich WE!«

Vier Tage nach ihrer Flucht aus London erreichte sie in den frühen Morgenstunden Lou Viei, das Haus der Rogers in Cannes. Wallis kauerte mit einer Decke über dem Kopf im Fußraum des Wagens.

Sie selbst, Herman, Katherine und Brownlow waren im Salon von Lou Viei, als der letzte Akt begann. Sie lag auf dem Sofa, die Hände auf dem Gesicht, als seine Stimme aus dem Radio ertönte: » ... unmöglich, ohne die Hilfe und Unterstützung der Frau, die ich liebe, die schwere Verantwortung zu tragen und meine königlichen Pflichten so zu erfüllen, wie ich es mir wünsche.« Endlich war es vorbei. Sie atmete tief und zitternd aus.

» ... die bis zuletzt versucht hat, mich von einem anderen Weg zu überzeugen.«

»Hast du das gehört, Wallis?« Katherine streichelte tröstend ihren Arm. »Er hat gerade der ganzen Welt gesagt, dass nichts davon deine Schuld ist. Niemand wird dir Vorwürfe machen. Es wird alles gut.«

Alles würde gut. Später, als sie die Kraft gefunden hatte, sich zu bewegen, ging sie in ihr Zimmer und sah aus dem Fenster. Die Nacht an der Riviera war kalt und sternenklar.

Sie starrte in die Dunkelheit und dachte an die Nächte im Fort, dessen hoher, beleuchteter Turm in den schwarzen Himmel ragte. Bald wären sie wieder dort. Bei dem Gedanken überkam sie pure Freude. Er wäre dort zufrieden, könnte im Garten hantieren und alles tun, um dem Bruder zu helfen, der, wie er immer gewusst hatte, ein sehr viel besserer König sein würde als er. Sie würden dort heiraten, umgeben von engen Freunden, und gemeinsam in Davids geliebtem England alt werden.

Das Begräbnis des Herzogs von Windsor

Königlicher Friedhof, Frogmore, Windsor, Juni 1972

Der letzte Teil der letzten Tortur. Zwei Autokolonnen folgten dem Leichenwagen nach Frogmore. Sonnenschein breitete sich über einen von Azaleen, Rhododendren und Zypressen abgeschirmten Rasen aus, in dem bereits Prinz George und Prinzessin Marina ruhten.

Sein Grabstein aus cremefarbenem Portlandmarmor hätte nicht schlichter sein können.

SEINE KÖNIGLICHE HOHEIT PRINZ EDWARD
ALBERT CHRISTIAN GEORGE
ANDREW PATRICK DAVID
HERZOG VON WINDSOR
GEBOREN AM 23. JUNI 1894
GESTORBEN AM 28. MAI 1972
KÖNIG EDWARD VIII.
20. JANUAR – 11. DEZEMBER 1936

Sie stand mit gesenktem Kopf da, als David im Schatten einer Platane, unweit des Gartens, in dem er als Kind gespielt hatte, in die Erde des Landes gesenkt wurde, das er geliebt, aber vor so vielen Jahren verlassen hatte. Endlich durfte er nach Hause kommen. Windsor war nach Windsor zurückgekehrt. Sie betrachtete ihre eigene zukünftige Ruhestätte, bevor sie sich verabschiedete und zum Flughafen aufbrach. Noch in Trauerkleidung und

Schleier stieg sie mit zittriger Entschlossenheit die Stufen zum Flugzeug hinauf. Sie drehte sich nicht um und schaute nicht zurück. Dass sie lebend nie wieder herkommen würde, war eine Erleichterung.

Grace winkte mit einer Spätausgabe des *Evening Standard*, als die Maschine abhob. Wallis erfuhr, dass noch während des Trauergottesdienstes ein Labour-Abgeordneter namens Willie Hamilton, ein berüchtigter schottischer Monarchiegegner, im Unterhaus eine Rede über sie gehalten hatte.

»Verschone mich damit«, murmelte sie, als sie durch die schmutziggrauen Wolken über Großbritannien aufstiegen. »Ich will es wirklich nicht wissen.«

»Wallis, es ist anders, als du denkst. Hör einfach zu!« Grace schaute auf die Zeitung. »Er sagte: ›Keine Frau hätte die Flut von Demütigungen und Erniedrigungen über sechsunddreißig Jahre hinweg würdiger und mit größerer Anmut ertragen können.‹«

Wallis hatte müde die Augen geschlossen, riss sie nun aber überrascht auf. Der Himmel jenseits des Kabinenfensters war blau und klar.

»Er wolle einen Antrag im Unterhaus einbringen, um die ...«, Grace schaute wieder auf die Zeitung, »Heuchelei und den Unsinn des gegenwärtigen Establishments, die königliche Familie eingeschlossen, bei der Behandlung der Windsors zu verurteilen.«

»Ganz seiner Meinung«, sagte Wallis.

Grace brach in schallendes Gelächter aus.

»Was ist los?«

»Er hoffe, Prinz Charles werde einen geschiedenen Hippie heiraten.«

Wallis gackerte. »Das dürfte unwahrscheinlich sein. Das Letzte, was diese Familie braucht, ist eine weitere geschiedene Frau. Und vor allem keine Amerikanerin.«

Einundfünfzigstes Kapitel

Paris, Juni 1972

Zurück in Paris, schwangen die Tore auf. Vor ihr lag das anmutige goldene Haus, das einst General de Gaulle gehört hatte.

»David!«, rief sie beim Hereinkommen, wie sie es immer getan hatte. Der Ruf hallte in der Halle wider und ließ das Banner des Hosenbandordens flattern, bevor er als Echo in ihr Herz zurückkehrte.

Wie konnte sie das nur vergessen? Sie würde seine Antwort nie wieder hören.

»Ich bin hier! Liebling, ich bin hier!«

Die Jahre vergingen. Ihre Gesundheit schwand. Sie stürzte im Salon, dann an der Riviera. Ihre Knochen waren wie Glas. Sie ging immer seltener aus. Sie hoffte, die Leute würden sie vergessen, aber es gab immer wieder Interviewanfragen. Bei den wenigen, die sie annahm, stellte sie ein Foto von David neben sich auf den Tisch.

Ihr Haus wurde zu einer Festung. Die schweren Tore waren stets verschlossen und bewacht. Davids Anzüge hingen noch im Schrank, seine Hemden lagen in den Schubladen, seine Toilettenartikel standen noch im Bad. Sein Schreibtisch war bereit, falls er je zurückkam, mit Briefpapier und Pfeifenreinigern versehen. Jeden Abend ging sie in sein Zimmer und wünschte ihm süße Träume, bevor sie sich in ihr eigenes zurückzog. Die Hunde blieben in ihrem Bett. »Es ist schmeichelhaft zu wissen, dass es immer noch Geschöpfe gibt, die mit mir schlafen wollen«, scherzte sie.

Charles heiratete. Sie war nicht eingeladen und sah im Fernsehen, wie er nicht mit der weltgewandten Camilla Shand oder einem geschiedenen Hippie vor den Altar trat, sondern mit der neunzehnjährigen Aristokratin Lady Diana Spencer. Sie fragte sich, ob Camilla seine Geliebte bleiben würde. Sie konnte sich nicht vorstellen, dass es glücklich endete. Wenn zwei Prinzen von Wales in Folge explosive Beziehungen führten, könnte es wie Nachlässigkeit aussehen.

Allmählich ließen Krankheiten ihre Welt schrumpfen, bis sie nur noch aus ihrem Schlafzimmer bestand. Es war vollgestopft mit Blumen und Fotos, aber die große Leere, die sich in ihr aufgetan hatte, blieb ungefüllt. Sie wusste, sie würde allein sterben, und wartete ungeduldig darauf. Sie hatte seit so vielen Jahren nichts mehr, wofür es sich zu leben lohnte.

Sie fühlte sich wie die letzte Überlebende einer untergegangenen Zivilisation. Ihre Gedanken wanderten weiter und weiter zurück. Sie existierte fast nur noch in ihrer Erinnerung und wusste kaum noch, wo Vergangenheit auf Gegenwart traf. Menschen gingen ein und aus, Thelma, Diana, Ernest. Musik wehte durchs Zimmer, die Bands von früher. Sie tanzte in ihren Träumen Charleston, zumindest dachte sie das. Aber dann kam die Krankenschwester herein und fand sie mit einer gebrochenen Hüfte auf dem Boden.

Sie aß immer weniger, schlürfte nur noch eisgekühlten Wodka aus einem Silberbecher. Sie schlief viel. Der Schmerz leistete ihr Gesellschaft. Sie spürte ein scharfes Stechen in der Brust, dann breitete sich der Schmerz in ihren Armen aus und drückte von oben auf ihren Schädel. Sie dachte, der Moment sei gekommen, doch dann verblasste er, und sie war wieder in dem weißen Raum, sah das Foto von David, die Augen von Lachfältchen umgeben, eine Zigarette zwischen den Zähnen. »Mach dir keine Sorgen«, schien sein Grinsen zu sagen. »Es dauert nicht mehr lange.«

Endlich kam der Tag, und sie spürte, wie etwas in ihr kippte. Ihr Überlebensinstinkt gewann die Oberhand; sie rief in Panik nach der Krankenschwester. Sie kam hereingelaufen, ein kräftiges Mädchen, dessen kurzer Rock Wallis an eine Bemerkung von Cecil erinnerte: Noch nie habe so wenig so viel entblößt, das man besser verdeckt hätte.

Gelächter stieg in ihre Kehle, dazu ein Gefühl des Erstickens. Der Raum begann sich zu drehen und zu wirbeln, der Schmerz legte sich in Bändern um ihre Brust und schoss pfeilschnell in ihre Arme. Sie spürte, wie etwas Endgültiges und Unwiderrufliches sie ergriff.

Dann ein strahlend helles Licht, und sie war draußen, an einem Wintertag, unter einer hellen, kalten Sonne. Die Kälte zwickte in Nase und Ohren. Ihr Atem stieg in einer Wolke in die Luft. Sie sah Türme und eine Fahne über den Baumwipfeln und einen zugefrorenen See, der wie ein blasser Spiegel glänzte. Er stand am Rand im glitzernden Gras, blond und gut aussehend, die blauen Augen fröhlich zusammengekniffen. Er trug einen knalligen Karoanzug mit übertriebenen Hosenaufschlägen und sah sie fragend an, sodass ihr Herz sich überschlug. Ein silbernes Zigarettenetui blitzte auf, ein Feuerzeug klickte. Er nahm einen langen Zug, atmete aus und lächelte sie an.

Danksagung

Nur wenige Menschen können behaupten, dass sie den Lockdown mit einer Legende verbracht haben. Ich hatte das Glück, Wallis Simpson als Begleiterin zu haben. Sie hat mich schon immer fasziniert. Nachdem ich *Teatime mit Lilibet*, meinen Roman über die inspirierende junge Frau, die die Königin unterrichtet hatte, beendet hatte, bot sich Wallis als nächstes Thema geradezu an.

Wie Marion Crawford, die Hauptfigur in *Teatime mit Lilibet*, sandte Wallis Schockwellen durch das Haus Windsor. Bevor ich mit meinen Recherchen begann, war mir jedoch nicht klar gewesen, wie sehr sich ihre Geschichten ähnelten. In beiden geht es um Frauen, deren Ruf durch Konflikte mit der königlichen Familie zerstört wurde. Je mehr ich über Wallis las, desto stärker zweifelte ich an dem traditionellen Bild der herzlosen Goldgräberin, die per Intrige Königin von England werden wollte.

Die Wallis, der wir in ihrer amüsanten Autobiografie *Mein Herz hatte recht*, ihren privaten Briefen an Edward und in zeitgenössischen Tagebüchern wie denen von Chips Channon und Diana Cooper begegnen, ist lebendig, witzig, freundlich, unprätentiös und, als die Abdankungskrise an Fahrt gewinnt, zunehmend entsetzt über ihre Situation. Mir war klar, dass es genügend Anhaltspunkte gab, um sie in einem Roman aus einem völlig neuen Blickwinkel zu zeigen.

Es war aufregend, *Wallis und Edward. Eine Liebe stärker als die*

Krone zu schreiben, weil ich das Gefühl hatte, Neuland zu betreten. Und doch kam es mir seltsam vertraut vor. Die Parallelen zwischen Wallis' Geschichte und der einer jüngeren amerikanischen Herzogin sind frappierend. Und der Gedanke, dass sich hinter umstrittenen Mitgliedern der königlichen Familie auch andere Wahrheiten verbergen, ist aktueller denn je.

Ich habe für meine Recherchen viele unterschiedliche Bücher gelesen. Darunter sind *The Thirties: An Intimate History* von Juliet Gardiner, Harper Press, 2011; *The Light of Common Day* von Lady Diana Cooper, Vintage, 2018; *»Chips«: The Diaries of Sir Henry Channon*, Phoenix, 1996; *Double Exposure* von Gloria Vanderbilt und Thelma Lady Furness, Andesite Press, 1958; *Coco: The Life And Loves of Gabrielle Chanel* von Frances Kennett, Victor Gollancz, 1989; *Counting One's Blessings: The Selected Letters of Queen Elizabeth the Queen Mother*, herausgegeben von William Shawcross, Macmillan, 2012; *Wallis and Edward: The Intimate Correspondence of the Duke and Duchess of Windsor*, herausgegeben von Michael Bloch, Summit Books, 1986; *King's Counsellor: The Diaries of Sir Alan Lascelles*, herausgegeben von Duff Hart-Davis, Phoenix, 2006; *A King's Story: The Memoirs of the Duke of Windsor*, Prion, 1998; *The Heart Has Its Reasons: The Memoirs of the Duchess of Windsor*, Michael Joseph, 1956; *Wallis in Love* von Andrew Morton, Michael O'Mara Books, 2018; *The Duchess of Windsor* von Michael Bloch, Weidenfeld & Nicolson, 1996; *That Woman* von Anne Sebba, Weidenfeld & Nicolson, 2011; *The Windsor Story* von J. Bryan III. und Charles J. V. Murphy, Dell Publishing, 1979; *Edward VIII* von Frances Donaldson, Omega, 1976; *King Edward VIII* von Philip Ziegler, Collins, 1990; und *The Duchess of Windsor* von Diana Mosley, Sidgwick & Jackson, 1980.

Wallis und Edward. Eine Liebe stärker als die Krone hätte ohne die brillanten Menschen, denen ich hier danken darf, nie das Licht der Welt erblickt. Ich habe großes Glück mit meinem Verlag Welbeck und möchte dort Jon Elek, James Horobin, Nico

Poilblanc, Rosa Schierenberg, Annabel Robinson, Rob Cox und Alexandra Allden danken. Ebenso großes Glück habe ich mit meinem US-Verlag Berkley, bei dem ich meiner Lektorin Kerry Donovan danken möchte. Und wie immer gilt mein Dank meinen Agenten Jonathan Lloyd und Lucy Morris bei Curtis Brown in London und Deborah Schneider bei Gelfman Schneider in New York.

Nach zwei Romanen über »schwierige Frauen« im Hause Windsor habe ich vielleicht mein Thema gefunden! Derzeit arbeite ich an *The Princess*, einem Roman über das frühe Leben von Diana, Prinzessin von Wales.

Die wahre Geschichte der Gouvernante von Queen Elizabeth II.

England, 1933: Im Alter von 22 Jahren wird Marion Crawford die Lehrerin von Prinzessin Elisabeth und ihrer Schwester Margaret. Als Marion ihre Stelle im englischen Königshaus antritt, ist sie schockiert. Das Leben im Schloss hat nichts mit der Realität zu tun. Vor allem Lilibet, die zukünftige Königin, wächst Marion ans Herz. Als überzeugte Sozialistin macht Marion es sich zur Aufgabe, Lilibet das echte Leben zu zeigen. Sie fährt mit ihr Metro und Bus, geht in öffentliche Schwimmbäder und macht Weihnachtseinkäufe bei Woolworth's. Ihr Einfluss auf die zukünftige Queen ist gewaltig. Doch Marion ahnt nicht, wie sehr sich auch ihr eigenes Leben durch die Royals verändern wird.

Wendy Holden
Teatime mit Lilibet
Roman

Aus dem Englischen von Elfriede Peschel
Taschenbuch
Auch als E-Book erhältlich
www.ullstein.de

Lady Diana - die Ikone ihrer Zeit

London, 1978: Die siebzehnjährige Diana Spencer ist zu Gast auf einem Polospiel. Da sie selbst einer der angesehensten Adelsfamilien des Landes entstammt, ist die Welt, in der sie sich an diesem Tag bewegt, nicht fremd. Im Gegenteil, es beginnt ein Flirt mit dem zukünftigen König Großbritanniens, der ihr Leben für immer verändern soll: Keine drei Jahre später steht sie vor 3500 geladenen Gästen in der St. Paul's Cathedral und feiert die Hochzeit des Jahrhunderts. Doch obwohl der Alltag in der Königsfamilie mit seinem strengen Protokoll ihr nicht entspricht und Charles ihre Liebe nicht erwidert, findet sie ihren ganz eigenen Weg - und die Welt liegt ihr schon bald zu Füßen...

Julie Heiland
Diana
Königin der Herzen

Klappenbroschur
Auch als E-Book erhältlich
www.ullstein.de

»Das Wichtigste ist, dein Leben zu genießen, glücklich zu sein, das ist alles, was zählt.« Audrey Hepburn

Niederlande 1944: Während der Zweite Weltkrieg Europa erschüttert, entdeckt die junge Audrey Hepburn ihre Liebe zum Tanz. Zwischen den Schrecken des Krieges und dem allgegenwärtigen Hunger träumt sie davon, Primaballerina zu werden. Und obwohl dieser Traum bald platzt, lässt sie sich nicht entmutigen. Ihr neues Ziel: die Filmstudios von Amerika! Und tatsächlich bringt ihr Talent Audrey nach Hollywood. Schon bald spielt sie an der Seite von Größen wie Gregory Peck und Humphrey Bogart. Doch der strahlende Ort ihrer Träume verlangt ihr alles ab. Kann Audrey als Stern am Himmel Hollywoods glänzen, ohne sich selbst dabei zu verlieren?

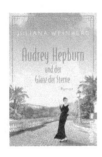

Juliana Weinberg
Audrey Hepburn und der Glanz der Sterne

Taschenbuch
Auch als E-Book erhältlich
www.ullstein.de

Pianistin – Komponistin – Liebende: Eine Frau, die dem Klang ihres Herzens folgt

Salzburg 1766: Die junge Maria Anna, liebevoll Nannerl genannt, kann sich vor Verehrern kaum retten und hat doch nur die Musik im Sinn. Gemeinsam mit ihrem Bruder Wolfgang Amadeus spielt sie an den vornehmsten Höfen Europas Klavier, bis sie die Bühne für ihren kleinen Bruder räumen muss. Enttäuscht versucht sie sich mit eigenen Kompositionen und zahlreichen Bällen abzulenken. Eines Abends lernt sie den charmanten Franz Armand d'Ippold kennen und fühlt sich dem klugen Mann gleich verbunden. Nur ist Franz mitnichten eine gute Partie und die Schulden der Familie lassen keine Liebesheirat zu. Doch Nannerl Mozart lässt sich nicht beirren und wird weder ihre Musik noch ihre große Liebe aufgeben.

Beate Maly
Fräulein Mozart und der Klang der Liebe

Taschenbuch
Auch als E-Book erhältlich
www.ullstein.de

Forscherin, Rebellin, Liebende – die Geschichte einer einzigartigen Frau, die die Welt verändern sollte

Paris, 1891. Schon als Kind träumte Marie davon, eines Tages der Enge ihrer von Russland besetzten polnischen Heimat zu entfliehen. Nun, 20 Jahre später, erfüllt sich dieser Traum: Marie darf an der Sorbonne studieren. Dafür musste sie hart kämpfen, denn eine Frau ist in der Welt der Wissenschaft nicht gern gesehen. Doch Marie weiß, was sie will. Trotz aller Anfeindungen stürzt sie sich in die Forschung – und ins Leben. Als sie dem charmanten Physiker Pierre Curie begegnet, ist ihr Glück perfekt. Pierre wird ihre große Liebe, eine Liebe, die ihresgleichen sucht. Mit Pierre erzielt sie bahnbrechende Erfolge. Doch der Preis dafür ist hoch, und Marie ahnt nicht, welch tragische Schicksalsschläge das Leben noch für sie bereithält.

Susanna Leonard
Madame Curie und die Kraft zu träumen

Taschenbuch
Auch als E-Book erhältlich
www.ullstein.de

ullstein